Edward Bulwer-Lytton:
Was wird er damit machen?
Nachrichten aus dem Leben eines Lords
Roman

Deutsch von Arno Schmidt
Band 1



Deutscher
Taschenbuch
Verlag

dtv

Von Edward Bulwer-Lytton
ist im Deutschen Taschenbuch Verlag erschienen:
Nacht und Morgen (1032, 1033)

Ungekürzte Ausgabe
Juli 1975
Deutscher Taschenbuch Verlag GmbH & Co. KG,
München
Lizenzausgabe des Goverts Krüger Stahlberg Verlags GmbH,
Frankfurt · ISBN 3-7740-0404-8
Titel der Originalausgabe: ›What will he do with it?‹
Umschlaggestaltung: Celestino Piatti
Gesamtherstellung: C. H. Beck'sche Buchdruckerei,
Nördlingen
Printed in Germany · ISBN 3-423-01083-5

Das Buch

»Was wird er damit machen?« ist die Schicksalsfrage, die an jede der vierzehn Hauptfiguren in einer spannend-verwickelten Handlung gerichtet ist. Und auch der Leser kann sich fragen, nachdem die vierzehn Charaktere ausführlich vorgestellt sind: Was wird der Autor mit ihnen machen? Der Auftakt dieses großangelegten Gesellschaftsromans mit kriminalistischem Einschlag ist heiter, humorvoll. Die jungen Freunde Lionel Haughton und Frank Vance stoßen auf einem englischen Dorfjahrmarkt auf den Wanderschauspieler Waife und seine Enkelin Sophie, in die sich Lionel Hals über Kopf verliebt. Doch Lionel erhält einen Brief seines Vetters Guy Darell, der ihn auf sein Gut Fawley einlädt. Was werden die Vettern aus der Begegnung machen? Darell beschließt, Lionel als Erbe seines Hauses einzusetzen. Von Oberst Alban Morey soll Lionel in die Gesellschaft eingeführt werden. Was wird der Oberst aus diesem Auftrag machen? Ein heruntergekommener Kavalier taucht bei Darell auf, bedroht ihn, bettelt ihn an. Darell wirft ihm wütend seine Börse vor die Füße. Der zwielichtige Kavalier trifft später in London den Direktor der Wanderbühne, an der Waife und Sophie aufgetreten sind. Man spricht vom Gutsherrn Darell und dem Vagantenpaar. Zwischen allen besteht eine Beziehung. Ein Netz wird gesponnen. Was werden sie damit machen? – Bühne der Handlung ist das viktorianische England. Hier die überholte Welt starrer Traditionen, Adel und alter Grundbesitz, dort eine Gesellschaft großstädtischer Neureicher und Händler, durchsetzt von Hochstaplern, Schwindlern und Verbrechern. Dieses Abbild des »bunten englischen Lebens« ist ein Höhepunkt in der Geschichte des viktorianischen Romans. Das Werk wurde von Arno Schmidt in ein vorzügliches, vergnüglich zu lesendes Deutsch übertragen.

Der Autor

Edward Bulwer-Lytton (Sir, Baronet, später Lord Lytton of Knebworth), am 25. 5. 1803 in London geboren, war Parlamentsabgeordneter der Liberalen und Konservativen, 1858/59 Kolonialminister. Er gehört zu den interessantesten Erscheinungen der viktorianischen Epoche, die er mit geprägt hat. Bulwer-Lytton schrieb über 50 erfolgreiche Romane, von denen besonders ›Die letzten Tage von Pompeji‹ bekannt wurden. Von seinem ›Rienzi‹ wurde Richard Wagner zu der gleichnamigen Oper angeregt. Er starb am 18. 1. 1873.

## Personenverzeichnis

Guy Darrell, Herr auf Fawley, Grundbesitzer, Ex-Parlamentarier und -Rechtsanwalt, Letzter der Darrells
Richard (Dick) Fairthorn, sein Sekretär
Mills, sein Diener
Mr. Gotobed, sein Anwalt in London
Lionel Haughton, ein jüngerer Vetter Guy Darrells
Jessica Haughton, Lionels Mutter
Frank Vance, Lionels Freund, ein junger Maler
William Losely (auch Gentleman Waife oder Mr. Chapman), wandernder alter Schauspieler
Sophie (auch Juliet Araminta) das »Phänomen«, begleitet ihn als seine Enkelin
Jasper Losely (auch Mr. J. Courtenay Smith oder Mr. Hammond), William Loselys Sohn, der »Taschen-Kannibale«
Arabella Fossett (auch Mrs. Crane), die Frau in eisengrau
Bridget Greggs, ihr Faktotum
Cutts und seine Gessellen, aus Londons Unterwelt
Gabrielle Desmarets (auch Mme. Caumartin), aus Paris, die »Cobra-Capella«
Samuel Adolphus (Dolly) Poole, zeitweilig ›Mitarbeiter‹ Jasper Loselys
Mrs. Poole mit Söhnchen Billy
Lorenzo Rugge, Direktor eines Wandertheaters
Mrs. Gormerick, die ›Alte‹ dieser Schmiere
Sir Isaak, Pudel; (früher Mop genannt)
Mrs. Saunders, Bauersfrau, Mops alte Herrin
Kit Merle, Schuster und Amateur-Astrologe
Josiah Hartopp, Gerber und Bürgermeister von Gatesboro'
»Mrs. H.«, Hartopps Frau
Anna Maria Hartopp, später Mrs. Jessop in Ouzelford, seine Tochter
Mr. Williams, Hartopps Geschäftsführer
Mr. und Mrs. Gooch, Verwalterehepaar bei Hartopp
Die Wirtin vom »Sarazenenkopf« in Gatesboro'
Mike Callaghan, Gepäckträger in Gatesboro'
Marquis von Montfort, Oberhaupt des großen Hauses Vipont
Lady Caroline Montfort, vorher Miß Lyndsay, seine Gattin
Carr Vipont, führt im großen Hause Vipont die Regie

Lady Selina Vipont, seine Gattin

Honoria Vipont, ihre Tochter

Oberst Alban Vipont Morley, ein anderer Angehöriger des großen Hauses Vipont, Vertrauter von Guy Darrell und von Carr Vipont

Reverend George Vipont Morley, Alban Morleys Neffe

Mrs. Morley, Großnichte des Primarius Allsop von Humberston, George Morleys Gattin

Ladies Janet und Wilhelmina Prymme<br>
Sir Gregory Stollhead, im Parlament<br>
Mr. Crampe, der Witzbold<br>
Lady Frost<br>
die Dudley-Slowe's<br>
Lord Vyvyan<br>
Flora Vyvyan, seine Tochter<br>
Lady Adela *****

Angehörige der feinen Gesellschaft Londons

ZUR VORGESCHICHTE GEHÖREN NICHT MEHR LEBENDE:

Mrs. Darrell, Guy Darrells Gattin, eine geborene Vipont Crooke

Matilda Darrell, (später Mme. Hammond), ihre und Guy Darrells Tochter

Mrs. Lyndsay, Lady Caroline Montforts Mutter, eine geborene Seymour Vipont

Robert Haughton, Lionel Haughtons Großvater

Charlie Haughton, Captain, Lionels Vater

Sidney Branthwaite, Theologe, Studienkamerad Guy Darrells und Alban Morleys

Arthur Branthwaite, Lyriker, Sohn Sidney Branthwaites und Schwager Frank Vances

Sir Julian Losely, Baronet, William Loselys Vater

Gunston, ein Gutsbesitzer

# I. BUCH

## I. Kapitel

*In welchem die Geschichte mit der Beschreibung gewisser geselliger Bräuche, Gewohnheiten und Belustigungen des Englischen Volkes einsetzt, wie solche anläßlich einer unvordenklich-ehrwürdigen Nationalen Festlichkeit zur Schau treten. / Gestalten, die in der Geschichte von Wichtigkeit werden dürften, eingeführt und anschaulich porträtiert, samt einer Erläuterung aus der Nasologie. / Originelle Hypothesen bezüglich der Abneigungen, wie sie zwischen den Berufen und Gewerben entstehen; nebst anderen beachtenswerten Materien; alles vorgetragen in kunstloser Dialogform nach Art des Herodot, Vaters der Geschichte, (Mutter unbekannt).*

Es war ein Sommermarkt in einem der hübschesten Dörfchen von Surrey. Die Hauptstraße war gesäumt mit Buden, in denen Spielzeugs die Fülle, glänzende Töpferware, hellbunte Bänder und vergüldete Pfefferkuchen prangten. Weiterhin, dort wo die Straße sich zum geräumigen Dorfanger erweiterte, erhoben sich die anspruchsvolleren Aufbauten, welche die anziehenden Erscheinungen der Seejungfer beherbergten, des Norfolker Riesen, der Dame mit dem Schweinskopf, des Geschecken Jungen, und des Kalbs mit zwei Köpfen; während hoch über selbst diesen Baulichkeiten noch, und einwandfrei die vorteilhafteste Geschäftslage einnehmend, eine ragende Bühne ländlichen TheaterHabitués das ›Große Melodramatische Ausstattungsstück: Der hartherzige Baron und das Kind des Räubers‹ verhieß. Musik, lebhaft wenn auch kunstlos, erscholl von allen Seiten – Trommeln, Pfeifen, Pfennigflöten, QuäkTuten; und eine DrehOrgel, bedient von einem arg brünetten Ausländer, mit einem Äffchen auf der Schulter, das, menschenverachtend aber aufmerksam, von seiner Höhe aus das Getümmel beäugte und dazu Nüsse knackte.

Die Sonne ging zur Rüste – das Gewühl hatte einen Höhepunkt erreicht – eine lebhafte fröhliche Szene. Der Tag war drückend gewesen; aber Wolken waren keine zu sehen, ausgenommen tiefunten am westlichen Horizont, wo sie sich in langgedehnten Hügelrücken aus lauter Gold und Purpur hinzogen, gleich dem Übergangsland zwischen Erd' und Himmel. Die hohen Ulmen auf dem Anger standen regungslos; mit Ausnahme von einer oder zweien nahe der großen Bühne, auf die ein paar Lausbuben geklettert waren, deren lachende Gesichter hier und da aus dem Laubwerk lugten, das unter ihren unaufhörlichen Bewegungen raschelte.

Mitten in der Menge, wie sie müßig dahinströmte, befanden sich zwei Zuschauer – fremd am Ort, wie die Aufmerksamkeit die sie erregten zur Genüge dartat; oder auch die derben Scherzworte, die ihr Anzug und Auftreten bei den ländlichen Witzbolden hervorrief – Scherze, die sie amüsiert und gutgelaunt über sich ergehen ließen; manchmal allerdings auch mit einer Mundfertigkeit vergalten, die sie bereits zu ausgesprochen populären Persönlichkeiten gemacht hatte; und sie hatten tatsächlich das an sich, was günstig stimmen und geneigt machen kann. Sie waren jung, und die Frische und Echtheit des Vergnügens stand derart ansteckend auf ihren Antlitzen geschrieben, daß es Sympathie erzeugte, und, wo immer sie erschienen, die Gesichter um sie herum aufleuchteten.

Einer der Zwei, die wir solchermaßen individualisiert haben, stand in jenem unschätzbaren Alter, das sich zwischen 25 und 27 erstreckt; und in dem ein Mensch, der es dann nicht fertig bringt, sich sein Dasein über die Maßen angenehm zu gestalten, schon mit wahrhaft kläglich funktionierenden VerdauungsOrganen behaftet sein muß. Diesem Herrn allerdings hätte man es vom Angesicht ablesen können, daß, gäbe es Viele wie ihn, es um die Ärztewelt übel bestellt wäre. Seine Wange, ob schon nicht tief gebräunt, war rot und rein; die nußbraunen Augen lebhaft und scharf; sein Haar, das los' und buschig unter einer, flott auf den wohlgeformten Kopf gedrückten, zwillichnen JagdMütze hervorquoll, war von jenem satten sonnigen Hellbraun, das man, außer bei Leuten von rüstiger und verwogner Gemütsart, nur selten antrifft. Er sah, alles in allem genommen, ausgesprochen gut aus; ja, er würde das noch schmeichelhaftere Prädikat ›hübsch‹ verdient haben, wäre nicht seine Nase gewesen, eine von der Sorte, welche Franzosen ›HimmelfahrtsNase‹ nennen – keine anmaßende Nase, auch nicht eine herausfordernde Nase, wie derlei Nasen meistens sind; wohl aber eine Nase, ernstlich entschlossen, aus sich selbst und den Dingen im allgemeinen, das Beste zu machen – eine Nase, die ihren Aufwärtsweg im Leben durchzusetzen entschlossen war; aber dabei so pläsierlich, daß es selbst die irritabelsten Finger schwerlich jemals danach jücken konnte, sich an ihr zu vergreifen. Mit solch einer Nase durfte ein Mann sich erlauben, auf dem ViolonCello zu dilettieren; aus Liebe zu heiraten; ja sogar Verse zu schreiben – und dennoch nicht vor die Hunde zu gehen. Nie würde er im Schlamm stecken bleiben, solang' er dieser HimmelfahrtsNase folgte!

Kraft solcher Nase trug besagter Herr denn auch eine schwarze ManchesterJacke von fremdländischem Schnitt; dazu einen Schnurr- plus Napoleon-III.-Bart, (eine Kombination, damals beträchtlich rarer in England, als sie es seit der Belagerung von Sebastopol geworden ist); und dennoch hinterließ er bei einem die völlige Überzeugung, daß er ein honetter Englischmann sei, der nicht nur keine Absichten auf fremde Taschen hege, sondern sich auch bei etwaigen Anschlägen auf die seinigen gar nicht so leicht begimpeln lassen werde.

Der Begleiter der also abgeschilderten Persönlichkeit, mochte so etwa um die 17 sein; aber sein Gang, seine Miene, die biegsam--kraftvolle Gestalt, besprachen eine Mannhaftigkeit, die im Widerspruch zu dem knabenglatten Teint des Gesichtes stand. Er fiel weit mehr ins Auge, denn sein älterer Kamerad. Nicht, daß er nun regelrecht hübsch gewesen wäre – weit gefehlt; dennoch wär' es kein Paràdoxon gewesen, ihn schön zu nennen – zumindest würd'es wenig Weiblein gegeben haben, die ihm dies BeiWort versagt hätten. Sein Haar, lang wie das seines Freundes, war von einem tiefen Kastanienbraun, (mit goldnen Glanzlichtern darauf, dort, wo die Sonne hinfiel), natürlich-gewellt, und von eigentümlich weich- und seidner Webe. Seine großen, klaren, dunkelblauen glücklichen Augen, waren mit langen ebenholzschwarzen Wimpern befranst, und überbogt mit Brauen, die jetzt schon intellektuelle Kraft besprachen, beziehungsweise, was mehr wert ist, Freimut und Biederkeit. Sein Teint war rein, obschon was blaß; und seine Lippen zeigten, beim Lachen, Zahnreihen von exquisiter Weiße und Regelmäßigkeit. Aber, so klar geschnitten sein Profil auch war, vom griechischen Ideal hatt'es nicht viel; überdem gebrach es ihm an der entsprechenden Statur, die man im allgemeinen zu den persönlichen Vorzügen des männlichen Geschlechts zu rechnen gewohnt ist. Ohne direkt kurzgewachsen zu sein, war er doch unter Mittelgröße; und die anscheinend vollendete Entwicklung seiner Proportionen legte den Schluß nahe, daß er bereits vollkommen ausgewachsen sei. Sein Anzug – obwohl nicht ausländisch, wie der seines Begleiters – war immerhin eigentümlich: ein breitrandiger StrohHut, mit mächtigem blauem Band; der HemdenKragen heruntergeschlagen, also halsfrei; ein dunkelgrünes Jackett, aus dünnerem Material als Tuch; sowie weiße Hosen und Weste vollendeten sein Kostüm. Er wirkte wie der Liebling einer Mutter – vielleicht war er's.

Rrritz fuhr ihm über den Rücken eine jener sinnreichen mechanischen Vorrichtungen, wie sie auf Jahrmärkten überaus im Schwange, und dazu ersonnen sind, bei dem Opfer dem sie appliziert werden die angenehme Überzeugung hervorzurufen, das betreffende Kleidungsstück sei soeben mitten durchgerissen.

Der Junge fuhr so behend herum, daß er den Arm des Missetäters noch erwischte – ein hübsches DorfMädchen, 1 oder 2 Jahre jünger als er selbst. »Auf frischer Tat ertappt, verurteilt, abgestraft!«, rief er; raubte ein Küßchen; und kassierte dafür einen zärtlichen Klaps. »Und jetzt Böses mit Gutem vergolten; hier sind Bänder: such Dir eins aus.«

Das Mädchen wich schüchtern zurück; aber ihre Gefährtinnen stießen sie wieder vor; und am Ende wählte sie dann doch ein kirschfarbenes Band, das der Junge sorglos bezahlte; indes sein älterer und weiserer Freund ihn gravitätisch und mitleidig-rügend betrachtete, und dann brummte – »Doktor Franklin berichtet uns zwar, daß auch er ein Mal in seinem Leben ein Pfeifchen zu teuer bezahlt habe; aber da war er erst 7 Jahr alt, und ein Pfeifchen hat immerhin seinen Nutzen. Aber einen derartigen Preis für eine Rückenratsche? Tz – Verschwender! Kommt nur weiter.«

Als die Freunde dahinschlenderten, hatten sie jetzt natürlich sämtliche junge Mädchen, die sich Bänder wünschten und über eine RückenRatsche verfügten, in ihrem Kielwasser. ›Rrritz‹ gingen die Instrumente; aber vergebens.

»Mädchen«, sagte der Ältere, indem er sich, die Nase hoch in die Luft, mit einem Ruck zu ihnen umdrehte: »Bänder sind reichlich – Schillinge knapp; und Küsse, obschon privat recht angenehm, vor aller Öffentlichkeit abgeschmackt. – Wie; immer noch? Paßt Euch bloß auf!: wißt denn, daß, unschuldig wie wir wirken, wir dennoch WeiberFresser sind; und Wer uns jetzt noch länger nachkommt, wird 'runtergeschluckt!«. Bei diesen Worten machte er seine Kiefer so übernatürlich weit aufgaffen, und stellte dabei eine so formidable Reihe von Mahlzähnen zur Schau, daß die Mädchen betroffen zurückprallten. Die Freunde bogen in einen engen Durchgang zwischen den Ständen ein; wo sie, obwohl noch immer von einigen besonders waghalsigen und gewinnsüchtigen Geistern verfolgt, doch relativ ungestört ihren Weg, die Hinterseiten der Buden entlang, fortsetzen konnten; bis sie endlich auf dem Dorfanger, unmittelbar vor der Großen Bühne herauskamen.

»Oho, Lionel!«, sprach der Ältre der Freunde: »Thespisch und klassisch – ohne Zweifel sehenswert.«. Dann wandte er sich zu einem gesetzten FlickSchuster mit lederner Schürze, der seinen Blick mit schwermütigem Interesse über die buntscheckige Reihe der Figuren hinwandern ließ, die sich als ›*Dramatis Personae*‹ vor dem Vorhang aufgestellt hatten;: »Ihr scheint gefesselt, Sir; Ihr habt der Vorstellung vermutlich schon einmal beigewohnt?«

»Tcha«, erwiderte der Flickschuster; »das ist der dritte Tag heute; und morgen wird der letzte sein. Ich hab noch keine einzje verpaßt, und werde auch keine verpassen; obwohl es nich mehr das iss, was es früher mal war.«

»Das ist bedauerlich; aber sagt nicht Jeder, der Euer ehrwürdiges Alter erreicht hat, Freund, von All und Jedem schließlich genau dasselbe? Ob Sommersonne, ob fade alte Modebäder oder hübsche junge Frauen, ›nichts ist mehr das, was es früher mal war‹. Wenn Menschen und Dinge in dem Tempo fortfahren zu entarten, stehen unsern Enkeln ziemlich langweilige Zeiten bevor!«

Der Schuhflicker musterte den jungen Mann, und nickte dann beifällig. Er war vernünftig genug, um die weltanschauliche Ironie der Erwiderung zu würdigen – und unser Schuhflicker liebte einen Diskurs, der vom ausgetretenen Wege abwich. »Wahr und treffend gesprochen, Sir. Aber wenn schon alte Leute grundsätzlich behaupten, daß die Dinge schlimmer sind, als sie einst waren – ist nicht auch immer etwas Wahres in dem, was immer derart wiederholt wird? Ich bin für die alten Zeiten; mein Nachbar, Joe Spruce, ist für die neuen, und behauptet, wir wär'n Alle beim Fortschreiten. Aber er 'ss eben 'n Roter – Ich 'n Blauer.«

»Ihr seid ein ›Blauer‹!«, sagte der junge Lionel – »das versteh ich nicht.«

»Ich bin'n Tory, junger Mann – das bedeutet ›blau‹; und Spruce 'ss'n Radikaler – das iss ›rot‹! Beziehungsweise, was in dem Fall mehr besagen will, er ist eben Schneider, und ich bin ein Flickschuster.«

»Ahà!«, sagte der Ältere, mit beträchtlichem Interesse: »soso, das will mehr besagen? Wie das?«.

Der Schuhflicker brachte den Zeigefinger der rechten Hand mit dem Zeigefinger seiner Linken in Berührung; d. i. die Gebärde eines Mannes, der sich zu einer Schlußfolgerung oder Beweisführung anschickt – wie Quintilian in seinen Beiträgen zur Rhetorik der Finger höchstwahrscheinlich bemerkt hat, (bzw. falls er es nicht getan haben sollte, ist das ein Makel an seinem Essay).

»Sie sehen, Sir«, hob der Schuster an, »daß der Beruf eines Mannes eine ganze Menge mit seiner Art zu denken zu tun hat. Kalkuliere, jegliches Gewerbe wird seine Ideen haben, die ihm allein angehören. Der Fleischer sieht das Leben nich so an wie der Bäcker; und wenn Sie sich erst mit einem Dutzend Lichtzieher unterhalten, und anschließend mit ei'm Dutzend Grobschmiede, dann wer'n Sie sehn, daß Lichtzieher ne Sorte für sich sind, und Grobschmiede desgleichen.«

»Ihr seid ein scharfer Beobachter«, sagte Der mit der Zwillich-Mütze bewundernd: »Eure Bemerkung ist mir neu; und ich möchte meinen, sie sei auch wahr.«

»'türlich iss sie das; und die Sterne haben irgndwie damit zu tun: ich meine, wenn sie schon eines Menschen Berufswahl entscheiden, entspricht es ja wohl der Vernunft, daß sie dem Mann dann auch den entsprechenden Geist verleihen. – Nun hockt ein Schneider, mit Mehreren zusammen, auf seinem Tisch, und andauernd plaudern sie unter'nander, und das Zeitunglesen hat kein Ende; weshalb er denn auch so denkt, wie seine Kameraden tun, flink und helle und immerfort auf dem Laufenden; aber von originell und was eig'nem iss nich die Rede. – Der Schuster dagegen«, fuhr der Mann des Leders fort, und sein Aussehen ward majestätischer, »sitzt für sich allein, und redet mit sich allein; und was er denkt, das geht in seinen Kopf, ohne daß die Zunge eines anderen Menschen es hineinpraktiziert hat.«

»Ihr erleuchtet mich mehr und mehr«, sagte unser Freund mit der HimmelfahrtsNase, und machte eine respektvolle Verbeugung, »ein Schneider also west herdenweise; der Flickschuster lebt einsam. Die Herde geht immer mit der Zukunft; der Einsame hält es mit der Vergangenheit. Ich begreife jetzt, warum Ihr ein Tory seid – und vielleicht ein Poet dazu?«

»Jå; Stück davon«, sagte der Schuhflicker, mit einem selbstironischen Lächeln. »Und so manchen Schuhflicker gibt es, der ein

Dichter iss – oder auch wundersame Dinge in dem ein- oder andern Kristall erblickt – wogegen ein Schneider, Sir«, (mit großer Verächtlichkeit gesprochen), »in seiner Zeitung bestenfalls das Oberleder der Welt zu sehen bekommt.«

Hier ward die Unterhaltung durch einen plötzlichen Andrang der Menge zum Theater her unterbrochen: die zwei jungen Freunde sahen hoch; und gewahrten, daß der Gegenstand der neuen Attraktion ein kleines Mädchen von anscheinend kaum 10 Jahren war, (obwohl sie in Wahrheit 2 mehr hatte). Sie war soeben erst von hinter dem Vorhang aufgetaucht; machte der Versammlung ihr Kompliment; und spatzierte dann, mit der denkbar ziersten KinderFeierlichkeit, die so ein Dinglein sich nur geben kann, ganz vorn, am Rand der Bühne, hin und her. –: »Die arme Kleine.«, sagte Lionel. : »Die arme Kleine.«, sagte der Schuhflicker. (Und wären Sie, geneigter Leser, dagewesen: 10 gegen 1, aber Sie hätten dasselbe gesagt.) Und dennoch war sie angetan mit weißem Satin, mit Flitter besetzt und Falbeln, und einem Jäckchen aus Brokatell; sie trug ein Kränzlein von Blumen (gewiß, die Blumen waren nicht echt) auf den langen schönen Locken; und prunkende Armbänder (selbstredend, die Steine waren nachgemacht) an ihren schlanken Armen. Gleichwohl war etwas in ihr, was all der Tand nicht ordinär zu machen vermochte; und eben weil er es nicht ordinär zu machen vermochte, bemitleidete man sie darob. Sie besaß eines jener bezaubernden Gesichtchen, deren Blick uns Allen, Jungen wie Alten, geradenwegs ins Herz dringt. Und ob sie gleich völlig selbstbewußt wirkte, so war doch nichts von Unverfrorenheit in ihrem Wesen; vielmehr die Ungezwungenheit einer kleinen Dame, zusammen mit der simplen Unwissenheit des Kindes, an ihrer Situation könne irgendetwas sein, das Anlaß gebe zu dem Seufzer »Die arme Kleine«.

»Sie sollten sie agieren sehen, junge Herren«, sagte der Schuhflicker – »spielt ganz ungewöhnlich. Aber wenn Sie erst Den gesehen hätten, Der sie unterrichtet hat – ihn nur vor 1 Jahr noch gesehen.«

»Um Wen handelt sich's?«

»Waife, Sir; kann sein, Sie haben von Waife schon reden hören?«

»Zu meiner Schande: nein.«

»Oh, Der hätte sein Glück im KofentGarten machen können; aber das'ss ne lange Geschichte. Armer Kerl!, 'ss irgndwie ganz zusamm'gebrochen jetz. Aber sie sorgt für ihn, das Goldkind – ja,

Gott segne Dich!«, und der Flickschuster tauschte an dieser Stelle ein Lächeln und ein Zunicken mit dem kleinen Mädchen, dessen Gesicht sich sogleich aufheiterte, da sie ihn inmitten der Menge gewahrte.

»Bei Pinsel und Palette Rafael's! –«, rief der Ältere der jungen Leute: »bevor ich noch ein paar Stunden älter bin, muß ich den Kopf dieses Kindes haben!«

»Ihren Kopf, Mann?!«, rief der Schuhflicker entgeistert.

»Jawohl, in mein Skizzenbuch. Ihr seid Dichter – ich bin Maler. Kennt Ihr das kleine Mädchen?«

»Und ob! Sie und ihr Großvater wohn'n bei mir – ihr Großvater – d'iss eben dieser Waife – erstaunlicher Mann! Aber er wird mißbraucht hier; und wäre sie nich, er würd' verhungern. Früher hat er sie Alle ernährt; jetz kann er sie nich länger ernähren – da lassen se'n hungern. Der Lauf der Welt: sie nützn 'n Genus ab, sie verbrauchen ihn, und wenn er auf der Straße umfällt, fahrn se weiter ohne anzuhaltn; das iss das, was Joe Spruce sein Fortschreiten nennt. Aber da ist das Trommelzeichen! die Vorstellung fängt gleich an; kommen die Herren nich mit rein?«

»Natürlich!«, rief Lionel, » – selbstverständlich. Und, hört Vance: wir losen mit'm Geldstück, Wer von Uns den Kopf der Kleinen zuerst nehmen darf.«

»Mörder; in jeglichem Sinne des Wortes!«, sagte Vance, mit einem Lächeln, das einem Correggio Ehre gemacht haben würde, dem ein Anfänger vorschlüge mit ihm darum zu losen, wer einen Cherub zuerst porträtieren dürfe.

## 2. Kapitel

*Der Geschichtsschreiber widmet eine kurze Untersuchung dem großbritannischen Bühnenwesen, repräsentiert durch das Irreguläre Drama; da das Regelrechte (längst vor dem Zeitpunkt der Ereignisse, auf die der vorliegende Bericht sich zu beschränken hat) spurlos aus der Schöpfung verschwunden ist.*

Sie betraten das kleine Theater, und der Schuhflicker mit ihnen; doch zog der Letzt're sich, bescheidentlich, auf die Dreipfennigsbank zurück; wogegen die jungen Herren mit Sperrsitzen beehrt wurden, Preis 1 Schilling das Stück. »Enorm teuer«, murrte Vance; indes er sorgsam die Tasche wieder zuknöpfte, nachdem er ihr eine Börse zurückerstattet hatte, aus Stahlringen gewoben, nach Art der alten Kettenpanzer.

Ah, *Messieurs & Confrères,* die Herren DramenAutoren, schmeichelt Euch ja nicht, wir schickten uns nunmehr an, Euch zu einem selbstgefälligen Triumph zu verhelfen über das Große Melodrama ›Der hartherzige Baron und das Kind des Räubers‹. Wir räumen ein, es bestand unterm ästhetischen Gesichtspunkt betrachtet, aus nichts als Kitsch und Horrörchen; aber vom theatralischen aus, war es unvergleichlich wirkungsvoll. Niemand hojahnte; nicht ein Husten war zu vernehmen; ja nicht einmal das Gequäk jenes allgegenwärtigen Babies, das seinen *vagitus ingens,* oder nicht zu beschwichtigendes Geheul, grundsätzlich an der int'ressantesten Stelle jedes klassischen FünfAkters aufschlägt, der zum ersten Mal über die Bretter der Metropole geht. Hier stürmte die Handlung dahin--voran, *per fas aut nefas,* und die Zuschauerschaft ging mit! Traun, wer diese Episoden gereiht hatte, war ein Bühnensachverständiger gewesen; ob er es dann auch jedem unliterarischen Komödianten übrig gelassen hatte, die Worte dazu selbst zu finden – ach, ›Worte‹, meine teuren *Confrères,* bedeuten so wenig in einem Stück das ›Handlung‹ hat. Tempo, das ist's!: *Das* ist das Große Geheimnis! Analysiert es; wendet es praktisch an; und vertraut dann dankbaren Gestirnen, jene verlorengegangene Plejade, das Britische Stück mit Handlung, zurückzuführen.

Selbstredend war der Räuber ein unverstanden-mißbrauchter, dabei höchst achtungswerter Mann; der irgendwie mysteriöse Ansprüche auf die Liegenden Gründe und das Schloß des Hartherzigen Barons hatte; weswegen dieser Usurpator mit Rechtstitel, denn auch alles in seiner Macht stehende aufbot, den Räuber aus seinen Schlupfwinkeln herauszuholen und zu einem blutigen Ende zu bringen. Ab hier concentrierte sich das Interesse auf des Räubers Kind; welches, unnötig zu betonen, eben jenes kleine Mädchen, mit Kränzlein und Armspangen war, auf dem Programm als ›Fräulein Juliet Araminta Waife‹ bezeichnet; und die weiteren Episoden bestanden eigentlich nur aus ihren diversen Tricks, die Verfolgungen des Barons zu vereiteln, und ihren Vater zu retten. Einige dieser Episoden waren rein der Komischen Muse verpflichtet, und bewirkten anhaltend-schallendes Gelächter beim Publikum. Ihr schalkhafter Mutwille war aber auch köstlich hier. Mit welcher Munterkeit verfoppte sie nicht den OberSheriff (der von seinem König den Auftrag hatte, den Räuber einzubringen, tot oder lebendig), zu dem Glauben, daß es sich bei des Barons eignem Advokaten um eben den verkleideten Verbrecher handle; und was für PerlenZähnchen zeigte sie nicht, als jener UnrechtsAnwalt gefaßt und geknebelt wurde; wie erzgeschickt wußte sie nicht den schwachen Punkt im Charakter des ›KönigsLeutnants‹ *(jeune premier)* ausfindig zu machen, der von Se. Majestät ermächtigt war, den Hartherzigen Baron bei seiner mühvollen Hatz auf den Räuber zu unterstützen; wie schlau sie in Erfahrung brachte, daß er in die Mündel *(jeune amoureuse)* des Barons verliebt sei, die jener unwürdige Edelmann, ihres Vermögens halber, zur Heirat mit ihm-selbst zwingen wollte; wie artig sie die Süßbriefchen hin & her paschte, ohne daß der Leut'nant den geringsten Verdacht zu hegen begann, sie möchte des Räubers Kind sein; ja, zuletzt den Repräsentanten der Krone auf ihre Seite brachte, wie der Verlauf dann auswies. Und oh wie lustig, und mit welch possenhafter Kunst sie sich, als Hexe verkleidet, in des Barons Schloß einschlich; sein Gewissen durch Enthüllungen und Weissagungen aufrüttelte; sämtliche Vasallen mit Blauen Flämmchen und sonstigem chemischen Blendwerk erschreckte; ja, sich sogar in das eig'ne Privatgemach des Usurpators hineinwagte, indes jener Tyrann sich schlaflos auf dem Lager wälzte, über welchem sein furchtbares Schwert hing, und dort aus seiner Truhe heimlich die Dokumente entwendete, die das gegründetere Anrecht des verfolgten Räubers bewiesen. Als er dann doch noch erwachte, bevor sie mit ihrem Schatz zu entkommen vermochte, und sie mit seinem Schwerte verfolgte: mit welcher

Munterkeit sie sich scheinbar in Brand steckte, und inmitten von Explosionen und Funkenregen aus dem Flügelfenster hüpfte. Und als das Drama sich seinem *dénouement* näherte; als die Leute des Barons, zusammen mit den königlichen Justizbeamten, nun doch, trotz aller Künste der Kleinen, die Spur des Räubers bis zu der Höhle verfolgt hatten, wo er, nach diversen Rückzügen, jetzt verborgen lag, durch Schüsse verwundet und ganz zerschlagen durch den Sturz von einer Klippe, – unter welch bewundernswertem stummem Gebärdenspiel, sie die Stelle da umschwebte; mit welchem Pathos sie die Verfolger davon abzulenken-wegzulocken suchte – es war die Lerche, die ihr Nest umschwirrt. Und da alles vergebens war – als die nicht länger zu täuschenden Feinde nun sie selbst zu ergreifen suchten, wie spöttlich sie ihnen entschlüpfte, auf den Felsblock sprang, und ihre dünnen Finger verachtungsvoll gegen sie schüttelte: '!' Bestimmt rettet Die den ehrenwerten Räuber doch noch! Nun war bis hierher – obgleich der Räuber der nominelle Held des Stückes war; obschon man andauernd von ihm hörte: von seinen Kränkungen; Tugenden; Entkommen um Haaresbreite – noch nie bisher war er sichtbar geworden. Missis Harris, in jenem unsterblichen Bericht vom ›Martin Chuzzlewit‹ kann nicht apokrypher und öfter zitiert gewesen sein. Aber in der letzten Scene, *da war* der Räuber; da in seiner Höhle, hilflos vor Quetschungen und Wunden, lag er auf seinem Felsen. Herein stürmten die Feinde, Baron, OberSheriff und Alle, sich seiner zu bemächtigen. Nicht ein Wort sprach der Räuber; aber seine Attitüde war schlechthin erhaben – selbst Vance rief »bravo!« – und gerad' als man ihn gepackt hält, schon liegt der Strick um seinen Hals und er soll eben gehängt werden: springt da nicht von oben aus der Kluft herab sein Kind, die dem Baron stibitzten Besitzurkunden in den Händen?; ihr zur Seite der Königsleutnant, der die Begnadigung des Räubers verkündet, nebst seiner gebührenden Wiedereinsetzung in alle Güter und Ehrenstellen; dem verblüfften Sheriff dagegen die geheiligte Person des Hartherzigen Barons zur Aufbewahrung übergibt. Dann noch die ergreifende Szene, wie Vater und Kind einander in den Armen liegen; und dann brach der Ruf, der schon geraume Zeit so Manchem der Zuschauer auf den Lippen geschwebt hatte, sich gewaltsam Bahn: »Waife!, Waife!«. Ja; der Räuber, der erst in der allerletzten Scene aufgetreten war, und selbst dann noch kein Sterbenswörtlein von sich gegeben hatte, war der einstige große Schauspieler jener thespischen WanderBühne, auf so manchem Jahrmarkt wohlbekannt ob seines sprudelnden Humors, seiner StegreifWitze, seines schalkisch-durchtriebnen Auges, seiner überquellend lebendigen Drolligkeit; aber ebenso seines seltsamen Pathos, der Würde wegen, womit er, unversehens, eine SpaßmacherRolle tiefsinnig aufzufassen, das eben noch schallende Gelächter zum Schweigen zu bringen, und dafür Tränen hervorzulocken wußte; er, von dem der Flickschuster sehr richtig geurteilt hatte, daß er ›in Covent Garden hätte 'n Vermögen machen können‹. Das also waren die Überreste des alten volkstümlichen Komödianten! – alle Attribute einstiger Beredsamkeit eingeschrumpft zu stummem Gebärdenspiel! Meisterlich der Zug von Natur plus Kunst in dieser Darstellung seiner selbst – ein Zug, den Alle, die ihn in früheren Jahren auf dieser Bühne gehört und gesehen hatten, unwillkürlich gleichzeitig empfanden. Er kam, um seinen persönlichen Anteil am dramatischen TränenBeifall entgegenzunehmen; und: »Waife, Waife!« rief so manche DörflerStimme, da das kleine Mädchen ihn nach vorn, zur Rampe führte. Er humpelte; um seine Augen lag eine Binde. Als das Stück die Unfälle schilderte, die dem Räuber zugestoßen waren, hatte es lediglich die wirklichen Gebrechen des Mannes idealisiert – Gebrechen, die erst seitdem man ihn das letzte Mal im Dorf hier gesehen hatte, über ihn gekommen waren. Er war auf einem Auge blind; er war zum Krüppel geworden; irgendein Leiden von Kehlkopf oder Luftröhre hatte offenbar den einst so erfreulichen Ton der altbekannten gefälligen Stimme gebrochen. Er getraute sich selbst auf dieser seiner alten Bühne nicht zu sprechen; er neigte nur schweigend das Haupt vor dem ländlichen Publikum; und Vance, der regelmäßig-häufig ins Theater ging, erkannte sofort, einfach an dieser Art zu grüßen, daß der Mann ein Künstler in seinem Fach war.

Alles war vorüber; die Zuschauer strömten hinaus, tief bewegt, und Jeder erzählte sich mit dem Andern. Es war so gar nicht wie die gewöhnlichen Bühnendarstellungen bei einem Dorfjahrmarkt gewesen. Vance und Lionel tauschten Blicke des Erstaunens; richteten dann, wie auf einen gemeinsamen Antrieb hin, die Schritte bühnenwärts; schoben den Vorhang, der gefallen war, beiseite; und befanden sich in jener wunderlichen Welt, von der es, (Fragmente des einen großen zerbrochenen Spiegels), so viele Duplikate gibt, ob im stolzesten Schauspielhaus oder der niedrigsten Scheune – nein, ob in den Palästen der Könige, dem Kabinett des Staatsmannes, am heimischen Herd des Bürgers – der Welt, die wir ›hinter den Kulissen‹ nennen.

## 3. Kapitel

*Frappante Belege sowohl für ungesetzliche Tyrannei, als auch infantile Habsucht; erläutert an Beispielen aus den sozialen Verhältnissen Großbritanniens. / Aberglauben aus dem dunkelsten Mittelalter noch immer in Kraft unter der gewerbetreibenden Bevölkerung; einerseits geeignet, gewisse amerikanische Journalistenkreise mit unschätzbaren Materialien für Anspielungen zu versehen; andrerseits erheblich dazu angetan, demütigende Betrachtungen über NationalEitelkeit auszulösen.*

Der Hartherzige Baron, der niemand anders war als Eigentümer und TheaterDirektor zugleich, lehnte, den Porterkrug in der Hand, an einer Seitenkulisse. Im Hintergrund konnte man den Königsleutnant gewahren, wie er sich, auf der Spitze seines regierungstreuen Schwertes, einen Brocken Käse röstete. Der Räuber hatte sich in eine Ecke verkrochen, und das kleine Mädchen klammerte sich liebevoll an ihn, während seine Hand über ihr Blondhaar hinfuhr. Vance schaute in die Runde; und trat dann auf den Räuber zu — : »Gestatten Sie, Sir, daß ich Sie beglückwünsche: Ihre Verbeugung war bewundernswert! Ich habe zwar John Kemble niemals gesehen — war vor meiner Zeit — aber ab jetzt werd' ich mir einbilden, ihn gesehen zu haben — gesehen am Abend, da er für immer der Bühne den Rücken kehrte. Was Euer Enkelkind, Miss Juliet Araminta, angeht, so ist sie schlechthin ein Juwel.«

Bevor Mr. Waife noch antworten konnte, trat der Hartherzige Baron bereits herzu, in einer Laune, seiner Rolle als Tyrann und Widerling gänzlich würdig. »Was haben Sie hier zu suchen, Sir? Ich dulde keine Verschwörer hinter der Szene, die meinen Leuten Flöhe in die Ohren setzen.«

»Bitte respektvoll um Verzeihung: ich bin Künstler — ehemaliger Schüler der Königlichen Akademie — ich möchte gern eine Skizze von Miss Juliet Araminta machen.«

»Skizze! Unsinn!«.

»Sir«, sagte Lionel jetzt, mit der altersbedingten Unbesonnenheit früher Jugend: »ich bin überzeugt, mein Freund würde für die Sitzung bezahlen — anständig!«.

»Ah so«, sagte der Direktor besänftigt, »Sie sprechen wie ein

Gentleman, Sir; aber, Sir: Miss Juliet Araminta steht unter meinem persönlichen Schutz — ist praktisch mein Eigentum. Sprechen Sie doch morgen wieder vor, ehe die erste Vorstellung beginnt, was um 12 Uhr sein wird; dann können wir darüber reden. Werde mich glücklich schätzen, Ihre Freunde und Bekannten auf den Sperrsitzen zu sehen. Im Moment sehr beschäftigt, und — und-ä — kurzum — Sie entschuldigen — Ihr Diener, Sir — Diener, Sir.«

Die Art und Weise des Barons ließ keinen Raum für weitere Verhandlungen. Vance verbeugte sich, lächelte, und zog sich zurück. Aber mittlerweile hatte sein junger Freund die Gelegenheit benützt, um Beide, sowohl Waife als dessen Enkelin anzureden; und als Vance ihn jetzt beim Arm ergriff und mit sich fort zog, lag ein halb verblüffter halb grübelnder Ausdruck auf Lionels Gesicht; und er blieb stumm, bis sie aus dem Gedränge der Nachzügler wie solche noch vor der Bühne herumtrödelten, heraus, und in einer ruhigeren Ecke des Angers angelangt waren. Mond und Sterne standen am Himmel — eine liebliche Sommernacht.

»Wo in aller Welt seid Ihr mit Euern Gedanken, Lionel? Ich hab' Euch jetzt schon drei Fragen gestellt, und Ihr habt nicht 1 davon beantwortet.«

»Vance«, erwiderte Lionel langsam, » — ganz komische Sache. Ich bin in einem Maße enttäuscht von diesem kleinen Mädchen — so was von Gier und Käuflichkeit!«

»Frühreifer Schlingel!; wieso wollt Ihr wissen, daß sie gierig und käuflich ist?«

»Hört. Als dieser grämelnde alte Direktor auf Euch zutrat, sagte ich — ganz höflich natürlich — etwas zu Waife; der mir mit heiserer brüchiger Stimme, aber in sehr gebildeter Ausdrucksweise antwortete. Ja, und als ich nun den Direktor informiert hatte, daß Ihr für die Sitzung bezahlen würdet, ergreift das Kind doch ganz hastig meinen Arm, zerrt mich zu ihrer Kopfhöhe herunter, und wispert: ›Wieviel wird er geben?‹. Ich, verwirrt über eine derart direkte-nackte Erkundigung, antworte aufs Geratewohl: ›Ich weiß nicht; 10 Schilling vielleicht.‹ Das Gesicht solltet Ihr gesehen haben!«

»Ihr Gesicht gesehen?: strahlend — kann ich mir vorstellen. Tz, um die Hälfte zuviel!«, rief Vance. »10 Schilling! Verschwender!«

»Zu viel? — Sie hat dreingeschaut, wie etwa Ihr dreinschauen würdet, wenn man Euch für Euer Gemälde ›Julius Cäsar, erwägend ob er den Rubicon überschreiten solle‹ auch 10 Schilling böte. Aber als der Direktor sie als sein Eigentum erklärt, und Euch für morgen vormittag bestellt hatte – was ja bedeuten soll: er will dafür einkassieren, daß er ihr zu sitzen erlaubt – da verfinsterte sich ihr Gesicht, und sie murrte verdrossen: ›'ch will nich sitzen – will nich!‹. Dann wandte sie sich zu ihrem Großvater, und ein äußerst flinkes und heimliches Geflüster fand zwischen den Beiden statt; und dann zupft sie mich wieder am Ärmel, und sagt mir – aber auch schon *so* erpicht! – ins Ohr: ›Ich brauch' 3 Pfund, Sir, – drei Pfund! – wenn er 3 Pfund geben würde; – und kommen Sie doch in unsre Wohnung – Mr. Merle, Willow Lane. Drei Pfund, ja? –: drei!‹ – Und so, mit diesen Worten mir im Ohr noch nachzischend, – aus diesem FeenMündlein, dem doch nichts als Demanten und Perlen entträufen sollten! – so hab' ich sie verlassen«, schloß Lionel, so würdig und gesetzt, als wär' er 60, »und bin um eine Illusion ärmer!«

»Drei Pfund?!«, rief auch Vance, indem er seine Augenbrauen zum höchsten Bogen des Erstaunens wölbte, und seine Nase in die Luft, zu Ihrer Majestät dem Mond hin erhob –« 3 Pfund! – eine fabelhafte Summe! Wer hat schon drei Pfund rauszuschmeißen? Herzöge mit Gütern, die 100 000 pro Jahr abwerfen, denken nicht dran, 3 Pfund auf derart ruchlose, liederliche Art aus der Tasche zu ziehen. – Tz drei Pfund! – was könnt' ich mir nicht alles für 3 Pfund kaufen?: ich könnt' mir die komplette ›Bibliothek der Dramen‹, in Leder gebunden, kaufen für 3 Pfund; 'n Frack könnt' ich mir machen lassen für 3 Pfund, (das Seidenfutter allerdings nicht gerechnet); einen ganzen Monat lang zur Miete wohnen kann ich für 3 Pfund! Und so eine beflitterte Hummel, kaum 'n Teener zu nennen, verlangt schlankweg 3 Pfund für was?: dafür, daß sie auf einer Leinwand von Francis Vance unsterblich werde? – Henker noch eins!«

Hier fühlte Vance, daß man seine Schulter anrührte. Er fuhr herum, barsch wie Jedermann, der die Fassung verloren hat, unter ähnlichen Umständen tut; und gewahrte das schattenhafte Gesicht des Schuhflickers.

:»Na, Master?; hat sie nich fein gespielt? – wie hat sie Ihn'n gefall'n?«

»Was ihren natürlichen Charakter betrifft, nicht so übermäßig; sie legt ja einen verdammt hohen Wert auf sich selbst.«

»Wie?; das hab' ich jetz nich mitgekriegt.«

»Sie soll mich weder drankriegen noch reinlegen! –: Drei Pfund! –: drei Königreiche!–«.

»Moment!«, rief Lionel dem Schuster zu; »ä-sagtet Ihr nicht, daß sie bei Euch wohnten? Seid Ihr Mister Merle?«

»Merle iss mein Name; und wohnen tun sie bei mir – in der Willow Lane.«

»Dann kommt doch, bitte, ein paar Meter weiter, die Straße runter – ruhiger so. – Sagt mir doch, falls Ihr könnt, was das Kind gemeint haben mag?«; und Lionel berichtete, a) das Anerbieten seines Freundes; b) die Entscheidung des Direktors; und c) den rapschenden Geiz von Fräulein Juliet Araminta –: ?–.

Der Schuhflicker antwortete nicht; und als die zwei jungen Freunde, überrascht durch sein Schweigen, sich zu ihm wandten, ihn anzuschauen, sahen sie, daß er sich mit dem Hemdsärmel die Augen wischte.

»Armes kleines Ding!«, brachte er endlich heraus; und noch wesentlich eindringlicher, als er die gleichen Worte bei ihrem Auftreten vor'm BühnenVorhang betont hatte; –: »D'iss alles für ihren GroßVater; – ich weiß schon – weiß genau.«

»Och! –«, rief Lionel, erlöst, »was ich darüber froh bin! – Das ändert ja den ganzen Fall, Vance, nicht wahr?«.

»Das ändert den Fall mit den 3 Pfund nicht im geringsten,« brummte Vance: »Was ist mir ihr Großvater, daß ich seiner Enkelin 3 Pfund schenken soll; wo jede andere Göre im Dorf vor Freuden aus der Haut fahren würde, um ihr Gesicht in mei'm Skizzenbuch zu sehen und 5 Schillinge in ihrer Tasche? Zum Henker ihr Großvater!«

Sie waren inzwischen auf der Hauptstraße. Der Schuhflicker setzte sich auf einen einsamen Meilenstein, und schaute erst in das eine der beiden Gesichter vor ihm, und dann in das andere; das von Lionel schien ihm am meisten zuzusagen, und beim Sprechen jetzt war es auch Lionel, an den er sich vorwiegend wandte.

»Junger Herr«, sagte er, »es sind nun just vier Jahre, daß Mr. Rugge, als er her kam – wie er und seine Truppe zur Jahrmarkts-Zeit immer getan haben, solang ich denken kann –, zum erstenmal den Mann mitbrachte, den Sie heut Abend gesehen haben, William Waife; ich sag' immer Gentleman Waife. Wieso der Mann je in derartige Verlegenheiten geraten – wie dazu kommen konnte, sich so einer Karawane anzuschließen, würde wohl den meisten Köpfen Rätsel aufgeben. Joe Spruce findet's jedenfalls ungemein rätselhaft; ich nich im geringsten.«

»Inwiefern?«, fragte Vance.

»Wegen Sàturn.«

»Satan?!«

»Saturn – hoffnungslos conträr im 2. und 10. Haus, möcht' ich wetten. Herrscher im Ascendenten möglicherweise; – in Combustion mit der Sonne – wer weiß.«

»Ihr seid doch nicht etwa Astrolog?«, sagte Vance argwöhnisch, indem er ein Endchen von ihm abrückte.

»Stück davon – nichts für ungut.«

»Was tut das alles zur Sache?«, sagte Lionel ungeduldig; »macht weiter. Ihr nennt Mr. Waife also ›Gentleman Waife‹; und wenn Ihr nicht Astrologe wäret, würd'es Euch Rätsel aufgegeben haben, ihn in so einem Beruf zu erblicken.«

»Ja, genau; denn er war nich wie Andre, die man sonst wohl hier'rum auf diesen Brettern zu sehen kriegt; und doch auch wied'rum nich so ganz wie 'n Londoner Schauspieler, wie ich sie ma' in Londn gesehen hab'; eher mehr wie'n gescheiter Kerl, der aus Jux an der Sache aufs Theater geht. Er wußte so drollige Witze, und schaute so komisch drein, obwohl ja-nich ordinär, nein, immer das, was ich eben 'n Gentleman nenne – gerade so, wie wenn Einer von Ihnen-Beiden sich ma' irgndn Jokus machte, bloß Ihren Freunden zum Spaßvergnügen. Naja, jedenfalls ›zog‹ er mächtig; und jedes Mal, wenn er kam, wieder; so daß die Großen Famil'jen aus der ganzen Umgegend sich aufmachten, um ihn zu hören; und er wohnte bei mir im Hause, und war immer freundlich und angenehm im Umgang, und dann war er auch das, was ich 'n Ackerdämiker heiße. Aber trotzdem möcht' ich Ihn'n keinesfalls was vormachen; ich würd' durchaus mein'n, daß er zu seiner Zeit 'n wilder Bube gewesen sein kann. Merkur in üblen Aspekten – gibt's gar kein'n Zweifel. Letztes Jahr nun traf sich's, daß einer von den großen Herren, wie sie zu'n Londner Theatern gehören, zur JahrmarktsZeit hier war. Ob er ma zufälligerweise von Waife gehört hatte, und nu ausdrücklich herkam, um sich selber 'n Urteil zu bilden, kann ich nich sagen; wahrscheinlich ississ. Und als er Gentleman Waife hatte spielen seh'n, hat er ihn zu sich einladen lassen, ins Wirtshaus – ›Roten Löwen‹ – und hat ihm 'n Haufen Geld geboten, daß er nach Londn käm – in'n Kofent Garten. Naja Sir, Waife biß nich etwa sofort auf der Stelle an; sondern zögerte hier und druxde da; und ließ sich erst ganz am Ende dazu beschmeicheln; und dann iss er halt mit gegangen. Aber das Unglück kam über ihn; und ich wußte, daß das so würde, denn ich hatt' es alles längst in mei'm Kristall gesehen.«

»Oh«, rief Vance, »'n Kristall auch noch! Also wahrhaftig, es wird allmählich spät, und wenn Ihr etwa Euern Kristall zufällig bei Euch haben solltet, könntet Ihr darin sehen, daß wir Appetit auf's Abendbrot kriegen.«

»Und? Was geschah?«, fragte Lionel, weit freundlicher; denn er sah, daß der Schuster, der durch Erwähnung seines Kristalls anscheinend einen großen Eindruck hervorzubringen gehofft hatte, gekränkt war.

»Was geschehen iss?«: nu genau, was ich vorhergesehn hatte. 'n EisenbahnUnglück iss passiert, zwischen hier und Londn; und der arme Waife hat dabei ein Auge verlor'n, und wurde'n Krüppel auf Lebenszeit – so war's also vorbei mit dem Auftreten auf der Lond'ner Bühne; und, was schlimmer war, er hat lange Zeit zwischen Tod und Leben geschwebt, und hat's infolge von Erkältung irgndwie auf die Brust bekommen, und seine Stimme verlorn; und so iss der traurige Anblick zustande gekommen, wie Ihr ihn gesehen habt, glückliche junge Gesellen, die Ihr seid.«

»Aber er hat 'ne Entschädigung von der Eisenbahn erhalten, wie ich doch annehme?«, sagte Vance, mit der gefühllosen Unparteilichkeit eines stoischen Dämons.

»Das hat er; und ausgegeben hat er sie auch. Ich nehm' an, der Gentleman iss bei ihm durchgebrochen, sobald er Geld gespürt hat; und krank wie er war, d's Geld iss weggegangen. Dann hat er sich, scheint's, kein'n andern Rat mehr gewußt, und hat's versucht und iss zu Mr. Rugge zurück. Aber Mr. Rugge war ausgesprochen sauer und gehässig, weil er damals von ihm weggegangen war; denn Rugge hatte sehr mit ihm gerechnet, und soll sogar dran gedacht haben, dies RiesenTheater in York da zu pachten, und Gentleman Waife dort als sein TrumpfAß rauszubringen. Aber's war nich schicksalsgerecht; und Rugge hielt sich für ausgenützt und ungerecht behandelt, und wollte zuerst überhaupt nichts mehr mit Waife zu tun haben. Und es iss ja auch wahr: was konnte der arme Mann einem Rugge noch nützen? Aber da bringt Waife auf einmal die kleine Sophie zum Vorschein.«

»Ihr meint Juliet Araminta?«, sagte Vance.

»Dieselbe – im Privatleben ist sie Sophie. Und Waife hat ihr 's Theaterspielen beigebracht; und Stücke für sie zusamm'gestellt. Und Rugge faßt natür'ich sofort zu; und sie erhält Waife mit dem, was sie verdient; denn ihm gibt Rugge bloß 4 Schilling die Woche, und das geht für Tabak und dergleichen drauf.«

»›Dergleichen‹? – Getränke, nehm ich an!«, sagte Vance.

»Nein – trinkn tut er nich. Aber er raucht; und da hat er eben noch so die kleine noble Angewohnheit, und 4 Schilling' geh'n dafür drauf. Und sie sind dies Frühjahr weit im Land 'rum gewesen, und haben gut eingenommen, und jetz sind sie hier. Aber Rugge benimmt sich schändlich hart gegen Beide; und daß er irgnd'n gesetzliches Recht auf die Lütte hätte, wie er immer vorgibt, glaub' ich nich – höchstens so'ne Art mündlicher Übereinkunft, die sie und ihr Großvater ohne weiteres kündigen könnten sobald sie wollten; und *das* ist es, was sie vorhaben; und *deswegen* will die kleine Sophie so gern die 3 Pfund.«

»Wie?!«, rief Lionel eifrig. »Wenn sie 3 Pfund besäßen, könnten sie sich losmachen?; und wenn ihnen das gelänge, wovon würden sie leben? Wohin wollten sie gehen?«

»Das ist eben ihr Geheimnis. Aber ich hab' Waife sagen hör'n – den ersten Abend, als sie hierherkamen – ›daß, wenn er nur 3 Pfund zusamm'kriegte, da wär' ihm ein Plänchen aufgestoßen, wodurch er quasi unabhängig sein könnte‹. Ich will Ihn'n sagen, was ihn so aufgebracht hat: daß Rugge darauf bestand, er müsse wieder auf der Bühne erschein'n!; wogegen er, als so'n Wrack, sich überhaupt nich mehr sehen lass'n wollte. Aber er wurde gezwungen nachzugeben; und da hat er denn den Ausweg erdacht, diese Stücks-Geschichte da zuzurichten, wo er am Schluß selber erscheint, ohne daß er ein Wort zu reden braucht.«

»Mein guter Freund! –«, rief der junge Lionel, »wir sind Euch für Eure Geschichte überaus verbunden – und es würd' uns ein großer Gefalle geschehen, könnten wir die kleine Sophie samt ihrem Großvater morgen in Eurem Hause sehen & sprechen – ist das möglich?«

»Sicherlich, gewiß könnt Ihr das – sobald die Vorstellung vorbei iss; heut-spätabends, wenn Ihr wollt?«

»Nein; morgen; Ihr seht, mein Freund ist ungeduldig und will umdrehen – morgen sprechen wir vor.«

»Naja'llso, das wär' aber der letzte Tag ihres Aufenthaltes;«, sagte der Flickschuster. »Obwohl Ihr sie vor 10 Uhr abends, in meinem Hause mit Sicherheit nich sprechen könntet – und nicht 1-Wort Rugge gegenüber, gelt-ja?!«

»Nicht 1 Wort Rugge gegenüber!«, bestätigte Lionel; »Eine Gute Nacht Euch.«

Die jungen Leute verließen den Flickschuster, der noch auf seinem Meilenstein sitzen blieb, und grüblerisch in die Sterne schaute; während sie in flottem Tempo die Straße hinunterschritten.

»Ich bin eben recht ins Schwatzen geraten«, sagte Lionel, in seinem süßesten Ton. Er hatte vor, dem reicheren Freunde 3 Pfund abzuschmeicheln, was einige Geschicklichkeit erfordern dürfte; denn unter Vance's jüngeren übermütigen Kunstgenossen waren nicht wenige Anekdoten über die Gewandtheit im Umlauf, mit der er irreguläre Attacken auf seinen Geldbeutel zu parieren wußte; und da besagter Herr einstmals, die Nase noch höher als gewöhnlich in der Luft, solchen Spöttern bemerkt hatte, ›daß sie von ihm aus auf seine Kosten Witze reißen könnten, noch und noch‹ – hatte ein Spaßvogel gerufen: ›Auf Eure Kosten? Überlegt Euch das; denn wenn ein Witz auch nur auf 1 Heller zu stehen käme, Ihr würdet die Erlaubnis dazu nie und nimmer erteilen.‹

Als daher Lionel jene unschuldige Bemerkung machte, warnte der süße Ton den Künstler sogleich, daß hier irgendeine Schlange im Grase verborgen wäre – und er blieb klüglich still. Worauf Lionel, mit noch gleisnerischerer Stimme wiederholte – »Ich bin eben recht in's Schwatzen geraten.«

»Natürlich«, erwiderte Vance nunmehr: »'ss doch ganz natürlich; denn ich nehme an, Ihr werdet es ja auch sein, der ganz allein dafür zu zahlen beabsichtigt, und 3 Pfund scheinen da der Preis zu sein. Bißchen teuer, eh?«

»Ach Vance, wenn ich nur 3 Pfund besäße!«

»Pscht; und kein Wort weiter jetzt, bevor wir gegessen haben. Ich verspür' einen wahren Wolfshunger.«

Just als der nächste Meilenstein in Sicht kam, bogen die jungen Reisenden in einen grünen Heckenweg ein, und erreichten ein paar Meter weiter ein kleines Wirtshaus am ThemseUfer. Hier hatten sie sich während der letzten Tage aufgehalten; hatten skizziert, und gerudert; ab Sonnenaufgang die Gegend durchstreift; und waren erst bei Einbruch der Nacht zum Abendbrot zurückgekehrt, und dann ins Bett gefallen. Es war das lustigste kleine Wirtshaus – mit einer Geißblattüberhangenen Laube zwischen Porch und Fluß – am Ufer lagen ein paar Boote zum Mieten vertäut – und im Moment war alles Mondschein und WellchenGekräusel.

:»Abendessen und Lichter in die Laube« rief Vance dem Schenkmädchen zu – »heh, presto – flink!; während wir schnell mal reingeh'n uns die Hände waschen. Und, hört Ihr?: einen Literkrug von diesem kapitalen Whisky-Toddy!«. –

## 4. Kapitel

*Ein Kapitel welches, vermittelst stufenweise zunehmender Beleuchtung von Antecedenzien, die Vergangenheit mit der Zukunft verbindet.*

Oh Wirtshäuser am Wegrand und Wanderungen zu Fuß! Oh Sommernächte unter GeißblattLauben, am Ufer sternwimmelnder Wellen! Oh Jugend, Jugend, Jugend! –

Vance kellte den Toddy aus, und zündete sich seine Zigarre an; stützte dann den Kopf in die Hand, und schaute, den Ellenbogen auf dem Tisch, mit dem Auge des Künstlers den mildeblitzenden Fluß auf und nieder.

»Alles in Allem genommen«, sagte er, »bin ich doch froh, daß ich Maler bin; und ich will nur hoffen, daß ich lange genug leb', um ein großer zu werden.«

»Da ist gar kein Zweifel: wenn Ihr nur das Leben behaltet, werdet Ihr ein Großer!«, rief Lionel, ebenso herzlich wie überzeugt. »Und wenn ich – der ich doch höchstens gut genug pinseln kann, um selber mit mir zufrieden zu sein – wenn ich schon finde, daß das der Natur ganz neue Reize . . .«

»Sentimentalitäten weg«, sprach Vance; »nur weiter.«

»Was«, fuhr Lionel fort, unabgekühlt von der mahnenden Unterbrechung. » – was müßt dann erst Ihr fühlen; Ihr, Der ein dahinschwindendes Sonnenlicht – ein vorübergleitendes Antlitz – auf einen Fetzen Leinwand bannen, und dazu sprechen könnt: ›SonnLicht und Schönheit: Da!: lebt für immer!‹.«

Vance: – »›Für immer‹?; nein. – Farben sind nicht constant, Leinwand modert. Was ist uns von Zeuxis geblieben? – Immerhin war's hübsch gesagt, zugunsten der poetischen Seite der Profession; aber es gibt auch eine prosaische – wolln wir *die* kurz betrachten. Bong; ich bin froh ein Maler zu sein. Aber laßt ja Euch nicht vom Fieber meines Berufes anstecken: Eure arme Mutter würde mir nie verzeihen, müßte sie argwöhnen, ich hätte Euch, durch mein Bösesbeispiel, zum Anstreicher gemacht!«

Lionel (trübdüster): – »Nein. Ich werd' nie ein Maler werden! – Aber was kann ich sein? Wie werd' ich je auf Erden eines der Schlösser zustande bringen, die ich in die Luft gebaut habe? Ruhm liegt so weit – GLÜCK schier unmöglich. Aber zu Einem bin ich fest-entschlossen –« (mit gerunzelter Stirn und durch zusamm'gebissne Zähne): – »irgendwie will ich mir ein unabhängiges Vermögen erwerben, daß ich meine Mutter unterstützen kann.«

VANCE: – »Eure Mutter hat doch ihre Unterstützung – sie hat die Pension . . .«

LIONEL: – ». . . einer HauptmannsWitwe; und« (setzte er mit errötender Wange hinzu): »– einen ersten Stock, den sie an Leute vermietet.«

VANCE: – »'ss doch keinerlei Schande! Peers vermieten Häuser; und auf dem Kontinent-drüben, vermieten Prinzen nicht nur 1. Stockwerke; sondern auch 4. und 5.; ganz zu schweigen von Mansarden und KellerWohnungen. – Beim Eintritt in die Welt, Freund Lionel, wenn Ihr nicht bei jeder Kehre wundgerieben werden wollt, faltet Euern Stolz sorglich zusammen; legt ihn unter Schloß und Riegel; und laßt ihn nur bei großen Anlässen mal an die Luft kommen. STOLZ?: das ist ein Kleid, nach außen hin ganz steiffer Brokat; auf der kratzenden Innenseite aber nichts als härenste SackLeinwand! Selbst Könige tragen die Dalmatica doch höchstens anläßlich der Krönung. Ihr wünscht Euch UNABHÄNGIGKEIT?;: gut. Aber seid Ihr denn jetzt abhängig? – Eure Mutter hat Euch immerhin eine beste Erziehung mitgegeben; und Ihr habt doch bereits Nutzen davon gezogen. – Mein lieber Junge«, fügte Vance, mit bei ihm ungewöhnlicher Wärme hinzu, »Ich rechne es Euch hoch an daß Ihr, in Eurem Alter, kaum daß Ihr die Schule verlassen, Euch eingeschlossen, und Griechisch und Latein, bogenweise, für einen Verleger übersetzt habt, gegen weniger denn Dienerlohn. Und all-das nur, um Eurer Mutter einige Annehmlichkeiten zu erkaufen; und ein paar Pfund in der eigenen Tasche zu haben, um Euer bißlein Vakanz mit mir zu verbringen, und Euern Anteil an den Kosten zu bestreiten! – Ach da ist Energie, und Geist, und Leben in all dem, Lionel; was schon einen felsenfesten Untergrund ergeben wird, für jegliches Eurer LuftSchlösser, und sei'n sie noch so anspruchsvoll gebaut. – Eure Hand, Mein Junge!«

Dieser Gefühlsausbruch war Frank Vance's sonstiger praktischer Trockenheit, ja selbst seinen salbungsvolleren Stimmungen, so unähnlich, daß es den überraschten Lionel überwältigte, der die ihm hingebotene Hand drückte; und dann mit schwankender Stimme erwiderte: »Ich verdien' Euer Lob nicht Vance; und fürchte eher, eben der Stolz, den Ihr mich hinter Schloß und Riegel stecken heißt, hat den größeren Anteil an etwaigen Meriten, die Ihr edleren Motiven zuschreibt. – ›Unabhängig‹? Nein! Ich bin es nie gewesen.«

VANCE: – »Nu schön, Ihr hängt von einem Elternteil ab, –: wer tut das mit 17 nicht?«

LIONEL: – »Ich meinte jetzt nicht meine Mutter; von ihr Wohltaten anzunehmen, könnte ich selbstredend nicht zu stolz sein. – Aber die Wahrheit ist schlicht die: mein Vater hatte einen Verwandten – nicht übermäßig nahe, freilich – einen Cousin, in so entferntem Grade glaub' ich, als ein Cousin überhaupt noch sein kann. An diesen Herrn schrieb meine Mutter, nachdem mein armer Vater gestorben war – und er war großzügig; denn er ist es, der für meine Schulausbildung bezahlt hat. Ich hab das nie gewußt, bis in die jüngste Zeit. Ich hatte wohl das unbestimmte Gefühl, daß da irgendwo in der Familie ein mächtiger und reicher Verwandter wäre, der sich für mich int'ressiere; aber gesehen hatt' ich ihn nie.«

VANCE: – »Niemals gesehen?«

LIONEL: »Nein. – Und nun kommt der Stachel: als ich vergangnen Weihnachten von der Schule abging, sprach mir meine Mutter, zum ersten Male, von dem Umfang meiner Verpflichtungen diesem Wohltäter gegenüber; und teilte mir gleichzeitig mit, er wünschte nunmehr zu hören, welche Berufswahl ich selber getroffen hätte – und daß er, falls ich mich für Kirche oder Advokatur entschiede, die Studienkosten übernehmen wollte.«

VANCE: »Bei meinem Leben, wo ist denn daran der Stachel? Schenkt Euch vom Toddy ein, mein Junge, und schaut das Leben ein bißchen heiterer an.«

LIONEL: – »Ihr habt mich nicht zu Ende gehört. – Ich verlangte daraufhin, den Brief meines Wohltäters sehen zu dürfen; und meine Mutter, ahnungslos welche Pein sie mir zu bereiten im Begriff stünde, zeigte mir nicht nur den letzten, sondern alle, die sie überhaupt von ihm empfangen hatte. Oh, Vance, sie waren entsetzlich, diese Briefe! Der erste etwa begann mit der trockenen Anerkennung gewisser verwandtschaftlicher Ansprüche – dann ein lakonisches Anerbieten, meine Schulgelder zu bezahlen – aber nicht 1-einziges freundliches Wort; dafür vielmehr der strenge Vorbehalt, daß er, der Schreiber, mich nie zu sehen noch zu hören bekomme. Er wolle keine Dankbarkeit – er mißtraue allen Beteuerungen einer solchen. Seine Gunstbezeigungen würden sofort aufhören, falls ich ihn belästige. ›Belästige‹ war sein Ausdruck; also Brot, das man einem Hunde hinwirft.«

VANCE: »Tz!; nichts als die Excentricität eines reichen Mannes. Junggeselle, nehm' ich an?«

LIONEL: »Meine Mutter sagte, er sei verheiratet gewesen; jetzt aber Witwer.«

VANCE: – »Irgendwelche Kinder?«

LIONEL: »Am Leben seien keine, sagt meine Mutter; aber ich weiß wenig oder nichts von seinen Familienverhältnissen.«

Vance sah seinem jungen Freunde scharf und prüfend ins Gesicht; und sagte, nach einer Pause, trocken – »Klar wie die liebe Sonne: Euer Verwandter ist einer von jenen Leuten, die, ohne eig'ne Kinder, ständig die Annäherungsversuche eines etwaigen Erben argwöhnen und fürchten; und was diesen Stachel, wie Ihr es nanntet, noch empfindlicher für Euch gemacht hat, das waren – Ihr entschuldigt, ja? – ein paar einfältige Worte Eurer Mutter; die, als sie Euch die Briefe zeigte, sich in Andeutungen erging, wie Ihr dieser Erbe vielleicht werden könntet, wenn Ihr Euch nur entsprechend geschmeidig und untertänig zeigtet. – Hab' ich nicht recht?«

Lionel ließ, ohne zu antworten, den Kopf hängen.

VANCE (aufmunternd): »Nu nu! bis jetzt ist der Schade noch nicht groß. Genug von jenem ersten Brief. Wie sah der letzte aus?«

LIONEL: – »Noch weit aggressiver. Er, dieser Verwandte, dieser Gönner, forderte meine Mutter auf, ihn mit all diesen Anspielungen auf die Begabung und Fähigkeiten ihres Sohnes künftig zu verschonen; ihr sei dergleichen natürlich, für ihn habe es nur geringes Interesse – für ihn, den herablassenden Wohltäter! – Was sein Urteil über mich angehe, so dürfte mir das Urteil Eines, den ich nie gesehen hätte, vermutlich gleichgültig sein; alles was verständigerweise mein ... ohgott, ich kann mit diesen schneidenden Wendungen nicht fortfahren, die in letzter Instanz darauf hinauslaufen: ›Alles um was ich mich zu bekümmern hätte, sei das Geld eines Mannes, der mich beschimpft, indem er es mir hinreicht‹.«

VANCE (entschieden): »Ohne groß ein Hexenmeister zu sein, möcht' ich meinen, Euer Anverwandter sei ein ziemlich widerwärtiger Geselle – nicht was man so urban oder liebenswürdig nennt – kurz, ein ganz brutales Stück.«

LIONEL: – »Dann werdet Ihr mich ja auch nicht weiter tadeln, wenn ich Euch sage, daß ich beschloß, jenes Angebot, mich während des Universitätsstudiums zu erhalten, mit dem dieser letzte Brief endete, nicht anzunehmen. Glücklicherweise hatte Dr. Wallis, (der Direktor meiner Schule; der immer sehr gütig zu mir gewesen war), gerade die Herausgabe einer populären Übersetzung der griechischen und lateinischen Klassiker übernommen — auf mein Ansuchen hin empfahl er mich dem Verleger des Unternehmens, als nicht unfähig, den ein- oder andern der weniger schwierigen lateinischen Autoren zu übertragen — unter seiner Aufsicht, versteht sich. Als ich die erste Lieferung des mir dergestalt anvertrauten Werkes beendigt hatte, begann meine Mutter sich wegen meiner Gesundheit zu beunruhigen, und bestand auf irgend einer Art von Erholung für mich. Ihr wart just drauf und dran, eine FußTour zu unternehmen. Ich hatte, wie Ihr sagtet, ein paar Pfund in der Tasche; und also habe ich mit Euch jetzt die bisher fröhlichsten Tage meines Lebens verbracht.«

VANCE: — »Was hat denn Euer höflicher Cousin dazu geäußert, als Eure Weigerung die Universität zu beziehen, ihm zu Handen kam?«

LIONEL: »Er hat auf die diesbezügliche Mitteilung meiner Mutter erst geantwortet, unmittelbar bevor ich von zuhause wegging; und dann — ach nein; es war also nicht sein letzter Brief, aus dem ich vorhin diesen versengenden Auszug gab — nein, der *allerletzte* war noch gallebitt'rer; denn er sagte darin, daß, da ich trotz meiner so gerühmten vielversprechenden Fähigkeiten, die Fadheit einer Hochschule und die Mühseligkeiten einer gelehrten Laufbahn, so abschmeckend fände, er nicht die geringste Absicht hätte, mir eine Wahl vorzuschreiben; da er aber doch auch möglichst vermieden sehen möchte, daß Jemand von seinem Blut (und sei es noch so entfernt), und der den Namen Haughton trüge, sich als Schuhputzer oder Taschendieb etabliere — Vance —: Vance!«.

VANCE: — »Weg-geschlossen den Stolz! — die Sackleinwand kratzt Euch schon wieder — fahrt lieber fort: ›weswegen er WAS wolle . . .?‹«

LIONEL: ». . . mir ein Patent in der Armee kaufen; oder eine Anstellung in Indien verschaffen.«

VANCE: »Welches habt Ihr gewählt?«

LIONEL: (leidenschaftlich): »Welches!, auf solche Weise angeboten — welches? — selbstredend keins von beiden! Aber da ich dem Ton nicht traute, in dem meine Mutter antworten würde, hab' ich mich, den Abend vor unserm Aufbruch, hingesetzt, und eigenhändig an den grausamen Menschen geschrieben. Ich hab meinen Brief meiner Mutter nicht gezeigt — ihr auch kein Wort davon gesagt. Ich schrieb nur kurz, daß wenn er meine Dankbarkeit nicht annehmen möge, ich auch seine Wohltaten nicht mehr annähme; Schuhputzer könnte ich vielleicht einmal werden müssen – Taschendieb nicht! Daß er keine Angst zu haben brauche, ich werde seinem Geblüt oder meinem Namen Schande machen. Und daß ich nicht ruhn und rasten werde, bis ich, früher oder später, ihm all das zurückgezahlt haben würde was ich ihn gekostet hätte; und mich von der Last einer Verpflichtung befreit fühlen könnte, die... die –«; der Jüngling hielt inne, schlug beide Hände vor's Gesicht, und schluchzte auf.

Vance, obschon beträchtlich ergriffen, stellte sich erst, wie wenn er seinen Freund ausschelte; da dies jedoch nicht verfing, erhob er sich am Ende; schlang den Arm brüderlich um ihn; und zog ihn weg von der Laube, hin zum schräg abfallenden Bord des Flusses. »Tröstet Euch«, sagte der Künstler dann, schier feierlich; indem hier, aus dem tiefsten Innern seines Wesens, der wahre Genius des Mannes hervortrat und sprach – »tröstet und schaut Euch um: seht wie das Inselchen die Flut scheinbar aufhält, und wie der Strom lächelnd weiter zieht. Seht wie, gerad wo wir stehen, die Kiesel die Welle zum Kräuseln bringen – würde die Welle, wenn nicht gekräuselt, auch diese liebliche Musik hervorbringen? Einige wenige Meilen weiter abwärts, und über den Fluß spannt sich eine Brücke, eben jetzt überquert von geschäftigen Füßen; zu Seiten dieser Brücke ist ein Palast im Entstehen begriffen – sämtliche Männer, die England regieren, haben Raum in diesem Palast. Hinter dem Palast ragt die alte Abtei empor, wo Könige ihre Gräber haben, kraft des Namens den sie ererbten; und Männer, niedriggeboren wie wir, haben dort ihre Gräber gefunden, kraft des Namens, den sie sich *machten*. Nun denkt, Ihr stündet auf jener Brücke, mit den hochfliegenden Hoffnungen des Knaben, mit dem ausdauernden Mut des Mannes; und dann wendet Euch wieder zum Fluß hier, wie er, still unter Sternen, dahinfließt, jener Brücke zu – Inselchen und Kieselgerölle zum Trotz.«

Lionel gab keine verständliche Antwort, obschon seine Lippen murmelten; aber er drängte sich näher und näher an seines Freundes Seite; und die Tränen auf seinen Wangen waren bereits getrocknet – ob ihr Tau gleich immer noch in seinem Auge schimmerte.

## 5. Kapitel

*Theorien über die sittlichen Qualitäten des Räubers. / Mr. Vance sieht, unter gemischten Empfindungen, voraus, daß die Ehre der Bekanntschaft des Räubers, mit pecuniärem Verlust verbunden sein dürfte.*

Vance machte das Boot von seiner Vertäuung los; trat hinein; und nahm die Ruder zur Hand. Lionel folgte, und ließ sich auf den Hintersitz nieder. Der Künstler ruderte gemächlich; indem er melodisch zum Takt des Rudergeplätschers vor sich hin pfiff. Nicht lange währte es, da kamen sie ans Ufer einer ParkAnlage, die sich mit einem Rasengrund wert daß Feen auf ihm getanzt hätten, um eine jener Villen breitete, wie man sie außerhalb Englands nirgends sieht. Aus den Fenstern der Villa kam ruhiges Lampenlicht; über das Ufer herabgeneigt, daß ihr Blattwerk ins Wasser tauchte, standen reglos große Weidenbäume; sacht drängte das Boot die hängenden Zweige beiseite; und Vance kam in einer kleinen Schlupfbucht zur Ruhe.

»Und wahrlich«, sagte der Künstler launig – »wahrlich«, sagte er, und gab seiner dritten Zigarre dabei Feuer – »es wird Zeit, daß wir dem Hartherzigen Baron ein paar Worte mehr widmen, und dem Kindlein des Räubers vor allem: was für ein Ammenmärchen dieser Schuhflicker uns da aufgetischt hat! Der muß uns aber für reichlich grün gehalten haben.«

Lionel (aufgerüttelt): – »Wieso?; ich seh gar nichts so Wundersames an der Geschichte; obwohl so manches, was traurig ist. Ihr müßt doch zugeben, daß Waife ein guter Schauspieler gewesen sein kann – Ihr seid selber ganz aufgeregt geworden, bloß über seine Haltung und Verbeugung. Folglich ist es natürlich, daß man ihn eingeladen hat, sein Glück auf einer londoner Bühne zu versuchen – daß ihm dabei ein Eisenbahnunfall zugestoßen ist, der ihn seine Chancen für immer gekostet hat, wäre zumindest nicht unwahrscheinlich – natürlich ist fernerhin, daß er nun sein armes kleines Enkelkind in Contribution setzte – und ebenso natürlich also, daß er, hart behandelt und mit verletztem Stolz, zu entkommen wünschen sollte.«

Vance: »– und noch natürlicher als dieses Alles, daß er den Wunsch hege, uns 3 Pfund aus der Tasche zu ziehen – der alte

Räuber! Nein, Lionel; jetzt will ich Euch mal erzählen, was *nicht* wahrscheinlich ist: nämlich daß er so ein scharmantes-gewitztes Kind, einem Landstreicher wie diesem Rugge überlassen haben sollte – sie spielt ja bewunderungswürdig. Jener Manager, der angeblich *ihn* hat engagieren wollen, würde vor allem *sie*, beim ersten Anblick, engagiert haben. – Ich komm' da nicht klar.«

LIONEL: – »Richtig; sie ist ein außergewöhnliches Kind. Ich kann gar nicht sagen, wie sehr sie mich interessiert hat.« Er zog seine Börse hervor, und fing an, ihren Inhalt durchzuzählen. »Ich hab' fast noch 3 Pfund drin«, rief er freudig: »2 £ 18 s. Wenn ich den Gedanken an einen längeren Ausflug mit Euch aufgäbe, und dafür ruhig nach Hause ginge . . .«

VANCE: – »– und Euren Anteil an der Rechnung drüben nicht bezahltet . . ?«

LIONEL: – »Achja; das hatt'ich vergessen! Aber stop: von *Euch* zu borgen bin ich nicht zu stolz; und es geschieht ja nicht zu egoistischen Zwecken.«

VANCE: – »Von mir borgen, Cato! Aber so geht's, wenn man sich mit Räubern und ihren Kindern einläßt. Nein; wolln wir die Angelegenheit mal wie vernünftige Menschen betrachten. Eine Geschichte ist solange gut, bis eine andre erzählt wird: ich will selber morgen zu Rugge hingehen, und mir anhören, was der sagt; und dann, falls wir uns zugunsten der Schuhflicker-Version entscheiden sollten, können wir ja abends hingehen, und uns mit den Schuhflicker-Mietsleuten unterhalten; und ich seh's schon kommen«, fügte Vance gnädig, obschon mit einem Seufzer, hinzu: »ich seh schon kommen, daß man mir gutherzig Närrchen die 3 Pfund abschmeicheln wird! Naja; imgrunde ist ihr Kopf das schon wert – ich brauch da grad eine Anregung für eine Titania.«

LIONEL (hocherfreut): »Ach, lieber Vance, Ihr seid der beste Kerl von der ganzen Welt!«

VANCE: – »Kümmerliches Kompliment für die Menschheit. – Aber nehmt die Ruder: jetzt ist die Reihe an Euch.«

Lionel gehorchte; das Boot tanzte von Neuem auf der Flut dahin – durch Schilfrohr – durch Wellchen, die jenes grasige Eiland umfalbelten – hinaus in den bleichen Mondschein. Gesprochen ward nur dann und wann. Wovon? –: von Tausenderlei! Unvernützte junge Herzen, beredte junge Zungen! Sündlose Vergangenheiten; die Zukünfte hoffnungsdurchschimmert. Oh Sommernächte auf dem Glas besternter Fluten! Oh Jugend, Jugend, Jugend!

## 6. Kapitel

*Worin der Geschichtsschreiber jenen Öffentlichen Persönlichkeiten, die ihre Stunden auf der Bühne abdienen, bis in den Schoß ihres Privatlebens nachspürt. / Der Leser wird eingeladen, zu einer Schlußfolgerung zu gelangen, die, zumal in perplexeren Stunden, öfters dazu angetan sein könnte, ihm seine Seelenruhe wiederzugeben; nämlich dieser: daß wenn einen Menschen Betrachtungen überkommen wollen, bezüglich aller Hoffnungen die er je genährt, aller Befürchtungen denen er je Raum gegeben, aller Projekte die er je entworfen hat; das Weiseste was er in 9 von 10 Fällen mit Hoffnungen, Befürchtungen und Projekten tun kann darin besteht, sie enden zu lassen, wie dieses Kapitel –: in Rauch.*

Es war 9 Uhr durch am Abend des folgenden Tages. Die Schaustellungen von Mr. Rugge's Theater im Dorf hier, waren für diese Saison vorbei; denn auch der Jahrmarkt war zu Ende. Die Schluß-Vorstellung hatte etwas zeitiger als an den vorhergehenden Abenden begonnen, und war folglich auch früher fertig; denn die TheaterBude mußte bis Tagesanbruch abgebrochen, und die ganze Truppe morgens beizeiten wieder unterwegs sein. In einem der angrenzenden Kreise erwartete sie schon der nächste Jahrmarkt, und man hatte eine längere Anreise vor sich.

Gentleman Waife und seine Juliet Araminta hatten sich in ihr Quartier über dem Laden des Schuhflickers verfügt. Die Zimmerchen waren zwar schlicht; hatten aber nicht nur den Anstrich des Bequemen, sondern sogar des Malerischen. Der kleine Wohnraum war überaus altmodisch – getäfelt mit einem Holz, das einstmals blau angestrichen gewesen war – und der Kamin hatte einen kuriosen Aufsatz, der bis an die Decke reichte. Dieser Teil des Hauses besprach ganz die Zeiten des ersten Karl. Damals mochte es von einem bibelfesten Puritaner bewohnt gewesen sein; und eingelassen über der Tür befand sich auch das grimm-verblaßte Porträt eines Mannes mit mürrischem hagerem Gesicht, langem glattem Haar, gestärktem Kragen, und einer derart langen Oberlippe, daß es sogleich den obstinaten unnachgiebigen Charakter ankündete, und die sich allenfalls beim Schaffot des Monarchen zu düsterer Heiterkeit verzogen, oder einen endlosen Sermon in Anwesenheit des unerschütterlichen LordProtectors gepredigt haben mochte. Auf einem Tischchen, unter dem tiefliegenden Fenster, standen, akkurat gereiht, ein paar nüchtern und ehrbar dreinschauende ältliche Bücher, unter welchen man COLLEY's ›Astrologie‹, OWEN FELTHAM's ›Auflösungen‹, GLANVILLE ›Über Hexen‹, die ›PilgerFahrt‹, eine frühe Ausgabe des ›Verlornen Paradieses‹, und eine alte Bibel erblickte; auch zwei Blumenstöcke in Töpfchen aus besonders hellrotem Ton; sodann zwei kleine glattwollene Deckchen, auf deren einem eine geschnitzte Kokosnuß lag, auf dem andern eine etwas eiförmige Kristallkugel – diese letzt're der ganze Stolz und die Freude von des Flickschusters visionärrischer Seele. Eine weit offenstehende Tür stellte die Verbindung zu einem Räumchen weiter im Innern dar, (und sehr niedrig war dort die Zimmer-Decke), wo der Räuber schlief, sobald die Unnachsichtigkeit seiner Verfolger ihm etwas wie Schlaf gestattete. Nahe besagter Tür, in der Ecke des Wohnzimmers, stand ein kleines RoßhaarSofa, das, mit Hilfe von Leinenlaken und einer Zudecke mit Handarbeit, BettStelle vertrat, und für das Kind des Räubers bestimmt war. Hier war auch die Zartheit des SchusterHerzens zu gewahren; denn über diese Zudecke hin sah man Lavendelzweiglein gestreut und Blätter der Verbene – diese letzteren, es sei gestanden, sowohl um gute Träume zu bewirken, als auch Hexerei und Böse Geister zu verscheuchen. An einem zweiten Tisch, unweit des Kamins, war das Mädchen geschäftig, ihn mit dem Teegeschirr für ihren Großvater zu decken. Ihren Staat aus Spangen und Flitter hatte sie in der Garderobe des Theaters gelassen, und erschien in einem schlichten HausKittelchen; worin sie nun zwar nicht mehr wie Titania aussah, dafür aber wie ein muntres, rühriges, zutunliches Menschenkind. Jetzt war nichts Theatralisches mehr an ihr; obwohl in ihren anmutigen Bewegungen, so flink und doch so geräuschlos, in ihren hübschen schmächtigen Händen, ihrem durchscheinenden Teint, sich immerfort die Dame von Natur aus bekundete – jenes *Gewisse Etwas*, das Einem sofort als wohl-geboren und gut-erzogen auffällt. Nicht daß dem notwendigerweise so sein müßte – die äußeren Anzeichen des Aristokratischen sind, besonders bei weiblichen Kindern, nur zu oft trügerisch; das Blümlein SOUVENANCE, das auf dem Halsband der Prinzen angebrachte, sproßt durchaus auch wild auf Feld und Fjell.

Gentleman Waife, nachlässig einen grauen Hausrock um sich geschlagen, und in einen alten lederbezognen Sorgenstuhl gelehnt, war unverkennbar niedergeschlagen. Er schien der kleinen Vorbereitungen für seine Bequemlichkeit nicht zu achten; hatte vielmehr, die Wange in die rechte Hand gestützt, seine Linke auf die übereinandergeschlagnen Knie sinken lassen – eine Stellung, die man bei einem Manne, dessen Herz leicht und dessen Stimmung hochgemut ist, selten antrifft. Seine Lippen bewegten sich – er sprach mit sich selbst. Obgleich er die theatralischere Bandagierung über beide Augen hinweg, beiseite gelegt hatte, trug er doch eine schwarze Klappe über dem einen, (oder, korrekter, dort wo eins gewesen war); das unbedeckte Auge war von eigentümlicher Schönheit, dunkel und strahlend. Im Übrigen hatte der Mann ein frappantes Gesicht, zerfurcht und am ehesten noch häßlich zu nennen; aber dabei keineswegs uneinnehmend; voll von feinen Linien und Fältchen; starke ausgeprägte Muskulatur; große Lippen von wundersamster Biegsamkeit; und einen Gesamtausdruck von sinnendem Scharfblick, der ohne Zweifel, falls erforderlich, sich zu erlesener Komik wandeln konnte – trockener Komik – jener Komik, die And're brüllen macht vor Lachen, während der Komiker selbst so ernsthaft dabei bleibt wie ein Richter.

Wenn sein Antlitz entspannt und im natürlichen Ruhezustand war, ließ sich erkennen, daß die Sorge d'rüber hin gegangen war; in dem Moment jedoch, wo seine Züge zu spielen begannen, würde jedermann gedacht haben, die Sorge sei – sobald der dieser, ihre eigne Bahn zu gehen gewohnten Besucherin, schuldige Respekt es gestattete – ihres Weges, anderswohin, geschickt worden. Obgleich der Mann alt war, hätte man ihn keineswegs als vergreist bezeichnen können. Einäugig und verkrüppelt wie er dasaß, hätte man ihn doch, in Anbetracht des muskulösen Armes, des breiten Brustkastens, schwerlich gebrochen oder siech genannt. Und eben hieraus ergab sich das gewisse schwerbeschreibliche Pathos seiner ganzen Erscheinung; wie wenn das Fatum ihm Gesicht und Gestalt gebrandmarkt hätte, mit Lettern, in denen seine Einwirkungen auf Laufbahn und Gemüt nur zu deutlich zu lesen waren – es hatte dem Intellekt ein Aug' ausgerissen; ihm ein Bein, zum Weiterkommen im Leben bestimmt, verkürzt – und dennoch funkelte Laune aus dem verschonten Auge; und dem unverstümmelten Glied war die Federkraft eines leichten Herzens gelassen.

»Komm, Opa; komm«, sagte das kleine Mädchen schmeichlerisch; »Dein Tee wird Dir sonst noch ganz kalt; Dein Toast iss fertig; und hier iss ein so-hübsches Ei – Mister Merle sagt, Du könnts'Dich drauf verlassen, daß es frisch gelegt wäre. Komm; laß Dich von diesem abscheulichen Menschen nich ärgern; lach Deine Sophie lieber an –: komm doch.«

»Ach –«, erwiderte Mr. Waife, in hohlstem ›aside‹, – »ach, stünd' ich nur allein auf dieser Welt.«

»Och! –: Opa!«

» ›Kenn einen Fleck, wo's wie BettPfosten wächst;
und weiß das Haus, wo Meister Seiler wohnt‹ –

Wonnevolle Aussicht, die ich mir aber nicht erlauben darf; denn wenn ich, an einem Ende des Stricks, im Frieden weilte: was würde meiner Sophie zustoßen, die, verloren und vertan, am andern steht?«

»Oh sprich nicht so; sonst müßt ich ja denken, Du bereutest es, Dich meiner angenommen zu haben!«

»Mich Deiner angenommen?, ach Kind; jaja, und wie! Du bist es, die sich meiner angenommen hat. – Nimm Deine Hände von meinem Mund fort; setz Dich hin, Schätzel, dort, mir gegenüber, und laß uns reden. Hör' Sophie, Du hast öfters gesagt, daß Du froh sein würdest, unsre jetzige Lebensweise mit einer anderen zu vertauschen, selbst wenn diese bescheid'ner und anstrengender wäre – überleg' es Dir gut: ist dem so?«

»Oh ja, wirklich, Opa!«

»Keine Flitterkleider und Blumenkränzchen mehr; kein Applaus mehr; nichts mehr von dieser lieben himmlischen BühnenAufregung; verschwunden die Heldin und die Fee; nur noch ein ganzgewöhnlich kleines Mädchenkind in schmutz'gem Gingang, mit einem halbblinden Krüppel als einzigem lästigem Pflegling und Spielgesellen; ›Juliet Araminta‹ für immer in Rauch zergangen, geblieben nur die kleine Sophie –: ?«

»Das würd' so hübsch sein!« antwortete die kleine Sophie, vergnüglich lachend.

»Was würde es eigentlich hübsch machen?«, fragte der alte Komödiant, und richtete dabei forschend sein eines Auge auf sie, in dessen Blick neugieriges Int'resse lag.

Sophie verließ ihren bisherigen Platz, und setzte sich auf ein Schemelchen neben ihres Großvaters Knie; faltete ihre dünnen Hände über dies Knie, schüttelte ihre Locken beiseite, und schaute dann, mit vertrauensvoller Zärtlichkeit, auf, in sein Gesicht. Unverkennbar waren die Beiden weit mehr als nur Großvater und Enkelkind – sie waren *Freunde*, waren Gleichgestellte, waren gewohnt, mit einander zu beraten und zu dahlen. Sie wußte sich seine Meinungsäußerungen, seien sie noch so humoristisch entstellt, zu übersetzen; und er seinerseits blickte, vermittelst ihres arglosen Geplausches, ihr bis ins innerste Herz. (Unter uns gesagt, Leser, ich habe fast den Verdacht, daß, dem weltklugen Faltengesicht des Komödianten zum Trotz, der Eine ein eben so großes Kind war, wie die Andere.)

»Nu,« sagte Sophie, »ich will Dir's erzählen, Opa, wieso es hübsch werden würde – Dich könnte Niemand mehr kränken und vexieren, wo wir ja ganz für uns alleine wären; und dann, statt dieser garstigen Lampen, und dieser schrecklichen angemalten Geschöpfe, könnten wir ins Freie gehn, und auf den Feldern spiel'n, und Gänseblümchen pflücken; und wenn ich müde wär', könnt' ich hierher kommen, wo ich jetzt sitz', zu jeder Tageszeit; und Du würdst mir Geschichten erzählen und nette Verse vorsagen, und mich ein bißchen besser schreiben lehren, als ich zur Zeit kann, und überhaupt eine ganz schlaue kleine Frau aus mir machen; und wenn ich schon Gingang an-hätte, (der übrigens gar nich schmutzig zu sein brauchte, Opa), der würde wenigstens ganz mir gehören; und Du würdst mir auch ganz gehören; und wir könnten uns einen Vogel halten, dem Du Singen beibringn würdest – also wenn das nich hübsch sein soll!«

»Naja, Sophie, wir müßten aber auch zu leben haben; und bloß von Gänseblümchen und Schmetterlingen kann man nicht leben. Und arbeiten kann ich jetzt nicht – (was das anbetrifft: ich hab nie arbeiten gekonnt) – Schande genug für mich, aber es ist so. Merle meint, die Schuld läge bei den Sternen – von mir aus herzlich gern; aber die Sterne denken nicht daran, an meiner Statt ins Gefängnis oder Arbeitshaus zu gehen. Und wenn auch sie nichts zu essen brauchen: Wir ja.«

»Aber Opa, Du hast doch seit jenem ersten Spaziergang, den Du gleich nach unsrer Ankunft hier machtest, Tag für Tag gesagt: daß, wenn Du bloß 3 Pfund hättest, wir uns losmachen könnten, und ganz für uns leben, und uns 'n Vermögen verdienen!«

»Ein Vermögen! – das ist ein großes Wort, Du; das laß mal beiseite. (Tz, ein Vermögen!). Aber trotzdem, Sophie; wenn wir dann auch von diesem dreifach-abscheulichen Rugge befreit wären – das Plänchen, das ich da im Kopf habe, läge immer noch ziemlich entfernt von Gänseblümchen und Schmetterlingen. Wir müßten dazu notgedrungen in Städten wohnen, und öffentlich auftreten.«

»Auf einer Bühne, Opa?«, sagte Sophie, ergeben aber bekümmert.

»M, nein; nicht direkt – ein größeres Zimmer würde ausreichen.«

»Und ich brauchte dabei nicht diese üblen-üblen geborgten Kleider zu tragen?; und nicht mehr mit diesen gräulichen-gräulichen angemalten Leuten umzugehen?«

»Das nicht.«

»Und Wir würden ganz alleine sein, Du und ich?«

»Hm. Es wäre ein Dritter dabei.«

»Ach Opa-Opa!«, rief Sophie, mit einem Stimmchen, schrill vor Besorgnis: »Ich weiß – ich weiß jetzt: Du hast vor, Dich mit der Dame mit dem Schweinskopf zusammenzutun!«

Mr. Waife (ohne eine Miene zu verziehen): »Eine sehr angenehme Dame, und beredt dazu. Aber das Glück haben wir nicht; für 3 Pfund ist Die nicht zu kaufen.«

Sophie: »Ach, da bin ich aber froh drüber! – Vor der Seejungfer ist mir nicht so bange; die'ss ja tot und ausgestopft. – Aber, oh!«, (erneut ein Wehgeschrei): »iss es etwa der Gescheckte Junge?«

Mr. Waife: »Bändige Deine zuversichtliche Fantasie ein wenig; Du trachtest nach allzu Hohem! Aber soviel will ich Dir verraten: daß es sich bei unserm Partner – wer oder was dieser WegGenoss' auch immer sei – um Jemanden handelte, der auch Dir gefallen würde.«

»Das glaub' ich nicht«, entschied Sophie, ihr Köpfchen schüttelnd. »Gefallen tust bloß Du mir. – Aber Wer ist es denn nun?«

»Ach und Weh!«, sagte Mr. Waife; »es hat keinen Zweck uns mit eitlen Hoffnungen groß zu schmeicheln; die 3 Pfund kommen nie zum Vorschein. Du hast ja gehört, was dieser brutale Rugge gesagt hat: daß der Herr, der Dich porträtieren wollte, heute Morgen bei ihm gewesen, und 10 Schilling für eine Sitzung geboten habe – das heißt 5 für Dich, 5 für Rugge; und Rugge hat die Bedingungen annehmbar gefunden.«

»Aber ich hab gesagt, ich wollt' nicht sitzen.«

»Und als Du's gesagt hattest, hast Du ja auch die Sprache gehört, die Rugge sich mir gegenüber erlaubt hat – und auch Dir gegenüber. – Und jetzt denken Wir am besten ans Einpacken; und wie wir, bei Tagesanbruch, mit den Übrigen weiterziehen. Und –«, fügte der Komödiant, heftig errötend hinzu, »wieder muß ich, vor BauernTöffeln und -Schliffeln, diese ramponierte Gestalt vorführen; mich wied'rum als Spektakel körperlicher Hinfälligkeit zur Schau stellen – der Mann in seiner tiefsten Erniedrigung. Dahin ist es mit mir gekommen! – Ich, der ...«

»Nein, nein-Opa; es kann nicht mehr lange dauern! wir kriegen sie schon, die 3 Pfund. Wir haben immer d'rauf gehofft! – hoffen es noch! Und außerdem bin ich mir ganz-sicher, die Herren kommen, heut-Abend, noch mal her. Mister Merle hat gesagt, um 10 Uhr würden sie erschein'n; – und es ist dicht vor Zehn jetzt; und Dein Tee so kalt wie'n Stein!«

Sie hing sich kosend um seinen Hals; sie küßte ihm die gefurchte Stirn, (und hinterließ eine Träne dort); sie umschmeichelte ihn, bis daß er sich still vor sein bißlein Mahl hinsetzte; und Sophie teilte solches, (ob ihr schon der Kummer um ihn den Appetit geraubt hatte), um ihm Gesellschaft zu leisten; dies getan, zündete sie ihm seine Pfeife an, gestopft mit dem feinsten Canaster – diesem ihm einzig verbliebenen Luxus, (bzw. Verschwendung; aber sie sorgte stets dafür, daß es ihm daran nicht gebrach).

Mr. Waife tat einen langen Zug; und gewann sogleich eine heiterere Ansicht der Sachlage. – Derjenige, der nicht raucht, hat entweder keine großen Kümmernisse erfahren, oder aber, er versagt sich selbst den lieblichsten Trost, nächst dem, der recte vom Himmel kommt. (:›Wie?; lieblicher als FrauenGunst?‹, flüstert wohl der Junge Leser? –: Junger Leser; ›Die Frau‹ plagt nicht minder, als sie zu trösten imstande ist. Die Frau schafft zur Hälfte jene Sorgen, zu deren Stillung sie das Privileg zu besitzen prahlt. ›Die Frau‹, soviel ist richtig, tröstet uns, solang wir jung & ansehnlich sind; wenn wir jedoch alt & häßlich werden, schnauzt sie uns an, die Frau, und keift. Alles-in-allem also: die Frau in die eine Waagschale: das Kräutlein Nikotiana in die andere: und nun, Jupiter, hoch mit der Waage, und beide verglichen! ... Und falls Du der Frau den Vorzug gäbest, wäre das einzige, das ich – das nächste Mal, wenn Juno Dich ärgert – vorzubringen hätte –: O Jupiter; versuch es doch mit der Virginia!)

## 7. Kapitel

*Der Geschichtsschreiber, in Verfolgung seiner strengen Obliegenheiten, gibt dem Spott und Hohn künftiger Zeitalter einige der occulten Praktiken preis, die den Vormarsch der Aufklärung im Neunzehnten Jahrhundert Lügen strafen.*

»Darf ich reinkommen?«, fragte, draußen vor der Tür, der Schuhflicker.

»Selbstredend; tretet nur ein«, sagte Gentleman Waife. Sophie guckte sehnsüchtig nach der Öffnung; und seufzte, als sie sehen mußte, daß Merle alleine war. Sie schlich sich zu ihm hin.

»Wollen sie nicht kommen?«, wisperte sie.

»Ich hoffe doch, hübsche Kleine; 'ss ja noch nich Zehn durch.«

»Zündet Euch doch eine Pfeife an, Merle,« sagte Gentleman Waife mit großartigem BühnenGebaren.

»Nein, Dank auch schönstens; ich schau lediglich rein, um zu fragen, ob ich noch was für Euch tun könnte, für den Fall-ä – für den Fall, daß Ihr morgen gehen müßtet.«

»Nichts; unser Gepäck ist klein und das Bündel bald geschnürt. Das Geld, um den kleineren Teil uns'rer Schuld an Euch abzutragen, hat Sophie schon.«

»Nicht da-rauf leg'ich Wert«, sagte der Schuhflicker, sich verfärbend.

»Aber Wir legen Wert auf Eure Achtung«, erwiderte Mr. Waife mit einem Lächeln, das einen Feldmarschall gekleidet haben würde. »Und Ihr seid also der Meinung, Merle, daß, wenn ich schon ein heruntergekomm'ner Landfahrer bin, dies den Himmelskörpern mit auf ihre lange Rechnung zu setzen wäre?«

»Ohne jeden Zweifel«, versetzte der Schuhflicker feierlich. »Ich wollte nur, Ihr gäbt mir Datum und Ort von Sophie's Geburt an – das braucht' ich dazu – ich würd'Ihr 's Horrorskop stell'n. 'Ch bin überzeugt, sie wird Glück haben.«

»Ich möcht's lieber nicht, bitte«, sagte Sophie schüchtern.

»Lieber nich? – komisch. Wieso?«

»Ich mag die Zukunft gar nicht wissen.«

»Komisch, und nochma' komisch –«, sprach der Schuhflicker und machte große Augen; »das hab'ich n Mädchen bisher noch nie sagen hör'n.«

»Wartet bis Sie älter ist, Merle«, sagte Waife; »Mädchen wollen die Zukunft so lange nicht wissen, bis sie sich verheiraten wollen.«

»Da 'ss was dran« sagte der Schuster. Er nahm seinen Kristall zur Hand. »Habt Ihr mal, wie ich Euch bat, in diese Kugel hier 'reingeschaut, hübsche Kleine?«

»Ja; zwei- oder dreimal.«

»Hoh!; und was habt Ihr erblickt?«

»Mein eignes Gesicht, ganz lang gezogen«, sagte Sophie – »hier, *so* lang« – sie hielt die Hände weit auseinander.

Der Schuhflicker schüttelte bekümmert den Kopf; kniff ein Auge zu, und hielt das and're an die mystische Kugel.

Mr. Waife: – »Vielleicht könnt Ihr erkennen, ob diese zwei Herren da kommen werden.«

Sophie: – »Ach ja, tut das!; und ob sie uns 3 Pfund geben werden!«

Der Schuhflicker (triumphierend): »Dann möchtet Ihr, letzten Endes, also *doch* die Zukunft wissen?«

Sophie: – »Bis zu diesem Punkt, ja; aber, bitt'schön, seht nicht weiter voraus.«

Der Schuhflicker (auf die Kugel konzentriert, langsam und in abgebroch'nen Worten): »– wie 'n Nebel jetz'. – Da!: ein Arm mit einem Besen – fegt alles vor sich weg.«

Sophie (erschrocken): – »Schickt ihn fort, bitte.«

Flickschuster: – »Jetz'ss er weg. – Ha!:da, Rugge– sieht sehr wütend aus – tatsächlich, ganz wild.«

Waife: »Gutes Zeichen das! Nur weiter.«

Schuhflicker: – »Droht mit der Faust. Verschwindet. – Ha!:ein junger Mann; jünglingshaft noch, dunkles Haar –«

Sophie (in die Hände klatschend): – »Das ist der junge Herr – dieser *ganz*-junge, mein'ich – mit den freundlichen Augen Der: kommt er? – ja?, kommt er?«

Waife: – »Guckt ihm doch mal in die Taschen! Ob Ihr 3 Pfund drinnen erkennen könnt.«

Schuhflicker (empfindlich): – »Nich unterbrechen jetz'. – Ha!: er unterhält sich mit einem andern Herrn, mit Bart –«

Sophie (dem Großvater zuflüsternd): »D'ss der alte junge Herr!«

Schuhflicker (den Kristall wieder hinlegend, mit großer Entschiedenheit) – »Sie *kommen* hier-her; ich hab' sie an der Ecke von dem Heckenweg geseh'n, der beim Wirtshaus vorbeiführt; 2 Minuten zu gehen bis zur Haustür hier.« Er brachte eine große silberne

Taschenuhr heraus: »Seht, Sophie: wenn der MinutenZeiger dort stehen wird, (wenn sie rasch ausschreiten, ne Kleinigkeit davor), werd't Ihr sie anklopfen hören.«

Sophie verschränkte in ängstlich-stummer Ungewißheit die Hände, halbgläubig und halb zweifelvoll; dann ging sie; öffnete die Stubentüre, und stellte sich oben an die Treppe, um zu lauschen. Merle näherte sich indessen dem Schauspieler, und sagte mit gedämpfter Stimme: »Um Euretwillen wünscht' ich, Sie hätte die Gabe.«

Waife: – »Die Gabe? – ach die 3 Pfund! – ja, das wollt'ich auch!«

Schuhflicker: »Pah! hundert Mal 3 Pfund wert. – Nein, *die* Gabe: die spirituöse Gabe –«

Waife: – »›Spirituös‹? Gefällt mir nicht, das Adjektiv; – riecht so nach Gin!«

Schuhflicker: – » – spirituöse Gabe, im Kristall Bilder zu seh'n; wenn Sie die besäße, Sie könnt Euer Glück machen.«

Waife (dessen Gesicht sich plötzlich verändert): – »Ach!; das 'ss mir noch gar nicht eingefallen. M Klar! – Aber falls Sie die Gabe nicht haben sollte, könnt'ich sie ihr ja beibringen – wie?«

Der Schuhflicker (entrüstet): – »Das hätt ich von Euch nich zu hör'n erwartet, Mr. Waife. ›Es ihr beibringen‹ – Ihr?!; eine Betrügerin aus Ihr machen; und noch von der verruchtesten Sorte; der, die Lügen hin-und-her trägt zwischen der Erde und Denen, die in den Sieben Sphären hausen? Pfui! – Neinein; wenn Sie die Gabe nich von Natur aus hat, laßt Sie in Ruhe damit: was hier nicht Himmelsbotschaft iss, iss TeufelsLehre.«

Waife (halb ehrerbietig, halb zweifelnd): – »Demnach glaubt Ihr wirklich, Ihr hättet all das von Euch Geschilderte in dem GlasEi dort erschaut?«

Schuhflicker: – »›glauben‹! – bin ich'n Lügner? 'Ch hab die Wahrheit gesprochen; und zum Beweis ...:? –: *da!*« – ›rat-tat‹ ging der Klopfer an der Haustür unten.

»Die 2 Minuten dürften just um sein«, sagte der Schuster; und Cornelius Agrippa selbst hätte es nicht mit hexenmeisterlicherem Effekt aussprechen können.

»Tatsächlich, sie sind gekommen«, sagte Sophie, die leis' wieder ins Zimmer trat; »ich hab ihre Stimmen vor der HaustürSchwelle gehört.«

Der Schuhflicker ging ihnen schweigend vorüber; stieg die Treppe hinab; und geleitete Vance und Lionel in des Schauspielers Zimmer. Dort verließ er sie, mit umwölkter Stirn: Gentleman Waife hatte ihm größlich mißfallen.

## 8. Kapitel

*Zeigt die Künste, vermittelst deren ein Mann – wie himmelfährtig die Natur seine Nase auch geformt haben möge – an eben dieser Nase herumzuführen ist, und zwar in Richtungen, aufs verruchteste denjenigen entgegengesetzt, die er, seiner Nase nach zu urteilen, ansonsten vermutlich eingeschlagen haben würde; und daß folglich auch die am großzügigsten mit praktischem Menschenverstand begabten Nationen – und trügen sie vor Dünkel darob ihre Nasen noch so horizontal weit wegstehend – sobald sie mit Nationen zu konferieren haben, die diplomatisch gewandter und im ›Theaterspielen‹ geübter sind, am Ende doch genau dasjenige Objekt herausrücken, von dem man, noch bevor Alle die Nasen zusammensteckten, gewollt hatte, daß sie es herausrücken.*

Wir Alle wissen, daß Demosthenes einmal gesagt hat, das A und O der Redekunst sei das Gebärdenspiel – das ›Theater‹ also. Aber ist es die Redekunst allein, wo der Ausspruch Geltung hat? Man wende ihn doch kecklich auf sämtliche Lebensverhältnisse an –: ›Theater, Theater, Theater!‹ – wobei nur *ars est celare artem:* die einzige Kunst ist, die Kunst zu verbergen. – Dementsprechend seelenvergnügt beim Ansichtigwerden seiner Besucher, und bereits die Jenen herauszuholenden 3 Pfund für die bewußte Hoffnung einkalkulierend, in welcher er den Wendepunkt in seiner buntgewürfelten Laufbahn erblickte, erhob sich Mr. Waife in süperbster *upocrisia* (zu deutsch Theater) von seinem Sitze, und erkundigte sich, mit milder Würde, –: »Welchem Umstand habe ich die Ehre Ihres Besuches zu verdanken, meine Herren?«

Trotz seiner Nase war selbst Vance zunächst verblüfft. Pope schreibt irgendwo, Lord Bolingbroke habe ›das Air des Edelmannes‹

besessen; (und ein großer Komödiant ist Lord Bolingbroke bestimmt gewesen). Aber, oh!, hätte Pope erst Gentleman Waife gesehen! Der Mime verfolgte den hervorgebrachten Eindruck aufs geschickteste, indem er mit der denkbar feinsten Lebensart hinzufügte – »Aber bitte, nehmen Sie doch Platz«; und, nachdem er Jene mit Sitzgelegenheit versehen sah, nahm auch er seinen Sessel wieder ein, und fühlte sich gänzlich Herr der Lage.

»Hm-Chm!«, sagte Vance, als er nach einer kleinen Pause sein Selbstbewußtsein allmählich wiedergewann –: »HmChm!«

»Hm-Chm?«, echote Gentleman Waife; und beide Männer musterten einander so ziemlich auf dieselbe Weise, wie Admiral Napier die Festung Kronstadt, und die Festung Kronstadt Admiral Napier gemustert haben dürfte.

Aber schon griff Lionel ein, mit jener jugendlichen Kühnheit, die sich den Teufel um alle würdevolle strategische Gelahrtheit scheert.

»Sie müssen doch im Bilde sein, warum wir zu Ihnen kommen, Sir; Mister Merle hat's doch bestimmt erklärt. Mein Freund hier, ein bekannter Maler, möchte gerne – wofern Sie nichts dawider haben – eine Skizze machen, von dieser Jungen Dame sehr –«. »Hübschem Gesichtchen«; sprach Vance, der jetzt in den Diskurs eingriff: »Mister Rugge, heut früh, war einverstanden, – ich habe gehört, daß Ihre Enkelin abgelehnt hat. Da sprechen wir nun noch einmal vor, um zu sehen, ob sie sich unter Ihrem eigenen Dach, (beziehungsweise dem von Mister Merle; was, wie ich annehme, im Moment identisch ist), entgegenkommender erweist.« Sophie hatte sich indes an Lionel herangemacht. Er würde sich vermutlich nicht gerade geschmeichelt gefühlt haben, hätte er gewußt, wieso sie ihm vor Vance den Vorzug gab: sie betrachtete ihn einfach als Jungen – ein Kind wie sie selbst – und überdies sagte ihr ein Instinkt, daß sie den Gegenstand ihrer Begehrlichkeit – »3 Pfund!« – leichter über ihn erreichen könnte, als durch diesen anderen Gast, mit dem Bart und dem schlauen Gesicht.

»Drei Pfund!«wisperte Sophie mit Engelstönen in Lionels schauderndes Ohr.

Mr. Waife: »Sir, ich will ganz offen gegen Sie sein.« – Auf solch ominöse Einleitung hin, rückte Mr. Vance unwillkürlich etwas zurück, und knöpfte automatisch seine Hosentasche zu. Mr. Waife nahm mit seinem einen Auge Notiz von der Geste; und fuhr – indem er sich sozusagen behutsamst nach dem Inneren des dergestalt abgesicherten Hohlraums vorfühlte – fort: »Meine Enkelin hat Ihr äußerst schmeichelhaftes Anerbieten abgelehnt, und zwar mit meiner vollen Beistimmung. Sie hielt mit nichten dafür – und ich ebensowenig – daß Mister Rugge's direktorische Vollmachten ihm nun auch außerhalb der Bühne ein Anrecht auf die Hälfte ihres Gesichtes gäben –«. Der Schauspieler machte eine kleine Kunstpause; und intonierte dann, mit einer Stimme, deren ausdrucksvolle Drolerie durch keine Heiserkeit gänzlich ausgelöscht werden konnte, das alte Chanson:

»›Mein Reichtum, Sir, ist mein Gesicht‹, sprach sie‹ –«.

Vance lächelte – Lionel lachte; Sophie nestelte sich dichter an den Jungen an.

Gentleman Waife (mit Pathos und Würde): – »Sie sehen einen alten Mann vor sich; für *mich* ist eine Art der Lebensführung genau so gut wie die and're. Aber *sie* – meinen Sie, daß Mister Rugge's Bühne der rechte Ort für sie sei?«

Vance: – »Bestimmt nicht. – Warum haben Sie sie eigentlich nicht dem londoner Manager vorgestellt, der Sie damals engagieren wollte?«

Waife vermochte die leichte Veränderung auf seinem Antlitz nicht gänzlich zu unterdrücken. »Wie konnt'ich wissen ob sie gefallen hätte?; sie hatte, zu der Zeit, noch nie auf den Brettern gestanden. Überdem: was auf Sie, bei einer Jahrmarkts-Show, einen so frappierenden Eindruck macht, könnte sich, auf einer hauptstädtischen Bühne, armselig genug ausnehmen. Meine Herren, ich habe wirklich mein Bestes für sie getan – Sie können eigentlich kaum and'rer Meinung sein, da sie mich ja erhält! Ich bin wahrlich kein Ödipus; aber sie ist meine Antigone.«

Vance: – »Sie kennen die Klassiker, Sir. Mister Merle deutete bereits an, daß Sie ein Gelehrter seien! – Sophokles im griechischen Original gelesen, nehm' ich an?«

Mr. Waife: – »Sie machen sich über den Unglücklichen lustig; nun, ich bin's gewöhnt.«

Vance (etwas außer Fassung gebracht): – »Ich hatte nicht vor, Sie zu verletzen – entschuldigen Sie bitte. Aber Ihre Ausdrucksweise, Ihr Benehmen, entsprechen so gar nicht dem – wie soll ich sagen – was man erwartet – von-ä – von einem Räuber, der von einem Hartherzigen Baron verfolgt wird.«

Mr. Waife: – »Sie sagten, Sie seien Künstler, Sir. Haben Sie da niemals von Kunstgenossen erzählen hören – Männern vom höchsten Genius, die sich Ruhm erwarben, wie ich niemals – die aber ins Unglück gerieten, wie es mir widerfuhr? Ihre eig'ne Schuld vielleicht, – Unklugheit; regellose Gewohnheiten – Unkenntnis der Art und Weise, wie man das Leben anzufassen und mit seinen Mitmenschen umzugehen habe – solches mag auch mein Fehler gewesen sein. Ich büße dafür; tut nichts – ich verlange von Niemandem mich zu retten. Sie sind Maler – Sie möchten ihr Gesicht auf Ihre Leinwand bringen – möchten sie unter Ihren eigenen Schöpfungen mit aufführen. Sie könnte, theoretisch, ein Teil Ihrer Unsterblichkeit werden. Fürsten möchten den Abglanz unschuldiger glückhafter Kindheit dereinst noch bewundern, dem Ihre Palette unvergängliche Glut verleiht. Vielleicht früg' dann der Ein- o'r Andre, Wer und Was dies schöne Geschöpfchen gewesen sei? Werden Sie dann antworten: ›Eine, die ich im Flitterstaat antraf; und so beließ, mit der Gewißheit, sie werde in Lumpen verenden!‹ –: rettet sie!«

Lionel riß sein bißchen Börse heraus, und schüttete deren Inhalt auf den Tisch. Vance deckte sofort seine breite Hand darüber, und strich ihn in seine eigene Tasche; eine so unheilkündende Tathandlung, daß Waife fühlte, wie ihm das Herz in die Schuhe sank. Dennoch blieb sein Gesicht ruhig, wie eine RömerBüste; nur daß er wieder zur Pfeife griff, und den längeren und mürrischeren Zug daraus tat.

»*Ich* bin es, Der das Porträt vor-hat; und *ich* bin Derjenige, der dafür zahlt«; sagte Vance. »Soviel ich in Erfahrung gebracht habe, benötigen Sie dringend ...« –: »Drei Pfund!«, murmelte Sophie, standhaft, durch all die Thränen hindurch, die des Großvaters Pathos ihren niedergeschlag'nen Augen entlockt hatte –: »drei Pfund – drei – drei –.«

»Sie sollen sie haben. Aber hören Sie: ich hatte ursprünglich nur vor, eine Skizze zu nehmen – jetzt muß ich ein richtiges komplettes Porträt haben. Aber das läßt sich bei Kerzenlicht nicht machen. Sie müßten mich morgen, bei Tage, herkommen lassen; andrerseits gedenken Sie, soviel ich weiß, morgen abzureisen?«

Waife: – »Falls Sie die genannte Summe großmütigerweise auf uns verwenden wollten, würden wir das Dorf nicht eher verlassen, bis Sie Ihr Gemälde vollendet haben. Wovon Wir los sein wollen, das ist Mister Rugge und seine Truppe.«

Vance: – »Dürft' ich mir noch die Frage erlauben, was Sie zu tun gedenken, um sich und Ihrer Enkelin eine neue Existenz zu gründen mit Hülfe einer Summe, die für *meine* Verhältnisse allerdings groß – (*quoad me* möchte ich sagen enorm!) – jedoch für ein Kapital, auf das man ein Unternehmen gründen will, ausgesprochen gering ist?«

WAIFE: – »Entschuldigen Sie, wenn ich diese, an sich sehr natürliche Frage, im Moment nicht beantworte; aber lassen Sie mich Ihnen versichern, daß genau dieser Betrag für eine Investition erforderlich ist, welche ihr und mir eine gemächliche Existenz verspricht. Allerdings muß ich meinen Plan geheim halten, um sein Gelingen zu sichern. – Glauben Sie mir?«

»Ich ja!« rief Lionel; und Sophie, die er unterdes auf seinen Schoß gezogen hatte, legte ihm dafür dankbar den Arm um seinen Hals.

»Da ist Ihr Geld, Sir; im Voraus«, sagte Vance, indem er seine Lügen gestrafte (und ergo gekränkte) Nase abwärts neigte, und 3 Sovereigns auf dem Tisch deponierte.

»Und woher wissen Sie«, sagte Waife lächelnd, »daß ich nicht noch heut Nacht, mit Geld und Modell, auf und davon gehe?«

»Gewiß«, versetzte Vance trocken: »gänzlich unmöglich wär'es nicht. Dennoch, wie John Kemble gesagt hat, als man ihm auch einmal ob eines allzugroßen Almosens Vorhaltungen machte:

›Nicht oft geschieht's, daß ich dergleichen tue;
doch wenn ich's tu, so tu ich's mit Manier.‹«

»Treffend zitiert, und auch gut vorgetragen, Sir« sagte der Komödiant; »höchstens daß Sie auf das zweite *›tu‹* ein klein bißchen mehr Gefühl, mehr Nachdruck legen sollten.«

»Hab ich nicht genug ›drauf gelegt‹? Und gefühlt hab ich wahrlich erheblich dabei; kein Mensch kann dies *›tun‹* stärker empfinden!«

Waife's ausdrucksvolles Gesicht entspannte sich zu angeregter Heiterkeit – die Doppelsinnigkeit entzückte ihn. Gleichwohl stellte er sich, wie wenn er sie nicht verstanden hätte, schob das Geld zurück, und sagte: »Nein Sir – nicht 1 Schilling, bevor das Bild vollendet ist. Ja, ich will, zu Ihrer Beruhigung, sogar gestehen, daß, selbst wenn ich keine zarteren Bedenken hätte, ich doch lieber nichts annehmen möchte, bis Mister Rugge fort ist. Sicher, er hat kein Recht auf auch nur den geringsten Anteil davon. Aber Sie sehen einen Mann vor sich, der, wenn es zum Argumentieren kommt, in Cambridge niemals den ersten Wrangler hätte machen können – bin in Logik und Mathematik nie über die ›Eselsbrücke‹ weggekommen, Sir: bin durchgefallen damit, Dutzende von Malen, und zwar mühelos. – Aber, bitte, gehen Sie doch noch nicht. Sie kamen, um uns Geld zu geben – geben Sie jetzt auch, was Ich, wär' ich reich, weit höher taxieren würde, – ein klein wenig von Ihrer Zeit. Sie, Sir, sind also Künstler; und Sie, junger Herr?«

LIONEL (errötend): – »Ich-ä – bis jetzt noch nichts.«

WAIFE: – »Aber Sie haben Beide, wie ich annehmen darf, Freude an der Schauspielkunst? – Apropos John Kemble: Sie erwähnten neulich, Sir, daß Sie ihn nie gehört hätten – darf ich, soweit diese ruinierte Stimme es noch imstande ist, versuchen, Ihnen wenigstens eine schwache Idee davon zu geben?«

»Mit größten Freuden«, sagte Vance; indem er näher tischzu rückte, und sich ungenierter zu fühlen begann. »Aber ich sehe, Sie rauchen: darf ich mir da eventuell die Freiheit erlauben, und mir auch meine Zigarre anzünden?«

»Tun Sie, wie wenn Sie zuhause wären«, entschied Gentleman Waife, mit der Gutgelauntheit eines väterlichen Gastgebers. (Und, all die Zeit über, waren Lionel & Sophie, sie unentwegt auf seinem Schoß, im vergnüglichsten Plauschen begriffen.)

Waife begann seine Nachahmung John Kemble's; und, trotz der geborstenen StimmMittel, sie war bewundernswert! Eine Stimmen-Imitation zog die andere nach sich; dann folgten Anekdoten von Bühne, vom Parlament, aus dem GerichtsSaal. Waife hatte Große Redner persönlich gehört, die heute noch Jedermann ob der Reden bewundert, die heutzutage Niemand mehr liest: in seiner Wiedergabe wurden sie lebendig. Und trocken-humorige Aussprüche mischten sich ein; und wunderliche Abschnitzel weltlicher Beobachtung; und die Zeit verflog aufs Pläsierlichste, bis die WandUhr Zwölfe schlug, und die jungen Herren Gäste sich los-rissen. –

»– ä-Merle? –: Mö-hörl! –«, rief der Komödiant, als Jene gegangen waren. –

Merle erschien.

»Wir reisen morgen nicht. Wenn Rugge nach uns schickt, (wie er bei TagesAnbruch zweifellos tun wird), teilt ihm das mit. Ihr müßtet uns allerdings noch ein paar Tage länger beherbergen; und dann – und-dann! – ach, liebste-kleinste Sophie: küß mich, küß mich! –: Du wenigstens wirst vor diesen grusl'igen angemalten Kreaturen gerettet sein!« –. –

»Ah-Hà –«, brummelte Merle, erdgeschoßher; »hat er das Geld also gekriegt! Freut mich zu hören. – *Ah-berr«*, fügte er hinzu, da sein Blick neuerlich auf diverse Cabalistische & astrologische Zeichen fiel, mit denen er sich indes unterhalten hatte; —: »— das iss es nich. Die eigentliche, sternstundige Frage iss ja wohl die: WAS WIRD ER DAMIT MACHEN!?« —

## 9. KAPITEL

*Der Historiker weist nach, daß es, des fortschrittlichen Geistes der Zeiten ungeachtet, einem Briten ohne besondre Anstrengungen mit nichten erlaubt ist, so ganz nach seinen eignen Intentionen ›fort zu schreiten‹.*

Sophie fand keinen Schlaf. Zuerst war sie zu glücklich dazu. Ohne sich bei ihrem Los, inmitten der WanderArtisten von Mister Rugge's Unternehmen, irgendeiner Herabwürdigung bewußt zu sein, (wie konnte sie auch, wo doch ihr geliebter und verehrter Beschützer Jahre hindurch einer dieser Künstler gewesen war?), schreckte sie doch instinktiv vor der Berührung mit Jenen zurück. Zweifellos, solang sie in einer anregenden Rolle aufging, vergaß sie Mitwirkende, Zuschauer, Alles, und genoß, was sie darstellte – genoß es notwendigerweise; denn ihr Spiel war wirklich vortrefflich, und wo kein Genuß daran ist, entsteht auch nichts Vortreffliches. Aber sobald die schauspielerische Euphorie nicht mehr direkt anhielt, schlich sie sich eben doch zum Großvater hin, mit etwas wie halb Ekel halb Grauen vor den ›angemalten Kreaturen‹ und ihrem eignen gelieh'nen Flitterstaat.

Mehr als Alles jedoch empfand sie aufs schärfste jeden Schimpf, jegliche Unwürdigkeit, die Gentleman Waife angetan wurde, und der Himmel weiß, daß deren nicht wenige waren; und einem solchen Dasein zu entkommen – mit ihrem Großvater allein zu sein; ihn ganz für sich zum Pflegen und Hätscheln zu haben; ihm zuzuhören und mit ihm zu schwatzen, erschien ihr als der Gipfel menschlicher Glückseligkeit. Aber, oh weh: würde sie ihn auch ganz allein haben? Just als sie sich einigermaßen in Schlummer zu lullen begann, bemächtigte diese Frage sich wieder ihrer, und rüttelte sie auf.

Und nun war es nicht Glücksgefühl mehr, das sie wach erhielt – es war etwas weniger Seltenes in der weiblichen Brust: die Neugier. Wer mochte bloß dieser geheimnisvolle Dritte sein sollen, zu dessen Acquisition die 3 Pfund augenscheinlich bestimmt waren? Welch neues Gesicht hatte sie jetzt damit gekauft, daß sie ihr eigenes hinlieh? Die Dame mit dem Schweinskopf nicht; und der Gescheckte Junge auch nicht. Konnte es der Norfolker Riese sein; oder das Kalb mit den zwei Köpfen? Gräßliche Idee! Monströse Fantasie-Gebilde begannen vor ihren Augen zu stolzieren; und um sie wegzuzaubern, verfiel sie darauf, mit großer Inbrunst ihr Gebetlein herzusagen – ein Akt der Frömmigkeit, den sie in ihrer Aufregung heute auszuüben ganz vergessen hatte, bevor sie das Haupt zur Ruhe auf ihr Kissen legte – eine UnterlassungsSünde, die, wie wir bescheidentlich hoffen, der Engel nicht mit allzuschwarzen Lettern im Buch ihrer Taten verzeichnet haben werde.

Dies nachgeholt, nahmen ihre Gedanken eine anmutigere Wendung, als die voraufgegangenen Fantasien an sich gehabt hatten; sie vergegenwärtigten ihr Lionels freundliche Blicke, und wiederholten ihr seine sanften Worte – »der Himmel segne ihn!«, sagte sie mit Nachdruck, als eine Art Supplement zu ihrem gewöhnlichen Gebet; und dann sammelten sich auch schon die Thränen zwischen ihren dankbaren Lidern; denn sie war eines von den Wesen, denen die Zähren bei Sorgen langsam, aber rasch bei Zuneigung kommen. Und so fand die graue Dämm'rung sie immer noch wach; und sie stand auf, badete die Wangen in dem kalten frischen Wasser, und hob sie glühend wie die Hebe's daraus hervor; kleidete sich, mit jener stillen Emsigkeit, die alle ihre Bewegungen kennzeichnete, an; stieß dann das Fenster auf, und atmete die Luft ein. Alles war still in dem schmalen Gäßchen; die Läden noch geschlossen. Aber auf den regungslosen Bäumen hinter den Häusern, fingen die Vögel an sich zu rühren und zu zwitschern. Aus einem Hofraum in der Nachbarschaft ließ der Hahn sein energisches *reveillée* erschallen. Vergnüglicher englischer Sommermorgen, in der vergnüglichen englischen LandGemeinde. Sie reckte ihr anmutiges Hälschen weit aus dem Fenster, in dem Versuch, ein Stückchen von dem blauen Fluß zu Gesicht zu bekommen. Sie hatte sein majestätisches Fließen am Tag ihrer Ankunft auf dem Jahrmarkt flüchtig gesehen, und sich recht nach seinen Ufern gesehnt; aber bei ihrem Dienstverhältnis an der Bühne verbot sich das. Jetzt-gleich sollte sie frei sein?! Oh Freude! Jetzt würde auch sie ihre sorglosen Feierstunden haben;

und Waife's Warnung, daß ihre BerufsAusübung sie auch künftig auf Städte beschränken werde, in den Wind schlagend, ließ sie ihrer Fantasie frei'sten Lauf, inmitten von Visionen von grünen Gefilden und perlend-lachenden Wassern, und sammelte in holdestem Wahn Tausendschönchen, und sprang Schmetterlingen hinterdrein. Einem Wechselbalg gleich, aus der Wiege schlichter Natur in jene unterste der KunstWelten hinein-vertauscht, sehnte sich ihr menschliches Kinderherz nach menschlichen, kindgemäßen Wonnen. Lieben doch alle Kinder Das Land: die Blumen, den Rasengrund, die Vögel, die Schmetterlinge; (oder, falls Einige das nicht sollten, verzweifle, oh Philanthrop, an ihrer späteren Entwicklung!)

Sie schloß das Fenster; sie lächelte sich eins zu; stahl sich bis in die Tür nebenan –? – und sah, daß ihr Großvater noch schlief. – Dann beschäftigte sie sich damit, das kleine Wohnzimmer in Ordnung zu bringen; den Tisch für das Frühstück neu herzurichten; sie begoß die Blumenstöcke; und nahm schließlich auch den Kristall zur Hand, sah ehrerbietig hinein, ganz verwundert, wieso der Schuster derart viel erblicken konnte, und sie selbst nur das verzerrte Spiegelbild ihres eignen Gesichtleins. Immerhin vertiefte sie sich diesmal-dermaßen in die Betrachtung der mystischen Klein-Kugel, daß sie weder gewahrte, wie die Dämmrung in TagesHelle überging; noch der Stimme unten, an der Haustür, achtete – kurzum, keinerlei Notiz von der Außenwelt nahm, bis ein schwerer Tritt die Dielung erschütterte; worauf sie dann freilich, auffahrend, den Hartherzigen Baron erblickte; mit einem Gesicht, finster genug, um selbst den Kristall eines Doktor Dee zu trüben!

»Ho-ho! –«, sagte Mister Rugge; in jenem zischenden Ton, der die DreiPfennigGalerie mehr als einmal im Voraus mit Schrecken erfüllt hatte: »Rebellisch, eh? – Nicht-mitkommen? – wo'ss der Großvater, Du Pack!?«

Sophie ließ den Kristall fallen – (ein Glück, daß er nicht zerbrach) – und starrte, leeren Blicks, den Baron an –

»: Dein nichtswürdiger Schuft von einem Opa!«

Sophie (mit Feuer): – »Er ist nicht nichtswürdig! – Sie sollten sich was schäm'm, so zu reden, Mister Rugge!« –

In diesem Moment erschienen, gleichzeitig, a) Mister Waife, in der Öffnung zu seiner Schlafkammer; angetan mit dem schon erwähnten grauen Morgenrock; und, b), der Schuster, auf der Schwelle des WohnZimmers. Der Schauspieler verharrte stumm; (indem er sich, vielleicht, auf die imposante Wirkung seiner Haltung verließ). Der Schuhflicker dagegen, gab dem Impuls des untheatralischen Menschen nach; legte den Kopf, bulldoggig, auf eine Seite; und sprach, beide Hände auf beide Hüften gestemmt, –

:»Höflich gegen meine Mieter, Sir!; oder Sie gehen 'raus!«. –

Der Hartherzige Baron blickfeuerte, und rachsüchtig, erst auf den Einen –?; und dann auf den Anderen:!; am Ende trat er auf Waife-zu, und äußerte, mit vernichtendem Grinsen: »Ich hätte Euch da Einiges zu sagen; –: soll ich es vor Eurem Wirt sagen?!«

Der Schauspieler winkte dem Schuhflicker mit der Hand:

»Laßt uns allein, mein Freund; ich werd' Eurer nicht bedürfen. Wollen Sie bitte mitkommen, Mister Rugge –«. Rugge trat in das Schlafzimmer; und Waife zog die Tür hinter ihnen zu.

»Hm hm,« machte der Schuster, der sich am Kopf kratzte: »diese Nachgiebigkeit Eures Großvaters geht mir gar nich recht ein: brittischer Grund und Boden hier! Aber Euer Ascendent kann doch bestimmt nich in sonner bösartijen Conjunction mit diesem Krachmacher von ei'm Tyrann'n stehen, daß Ihr nu mit Händn und Füßn an ihn gebundn sein solltet. Ma' sehn, was der Kristall dazu meint: nehmt ihn vorsichtig auf, und kommt mit mir nach untn.«

»Bitte, nein; ich will in Opa's Nähe bleiben«, sagte Sophie resolut: »er soll diesem rohen Menschen nicht hülflos ausgeliefert sein.«

Der Schuhflicker konnte sich eines Lächelns nicht erwehren. »Gott mit Euch«, sagte er: »Ihr seid ein aparter Geist und energisch dazu: wenn Ihr meine Frau wärt, ich würd' Angst vor Euch haben. – Aber ich will hier nich groß steh'n bleibn und horchen; könnt' sein, Euer Großvater hat Geheimnisse, die nich für mein Ohr bestimmt sind: falls ich gebraucht werdn sollte, ruft mich.« Er stieg treppab. Sophie, mit weit weniger nobler Verachtung gegen's Horchen, blieb in ZimmerMitte stehen und hielt den Odem an um besser zu hören. Sie vernahm nicht einen Ton – sie hätte halb und halb Lust gehabt, das Ohr ans Schlüsselloch zu legen; aber das schien dann doch selbst ihr, wenn es die Dringlichkeit des Falles nicht absolut erfordern sollte, als etwas allzu Niedriges. So blieb sie steh'n wo sie war, das Köpfchen leicht geneigt, den Finger leicht erhoben –: oh daß Vance sie so hätte malen können!

*Zeigt die Ursachen auf, warum sowohl Individuen als auch ganze Nationen, sobald ein Individuum oder eine Nation sich zu eignen willkürlichen Zwecken etwas aneignen möchte, wovon das andre Individuum, bzw. die andre Nation, sich nicht zu trennen wünschen, dazu tendieren, die milden Vorschriften des Christentums zu ignorieren, jegliches Feingefühl zu schockieren, und sämtliche Theorien der Gesellschaften zur Erhaltung des Friedens über den Haufen zu werfen.*

»Soll das etwa bedeuten,« sagte Mister Rugge im Flüsterton, nachdem Waife ihn zum entlegensten Ende des inneren Zimmers gezogen hatte, so daß die BettVorhänge zwischen ihrem Standplatz und der Tür den Schall ihrer Stimmen zusätzlich dämpften: »— soll das etwa bedeuten, daß Ihr — nachdem ich Euch und dies Kind da, aus übergroßer Güte und Barmherzigkeit, ja auf Euer eignes Ansuchen hin, an meinem Theater aufgenommen habe — daß Ihr mir da jetzt ohne Kündigung davonlaufen wollt? — ›Französisch Verabschieden‹ — ist das britisches Benehmen?«

»Mister Rugge«, erwiderte Waife begütigend, »ich habe kein festes Engagement bei Ihnen; es war nur ein Versuch, zur Probe. Wir haben uns, beide Seiten, für drei Monate freie Hand bedungen — Sie konnten uns jeden Tag fortschicken; Wir Sie verlassen. Das Experiment gefällt uns nicht länger; wir danken Ihnen und gehen.«

Rugge: — »Das ist nicht die Wahrheit. Ich hab gesagt: *Ich* hätte die Freiheit, Euch Beide zu entlassen, wenn das mit dem Kind nicht klappte. Ihr, armseliges hülfloses Wesen, konntet sowieso von keinerlei Nutzen sein. Aber ich hab' Euch niemals sagen hören, daß Euch *auch* irgendetwas freistehen sollte. Wär ja gegen alle Vernunft! Ich meine Engagements von der Gnade eines Waife abhängig machen?; ich, Lorenzo Rugge!? — Albernheit! — Aber ich bin ein rechtschaff'ner Mann, und ein großzügiger Mann; und wenn Ihr meinen solltet, daß Euch eine höhere Gage gebührte; wenn es sich, wie ich's mal anseh'n will, bei diesem Eurem undankbaren Vorgehen bloß um einen LohnStreik handelt, will ich Euch entgegenkommen. Juliet Araminta spielt besser, als ich zu Beginn annehmen konnte; und ich will – wie zwischen uns ausgemacht war, für den Fall, daß der Versuch gelingen sollte – ein dreijähriges Engagement abschließen, und zu guten Bedingungen.«

Waife schüttelte den Kopf. »Sie sind sehr gütig, Mister Rugge; aber es handelt sich um keinen Streik. Meinem kleinen Mädchen gefällt dies Leben nicht, um keinen Preis; und da sie mich praktisch erhält, bin ich genötigt ihr zu willfahren. Überdem«, sagte der Schauspieler, sich allmählich versteifend: »haben Sie mir Ihr Wort gebrochen. Es war ausdrücklich ausgemacht, daß ich nie mehr auf Ihrer Bühne persönlich zu erscheinen hätte; meine ganze Aufgabe sollte darin bestehen, Sie bei den Aufführungen zu beraten; die Stücke zu bearbeiten; Ihnen bei der Regie an die Hand zu gehen – und Sie haben meine Knappheit ausgenützt; und, als ich Sie einmal um einen kleinen Vorschuß bat, darauf bestanden, daß ich diese Reste dessen was ich einst war, dem öffentlichen Mitleid doch wieder aufnötigte. Genug – wir scheiden. Von mir aus ohne Groll.«

Rugge: – »Ach, Ihr grollt nicht? Nu schön; ich auch nicht. Aber ich bin ein Britte, und habe allen Geist eines solchen: Ihr tätet besser, mich nicht zum Feinde zu machen.«

Waife: – »Ich bin über die Notwendigkeit, mir Feinde machen zu müssen, hinaus – ich habe einen kompletten gebrauchsfertigen Feind in mir selber.«

Rugge legte eine starke knochige Hand auf den Arm des Krüppels. »Glaub's gern! Böses Gewissen, Sir, eh? Wie würd'es Euch schmecken, wenn man Eure Vergangenheit mal so'n bißchen aufrollte und unter die Leute brächte?«

Gentleman Waife (traurigtrüb'): »Die letzten vier Jahre davon sind in Ihrem Dienst verbracht worden, Mister Rugge – wenn der Bericht da-rüber einmal zu meinem Benefiz unter die Leute gebracht würde: kein Auge im ganzen Haus möchte trocken bleiben.«

Rugge: – »Ich verachte Euern Hohn. Wenn ein Scorpion, den ich an meinem Busen genährt habe, mich ausspottet – überlaß ich ihn seinen eignen Betrachtungen. Aber ich spreche auch gar nicht von den Jahren, während derer besagter Scorpion sein Gehalt genossen, und auf meine Kosten Canaster geraucht hat – ich spiele auf den ein- oder andern früheren Streich in seiner karierten Karriere an. Ei, Sir, Ihr zuckt! Ich argwöhne fast, da ließe sich einiges ausfindig machen über Euch, was ...«

Waife (ungestüm): – »Was würde was!?«

RUGGE: – »Oh, stimmt Euern Ton herunter, Sir; mich schüchtert Ihr nicht ein! Ich habe guten Grund zum Verdacht; und wenn Ihr Euch auf diese Weise zu drücken, und mich um mein Eigentumsrecht an Juliet Araminta zu prellen gedenkt, werde ich keinen Stein unumgewendet lassen, um zu beweisen was ich argwöhne – seht Euch ja vor, Kleiner Mann! – Aber kommt, wenn ich etwas hasse, ist es Zank, lassen wir die Sache ruhen; und-ä –« (die Brieftasche zückend): »wenn Ihr etwa Bargeld sehen, und einen Contract über drei Jahre, Schwarz auf Weiß, für Juliet Araminta haben wolltet – naja also da könnt Ihr mir ein hübsches Sümmchen 'rauspressen, und für Euere Person hingehen wo es Euch gefällt; ich werd' Euch nie mehr beschwerlich fallen. Was ich haben muß ist das Mädchen.«

Waife jedoch, der Schauspieler ganz von ihm abgefallen, grollte heraus: »Und ich will gehängt sein, Sir, wenn Sie das Mädchen bekommen!«

In diesem Moment öffnete Sophie die Türe weit, und trat kühnlich hinein. Sie hatte Ihres Großvaters erhob'ne Stimme vernommen, obschon deren heisere Töne ihr nicht gestattet hatten, die einzelnen Worte zu unterscheiden. Sie war ob Seiner beunruhigt; sie trat ein, seine schützende Fee, ihn gegen den 6 Fuß hohen Bedränger zu verteidigen. Rugge's Arm war just erhoben; nicht so sehr um zuzuschlagen, als mehr um der Deklamation willen. Sophie glitt zwischen ihn und ihren Großvater; und, einen Arm um den Letzteren geschlungen, warf sie den andern nach vorn, den Zeigefinger drohend erhoben gegen den Hartherzigen Baron: '!' – wie würden Sie geklatscht haben, hätten Sie sie so in Covent Garden gesehen! Aber, ich möchte darauf schwören, das Kind wußte nicht, daß es Theater spielte. Rugge ja; und die bloße Idee, Soetwas zu verlieren, machte ihn förmlich rasend vor Bewunderung und Wuth!

»Bravo!«, sagte er unwillkürlich – »kommt – kommt, Waife, schaut sie an – sie ist für die Bühne geboren! Mein Herz schwillt vor Stolz. Moralisch gesprochen ist sie sowieso mein Eigentum: macht sie auch juristisch dazu – und hört, in Euer Ohr gesagt – fünfzig Pfund. Nützt meine gute Laune aus – Golkonda tut sich auf –: Fünfzig Pfund!«

»Nein«, versetzte der Vagant.

»Nun denn«, sagte Rugge tückisch; »laßt sie für sich selber reden.«

»Sprich, Kind. Du willst doch nicht zu Mister Rugge zurück – und nun gar ohne mich – oder willst Du, Sophie?«

»Ohne Dich, Opa! Eher sterb' ich lieber.«

»Sie haben gehört, ja?; wir sind im reinen miteinander. Wir sind unserm Dienstverhältnis bis gestern Abend nachgekommen; Sie Ihrerseits haben uns bis gestern Abend entlohnt; und somit Guten Morgen, Mister Rugge.«

»Mein liebes Kind«, sagte der Manager, und machte seine Stimme so sanft wie er nur konnte: »überleg' doch. Was denkst Du, was wir aus Dir machen könnten, ohne diesen stupiden alten Menschen dort. Du hältst mich vielleicht für verdreht und zuwider; aber das ist lediglich er, der mich andauernd reizt und in üble Laune versetzt. Dabei sind Kinder mein Ein- und Alles. Ich hatte selbst mal ein eignes Baby – Ehrenwort, ich hatte eins – und wären nicht die Krämpfe dazugekommen, aufgrund des Zahnens, ich wär' heut-noch Vater. Komm, nimm Du den Platz jenes geliebten Babies bei mir ein: Kleider sollst Du haben, so fein; ganz neue – darfst sie Dir selber aussuchen – und zum Essen jeden Sonntag nichts als KalbsFrikassee und HimbeerTörtchen. Binnen drei Jahren wirst Du, unter meiner Obhut, eine große Schauspielerin werden; wirst Dein Glück machen, und einen Lord heiraten – Lords verlieren grundsätzlich den Verstand für große Schauspielerinnen – wogegen, bei Dem dort, was blüht Dir da?: Dich abplacken wirst Du, verrotten, verhungern. Und lange lebt er sowieso nicht mehr: was wird dann aus *Dir*? – Es ist Sünde und Schande sie derartig zu behindern, Ihr nichtsnutziger alter Vagabund, Ihr!«

»Ich behindre sie nicht«, sagte Waife, indem er den Versuch machte, sie von sich weg zu schieben. »Sophie – etwas ist dran an dem, was der Mann sagt. Wähl' Du ganz frei und selbstständig.«

Sophie (ein Schluchzen unterdrückend): – »Wie kannst'nn das Herz haben, so zu mir zu reden, Opa? – Ich sag's Ihn'n Mister Rugge: Sie sind ein böser Mann; und ich haß' Sie, und Alles was mit Ihnen zu tun hat – und ich will beim Großvater bleiben – und zu verhungern macht mir gar nichts aus – er jedenfalls soll's nicht!«

Mr. Rugge (sich den Hut mit beiden Händen auf den Kopf drückend, und mit weiten Schritten zur Tür): – »William Waife, hütet Euch; es ist passiert!: ich bin Euer Feind. Was Dich anlangt, mein allzuteures aber abtrünniges Kind, bleib nur bei ihm – wirst bald genug herausfinden, Wer und Was er ist – Dein Stolz wird Dir schon vergehen, wenn ...«

Trotz seiner Lahmheit hatte Waife einen Satz nach vorn getan – beide Fäuste geballt; sein eines Auge schoß Blitze; sein breiter stämmiger Rumpf war dem stürmischen Direktor dicht gegenüber und schüchterte ihn ein. Größer und jünger wie Rugge war, duckte er sich doch unwillkürlich vor dem Krüppel, den er so lange verhöhnt und gedemütigt hatte. Das Wort erstarb ihm auf der Zunge. –: »Sofort das Zimmer verlassen!«, donnerte der Schauspieler, mit einer Stimme, die gar nicht mehr klanglos war: »Mit 1 Wort meinen Namen vor dem Kinde angeschwärzt, und ich schlag' Euch das nächste wieder die Kehle 'runter!«

Rugge stürzte zur Tür – wobei er sie zwischen Waife und sich einen Spalt offen hielt; durch den er von außen noch einmal den Kopf hereinsteckte und bühnenzischte: »Flieh nur, Halunke, flieh! meine Rache wird Dein Geheimnis ausspüren, und Dich in meine Gewalt bringen: Juliet Araminta wird doch noch mein!«. Unter diesen entsetzlichen Worten nahm der Hartherzige Baron mit zwei Sprüngen die Treppe, und war aus dem Haus.

Waife lächelte verachtungsvoll. Aber nachdem die Straßentür hinter der Gestalt des zornigen Managers krachend zugeflogen war, wich die Farbe aus dem Gesicht des alten Mannes. Erschöpft von all der durchgemachten Aufregung, sank er auf einen Stuhl, und fiel, mit einem hastigen Keuchen, wie nach Luft, in Ohnmacht.

## 11. Kapitel

*Fortschritte der Schönen Künste. / Biographische Anekdoten. / Über Schwankungen in der Bewertung des Geldes. / Spekulative Tendenzen des Zeitalters.*

Wie groß auch immer der Schock gewesen sei, den die Brutalität des Hartherzigen Barons dem Nervensystem des verfolgten aber triumphierenden Räubers beigebracht hatte: zu der Zeit, da Vance und Lionel, Waife's Räumlichkeiten betraten, hatte er sich mit Gewißheit wieder gelegt; denn sie trafen Großvater & Enkelin am offenen Fenster sitzend an, wie sie, an einer Ecke des Tisches – (auf dem, durch Entfernung der geschnitzten Kokosnuß, des KristallEi's, und der zwei Blumentöpfe, Raum für ihre Operationen geschaffen war) – eifrigst, und begleitet von so manch silbernem Gelächter aus Sophie's Lippen, in jenem Spiel begriffen waren, das man Domino nennt.

Mr. Waife hatte sich, seit einer Stunde und mehr, der Einweihung Sophie's in die Mysterien besagten intellektuellen Vergnügens gewidmet; und so viel Mühe gab er sich, und so eindrucksvoll waren seine Ermahnungen gewesen, daß seine überglückliche Schülerin sich des Gedankens nicht erwehren konnte: *dies* müsse wohl die Neue Kunst sein, auf welche Waife hinsichtlich ihres künftigen Lebensunterhaltes zähle. Dennoch sprang sie beim Eintreten ihrer Besucher, mit einem Gesichtchen das von dankbarem Lächeln strahlte, sogleich auf; eilte auf Lionel zu, den sie sofort bei der Hand ergriff, während sie vor Vance mit mehr Respekt knixte, und rief: »Wir sind frei! oh danke schön! – Dank Ihnen Beiden! Er ist weg! Mister Rugge ist weg!«

»Ja, hab's gesehen, als wir am DorfAnger vorbei kamen; Bühne und Alles«, sagte Vance; indes Lionel das Kind küßte, und an seine Seite zog – es ist ganz erstaunlich, wie väterlich ihm zumute war – wie sehr sie sich in seinem Herzen eingenistet hatte.

»Ach bitte, Sir –«, fragte Sophie schüchtern, mit einem Blick zu Vance hin: »ist der Norfolker Riese auch weg?«

Vance: – »Glaub schon – sämtliche Shows waren entweder fort, oder beim Abbrechen.«

Sophie: – »Das Kalb mit den zwei Köpfen auch?«

VANCE: – »Habt Ihr solche Sehnsucht danach?«

SOPHIE: – »Ohgott, nein.«

Waife, der, nach einem tiefen Bückling und einem munteren »Guten Tag, meine Herr'n«, bis dahin still geblieben war und die Dominosteine weggepackt hatte, sagte nunmehr –: »Ich nehme an, Sir, Ihnen liegt daran, unverzüglich mit Ihrer Skizze zu beginnen?«

VANCE: – »Ja; ich hab' all meine Geräte mitgebracht – sehen Sie, sogar die Leinwand – (ich wollt', sie wäre größer; aber es ist alles, was ich von dem Material bei mir habe) – sie ist schon aufgespannt – darf ich noch die Beleuchtung arrangieren . . .«

WAIFE: – »Falls Sie mich nicht weiter brauchen, Gentlemen –: ich würde gern mal, für ne halbe Stunde oder so, an die Luft gehen. Um ehrlich zu sein: ich würd' mich jetzt am liebsten nach meiner Investition umsehen.«

SOPHIE (flüsternd zu Lionel): – »Ihr seid Euch *ganz-sicher*, daß das Kalb weg ist?; und dieser Norfolker Riese nicht minder?«

Lionel erwiderte verwundert, er glaube es sicher; und Waife verschwand in sein Zimmer, von wo er unlängst wieder auftauchte, den Hausrock abgelegt, und dafür angetan mit einem keineswegs fadenscheinigen und gut gebürsteten schwarzen Rock. So mit Stock und Hut, die Handschuhe in der Hand, wirkte er durchaus respektabel – ja, mehr als das – jeder Zoll eben Gentleman Waife; er sagte: »Mach Dein schönstes Gesicht, Sophie; und sitz' ruhig, wenn Du das fertig bringst«, nickte den Dreien munter zu; und humpelte dann die Treppe hinab. Sophie – die Vance just auf einem Stuhl zurechtgesetzt hatte: Kopf etwas nach unten gerichtet (dreiviertel Profil); vom Künstler geordnet und

›gelöst ihr ambraträufend Seidenhaar‹;

eben war er dabei, Erscheinung und Haltung mit prüfendem Malerauge sinnend zu betrachten – Sophie also fuhr, zu seiner großen Ungehaltenheit, doch noch einmal auf und stürzte ans Fenster –: ?. Kehrte jedoch mit anscheinend sehr erleichtertem Gemütlein auf ihren Sitz zurück: Waife ging in genau entgegengesetzter Richtung zu der, welche zu dem weiland Quartier des Norfolker Riesen und des Kalbes mit zwei Köpfen geführt hätte.

»Kommt, kommt«, sagte Vance ungeduldig: »eine Idee ist schon halb in die Brüche. Ich muß bitten daß Ihr Euch jetzt nicht mehr bewegt, bis ich Euch genau postiert hab' – danach dann mögt Ihr, vorausgesetzt alles andre an Euch hält stille, Eurer Zunge Bewegung machen. Zum Reden habt Ihr Erlaubnis.«

SOPHIE (reumütig): – »Es tut mir so leid – bitt' um Entschuldigung. Ist es so richtig, Sir?«

VANCE: – »Kopf etwas mehr nach rechts – sooo –: ›Titania, den schlafenden Zettel betrachtend‹. Wollt Ihr Euch jetzt auf den Fußboden legen, Lionel, und Zettel darstellen, ja?«

LIONEL (indigniert): – »›Zettel‹?! Hab' ich einen EselsKopf?«

VANCE: – »Unwesentlich! Ich kann mir ganz leicht einbilden, daß Ihr einen hättet. Brauch' lediglich den Umriß einer Gestalt – irgendwas Plumpes, linkisch hingespreiztes.«

LIONEL (verdrossen): – »Großen Dank auch – bildet Euch das doch ebenfalls ein.«

VANCE: – »Tz, Mein, seid doch nicht so ungefällig. Es ist unbedingt erforderlich, daß Sie liebevoll auf irgendetwas hinblicke – gibt dem Auge Ausdruck.«

Lionel legte sich sogleich zurück, in eine ruhende Positur; allerdings so wenig plump und linkisch-gespreizt als er nur immer bewerkstelligen konnte.

VANCE: – »Miss Sophie; Ihr stellt Euch jetzt bitte vor, daß dieser junge Herr da, Euch überaus lieb und teuer sei – habt Ihr einen Bruder?«

SOPHIE: – »Ach nein, Sir.«

VANCE: – »Hm. – Aber Ihr habt, beziehungsweise hattet, doch eine Puppe?«

SOPHIE: – »Oh ja: Großvater hat mir mal eine geschenkt.«

VANCE: – »Und Ihr hattet diese Puppe gern, ja?«

SOPHIE: – »Sehr.«

VANCE: – »Dann stellt Euch vor: der junge Herr sei diese Eure Puppe, die inzwischen groß geworden ist – sie liege jetzt dort und schlafe; und Ihr paßt auf, daß Niemand ihr etwas tue – Mister Rugge zum Beispiel. Seid mit ganzer Seele bei dieser Vorstellung – ›Liebe zur Puppe: Argwohn vor Rugge‹. Lionel, Ihr haltet still, und macht die Augen zu – bitt' Euch.«

LIONEL (bärbeißig): – »Ich bin nicht hierhergekommen, um 'ne Puppe aus mir machen zu lassen.«

VANCE: – »Schmeichelt ihm, Miss Sophie, daß er ja ruhig ist und friedlich schlummert; oder ich tu ihm das ein o'r andre Leid an: Ich kann wohl auch ein Rugge sein, wenn man mich hoch bringt.«

SOPHIE (in den lieblichsten Tönen): – »Versucht's doch und schlaft, Sir – soll ich Euch etwa ein Kissen holen?«

LIONEL: – »Nein, danke – ich fühl' mich sehr bequem jetzt«;

(er bettete den Kopf auf seinen Arm; und, nach einem Blick zu Sophie hinauf, schlossen sich, obschon widerstrebend, die Lider über seinen besänftigten Augen). Ein Sonnenstrahl kam schräg durch das halbgeschlossene Fenster herein, und spielte und spiegelte auf dem üppigen Haar des Jünglings und seinen glatten blassen Wangen. Sophie's Blick ruhte aber auch ungemein liebreich und huldvoll auf ihm.

»So'ss recht«, sagte Vance; »und jetzt still, bis ich die Haltung fixiert, und den Blick 'rausbekommen hab' –«.

Der Künstler begann in großer Schnelligkeit zu skizzieren, mit kecker geübter Hand; und Alle schwiegen, ungefähr eine halbe Stunde lang; bis er sagte: »Ihr könnt aufstehen, Lionel; mit Euch bin ich für jetzt fertig.«

Sophie: – »Und ich auch? – darf ich schon gucken?«

Vance: – »Nein; aber reden dürft Ihr jetzt. – So, da habt Ihr also eine Puppe gehabt? Was ist denn aus ihr geworden?«

Sophie: – »Ich hab sie dalassen müssen, Sir. Großvater meinte, es würde mich zu sehr ablenken, daß ich auf seinen Unterricht nicht gehörig aufpassen, und meine Rollen nicht richtig lernen würde.«

Vance: – »Euern Großvater habt Ihr lieber als die Puppe?«

Sophie: – »oh tausend Millionen-Millionen mal mehr!«

Vance: – »Er hat Euch erzogen, nehm' ich an? Ihr habt keinen Vater? – keine Mutter?«

Sophie: – »Ich hab nur Großvater.«

Lionel: – »Seid Ihr Euer ganzes Leben bei ihm gewesen?«

Sophie: – »Ohgott, nein; Ich war bei Missis Crane; bis Großvater aus der Fremde wieder kam, mich fortnahm, und zu sehr netten Leuten gab; und dann erst, nachdem Großvater diesen bösen Unfall gehabt hatte, ergab sich's, daß ich zu ihm kam, und seitdem sind wir immer zusammen gewesen.«

Lionel: – »War Missis Crane keine Verwandte von Euch?«

Sophie: – »Nein, ich glaub' nicht, denn sie war gar nicht freundlich – ich war so elend da; aber redet nicht mehr davon – ich geb mir Mühe, das zu vergessen. Ich möcht' mich bloß noch von der Zeit an erinnern, wo Großvater mich auf den Schoß genommen, und mir gesagt hat, ich sollt' ein gutes Kind sein, und ihn lieb haben; und ich bin seitdem auch immer glücklich und zufrieden gewesen.«

»Ihr *seid* ein liebes gutes Kind«, sagte Lionel mit Nachdruck: »ich wünschte nur, ich hätte Euch als Schwester.«

Vance: – »Sobald Euer Großvater von mir diese ungeheuerliche Summe – nicht daß ich murren wollte, oder's bereute – erhalten haben wird, hätt' ich doch nicht übel Lust zu fragen, ›Was wird er damit machen?‹ Da er ausdrücklich gesagt hat, es sei ein Geheimnis, darf ich natürlich auch Euch nicht aushorchen.«

Sophie: – »Was wird er damit machen? Ja, das möcht ich wohl selbst gerne wissen, Sir; aber was es auch immer sei: solange Großvater und ich nur beisammen sind, mach ich mir keinen Kummer darüber.«

An dieser Stelle trat Waife wieder ins Zimmer. –: »Nun?; wie geht's mit dem Bilde voran?«

Vance: – »Erträglich für eine erste Sitzung; ich benötigte aber noch zwei weitere.«

Waife: – »Gewiß. – Nur-ä – nur« (er zog Vance beiseite, und flüsterte): »– nur befürchte ich, daß ich, spätestens übermorgen, das Geld brauchen *werde*. Es geht um eine Gelegenheit, die niemals wieder kommt – ich möchte unbedingt zufassen.«

Vance: – »Nehmen Sie das Geld doch jetzt-gleich.«

Waife: – »Also schön: dank' Ihnen, Sir. – Sie haben ja nun auch die Gewähr, daß wir Ihnen nicht damit weglaufen; ergo nehm' ich Ihre Güte dankbar an – dadurch wird Alles gesichert.«

Vance ließ die Sovereigns mit erstaunlicher Bereitwilligkeit in die Hand des alten Mannes gleiten; denn, um die Wahrheit zu sagen, der Künstler, obschon sparsam, war im Grunde großzügig Das Organ der Vorsicht war bei ihm stark entwickelt, das des Erwerbssinnes nur mäßig. Überdies war er, in jenen Augenblicken wo seine Kunst ihm die Seele frei und weit machte, unbewußterweise weniger lebhaft empfindlich für den Wert des Geldes. Und seltsam ist und bleibt es ja, daß, obwohl die Staaten sich die größte Mühe geben, ihre Währungen und Zahlungsmittel möglichst konstant zu erhalten, für das Einzelwesen, das diese handhabt, sich dennoch der Wert des Geldes ein halb Dutzend mal am Tage verschiebt und schwankt, steigt und fällt. Ich meines Teils erkläre jedenfalls ehrlich, daß es unter den 24 Stunden einige gibt – so zum Beispiel die, unmittelbar vorm Frühstück; oder, wenn ich bei einer Seite dieser Geschichte hier, mit mir und meiner Leistung gar nicht zufrieden gewesen bin, die darauf folgende – wo Jemand, der von mir 5 Schillinge möchte, die ich an sich zur Verfügung hätte, erfahren würde, daß meine augenblickliche Einschätzung dieser Summe, sie gänzlich außerhalb seiner Reichweite rückt; während zu anderen

Zeiten – gleich nach dem Dinner zum Exempel; oder wenn mir in dieser historischen Komposition hier, zumindest meiner Ansicht nach, ein besonders glücklicher Pinselstrich, ein gutes eindringliches Colorit gelungen sind – der Wert besagter 5 Schillinge so sehr herabgesetzt ist, daß ich beinahe – wenigstens bild' ich mir das ein – beinah' in Versuchung geraten könnte, sie für nichts und wieder nichts wegzugeben. Unter eben solchen geheimnisvollen Einflüssen auf den Geldmarkt geschah es, daß Vance den Verlust seiner 3 Sovereigns nicht empfand; vielmehr, zu seiner Staffelei zurückkehrend, Lionel und Sophie davon wegjagte, die die Gelegenheit genützt hatten, einen Blick auf die Leinwand zu werfen.

»Läßt Ihr nicht die geringste Gerechtigkeit widerfahren« sprach Lionel; »alle Züge sind übertrieben.«

»Und Ihr gebt vor, Maler zu sein!«, versetzte Vance mit großer Verachtung, und hing ein Tuch über seine Leinwand. »Morgen, Mr. Waife, zur selben Stunde, ja? So, Lionel; nehmt Euern Hut und kommt weg.«

Vance trug die Leinwand fort, und Lionel folgte langsam. Sophie schaute aus dem offenen Fenster den sich entfernenden Gestalten hinterdrein; während Waife händereibend im Zimmer auf und ab humpelte, – »Er tut's, er tut's; ich hab's ja immer gewußt.« Sophie drehte sich um: »Wer tut's? – der junge Herr? Was tut er?«

Waife: – »Der junge Herr? – als ob ich an Den dächte. Nein, unser neuer Gefährte – bin diese ganze letzte Stunde bei ihm gewesen: wundervolle natürliche Gaben!«

Sophie (kläglich): – »Demnach ist es lebendig?«

Waife: – »Lebendig! na, das will ich wohl meinen.«

Sophie (halb weinend): – »Ach das macht mich ganz elend; 'ch weiß jetzt schon, ich werd's hassen.«

Waife: – »Tz, Schätzel – hol mir meine Pfeife – ich bin glücklich.«

Sophie (ihrem Anfall von schlechter Laune sofort ein Ende setzend): – »Bist Du's wirklich? – dann bin ich's auch; und will's also nicht hassen.«

## 12. Kapitel

*In welchem nachgewiesen wird, daß wenn ein Mann dieses tut, beziehungsweise jenes zu tun ablehnt, das immer aus Gründen geschieht, die er allein am besten weiß – ein Vorbehalt, der für das soziale Interesse innerhalb einer Gemeinschaft überaus förderlich ist; da die Mutmaßungen über Ursprung und Beschaffenheit jener Gründe nicht nur den Forschungstrieb mächtig anregen, sondern auch das Hauptkontingent für die Unterhaltungen der Modernen liefern. – Und da nicht wohl geleugnet werden kann, daß, falls ihre Nachbarn ihnen nicht dann und wann etwas zu raten aufgäben, drei Viertel der zivilisierten Menschheit, ob Mann ob Weib, keinerlei Gesprächsstoff mehr hätten; ergo kann man jene nützliche Neubegier gar nicht genug ermutigen, die zwar der Gedankenlose Getratsch oder Skandalsucht schilt, die aber in Wirklichkeit die überwältigende Mehrheit unserer Gattung davor bewahrt, sich sehr bald auf den entarteten Zustand stummer Tiere heruntergekommen zu sehen.*

Am nächsten Tage wurde die Sitzung wieder aufgenommen; aber Waife ging diesmal nicht aus, und die Unterhaltung geriet folglich etwas conventioneller; beziehungsweise präziser, Waife trug den Hauptanteil davon. Der Komödiant konnte, wenn er Lust dazu hatte, wirklich überaus unterhaltend sein; und zwar noch nicht einmal so sehr in dem was er sagte, sondern wie er es sagte. Er verkörperte ein ganz seltsames Gemisch aus immer wieder plötzlich umschlagenden Extremen – eine zeitlang verkehrte er mit seinen Besuchern im Tone ungezwung'ner aber nicht würdeloser Vertraulichkeit, wie wenn er ihnen an gesellschaftlicher Stellung gleich, an Jahren überlegen wäre; dann, unversehens, demütig, wie abbittend, nahezu servil, ja knechtisch; und dann gab's ihm gewissermaßen wieder einen Ruck zu Stolz und steifer Förmlichkeit, sogleich neuerlich abgelöst, wie wenn die Anstrengung nicht durchzuhalten wäre, von verzagter Niedergeschlagenheit. Gleichwohl ließ sich der vorherrschende Charakter von Stimmung und Gespräch des Mannes, etwa als gesellig, schnurrig, heiter kennzeichnen. Augenscheinlich war er, von seinem ursprünglichen Temperament her, ein Humorist, drollig und fröhlich, und voller Lebensgeister; und, bei alle dem, zu Zeiten von einer kindlichen Einfachheit, wie der kluge Mann der Fabel, der nie die Welt durchschauen lernt, und immer den Kürzeren zieht.

Ein an sich unbedeutender Umstand, der aber Anlaß zu Betrachtungen sowohl über den Charakter als auch die Antecedentien von Gentleman Waife bieten konnte, entging der Beobachtung von Vance mit nichten: seit seinem Bruch mit Mr. Rugge war eine auffallende Besserung in jener Affektion der Luftwege eingetreten, die, solange sein Engagement mit dem Direktor lief, das dramatische Talent des Schauspielers für die Bühne wertlos gemacht hatte. Nunmehr drückte er sich ohne die pathetische Heiserkeit und das hohle Keuchen aus, welche zuvor gleichsam eine nasse Decke über all seine Bemühungen um Unterhaltung geworfen hatten. Vance allerdings gab der Verstellung, auf die solche Veränderung einwandfrei hinzuweisen schien, keine allzustrenge Auslegung. Da Waife immer einäugig und ein Krüppel blieb, war sein Zurückschrecken vor einem Wiedererscheinen auf der Bühne ja nur allzu entschuldbar; folglich auch, daß er, um seinen Stolz vor der Zurschautragung seiner zwei echten Gebrechen zu bewahren, zusätzlich noch ein drittes simulierte.

Was jedoch Vance am meisten Kopfzerbrechen verursachte, war genau das, worüber schon der Flickschuster so gerätselt hatte, —: Was mochte der Mann früher gewesen? – wodurch so tief gefallen sein? – denn ein Sturz lag vor, soviel war klar. Der Maler, obwohl selbst nicht von patrizischer Herkunft, hatte viel in der besten Gesellschaft verkehrt. Er war verhätschelter Liebling in Großen Häusern gewesen; er war gereist; er hatte die Welt gesehen; er hatte die Gewohnheiten und Instinkte der Guten Gesellschaft.

Nun gibt es in dem, was die Franzosen die *beau monde* nennen, allerlei kleine verräterische Züge, an denen man die ihr Angehörenden erkennt – gewisse Eigentümlichkeiten in Redensarten, bestimmte Ausdrucksweisen – sogar die Aussprache gebräuchlicher Worte, selbst die Transponierung eines Akzentes. Ein Mann von der feinsten Bildung mag diese Eigenheiten nicht an sich haben; ein Andrer, ansonsten plump und brüsk von Manieren, mag sie haben – der Slang der *beau monde* ist etwas vom Codex der feinen Erziehung gänzlich Unabhängiges. Nun schien, ab und an, etwas in Waife's Gespräch anzudeuten, daß er mit jener beau-Welt in Berührung gekommen sei; und ab und an verschwand dieses Etwas wieder völlig; so daß Vance es vielleicht so ausgedrückt hätte: ›Er hat zu den dort Zugelassnen gehört; nicht zu den Dauerbewohnern.‹

Ganz sicher jedoch konnte Vance seiner Sache sich nicht fühlen; Schauspieler können ja derartig täuschen. Aber war der Mann denn auch, schon in seinem früheren Leben, Berufsschauspieler gewesen? Eine Frage, die Vance geschickt also anging:

»Sie haben gewiß schon sehr jung auf der Bühne gestanden?«, sagte er.

»Bühne! –«, wiederholte Waife; »wenn Sie damit das offizielle Theater meinen – nein. Ich bin in der Jugend, ja schon als Kind sogar, ziemlich oft aufgetreten, Andern zum Vergnügen; aber hauptberuflich, um mir meinen Unterhalt zu verdienen, das erstemal vor vier Jahren, als Mr. Rugge so human war, mich zu engagieren.«

»Ist das möglich – bei Ihrer glänzenden Ausbildung! Aber entschuldigen Sie; ich habe früher schon einmal meinem Erstaunen über Ihre letzte Beschäftigung Ausdruck gegeben, und es hat Ihnen mißfallen.«

»Mir mißfallen!«, sagte Waife in einer deprimierten, ja unterwürfigen Art; »ich hab doch hoffentlich nichts gesagt, was einem armen heruntergekommenen Landstreicher wie mir nicht zugestanden hätte? Ich bin kein verkleideter Prinz – bloß ein nichtsnutziger alter Bube, der nur zu dankbar sein sollte, daß er etwas hat, was ihn vor'm Misthaufen bewahrt.«

Lionel: – »So müssen Sie nicht reden. Wäre Ihr Unfall nicht gewesen, könnten Sie jetzt eventuell schon die Große Attraktion der hauptstädtischen Bühnen sein: wer respektiert wohl nicht einen wirklich guten Schauspieler?«

Waife (düster): – »Hauptstädtische Bühnen! Beschwatzen hab' ich mich lassen; nein, ich bin sogar dieses Unfalls froh, der mich gerettet hat – reden Sie mir davon bitte nicht, kein Wort mehr. – Aber ich hab die Sitzung wieder noch gestört: Sie sehen, Sophie hat ihren Stuhl verlassen.«

»Ich war sowieso für heute fertig«, sagte Vance; »nun morgen noch, und meine Aufgabe ist vollbracht.«

Lionel trat zu Vance und flüsterte mit ihm; nach einer Pause nickte der Maler schweigend, und sagte dann zu Waife –

:»Wir haben vor, (nachdem ich das Gerät hier weggebracht hab'), das schöne Wetter auf der Themse zu genießen; werden dann in unser Gasthaus – nicht weit von hier – zurückkehren, und dort um 8 Uhr zu Abend essen. Das Supper ist bei uns die Hauptmahlzeit – wir verderben unsern Tageslauf selten durch das Zeremoniell eines förmlichen Dinners – würden Sie uns den Gefallen tun, mit uns zu Abend zu essen? Unser Wirt hat einen wunderbaren Whisky; der im rohen Zustand zwar Glenlivat, zu Toddy verarbeitet aber der pure Nektar ist. Bringen Sie Ihre Pfeife mit, und lassen Sie uns John Kemble noch einmal hören.«

Waife's Gesicht leuchtete auf. »Sie sind sehr gütig; ich wüßte nichts, was ich lieber täte. Aber« –, und das Licht erlosch, das Antlitz verdüsterte sich – »doch nein; ich kann nicht – Sie ahnen nicht – das heißt – ich – ich habe mir selbst ein Gelübde getan, alle derlei Versuchungen abzulehnen. Ich bitte bescheidentlichst, mich zu entschuldigen.«

Vance: – »›Versuchungen‹?; welcher Art denn – der Whisky-Toddy?«

Waife (einen Seufzer in einen Pfeifenpaff verwandelnd): – »Ahja; schön, auch der Whisky-Toddy, wenn Sie so wollen. Vielleicht hab' ich ja früher mal das Glas zu sehr geliebt, und könnte einem Glas zuviel jetzt nicht widerstehen; und wenn ich ein Mal die Regel bräche und ein Trinker würde, wie sollt' es dann Juliet Araminta ergehen? Um ihretwillen bestehen Sie nicht weiter darauf.«

»Och geh doch mit, Opa! Er trinkt nämlich nie – nichts was stärker wäre als Tee, bestimmt, Sir; das kann der Grund nicht sein.«

»Er ist es, Du Dummerle, und nichts anderes«, sagte Waife mit Bestimmtheit; – und, sich aufrichtend: »Sie entschuldigen also.«

Lionel begann seinen Hut mit dem Ärmel zu bürsten, und in seinem Gesicht arbeitete es; endlich sagte er: »Nun gut, Sir; darf ich aber dann vielleicht um etwas and'res bitten? Mr. Vance und ich wollen uns morgen nach der Sitzung, Hampton Court anschauen gehen; wir haben uns diesen Ausflug bis zuletzt aufgehoben, ehe wir der Gegend hier Ade sagen. Würden Sie und die kleine Sophie im Boot mit uns mitkommen?; da gibt es keinen Whisky-Toddy, und wir bringen Sie Beide wieder wohlbehalten nach Hause.«

Waife: – »Wie – ich? – was – ich! Sie sind noch sehr jung Sir – ein Gentleman nach Geburt und Erziehung, möcht' ich wetten; und Sie sollten womöglich von Freunden oder Verwandten, im Palast der Königin – in den öffentlichen Anlagen – mit einem alten Vagabunden wie mir gesehen werden! Da müßt' ich ja der allererbärmlichste Wicht sein, wenn ich Ihre Gutheit dergestalt ausnützte. ›Feine Gesellschaft‹, würd' es heißen, ›in die Sie da geraten sind.‹ Mit mir – mit mir! Keine Sorge Mister Vance – überhaupt nicht dran zu denken.«

Die beiden jungen Männer waren tief bewegt.

»Ich kann, ich mag diesen Ihren Grund nicht passieren lassen«, sagte Lionel mit zittriger Stimme; »obschon ich mir selbstredend nicht anmaßen darf, Sie in Ihren Lebensgewohnheiten stören zu wollen. Aber *sie* könnte doch mit uns gehen, wie? Wir werden aufs beste auf sie aufpassen; und sie geht doch so adrett und niedlich angezogen, und sieht ganz aus wie eine kleine Lady –?«, (zu Vance gewendet).

»Jå; laßt sie mit uns kommen,« sagte der Künstler wohlwollend; ob er gleich Lionel's enthusiastisches Verlangen nach ihrer Begleitung nicht entfernt teilte; er dachte mehr, sie würde ihnen beträchtlich im Wege sein.

»Der Himmel segne Sie Beide!«, antwortete Waife; »und sie braucht einen Feiertag; sie soll ihn haben.«

»Ich würd' lieber bei Dir bleiben, Opa; Du wirst so einsam sein.«

»Nein; ich hab' sowieso vor, morgen den ganzen Tag außerhaus zuzubringen –: die Investition! Ich werd' nicht allein sein, Sophie – muß mich mit unserm zukünftigen Gefährten anfreunden.«

»Und kannst schon ohne mich auskommen? – oh wei oh wei!«

VANCE: – »Das ist also abgemacht; Auf Wiederseh'n, bis morgen.«

## 13. Kapitel

*Begeisternde Wirkung der Schönen Künste: die Plebs fühlt sich durch ihre Schaustellung zu großherzigen Regungen und hochfliegenden Fantasien bewogen, denen jedoch die unzierliche Strenge ihrer Vorgesetzten Einhalt tut; dargestellt am Beispiel von Schuhflicker Merle und seinem Mädchen-für-Alles.*

Am folgenden Tage war Waife, vielleicht mit dem Hintergedanken, alle Bedenken Sophie's von vornherein zu beseitigen, schon nach seiner Investition sehen gegangen, als die Freunde eintrafen. Zuerst war Sophie mürrisch und teilnahmslos, aber nach und nach wurde sie munterer; und als die Sitzung vorüber und das Gemälde vollendet war, (abgesehen von allerletzten Pinselstrichen, wie Vance sie sich für die Stille des Ateliers aufhob), da ward ihr auch erlaubt, ihr eignes Abbild in Muße zu betrachten, und sie brach in Ausrufungen ungekünstelten Entzückens aus. »Seh ich so aus! Ist das möglich? Ach, ist das schön! —: Mister Merle, Mister Merle, Mister Merle!«; sie war aus der Stube geflogen, ehe Vance sie noch aufhalten konnte; und kehrte bereits mit dem Schuster zurück; dieser wiederum gefolgt von einem langen hageren Mädchen, das er pompös als seine Haushälterin zu bezeichnen pflegte, das jedoch, in nüchterner Wirklichkeit, Mädchen-für-Alles war. (Eine Frau hatte er nicht — sein Horoskop, gab er an, mit Saturn im Geviertschein zum 7. Haus, untersage ihm, es mit der Ehe zu wagen). Alle versammelten sich vor dem Gemälde; Alle bewundertens und mit Recht — es war ein *chef d'oeuvre!* (Vance hat späterhin, in seinen reifsten Tagen, nicht Bezaubernderes geleistet. Jene Drei Pfund haben sich als die beste Kapitalsanlage herausgestellt, die ihm je gelungen ist.) Zufrieden mit seiner Arbeit, hörte er sich selbst diesen Beifall der Ungeschulten zufrieden an.

»Merkur und Venus müssen aber sehr stark in Euren Aspekten sein«, sprach der Flickschuster; »und wenn Ihr jetzt noch zusätzlich den Drachenkopf im 10. Hause haben solltet, könnt Ihr damit rechnen, daß man, wenn Ihr mal tot seid, noch lange von Euch reden wird.«

»›Wenn ich mal tot bin‹? — schlimmes Omen!«, erwiderte Vance ungehalten. »Ich glaub' nicht an Künstler, die sich drauf verlassen, daß man mal nach ihrem Tode großartig von ihnen reden werde – noch keinen Pinsler gekannt, der die Ausrede nicht gehabt hätte! – Aber zurücktreten jetzt – die Zeit verfliegt – das Haar gemacht, Titania – und ein Hütchen drauf. Einen Shawl habt Ihr? – (ohne Flitter, hoffentlich!) – je unauffälliger desto besser. Ihr bleibt, und seht nach Ihr, Lionel.«

– sprach die hagre Magd-für-Alles zu Mr. Merle –: »Ich möchte fast den Herrn Gentleman mich auch malen lassen, wenn er wollte – soll ich's ihm sagen, Master?«

»Geh an Deine Speckpfanne, einfältiges Mensch. Gewiß, er hat Ihr 3 Pfund für's Porträt gezahlt, aber wegen Ihrer Benefici! Du?: Du müßtest ihm den Lohn von 3 Jahren geben, eh' er Dir nur einmal grad ins Gesicht kuckte; denn, siehst Du, Deine Aspekten sind total verbogen. Und«, setzte der Schuhflicker philosophisch hinzu: »wenn die Malefici einem MädchenFrätzchen einmal hoffnungslos conträr sind, so ist der Mann von Natur aus so gebaut, daß ihm dies Frätzchen nicht einleuchten kann, es hätte denn einen goldnen Rahmen zum Anfassen. Gräm Dich nicht, es ist nicht Deine Schuld: unterm Scorpion geboren, (folglich knochig von Gliedern; unreiner Teint) – dann gar noch der Drachenkopf; und aus sämtlichen Eck-Häusern starren die Infortunen ...«

## 14. Kapitel

*Der Geschichtsschreiber nützt die dem gegenwärtigen Erleben von Mister Waife's Enkelin verstatteten SommerStunden geschickt dazu, um einige Glanzlichter auf ihre Vergangenheit fallen zu lassen. / Er führt sie in den Palast unsrer Herrscher, und gerät darob ins Moralisieren; dann, beim Betreten der Königlichen Gärten, demonstriert er sowohl die Ungewißheit menschlichen Erlebens, als auch die Unzuverlässigkeit der großbritannischen Gesetze, beides, an der plötzlichen Festnahme und gewaltsamen Entführung eines unschuldigen und ahnungslosen Engländers.*

Welch wunderbarer Nachmittag! Der launenhafte englische Sommer war den Tag derart gütig gegen das Kind und seine neuen Freunde! Immer wenn Sophie's kleiner Fuß den Rasen betrat: wäre sie wirklich die Königin der Grünen Leutlein gewesen, Rasen & Fußtritt hätten einander nicht genußvoller begegnen können. Der Heuschreck sprang, furchtlos-zuversichtlich, auf den Saum ihres Röckchens: sie gleich nieder ins hohe Gras und ihn gehascht, (aber oh so zärtlich!); und das fröhliche, Dichtern und Feen so theure Insekt, schien sie aus seinem wunderlich-scharfen Gesichtlein mit klugem Wiedererkennen zu betrachten, und auf der kleinen Eb'ne ihrer hübschen Hand gemach zu ruhen; bis dann, da er ab-sprang, winzige mottenartige Schmetterlinge, heimisch an den Borden fließender Wässer, aus Gras & Kraut aufzitterten und die Runde um sie flatterten. Und da, grad voraus, glitzernd durch Weidicht, lag auch schon die Themse, wo Vance das Boot zurecht machte. Und Lionel saß ihr zur Seite, ein Kind wie sie selbst, der Stolz seiner knospenden Mannheit ganz vergessen, glücklich ob Ihres Vergnügens – und sie liebte ihn, der empfundnen Freude wegen – und blendete sein Bild überall ein, in die mit ihrem ersten Sommerferientag verbundnen Erinnerungen – zu Sonnenstrahlen – schimmerndem Laubwerk – tirilierenden Vögeln – feeigem Gefittiche – glitzerndem Gewelle. Achja, so in einem Kinderherzen weiterzuleben – unschuldig gesegnet engelgleich – besser, weit-besser, als der verstörte Widerschein im Gedenken der reifern Frau; besser als jene trauerschleirige Illusion, über die täglich so viele bittre Tränen vergossen werden – besser als diese ›Erste Liebe‹! –

– Sie stiegen ins Boot. Sophie war, soweit sie sich zu erinnern vermochte, noch nie in einem Boot gefahren. Alles war neu für sie: die, wie belebte, Hurtigkeit des Schiffleins – diese kühl-grüne WasserpflanzenWelt, in der Fische hin und her flitzten – der musikalische Takt des Ruderns – in der Ferne die stattlichen Schwäne. Sie hub an zu schweigen – ihr Herz war übervoll.

»Woran denkt Ihr, Sophie?«, fragte Lionel, aufs ruhige Ruder gestützt.

»Denken? – Ich hab' eigentlich nicht gedacht.«

»Was dann?«

»D's weiß ich nich – gefühlt vermutlich.«

»Und zwar was?«

»Wie etwa zwischen Schlaf und Wachen – vielleicht wie das Wasser sich fühlt, wenn die Sonne d'rauf scheint.«

»Poetisch«, sagte Vance, der (selbst ein Stück von einem Poeten) poetische Tendenzen bei Anderen selbstredend bespöttelte. »Immerhin nich' übel in seiner Art. – Oh;: hab' ich Eure Eitelkeit verletzt?; in Euren Augen stehen ja Thränen!«

»Ach nein, Sir«, versetzte Sophie, mit schwankender Stimme; »aber ich *hatt'* an was gedacht . . .«

»Ah«, sagte der Künstler, »tja, das ist das Schlimme dabei: nach dem Fühlen kommt grundsätzlich das Denken – worin bestand Eures?«

»Mir tat's so leid, daß der arme Opa nicht mit hier ist; das war alles.«

»Es ist aber nicht unsre Schuld; wir haben ihm aufrichtig zugeredet«, sagte Lionel.

»Ja, das haben Sie wirklich, Sir – dank auch schön! Und mir will's gar nicht in den Sinn, wieso er's Ihnen abgeschlagen hat.« Die jungen Männer wechselten einen mitleidigen Blick.

Dann versuchte Lionel, sie auf ihr vergangnes Leben zu sprechen zu bringen – ihm mehr von Mrs. Crane zu erzählen: Wer und was war Die gewesen?

Aber Sophie konnte entweder, oder wollte nicht reden. Die Erinnerungen mußten peinlich sein; und sie hatte sich augenscheinlich Mühe gegeben, sie zu verdrängen. – Und diese andern Leute, bei denen Waife sie untergebracht, und die nett gewesen waren?

Die Fräulein Burton – ja, die hielten eine Tagschule, und hatten Sophie Lesen, Schreiben und Rechnen beigebracht. Sie wohnten in der Nähe von London, an einem Heckenweg, der auf die große

Gemeindewiese führte, in einem Haus mit einem grünen Zaun davor; und hatten ganz viel Schüler, und eine schwarz-gelb gefleckte Katze, und einen Kanarienvogel. Sehr aufschlußreich für ihren Zuhörer war das auch wieder nicht, womit Sophie ihn hier bekannt machte.

Und nun näherten sie sich dem stattlichen Palast, der so viele Assoziationen an Glanz und Pracht weckt, und an Sturmzeiten. Der Große Kardinal – eisengepanzert der Lord Protector. Holländer-William unsterblichen Angedenkens, den zu lieben wir uns solche Mühe geben; und dem wir, trotz des großen Whig-Geschichtsschreibers, dieses Tizian der Englischen Prosa, nur kühlen Respekt entgegenbringen können. Schwere Zumutung für uns Briten, einen Mijnheer lieben zu sollen, der seinen Schwiegervater entthront und Schnaps dazu trinkt – ein Vorurteil, zugegeben; aber es ist nun mal so. Und noch schwerer, Holländer-William's unkindliche Frau zu lieben. (Queen Mary lieben? Genau so gut könnt' ich Queen Goneril lieben!). Nein, nein, die Romanze flieht vor dem erfolgreichen pomadigen Aeneas; flieht vor seiner plumpen Lavinia, und seinem ›fidus Achates‹ Bentinck; flieht, um dem armen verlass'nen landflüchtigen Stuart zu folgen, wie er ist, mit all seinen Sünden. Könige haben keine Göttlichen Rechte, außer wenn sie abgesetzt und gestürzt sind; dann erst werden sie mit jener Ehrfurcht belehnt, wie sie jedem würdigen Symbolbild irdischer Unbeständigkeit gebührt – jener Unbeständigkeit, die den Epikuräer, ›insanientis sapientiae consultus‹, aufschreckt, und seiner sorglosen Leier Töne entlockt, die da bezeugen ›es ist ein GOtt‹! Ein stolzer Schatte jagt den andern vom Throne des Cyrus; und Horaz vernimmt im Donner das Rasen Diespiter's, und setzt die Vorsehung gleich der Fortuna, die schwirrenden Flügelschlags, die Diademe wegrafft*. Aber ent-

* ›Valet ima summis
mutare, et insignem attenuat Deus,
obscura promens; hinc apicem rapax
Fortuna cum stridore acuto
sustulit, — hic posuisse gaudet.‹
(HORAZ., Carm. I,34)

Die Anspielung zu Ende gilt vermutlich den parthischen Umwälzungen, und dem wechselvollen Schicksal Phraates IV.; und ich bin mir nichts weniger als sicher, daß die voraufgehenden Zeilen über das Phänomen des Donners aus heiterem Himmel, nicht einen versteckten und halballegorisierenden Sinn haben könnten, der sich überhaupt auf die historischen Hindeutungen am Schluß applizieren ließe.

krönten Stirnen eignet, für edle Naturen, gleichsam eine neue Majestät; – in jedwedem aalglatten Prosperieren liegt etwas Gewöhnliches – in jedem großen Mißgeschick etwas Königliches.

Das Boot schoß an den Strand; die Jungen Leute stiegen aus, und betraten die Wölbungen des verödeten Palastes. Sie besahen die große Halle; und den AudienzSaal; und die langen Zimmerfluchten voll verblichener Porträts – Vance als Künstler; Lionel als enthusiastischer gut-belesener Jüngling; Sophie als ein staunendes, verwirrtes, unwissendes Kind. Dann traten sie wieder ins Freie, in den noblen Park, mit seinen königlichen Baumgestalten. Gruppen von wohlgekleideten Personen ergingen sich hier. Vance hörte sich bei Namen nennen. Er hatte die londoner Welt ganz vergessen gehabt – auf seinen mittsommerlichen Streifzügen außer Acht gelassen, daß die londoner Saison noch auf Hochtouren lief – und ausgerechnet-nun mußten vornehme Bummler aus dem Großen Brennpunkt – feine Leute mit schleppender Sprechweise und künstlich blasiertem Gelächel – ihn in seiner Wanderkluft erwischen; Seit' an Seite mit dem Wunderkind aus Mister Rugge's Bude, ausgesucht zierlich, zugegeben, aber dennoch in einem Kleidchen aus bedrucktem Kattun, von einem Muster, das seinem KameraAuge nur allzuvertraut war, aus reichbeschilderten Laden-Schaufenstern, die durch die Beteuerung zum Eintreten luden, daß just ›AUSVERKAUF‹ sei. Der Künstler blieb stehen. Errötete. Verbeugte sich. Beantwortete die an ihn gerichteten, gleichgiltigen Fragen mit scheuer Hast; dann versuchte er zu entkommen – aber man wollt' ihn nicht gehen lassen.

»Sie *müssen* mit uns zurückkommen, Vance, und im STAR & GARTER mit-dinieren«, sagte Lady Selina Vipont. »Eine angenehme Party – Sie kennen die Meisten davon – die Dudley Slowes; die liebe-alte Lady Frost, und die hübschen Ladies Prymme, Janet und Wilhelmina.«

»Ja, Wir lassen Sie nicht weg –«, sagte schläfrig Mr. Crampe, ein fashionabler Witzbold, der selten mehr als 1 Bonmot in 24 Stunden von sich gab, und dann den Rest des Tages in einer Art Starrsucht zubrachte.

VANCE: – »Sie sind wirklich zu liebenswürdig; aber ich bin nicht einmal angezogen für . . .«

LADY SELINA: – »Ganz allerliebst angezogen – so malerisch! Und dann, Was tut das schon?; weiß doch Jeder, wer Sie sind. – Wo in aller Welt haben Sie denn die ganze Zeit gesteckt?«

VANCE: – »Och-so umhergestreift; skizziert.«

LADY SELINA (ihre Lorgnette auf Lionel und Sophie richtend, die abseits stehen geblieben waren): – » – die Begleiter-da?; Ihr Bruder? – und dies reizende kleine Mädchen: Ihre Schwester, nehm' ich an?«

VANCE (schaudernd): – »Oh nein, keine Verwandten. – Des Jungen hab'ich mich etwas angenommen – aufgewecktes Bürschchen, das. – Und das kleine Mädchen ist-ä –«

LADY SELINA: – »Ja. Das Kleine Mädchen ist-ä –«

VANCE: – »Ein kleines Mädchen, wie Sie sehen; und sehr hübsch, wie Sie sofort erkannten, – direkt Gegenstand für ein Bild.«

LADY SELINA (unbeteiligt): – »Oh lassen Sie die Kinder doch gehen, und sich irgendwo amüsieren. – Jetzt wo wir Sie aufgetrieben haben – da müssen Sie schlechterdings unser Gefangener bleiben!«

Nun war Lady Selina Vipont eine der Königinnen von London, und hatte jene Gewohnheit des Befehlens an sich, die solchen Herrscherinnen eignet. Frank Vance seinerseits war zwar kein Speichellecker, stand aber immerhin unter dem Einfluß der Gesellschaft; und sie übte ihre Wirkung auf ihn, wie auf alle Männer mit Himmelfahrtsnasen. Es ist wahr: diese Großen Damen kauften nie eins von seinen Bildern; aber sie gaben ihm das gesellschaftliche Ansehen, das *Andere* dazu bewog, welche zu erstehen. Nun liebte Vance seine Kunst: seine KünstlerLaufbahn bedurfte der Förderung: und sothane Förderung wurde einwandfrei erhöht und beschleunigt, mithülfe von Rang und weltlicher Stellung.

Kurzum Lady Selina triumphierte; und der Maler schritt zu Lionel zurück. :»Ich muß mit diesen Leuten nach Richmond gehen; (Ich weiß, Ihr werdet mich entschuldigen). Irgendwann heut Abend bin ich wieder zurück. Übrigens, geht Ihr noch auf das Postamt hier, wegen dem Brief, den Ihr von Eurer Mutter erwartet?: fragt doch bitte nach meinen mit. Nehmt die kleine Sophie unter Eure Fittiche; und« (flüsternd): »bloß schnell mit ihr aus dem Park weg; oder dieser weibliche GroßMogul, Lady Selina, deren Herablassung die Anden erdrücken könnte, hält sie noch fest, als meine *protegée;* und fängt an, in Verzückungen zu fallen über dies grus'lige bedruckte KattunFähnchen, Die kriegt das fertig und sagt: ›Tz, nein diese allerliebsten BlütenZweiglein!, wo kann man sowas denn bekommen?«; und bringt am Ende noch in Erfahrung, wie Frank Vance das Kind des Räubers vor dem Hartherzigen

Baron bewahrte. Jetzt ist's Zeit für einen Liebesdienst: rettet Euren Freund, ja? Der Baron war ein Lämmlein, im Vergleich mit so einer vornehmen Dame!«. Er preßte Lionel's Hand, (die den Druck nicht zurückgab); und war schon auf und davon, um sich den gebildeten Lustbarkeiten der Frost's, Slowe's und Prymme's beizugesellen.

Lionel's Stolz schnellte hoch bis zur FieberHitze des Thermometers; – obgleich mehr noch um der ahnungslosen Sophie, als um seiner selber willen aufgebracht:

»Kommt, Wir gehen zusammen ins Städtchen, Ladybird, und suchen eine Puppe aus – jetzt dürft Ihr ja doch wohl eine haben, ohne die Befürchtung, sie könnte Euch zu sehr ablenken – (also was ich den bloßen Gedanken hasse, daß Ihr Euch je herabgelassen habt, aufzutreten!).«

Als Lionel, mit geschwelltem Kamm und geblähten Nüstern, Sophie fest an der Hand haltend, seinen Weg aus den Parkanlagen einschlug, war er genötigt, an der patrizischen Party vorüber zu gehen, deren Einer nun auch Vance war.

Seine Haltung und Miene als er vorbeifegte, überraschte doch Alle, besonders Lady Selina. »Sieht aber sehr distinguiert aus, der Junge« sagte sie: »was für ein prachtvolles Gesicht! Wer, sagten Sie gleich, Vance, das er sei?«

Vance: – »Sein Name ist Haughton – Lionel Haughton.«

Lady Selina: – »Haughton? – Haughton!: etwa verwandt mit dem armen lieben Captain Haughton? – Charlie Haughton, wie er gewöhnlich genannt wurde?«

Vance, der von der Stammreihe seines jungen Freundes wenig mehr wußte, als daß seine Mutter Zimmer vermietete, (allwo er, selbst einmal wohnhaft gewesen, die Bekanntschaft des Jungen gemacht hatte), und sich der Pension einer CaptainsWitwe erfreute, antwortete gleichgiltig –

»Captain war der Vater; aber ob er nun auch ein Charlie war, weiß ich nicht.«

Mr. Crampe (der Witzbold): – »Die Charlies sind sämtlich ausgestorben; ich besitz' den Letzten noch, versteinert – Würfelbecher und Alles!«

Allgemeines Gelächter. Der Witz wird wieder weggeschlossen.

Lady Selina: – »Er hat erstaunliche Ähnlichkeit mit Charlie Haughton. Wissen Sie zufällig, ob er zu diesem außerordentlichen Menschen, zu Mister Darrell, irgendwelche Beziehungen hat?«

Vance: — »Auf mein Wort, ich hab' keine Ahnung. Welchen Mr. Darrell meinen Sie?«

Lady Selina, mit einer jener sublimen Blickungen himmlischen Mitleids, mit denen Angehörige der Großen Welt, Jenen nicht in ihren Kreisen Geborenen ihre Unkenntnis von Namen und Geschlechtern vergeben — versetzte: »Ah, natürlich; es liegt nicht direkt auf den Pfaden Ihrer entzückenden Kunst, von Mr. Darrell zu wissen, einem der ersten Männer im Parlament, und gutem Bekannten von mir.«

Lady Frost (sarkastisch): — »Sie meinen Guy Darrell, den Anwalt?«

Lady Selina: — »Anwalt — richtig, jetzt fällt mir's ein; er war ja Anwalt. Aber seinen eigentlichen Ruhm erwarb er im Unterhaus. Alle Parteien waren sich einig, daß er jeglichen Regierungsposten hätte bekommen können; aber er war vielleicht zu reich, um sich ernstlich um ein Amt zu bemühen. Wie dem auch sei; jedenfalls wurde das Parlament aufgelöst, als er im Zenith seines Ruhmes stand; und er hat es strict abgelehnt, sich wiederwählen zu lassen.«

Ein gewisser Sir Gregory Stollhead (Mitglied des Unterhauses; jung, wohlhabend; bei jeder Sitzung anwesend; vielversprechend; hält Reden, überreich an Tatsachen, die sämtliche AbgeordnetenBänke leeren): — »Hab von ihm gehört. War vor meiner Zeit: Anwälte gelten nicht mehr viel im Haus jetzt.«

Lady Selina: — »Ich habe mir sagen lassen, daß Mr. Darrell nicht wie ein Anwalt gesprochen hätte. — Nun, seine Laufbahn ist vorbei — lebt ganz auf dem Land' und verkehrt mit Niemandem — ungemein bedauerlich — und eine so gute Bekanntschaft von mir — großer Verlust für die Nation. Fragen Sie Ihren jungen Freund, Mister Vance, ob Mr. Darrell nicht doch sein Verwandter ist; ich hoff' es jedenfalls, um seinetwillen. Gerade jetzt, wo unsre Partei an der Macht ist, könnte Mr. Darrell alles für Andere durchsetzen, obschon er die Mitarbeit mit uns eingestellt hat. Unsre Partei vergißt Talente nie.«

Lady Frost (mit eisiger Sprödigkeit): — »Achja, das glaub'ich; sie besitzt in der Art so wenig Erinnernswertes.«

Sir Gregory: — »Talent wird im Unterhaus zur Zeit nicht benötigt — versagt grundsätzlich, Tatsachen gegenüber. Fachmanns-Versammlung: das ist's!«

Lady Selina (ein Gähnen unterdrückend) — »Schöner Tag! Vielleicht kehrten wir jetzt am besten nach Richmond zurück?« —

Allgemeine Zustimmung; gefolgt von langsamem Rückzug.

## 15. Kapitel

*Der Geschichtsschreiber berichtet von dem Eifer für Öffentliche Angelegenheiten, wie er den britischen Gesetzgeber so auszeichnet./ Ergreifendes Beispiel jenes schmerzlichen Grams, der im Busen des Patrioten jegliche Vernachlässigung einer Öffentlichen Pflicht grundsätzlich begleitet.*

Von der umstaubten Höhe eines Bedientensitzes, hinten-oben an Lady Selinas Barouche angebracht, und zu Seiten des anregenden Sir Gregory Stollhead, wurde Vance, drüben an einer Ecke des großen Rasenplatzes vor dem Palast, Lionel und Sophie gewahr. Er seufzte; er beneidete sie. Er gedachte des Bootes; der Wasserkühle; der GeißblattLaube beim kleinen Gasthof – Vergnügungen, die er sich jetzt versagt hatte – dabei Vergnügungen ganz in seinem Geschmack. Und sie schienen noch lockender, durch den Kontrast der ihm bevorstand: formelles Dinner im ›Star & Garter‹, mit betitelten Prymme's, Slowe's und Frost's, für ein paar Guineas pro Kopf, inclusive leichte Weine, die er nicht trank; und anschließend die Kosten für die Kalesche zurück, von ihm allein zu tragen. Aber so ist das Leben und seine gesellschaftlichen Verpflichtungen – so, vor allem, Ehrgeiz und die Karriere. Wer, der einen Namen auf seinem Grabstein hinterlassen möchte, kann schon zu seinem eignen Herzen sagen: ›Pereat ›Stars & Garters‹! Mein Dasein soll, Tag für Tag, in Geißblattlauben dahinfließen.‹

Sir Gregory Stollhead unterbrach Vance's Träumereien durch ein passioniertes Geniese – »Gräßlicher HeuGeruch!«, sagte der Gesetzgeber mit wässernden Augen. »Sind Sie auch so anfällig für HeuSchnupfen? Ich ja! –: Ä – h'tschi – h'tschi – h'tschi –« (von Niesen begleitet): »schrecklich ungesund auf dem Lande, um diese Jahreszeit. Und dazu noch das Bewußtsein, daß ich eigentlich im Unterhaus zu sein hätte – in mei'm AusschußZimmer – kein Heugestank da – ganz wichtiger Ausschuß.«

Vance (sich aufraffend): – »Ah – worum geht es?«

Sir Gregory (voller Reue): – »Kloaken.«

## 16. Kapitel

*Anzeichen einer bevorstehenden Umwälzung, die, nach Art aller Umwälzungen, plötzlich zu kommen scheint, obwohl die Ursachen dafür längst heimlich am Werk waren; und in einem ähnlichen Nu wieder zu gehen scheint, obwohl ihre Auswirkungen bis ans Ende aller Geschichte forwähren müssen.*

Lionel konnte zwar in den SpielwarenLäden des Fleckens keine Puppe ausfindig machen, die ihm schön genug gedünkt hätte, seine großzügigen Neigungen zu befriedigen; aber er erstand eine, die die bescheidneren Sehnsüchte Sophie's vollauf erfüllte. Dann schlenderte man zum Postamt; wo sich diverse Briefe für Vance vorfanden – und auch einer, in der Handschrift seiner Mutter, für ihn selbst. Im Moment verschob er es noch, ihn zu öffnen. Der Tag war beträchtlich vorgeschritten – Sophie mußte Hunger haben. Vergebens erklärte sie, daß dem nicht so sei. Sie kamen am Laden eines Obsthändlers vorbei. Die Erdbeeren und Kirschen waren verführerisch frisch – die Sonne hatte noch ziemliche Kraft. Hinter der Obsthandlung lag das dazugehörige Gärtchen, (richtiger der Obstgarten selbst), und lächelte Kühlung durch die offenstehende Türe her – kleine gedeckte Tische standen dort: die gute Frau Ladeninhaberin hatte sich den Geschmäckern und Wünschen der bescheid'neren unter den Besuchern aus der Hauptstadt angepaßt. Aber im Augenblick stand der Garten gerade leer – es war noch vor der für Tee-Partys normalen Stunde – so hatten die beiden Leutchen den hübschesten Tisch, unter einem Apfelbaum, ganz für sich, und konnten sich die frischesten Früchte aussuchen. Milch und Kuchen wurden der Kost noch hinzugefügt. In Sophie's Augen war es ein Bankett, des glücklichen Tages völlig würdig. Und als Lionel mit seinem Anteil am Festmahl fertig war – er aß rasch, wie temperamentvoll-ungeduldige Jünglinge pflegen, die dazu bestimmt sind, im Leben voran zu kommen und sich ihre Verdauung zu verderben –; und während Sophie noch über ihren letzten Erdbeeren genüßlich säumte, lehnte er sich im Stuhle zurück, und zog seinen Brief aus der Tasche. Lionel war seiner Mutter über alles zugetan; aber ihre Briefe waren nicht häufig von jener Art, die ein Junge zu lesen nicht erwarten kann – die wenigsten Mütter begreifen, was & wie Jungen sind: ihre schnellerregbare Empfindlichkeit; ihre vorlaute Männlichkeit; all ihr mystisches Getreibe und die Absonderlichkeiten. Normalerweise verstimmte und reizte ein Brief von Frau Haughton irgendwie Lionel's hochgespannte Mentalität; und er hatte die Liebesmüh', den in seiner Hand hier zu lesen, instinktiv solange hinausgeschoben, bis gestillter Appetit, und kühleatmender Schatten, und Rast vor staubigen Wegen, seiner noch unentwickelten praktischen Lebensweisheit unbewußt-beschwichtigend zuhülfe gekommen waren.

Langsam ward das Siegel erbrochen; ein zweiter Brief war innen noch beigelegt. Gleich nach den ersten Worten veränderte sich sein Gesichtsausdruck; ein leiser Ausruf entkam ihm, und er las eifrig weiter; als nächstes, eh' er noch die mütterliche Epistel beendet hatte, riß er hastig die Einlage auf, und überflog mit dem Blick ihren Inhalt; ließ dann beide Schreiben achtlos ins Gras rutschen, und stützte lieber, in erregten Überlegungen, den Kopf in die Hand. – Der Brief seiner Mutter lautete so:

»Mein lieber Junge,

: wie konntest Du nur! Und heimlich dazu!! Ohne Wissen Deiner eigenen Mutter!!! Das hätt' ich nie von Dir geglaubt!!!! Mein Vertrauen, womit ich Dir die Briefe von Deines Vaters Vetter vorlegte, dazu zu mißbrauchen, ihm eigenhändig zu schreiben – *heimlich!* – Du, den ich bisher für so einen offenen Charakter gehalten hatte, der dem meinigen doch wahrlich hätte Gerechtigkeit widerfahren lassen sollen. Jeder der mich kennt, hat noch gesagt: ich sei 1 Frau aus 10 000 – nicht wegen Schönheit oder Talent, (obschon ich auch deswegen meine Bewunderer gehabt habe), aber wegen meiner GÜTE! Als Gattin und Mutter darf ich wohl sagen, bin ich vorbildlich gewesen. Ich habe herbe Prüfungen bei dem theuren Captain erlebt – und UNERMESSLICHE Versuchungen. Aber auf seinem Sterbebett hat er gesagt: ›Jessica‹, hat er gesagt, ›Du bist ein Engel.‹ Und ich habe Anträge seitdem gehabt – UNERMESSLICHE Anträge – aber nein, ich habe mich meinem Kinde gewidmet, Du weißt es. Und was ich beim Vermieten des ersten Stockwerks schon Alles habe einstecken müssen, das läßt sich mit Worten gar nicht ausdrücken; und dabei nur eine WitwenPension – und muß noch zur Behörde gehen, um sie ausgezahlt zu bekommen. Und nun der Gedanke, daß mein eigen Kind, für das ich soviel ertragen habe, sich so grausam mir gegenüber benehmen sollte! Heimlich!:

*das* ist es, was mir den Todesstoß versetzt. Frau Inman kam und fand mich in Thränen, und sagte: ›Was ist denn geschehen? – Ihr, die Ihr ein solcher Engel seid, und schluchzt wie ein kleines Kind!‹. Und ich konnte nicht anders, ich mußte antworten: ›Das ist der Zahn der Alten Schlange, Frau I.‹ Was Du Deinem Wohltäter geschrieben haben magst – (und wie *hatte* ich gehofft ›Gönner‹!) – will ich mir nicht die Mühe machen zu erraten; den paar Zeilen nach zu urteilen, die er an mich gerichtet hat, muß es etwas sehr Rüdes und Unkluges gewesen sein. Ich habe sie gern für Dich abgeschrieben, bitte lies. Von *meinen* Handlungen braucht keine das Licht des Tages zu scheuen – wie Captain H. es auch, immer und immer wieder, ausgesprochen hat: ›Dein Herz ist wie im Glaskasten, Jessica‹; und so ist es auch!; *aber mein Sohn hält das seinige unter Schloß und Riegel!*

›Madame,‹ – (das ist jetzt, was *Er* mir schreibt) – ›Ihr Sohn hat es für angemessen erachtet, die Bedingung zu verletzen, unter der ich eingewilligt hatte, Sie in seinem Interesse zu unterstützen. Ich lege eine Antwort an ihn selbst bei, die Sie, ich bitte darum, ihm zuhanden geben wollen, ohne das Siegel zu erbrechen. Da es Ihnen anscheinend nicht indiskret gedünkt hat, einen Jungen von seinen Jahren mit einem Briefwechsel bekannt zu machen, der einzig für Sie bestimmt war, können Sie nunmehr auch mich schwerlich tadeln, wenn ich mich Ihrer Ansicht anschließe, von seiner Fähigkeit, die Art einer Correspondenz ebenso zu beurteilen, wie die Ansichten und den Charakter Ihres, Madame, gehorsamsten Dieners . . .‹ Und das ist, an Mich, alles. Ich lege Dir seinen Brief also bei – das Siegel unerbrochen. Ich folgere daraus, daß er für immer mit Dir fertig, und *Deine KARRIERE dahin ist!* Aber wenn dem so sein sollte, oh mein armes, armes Kind! bei dem Gedanken bring' ich es nicht übers Herz, Dich noch weiter auszuschelten. Wenn dem so sein sollte, komm heim zu mir, und ich will arbeiten und fronen für Dich, und Du sollst weiter den Kopf hochtragen dürfen und ein Gentleman sein, wie Du's ja, jeglicher Zoll, auch bist. Achte nicht drauf, was ich etwa zu Anfang gesagt habe, Liebes – laß gut sein!, Du weißt ich bin voreilig, und ich war *verletzt*. Aber Du hast selbstredend nicht daran gedacht, pfiffig und hinterm Rücken zu handeln – es war nur Deine stolze Denkungsart – der Fehler lag bei *mir:* ich hätte Dir die Briefe nicht zeigen dürfen. Ich hoffe Du bist wohlauf und dieser häßliche Husten hat sich endgültig verloren; und vor allem, daß Mr. Vance Dich mit der gehörigen

Achtung behandelt. Ich finde ihn etwas zu robust und vertraulich; obgleich er im Ganzen ein recht angenehmer junger Mann sein kann. Aber letzten Endes ist er eben doch nur ein Maler. Nun GOttes Segen, mein Kind; und habe nicht wieder Geheimnisse vor Deiner armen Mutter.

JESSICA HAUGHTON.«

Der beigelegte Brief lautete folgendermaßen:

»LIONEL HAUGHTON, – So mancher Mann wäre vermutlich ungehalten über den Empfang eines Briefes, wie Ihr ihn an mich gerichtet habt; Ich bin es nicht. In Euren Jahren und unter den gleichen Umständen, wäre ich eventuell auch imstande gewesen, ein Schreiben im selben Geiste zu verfassen. Seid übrigens unbesorgt – bis jetzt seid Ihr mir keinerlei Verpflichtungen schuldig; Ihr habt lediglich Außenstände zurück-empfangen, die Euch gebührten. Mein Vater war arm; Euer Großvater, Robert Haughton, unterstützte seinerzeit ihn bei den Kosten für meine Erziehung: ich habe den Sohn Eures Vaters unterstützt; wir sind quitt. Bevor wir uns jedoch dazu entscheiden, für alle Zukunft miteinander fertig zu sein, schlage ich Euch vor, einen kurzen Besuch bei mir abzustatten. Wahrscheinlich werde sowohl ich Euch nicht mögen, als auch Ihr mich nicht; aber wir sind Beide schließlich Gentlemen, und brauchen eine eventuelle Abneigung nicht allzugröblich zur Schau zu tragen. Falls Ihr Euch entschließt zu kommen: kommt unverzüglich; oder es könnte geschehen, daß Ihr mich nicht mehr hier antrefft. Solltet Ihr ablehnen, werde ich eine geringe Meinung von Eurem Verstand und Charakter bekommen; und binnen einer Woche vergessen haben, daß es Euch gibt. Ich sollte hinzufügen, daß Euer Vater und ich einmal warme Freunde waren; und weiterhin, daß ich, von der Genealogie her, das Haupt, nicht nur meines Zweiges, (der mit mir ausstirbt), sondern der gesamten Familie der Haughton's bin; von der Eure Linie, obwohl der Namensträger, doch nur ein jüngerer Ast ist. Heutzutage werden junge Männer vermutlich nicht mehr dazu angehalten, sich um derlei Dinge sonderlich zu bekümmern – Ich wurd'es noch. – Der Eurige,

GUY HAUGHTON DARRELL.

Manor House, Fawley.«

Sophie sammelte die hinuntergefallenen Briefe auf; legte sie

Lionel auf den Schoß, und schaute ihm, gedankenvoll, in sein Gesicht. Er lächelte; griff erneut zur mütterlichen Epistel, und las die SchlußAbsätze, die er zuvor ausgelassen hatte. Das plötzliche Umschlagen darin, von Vorwurf zu Zärtlichkeit, stimmte ihn weicher – er begann zu fühlen, daß seine Mutter ein gewisses Recht hatte, ihn ob eines Akts der Verheimlichung zu rügen. Dennoch würde sie ja, andrerseits, niemals eingewilligt haben, daß er einen solchen Brief abschicke: und hatte jener Brief denn gar so üble Folgen gezeitigt? Er überlas noch einmal Mr. Darrell's kurz-angebund'ne, aber keineswegs beleidigende Zeilen. – Sein Stolz war doch recht besänftigt: warum sollte er nunmehr den Freund seines Vaters eigentlich nicht lieben? – Er erhob sich lebhaft; zahlte für das Obst; und machte sich, mit Sophie, auf den Weg zum Boot zurück. – Während seine Ruder die Wellen teilten, plauderte er fröhlich; aber er hatte aufgehört, Sophie über ihr bißchen Vergangenheit zu verhören. Energisch sanguinisch ehrgeizig, hatten seine Gedanken angefangen, sich mit der eigenen Zukunft zu befassen. Immerhin; als die Sonne sank, und das Wirtshaus, über Uferkrümmen und durch WeidenGardinen, teilweise in Sicht zu kommen begann, wandte sich sein Geist, wiederum, dem geduldigen, stillen, Klein-Mädchen zu, das sich nicht herausgenommen hatte, ihm für all seine endlos-unzeremoniellen Erkundigungen auch nur 1-einzige Gegenfrage zu stellen. Tatsächlich war es so, daß sie schweigend ins Grübeln geraten war, über Ausdrücke, die er, unüberlegterweise, fallen gelassen hatte – ( :›also was ich den bloßen Gedanken hasse, daß Ihr Euch je herabgelassen habt, aufzutreten!‹. Wenig konnte Lionel ahnen, was für GedankenUnruhe seine Worte, nachträglich, aus dem Treibhausgebrüte einer so-isolierten Kindheit hervorrufen würden!) Gegen's Ende zu, sagte der Junge, abgebrochen, was er schon einmal-zuvor geäußert hatte: –:

»Ich wollte, Sophie;: Ihr wär't meine Schwester.« – Ergänzend, in trüber'm Ton: »Ich hab' nie eine Schwester gehabt; – und mich so-sehr nach Einer gesehnt! – Aber Wir seh'n uns bestimmt irgendwann wieder. Ihr reist morgen – das muß ich jetzt auch.«

Sophie's Thränen flossen, sänftlich, ohne Geräusch.

»Kopf-hoch, Ladybird!; – ich wollte nur, Ihr möchtet mich bloß halbsosehr wie ich Euch mag!«

»Ich mag Euch – åch, so-sehr!« rief Sophie, leidenschaftlich.

»Wunderbar. – Ihr könnt doch schreiben, sagtet Ihr, ja?«

»Ein bißchen.«

»Dann schreibt mir also, dann & wann; und ich schreibe Euch. – Ich sprech noch mit Eurem GroßVater darüber. – Ah, da steht er ja schon!« –

Schon glitt das Boot in die kleine Bucht, ans sanft abgeflachte Ufer; und neben der GeißblattLaube stand Gentleman Waife, auf seinen Stock gestützt.

»Ihr habt Euch verspätet«, sagte der Schauspieler, als sie an Land stiegen, und Sophie ihm in die Arme sprang. »Ich wollte schon unruhig werden, und kam her, mich nach Euch zu erkundigen. Du hast Dich hoffentlich nicht erkältet, Kind?«

Sophie: – »Ach, gar nicht.«

Lionel: – »Sie ist das beste Kind, das es gibt. – Bitte, kommen Sie doch mit in die Wirtsstube, Mr. Waife: keinen Toddy, bloß irgend'ne kleine Erfrischung.«

Waife: – »Vielen Dank; aber – nein, Sir. Ich möchte lieber sofort nachhause. Ich gehe langsam; und es wird gleich dunkel werden.«

Es war vergebens, daß Lionel ihn aufzuhalten versuchte. In Mr. Waife's Verhalten ihm gegenüber war eine gewisse Veränderung eingetreten; es war weit distanzierter – war sogar empfindlich, wenn nicht direkt unfreundlich. Lionel konnte sich das gar nicht erklären – hielt es anfänglich für eine bloße Laune; aber als er sie ein Stück des Weges dorfzu begleitete, hielt diese Rauhheit unverändert an, nein, nahm sogar noch zu. Lionel war verletzt; er hielt den Schritt an.

»Ich sehe, Sie möchten jetzt Ihre Enkelin für sich allein haben. Darf ich morgen in der Frühe noch einmal vorsprechen? Sophie wird Ihnen erzählen, wie ich hoffe, daß Wir einander nicht gänzlich aus den Augen verlieren: ich gebe Ihnen meine Adresse, wenn ich morgen komme.«

»Um welche Zeit morgen, Sir?«

»Gegen Neun.«

Waife neigte den Kopf und schritt fürder; Sophie jedoch schaute, dankbar und bekümmert, nach ihrem Freund noch zurück – Zwielicht am Himmel, der heut so sonnig gewesen – Zwielicht auf ihrem Gesicht, das so heiter gewesen war! Sie drehte sich um – einmal, zum zweiten, ein drittes Mal – dorthin wo Lionel inmitten der Straße stand und ihr die Kußhand zuwarf. Beim dritten Mal sagte Waife, mit ungewohnter Härte –

»Genug jetzt davon, Sophie; es schickt sich nicht, sich nach jungen

Männern umzusehen! Was meinte er mit seinem ›nicht aus den Augen verlieren, und mir seine Adresse geben‹?«

»Er hat mich gebeten, ihm zuweilen zu schreiben; und er wollt' mir auch schreiben.«

Waife's Stirn runzelte sich; aber wenn er, in einem Übermaß großväterlicher Vorsicht imstande gewesen wäre, den frohherzigen Jungen von 17 im Verdacht zu haben, er könne bei solchem KorrespondenzVorschlag nachträglich noch Böses gegen so ein Feenkind im Schilde führen – dann hätte er doch wohl schon kindisch geworden sein müssen; und davon hatte er bisher eigentlich noch kein Symptom an den Tag gelegt.

Ja, fahrwohl, hübsche Sophie! hoch scheint der Abendstern ob jener Ulme, die Dich den Blicken entzieht. Blasser – immer blasser wird die SommerLandschaft; verblaßt schon ist auch Dein liebes Bildchen aus der Landschaft. So endet ein Feiertag im Leben. Halt' ihn heilig, Sophie: halt' ihn heilig, Du, Lionel! Der Feiertage im Leben sind nicht allzu viele!

# 17. Kapitel

*Aus diesem Kapitel wird ersichtlich, daß Derjenige, der auf eine Karriere ausgeht, schwerlich erwarten kann, in völlig ungetrübter Bequemlichkeit einherzuwandeln, zumal wenn er dazu seine eignen derb-besohlten Schuhe gegen die Maß-Lackstiefel eines andern Mannes umtauscht; und daß besagte Stiefel deswegen nicht weniger kneifen können, weil sie so spiegelblank geputzt aussehen. / Weiterhin wird, zur Informierung sowohl von einzelnen Menschen als auch ganzen Staatswesen, die Beziehung zwischen radikalen Gesinnungen und verletzter Eigenliebe aufgezeigt; so daß, falls ein liberaler Staatsmann etwa den Wunsch hegen sollte, gegen eine Aristokratie die sozial unmittelbar unter ihr stehende Klasse aufzuwiegeln, er hierzu lediglich die ein- oder andre Feine Dame zu überreden brauchte, doch so recht maßlos höflich gegen ›diese Sorte Leute‹ zu sein.*

Vance, der tief in der Nacht erst zurückkehrte, fand seinen Freund noch auf, wie er, bei off'nen Fenstern, rastlosen Schritts in dem kleinen Aufenthaltsraum hin- und herwanderte, und nur von Zeit zu Zeit inne hielt, um zum Mond, überm Fluß, hinaufzuschauen.

»Also was ich für ein'n Tag hinter mir hab!, und noch 12 Schilling für die Droschke, Schlagbaumgelder gar nicht gerechnet«, sagte Vance, erheblich schlecht gelaunt –:

»›Das Silber flieh' ich, flieh' den Pomp,
der Falschheit grinsendes Gesicht . . .‹

die dritte Zeile hab' ich vergessen; aber die letzte, weiß ich, heißt:

›:Willkommen mir, Du Wirtshaus schlicht!‹ –

Ihr schweigt: Ihr seid gekränkt, daß ich Euch sitzen ließ – es war nicht zu umgehen – bemitleidet mich lieber, und schließt Euern Stolz weg.«

»Nicht doch, lieber Vance – gut, einen Augenblick lang war ich verletzt – aber das ist längst vorbei!«

»Trotzdem scheint Ihr aber noch was auf dem Herzen zu haben«, sagte Vance, der indes seine Post rasch überflogen, sich eine Zigarre angezündet hatte, und nun seinerseits am Fenster lehnte, während der Jüngling fortfuhr, auf und ab zu gehen.

»Stimmt – das hab' ich. Ich würde gern Euern Rat hören. Lest diesen Brief hier. –: Soll ich hingehen? Würde es nicht gewinnsüchtig aussehen – grapschig? – Ihr versteht was ich meine.«

Vance zog die Kerze näher, und nahm den Brief. Zuerst sah er nach der Unterschrift –?–: »Darrell!«, rief er. »Also ist es doch so!« Er las mit großer Aufmerksamkeit; legte dann den Brief vorsichtig hin; und schüttelte Lionel die Hände: »Gratuliere!: hat Alles geklappt, wie bestellt. – ›Hingehen‹?: aber gewiß doch! – Ihr wärt ein ungezogner Lümmel, wenn Ihr das nicht tätet. Ist es weit von hier? – müßtet Ihr erst noch zur Stadt zurück?«

LIONEL: – »Nein!; ich hab' mir ausgerechnet, daß ich quer-überland besser käme – 2 Stunden Eisenbahnfahrt: das Postamt des Briefstempels ist gleichzeitig Bahnstation. Falls Ihr mir zuratet, würd' ich die Strecke wählen.«

»Und Ihr wußtet, daß ich Euch zuraten würde; sonst würdet Ihr Euern hohen Geist ja wohl nicht erst mit Fahrplan-Recherchen à la Bradshaw abgequält haben.«

»Das heiß ich mir Scharfsinn«, antwortete Lionel lachend: »aber woran mir läge, das wäre Eure Sanktion meines relativ-unverarbeiteten Eindrucks.«

»Ihr hattet mir bisher noch nie mitgeteilt, daß Eures Vetters Name DARRELL sei – nicht daß ich dadurch wesentlich weiser geworden wäre – aber, alle Blitz & Donner, Lionel: wißt Ihr, daß Euer Vetter Darrell ein absolut-berühmter Mann ist?!«

LIONEL: – »›Berühmt‹? –: Unsinn. – Ich nehme an, er wird ein geschickter Rechtsanwalt gewesen sein; hab' ich doch meine Mutter (mit einer gewissen Verachtung) sagen hören, er habe, irgendwie im GerichtsSaal, ein großes Vermögen zusammengescharrt!«

VANCE: – »Er war immerhin ParlamentsMitglied.«

LIONEL: – »So? – Das hab' ich nicht gewußt.«

VANCE: – »Ach.: Das also ist senatorischer Ruhm! –: Habt Ihr eigentlich jemals Eure SchulKameraden Mr. Darrell erwähnen hören? –: hätten sie seinen Namen gekannt, wenn Ihr Euch damit gebrüstet hättet?«

LIONEL: – »Garantiert nicht.«

VANCE: – »Aber würden Eure SchulKameraden Namen gekannt haben wie WILKIE; LANDSEER; TURNER; MACLISE – ich sprech' jetzt von Malern!«

LIONEL: – »Doch; ja; ohne allen Zweifel.«

VANCE (monologisierend): – »Und doch sagt Ihre Durchlauchtige Erhabenheit, Lady Selina Vipont, mit olympischer Nachsicht zu mir: ›Nun ja, es liegt nicht direkt auf den Pfaden Ihrer entzückenden Kunst, Leute wie Mr. Darrell zu kennen!‹ Oh, wie wenn ich es nicht durchschaute – oh, wie wenn ich nicht auch das durchschaute, da sie mir hinsichtlich meiner StoffKappe und ManchesterJacke sagte: ›Was spielt das für eine Rolle, wie *Ihr* Euch kleidet? Jeder weiß doch, wer Ihr seid!‹ Würde sie dasselbe zum Earl von Dunder, oder auch nur zu Sir Gregory Stollhead so gesagt haben? Nie. Ich bin halt der Maler Frank Vance – weder mehr noch weniger; und wenn ich mich auf den Kopf stellte, bloß mit ei'm karierten Hemd und 'ner himmelblauen Schürze bekleidet, Lady Selina Vipont würde gütig murmeln: ›Ist doch nur Frank Vance, der Maler – was hat das schon zu sagen.‹ Aha! – und sowas denkt, sich meiner zu bedienen! – Marionetten und Gliederpuppen! –: ich bin es, der sich ihrer bedient! – Hört, Lionel, Ihr seid näher mit diesen Feinen Leuten versippt, als ich gewußt hab'. Versprecht mir Eines: Ihr könntet, vermöge Eures famosen Mr. Darrell, durchaus Einer von dieser Clique werden; wenn Ihr dann je hören solltet, daß man sich über einen Maler, Musiker, Scribler, ganz egal was, als Kriecher und Speichellecker lustig macht – ›sich bei den Vornehmen annesteln‹ – so in dieser Art – ehe Ihr in das Gelächter miteinstimmt, erkundigt Euch doch vorher, bei irgendeines Großen Mannes Sohn, mit'm Stammbaum noch von der Arche Noah her: ›Seid Ihr nicht ebenfalls ein Fuchsschwänzer? Ihr wollt doch Einfluß auf die Politik? – Ihr nehmt an Wahlkämpfen teil? – scharwenzelt und schmust Ihr da nicht um Eure Wähler 'rum?; den Schmierigen Sam, den Metzger, und den Rußigen Tom, den Grobschmied: wegen 1 Stimme? Wie? – ›nützlich für Eure Karriere? – erforderlich für das Ziel Eures Ehrgeizes?‹ Aha!; aber um weißhändige Damen und elegante Gecken zu scharwenzeln und schmusen, das ist ›niedriger‹? Tz, tz!, ›nützlich für eine Karriere? – erforderlich für ehrgeizige Ziele‹ ?‹ –«. Vance hielt, ganz außer Atem, inne. Der verwöhnte Liebling der höchsten Kreise – er – solchen demokratischen Plunder daherzuschwatzen! Zweifellos mußte er seinen Anteil von 2 Guineas an diesen leichten Weinen redlich abgetrunken haben. Es gibt ja nichts hinterhältigeres!: sie schmelzen am Gaumen dahin wie Eis, und entflammen das Hirn wie Feuer – alle Einwohner von Ländern wo Leichte Weine gedeihen, sind notorisch händelsüchtig und demokratisch.

Lionel (verblüfft): – »Niemandem, des bin ich sicher, kann

doch beigekommen sein, Euch einen Speichellecker zu heißen! – selbstverständlich weiß Jedermann, daß ein Großer Maler . . .«

Vance: – ». . . direkt von Michelangelo abstammt, wenn nicht gar von Zeuxis! Nur die Geschöpfe des Alltags führen ihren Stammbaum auf den eignen Vater zurück! – die Söhne der Kunst auf die Begründer der Kunst!« –

(Oh Vance, Vance, Du bist offenkundig beschwipst! Wenn das vom Dinieren mit Feinen Leuten, im ›Star and Garter‹, herkommen sollte, dann würdest Du ein glücklicherer Mann und ein ebensoguter Maler sein, wenn Du Deinen Toddy ausschließlich nur noch in GeißblattLauben schlürftest.)

»Ja aber«, sagte Lionel ganz verwirrt, und bemüht, den Gedankengängen seines Freundes eine andere Richtung zu geben: »was hat denn das Alles mit Mr. Darrell zu schaffen?«

Vance: – »Mr. Darrell hätte einer der ersten Männer im ganzen Königreich sein können. Lady Selina Vipont sagt es; und sie ist ja, glaub' ich, mit jedem KabinettsMitglied verwandt. Mr. Darrell kann Euch im Leben Starthilfe geben, Euch fördern und Euer Glück begründen, ohne daß Ihr Euch Eurerseits große Mühe zu geben braucht. Dankt Euern Sternen; – und freut Euch, daß Ihr kein Maler seid!«

Lionel schlang den Arm um die breiten Schultern des Künstlers. »Vance, Ihr seid grausam!« Jetzt war die Reihe an ihm, den Maler zu trösten; wie der Maler, drei Nächte zuvor, ihn getröstet hatte, (übrigens wegen genau desselben Mr. Darrell). Vance wurde nach und nach nüchterner; und die beiden jungen Männer gingen noch ein Stück im Mondschein spazieren. Und die ewigen Sterne hatten für Vance die gleichen freundlichen Blicke, die sie Lionel bewilligt hatten.

»Wann gedenkt Ihr aufzubrechen?«, fragte der Maler, als sie zum Schlafengehen die Treppen hochstiegen.

»Morgen Abend. Den Frühzug lass'ich aus; ich muß erst noch Sophie besuchen und Abschied von ihr nehmen. Ich hoffe doch, daß ich sie, später im Leben, einmal wiedersehen werde.«

»Und ich hoffe, um Euretwillen, daß sie dann weder dasselbe bedruckte Kattunzeug anhaben, noch Lady Salina's Lorgnette auf sie gerichtet sein werde!«

»Was!«, sagte Lionel lachend: »ist Lady Selina Vipont so entsetzlich rüde?«

»›Rüde‹?; rüde ist Niemand in diesem reizenden Klub. Nein; Lady Selina Vipont ist qualvoll – höflich.«

## 18. Kapitel

*Ist ausschließlich einer, was die Ereignisse dieser Geschichte angeht nicht unangebrachten, Betrachtung gewidmet; (beziehungsweise, wenn man so will, hat sie für jede Chronik jedweden Menschenlebens Gültigkeit).*

Eine warnende Lektion gibt es im Leben, die Wenige von uns nicht erteilt bekommen hätten; die jedoch in keinem Buch, auf das ich mich besinnen könnte, mit dem gebührenden Nachdruck abgehandelt worden wäre. Es ist diese: ›Hüt' Dich vorm Abschiednehmen!‹. Das wahrhaft Traurige besteht dabei nicht im Schmerzlichen der Trennung; vielmehr im Wann und im Wie Du das Antlitz, das jetzt im Begriff ist Deinen Blicken zu entschwinden, womöglich wiedersehen werdest! Von dem leidenschaftlichen Lebewohl an die Frau, die Dein Herz in Ihrem Gewahrsam hat; bis hin zu dem herzlichen Adieu, gewechselt mit angenehmen Gesellschaftern eines Bade- oder LandAufenthaltes, oder wenn ein muntrer, sorgenloser FeiertagsAusflug zu Ende geht – *ein Band*, ob nun stärker oder schwächer, reißt bei jeglichem Abschiednehmen auseinander; und die geschäftigen Finger der Zeit sind so gar nicht geübt, zerrissne Bindungen wieder anzuknüpfen. Einander treffen mag man wieder; wird es auf genau-dieselbe Weise sein? – mit den gleichen Sympathien? – denselben Gefühlen? Werden die Seelen, auf divergierenden Pfaden dahingeeilt, sich noch einmal vereinigen, wie wenn die Zwischenzeit nur ein Traum gewesen wäre? Selten, selten! Bist Du nicht schon, nach einer Abwesenheit von nur einem Jahr, oder gar einem Monat, an denselben Ort zurückgekehrt, hast dort dieselben Kreise wieder versammelt angetroffen, und dennoch heimlich bei Dir seufzen müssen – ›Aber wo ist er nur, der Zauber, den einst dies Fleckchen atmete, und der aus allen Gesichtern lächelte?‹. Ein Dichter hat es ausgesprochen: ›Was man von der Minute ausgeschlagen, gibt keine Ewigkeit zurück‹. Bist du glücklich an dem Fleck, wo Du mit den Personen weilst, deren Stimmen Deinem Ohr jetzt melodisch dünken? –: Hüt' Dich vorm Abschiednehmen; oder, wenn es geschieden sein muß, sprich nicht in übermüt'gem Trotz gegen Zeit und Geschick –: ›Was tut's? – treffen Wir uns doch bald wieder.‹

Ach und Aberach! wenn wir erst der Lippen gedenken, die es murmelten, dieses ›bald wieder treffen‹; und uns dann entsinnen, wie wir – ob Seele, Herz, ob Denkungsart – einander von An- zu Angesicht gegenüberstanden für immer geschieden, und Jeder es innerlich ausrief: ›Wiedergetroffen!‹

Die Luft die wir atmen, bildet gleichzeitig das Medium in dem der Schall sich fortpflanzt; sei auch das Instrument ungeändert, die Kraft, die es anspielt, die gleiche: dennoch!; die Luft, die Du nicht siehst, *die Luft* ist es, der Dein Ohr die Musik schuldet.

Laß eine Schelle unter der luftleer gemachten Glasglocke anschlagen –?–: Du wirst ihren Ton kaum vernehmen. Gib ihr den entsprechenden Schwung in freier Luft, beim warmen Tageslicht; oder versenk sie gar in die Tiefen des Ozeans, wo die Luft, schwer komprimiert, das Behältnis um sie herum erfüllt –?– und das Glöckchenspiel, fernher, wird Dir die Seele aufschrecken, daß Du innehältst im Schreiten – eine Tiefe ruft der ander'n – eine Stimme aus dem Weltmeer ruft Deine Seele an.

Woher aber nun die Veränderung, wenn Du sagen mußt: ›Schau, das gleiche Metall –: wieso vernehm'ich das Geläut so schwächlich?‹. Frage die Luft, die Du nicht siehst; frag' über Dich, himmelwärts; oder nach unten, in den Ozean. Bist Du Dir ganz sicher, daß diese Schelle, so schwach zu hören, sich nicht in einem Vacuum zu bewegen hat?

## 19. Kapitel

*Über die Neigung nomadischer Stämme zum Wanderleben, und ihre Unerklärbarkeit aus den Prinzipien nach denen zivilisierte Menschen zu handeln pflegen, die gewohnt sind in soliden Behausungen zu leben und imstande Einkommensteuer zu entrichten. / Sobald Geld, das einmal einem zivilisierten Menschen gehört hat, in den Taschen eines Nomaden verschwunden ist, können weder gesetzlich erlaubte Künste noch okkulte Wissenschaften mit Sicherheit ausfindig machen, Was er damit tun werde. / Mister Vance entkommt mit knapper Not der wohlverdienten Züchtigung durch die Fingernägel brittischer Schönen. / Lionel Haughton, mit der Tollkühnheit der Jugend, trotzt den Gefahren einer britischen Eisenbahnlinie.*

Der Morgen war trüb' und bedeckt, und der Himmel schien sich auf Regen einrichten zu wollen, da Vance und Lionel sich nach Waife's Logis verfügten. Als Lionel die Hand an den Klopfer zum Privateingang legte, schaute der Schuhflicker, von seinem Sitz am Ladenfenster daneben, zu ihm her, und schüttelte mit dem Kopf.

»Keinen Zweck zu klopfen, Gentlemen. Wollen Sie bitte, 'reinkommen? – hier'rum geht's.«

»Wollt Ihr damit sagen, daß Eure Mietsleute ausgegangen sind?«, frug Vance.

»Weg!«, sagte der Schuster, indem er seine Ahle mit großer Heftigkeit durch ein Leder stieß, bestimmt das Stiefelwerk eines Ackersmanns auszubessern.

»Weg? – endgültig?!«, rief Lionel; »Das kann nicht Euer Ernst sein. Ich bin herbestellt.«

»Tut mir leid um Ihre Mühe, Sir. Klein'n Moment; ich hab hier 'n Brief für Sie.« Der Schuhflicker störte in einer Schublade herum; und brachte aus einem Mischmasch von Nägeln und Riemchen ein Schreiben zum Vorschein, adressiert an ›L. Haughton, Esquire‹.

»Stammt das von Waife? – Wie in aller Welt hat Der meinen Familiennamen gewußt?; Ihr habt ihn doch nie genannt, Vance?«

»Nicht daß ich mich entsinnen könnte. Aber erwähntet Ihr nicht, er hätte beim Wirtshaus auf Euch gewartet?: dort wußten sie ihn; er steht doch auf dem MessingSchildchen an Eurem Tornister. Aber egal – was schreibt er denn?«; und Vance schaute seinem Freund über die Schulter, und las: –

»Sir, – Meinen ehrerbietigsten Dank für Ihre herablassende Güte, mir und meiner Enkelin gegenüber; und ebenso Ihrem Freunde, für seine rechtzeitige und großzügige Unterstützung. Sie werden mir gewiß verzeihen, daß die bekannte Not die kein Gebot kennt, mich nötigt, ausgerechnet einige-wenige Stunden vor dem angesetzten Termin Ihres Besuches, von hier aufzubrechen. Meine Enkelin hat mir von Ihrem Ansuchen berichtet, sie möge Ihnen, zuweilen, schreiben – entschuldigen Sie mich, Sir; aber bei ein wenig Überlegung werden Sie einsehen, wie verschieden Ihr Lebensweg von demjenigen verlaufen muß, den sie mit mir zu gehen haben wird. Sie sehen in mir einen Mann vor sich ...... aber ich vergesse, daß Sie ihn eben nicht mehr sehen, und höchstwahrscheinlich nie mehr sehen werden. – Ihr

ergebenster, und wirklich dankbarster

Gehorsamer Diener, W. W.«

VANCE: »›Der Euch hoffentlich niemals mehr behelligen wird‹ – hm, behelligen wird! –: Wohin haben sie sich verdrückt?«

SCHUHFLICKER: – »Keine Ahnung. Wenn Ihr vielleicht 1 Blick in den Kristall werfen möchtet? – vielleicht habt Ihr die Gabe, ohne es zu wissen – :?«

VANCE: – »Ich nich!: pfh! – Kommt fort, Lionel.«

»Hat denn Sophie nicht, irgendeine!, Botschaft für mich hinterlassen?«, fragte der Junge, hochbekümmert.

»Selbstredend hat sie das; hatt's vergessen – na ja'llso nich direkt ne Botschaft; aber di's hier – hat mir noch eingeschärft, Euch's auszuhändigen ...«; und, aus seinem vielseitigen Behältnis, grübelte der Schuhflicker ein kleines Buch hervor ... Vance ersah' es und lachte hellauf –

›DER BALL DER SCHMETTERLINGE UND DAS BANKETT DER GRASHÜPFER‹

Lionel beteiligte sich an dem Gelächter nicht. Er riß das Büchlein an sich; und las auf dem Vorsatzblatt, in der ungleichmäßigen Kritzelschrift eines Kindes, die noch dazu von den unverkennbaren Spuren gefallener Thränen halb zerlaufen war, diese Worte:–

›Bitte, verschmähen Sie es nicht. Mir fällt nichts anderes ein, das mir Ganz Allein gehörte. Miss Jane Burton hat es mir mal geschenkt, weil ich Braaf war. Großvater sagt, Sie wären zu hoch für Unsereins, und daß ich Sie nicht Mehr sehen würde; aber Ich werde niemals vergessen, wie nett Sie waren – nie – nie. –

SOPHIE.‹

Sprach der Flickschuster, die Ahle aufrecht in der Hand, die auf seinem Knie ruhte, –: »Was, zum Henker, diese 'Stronomen auch den Herschel entdecken mußten? Denn seht, Sir,« zu Vance gewandt, »was nur irgend wunderlich und ausgefallen ist, alles kommt von Herschel her.«

»Was! – von Sir John?«

»Nein; dem Stern, den er rausgeknobelt hat. D's'n schrecklicher Stern für Frauensleute!, haßt sie wie Gift! Ich hab ihn ja im Verdacht, daß er sich in ihre Nativität reingeschlängelt hat; denn ich hab von ihr Jahr, Monat und Tag ihrer Geburt 'rausgebracht, Stunde unbekannt; aber für Mittag durchgerechnet, hat sie im 3. und 9. Haus Herschel total gegen sich gehabt – Reisen zu Wasser und zu Lande, Briefe, Neuigkeiten, Kirchenangelegenheiten und sowas. Aber 's wird Alles ins rechte Lot komm'm, sobald er durchn Meridian durch iss. Ihr Jupiter muß gut sein. Aber ich hoff'bloß eines«, setzte der Schuhflicker feierlich hinzu, »daß se nich noch mehr Sterne entdecken. Die Welt war ein gut Teil besser dran ohne diesen Neuen; und es geht schon wieder die Rede von ei'm ›Nepptun‹ – soll genau so schlimm wie Saturn sein.«

»Und das also ist das Letzte von Ihr!«, sagte Lionel betrübt, indem er das Büchlein in seiner Brusttasche barg. »Der Himmel schirme sie, wo immer sie weilt!«

VANCE: – »Seid Ihr nicht der Ansicht, Waife und das arme Dingelchen würden hierher zurück kommen?«

SCHUHFLICKER: – »V'leicht; ich weiß, daß er sich lange die Kreiskarte angesehen hat, beim Papierhändler über der Straße drüben; das deutet darauf hin, als wollt' er nich allzuweit gehen. Möglich, daß er nochma' wieder kommt.«

VANCE: – »Hat er denn alle seine Sachen mitgenommen?«

SCHUHFLICKER: – »Abgesehen vo'm alten Pappkarton – nich viel drin sein, nehm ich an, höchstens TheaterPlunder – RollenHefte, Schminke, ne alte Perücke, und so'ch Zeug. Er hat gute Kleidung – hat er immer gehabt, und sie auch; aber mehr als 'n Bündelchen macht's zusamm'm nich aus.«

VANCE: – »Aber Ihr seid doch gewiß im Bilde, worum es sich bei diesem Projekt des alten Burschen handelt. Er hat ja von mir 'ne erhebliche Summe bekommen – Was wird er damit machen?«

Schuhflicker: – »Genau das, worüber ich mir auch andauernd schon den Kopf zerbrochen hab': Was wird er damit machen? Hab'n Horoskop entworfen, um's rauszukriegen – konnt' nich dahinter kommen. Kuriose Zeichen im 12. Hause: Feinde, und großmächtige Tiere. Naja, er iss nu ma'n außerordentlicher Mensch; und wär nich sein Unglaube an den Kristall so stark gewesen, ich hätt' gesagt, er stünd' unter Herschel's Einfluß. Denn Ihr müßt wissen, Sir«, (indem er Vance beim RockKnopf nahm, da er erkannte, daß der betreffende Herr aufs Entkommen bedacht wurde): »Ihr müßt wissen, daß Herschel – obschon ein ausgesprochen finstrer Geselle; zumal bei Sachen, die mit dem Andern Geschlecht in Verbindung stehen – Denen, die unter ihm geboren sind, die Neigung mitgibt, in die Geheimnisse der Natur einzudringen. Ich bin'n HerschelMann, durch und durch!: gebor'n im März, und ...«

»... auch so toll wie'n Märzhase.«, brummte Vance; machte seinen Knopf aus dem Griff des Schuhflickers frei, und sich selbst mit langen Schritten davon. Aber ganz so leicht sollte ihm das Entkommen nicht werden; denn gleich bei der Hand, just um die Straßenecke, hatte sich in aller Stille eine Gruppe von Weiblichkeiten, unter Anführung von Merle's hagerer Haushälterin, versammelt, und zwar bereits von dem Augenblick an, da die zwei Freunde vor der Tür des Schusters Halt gemacht hatten. Dieser bepetticoatete Diwân umringte plötzlich geschlossen den Maler: die Eine zupfte ihn am Ärmel; die Andre am Jackett; eine Dritte, (mit einer Nase, auf der in ihrer frühen Kindheit anscheinend Jemand gesessen hatte), hauchte: »Bitt' Sir, nehmt mein Gemählde erst.«

Vance bestarrte sie entgeistert – »Dein Gemälde, Schlampe?«. An dieser Stelle machte ein anderes Muster ländlicher Reize, (die ein ideales Modell für die dralle Küchenmagd im ›*Tristram Shandy*‹ abgegeben hätte), mit einem flotten Knix ihre rivalisierenden Ansprüche geltend.

»Sir, wenn Ihr nichts daWidder hättet zu mir in die Küche zu kommen, sobald die Herrschaft zu Bett gegangen ist: mir käm's nich darauf an, wenn Ihr mir für 2 Pfund 'ne MiniTour machtet.«

»Miniatur von Dir, Du Polackin?!«

»›Polly‹, Sir; nich ›Pollen‹ – v'Zeihung. Ich würd mich waschen; und ich hab' eine wunderhübsche neue Haube – von ›Honigmond‹, und ...«

»Vielleicht laßt Ihr den Herrn bald los, ja?«, sprach eine Dritte; »Ich kann mich über Euch nur wundern, Polly: eine unbekannte

Küchenmagd, pff! – Sir, ich bin in der Kinderstube – ja, Sir – und die Gnädige hat auch gesagt, Ihr könntet mich jederzeit nehmen, (vorausgesetzt, Ihr nähm't auch das Baby), im HinterZimmer, ja Sir. High Street Nummer 5. Bei Mrs. Spratt, – ja, Sir. Die Pocken hat Baby gehabt – falls Sie verheiratet sein und Familie haben sollten – absolut sicher bei mir – ja, Sir.«

Mehr konnte Vance nicht ertragen; unter gänzlicher Außerachtlassung jener Courtoisie, die das männliche Geschlecht nie vergessen sollte, brach er durch die Phalanx, mit einem Anàthema, das sowohl für die Schönheit als auch die Tugend Derer, denen es galt, derart verunglimpfend war, daß es Pfui!-Rufe aus jeglichem männlichen Busen gerechtfertigt haben würde – und die bittenden Töne, mit denen er bisher angeredet worden war, schlagartig in ein schrilles Zorngekreische verwandelte. Hinab die Straße floh er; und hinab die Straße folgten die beleidigten Schönen. »Zisch aus – zisch aus! – kein Gentleman, kein Gentleman! – jaja hau ab! – los – erbärmlicher Schuft!«, krisch Polly. Hinter ihren Ladentischen hervor, zur Tür, kamen die Krämer gestürzt. Müßiggehende Hunde, angeregt vom Klamauk, sprangen in wilder Freude hinter dem flüchtenden Manne drein, ›jaulend in tollen Tönen‹! Vance, – der fürchten mußte, wenn er bloß Schritt ging von den Weibsbildern zerkratzt, wenn er rannte mit ziemlicher Gewißheit von den Kötern gebissen zu werden – tanzte in einer Art Geschwindpaß fürder, bemüht gelassen dreinzuschauen und seine Nase hoch in ihrer heimatlichen Luft zu tragen; bis er, glücklich ans Ende der Straße gelangt, rechts von sich einen Heckenzaun gewahrte – diesen mit einer so unnatürlichen Gelenkigkeit übersprang, wie sie menschlichen Gliedern nur der Sporn der Selbsterhaltung mitzuteilen vermag; anschließend wie ein Pfeil davonschoß; und nicht eher rastete und ruhte, bis er, gänzlich atemlos, auf die Bank in der schützenden Geißblattlaube niedersank. Hier saß er noch immer, fächelte sich mit seiner Mütze und murmelte dabei nichtwiederzugebende Verwünschungen, als Lionel zu ihm trat, der sich bei dem Schuhflicker verweilt hatte, um noch ein bißchen mit Jenem von Sophie zu sprechen, und der – ohne den mindesten Verdacht, der Lärm der an sein Ohr schlug, könne seinen unseligen Freund zum Urheber haben – sich dazu hatte verleiten lassen, noch einmal kurz mit nach oben zu kommen, und in dem Kristall nach Sophie zu suchen – ergebnislos. Als Vance dann von seinem Mißgeschick berichtet, und Lionel ihm gebührendes Beileid ausgedrückt hatte, war für den Letzteren die Zeit herangekommen, seinen Anteil an der Rechnung zu bezahlen, den Tornister zu schultern, und zum Zug aufzubrechen. Nun konnte der Bahnhof aber nur erreicht werden, mitten durch das Zentrum des Fleckens hindurch; und Vance schwor, daß er davon die Nase voll hätte. *»Peste!«*, sagte er: »ich müßte genau an High Street Nummer 5 vorbei, wo Kindermädchen und Baby auf der Schwelle meiner harrten, wie in Virgil's Schilderung der höllischen Regionen –

›Infantumque animae flentes in limine primo‹.

Nehmen wir lieber hier Abschied voneinander. Ich geh mit dem Boot nach Chertsey, sobald sich meine erschütterten Nerven genugsam erholt haben werden: gibt noch ein oder zwei malerische Winkel in der Gegend dort zu sehen. In ein paar Tagen bin ich jedenfalls wieder in der Stadt: schreibt mir dann dorthin, und berichtet, wie's Euch ergeht. Also nochmal die Hand; und auf geht's, mit Gott – aber, oh!, jetzt wo Ihr Euern Anteil an der Rechnung bezahlt habt: habt Ihr noch genug für den Zug übrig?«

»Oh ja, das Billet kostet nur ein paar Schilling; aber, freilich, der Einspänner dann bis Fawley? Zu Fuß möcht'ich da nicht ankommen« (stolz); »oder auch angenommen er beleidigte mich, und ich hätte sein Haus unverzüglich zu verlassen? Könnt'ich 1 Sovereign von Euch geborgt bekommen?; meine Mutter wird vorsprechen und ihn zurückerstatten.«

VANCE (mit Größe): – »Da ist er; und viel ist jetzt im Portemonnaie nicht mehr drin – dieser verflixte ›Star and Garter‹!; und diese 3 Pfund!«

LIONEL (seufzend): – »Die so gut angewandten! – Bevor Ihr das Gemälde verkauft: laßt mich's kopieren, ja?«

VANCE: – »Nehmt Euch lieber ein eignes Modell. Dorf wimmelt davon: für die Hälfte der Summe, die ich mich an einen unreifen Balg zu verschwenden beschwatzen ließ, könnt Ihr mit dem fettesten Trampel handelseins werden! – Na, schaut nicht so ernsthaft drein; wenn Ihr könnt, dürft Ihr mich kopieren!«

»Zeit áufzubrechen, Sir; und Ihr müßt schon anständig ausschreiten«, sagte der muntere Wirt, der hereinschaute.

»Wiedersehn: Wiedersehn.«

Und also zog Lionel Haughton auf ein Unternehmen aus, für den Irrenden Jüngling genau so folgenschwer, wie die Brücke der Gefahren oder die Höhle des Drachen es nur je für den Irrenden Ritter in alter Zeit gewesen sein können.

›Bevor wir uns jedoch dazu entscheiden, für alle Zukunft miteinander fertig zu sein, ... ein kurzer Besuch ...‹ – so lautete die Herausforderung von Ihm, der Alles zu vergeben hatte, an Ihn, der Alles zu gewinnen hatte. Und wie betrachtete Lionel Haughton, der Ehrgeizige und Hochstrebende, seinerseits das Wagnis?, das, wenn es gelang, ihm Einlaß verschaffen würde, in die goldenen Thore von Carduel, ein Gleichberechtigter in den Verzeichnissen der Söhne von Paladinen; wenn es fehlschlug ihn in die Arme der Witwe zurückwarf, die in den Nebenstraßen von Pimlico ein erstes Stockwerk vermietete? Die Wahrheit zu sagen: wie er so, in tiefem Sinnen, dem Bahnhof und der Abfahrt zuschritt, da-hin, wo die DampfWolke jetzt über den Radspuren aus Eisen emporkräuselte, – die Wahrheit zu sagen, der ängstliche Zweifel, der ihn beunruhigte, war mit nichten derjenige, den seine Freunde, in seinem Interesse, mitempfunden haben würden. In Worte gefaßt, hätte er vielmehr so ausgesehen – ›Wo *ist* diese arme kleine Sophie jetzt nur?; und was wird aus ihr werden – was?‹. – Aber als nach begonnener Fahrt, dem Ziele zufliegend, der Gedanke an die ihm nun gleich bevorstehende Feuerprobe sich seinem Geist gewaltsam aufdrängte, murmelte er, innerlich, vor sich hin – »›fertig miteinander‹? – soll's kommen, wie's ihm beliebt; Hauptsache, ich buhl' nicht um seine Gunst. Millionenmal besser, im Leben ohne Geld zu starten, aber als Gentleman, der sich seinen Weg nach oben erarbeiten muß wie ein Mann; denn als Einer, der auf den Knien ins Glück rutscht, und dabei das Geburtsrecht des Gentleman schändet und die MannesEhre befleckt.« Wenn wir also beides in Anschlag bringen: den immer-wachen Stolz des Armen Vetters, ständig auf dem *qui vive* nach Beleidigungen; und das Temperament des Reichen Vetters, nach seinen Briefen zu schließen rüde genug um dergleichen übel zu vermerken; ja, dann müssen wir einräumen, daß, wenn Lionel Haughton schon in diesem Moment das habe, was man gemeinhin ›eine Chance‹ nennt, die Frage vor der Hand noch weniger sei, worin besagte Chance denn bestehe, als vielmehr WAS WIRD ER DAMIT MACHEN? Und in eben dem Maße, wie der Leser in unsrer Geschichte vorankommt, wird er vielleicht zugestehen, daß es in dieser Welt nur wenige so oft erörterte Fragen gebe, deren Lösung für jeglichen ratlosen Sterblichen wichtiger wäre, als die, von der jede Entdeckung des Weisen, jede Fabel des Romanciers, ihren Ausgang nimmt – sie, die mit Fug über jegliches MENSCHENLEBEN zu setzen wäre, vom ersten Schlaf in der Wiege an, ›WAS WIRD ER DAMIT MACHEN?‹.

# II. BUCH

## 1. Kapitel

*Primitiver Eindruck des Landes in gewissen Bezirken Großbritanniens. / Zusammenhänge zwischen dem Charakter einer umgebenden Landschaft und den geistigen und sittlichen Tendenzen ihrer Bewohner; eingerichtet nach der Meinung aller verständigen Autoren über Ethnologie. / Ein Fuhrmannn, dem seine Vertrautheit mit dem britischen Gesetz eine ingeniöse Methode eingibt, dem Vordringen des Römischen Katholizismus Einhalt zu tun, befördert Lionel Haughton und sein Glück an einen Ort, der eine Schilderung verdient, und zum Ausruhen einlädt.*

Wohlbehalten, ansonsten jedoch nach einer Eisenbahnfahrt ohne besonderes Vorkommnis (selten genug), das etwa festgehalten zu werden verdient hätte, kam Lionel auf dem Bahnhof seiner Bestimmung an. Dort erfragte er die Entfernung bis zum Herrenhaus von Fawley; sie betrug 5 Meilen. Er bestellte einen Einspänner; und rollte bald flott auf der holprigen GemeindeStraße dahin; durch eine Gegend, die von der heitern Flußlandschaft, die er eben erst verlassen hatte, beträchtlich abstach. Genau so ›englisch‹; aber mehr wie das England früherer Völkerschaften, denn dasjenige, das sich um unsre eigne Generation ausbreitet, wie eine einzige weite Vorstadt aus lauter Gärten und Villen – hier kam weder Dorf, noch Kirchturm, noch PortierHäuschen in Sicht. Selten selbst die Kornfelder – weite Flächen uneingezäunter Wiesen und Weiden taten sich, einsam und urtümlich, zu beiden Seiten der Straße auf, begrenzt von großen Waldungen, vorwiegend Buchen, die als grüne, leichtgewellte Borte den Horizont einfaßten. In einem solchen England mochten einst Tempelritter sich ihren Weg nach weit zerstreuten Klöstern gebahnt; oder in den Kriegen der Rosen flüchtige Parteigänger in Laubverstecken Schutz und Obdach gefunden haben.

Die Scene hatte durchaus ihr Romantisches, ihr Schönes – zur Hälfte wild, zur Hälfte sanft – und führte zwangsläufig den Geist jedes gebildeten und fantasievollen Beschauers weit ab von der Gegenwart des Tages – lang vergessen gewes'ne Stellen aus alten Dichtern wurden wach. Das Ruhevolle solcher grasigen Einöden – solcher weiten Waldestiefen – war angetan Träumereien zu fördern und zu nähren, freundlichst-ernst und beschwichtigend-einwiegend. Hier konnte Ehrgeiz dem Rad des Ixion, Habsucht dem Sieb der Danaiden, endgültig Rast gewähren; hier mochte verschmähte Liebe über das Vergängliche aller menschlichen Leidenschaften nachsinnen, und die gemarterten Herzen sich herrechnen, die den Frieden in heiliger Meditation fanden, oder endgültig ausruhn unterm grasigen Hügel. Schau wie hier, wo drei Straßen in der Öde sich treffen, die Landschaft sich plötzlich weit auftut – in der Ferne ein Hügelrücken; und auf diesem Hügelrücken ein Bauwerk, das erste Zeichen menschlicher Gesellschaft. Was ist das für ein Gebäude? – lediglich eine stillgelegte Windmühle – die Flügel dunkel und scharf abgehoben gegen den bleiernbedeckten Himmel.

Lionel berührte den Fahrer –: »Sind wir schon auf Mr. Darrell's Grund und Boden?«. (Über die Ausdehnung jenes Besitztums hatten sich bei ihm, unwillkürlich, die großartigsten Ideen gebildet.)

»Ohgott, nich doch, Sir; bis Squire Darrell haben Wir noch 2 Meilen. Hier'rum hat er nich nennenswert viel Eigentum. Aber 10–12 Meilen weiter, drüben auf der andern Seite des Kreises, hat er vor etlichen Jahren ein hübsches Ende Land gekauft. – Erste Mal, daß Sie nach Fawley gehen, Sir?«

»Ja.«

»Ah ja! ich konnt mich auch nich entsinnen, Sie schon ma' gesehen zu haben – ansonsten hätt'ich Sie bestimmt wiedererkannt; denn es iss wahrlich selten, daß ich 'ne Fahrt nach Fawley, zum Alten Herrenhaus, hab'. Das müssen, möcht' ich meinen, an die 4 oder 5 Jahre jetz' sein, daß ich zuletzt mit ei'm naja ›Herrn‹ da war, der aber zu Fuß wieder weg ging, während ich noch die Pferde fütterte – brachte mich glatt um die Rückfahrt! Wieso kommt Der dazu, zu gehen, wenn ich ihn in mei'm Wagen herfahr? – schäbig.«

»Demnach lebt Mr. Darrell also sehr zurückgezogen – verkehrt nur wenig mit Leuten?«

»Glaub schon. Ihn selber hab'ich, meines Wissens, nie geseh'n;

aber ma 2 Pferde von ihm – selten schöne Stücke.«; damit gab der Fahrer seinem eignen einen Peitschenschmitz, fing an vor sich hin zu pfeifen; und Lionel stellte keine Fragen weiter.

Am Ende hielt das Kütschchen vor einer Wageneinfahrt, etwas von der Straße zurückgelegen und tief im Schatten ehrwürd'ger Bäume – kein Torhäuschen. Der Kutscher stieg ab, und machte sich selbst das Tor auf.

»Sind wir da?«

Der Fahrer nickte bejahend; stieg wieder auf; und fuhr dann rasch dahin, durch etwas, was man mit einiger Höflichkeit hätte einen Park nennen können. Der eingefriedigte Raum wirkte allerdings wenig anders, als ein, freilich recht weiträumiges, Jagdgehege – seine Begrenzungen waren auf allen Seiten sichtbar – aber langsam ansteigendes Hügelland, mit dichtem Laubwald bedeckt, rahmte die wilden unregelmäßigen Rasengründe überall – ein Boden, als Weide vermutlich armselig, aber angenehm für's Auge; mit Senke und Waldschlucht, Gehölzen aus fantastisch gekappten Bäumen – vereinzelt Eichen von riesigem Wuchs – ab und zu ein hexenhaft über sich selbst gekrümmter Dornstrauch – Stellen mit Farn, oder Ginster. Laut und heiser ein Krähenkrah – und weither, fern aus den innersten Tiefen der lieblichen Waldungen, kam der überreife Doppelton des Kuckucks. Noch ein paar Augenblicke, und eine Biegung des Weges brachte das Haus in Sicht. Im Hintergrund schien eine Wasserscheibe zu liegen; – um direkt ›ein See‹ geheißen zu werden schwerlich groß genug; – die zottigen Ufer aber wiederum doch zu geschlungen – die Enden allzu verundeutlicht durch Eiland und Baumwerk, um sie mit der platten Bezeichnung nur eines ›Teiches‹ abzutun – so wie es war, wurde das Auge jedenfalls erst einmal gefesselt, ehe der Blick sich auf das eigentliche Haus konzentrieren konnte; – es gab dem Ganzen irgendwie etwas so Ruhevolles, von der Welt Abgesondertes, Feierliches – ein vifer Weltmensch hätte schon beim ersten Ansichtigwerden Komplexe bekommen. Derjenige aber, Der wußte, was ein großer Kummer ist – eine bange Sorge – Dessen müde Seele würde all die Ruhe eingeschlürft haben, wie ein Sedativ. – Das Haus selbst – klein; niedrig; ältlich; Zeit etwa Eduard VI., – noch vor der schaubareren Architektur Elisabeth's. Wenig Herrensitze in England, traun, so alt wie das von Fawley: ein schwer-lastendes Dach, hochgegiebelt – die Fenster des Oberstocks weit hinausragend über den darunterliegenden Teil – eine überdachte Veranda; mit einem halb unkenntlichen, und sei es seinerzeit noch so tief eingeschnittenen Wappen-Schild über der eichenen Tür zum Eingang. Nichts ausgesprochen Großartiges; aber wie ehrwürdig das Alles! – Doch was ist das? Dicht neben dem ruhigalten anspruchslosen Herrenhaus erhebt sich das Skelett einer süperben kostspieligen Gebäudemasse, – ein unvollendeter Palast; die Arbeit augenscheinlich eingestellt – vielleicht seit langem, vielleicht erst jetzt – für immer? Nicht geschäftige Werkleute noch belebtes Gerüst. Die durchbrochnen Zinnen in sichtbarer Eile überdacht – hier mit Schiefer, dort mit Ziegeln; die Elisabethanischen Fenster mit ihrem steinernen Mittelpfosten unverglast; einige roh mit Brettern verschlagen – andre mit trostlos starrenden Öffnungen, die in Zimmer ohne Fußboden gehen – für Winde um durchhinzupfeifen, und Ratten zum drinnen hausen. Über handlich bereitgelegte Steinblöcke war Gras gewuchert und langes Unkraut. Auf dem Fenstersill eines riesigen Erkers war es einem Goldlack gelungen Wurzel zu schlagen – der Effekt war fantastisch! Ein Bau, den Er, der ihn entwarf, für eine Nachwelt geplant haben mußte – so dick die Wände, so solid die Maurerarbeit – und derart jäh dem Zerfall überlassen – ein Palast, gedacht zum Empfang sich drängender Gäste – für Pomp und stattliche Gelage – der Eule hingegeben und der Fledermaus. Und das heimliche alte Haus zur Seite, das zu ersetzen jene prunkende Halle zweifellos bestimmt gewesen war, blickte so sicher und gelassen auf die vereitelte Anmaßlichkeit seines gespenstischen Nachbarn.

Der Fahrer hatte die Glocke gezogen; kam nun wieder zum Wagen her; begegnete Lionels fragendem Blick, und sagte – »Jå; hat Squire Darrell angefangen zu bauen – manches Jahr her – ich war noch'n Junge. Hab erzählen hören, das sollte ma' die Sehenswürdigkeit vom ganzen Kreis werden. Eingestellt worden, so vor 10–12 Jahren.«

»Warum? – wißt Ihr's etwa?«

»Weiß kein Mensch. – Squire war ma' Rechtsanwalt, glaub'ich – vielleicht hat er's ins Kanzleigericht gesteckt? Der Großvater von meiner Frau iss ins Kanzleigericht gesteckt worden, grad als er im Wachsen war: späterhin nie mehr gewachsen – niemals mehr rausgekomm'm – kommt Keiner jemals raus. Erscheint neulich unser Küster bei mir: soll ne Eingabe gegen den Papst mit-unterschreiben. Sag ich: ›Dieser alte Papst macht aber auch andauernd Scheererei – hat er'nn jetz wieder angestellt?‹. Sagt er: ›Breitet sich aus! Iss ins Parlament reingerutscht, hat jetz sogar 'n College bekommen, und wir bezahlen dafür. Ich weiß nich mehr wie man den stoppen soll.‹ Sag ich: ›Mensch steckt ihn doch ins Kanzleigericht, neben 'n Großvater von der Frau: Der breitet sich bestimmt nich mehr aus.‹«

Eben hatte der Kutscher solchermaßen über das Papsttum verfügt, als ein ältlicher Bedienter, ohne Livree, die Türe öffnete. Lionel sprang vom Wagen; und hielt dann, in einiger Verwirrung, inne; denn jetzt durchfuhr ihn zum erstenmal der Gedanke, wie er ja überhaupt nicht geschrieben und mitgeteilt habe, daß er Mr. Darrell's Einladung annähme – daß er das hätte tun müssen – daß er nun vielleicht gar nicht erwartet werde. Mittlerweile musterte ihn der Diener mit einigem Erstaunen. – »Mr. Darrell?«; Lionel, zögernd, im Frageton.

»Nicht zuhaus, Sir.«, entgegnete der Mann, wie wenn Lionels Geschäft damit zu Ende wäre, und er nur noch wieder den Wagen zu besteigen brauchte. Nun war der Junge von Natur eher keck als schüchtern; er sagte, mit einem gewissen zuversichtlichen Wesen: »Mein Name ist Haughton. Ich komme auf Mr. Darrell's Einladung.«

Das Gesicht des Bedienten veränderte sich augenblicks – er verbeugte sich respektvoll. »Bitte um Vergebung, Sir. Ich werde sogleich nach meinem Herrn sehen gehen – er ist irgendwo im Park.« Worauf er sich zum Wagen verfügte; den Tornister herunter nahm; und, da er bemerkte, daß Lionel seine Börse in der Hand hatte, sagte: »Erlauben Sie mir, Ihnen diese Mühe zu ersparen, Sir –: ä-Kutscher?: außen herum, nach den Stallungen, ja?«. Der Bediente trat dann ins Haus zurück; öffnete eine Tür zur Linken; ließ eintreten, und rückte einen Stuhl zurecht –: »Wenn Sie bitte einen Moment hier warten wollen Sir – ich sehe sogleich nach meinem Herrn.«

## 2. Kapitel

*Guy Darrell – eine Art von Stilleben.*

Der Raum, in dem Lionel sich nunmehr fand, war überaus wunderlich. Ein Altertumskenner oder Architekt würde mit einem Blick erkannt haben, daß er, zu irgend einer Zeit einmal, einen Teil der EingangsHalle gebildet hatte; und daß – als in Elizabeth's oder des ersten Jakob Tagen die Verfeinerung der Sitten von den FreiherrnSchlössern aus auch auf die Heime des niederen Landadels überzugreifen begann, und die Eingangshalle aufhörte, der gemeinsame Speisesaal für Besitzer und Gesinde zu sein – daß damals dieses Gemach hier vermittelst eines durchbrochnen Paneels abgetrennt worden war; welches um der lieben Wärme und behaglichen Intimität willen, eine der nachfolgenden Generationen in eine solide getäfelte Verkleidung verwandelt hatte. Infolgedessen wies eine Seite des Raumes reichliches Schnitzwerk von geometrischen Motiven und arabesken Pilastern auf; während die andern drei Wände nur simple halbhohe Felder hatten, über denen sich, vom Getäfel bis zur Decke, ein tiefausgearbeiteter fantastischer StuckFries hinzog, der eine Hirschjagd darstellte. Die Decke selbst trug, neben länglichen ReliefStreifen anscheinend ohne sonderliche Bedeutung, den Helmschmuck des DarrellWappens – einen Reiher, umspruchbändert von dem FamilienMotto, ›*Ardua petit Ardea*‹. Es handelte sich um ein EßZimmer, wie sich aus der Art der Möbel ergab; aber von Seiten des gegenwärtigen Besitzers war nicht der geringste Versuch unternommen worden, (und von Seiten seines Vorgängers einwandfrei auch nicht), die Einrichtungsgegenstände dem Zimmer anzupassen. Das Meublement war tatsächlich ganz in dem schwerfälligen anmutlosen Geschmack Georgs des Ersten – ungefüge Gestühle aus Wallnußholz, mit der wurmstichigen Intarsie des Reihers auf den hausmachernen Rückenlehnen, und verschossenem blauen Wollbezug auf den Sitzen – eine unangenehm dazu passende Anrichte, wundersam häßlich zu schauen; oben d'rauf diverse schwärzliche ChagrinFutterale, deren Deckel offen standen und die pistolenartigen Handgriffe silberner Messer bloßlegten. Der Kaminaufsatz, eingeteilt in Felder mit heraldischen Schildereien, und getragen von zwei plumpen steinernen Karyatiden, reichte bis unter die Decke hinauf. An den Wänden hingen mehrere Bilder – FamilienPorträts; denn auf den Rahmen fanden sich die Namen eingeschrieben. Die Daten erstreckten sich von der Regierung der Königin Elizabeth, bis zu der Georgs des Ersten. Was sie alle auszeichnete, war eine starke Familienähnlichkeit – markante Züge; dunkles Haar; gravitätische Mienen – freilich mit 1 Ausnahme; eines Sir Ralph Haughton Darrell, in einer Tracht, die ihn sogleich als in die permanente Feiertagszeit Karl's des Zweiten gehörig einzureihen erlaubte – nichts als Nestel, Spitzen und Bänder; augenscheinlich der *bel ami* der Familie; und er hatte ja auch die entsprechenden blauen Augen, eine blonde Perücke, ein leichtsinnig-liederliches Lächeln; und sah ganz aus wie der wüsteste Wasgehtsmichan, wie der hübscheste Nichtstaug, der je einen Weinzapf verwünschte, einen Wachmann durchprügelte, eine Lady betörte, einen Ehemann terrorisierte, und, während er einen Gegner durchlöcherte, ein Liedchen dazu summte.

Lionel war noch dabei, sich das Bildnis dieses lockeren Cavaliers zu betrachten, als die Tür hinter ihm, sehr geräuschlos, sich auftat, und ein Mann, eine eindrucksvolle Erscheinung, auf der Schwelle stand – so still stand, und seine Figur vom Schnitzwerk des Eingangs so ornamental behelldunkelt, ja gleichsam eingerahmt wurde, daß Lionel, beim schnellen Umdrehen, ihn ohne weiteres mit einem Porträt hätte verwechseln können, das ein plötzlicher Lichteinfall aus seinem Rahmen wie im kühnen Relief hervortreten ließ. Man hört in der Umgangssprache häufig sagen, Der oder Jener gleiche einem alten Bild; ein Ausdruck, der nie angemessener gewesen wäre, als bei dem Antlitz, in welches der jugendliche Besucher jetzt überrascht und nicht ohne betretene Ehrerbietigkeit starrte. Ungleich denen, die zweitrangige Porträtisten auf den Bildern dort festgehalten, obschon es gewisse Familienähnlichkeiten mit ihnen gemeinsam hatte, wirkte es in seiner ruhigen Kraft, wie wenn es von einer Leinwand Tizian's heruntergeschaut hätte.

Der Mann trat vor, und die Täuschung schwand. »Ich dank' Euch«, sagte er, mit ausgestreckter Hand, »daß Ihr mich beim Wort genommen, und mir gleich in Person geantwortet habt.« Er machte eine kleine Pause, während welcher er Lionels Gesicht mit scharfem, aber nicht unfreundlichem Auge musterte; und fügte dann, gedämpft, hinzu: »Sehr wie der Vater.«

Auf diese Worte hin drückte Lionel unwillkürlich die Hand, die er ergriffen hatte. Diese Hand erwiderte den Druck nicht. Sekundenlang lag sie in Lionels warmer Umgreifung – nicht abweisend, nicht aufmunternd – und ward dann, sehr sacht, zurückgenommen.

»Seid Ihr von London gekommen?«

»Nein Sir; ich fand Ihren Brief gestern, in Hampton Court, vor. Ich hatte mich ein paar Tage in der Gegend dort aufgehalten. Ich bin heut Morgen gleich gekommen, – ich fürchtete erst schon, allzu unzeremoniös; Ihr gütiger Empfang beruhigt mich darüber.«

Gut gewählte Worte, und frank gesprochen. Vermutlich gefielen sie dem Gastgeber, denn der Ausdruck seines Gesichtes war, im Ganzen genommen, günstig; dennoch neigte er lediglich, mit einer Art stolzer Indifferenz, einmal das Haupt, sah dann auf seine Taschenuhr, und zog die Glocke. Sogleich trat der Diener ein. »Das Dinner soll in einer Stunde fertig sein.«

»Bitte, Sir«, sagte Lionel; »ändern Sie Ihre Tageseinteilung nicht um meinetwillen.«

Mr. Darrell's Stirn runzelte sich leicht. Lionel hatte einen Taktfehler begangen; aber der große Mann antwortete nur gelassen: »Mir ist eine Stunde wie die andere; auch wär' es sonderbar, wenn der Wirt durch Rücksicht auf einen Gast so leicht gestört werden könnte – ausgerechnet am ersten Tag noch. – Seid Ihr müde? Möchtet Ihr lieber auf Euer Zimmer gehen?; oder Euch eine halbe Stunde draußen umsehen? Der Himmel klärt sich auf.«

»Ich würd' mich sehr gern draußen umsehen, Sir.«

»Dann hier entlang.«

Mr. Darrell durchquerte die Halle; stieß eine Tür, derjenigen durch welche Lionel eingetreten war gegenüberliegend, auf; und der See (wie wir ihn künftig nennen wollen) lag vor ihnen, – vom Hause nur durch einen, sich ganz allmählich abdachenden Hang getrennt, auf dem sich ein paar Blumenbeete befanden – nicht voll der heutzutage beliebten ModeBlumen – auch altfränkisch angelegt, und weitschweifig mit Rasen umgeben. An einer Ecke stand eine wunderliche, beschädigte Sonnenuhr; auf der andern Seite befand sich eine lange BowlingBahn, die an einem von jenen Sommerhäuschen endete, wie sie, im Gefolge der Revolution von 1688, der holländische Geschmack bei uns in Aufnahme gebracht hat. Mr. Darrell ging diese Bahn entlang (keine Kugeln im Moment zu sehen); und als er gewahr wurde, daß Lionel neugierig nach dem SommerHaus hin schaute, dessen Türen offen standen, trat er vor ihm ein. Ein großer luftiger Raum, mit hohlrunder Decke, bemalt mit Römischen Trophäen aus Helmen und Liktorenbündeln, abwechselnd mit, nicht minder gemalten, kreuzweis übereinanderliegenden Flöten und Geigen.

»Amsterdamer Geschmack«, sagte Mr. Darrell mit leichtem Achselzucken. »Hier hat ein vergangnes Geschlecht Musik gehört, Quartette gesungen, und aus TonPfeifen geraucht – eine Ära, die rasch dahingegangen ist; weil unpassend zur englischen Energie, die mit mijnheerigem Phlegma nicht zu paaren ist. Aber die Aussicht aus dem Fenster – schaut nur, dort. Ich frage mich immer wieder, wie Männer in Perücken und Frauen in Reifröcken *das* goutiren konnten. Ein reines Wunder, daß sie die Ufer nicht begradigt haben, wie ihre Grachten!«

Die Aussicht war in der Tat wunderschön – das Wasser wirkte so blau, so breit, so klar, und spiegelte die geschlängelten Ufer mit ihren Waldungen so tief aus seinem friedvollen Schoße wider.

»Wie würde *das* Vance genießen!« rief Lionel. »Das würde sich auf einem Gemälde noch besser ausnehmen, als die ThemseLandschaft.«

»Vance? – Wer ist das?«

»Der Künstler – ein guter Freund von mir. Sie haben doch sicher von ihm gehört, Sir; oder seine Bilder gesehen?«

»Er und seine Bilder sind nach meiner Zeit. Für den Klausner tritt ein Tag den andern in' Staub; und er vergißt, daß Celebritäten mit der MorgenSonne erstehen, um mit dem AbendMond dahinzuschwinden, –

›. . . truditur dies die,
novaeque pergunt interire lunae.‹«

»Nicht alle Sonnen gehen unter – nicht jeder Mond nimmt ab!« rief Lionel in etwas ungeschliffenem Enthusiasmus. »Wenn Horaz anderswo von dem ›Stern der Julier‹ spricht, vergleicht er ihn doch mit einem Mond, ›inter ignis minores‹; und gewißlich gehört der Ruhm nicht zu den himmlischen Körpern, die ›pergunt interire‹ – dem Untergang zueilen!«

»Es freut mich zu sehen, daß Ihr Euern Horaz nicht bestauben laßt«, versetzte Mr. Darrell frostig, und ohne auf die Anspielung auf Berühmtheiten einzugehen; »er ist schon, für einen Mann in meinen Jahren, der einnehmendste aller Poeten; und« (fügte er, überaus trocken, hinzu): »was zitable Gemeinplätze anbelangt, der Nützlichste für Männer jeder Altersstufe.«

Gleichgültig schlenderte er fürbaß; stieg die RasenSchrägung hinunter; bis an den WasserRand; und warf sich dort, der Länge nach, ins Gras – der wilde Thymian, den er knickte, sandte sogleich, verletzt, seinen Wohlgeruch empor. So lag Darrell alldort, das Gesicht in die Hand gestützt; und schaute, in abstraktem Schweigen, wasserüberhin. Lionel empfand, daß seiner vergessen war; aber er fühlte sich nicht verletzt. Bereits jetzt war in seiner Brust eine starke, bewundernde, Anteilnahme für seinen Vetter entsprungen – es wär ihm schwierig geworden, zu erklären wieso. Aber Wer auch immer, in diesem Augenblick, Guy Darrell's sinnendes Antlitz hätte sehen können; beziehungsweise Wer immer, einige-wenige Minuten zuvor, auch nur den Klang seiner Stimme verzeichnet hätte – hell, klar, voll – in ihrer bedachtvollen Sprechweise unaffektiert, gereift-bestimmt – so daß selbst das derbste, rauheste Wort seine angemessne Vertonung erfuhr – er würde das Interesse, das Lionel überkam, begriffen & geteilt haben. Es gibt nun einmal lebendige Menschenantlitze, die – unabhängig von ihrer bloß-physischen Schönheit – uns weit mehr fascinieren und überwältigen, als die regelrechtesten Lineamente Griechischer Bildner, die uns je ein MarmorGesicht herhielt: und es giebt, in der simplen MenschenStimme Töne, die das Herz verunruhigen und Leidenschaften wecken, die tobende MenschenMassen beschwichtigen, oder auch die Throne der beleibwächtertsten Könige zerstäuben, kurzum mehr Wunder bewirken, als je der kunstvollste Chorus oder die gewandteste Feder zustande brachten.

Schon nach wenigen Minuten kamen, vom entfernteren Ende des Wassers her, rasch die Schwäne auf den Uferfleck zugesegelt, wo Darrell ruhte. Er hatte sich augenscheinlich mit ihnen angefreundet; und sie drängten die weißen Brüste dicht an den Bord, wobei sie seine Beachtung noch durch eine leis' zischende Begrüßung zu erregen suchten, (die sie hoffentlich bei jenem berühmten Gesang, mit dem sie aus diesem Leben scheiden sollen, mit etwas weniger Sibilantem vertauschen).

Darrell schaute auf. »Sie möchten gefüttert sein«, sagte er, »hübsche-glatte Sinnbilder des großen socialen Gefüges. Zuneigung ist das Kind des Vorteils. Ich bin ihnen nützlich – also lieben sie mich.« Er erhob sich, barhäuptig, und verbeugte sich mit spöttischer Courtoisie gegen die großen Vögel: »Freunde, ich habe kein Brot für Euch bei mir. –«

Lionel: – »Darf ich schnell welches von drinnen holen?: ich möchte mich auch nützlich machen.«

Mr. Darrell: – »Rival! – meinen Schwänen nützlich?«

Lionel (zart): – »Oder Ihnen, Sir.«

Wobei er jedoch das Gefühl hatte, zuviel gesagt zu haben; und, ohne Genehmigung abzuwarten, ins Haus rannte, um Jemanden aufzutreiben, den er um Brot angehen könnte.

»Sohnlos, kinderlos, hoffnungslos, zwecklos;« murmelte Darrell vor sich hin, und versank wieder in Träumerei.

Zu der Zeit, da Lionel mit dem Brot wiederkam, hatte sich noch ein neuer verhätschelter Freund zum Herrn gesellt: eine zahme Hindin war seiner, aus ihrem Schlupfwinkel weit von hier, gewahr geworden; kam in leichten Sätzen an seine Seite, und stupste ihr zartes Näschen in seine niederhängende Hand. Beim Geräusch von Lionels hastig nahenden Tritten ergriff sie erst die Flucht und trottierte ein paar Schritte von dannen; drehte sich dann wieder um und schaute sehnsüchtig her.

»Ich wußte gar nicht, daß Sie auch Wild hier haben.«

»›Wild‹! – in dem kleinen Gehege? – selbstverständlich nicht; nur dies 1 Reh. Fairthorn hat ihm Eingang hier verschafft. – Übrigens –«, fuhr Darrell fort, der nunmehr den Schwänen ihr Brot zuwarf, und seine gleichgiltige uncontemplative Art wieder angenommen hatte, »es war Euch gewiß nicht bekannt, daß ich einen Eremiten-Kollegen bei mir habe – noch einen Gefährten außer den Schwänen und der Hindin. Dick Fairthorn, der Sohn von meines Vaters Verwalter, ist ein-zwei Jahre jünger als ich. In seiner Lateinschule war er der Klügste. Unglücklicherweise verfiel er auf die Flöte, und machte sich also für das gegenwärtige Jahrhundert unbrauchbar. Gleichwohl läßt er sich herbei, als mein Sekretär zu fungieren – solide klassisch gebildet – spielt Schach – ist mir also nützlich – ich bin ihm nützlich. Wir hegen Zuneigung für einander; und Dem, der über ihn lacht, verzeihe ich das nie. – Oh, die Glock' schlägt halb; Ihr werdet ihn bei Tisch kennen lernen. Wollen wir hinein, und uns umkleiden?«

Sie betraten wieder das Haus – der Bediente von vorhin wartete bereits in der Halle. : »Zeigt Mr. Haughton sein Zimmer.« Darrell senkte das Haupt – ich bediene mich absichtlich dieser Wendung; denn seine Geste war weder Verneigung noch ein Nicken – schritt einen schmalen Korridor entlang, und verschwand.

Über ungleichmäßige TreppenStufen aus Eiche, schwarz wie Ebenholz, mit massiven Geländern, gestützt von Treppenpfosten, die plumpe Kugeln trugen, ward Lionel in ein kleines Zimmer geführt, das, es mochte wohl an die hundert Jahre her sein, vermittelst einer ChineserTapete modernisiert worden war, und eine MahagoniBettstelle enthielt, die Dreiviertel des Platzes wegnahm, und einen Baldachin aus schmutzigbraunen Federbüschen hatte, der ihr das gefällige Ansehen etwa eines Leichenwagens gab; und hier war es auch, daß der Bediente sagte: »Haben Sie den Schlüssel zu Ihrem Tornister bei sich, Sir?; daß ich Ihnen Ihre Sachen zum Umkleiden herauslegen kann?«. Umkleiden! Jetzt erst fiel es dem Jüngling zum ersten Male ein, daß er keinerlei AbendAnzug mitgebracht hatte – ja mehr noch: daß er, in keinem Winkel der bewohnten Erde, überhaupt etwas besaß, was man einen kompletten ›Abendanzug‹ hätte nennen können. Dergleichen war, bei seiner bisherigen Art zu Sein, noch niemals akut geworden. Man erinnere sich der Zeit, wo man selbst ein Junge von 17 war, ›zwischen zwei Altern schwebend wie ein Stern‹, und stelle sich Lionels Empfindungen vor – er fühlte seine Wange brennen, wie wenn man ihn bei einem Verbrechen ertappt hätte. »Ich hab' keine AnziehSachen mit«, sagte er kläglich; »nur einmal Wechselwäsche; und das hier –«, mit einem Blick auf sein leichtes SommerJackett. Der Bediente war unverkennbar ein hoch-gentlemanliker Mann – von Natur der geborene Kammerdiener. »Ich werde mir erlauben, es Mr. Darrell auszurichten; und wenn Sie die Güte haben wollten, mir Ihre londoner Anschrift zu geben, werde ich sofort telegrafieren, daß Sie bis morgen Alles haben was Sie benötigen.«

»Vielen Dank«, versetzte Lionel, der inzwischen seine Geistesgegenwart wieder gewann; »ich werde selbst mit Mr. Darrell reden.«

»Dort ist heißes Wasser, Sir; hier die Glocke: ich habe die Ehre, Ihnen unterstellt worden zu sein.« Die Tür schloß sich; und Lionel öffnete seinen Tornister – and're Hosen, eine andre Weste wären da, schon – aber nur die er auf dem Jahrmarkt angehabt hatte, die einmal weiß gewesen waren, und die – Ach und Weh! – seitdem noch nicht die Betreuung durch eine Wäscherin erfahren hatten. Auch ein andres Paar Schuhe, ja – aber mit Doppelsohle, für größere Wanderungen. Es blieb platterdings kein anderer Ausweg, als zum Dinner genau wie zuvor gekleidet anzutreten: in seiner leichten Wanderjacke, der Vormittagsweste mit dem Blütenzweig-Muster, und unten'rum die rehfarbnen Unaussprechlichen. Konnte es denn auch so gravierend sein? – bei nur 2 Personen? Konnte der ernste-würdige Mr. Darrell solche Läppereien überhaupt bemerken? – ja, vielleicht wenn sie Mangel an schuldigem Respekt ausgedrückt hätten.

›Durum! sed levius fit Patientia
Quidquid corrigere est nefas.‹

Als er die Treppe hinunter kam, harrte bereits der erwähnte wohlerzogene Domestik, um ihn in die Bibliothek zu führen. Mr. Darrell war schon dort; in der einfachen aber förmlichen Kleidung eines Gentleman, der, auch von der Welt abgesondert, deren Sitten und Gebräuche beibehält. Beim ersten Blick schon meinte Lionel ein leichtes Wölkchen des Mißfallens auf der Stirn seines Wirtes zu gewahren; weswegen er freimütig auf Mr. Darrell zuging, und ob der Unvollkommenheiten seiner ReiseGarderobe um Entschuldigung bat.

»Sprecht die Wahrheit«, sagte sein Gastgeber; »Ihr habt gedacht, zu einem alten verbauerten Grobian zu kommen, bei Dem etwelches Zeremoniell nicht am Platz sei.«

»Gar nicht!« rief Lionel. »Aber – aber ich bin doch erst ganz vor kurzem aus der Schule gekommen.«

»Dann hätte Eure Mutter für Euch denken sollen.«

»Ich hab mir doch keine Zeit gelassen, sie zu Rate zu ziehen, gewiß und wahrhaftig, Sir! – Ich hoffe, Sie sind nicht beleidigt?«

»Das nicht; aber faßt es nun auch Eurerseits nicht als Beleidigung auf, wenn ich mir aufgrund meiner Jahre und unserer Verwandtschaft die Bemerkung erlaube: daß ein junger Mann es sich angelegen lassen sein sollte, nie unter den Standard seiner Gesellschaftsklasse läßlich herabzusinken. Wenn ein König es ertragen mußte, mitanzuhören, daß er ein bloßes Zeremoniell sei; dann sollte ein PrivatGentleman immer daran denken, daß letztlich auch nur ein Zeremoniell liegt, zwischen ihm und – seinem Hutmacher!«

Lionel fühlte, wie ihm das Blut ins Gesicht stieg; aber Darrell verfolgte das unangenehme Thema nicht weiter, schien sogar den Anlaß dazu zu vergessen, und machte eine gleichgiltige Bemerkung über das Wetter. »Es wird morgen schön werden; der Hügel drüben ist ohne jede Spur von Nebel. Da Ihr einen Maler zum Freund habt, seid Ihr vielleicht auch selber Zeichner? Wir haben hier ein paar LandschaftsMotive, die Fairthorn Euch vorführen soll.«

»Ich fürchte, Mr. Darrell«, sagte Lionel mit niedergeschlagenem Blick, »daß ich morgen Sie wieder verlassen muß.«

»So bald? Nun ja, ich kann mir denken, daß der Ort Euch sehr langweilig vorkommen muß.«

»Das nicht – gar nicht; aber ich habe Ihnen Ärgernis gegeben, und möchte meinen Verstoß nicht wiederholen. – Ich, ich verfüge nicht über das nötige ›Zeremoniell‹, um mich als Gentleman äußerlich kenntlich zu machen – weder hier, noch daheim.«

»Ho! Kühne Offenheit und rascher Witz nötigen dem Zeremoniell Achtung ab«, gab Darrell zurück, und zum erstenmal lag es wie ein Lächeln um seine Lippen. »Darf ich Euch mit Mr. Fairthorn bekannt machen –«, da die aufgehende Tür eine linkische, schlottrige Gestalt, in schwarzen, zu-weiten KnieBreeches und SchnallenSchuhen sichtbar werden ließ. Die Figur machte eine seltsame seitliche Verbeugung; hastete dann, auch wieder seitlich, wie ein plötzlich aufgeschreckter Taschenkrebs, auf einen düsteren, von einem langen Tisch verbarrikadierten Winkel zu, tauchte hinter einen Falten-Vorhang, und schien dort verschwunden, genau wie ein Taschenkrebs inmitten flacher Ufersteine.

»3 Minuten noch bis zum Dinner, und 2 bevor der Briefbote abgeht –«, sagte der Wirt, mit einem Blick auf die Uhr. »Mister Fairthorn? Würdet Ihr mir rasch noch ein Billet schreiben?«. Ein Gemurmel kam hinter dem Vorhang her. Darrell verfügte sich zu dem Fleck, und flüsterte ein paar kurze Worte; kehrte dann zum Kamin zurück, und klingelte. »Hier kommt noch ein Brief für die Post, Mills: Mr. Fairthorn siegelt ihn eben. – Ihr schaut meine Bücherregale an, Lionel? Da mir bekannt ist, daß Eure Lehrer mit hohem Lob von Euch gesprochen haben, nehme ich an, daß Ihr ein Freund vom Lesen seid?«

»Ich glaube, ja; aber ganz sicher bin ich mir nicht«, erwiderte Lionel, dem die versöhnlichen Worte seines Vetters, Ungezwungenheit und gute Laune wiedergegeben hatten.

»Ihr meint vielleicht: daß Ihr gerne lest, vorausgesetzt Ihr dürft Euch Eure Lektüre selber aussuchen?«

»Eher noch: vorausgesetzt, ich darf mir die *Zeit* zum Lesen selber wählen; was etwa an schönen Sommertagen nicht der Fall wäre.«

»Wenn man keine schönen Sommertage zum Opfer bringen will, könnte es sein, daß man, wenn die langen Winternächte kommen, erkennen muß, wenig Fortschritte gemacht zu haben.«

»Das ja, Sir. Aber muß das betreffende Opfer nun gerade in Büchern entrichtet werden? Ich bild' mir immer ein, auf dem Spielplatz genau soviel gelernt zu haben, wie in der Schulstube. In den letzten paar Monaten, wo ich weitgehend mein eig'ner Herr war, hab' ich vormittags, das ist schon wahr, viele Stunden hintereinander in einem Zuge gelesen, und abends dann wieder noch ein paar; ich bin aber auch auf den Straßen umhergestreift, oder hab' mich mit den wenigen Freunden unterhalten, die zu erwerben mir gelungen ist – und da hab'ich eben doch den Eindruck: wenn ich mich überhaupt irgendeines Fortschritts rühmen können sollte, die Bücher hätten den kleineren Anteil daran.«

»Ihr würdet demnach ein tätiges Leben, einem gelehrten vorziehen?«

»Oh ja – ja.«

:»Das Dinner ist aufgetragen«, meldete der formvolle Mr. Mills, und öffnete, weit, die Tür: –

## 3. Kapitel

*In unserem glücklichen Lande ist jedweden Mannes Haus seine Burg. Aber wie stark er sie auch befestigen mag, Frau Sorge dringt so gewißlich ein, als sie zu Horazens Zeiten durch den Portikus einer Römischen Villa schritt. Auch ob die Zimmerdecken von Gold und Elfenbein strotzen, oder lediglich weißgetüncht sind: das scheert die Sorge ebensowenig wie eine Stubenfliege. / Doch jeglicher Baum, ob Zeder ob Schlehdorn, kann seinen Singevogel beherbergen; und der Wohnungen sind nur wenige, wo nicht, oft aus den unvermutetsten Winkeln, plötzlich Musik ertönte. (Deswegen Frage: ist es absolut richtig, daß ›non avium citharaeque cantus somnum reducent‹? Würde nicht selbst ein Damokles des Schwertes vergessen haben, wenn der Tafel-Lautenist die Töne getroffen hätte, die einlullen?)*

Das Dinner war einfach genug; obschon gut zubereitet und gut serviert. Ein Lakai, in schlichter Livree, ging Mister Mills zur Hand. Darrell aß spärlich; und trank nur Wasser, das ihm, eisgekühlt, neben sein Gedeck gestellt ward; mit Ausnahme 1-einzigen Glases Wein zu Ende der Mahlzeit, das er – mit einer gewissen ritterlichen Höflichkeit, indem er den Kopf vor Lionel verbeugte, und nach den vorgängigen Worten ›Willkommen hier einem Haughton!‹ – leerte. Mister Fairthorn war weniger enthaltsam – er kostete von jeder Schüssel, nachdem er sie, lange, durch eine großmächtige SchildpattBrille gemustert hatte; auch schlückelte er sich, gemächlich, durch eine ganze Flasche Portwein hindurch, wobei er jedes einzelne Glas erst gegen's Licht hielt. Darrell machte, mit seiner gewöhnlichen-kalten, aber nicht etwa unhöflichen Indifferenz, Conversation. Eine Bemerkung Lionels, über die Porträts an den Zimmerwänden, lenkte das Gespräch auf Malerei-allgemein; und der Wirt erwies sich als erstaunlich versiert in Betreff der Merkmale der diversen Schulen und Meister. Lionel, der die Bildende Kunst überaus schätzte; (und, für einen jugendlichen Amateur, wirklich gut-genug malte!); lauschte mit innigem Vergnügen.

»Bestimmt, Sir«, sagte er, äußerst betroffen ob einer sehr subtilen Bemerkung über die Gründe, warum die italienischen Meister sich so wesentlich leichter kopieren lassen, als die Niederländer – »bestimmt, Sir, Sie müssen die Kunst des Malens selber einmal praktisch ausgeübt haben?«

»Nichts weniger; aber ich habe mich zu einem Gemäldekenner gebildet, weil ich einmal eine Zeit lang Sammler war.«

Fairthorn, der zum erstenmal das Wort ergriff: »Aller-rarste Sammlung – solche Albrecht Dürer! solche Holbeins! und dieser Kopf von Lionardo da Vinci!«. Er hielt inne – wirkte äußerst erschrocken – füllte sich vom Portwein nach – was ihn in den Stand setzte, sein Glas, wie üblich, gegen das Licht zu halten und so dem Wirt den Rücken zu kehren.

»Befinden sie sich hier, Sir?«, fragte Lionel.

Darrell's Antlitz verdüsterte sich, und er gab keine Antwort; aber der Kopf sank ihm auf die Brust, und er schien plötzlich in trübes Sinnen versunken. Lionel merkte, daß er eine verstimmte Saite berührt haben müsse, und richtete einen schüchternen Blick zu Fairthorn hinüber: ? – aber dieser Herr stellte nur vorsichtig 1 Finger hoch, legte ihn blitzschnell einmal über'n Mund, und zog ihn dann ebensoflink wieder fort. Nach solchem Warnsignal wagte der Jüngling nicht mehr, das Schweigen zu stören, das nunmehr ununterbrochen anhielt; bis sich Darrell endlich erhob, und mit der ebenso förmlichen wie überflüssigen Frage, »Noch Wein gefällig?«, zurück nach der Bibliothek vorausging. Dort ließ er sich in einen bequemen LehnSessel nieder; griff sich mit den Worten, »Ihr sucht Euch wohl selber ein Buch aus, Lionel?«, aufs Geratewohl einen

Band aus dem nächsten Regal, und schien bald gänzlich in dessen Inhalt vertieft. Der Raum, den Erkerfenster und Regale, die wie in Öffentlichen Büchereien von der Wand abstanden, unregelmäßig erscheinen ließen, wies infolgedessen eine Unmenge von Eckchen und Winkeln auf; in deren eine Fairthorn seitwärtste, und dort unsichtbar ward. Lionel begann die Regale zu durchmustern. Keinerlei *belles lettres* der gegenwärtigen Generation waren hier zu erblicken – keiner jener Autoren, wie sie in Leihbibliotheken und Volksbüchereien vorzugsweise im Schwange sind. Kein Dichter, kein Essayist, kein Romancier, der neuer als die Johnson'sche Epoche gewesen, war auf einem der Bücherbretter anzutreffen. Auch fand sich in dieser Bibliothek eines Rechtsanwaltes keinerlei juristische Literatur – nein, und ebensowenig etwelche Broschüren oder Bandreihen von ParlamentsReden und -Beschlüssen, die den einst-eifrigen Politiker verraten hätten. Aber süperbe Drucke antiker Klassiker waren vorhanden. An französischen und italienischen Autoren mangelte es nicht; und nicht an solchen englischen, die den Test der Zeit bestanden hatten. Der überwiegende Teil des Regalraums schien jedoch philosophischen Werken gewidmet zu sein, und hier allein waren Neuerscheinungen zugelassen – die jüngsten wissenschaftlichen Abhandlungen genau so, wie die besten Ausgaben älterer Fachwerke. Lionel traf schließlich seine Wahl – ein Band der *Faerie Qveene*. Einmal wurde Kaffee gereicht; späterhin dann Tee. Die Uhr schlug Zehn; und Darrell legte sein Buch hin.

»Mr. Fairthorn – die Flöte.«

Aus dem Versteck ein Gemurmel; und unlängst – der Musiker blieb ständig verborgen – drang der lieblichste Ton hervor – so süß, so klagend! Lionel's Ohr war hingerissen: die Musik stimmte so unvergleichlich zu den bezaubernden Seiten, durch die seine Fantasie träumerisch dahingeschweift war – die Flöte und die Feen-Königin. Indes die Melodie schmelzend dahinfloß, füllten sich Lionel's Augen mit Thränen; (daß Darrell ihn gespannt beobachtete, wurd' er nicht gewahr). Als die Musik verklang, drehte er sich zur Seite, um die Thränen aus seinen Augen zu wischen. Auf die ein- oder and're Art – hatt' es die Dichtung, hatt' es die Flöte bewirkt? – waren seine Gedanken weitweit hinweg gewandert, zu den grünen Ufern, den blauen Wellen der Themse – zu Sophie's zaubrischem Gesichtchen, zu ihrem kindlichen AbschiedsGeschenk! Und wo mochte sie jetzt sein? Wohin entschwunden nach so kurzer

Feierzeit, in die Schatten eines Daseins, so verloren und vertan?

Darrell's Glockenstimme schlug an sein Ohr.

»Spenser. – Ihr liebt ihn? Schreibt Ihr selbst Gedichte?«

»Nein, Sir; ich kann sie bloß nachfühlen.«

»Tut lieber keins von beiden!«, sagte Darrell, mit plötzlicher Schroffheit. Er wandte sich ab; zündete seine Kerze an; murmelte rasch ein Gute Nacht, und verschwand durch eine Seitentür, die zu seinen eig'nen Zimmern führte.

Lionel sah sich nach Fairthorn um, der nunmehr *ab angulo* – aus seinem Winkel her – auftauchte.

»Oh, Mr. Fairthorn, wie haben Sie mich fasciniert! Ich hatte die Flöte bisher nie für fähig gehalten, derartige Wirkungen hervorzubringen!«

Mr. Fairthorn's groteskes Antlitz leuchtete auf. Er nahm seine Brille ab, wie um das Gesicht seines Lobredners besser betrachten zu können. »Es hat Euch also gefallen? Wirklich?«, sagte er dann; wobei es tief in seinem Innersten zu kichern anhub, ein seltsam abstoßendes Kichern.

»›Gefallen‹?: das ist ein kalter Ausdruck! Wem würde's wohl nicht weit mehr als bloß ›gefallen‹ haben?«

»Ihr solltet mich im Freien hören.«

»Darf ich? – morgen?«

»Von ganzem Herzen, mein lieber junger Sir. – Pst!« – mit einem RundumBlick, wie wenn's ihn spukte – »Ich kann Euch leiden. Und möchte, daß auch *Er* Euch leiden mag. Beantwortet Ihm alle seine Fragen, wie wenn es Euch gar nichts ausmachte, von Ihm so das Innerste nach Außen gekrempelt zu bekommen. Ihm selbst jedoch stellt niemals eine Frage, die den Eindruck machen könnte, Ihr wolltet mehr wissen, als was Er Euch freiwillig anvertraut. – So so; Ihr meint also, an der Flöte könnte am Ende doch etwas sein? Es gibt Leute, die die Geige vorziehen.«

»Dann haben sie niemals *Eure* Flöte gehört, Mr. Fairthorn!«

Der Musiker sandte wieder sein mißtönendes Kichern aus; nickte, nervös und herzlich, viele Male mit dem Kopf; begann dann, ohne sich ein Licht anzuzünden, davon zu schlenkern, und ward sogleich vom Geschatte irgendeines geheimnisvollen Winkels eingeschlungen.

## 4. Kapitel

### *Die Alte Welt, und die Neue.*

Es währte lang ehe Lionel Schlaf fand. Teils das seltsame Haus und sein seltsamer Herr – teils die Zauberflöte und die vom Virtuosen anempfohlene Vorsicht – teils zärtliche und kummervolle Reminiszenzen an Sophie – sein Hirn hatte genug zu verarbeiten. Als er dann endlich einschlief, geriet sein Schlummer schwer und tief; und er erwachte erst durch das sanfte Schütteln von Mr. Mills wohlerzogenem Arm: »Bitte untertänigst um Verzeihung –: 9 Uhr, Sir; und die Glocke kann jeden Augenblick zum Frühstück rufen.« Lionels Toilette war flink gemacht; als er das FrühstücksZimmer betrat – der gleiche Raum, wo man gestern Abend diniert hatte – fand er dort Mr. Darrell und Fairthorn im Gespräch begriffen.

»Guten Morgen, Lionel«, sagte der Hausherr. »Der angedrohte Abschied entfällt ja wohl. Ich höre, Ihr habt eine Verabredung mit Mr. Fairthorn getroffen, und lasse Euch hiermit seiner Obhut empfohlen sein. Vielleicht macht es Euch Freude, das alte Haus zu besehen; und versucht –« Darrell machte eine Pause –. »Euch heimisch zu fühlen.«, stieß Mr. Fairthorn heraus, solchermaßen den *hiatus* ausfüllend. Darrell richtete sein Auge auf den Sprecher; der sichtlich ungemein erschrak, und, nachdem er vergeblich nach einem Winkel Ausschau gehalten hatte, wenigstens seitlich fensterwärts tappte, und dort hinterm Vorhang verschwand. – »Mr. Fairthorn hat sich, in seiner Eigenschaft als mein Sekretär, angewöhnt, mir Gedanken vorzuschlagen und sie in seine eignen Worte zu kleiden« sagte Darrell mit schier eisiger Kälte. Er setzte sich darauf an den Frühstückstisch; Lionel folgte seinem Beispiel; und auch Mr. Fairthorn tauchte mutig wieder auf, und griff nach einem Stuhl und einer Semmel. – »Sie haben richtig geweissagt, Mr. Darrell«, sagte Lionel; »es ist ein herrlicher Tag.«

»Dennoch wird es späterhin Schauer setzen: die Fische spielen schon an der WasserOberfläche«, fügte Darrell, mit einem milderen Blick auf Fairthorn, hinzu, der wie das leibhaftige Bild des Jammers dreinschaute. »Nach 12 wird das Wetter grade richtig sein, daß die Forellen steigen; und falls Ihr angeln solltet, wird Mr. Fairthorn Euch gern eine Rute leihen. Er ist ein würdiger

Nachfolger Izaak Walton's, und hat, genau wie Izaak, gern Gesellschaft dabei, findet aber weit seltener Jemanden.«

»Haben Sie Forellen im See hier, Sir?«

»Der See?! Laßt Euch ja nicht davon träumen, dies Geheiligte Gewässer zu verstören! Die Bewohner der Bäche und Wasserläufe außerhalb meines Gebietes: *die* befinden sich jenseits der Grenzen der Fawley-Kultur, und können umgarnt und hingeschlachtet werden, wie Kaffern, Rothäute, oder and're Wilde; die wir ja auch mit Missionaren anködern, und dann mit Bajonetten pfählen. Meinen See dagegen betrachte ich als ein staatliches Gemeinwesen, unterm Schutz des Gesetzes; und gestatte seinen Bürgern also – wie Europäer, Fische, und andere kaltblütige Kreaturen klüglich tun – sich gegenseitig aufzufressen, um dem Überhandnehmen der Bevölkerung zu steuern. Um 1 einzigen Hecht fett zu machen, bedarf es einer großen Menge Elritzen. Daß ich die wohlerworbenen Rechte des Hechts unterstütze versteht sich: ich bin früher einmal Rechtsanwalt gewesen.«

Es würde vergebliche Mühe sein, die Art beschreiben zu wollen, wie Mr. Darrell solche und ähnliche spöttisch-ironische oder sarkastisch-spleenige Bemerkungen von sich gab – es geschah weder bitter noch hämisch; vielmehr ganz in dem an ihm gewohnten gleichmäßigen Tonfall von Wohlredenheit und leidenschaftsloser Gelassenheit.

Man war just mit dem Frühstück zu Ende, als vor den Fenstern draußen ein Groom mit einem Handpferd vorbeiging. »Ich muß Euch jetzt vorübergehend verlassen, Lionel«, sagte der Hausherr, »versucht Ihr – Euch mit Mr. Fairthorn anzufreunden: so vollende ich, entsprechend meiner ursprünglichen Absicht, den Satz, den er vorhin irrig umbog.« Er schritt quer durch die Halle, der offenen Haustür zu; und stand dann, während er dem Reitknecht noch einige Anweisungen gab, neben dem Pferd, dessen Hals er tätschelte. Lionel und Fairthorn folgten bis an die Schwelle; und die Schönheit des Thieres erregte die Bewunderung des Jünglings: es war ein Brauner mit dunklem Maul, von jener feinen alt-modischen Zucht englischer ReisePferde, die man heut nur noch selten sieht; heut, wo durchweg auffällige, krummhalsige, langschweifige, stolpernde, kümmerliche KreuzungsProdukte an ihre Stelle getreten sind, geboren von übelgepaarten, minderwertigen BerberStuten. Das hier war in der That ›Ein Pferd‹!: mächtige Kraft; gewaltige Lenden; hohe Schultern, breite Hufe; und dann erst der Kopf:

das Ohr; die Stirnpartie; die Nüstern!; selten trifft man auf eine menschliche Physiognomie, die nur halb so intelligent wäre; nur halb so deutlich hohen Geist und sanftes-edles Temperament bespräche, die, wenn sie vereint auftreten, das Ideal von Guter Rasse verkörpern, ob Pferd ob Mensch. Und der Englische Reiter stand in voller Harmonie mit der mächtigen Englischen Stute: soeben ließ Darrell seinen Arm leicht auf der Schulter des Tieres ruhen, und er war noch barhäuptig. Es ist schon vorher gesagt worden, daß seine Erscheinung etwas durchaus Imposantes hatte; die auffallendste Eigentümlichkeit seiner Person kann als ›Unbewußte Größe‹ bezeichnet werden; obschon er, zwar mehr als mittlerer Statur, nicht übermäßig lang war – 5 Fuß 11 höchstens – und weit-entfernt davon, übertrieben aufrecht zu gehen. Im Gegenteil trug er seinen stolzen Nacken in jener habituellen Gebeugtheit, wie sie Männer, die viel denken, und dabei sehr allein sind, nahezu unvermeidlich annehmen. Dennoch war, (um einen, unseren ältern Autoren durchaus geläufigen Ausdruck zu gebrauchen), jenes ›grandiose Air‹ um ihn, das in die Augen fiel, und ihm die Würde hoher Gestalt, wie auch jenes gebietende Aussehen verlieh, das mit sehr-aufrechter Haltung verbunden ist. Seine Figur schien zur Schlankheit zu tendieren, obschon er sich breiter Schultern, und eines mächtigen Brustkastens erfreute – es war imgrunde die Gestalt eines jungen Mannes; und, möglicherweise, wenig verschieden von dem, was sie mit 25 gewesen war. Selbst über dem Angesicht lagerte es immer noch wie eine gewisse Jugendlichkeit – seltsam genug; denn Kummer ersetzt ja, wie es heißt, die Auswirkungen des Alterns. Und Darrell hatte Kummer von einer Art erfahren, unvergleichlich dazu angetan, gerade seine SonderNatur zu zerrütten; Kummer von einem Grade und einer Art, so groß, wie er nur je das Herz eines Mannes zertrümmert zurückließ. Immerhin war nicht die Spur von Grau in dem dunkelbraunen Haar sichtbar, das, hinten kurz geschnitten, vorn noch die große, jupitergleiche Locke beibehalten hatte. Noch beeinträchtigte, abgesehen von den Augenwinkeln, kein Fältchen den matten Bronzeton der festen Wangen; die Stirn war glatt wie Marmor und ebenso massiv. Und es war diese Stirn, die hauptsächlich zu dem süperben Ausdruck seiner ganzen Erscheinung beitrug. Sie war schier bis zum Übermaß hoch; über den dunklen, auffallend markierten, hochgebognen Brauen, waren die Organe der Wahrnehmung, wie bei den meisten berühmten Anwälten, mächtig entwickelt; auch gebrach es ihr mit nichten an Breite in der Schläfenregion; trotzdem besprach, im Ganzen, eine solche Stirn doch mehr intellektuelle Energie und kühnen Willen, als philosophische Abgeklärtheit oder allumfassende Herzensgüte. Es war die Stirn eines zum Befehlen geschaffenen Mannes; der den Leidenschaften und dem Intellekt Anderer Ehrfurcht gebot, vermittelst der Stärke der eig'nen, mehr konzentrierten als geläuterten Leidenschaften, und durch einen Intellekt, der seine Wirkung mehr aus der Wuchtigkeit seiner Masse bezog, als etwa durch subtile Ausgewogenheit. Auch die andern Züge harmonierten sämtlich mit dieser Stirn; sie waren adlergleich im besten Sinne, zugleich großartig und delikat. Die Lippe war eine rare Kombination von ausgesuchter Verfeinertheit und unbeugsamer Entschlossenheit. Das Auge war, in ruhiger Stimmung, kalt hell undurchschaubar; mit einem gewissen abwesenden, sinnenden, gänzlich in sich zurückgezogenen Ausdruck, wodurch die Worte des Mannes häufig wie mechanisch gesprochen wirkten, und zu jenem Anschein lustloser Gleichgiltigkeit gegenüber den Angeredeten beitrugen, womit er vielleicht ohne die geringste Bosheit zu beabsichtigen, oft die Eitelkeit verwundete. Aber es war ein Auge, in dem die Pupille sich plötzlich erweitern konnte, wobei die Farbe sich von Grau zu Dunkel wandelte, und aus der stillen kalten Helligkeit ein lebhaftes Feuer aufflammte. Keiner, selbst der alltäglichsten Frau nicht, hätte es wohl beifallen können, Darrell's Gesicht als ›hübsch‹ zu bezeichnen; der Ausdruck würde banal und nichtssagend geschienen haben; wohl aber würden sich Jeder Worte etwa dieser Art auf die Lippen gedrängt haben —: »Was für ein prachtvolles Gesicht. Welch nobler Kopf!«. — Gleichwohl würde ein erfahrener Physiognomiker bei sich vermerkt haben, daß die selben Lineamente, die eine Tugend anzeigten, gleichzeitig auch das ihr hohlförmig entsprechende Laster verkündeten: daß mit so viel Willen, eben auch hartnäckige Sturheit Hand in Hand gehe; mit so viel Energie des Zugreifens, auch jene Zähigkeit im Festhalten, die den Intellekt verengt indem sie ihn konzentriert; und endlich, daß ein einmal gefaßtes Vorurteil, eine einmal gehegte Leidenschaft, allen verstandesmäßigen Erwägungen, das eine wie die andre fahren zu lassen, widerstehen würde. Wenn Männer dieses Gepräges Vorurteil oder Leidenschaft fahren lassen, dann nur auf eig'nen Antrieb hin, aus der eig'nen festen Überzeugung, daß das was sie so hegten, wertlos sei: und dann pflegen sie es nicht mit Grazie aufzugeben; vielmehr schleudern sie es, voller Verachtung, von sich; ohne freilich Trost in solcher Verachtung zu finden. Das, was sie auf solche Art von sich losreißen, war ja ein lebender Teil ihrer selbst geworden; folglich blutet das eigene Fleisch – und selten oder nie heilt die Wunde. Solchen Männern schlägt kaum fehl, das zu erreichen wonach sie streben, (vorausgesetzt, daß die Götter neutral bleiben); aber, diamanten der Welt gegenüber, sind sie über ihre Neigungen her verwundbar. Ihre Liebe ist höchstgradig, versagt sich aber den Ausdruck; ihr Haß ist nicht zu versöhnen, verzichtet aber auf Rache. Zu stolz sich zu ›revanchiren‹; zu verbittert um zu verzeihen.

So also stand dort Guy Darrell, dem der GerichtsSaal seine höchsten Ehren zugedacht, der Senat seine hingerissensten Applause gespendet hatte; und je länger man ihn anblickte, wie er da so stand, desto frappierender ward das Rätsel: wie, bei einer mit solcher Energie betretenen, mit solchem Effekt verfolgten Laufbahn, der Mann sich, urplötzlich, mit dem Dasein eines verdrossnen Reclusus beschieden, und freiwillig eine große Karriere, gegen ein Heim ohne Nachbarn, einen häuslichen Herd ohne Kinder eingetauscht hatte. –

»Ich hatte keine Ahnung«, sagte Lionel, (indes Darrell langsam von hinnen ritt; und bald, unter dem dichten Laubwerk sommerlicher Bäume, verschwunden war) – »Ich hatte keine Ahnung, daß mein Vetter so jung sei!«

»Aber ja«, versetzte Mr. Fairthorn; »er ist doch nur 1 Jahr älter als ich.«

»Älter als Sie?!«, rief Lionel, und starrte, in gröblicher Verwunderung, die ältlich dreinschauende Person neben sich an: ? –; »aber richtig; er hat's mir ja selbst gesagt.«

»Und ich bin, letzten Geburtstag, 51 gewesen.«

»Mr. Darrell 52!? Unglaublich!«

»Naja also, ich weiß nicht, wie Wir – bei dem Leben, das Wir hier führen – überhaupt jemals alt werden sollten«, bemerkte Mr. Fairthorn, und rückte seine Brille zurecht. »Die Zeit steht doch förmlich still. Und Angeln ist für Langlebigkeit ja wohl auch recht dienlich. – Wenn Sie jetzt mit-kommen wollten, holen wir uns die Ruten; und die Flöte – Sie sind sich ganz-sicher, daß Sie die Flöte hören möchten? Ja?;: schön'n Dank auch, lieber junger Sir. (Und dennoch gibt's Leute genug, die die Geige vorziehen!).«

»Brennt die Sonne im Augenblick nicht etwas gar zu hell für die ›Fliege‹?; und könnten Sie mich, in der Zwischenzeit, nicht besser im Hause umher-führen?«

»Gut-gut. Also nicht, daß es im Haus viel Sehenswertes gäbe. – (Bei dem Andern war ein Musikzimmer vorgesehen!). Aber für die Flöte ist natürlich nichts entfernt so gut wie die Freie Luft. – Hier-herum bitte.«

(Ich erspare Ihnen, lieber Leser, das detaillirte Inventar des Herrenhauses Fawley. Abgesehen von seinem hohen Alter hatte es wenig Empfehlendes. Viele Zimmer; und alle, (ausgenommen den Speiseraum und die Bibliothek), sehr klein & sehr niedrig – unzählige Kabinettlein und Nischiges – die unerwartetsten Winkeleien, gleichsam absichtlich hergerichtet für altehrwürdige VersteckSpiele. Abgesehen von einer stattlichen alten Küche, waren die DienstbotenGelasse traurig unzureichend, selbst für Mr. Darrell's Haushalt, der lediglich aus 2 Mann und 4 Mägden bestand; (die Reit- bzw. Stall-Knechte wohnten außer-Haus). – Ein eigentliches GesellschaftsZimmer war, in so primitivem Gebäu, nicht vorhanden; das heißt, in früher Zeit mochte eine Art breiter Gang, der sich, über'm ersten Stock, unter'm Giebeldach, von einem Ende des Hauses bis zum andern erstreckte, bei feierlichen Gelegenheiten zur Bewirtung von Gästen gedient haben. Denn vermoderte Fetzen gewirkter Tapeten hingen noch hier und da an den Wänden; und ein hoher KaminAufsatz, mit einem StuckRelief, das jene denkwürdige AngelPartie des Antonius und der Kleopatra festhielt, zeigte stellenweise noch Farben und Vergoldung, die, im frischen Zustand, die ägyptische Königin noch abschreckender häßlich als jetzt, und das Wassergeschöpf am Ende von Antonius' Angelrute zu einer, Ichthyologen noch unbekannteren Kreatur gemacht haben mußten.

Die Bücherei war schon von Mr. Darrells Vater mit Regalen versehen worden, die vom Fußboden bis zur Zimmerdecke reichten; und Darrell selbst hatte späterhin – ohne jede Rücksicht auf alterthümlichen Charakter; lediglich zu dem Zweck, soviel Bände als nur möglich unterzubringen – neue, nach CollegeArt senkrecht von der Wand abstehende, hinzugefügt. In Verbindung mit diesem Raum stand ein kleines LeseKabinett, das der Hausherr sich selbst vorbehalten hatte; und das seinerseits, vermittelst einer direkt in die dicke AußenMauer eingehauenen Wendeltreppe, zunächst zu Mr. Darrell's Schlafzimmer hinaufführte; und dann in einen, seitlich des erwähnten Pseudofestsaales gelegenen Dachraum, den der Eigentümer sich zum Behuf wissenschaftlicher Experimente, in Chemie oder anderen Zweigen der angewandten Naturlehre eingerichtet hatte – diese ausgesprochen privaten Räumlichkeiten zu betreten, war Lionel selbstredend nicht erlaubt.

Alles in Allem genommen, war das Haus eine jener grausamen Heimstätten, die niederzureißen oder auch nur nennenswert zu verändern, die blanke Sünde wäre; die aber andrerseits, für eine moderne Familie, die sie bewohnen soll, eine tägliche und stündliche Kalamität darstellen. Vor allem stand das Haus im absoluten Mißverhältnis zu Mr. Darrell's vormaliger Stellung im Leben; oder auch zu jenem Vermögen, das er nach Lionel's verschwommenen Vorstellungen etwa besaß, (und das er übrigens beträchtlich unterschätzte). Ähnlich wie Sir Nicholas Bacon, war der Mann zu groß geworden für seine Behausung.

»Jetzt wund're ich mich nicht mehr«, sagte Lionel, als die Besichtigung vorüber war, und er und Fairthorn sich wieder in der Bibliothek befanden, »daß Mr. Darrell angefangen hat, sich ein neues Haus zu bauen. Aber es wäre jammerschade gewesen, dies hier deshalb abzureißen.«

»Das hier abreißen!? Äußert die Idee ja mit keiner Silbe Mr. Darrell gegenüber! Genausogut hätte er die Britische Monarchie einreißen lassen! Ach, eher noch, möcht ich sagen.«

»Ja, aber der Neue Bau würde doch zwangsläufig den alten hier irgendwie-verschluckt haben?«

»Oh nein, nein! Mr. Darrell hatte da seinen Plan, nach dem das-hier, gleichsam wie in einem Hof für sich, stehen geblieben wäre, eingeschlossen durch eine durchbrochene Mauer oder Kolonnade; und er hatte vorgehabt, es ganz und gar für Antiquitäten der mittleren Jahrhunderte, (von denen er eine hinreißende Sammlung besitz!), einzurichten. Seine Absicht war ungefähr die, jegliche frühere Regierung, in der seine Vorfahren florierten, gleichsam praktisch zu illustrieren – verschiedne Gemächer, jeweils den verschiednen Epochen entsprechend. Es wär' eine nationale BilderChronik unsrer Moden und Gebräuche geworden.«

»Aber, falls die Erkundigung nicht zu unbescheiden sein sollte: wo befinden sich diese Sammlungen? In London?«

»Pst! Pst! – Ich will Ihnen einen kurzen Blick auf ein paar von diesen Schätzen verschaffen; aber Sie dürfen mich keinesfalls verraten.«

Und ab hier mäanderte Fairthorn – in Anbetracht dessen, daß er sich niemals gradaus bewegen konnte, mit erstaunlicher Behendigkeit – ins Freie vor der Hausfront entlang; beschrieb erst noch das ein- oder andre Rhomboidlein in Richtung des Neuen Gebäudes, auf eine Seitenstrebemauer zu, unweit derer sich ein Hinter-Türlein befand; erschloß dasselbe, vermittelst eines Schlüssels aus seinen Taschen; und betrat – unter auffordernden Gesten zu Lionel hin, ihm zu folgen – das RippenWerk des steinernen Skeletts. Lionel folgte ihm, in einer Art übernatürlicher Scheu; und sah, mit dezidierter Unruhe, wie Mr. Fairthorn sich eine schräggeneigte Planke hinauf-wriggelte, die er dabei mit beiden Armen umfing – ein Manöver, vermittelst dessen er endlich bis zu einem DielenBalken gelangte, in einem Raum des Oberstocks, der leider nur des Fußbodens ermangelte. Dorther, raubvogelgleich-aufgebäumt, brillte Fairthorn hernieder auf Lionel – :! –: »Gefährlich! –«, sprach er, im Flüsterton; »– aber mann gewöhnt sich schließlich an Alles. Falls *Sie* Angst haben sollten, können Sie's lassen.«

Lionel, durch solchen Zweifel an seiner Muthhaftigkeit stimuliert, sprang die Planke hinauf, nach bester SchuljungenArt mit beiden flüggen Armen balancierend, –, und war schon an der Seite seines Führers.

»Nicht anpacken! –«, rief Mr. Fairthorn, hinter sich schaudernd; »oder Wir gehen Beide über-Bord! – Jetzt aufmerken, –, und nach-machen ...« Er ließ sich, sorgenfaltig und allmählich, nieder: ..., bis er auf dem DielenBalken ritt, wie auf einem Fahr-Rade ... und seine beiden-langen Beine bammelten niederwärts ...: so zog- rutschte er sich, mit Dickbein und Hand, fürder; –; bis er einen MauerRand erreicht hatte; auf dem er seine Person deponierte, und sich den Schweiß von der Brille wischelte.

Nicht lange währte es; und Lionel stand auf dem gleichen Fleck. – »So; da wären wir –«, sagte Fairthorn.

»Ich seh' von der Sammlung nichts –«, versetzte Lionel; der zuerst, durch die Dielbalken hindurch, nach unten, auf den aufgewühlten, mit Steinen und Schutt bedeckten Grund; und anschließend, durch ähnliche Zwischenräume, nach oben zu den dürren Dachsparren hinauf geschaut hatte.

»Hier sind welche – überaus kostbar«, antwortete Fairthorn, indem er hinter sich herumtappte: »Eingemauert; ausgenommen da, wo es mit diesen eisenbeschlag'nen Brettern vernagelt ist, und der kleinen Tür, eben groß genug, daß man durchkriechen kann; aber die'st versperrt – ChubbSchloß; und nur Mr. Darrell hat den Schlüssel – Schätze für einen Palast! Nein nein, hier könn'n Sie nicht durchlugen – nicht eine Ritze – aber kommen Sie noch ein klein wenig weiter, – passen Sie auf, wo Sie hin-treten.«

Auf dem Mauerrand, immer an dem gefährlichen Absturz entlang, krebste Fairthorn weiter, beschrieb einen Winkel, hielt jäh vor einer, roh mit Bohlen verschalten gähnenden Öffnung, und legte das Auge an eine der Ritzen darin. Lionel machte eine andere Spalte für sich ausfindig; und gewahrte, in erstaunlicher Unordnung durch- und übereinandergehäuft, Gemälde, mit dem Rücken gegen eine wüste Wand gekehrt, rare SchreibSecretäre und andre curiose Möbelstücke, Truhen, Schachteln, Lattenkisten – alles in buntestem Durcheinander. Dieser Aufbewahrungsort war behelfsmäßig mit Kiefernbrettern gedielt worden, um den mannigfaltigen Inhalt tragen zu können, und empfing sein Licht durch ein großes, von der Hausfront her nicht sichtbares Fenster, mit Scheiben aus billigem trübem Glase, und Lüftungsvorrichtung.

»Das sind die schwereren und am wenigsten kostbaren Sachen, die Niemand so leicht stehlen könnte. Die Bilder hier sind auch nur als frühe Proben der Kunst merkwürdig, und waren für das Alte Haus bestimmt, vermodert und verrottet jetzt Alles; ich glaub' auch, Mr. Darrell will das direkt so. Und was er will, muß geschehen!, mein lieber junger Sir – erstaunlicher Charakter – Granit, der reine Granit!«

»Ich versteh das Alles nicht«, sagte Lionel entgeistert: »Der letzte Mann, von dem ich mich solcher Capricen und Grillen versehen hätte.«

»›Grillen‹?! Gott steh mir bei!: sprechen Sie so ein Wort nicht aus – nein, bitte nicht!, oder das Dach stürzt über uns zusammen! – Kommen Sie mit weg. Sie haben Alles gesehen, was zu sehen ist. Sie müssen jetzt vorangehen – achten Sie auf den Stein dort, der ist lose!«

Weiter wurde nichts mehr gesprochen, bis sie aus dem Gebäude heraus waren; und Lionel war zumute, wie einem jener alten Ritter, die von einem Zauberer in weite GrabesHallen geführt worden sind.

## 5. Kapitel

*Die Annalen der Herrschaft, kurz aufgezeichnet in Familien-Chroniken und fortgeführt bis auf den heutigen Tag, bestätigen durchaus, daß ›gleich wie die Blätter im Walde, so sind die Geschlechte der Menschen; Blätter verweht zur Erde der Wind, ... andere treibt dann neu wieder der Frühling‹. / Aber auch der kahlste Ast kann wieder grünes Laubwerk treiben, solange der Saft noch, wurzelher, in ihn aufsteigen kann. Der Ast jedoch, der aufgehört hat, aus der Wurzel Leben zu ziehen – mag er hoch, mag er niedrig am Stamm sitzen – ist die Beute des Winds und des Waldmanns.*

Es war Mittag. Der Junge und sein neuer Freund standen, wie es schweigsamen Anglern geziemt, ein Stück voneinander entfernt, am Ufer eines schmalen murmelnden Flüßleins, das, knappe 1000 Schritt vom Hause entfernt, durch grüne Wiesenweiten dahin-rann. Der Himmel war, wie Darrell vorausgesagt hatte, bedeckt; aber Regen fiel noch keiner. Die beiden Angler brauchten nicht lang', und sie hatten ihren Korb voll mit kleinen Forellen.

Dann legte Lionel, der keineswegs etwa ein leidenschaftlicher Fischer gewesen wäre, seine Rute ans Ufer hin; und schlenderte durch das hohe Gras zu seinem Gefährten.

»Es wird sicher bald regnen«, sagte er. »Dürft' ich da nicht die günstige Gelegenheit benützen, und, solange wir noch im Freien sein können, die Flöte hören? – Nein, hier am Uferrand bitte nicht: sonst schauen Sie nur immerfort nach den Forellen. Dort, wo der Boden ansteigt, sehen Sie den großen-alten Dornstrauch da? – könnten Wir dorthin gehen, und uns darunter lagern? – Das Neue Gebäude nimmt sich gut aus von-da –: was für ein Komplex wäre das nicht geworden! Warum es unvollendet geblieben ist, werde ich Sie vermutlich gar nicht fragen dürfen? Vielleicht hätt' es zuviel gekostet; oder in keinem Verhältnis zu der Größe des Grundstücks gestanden.«

»Zu der augenblicklichen Größe des Grundstücks hätte es schon im Mißverhältnis gestanden; aber nicht zu einem Grundbesitz, wie ihn Mr. Darrell hinzuzufügen vorhatte. Was Kosten angeht?, oh, da kennen Sie Ihn nicht: Er würde nie etwas unternehmen, was er nicht auch vollenden könnte; und, einmal begonnen, hätte Ihn keine Rücksicht auf Kosten von der Ausführung abgeschreckt. Erstaunlicher Charakter – Granit-Granit! Und so reich!« setzte Fairthorn mit der Miene größten Stolzes hinzu: »Ich muß es ja wohl wissen; ich schreib' alle seine Briefe in GeldAngelegenheiten! – Wie-viel, meinen Sie wohl, hat Er?; Landbesitz mal weggelassen.«

»Ich wage da keine Schätzung.«

»Beinah' 50 Millionen!: in 2 Jahren werden es mehr sein als 50 Millionen. – Und er hatte keine 500 im Monat, als er sein Leben begann; denn Fawley war aufs traurigste mit Hypotheken belastet.«

»Ist das möglich? Kann ein Anwalt, im GerichtsSaal, 50 Millionen zusammen-bekommen?«

»Falls es irgendeiner könnte, wäre das Mr. Darrell. Wenn Der sich eine Sache ernstlich vornimmt? – dann ist's um die Sache geschehen; nichts mehr dran zu ändern. Aber er hat sein Vermögen nicht alles im Gerichtsaal erworben; obschon ein großer Teil da-her kam. Ein alter Ostindischer Hagestolz mit demselben Namen – von dem aber kein Mensch hier jemals etwas gehört hatte, ehe er aus Kalkutta an Mr. Darrell schrieb, und sich erkundigte, ob sie etwa miteinander verwandt wären; und Mr. Darrell verwies ihn an das Heroldsamt, welches denn auch nachwies, daß sie vor Menschenaltern aus derselben Familie entstammten – Der also hat ihm sein ganzes Geld hinterlassen. Nein nein, Mr. Darrell war auf keinen Broterwerb mehr angewiesen, als er seinen Sitz im Parlament einnahm. Und seitdem wir hier leben: die Ersparnisse! Nicht daß Mr. Darrell irgend geizig wäre; aber wie kann man an einem solchen Fleck überhaupt Geld ausgeben? Sie hätten unsern Haushalt in Carlton Gardens sehen sollen! Allein dieser Koch – ein französischer Gentleman – sah aus wie'n Marquis. Ja, das waren glückliche Tage, und stolze dazu! Es ist schon richtig, daß ich hier das Dinner anordne; aber dasselbe kann's natürlich nicht sein. Mögen Sie KalbsRouladen? – es gibt heut welche.«

»In der Schule kriegten wir, an Sonntagen, meist KalbsRoulade. Damals hat mir's sehr geschmeckt.«

»Es ergibt eine feine Füllung«, sagte Mr. Fairthorn, mit einer sensuellen Bewegung seiner Lippen. »Man kann auf dem Lande gar nicht anders, man muß ans Essen denken – so wenig andres, an das man denken könnte! Nicht daß Mr. Darrell sich damit befaßte; aber *er* ist halt – Granit!«

»Dennoch«, sagte Lionel lächelnd, »hab' ich meine Antwort immer noch nicht: Wieso blieb das Haus unvollendet; und warum hat Mr. Darrell sich aus dem Öffentlichen Leben zurückgezogen?«

»Er setzte sich Beides in den Kopf; und wenn Etwas erst einmal da-hin gelangt ist, hat's keinen Zweck mehr, nach dem Warum zu fragen. Aber«, fügte Fairthorn hinzu, und sein unschuldig-häßliches Gesicht nahm den Ausdruck ernstlicher Bekümmernis an – »aber ohne Zweifel hatte er seine Gründe. Wie er denn für Alles, was er tut, gute Gründe hat; nur daß sie weitweit entlegner zu suchen sind, als das was an der Oberfläche sichtbar wird – so entlegen, wie das Flüßlein hier von seiner Quelle ist! Mein lieber junger Sir; Mr. Darrell hat Kümmernisse erfahren, die miteinander durchzusprechen weder Ihnen noch mir geziemte. Er selbst redet nie davon; und das Wenigste, was ich für meinen Wohltäter tun kann, ist ja wohl, daß ich meine Nase nicht in seine Geheimnisse stecke, beziehungsweise sie nicht ausschwätze. Und er ist so freundlich – so gut – wird niemals jähzornig; aber es ist so entsetzlich, ihn zu verletzen – verursacht ihm solche Pein; und deswegen hab ich solche Angst vor ihm – schreckliche Angst; und genauso wird's Ihnen gehen, wenn Sie ihn allmählich näher kennen lernen. Erstaunlicher Charakter! – Granit – überwachsen mit Mimosen. Achja; ein bißchen Musik wird uns Beiden jetzt gut tun.«

Mr. Fairthorn schrob seine Flöte zusammen – ein selten schönes Instrument! Er machte Lionel auf dessen Vorzüge aufmerksam – ein Geschenk von Mr. Darrell, letzten Weihnachten – und dann begann er. Ein seltsam Ding, die Kunst! zumal Musik. Außerhalb seiner Kunst kann ein Mann von derartiger Trivialität sein, daß Ihr ihn für einen Schwachsinnigen haltet – bestenfalls für ein großes Kind. Aber man versetze ihn in seine Kunst, und wie hoch schwingt er sich nicht über Euch hinaus! Wie geruhsam tritt er in Himmel ein, deren Bürger er geworden ist; deren Tore er öffnet, mit goldenem Schlüssel, und Euch erlaubt, ihm zu folgen, als fein demütiger ehrerbietiger Gast!

In seiner Kunst nun war Fairthorn gewißlich Meister, und das Stück, das er eben vortrug exquisit sanft und klagend; es stimmte zu dem bewölkten aber stillen Himmel; zu der einsamen dennoch sommerlichen Landschaft; zu Lionel's schwermütigen wenn auch nicht bedrückten Gedankengängen. Als der Musiker endete, konnte der Junge nur murmeln: »War das schön!«.

»Es ist ein älteres Stück«, sagte Fairthorn; »glaub' nicht, daß es bekannt ist. Ich hab' es, flüchtig-handschriftlich, notiert gefunden, in einem Exemplar des ›Eikon Basilike‹; und darunter den Namen *›Joanes Darrell, Eq. Aurat‹*. Dem Datum nach, war Sir John Darrell der Cavalier, der für Karl I. focht; und Vater jenes verkommenen Sir Ralph, der unter Karl II. ›blühte‹. Ihre Porträts hängen beide im Eßzimmer.«

»Erzählen Sie mir etwas von der Familie; ich weiß so wenig davon – nicht einmal, wie die Haughton's und Darrell's seit so langen Zeiten miteinander in Verbindung zu bringen sind. Ich habe aus den Porträts ersehen, daß der Name Haughton früher von Darrell's getragen; dann anscheinend abgelegt; und jetzt, von meinem Vetter, neuerlich wieder geführt wird?«

»Bei ihm ist es lediglich als Vorname: Ihr Großvater hat Pate bei ihm gestanden. Nichtsdestoweniger ist er das Haupt Ihrer Familie.«

»So sagt er. Aber wie?«

Fairthorn kauerte sich auf, die Knie ans Kinn; und begann, im Tone des FremdenFührers der seine Lektion auswendig kennt; (obwohl es nicht lange währte, und er sich an seinem Thema erwärmte):

»Die Darrell's haben, heißt es, ihren Namen von einem Ritter bekommen; der bei einem Turnier unter der Regierung Edwards des Dritten, die Schranken siegreich gegen alle Herausforderer behauptete; und der ›John the dare-all‹, der ›AllesWager‹, genannt wurde, (beziehungsweise sich selbst so nannte) – in der damaligen Schreibweise, der ›Der-all‹. Sie gehörten damals zu den mächtigsten Geschlechtern im Lande; sie waren mit den renommiertesten Häusern versippt – den Montfichet's, Neville's, Mowbray's; sie stammen, durch solche Heiraten, gar aus dem königlichen Blut der Plantagenets. Ihr findet ihre Namen bei den Chronisten der frühen Kriege mit Frankreich. Unglücklicherweise identifizierten sie sich mit den Plänen Earl Warwick's, des ›Königsmachers‹, mit dem sie eben auch blutsverwandt waren: ihr Oberhaupt blieb auf dem unseligen Schlachtfeld von Barnet; ihre Besitzungen wurden natürlich beschlagnahmt; der einzige Sohn und Erbe dieses vom Pech verfolgten Politikers entwich in die Niederlande, wo er Dienste als Soldat nahm. Sein Sohn wiederum, und auch der Enkel noch, folgten dem gleichen Beruf, unter noch fremderen Bannern. Aber die Liebe zur alten Heimat müssen sie doch wohl bewahrt haben; denn in den letzten Jahren der Regierung Heinrichs VIII., kehrte der letzte männliche Darrell nach England zurück, mit ein paar goldnen Unite's, entweder von ihm selbst oder von seinen verbannten Vätern zusammengespart; kaufte sich etwas Land hier in diesem Kreis, wo seine Ahnen einst große Besitzungen gehabt hatten; und baute das Alte Haus, in einer Größe, angepaßt den veränderten Glücksumständen eines Geschlechts, das, in früheren Zeitaltern, Burgen mit Vasallen bemannt hatte. Der Taufname jenes Soldaten, der die alte Linie in England dergestalt wieder neu begründete, war der gleiche, den jetzt Ihr Vetter trägt, also Guy – ein Name, der in den FamilienAnnalen immer vom Glück begünstigt scheint; denn zu Elisabeth's Zeit erhoben sich die Darrell's aus dem Range niederen Landadels, zu dem seit ihrer Rückkehr in das Heimatland ihre Vermögensverhältnisse sie einzig berechtigt hatten, neuerlich zu Reichtum und Bedeutung, unter einem hübschen jungen Sir Guy – (wir haben ein Bild von ihm, in schwarzem geblümtem Sammt) – der die einzige Erbin der Haughton's heiratete, eine Familie, die unter den Tudor's reich geworden, und bei der Jungfräulichen Königin in hoher Gunst stand. Dieser Sir Guy war ein Günstling des Grafen Essex, und wurde von Elisabeth eigenhändig zum Ritter geschlagen. Ab da wurde das Alte Haus gegen den größeren Wohnsitz der Haughton's vertauscht; der überdem noch den Vorzug hatte, näher bei Hofe zu sein. Aber der erneuerte Wohlstand der Darrell's war nur von kurzer Dauer. Die Bürgerkriege brachen aus; und Sir John Darrell war auf der Verliererseite; konnte aber, mit seinem einzigen Sohn, nach Frankreich entkommen. Es heißt, er sei ein hochgebildeter Mann von schwermütigem Charakter gewesen; und ich persönlich glaube, daß er die Melodie komponiert hat, die Sie eben-vorhin, und mit Recht, ob ihrer lieblichen Traurigkeit bewundert haben. Er wurde übrigens katholisch, und ist in einem Kloster gestorben. Der Sohn Ralph jedoch, wurde in Frankreich zusammen mit Karl II. und andern munteren Buben erzogen. Bei der Wiederkehr der Stuarts dann, brannte Ralph mit der Tochter des Puritaners, dem man seine Besitzungen gegeben hatte, durch; ließ, nachdem er die Güter wieder hatte, seine Gemahlin auf dem Lande, während er selbst in der Hauptstadt mit andrer Leute Frauen liebelte. Abscheulicher Lüderling!; auf solchem Ast konnte natürlich keine gute Frucht gedeihen. Er vergeudete alles, was sich nur vergeuden ließ; und würde seine Kinder als Bettler hinterlassen haben, hätte es die Vorsehung nicht veranstaltet, daß er bei einem WirtshausStreit, wo er sich einem Manne ins Gesicht hinein der Gunst von Dessen Frau gerühmt hatte, erschlagen ward – kein regelrechtes Duell – denn Sir Ralph war mit dem Stoßdegen unüberwindlich, und der Ehemann erstach ihn unversehens. Immerhin war das Vermögen der Familie weitgehend ramponiert; obwohl die Darrell's noch in dem schönen Hause der Haughton's wohnten, und Fawley-hier den Eulen überließen. Aber Sir Ralph's Sohn heiratete, schon im Alter, noch ein zweites Mal, eine junge Dame von hohem Rang, die Tochter eines Earl. Er muß, trotz seines Alters, sehr in sie verliebt gewesen sein; denn er ging, um die Zustimmung ihres Vaters zu erhalten, darauf ein, ihr und den Kindern, die sie ihm eventuell bringen würde, sämtliche Haughton'sche Besitztümer zu verschreiben – die kleineren Darrell'schen Güter waren bereits seinem Sohn aus erster Ehe, als unveräußerliches Erblehen, übertragen worden. Und hier eben ist die Stelle, wo die Familie sich verzweigte: denn jener Alte Darrell hatte noch Kinder mit seiner zweiten Frau; von denen das Älteste den Namen Haughton annahm, und die Haughton'schen Güter erbte. Der Sohn aus erster Ehe besaß nichts als Fawley und die paar kümmerlichen umliegenden Ländereien. – Ihr also stammt aus jener zweiten Ehe; Mr. Darrell aus der ersten: haben Sie jetzt verstanden, mein lieber junger Sir?«

»Ja, annähernd; aber das würd' ich doch sehr gerne wissen: wo diese schönen Haughton'schen Besitzungen heute sind?«

»Wo sie heut sind? Ich kann's nicht sagen. Sie lagen damals in Middlesex. Wahrscheinlich ist vieles von den Ländereien, wie man sie Stück nach Stück verkaufte, in immer kleinere Parzellen zerfällt worden, und ständig von einer Hand in die and're gegangen. Die allerletzten Überreste des Besitzes aber wurden, das weiß ich genau, von dem Spekulanten und Branntweinbrenner Cox aufgekauft; denn als wir noch in London lebten, bin ich, auf Mr. Darrell's Verlangen hin, losgegangen, um danach zu sehen, und festzustellen, ob man sie etwa wieder zurückkaufen könnte. Und da fand ich denn, daß unser großes handeltreibendes Land in nur wenigen Jahren derart prosperiert haben muß, daß ein RückKäufer nunmehr erwerben würde: 12 Villen, diverse Straßenzüge, 2 Plätze, und 1 Varieté! Aber da solch Symptom nationalen Fortschreitens – an sich vielleicht eine stolze Vorstellung – für Sie wenig Erfreuliches haben möchte, kehr' ich lieber wieder zu den Darrell's zurück. Von der Zeit an, da die Haughton'schen Besitzungen aus ihren

Händen gekommen waren, zogen sie heim, in ihr Altes Haus von Fawley. Aber sie konnten seitdem niemals wieder mit den andern AdelsFamilien und Großgrundbesitzern des Kreises gleichberechtigt auftreten. Schon anerkennenswert genug, daß sie es überhaupt fertig brachten, auf dem kleinen Vatererbe zu existieren; immerhin bewirkte die Erinnerung an das was sie einmal gewesen waren, daß sie sich eifrigst daran klammerten, und es fideicommissarisch zu halten suchten. Nie würde der älteste Sohn an einen Beruf oder ein Gewerbe gedacht haben; die jüngeren Söhne wurden in der Regel Soldat, und da die Rasse sich immer durch Verwegenheit ausgezeichnet hat, und sie nichts besaßen, was ihnen das Dasein besonders wertvoll gemacht hätte, sind sie meistens auch früh gefallen. Die Familie versank jedenfalls in absolute Unbedeutendheit, selbst im Kreis-hier; selten, daß Einer es auch nur bis zum Friedensrichter brachte; Erbinnen zu heiraten gelang nie mehr, höchstens die Töchter von benachbarten Geistlichen oder Landwirten; aus adligem Blut, gewiß, aber genau so arm wie sie selber – also in dieser Hinsicht waren sie schon stolz wie die Spanier! Aber so geriet vom Vater auf den Sohn, jegliche Generation immer ärmlicher und obscurer; denn wenn auch das Gütlein noch so krampfhaft festgehalten wurde? –: immer wieder wurden Auszahlungen und Leibgedinge erforderlich; und herein-kam niemals dergleichen; und immerwieder mußten vom Erblehen neue Stücke zur hypothekarischen Belastung freigegeben werden – bis endlich, als Mr. Darrells Vater den Besitz antrat, der gesamte Pachtertrag sich auf etwas weniger als 300 £ pro Jahr belief. Trotzdem brachte er es irgendwie fertig, die Universität besuchen zu können, was seit den Zeiten der Gloriosen Revolution kein Darrell erreicht hatte; und ward ein gelehrter Mann, und ein AltertumsForscher – EIN GROSSER ALTERTUMSFORSCHER! Vielleicht haben Sie gar seine Werke gelesen? – ich weiß, daß 1 Exemplar davon im Britischen Museum ist, und ein zweites befindet sich hier; (aber das hält Mr. Darrell unter Schloß und Riegel).«

»Ich muß zu meiner Schande gestehen, daß ich nicht einmal die Titel dieser-seiner Werke kenne.«

»Sie hießen: ›Volkslieder über die Rosenkriege‹; ›Darrelliana‹, bestehend aus Traditionen und anderweitigen Überlieferungen der Familie Darrell; ›Untersuchung über den Ursprung der Drachensagen‹; ›Träumereien an erzenen GrabPlatten‹; und andere ingeniöse Produktionen, die über den Horizont des Gemeinen Mannes hinausgehen – ein paar davon sind sogar in der Königlichen Alterthumsforschenden Gesellschaft verlesen worden. Es ist kostspielig, derlei zu drucken und herauszubringen. Aber ich habe meinen Vater, der sein Verwalter war, oft sagen hören, daß er angenehm im Umgang gewesen sei, und immer gern Stücke aus alten Balladen zitiert habe, und zwar mit großem Feuer; und es ist tatsächlich so, daß Mr. Darrell erklärt, wie es seines Vaters lebendiger und überzeugender Vortrag gewesen sei, die Beobachtung der Wirkungen, wie sie von Stimme, Mienen und Betonung der Worte ausgehen, die Mr. Darrell selbst zu dem glänzenden Redner gemacht haben, der er ist. Was mich angeht, ich kann mir den Altertümler nur noch als einen überaus majestätischen Gentleman vorstellen, mit langem Zopf – ehrfurchtgebietend, ja; nicht so sehr wie sein Sohn, aber dennoch ehrfurchtgebietend – und so trauervoll dreinschauend; Sie wären eine ganze Woche lang nicht mehr froh geworden, wenn Sie ihn so gesehen hätten; zumal wenn das Alte Haus reparaturbedürftig war, und er grübeln mußte, wie er das nun wieder bezahlen sollte!«

»War Mr. Darrell – der jetzige, mein' ich – das einzige Kind?«

»Ja; und viel mit seinem Vater zusammen, den er aufs innigste lieb hatte – wenn seines Vaters Name erwähnt wird, seufzt er noch heutigen Tages! Das Porträt des alten Mr. Darrell hat er in seinem privaten Lesekabinett überm Kamin hängen; und auch in Carlton Gardens hatte er es in seiner eignen Bibliothek. Die Mutter uns'res Mr. Darrell ist sehr hübsch gewesen, selbst der Erinnerung nach, die ich noch von ihr habe: sie starb als er rund 10 Jahre war. Und auch sie ist wiederum eine Verwandte von Ihnen gewesen, eine geborne Haughton; aber Sie werden sich vielleicht ihrer schämen, wenn Sie hören, daß sie nur eine Gouvernante war, in einer reichen KaufmannsFamilie. Sie war als Waise aufgewachsen. Ich hab' mir immer eingebildet, der alte Mr. Darrell, (nicht, daß er damals schon alt gewesen wäre), hat sie geheiratet, weil die Haughtons nichts für sie tun konnten oder wollten; dann auch, weil sie dort so sehr schlecht behandelt und ausgebeutet wurde, (was bei Gouvernanten die Regel sein soll, hab' ich mir sagen lassen) – hat sie also geheiratet, weil er, arm wie er war, immer noch das Haupt beider Familien darstellte, und sich verpflichtet hielt, für herabgekommene Sprößlinge zu tun, was in seinen Kräften stand. Die erste Hauslehrerin, die ein Darrell jemals geheiratet hatte; aber kein wahrer Darrell würde *das* eine *Mesalliance* geheißen haben; denn sie war immer eine Haughton, und ›fors non mutat genus‹ – das Schicksal ändert nicht die Herkunft«.

»Aber wie kam es, daß die Haughton's – es muß mein Großvater gewesen sein, nehm' ich an – daß der nichts für seine eigne Verwandte tun wollte?«

»Das ist nicht Ihr Großvater, Robert Haughton, gewesen, Der war ein großmütiger Mann – und damals noch ein ganz junger Mensch, der sich Schulden halber versteckt hielt – sondern Ihr Urgroßvater; ein harter Mann, und immer nur auf Rennplätzen. Geld zum Verschenken hatte der nie – bloß zum Wetten; und er hinterließ denn auch die Haughton'schen Besitzungen aufs traurigste belastet. Aber als Robert der Nachfolger ward, kam er wieder zum Vorschein; war Pate bei unserm Mr. Darrell; bestand darauf, sich an den Kosten zu beteiligen, ihn nach Eton zu schicken, wo er sich sehr auszeichnete; später dann nach Oxford, wo sein Renommee sich weiter vergrößerte; und würde wahrscheinlich auch noch mehr für ihn getan haben, nur daß Mr. Darrell, sobald er einmal den Fuß auf die Leiter gesetzt hatte, keiner Hülfe mehr bedurfte um die oberste Sprosse zu erreichen.«

»Demnach besaß aber mein Großvater Robert die Haughton'schen Güter noch? Ihre letzten Überreste waren noch nicht von Mr. Cox in Plätze und ein Varieté verwandelt worden?«

»Nein: noch war das große alte Herrenhaus (obschon beträchtlich verfallen), samt Park (obschon jeglichen verkaufbaren Holzes bar) vorhanden; nebst laufenden Pachteinkünften aus Bauernhöfen, die immer noch zum Schloß gehörten, und die einem klugen Manne hingereicht hätten, um sowohl mit Bequemlichkeit zu leben, als auch einen Reservefond zu bilden, aus dem die Hypotheken nach und nach hätten abgetragen werden können. Ein wenig Enthaltsamkeit und Selbstverleugnung, ein oder zwei Generationen hindurch, würden einen Grundbesitz, dessen Wert, in dem Maße wie die sich ausdehnende Hauptstadt rasch näher kam, buchstäblich täglich stieg, für die dritte zu einem fürstlichen Latifundium gemacht haben! Aber Robert Haughton, ob er schon nicht die Rennbahnen frequentierte, wollte in großem Stile leben; und indes Guy Darrell die JuristenLaufbahn einschlug, um zu einem kleinen Erbgut ein großes Vermögen zu erwerben, mußte Ihr Vater, mein lieber junger Sir, unbedingt bei der Garde eintreten, um ein großes Erbgut auf was herunterzubringen? – naja, auf Cox' Schnaps-Brennereien.«

Lionel errötete, blieb aber still.

Fairthorn, sich in seinem BerichterstatterEifer genau so wenig bewußt daß er Jemandem wehe tue, wie ein Entomologe, der in seinem SammlerEifer einen Schmetterling für seine Glaskästen lebendig aufspießt, fuhr bereits wieder fort: »Ihr Vater und Guy Darrell waren als Knaben und Junge Leute herzlich befreundet. Guy war der Ältere von Beiden, und Charlie Haughton, (Pardon; aber man nannte ihn grundsätzlich Charlie), sah auch zu ihm auf, wie zu einem älteren Bruder. Das waren nicht wenig Patschen, aus denen Guy ihm herausgeholfen hat; und so manches Pfund, mein' ich, hat Guy, sobald er über etwas eigenes Vermögen verfügte, Charlie geliehen.«

»Es ist mir sehr unlieb, das zu hören«, sagte Lionel scharf.

Fairthorn schaute gleich erschreckt drein —: »Ich fürchte, da hab' ich wieder ein'n Schnitzer gemacht. Sagen Sie's Mr. Darrell nicht weiter.«

»Bestimmt nicht; das versprech' ich. – Aber wieso kam mein Vater dazu, dieser Hülfe zu bedürfen?, und warum haben sie sich am Ende entzweit?«

»Ihr Vater Charlie wurde ein flotter junger Lebemann, überall beliebt und begehrt. (Äußerlich sah er Ihnen recht ähnlich; nur war seine Stirn niedriger, und sein Blick nicht so fest.) Mr. Darrell studierte die Rechte an den Kammergerichten. Als nun der alte Robert Haughton tot war, schien bei seinen Schulden, und denen seines Vaters-noch, und bei Charlie's nicht wenigen ›post-obits‹ und Wechseln nur geringe Aussicht vorhanden, die Besitzungen überhaupt noch für die Haughton's retten zu können. Aber dann sah Mr. Darrell sich die Sachen ganz genau an, und wußte sie mit solcher Geschicklichkeit zu bereinigen, daß er zunächst einmal die Gefahr einer Verfallserklärung abwandte; und weiterhin brachte er es fertig – indem er hie und da die PachtErträge vermehren konnte; oder alte Hypotheken durch neue, mit kleineren Zinsen, ersetzen – daß ein Besitz, bei dem es vorher geschienen hatte, als betrügen die Verbindlichkeiten mehr denn der Nachlaß, am Ende sogar noch ein Einkommen von 900 £ pro Jahr für Charlie abwarf; (das heißt dreimal soviel, als Mr. Darrell seinerseits ererbt gehabt hatte!). Da er weiter vorhersah, wie sehr das Land an Wert zunehmen werde, beschwor er Charlie aufs ernstlichste, (der das Ganze leider als Allodialgut besaß – wie Mr. Darrell seines-hier auch – und es also nach Belieben verkaufen konnte), eine zeitlang von diesem-seinem Einkommen zu leben: binnen wenigen Jahren würde dann ein Teil des Gutes als Bauplätze verkauft werden können; und zwar zu Bedingungen, die den ganzen Rest, inclusive des alten Hauses, in dem Generationen von Darrell's und Haughton's aufgewachsen waren, retten und sanieren würden. Charlie gab, wie ich weiß, dieses Versprechen; und, wie ich überzeugt bin, mein lieber junger Sir, in aller Aufrichtigkeit – aber nicht alle Männer sind eben Granit! Er verfiel aufs Spielen; geriet in ›Ehrenschulden‹; verkaufte die Hufen, eine nach der andern; ließ sich mit Wucherern ein; und eines Nachts, nachdem er sechs Stunden hinter'nander beim Piquet gesessen hatte, blieb ihm halt nichts weiter übrig, als den ganzen Rest an Mr. Cox, den Schnapsbrenner, zu verschleudern – ohne daß Mr. Darrell, der damals selbst geheiratet hatte, schwer arbeitete, und ganz ohne NachrichtenVerbindung mit der Modischen Welt war, darum gewußt hätte. Dann verkaufte Charlie Haughton sein Offizierspatent bei der Garde, brachte auch diesen Erlös durch, trat bei einem schlichten LinienRegiment ein; und wurde schließlich und endlich, in einem Landstädtchen, in dem er meines Wissens nicht einmal einquartiert war, sondern in das er sich irgendeines Glücksspiels wegen verfügt hatte, wider seinen Willen festgehalten – heiratete dort –«

»Meine Mutter!«, sagte Lionel hochfahrend; »und sie ist die beste der Frauen! – Was weiter?«

»Nichts, mein lieber junger Sir – nichts; höchstens, daß Mr. Darrell ihm das niemals verziehen hat. Er hat eben auch seine Vorurteile; und diese Heirat schockierte eines davon.«

»Ein Vorurteil gegen meine arme Mutter?; hab ich mir's doch immer gedacht! Aber wieso nur?: die gutherzigste, harmloseste, zärtlichste Frau, die sich denken läßt!«

»Ich zweifle nicht im geringsten daran – aber es fängt wohl an zu regnen. Lassen Sie uns heimgehen, ja. Mir ist nach einem Imbiß zumute; es unterteilt den Tag so schön.«

»Erst erzählen Sie mir noch, wieso Mr. Darrell ein Vorurteil gegen meine Mutter haben kann: meines Wissens hat er sie doch noch nie im Leben gesehen! Unerklärliche Launenhaftigkeit. Und auch noch ›schockiert‹ – was für ein Ausdruck! Erzählen Sie – ich bitte – nein, ich bestehe darauf.«

»Aber Sie wissen doch«, sagte Fairthorn, halb kläglich halb schnippisch, »daß Frau Haughton die Tochter eines Schnittwarenhändlers war; und mit dem Geld ihres Vaters Charlie aus dem

Kreisgefängnis freigekauft hat; und Mr. Darrell hat zu ihm gesagt: »Sogar den Namen verschachert!« (In der Halle zu Fawley hier hat er das gesagt; mein Vater hat's selber gehört.) Mr. Darrell war gerade während der Großen Gerichtsferien hier, und Ihr Vater kam, um irgendwie mit ihm zu sprechen; geriet seinerseits auch in Feuer; und sie haben einander, glaub' ich, niemals wiedergesehen.«

Lionel schwieg unbeweglich, wie vom Donner grührt. Wohl hatte Manches in Ausdrucksweise und Benehmen seiner Mutter, ihn zuweilen schon auf die Vermutung geleitet, daß sie nicht von so guter Geburt sei, wie sein Vater. Aber was derart an ihm nagte, war nicht die Entdeckung, daß sie eine einfache KaufmannsTochter sei; sondern vielmehr die Vorstellung, daß sie sich seinen Vater aus dem Gefängnis heraus für den Altar gekauft habe; waren jene schneidenden Worte: »Sogar Deinen Namen verschachert!« Sein Gesicht, eben noch sehr rot, ward leichenfahl; der Kopf sank ihm auf die Brust. An Fairthorns Seite schritt er dem düsteren Alten Hause zu, wie Einer, der zum ersten Mal im Leben das bleierne Gewicht ererbter Schande auf dem Herzen spürt.

## 6. Kapitel

*Weist nach, wie sündhaft es von einem Mann, der sich um seine Ehre nichts scheert, ist, Kinder in die Welt zu setzen.*

Als Lionel merkte, wie Mr. Fairthorn sein ganzes intellektuelles Selbst dem Inhalt einer kalten HühnchenPastete zugewendet hatte, entfernte er sich, geräuschlosen Tritts, aus dem Raum; und schlich sich auch draußen davon, in ein verwachs'nes großes Dickicht, am äußersten Ende des Geheges. Ihn verlangte nach Alleinsein. Regen fiel; nicht schwer, aber in einem grauen Gesprühe, das bald durchnäßte; er empfand ihn nicht, oder, richtiger, er war froh darüber, daß kein prangender narrender Sonnenschein waltete. Er setzte sich hin, in ein hohles Thalgewinde, vom Dickicht ganz verdeckt; und vergrub sein Gesicht in die verschränkten Hände, völlig verloren und vertan.

Der Leser dürfte längst bei sich festgestellt haben, daß Lionel Haughton mit nichten ein früh-reifer Mann war – ein mannhafter Junge, das ja; aber immer noch sehr-behaust in jenem zwielichtigen, verträumten Schattenreich der Knabenzeit. Edle Anlagen regten sich, stoßweise, in ihm; aber ihr Wirken blieb noch unreif und folgenlos. Zuweilen vermochte er, infolge der angebornen Schärfe seines Intellekts, manche Wahrheiten so rasch und klar wie ein Mann zu erfassen; – dann wiederum, durch den wärmlichen Heerdrauch undisziplinierter Zärtlichkeit hindurch, oder auch die gröberen Nebligkeiten sentimentalen Stolzes, in denen an sich unbedeutende Gegenstände riesengroß, mit unüberblickbaren Umrissen wirken, konnte er leicht in eine gefühlsmäßig getrübte, kindliche Art zu raisonnieren verfallen. Er war über die Maßen ehrgeizig; geradezu quijotisch im Punkt der Ehre; furchtlos in Gefahr, aber krankhaft empfindlich beim bloßen Schatten von Schande, gleichwie ein Füllen, bestimmt ein Schlachtroß zu werden und gefällten Stahl niederzustampfen, auf stillem Weidegang wohl beim Rascheln eines Blattes zusammenzuckt. Glühend romantisch, aber nicht geneigt solcher Romantik in literarischen Schöpfungen Luft zu machen, gerieten alle seine Gefühle umso hochgespannter und enthusiastischer, eben weil sie keinen Abfluß durch poetische Kanäle fanden. Die meisten Jungen von großen Fähigkeiten und starken

Leidenschaften schreiben Verse – das ist, in jener kritischen Reifezeit, die naturgegebene Entlastung für Herz und Hirn. Die Mehrzahl der also begabten Jungen tut das auch; einige Wenige tun's nicht, und aus diesen Wenigen erkiest sich das Schicksal dann die großen Männer der Tat – jene hohen, leuchtenden Gestalten, die der prosaischen Oberfläche der Welt den Stempel des Poetischen aufdrücken. Lionel hatte in sich Mark und Substanz von Fortuna's großen Niemanden, die schlagartig Fama's Jemande werden, sobald die Wechselfälle des Lebens ihnen plötzlich ein nobles Etwas in den Weg werfen, das feurig zu umwerben und kühn zu erringen lohnt. Aber, ich wiederhole, im Augenblick war er noch ein Junge – und saß also da, die Hände vor'm Gesicht, ein unverständiger Selbstquäler. Jetzt wußte er, warum dieser hochfahrende Darrell an seine geliebte Mutter mit so wenig Zartheit und Respekt geschrieben hatte: Darrell betrachtete sie als die Ursache für den ›NamensVerkauf‹ seines unwürdigen Verwandten; ja, schrieb ihr wahrscheinlich nicht jene innige MädchenLiebe zu, die alle Unterschiede von Rang und Stand verwischt; sondern unterstellte ihr die vulgäre, ganz kaltblütige Absicht, im Austausch gegen ihres Vaters Banknoten in die höheren Stände einzuheiraten. Und er war der Schuldner dieses hochfahrenden Gläubigers, genau wie schon sein Vater es vor ihm gewesen war! Sein Vater! – bis dahin war er so stolz auf diese Herkunft gewesen. Frau Haughton hatte bei ihrem Hauptmann das Glück nicht gefunden; seine unausrottbaren Gewohnheiten eines chronischen Verschwenders hatten ihre Ehe verbittert, und am Ende die Neigungen der Gattin aufgebraucht. Dennoch hatte sie ihn, in seiner letzten Krankheit, als den Geliebten ihrer Jugend getreulich gewartet; und obschon sie gelegentlich auf seine Fehler anspielen konnte, sprach sie doch unveränderlich von ihm, als der Zierde der Gesellschaft – arm, ja, zugegeben, und geplagt von gefühllosen Gläubigern; aber der feinste aller feinen Gentlemen. Nie hatte Lionel von ihr etwas vernommen, wie daß die Güter seiner Ahnen für Spielschulden verschleudert worden seien; nie ein Wort von Kreisgefängnis und einer *Mesalliance* gegen baar! In der Kindheit, wo man noch keinerlei Berechtigung hat, auf sich selber stolz zu sein, ist man gern so stolz auf die Eltern, wenn sich nur entfernt einiger Anlaß dafür bietet –: konnte Lionel Haugthon nunmehr noch stolz auf seinen Vater sein? Und Darrell hatte volle Kenntnis von seiner elterlichen Schande – hatte in jenem alten Vorsaal drüben seinen Vater heruntergemacht – weswegen? –: der Ehe wegen, der Lionel entstammte! Die Hände um das brennende Gesicht zogen sich fester und fester. Er weinte nicht, wie jüngst, in Vance's Gegenwart, ob eines weit weniger schmerzlichen Gedankens. – (Nicht, daß Thränen ihm schlecht-angestanden hätten: das müssen schon seichte Beurteiler der menschlichen Natur sein, die meinen können, daß Thränen an sich einem Jungen, oder gar einem Manne grundsätzlich schlecht-anstehen. Wohlbedacht setzte der ernsthafteste der Römischen Autoren, den ErzUnterschied des Menschen gegenüber sämtlichen niedriger-stehenden HimmelsGeschöpfen, in das Vorrecht der Thränen! Eher vertraue Du Deine Börse dem gewerbsmäßigen Beutelschneider an, als Deine Freundschaft einem Manne, der sich eines Paars Augen rühmt, durch welche der Herz-Tau niemals filterte! – (Höchstens vielleicht, daß ein Mann, wenn er weint, allein sein sollte – nicht weil Thränen identisch mit Schwäche, wohl aber weil sie heilig sind. Thränen sind mit Gebeten verwandt; insofern als Pharisäer mit Gebeten prunken, Betrüger mit Thränen. – (Oh Pegasus-Pegasus! – sachte, sachte! – Du hast mich mitten in Gewölke davongetragen! –: setz mich, sänftlich, ab – ja, sehr-schön: dorthin; neben den reglosen Jungen; in Schatten und ThalGewinde . . .)))

## 7. Kapitel

*Lionel Haughton, nachdem er soweit seine GlücksChancen erheblich verbessert hat, entscheidet nunmehr die Frage aller Fragen, ›Was wird er damit machen?‹*

»Ich hab' Euch schon überall gesucht«, sagte eine wohlbekannte Stimme; und eine Hand legte sich, leicht, auf Lionel's Schulter. – Der Junge sah auf?; fuhr zusammen, aber noch wie im Traum; und erblickte Guy Darrell, das heißt, den Letzten auf Erden, den zu sehen er gewünscht hätte. –: »Wollt Ihr, für ein paar Minuten, mit-hereinkommen? Ihr werdet gebraucht.«

»Wozu? – Ich möchte lieber hier-bleiben. Wer kann mich schon brauchen?«

Darrell, – betroffen ob der Worte, wie auch des feindseligen Tones in dem sie geäußert wurden – musterte, einen Herzschlag lang, Lionels Gesicht; und erwiderte dann, mit einer unwillkürlich-freundlicheren Stimme als von ihm gewohnt –

: »– eine höchst alltägliche, aber, seitdem die Pikten außer Mode sind, selbst für die erhabensten Sterblichen unerläßliche Persönlichkeit – ich hätte natürlich für ihr Erscheinen um Entschuldigung bitten müssen. Ihr habt mir gestern-schon mit der Abreise gedroht, nur wegen eines GarderobenDefektes –: Mr. Fairthorn hat an meinen Schneider geschrieben, sich hierher zu verfügen, und dem Mangel abzuhelfen; – der ist nun da, und ich empfehle ihn Euerer Kundschaft! Verachtet ihn darum nicht, weil er für einen Mann meiner Antiquität arbeitet –: Schneider sind scharfe Beobachter; und kommen nicht so flink außer Mode wie Politiker –.«

Die Worte wurden mit einer spielerischen Gutgelauntheit gesprochen, die bei Mr. Darrell ganz ungewohnt war. Die Absicht war unverkennbar nett und verwandtschaftlich zu sein. Lionel sprang auf die Füße; seine Lippe verzerrte sich, das Auge flammte, sein Kamm schwoll.

»Nein, Sir; dazu will ich mich nicht erniedrigen! Will nicht von Ihrer Wohltätigkeit bekleidet herumlaufen – von Ihrer nicht! Ich gedenke mit nichten eine stillschweigende Stichelei auf die Unwissenheit meiner armen Mutter hinzunehmen, die die Maniriertheiten eines Standes, zu dem sie nicht geboren ward, nicht kennt! Sie haben gesagt, wir würden einander ja vielleicht nicht mögen, und für den Fall sollten wir besser für immer von einander scheiden – schön: also ich mag Sie nicht; und ich gehe!«. Er wandte sich brüsk auf dem Absatz um, und schritt dem Hause zu – großartig. – Wäre Mr. Darrell nicht der eigentümlichste der Menschen gewesen, hätte er sich jetzt unschwer beleidigt fühlen können. Wie die Dinge lagen, empfand er – obschon der Überraschung weniger zugänglich als sonst Jemand – lediglich Überraschung. Aber beleidigt? Man urteile selbst. »Wahrhaftig –«, murmelte Guy Darrell, den Blick auf der sich entfernenden Gestalt des Jünglings, – »wahrhaftig, ist mir nicht beinah zumut, als könnte ich noch einmal wieder einer GefühlsRegung fähig sein? Hoffentlich steh' ich nicht im Begriff, Gefallen an diesem Jungen zu finden – hat das alte Darrell-Blut in seinen Adern, so viel ist gewiß. Ich hätte in seinem Alter ähnlich sprechen können; das heißt, bei mir hätte es eines besseren Grundes dafür bedurft. Was hab' ich eigentlich gesagt, das eine solche Explosion gerechtfertigt hätte? *Quid feci? – ubi lapsus?* – Zweifellos hingegangen, seinen Tornister zu pakken; und dann frisch die Straße zum Ruin eingeschlagen! Soll ich ihn ziehen lassen? Besser für mich, falls ich tatsächlich in Gefahr stünde, Gefallen an ihm zu finden; und folglich seiner Gnade preisgegeben wäre, mir wieder einen Stich versetzen zu lassen – wie?: ›Mein Herz‹? Da biet' ich ihm Trotz: das ist tot. – Nein; er soll nicht so gehen. Ich bin das Haupt unserer vereinten Häuser. ›Häuser‹!: ich wollte, der arme Junge *hätte* ein Haus! Und sein Großvater hat mich geliebt. Ihn ziehen lassen?; erst will ich ihn um Verzeihung bitten; und wenn die Affäre sich dadurch beilegen läßt, soll er von mir aus in Unterhosen zum Dinner erscheinen!«

Und also, nicht minder großartig als Lionel, schickte sich dieser misanthropische Mensch an, seinem ungnädigen Vetter zu folgen. »: Ach! –«, rief Darrell plötzlich, als er sich seiner Schwelle näherte, und Mr. Fairthorn am Fenster des Speiseraumes gewahrte, wie er sich auf der elfenbeinernen Daumenplatte eine Feder nachspitzte – »jetzt seh ich klar!: dieser abscheuliche Fairthorn hat seine Dornen ausgestreut! Wie konnt' ich einem solchen Stachel-Gewächs auch Fleisch und Blut anvertrauen? Jetzt will ich aber doch auf der Stelle erfahren, was hier los war!« – Eitle Drohung! Nicht so bald hatte Mr. Fairthorn nur einen Blick auf Darrells noch 10 Meter von der Veranda entferntes Antlitz geworfen, als ihn auch schon sein böses Gewissen bewog, unverzüglich vom Fenster weg zu stürzen – aus dem Zimmer hinaus – und, ehe Darrell noch die Tür aufstoßen konnte, hatte er sich bereits in irgendeinen Schlupfwinkel verloren – *›nullis penetrabilis astris‹* – in dieser schwammartig-höhlenreichen Behausung, womit eine gütige Vorsehung die Lokalität dem Geschöpf angepaßt hatte.

## 8. Kapitel

*Neue verwickelte Variante jener ständig wiederkehrenden, nie gänzlich zu klärenden Erkundigung: ›Was wird er damit machen?‹*

Mit einem Blick ärgerlicher Enttäuschung, und einem frappierten Achselzuck, drehte Mr. Darrell dem Speiseraum den Rücken; verfügte sich die Treppe hinauf zu Lionels Zimmer; öffnete rasch die Tür; und sagte, mit ausgestreckter Hand und jenem Ton, wie er einst die Wut ehrgeiziger Parteien beschwichtigt, ja, sogar, (wenn Frau Fama nicht lügt), einmal von der feindlichen Ministerbank die Stimme eines Politikers zu ihm herüberverführt hatte –: »Ich muß irgendwie Eure Gefühle verletzt haben; und bin gekommen, Euch um Entschuldigung zu bitten!«

Aber bereits vor diesem Zeitpunkt hatte Lionel's stolzes Herze, in dem undankbarer Zorn nicht lange Raum finden konnte, ihn dafür gescholten, eine gutgemeinte und gar nicht undelikate Güte derart übel gelohnt zu haben. Und nachdem sein verletztes Selbstgefühl sich durch den bloßen Ausbruch selber wieder hergestellt hatte, war ihm auch die Erinnerung an gewisse Andeutungen Fairthorns auf Darrell's heimlichen Gram und Schmerzen zurückgekommen – Schmerzen, die wahrlich stürmisch gewesen sein mußten, um den Lauf eines ganzen Lebens dermaßen umkehren zu können! Und trotz dieser Belastungen hatte der Große Mann heiter zu ihm gesprochen – heiter, um jegliche etwaige Verpflichtung zu entschweren. Als daher Guy Darrell nunmehr diese Hand ausstreckte, und sich zu dieser Entschuldigung herbeiließ, ward Lionel förmlich überwältigt. Thränen, bis dahin unterdrückt, bahnten sich jetzt, unwiderstehlich, den Weg. Die Hand vermochte er nicht zu ergreifen; wohl aber gab er seinem sehnlichen Drange nach, warf schlicht die Arme um des Anderen Nacken, lehnte seine junge Wange an diese Brust aus Granit, und schluchzte Unzusammenhängendes heraus – von leidenschaftlicher Reue – von aufrichtiger, verehrender Zuneigung. Über Darrell's Antlitz gingen Veränderungen; einen Moment lang schaut'es wunderlich sanft drein – dann, wie infolge einer Anstrengung erhabenster Selbstbeherrschung, ward es ernst und sehr gefaßt. Nicht, daß er die Umarmung irgend erwidert hätte; aber er stieß sie gewißlich auf keine Weise zurück; auch war es, wie wenn er sich selbst nicht zu reden getraut hätte, bevor der Junge nicht den Ungestüm des ersten Gefühles erschöpft, und sich abgwandt hatte, um sich die Augen zu trocknen.

Dann erst begann er, ganz Süße und Besänftigung, zu sagen: »Lionel Haughton – Ihr habt das Herz eines Gentleman, das eine aufrichtiggemeinte Entschuldigung für unabsichtlich-zugefügtes Unrecht einfach nicht mit-anhören kann, sondern spontan in die Bresche springt, die Schuld auf sich zu nehmen, und die Entschuldigung zehnfach zurückzugeben. – Genug nun! Zweifellos ein Versehen, von beiden Seiten. Es muß noch mehr Zeit vergehen, ehe Einer von Uns, mit einiger Berechtigung, sagen könnte, daß er den Andern nicht möge. – In der Zwischenzeit –«, fügte Darrell hinzu, fast mit einer Art Gelächter – und diese abschließende Fragestellung enthüllte, wie der Mann, selbst in Kleinigkeiten, darauf erpicht sei, seinen Willen dem Gegenpart aufzuzwingen, oder auch aufzuschmeicheln – »inzwischen muß ich den Schneider wieder fortschicken, oder . . . ?«

Unnötig, Lionels Antwort herzusetzen.

## 9. Kapitel

*Darrell: Geheimnisse in seinem Vorleben. / Was hat er damit gemacht?*

Einige Tage gingen dahin – und jeder Tag unterschied sich nur wenig von seinem Vorgänger. Es war die Gewohnheit Darrell's, spät zur Ruhe zu gehen, und früh wieder aufzustehen; er gestattete sich nie mehr als 5 Stunden Schlaf. (Auch ein andrer, noch größerer Mann als Guy Darrell – Sir Walter Raleigh nämlich – schnitt aus dem Tagesrund nie ein größeres Stück für Morpheus heraus.) Und vielleicht war es, mehr noch als seine Mäßigkeit im Essen, eben diese Angewohnheit, die Darrell seine auffällige Jugendlichkeit in Aussehen und Erscheinung derart erhalten hatte, daß er, mit 52, nicht nur jünger wirkte als ein kräftiger Mann von 35, sondern es in der Tat auch war. Denn das eine ist ja gewiß: Derjenige, der beim Eintritt ins mittlere Alter sich ein klares Hirn bewahren möchte, einen elastischen Schritt, unverfettete Muskeln, und Nerven die nicht zittern – mit einem Wort: sich seine Jugendlichkeit erhalten, dem Taufschein zum Trotz – der hüte sich vor langem gemächlichem Schlummer: nichts macht so alt wie Trägheit! – Die Stunden vor dem Frühstück widmete Darrell erst einiger Bewegung, gleichviel wie das Wetter sei – anschließend dann seinen stillen wissenschaftlichen Betätigungen. Punkt 10 Uhr ritt er, allein, aus; und kehrte selten eher zurück als spät am Nachmittag. Dann streifte er wohl, zusammen mit Lionel, umher, in weit-entlegne Waldstücke; oder schlenderte mit ihm das SeeUfer entlang; oder warf sich ins breit-gewendete Heu, lenkte die Aufmerksamkeit des Jungen auf das Insektenvölkchen, das sein glückliches Leben während der Sommermonate vertändelt, und dozierte dabei über Gewohnheiten und Treiben der diversen Species, mit einer kuriosen Gelehrsamkeit, halb launig halb ernsthaft. Er war ein ausgezeichneter DetailBeobachter, und ein hochgebildeter Naturfreund dazu; ja, für einen Mann, der seine besten Jahre an ein trocknes, ihn ganz beanspruchendes Brotstudium hatte wenden müssen, war der Umfang seines Wissens erstaunlich groß: selbstredend auf keinem Sektor so profund wie das eines FachOrdinarius; aber wenn der reinwissenschaftliche Anteil sich häufig nur auf der Oberfläche bewegte: die Gedanken, die er aus dem entwickelte, was er wußte, waren ebenso-häufig originell und tief. Eine seiner Maximen, die er eines Tages Lionel hinwarf – in der für ihn typischen, scheinbar-nachlässigen, dabei überaus-prononcierten Art – kann vielleicht dazu dienen, sein eignes Verfahren samt dessen Ergebnissen zu illustrieren –: »Niemals sich damit bescheiden, das von einem andern Geist aufgeworfene Problem gelöst zu haben, bevor man nicht einen ganz-eignen und eigentümlichen Folgesatz für sich selbst daraus gezogen hat.«

Nach dem Dinner, das nie vor 20 Uhr zu Ende ging, verfügte man sich, grundsätzlich, ins Bücherhaus; allwo Fairthorn in einem Winkel verschwand, und Darrell und Lionel sich, Jeder, ein Buch vornahmen; hernach ein Flötenspiel; und endlich, noch vor 23 Uhr, war Jeder in seinem eignen Zimmer. Keine DaseinsFührung konnte methodischer sein; gleichwohl besaß sie für Lionel einen hinreißenden Zauber, denn sein Interesse an seinem Hausherrn nahm täglich noch zu, und versah ihm den Geist mit ständig-neuer Beschäftigung. Darrell-seinerseits – freundlicher und herzlicher; bedachtsamer, und mehr als vor dem Streit und der Versöhnung, auf der Hut, die Empfindlichkeit seines jugendlichen Gastes möglichst nicht zu verletzten – schien dagegen für Lionel nicht halb soviel aktives Interesse zu empfinden, wie Lionel für ihn. Auch suchte er nicht, – wozu die meisten gescheiten Leute im Umgang mit der Jugend gerne neigen – ihn auszuholen; seinen Verstand zu loten; oder gar seinen Geschmack zu gängeln. Wenn er zuweilen lehrhaft wurde, dann geschah das, weil das Gespräch Themen berührte, über die er sich gerne verbreitete, und deren er nicht Erwähnung thun konnte, ohne unwillkürlich instructiv zu werden. Ebenso verlockte er den Jungen niemals dazu, von seiner Schulzeit zu erzählen, seinen Freunden, seinen Lieblingsneigungen, seinen Hoffnungen, seinen Zukunftsvorstellungen; mit einem Wort: hätte man Beide beisammen beobachtet, man wäre nie auf die Vermutung gekommen, daß es sich um Verwandte handele – daß der Eine die Laufbahn des Andern beeinflussen und dirigieren könnte, ja sollte. Man würde geurteilt haben, der Wirt empfinde zweifellos Gefallen an seinem Gaste; aber etwa, wie jeder Mann einen vielversprechenden, warmherzigen, hochgesinnten, hübschen Jungen gern für eine kleine Weile unter seinem Dache sieht, sich jedoch dabei bewußt ist, daß dieser Junge nichts weiter für ihn bedeute – ihm bald wieder aus den Augen entschwinden – Freundschaften schließen, Beschäftigungen nachgehen, Ziele verfolgen werde, an denen er in keiner Weise teilhaben, für die er gänzlich unverantwortlich sein werde. Auch hatte Darrell's Unterhaltung noch diese Eigentümlichkeit: wenn er schon nie auf seines Gastes Vergangenheit oder Zukunft zu sprechen kam, so berührte er auch seine eigene niemals anders, als nur in den denkbar allgemeinsten Wendungen. Von der großen Weltbühne, auf der er ein so brillianter Mitspieler gewesen war, teilte er keine Erinnerungen mit; von den großen Männern, den führenden Persönlichkeiten seiner Zeit, mit denen er vertrauten Umgang gepflogen hatte, erzählte er keine Anekdoten. Gleichermaßen verschwiegen war er, was die davorliegenden Stadien seiner Karriere anbelangte; über die Art wie er studiert, über Umstände die er für sich hatte ausnützen können – verschwiegen hier, wie über Prozesse die er gewonnen, über ParlamentsDebatten in denen er geglänzt hatte. Nie und nimmer hätte man vermuten können, daß dieser Mann – was öffentliches Auftreten betrifft, immer noch in der Vollkraft seiner Jahre – das Thema von Zeitungsartikeln, der Stolz einer Partei gewesen sei. Ebensowenig verbreitete er sich je – wie Männer, die am eignen Herd entspannt plaudern, sonst notorisch gerne pflegen – über etwelche zukünftigen Projekte, und handle es sich bei solchem Projekt auch um nichts weiter, als das Pflanzen eines Baums oder die Verlegung eines Blumenbeetes – Pläne mit denen das Landleben doch ebenso reichlich wie unschuldig fortwährend schwanger geht. Die Vergangenheit wirkte, wie wenn sie bei ihm keine Erinnerungsspuren hinterlassen, die Zukunft als ob sie keinerlei Wunsch mehr für ihn in Bereitschaft habe. Aber hatte die Vergangenheit wirklich keine Erinnerung hinterlassen? –: wieso entsank dann zu Zeiten das Buch dem lesenden Auge, neigte sich der Kopf auf die Brust, und verdüsterte ein Schatte unsäglicher Niedergeschlagenheit die hohe Schönheit dieses ernsten starken Antlitzes? Immerhin ward solche Niedergeschlagenheit nicht etwa krankhaft genährt und gepflegt; denn sehr bald schüttelte er sie, mit einer raschen ungeduldigen Kopfgeste von sich; nahm entschlossen die Lektüre wieder auf; oder vertauschte das betreffende Buch mit einem andern, das auf neue frische Ideengänge führte; oder er schaute auch Lionel über die Schulter, und machte die ein- oder andre subtile Anmerkung zu der getroffnen Wahl; oder er forderte Fairthorn auf, zur Flöte zu greifen; und binnen weniger Minuten hatte das Antlitz seine strenge Entwölktheit wieder gewonnen. (Und, an dieser

Stelle sei es zu sagen verstattet, daß nur in den Poesien sehr junger Gentlemen, oder den Romanen schreibender Damen, der Mann von guter Gesundheit und unangekränkeltem Verstande vorkommt, der nun pausenlos die Livree düsterer Schwermut trüge. Wie groß und gerecht auch sein Anlaß zu Kummer sei, er paradiert weder beständig in betonter Trauertracht, noch folgt er unaufhörlich mit langem LeichenbitterGesicht dem Bestattungszug seiner Hoffnungen. Trotz allem wird er seine flüchtigen Augenblicke von Heiterkeit haben – seine Kurzperioden von Gutgelauntheit. Das alte Lächeln wird zuweilen seinen Blick erhellen, und um die Lippen die alte Munterkeit spielen. Aber was ein umfassender krisenhafter Kummer *zurückläßt: das* ist, oftmals, weit schlimmer, als der Kummer selbst es war! Es ist eine Veränderung des Inneren Menschen, die ihn stranden macht, (wie Guy Darrell gestrandet schien), auf den Sandbänken und Untiefen der Gegenwart: je mannhafter er sich müht, seine Bürde zu tragen, desto mehr warnt es ihn, bei der Vergangenheit zu verweilen; und je nachdrücklicher er die Lektion von der Eitelkeit aller menschlichen Wünsche erfahren hat, um so mehr streicht er von seiner Liste der Illusionen und zukünftigen Hoffnungen. Dergestalt sind ihm, aus unserer dreigestaffelten Art zu Sein, gleich 2 Dritteile zernichtet – der, der gewesen-ist – und derjenige, der hätte sein-können. Da kreuzt man am besten die Arme über der Brust; nimmt Position auf der kleinlich-abstürzigen Felsplatte, die allein aus der Maßlosen See noch vorragt; und spricht zu sich selbst, (ohne weder nach-vorn noch nach-hinten zu blicken!),: ›Wolln Wir doch tragen, was da ist.‹; und aufgrund dieser Betrachtung kann dann wohl das Bißchen Auge leuchten, und das Bißchen Mund lächeln.

Auch von Mr. Fairthorn konnte Lionel keinerlei zufällige Hinweise auf die Familienchronik mehr erhalten. Besagter Herr hatte offenbar ob seiner Indiskretion einen scharfen Verweis, samt einer Verwarnung vorm Rückfälligwerden erhalten, und war daraufhin so zurückhaltend und mäuschenstill geworden, als sei er just aus der Höhle des Trophonius aufgetaucht. Er vermied es sogar nach Kräften, mit Lionel je wieder alleine zu sein; schützte vielmehr einen großen Rückstand im Briefverkehr seines Herrn vor, und überließ den Burschen an den Vormittagen einsamem Angelvergnügen und dem geselligen Umgang mit den Schwänen und dem zahmen Reh. Aber nicht selten kam es von drinnen, aus etwelcher mystischen Verborgenheit, weit durch die Sommerluft her, wie leises

MelodienGewehe jener Zauberflöte; und der Junge kam dann, wie gebannt, zurückgeschlüpft, die düsterroten Klagemauern des Alten Hauses entlang, oder durch den kläglichen Pomp der Arkaden des Unvollendeten Neuen, dem Klang zu lauschen: lauschend vergaß *er*, in wonniger Jugend, dann der Gegenwart; *er* nahm sich den, seinen Jahren zustehenden Anteil davon. In seiner Vergangenheit waren noch keine rebellisch-verschworenen Erinnerungen, die Gift in jeglichen Weinbecher mischten, und ihm den Schlaf mordeten; in seiner Zukunft noch keine Wüstenweiten, die dem Gang seines Ehrgeizes Halt geboten und ihm gesagt hätten – ›Hier sind nur Sande noch für den Pilger; kein Feld mehr für den Eroberer.‹

## 10. Kapitel

*das den gelassenen Übergang zum nächsten Kapitel der Geschichte darstellt.*

Dergestalt war nun etwa eine Woche dahingegangen, und Lionel begann allmählich bezüglich einer weiteren Dauer seines Besuches verlegen zu werden – lag es ihm ob, als Erster eine Andeutung von Abreise zu machen? – eine Schwierigkeit, aus der Mr. Darrell ihn erlöste. Am siebenten Tage begegnete Lionel, in einem Heckenweg unweit des Hauses, seinem Wirt, der eben vom gewöhnlichen Ausritt zurückkehrte. Der Junge ging, neben dem Reiter her, mit nachhause; klopfte der Stute den Hals, bewunderte ihre Gestalt; und kam dann, rühmend, auf die Schönheit eines anderen, kleineren und schlankeren Reitpferdes zu sprechen, das er eben gesehen hatte, wie ein Groom es im Gehege bewegte. »Reiten Sie diesen Kastanienbraunen nicht manchmal? Ich find'ihn eigentlich noch hübscher, als die hier.«

»Die Hälfte aller uns'rer Bevorzugungen lassen sich auf eine Eitelkeit zurückführen, der sie schmeicheln: dies Pferd hier könnten nur sehr Wenige reiten – das andere so ziemlich Jeder.«

»Da spricht der ›dare-all‹!«, sagte Lionel vergnügt.

Der Hausherr schaute nicht mißvergnügt darein.

»Ohne Schwierigkeit kein Genuß«, versetzte er, in seiner knappen lakonischen Sprechweise. »Ich bin vor 2 Jahren in Spanien gewesen. Ein englisches Pferd hatte ich dort nicht; also kaufte ich mir diesen Andalusischen ›Genet‹. Nun überläßt bekanntlich kein *preux chevalier* etwas, das ihm in Zeiten der Not dienlich war, einer eventuellen schlechten Behandlung: folglich kam der ›jennet‹ mit mir nach England. – Ihr habt keine sonderliche Übung im Reiten, wie ich annehme?«

»Nicht übermäßig viel; aber meine, teure, Mutter meinte, ich müßt'es lernen. Sie hat ein volles Jahr lang gedarbt, damit ich, in den Großen Ferien, Unterricht an einer Reitschule erhalten konnte.«

»Die Verwandten Eurer Mutter stehen sich aber doch, meines Wissens, recht gut –: geben sie da zu, daß sie ›darbt‹?«

»:davon weiß ich gar nichts, daß sie noch-lebende Verwandte habe.! Sie hat mir nie von dergleichen gesprochen.«

»Tatsächlich?«. Dies war so ziemlich die erste Frage über häusliche Angelegenheiten, die Darrell jemals direkt an Lionels Adresse gerichtet hatte. Er ließ aber auch sofort den Gegenstand fallen; und sagte, nach einer kurzen Pause: »Ich war mir nicht bewußt, daß Ihr Reiter wäret; sonst hätte ich Euch schon gebeten, mich dann und wann zu begleiten –: würd'es Euch morgen passen, wenn Ihr den kleinen Spanier rittet?«

»Oh, Danke schön; ja: von ganzem Herzen!«

Darrell wandte sich, und schnell, von diesen dankbar-strahlenden Augen ab. – »Es tut mir nur leid«, fügte er, mit abgewandtem Blick, hinzu: »daß unserer Ausflüge bloß noch wenige sein können werden. Kommenden Freitag werde ich Euch einen Vorschlag unterbreiten – falls Ihr ihn annehmen solltet, trennen Wir-Uns Sonnabend – und zwar so, daß Einer dem Andern gefallen hat, hoffe ich. Was mich anbetrifft, so ist das Experiment nicht fehlgeschlagen. Bei Euch? . . .«

»Bei Mir!? – Oh Mr. Darrell!; wenn ich nur kühn genug wäre, all den Erinnerungen an Sie Ausdruck zu verleihen, die das ›Experiment‹ mir unauslöschlich hinterlassen hat!«

»Dann verleiht ihnen, bitte, keinen Ausdruck, wenn es auf ein Kompliment hinauslaufen sollte,« erwiderte Mr. Darrell; – allerdings auch wieder mit jenem silbrigen Gelache, das so melodisch Gleichgiltigkeit ausdrückte, und etwelche Zuneigung zurückwies. – Er ritt auf den Hof; stieg ab; und, da er sich Lionel wieder zuwandte, stahl sich's, um sie, wie FlötenGetön hervor, gleichwie aus den Gauben des ältlichen-hochgegiebelten Daches. – »Ob wohl die Pfeife des HORAZ'ischen Faunus lieblicher scholl, als diese Flöte?–«, sagte Darrell –

»›Utcumque dulci, Tyndare, fistula,
Valles . . .‹, etc. –

Was für eine wunderliebliche Ode das ist!: welche Kenntnis des Stadtlebens!; welche Empfänglichkeit für das auf dem Lande! Von all den Lateinern wäre Horaz der Einzige, mit dem ich wünschen könnte, eine Woche verbracht zu haben. – Oder nein; ich hätte mich wohl doch nicht dazu geeignet, diese kurze Spanne menschlichen Daseins mit Locken, getaucht in Malobathrischen Balsam, und mit diesen einfältigen Myrthen bekränzt dahinzubringen: bei der ersten größeren Schale berauschenden Massikers würden Horaz und ich Streit miteinander bekommen haben. So können wir uns nie zanken! Beglückter Untertan und Poeta Laureatus bei Queen Proserpina; auch, das möcht'ich beschwören, der gentlemanlike'ste Dichter, den sie je an ihrem Hofe empfing; hinfort wird er den Auftrag haben, Alekto die Nattern aus der Stirn zu streichen, oder den ehrgeizigen Orion von seiner Jagd auf imaginäre Löwen abzuhalten.«

# 11. Kapitel

*zeigt, daß wenn ein hübsches Gesicht einem Empfehlungsschreiben gleichkommt, ein gutes Herz soviel wie ein Kreditbrief ist.*

Am nächsten Tag also ritten sie fürbaß, Wirt und Gast; und dieser Ritt stellte sich als folgenreichster Wendepunkt in Lionel Haughtons Schicksalen heraus. Bisher ist, absichtlich und sorgfältig, auf dem Umstand verweilt worden, daß es sich bei Darrell, welches Maß von Teilnahme er auch empfinden mochte, um eine Teilnahme handelte, die weit von jenem engagierteren Interesse entfernt war, das eine Verantwortlichkeit akzeptiert, und sich näher mit einem fremden Geschick verknüpft. Und selbst falls der mächtige und reiche Mann, für Augenblicke, dieses Interesse verspürt haben sollte, hatte er es stets wieder von sich gewiesen. Daß er vorhatte, großzügig zu sein, war allerdings gewiß; das hatte sich auf eine, für ihn typische, überaus prosaische und sachliche Weise gezeigt. Jener Schneider, dessen Besuch Anlaß zu soviel Unruhe gewesen war, hatte Instruktionen empfangen, weit über die bloße Lieferung des Anzuges hinaus, wegen dessen er herbestellt worden war; und ein mächtiger Patentkoffer, der alles barg, was die großzügige Kleiderausstattung eines jungen Mannes im GentlemansRang nur irgend ausmachen konnte, war in Fawley eingetroffen; und hatte Lionel, den Darrell inzwischen durchgreifend mit der Annahme von Gefälligkeiten auszusöhnen gewußt hatte, mit Erstaunen und Rührung erfüllt. Besagte das Geschenk doch Folgendes: ›Indem ich Euch als Verwandten anerkenne, gedenke ich Euch inskünftige als Gentleman zu versorgen.‹ Darrell hatte in der Tat vorgehabt, sich für ihn wegen einer Anstellung irgendwo im Staatsdienst zu verwenden; ihm zunächst einen größeren regelmäßigen Zuschuß auszusetzen; und sich dann, mit einem letzten Händedruck von ihm zu verabschieden, etwa des Sinnes: ›Ich habe mich jetzt benommen, wie es mir zukam: der Rest ist Eure Sache. Es mag durchaus sein, daß wir uns nie wieder begegnen. Es gibt keinen Grund, warum dies Lebewohl nicht eins für immer sein könnte.‹

Aber im Verlaufe dieses Ausritts änderten sich Darrells Absichten. Weswegen?: das raten Sie nie! Nichts kann ja so fernliegend sein, wie der Abstand zwischen Ursache und Wirkung; und die Ursache für die Wirkung hier, hieß – die arme kleine Sophie.

Der Tag war frisch, und es ging ein angenehmes Lüftchen, als die beiden Reiter flott über die Grasnarbe weiter-welliger Gemeindeländereien dahintrabten, und das Grüne Gefieder begleitender Waldsäume freudig auf und nieder schlug im verspielten Sommerwind. Die anregende Bewegung in frischer Luft, weckte Lionels Lebensgeister noch mehr, und entband seine Zunge von jeglichen Hemmungen; und wenn ein Junge erst einmal richtig munter ist, kann man 10 gegen 1 wetten, daß er, in aller Unschuld, zum vollendeten Egozentriker wird, das schwellende Knospen seiner Individualität genießt, und von nichts als sich-selber redet. Gänzlich unvorsätzlich also, schwätzelte Lionel lustige Streiche aus seinen Schultagen daher: von seinem Zwist mit einem dämisch-dämonischen Hilfslehrer; wie er, Lionel, fortlief; was ihm unterweges zustieß; wie der Doktor-Direktor selbst ihm hinterher-reiste, und ihn zurückholte; wie blendend der Direktor sich benahm – ihn mit nichten prügelte oder davonjagte; vielmehr ihn geduldig anhörte; und dem Schüler dann zwar auch einen Verweis erteilte; jenen Hilfslehrer aber, zur Freude des ganzen Gymnasiums, entließ! Wie er sich mit dem Primus der ganzen Schule schlug; weil der den Direktor einen ›Schleimer‹ genannt hatte; wie er, zwei Mal, Hiebe kriegte; den Primus, dennoch, ein drittes Mal gefordert, und Jenen nun seinerseits durchgebläut hatte. Wie er, selber Primus geworden, die gesamte Schule aufgeputscht hatte, die BürgerKriege aufzuführen, indem er sämtliche Jungen in ›Cavaliers‹ und ›Roundheads‹ einteilte: wie man, aus Ton und Lehm, Kanonenkugeln und PistolenMunition, aus Knitteln Schwerter angefertigt hatte, (vom Schulhof wurde der Rasen, in Soden, abgestochen, um Befestigungen nachzubilden); wie ein schlampiger-untersetzter Junge den Cromwell hatte machen müssen; er-selbst zum ›Prince Rupert‹ befördert ward; und wie, in absoluter Verkehrung des historischen Hergangs, (und zur schändlichen Herabwürdigung Cromwells), Rupert sich einfach nicht schlagen lassen wollte, vielmehr Cromwell am Ende, (durch einen (un)geschickten Schlag über die Knöchel kampfunfähig gemacht), sich schmählich als Gefangener ergab, vor ein Kriegs-Gericht gestellt, und zum Tode durch Erschießen verurteilt wurde! – All diesem Plunder neigte Darrell ein geduldiges Ohr – nicht ermutigend, nicht unterbrechend; zuweilen jedoch einen Seufzer erstickend beim Klang von Lionel's lustigem Lachen, oder beim Anblick des hübschen Gesichts mit den hochglühenden Wangen, dem langen seidigen Haar, für das die Bezeichnung ›Liebeslocken‹ wirklich angebracht gewesen wäre, und die der Wind ihm aus den offenen treuen Zügen wehte, die sehr wohl das Porträt eines jugendlichen Cavaliers geziert haben könnten. Dahin sprang der Andalusier; dahin plapperte der Knabe Reiter. Er war nunmehr, im Zuge seines überstürzten Berichts, von der Schule abgegangen; er schilderte seine erst Bekannt- dann Freundschaft mit Frank Vance, als Mieter bei seiner Mutter; wie dies Beispiel ihn angefeuert, und er begonnen hätte zu zeichnen und zu malen; wie nett Vance ihm Stunden gegeben, und er sich, eine zeitlang, direkt gewünscht hätte, Maler zu werden; wie aber schon die bloße Vorstellung davon seine Mutter geängstet, und wie wenig sie beeindruckt gewesen sei, als er ihr erzählte, wie Tizian aus einer sehr alten Familie gestammt; oder wie Franz I., dieser Archetyp des Gentleman, das Krankenbett Leonardo da Vinci's besucht; oder wie Heinrich VIII. zu einem naseweisen jungen Lord, der Holbein verächtlich behandeln wollte, gesagt: ›Einen Lord kann ich noch jeden Tag machen; einen Holbein nicht!‹ – wie Frau Haughton dennoch auch weiterhin sämtliche Maler durcheinandergebracht, und ihr dabei grundsätzlich das Bild jenes Malermeisters und Klempners erschienen sei, der sie so schamlos beschnellt und überteuert hatte, beim Renovieren der Fensterrahmen und dem Tapezieren der Wände, was Zeit und die 4 Kinder einer irischen Familie notwendig gemacht hatten, um den ersten Stock wieder neu vermieten zu können. Und diese spaßigen Anspielungen auf die mütterlichen fixen Ideen, erfolgten keineswegs unehrerbietig; sondern waren eher so gehalten, daß sie Darrell insofern zugunsten von Frau Haughton stimmen konnten, als durch sie die Züge einer ganz natürlichen einfältigen Mutter herausgearbeitet wurden; vielleicht etwas zu stolz auf ihren einzigen Sohn; die sich aber nicht darum scheerte, was sie tun, wie sehr sie arbeiten müsse, damit er seine soziale Stellung als Geborener Haughton ja nicht einbüße. Darrell verstand, und nickte billigend. »Gewiß«, sagte er, (und es war fast das erste Mal, daß er das Wort ergriff): »Künstlerschaft verleiht einen Rang, weit über dem von Gentlemen und Königen; und sobald sie ihren Adelsbrief erteilt, spielt es überhaupt keine Rolle mehr, ob der Empfänger nun der Sohn eines Bourbonen ist, oder eines Lichtziehers. Wo sie mit solchem Patent aber zurückhält – wo ein Mann von anständiger Herkunft lediglich Gemeinderäte abmalt, und mit nichten berühmt ist, (und ich möchte meinen, daß Ihr weder ein Tizian noch ein Holbein geworden wäret), ja, dann kann er genau so gut als Anstreicher und Klempner gehen; und hat als solcher erheblich bessere Aussichten, seinen Platz als Gentleman leidlich zu behaupten, ganz zu geschweigen von der Brot- und KäseFrage: Frau Haughton hatte ganz recht; und ich respektiere sie dafür.«

»Sehr richtig: und wenn ich so alt würde wie Methusalem, ich könnte nie einen Kopf malen wie Frank Vance!«

»Und selbst er ist noch nicht berühmt. Niemals von ihm gehört.«

»Aber er wird berühmt – dessen bin ich ganz sicher; und wenn Sie in London lebten, würden Sie bestimmt schon jetzt von ihm gehört haben. Oh, Sir: das Porträt, das er neulich erst gemalt hat! Das muß ich Ihnen ausführlich erzählen.« Und Lionel tat einen kühnen Sprung in *medias res,* in das kurze fragmentarische Epos von der Kleinen Sophie und ihrem excentrischen ungesunden Belisar, um dessentwillen sie erst arbeitete, dann bettelte; mit welch kunstloser Beredsamkeit wußte er nicht die ganze Geschichte farbig-anschaulich zu machen – bald ihre humoristische Seite, bald die ergreifende; mit welch verschönernder Sympathie schmückte er nicht das Bild des kleinen VagantenMädchens auf, mit seinem EdelfräuleinGesichtchen und der Einfalt eines Kindes; der Ausflug zu Wasser nach Hampton Court; ihr stilles Entzücken; wie es ihn gewurmt habe, fühlen zu müssen, daß Vance sich ihrer vor diesen ganzen feinen Leuten zu schämen schien; der Auftritt im Obstgarten, wo er jenen Brief Darrell's gelesen, der sie, im Moment, aus dem Vordergrund seiner Gedanken verdrängte; dann die Heimkehr, die Trennung, ihr sehnsüchtiges letztes Umblicken; am nächsten Morgen dann der Besuch beim Schuhflicker – sogar ihr AbschiedsGeschenk, das KinderBüchlein, mit den paar geschriebenen Zeilen auf dem Vorsatzblatt, (er wußte sie auswendig!). Und Darrell, der Große Advokat, empfand, daß er, aus diesen armen Bestandteilen, nie und nimmer die Wirkung auf ein Geschworenen-Gericht hätte hervorbringen können, die dieser knabenhafte Referent bei seinem granit'nen Selbst hervorbrachte.

»Und, ach-Sir!« rief Lionel, brachte sein Pferd zum Stehen, ja, hielt sogar, mit kühner rechter Hand, Darrell's an –: »oh«, sagte er, und gab aus feuchten inständig-plädierenden Augen dem erschütterten Fort, dem schon von ihm unterminierten, nun eine volle Salve – »oh, Sir, Sie sind so weise, und reich, und gütig: erlösen Sie dies arme Kind aus dem Mangel und den Bedrängnissen eines solchen Daseins! Hätten Sie sie nur sehen und hören können: sie kann unmöglich dazu geboren sein! – Sie blicken zur Seite? – Ich hab' Sie beleidigt. Ich habe kein Recht, Ihre Wohltätigkeit für Andere in Anspruch zu nehmen; aber statt *mich* mit Geschenken zu überschütten: für *sie* würde so wenig hinreichen! – wenn sie bloß aus der direkten nackten Not heraus wäre; zusammen mit dem alten Manne (sie würde ohne ihn nicht glücklich sein) sicher in so einer Hütte, wie Sie sie Ihren eignen Bauersleuten geben! Ich bin ein Mann, (oder werde doch bald einer sein): *ich* kann mich mit der Welt herumschlagen, und mir meinen Weg, so oder so, erzwingen; aber dieses zarte feine Kind, zur Schau auf Dörfern, oder als Bettlerin auf der Landstraße! – nicht Mutter, nicht Bruder, Niemanden als diesen gebroch'nen Krüppel, der sich auf ihren Arm als Krücke stützt. Ich kann die Vorstellung nicht ertragen. Ich bin überzeugt davon, ich werde sie irgendwo wiedertreffen; und wenn das geschieht: darf ich dann nicht an Sie schreiben?, und werden Sie ihr nicht zu Hülfe kommen? Bitte, sagen Sie etwas – sagen Sie ›Ja‹, Mr. Darrell!«

Des reichen Mannes Brust hob sich leicht; er schloß die Augen, aber nur für einen Moment. Noch ein kurzer scharfer Kampf mit seinem besseren Selbst – und das bessere Selbst behielt die Oberhand:

»Laßt meine Zügel gehen – schaut, das Pferd legt schon die Ohren an – es könnte Euch einen Possen spielen. Nur im Handgalopp voraus – Ihr sollt zufrieden sein. Laßt mir einen Augenblick Zeit, um – um mir den Rock aufzuknöpfen – er beengt mich etwas.«

## 12. Kapitel

*Guy Darrell giebt einem Impuls nach, und entscheidet rasch, was er damit machen werde.*

»Lionel Haughton«, sagte Guy Darrell, da er seinem jungen Vetter wieder zur Seite war, und er sprach es mit fester gemessener Stimme: »Ich habe Euch für eine sehr glückliche Minute zu danken. Der Anblick eines Herzens, so frisch, so durchsichtig, so reinlich und gut, ist eine derart rare Köstlichkeit, daß Ihr es noch gar nicht begreifen könnt, ehe Ihr in meine Jahre gekommen seid; gereist seid, von Dan bis gen Beerseba, und siehe es war Alles öd' und dürr. Merkt wohl auf!: wärt Ihr nur ein Halbdutzend Jahre älter gewesen; und dies Kind, für das Ihr den Fürsprech macht, ein hübsches Junges Mädchen, mein'thalben ebenso unschuldig, ebenso einnehmend – (also noch-gefährdeter) –: meine Mildtätigkeit hätte geschlummert, tot wie ein Stein. Das thörichte Gefühl eines JungMannes für ein hübsches Mädel? –: als Euer wahrer Freund würde ich nur die Achseln gezuckt, und ›Vorsicht!‹ gesagt haben. Wär' ich Euer Vater gewesen, hätte ich ganz Besorgnis und Stirnrunzeln sein müssen; hätt' ich doch die schwächlich-kränkliche Romanenhaftigkeit erblickt, an deren Ende, grundsätzlich, Betrogne oder Betrüger stehen. – Aber in Eurem Alter; Ihr, als warm-munterer, impulsiver, offenherziger Junge – Ihr, lediglich bewogen durch das Mitgefühl des Ritters für hilflose WeibKindlichkeit – (ach, daß Ihr mein Sohn *wäret!* – daß meines theuren Vaters Blut so chevaleresk in solchen Adern flösse! – (Ich hatte einmal einen Sohn. Gott nahm ihn mir ...))«; der Mund des Starken Mannes wollte beben – er beeilte sich, weiter zu kommen: »Ich erspürte durchaus, daß Mannheit in Euch wäre – als Ihr mir damals schriebt, mir meine plumpe Wohlthäterei in den Bart zu werfen – oder wie Ihr neulich, in einer leidenschaftlichen Aufwallung, die oberflächlich wohl närrisch, im Grunde aber nobler war, als alle Weisheit berechnender Unterwürfigkeit meinen heimischen Herd stracks verlassen wolltet – also-gut, Mannheit ja; aber es hätte noch genausogut bloßer männlicher Stolz, als Mann eben, sein können – eines Mannes Herz, aber dabei winter-kalt. Heute, jetzt, habt Ihr mir etwas zu sehen gegeben, was weit-besser denn Stolz ist; – oder, halt.: Jene Natur, die das Heroische Temperament ausmacht, setzt sich aus zweierlei Bestandteilen zusammen – unablenkbare Zielstrebigkeit; uneigennützige Humanität. Ob Ihr die erstere besitzt, ich weiß es noch nicht; die zweite aber habt Ihr mir enthüllt. Jawohl!: ich erkenne die Verbindlichkeit an, die Ihr mir proponiert habt; ich möchte mehr tun, als es Euch & dem Zufall überlassen, ob und wie Ihr dies arme KindWesen ausfindig macht: ich werde meinen Anwalt damit beauftragen, geeignete Schritte hierfür zu unternehmen. Ich will zusehen, daß sie frei bleibe von den Übeln, die Ihr für sie fürchtet. – Lionel; mehr noch: ich kann es nur mit Mühe erwarten, daß ich an Missis Haughton schreibe: ich habe ihr Unrecht getan! – Bedenkt, daß ich sie aber nie von An- zu Angesicht kennen gelernt habe. Ich sah in ihr immer nur den Anlaß zu meinem Zerwürfnis mit Eurem Vater, der mir einst recht-teuer war. Genug davon. Was mir mißfiel, war der Ton ihrer Briefe an mich. Er mißfiel mir an der Mutter eines Knaben, der doch vom dare-all-Blut war; (auch and're Gründe noch – das soll jetzt gleich sein). – Aber, während ich für Eure Erziehung-Ausbildung sorgte, war ich immer der Überzeugung gewesen, daß ihre Verwandten sie hinreichend unterstützten. – Sie hat mich niemals um einen diesbezüglichen Zuschuß gebeten; und ich meinerseits habe vorschnell über sie geurteilt und gedacht, sie würde keinerlei Anstand genommen haben, das zu tun, hätten es mir nicht Andre schon vorweggenommen. Ihr habt nunmehr bewirkt, daß ich sie besser verstehe, (und auf jeden Fall besteht ja Dreiviertel von dem, was wir in unsern Kinderjahren sind, aus mütterlichen Einflüssen!). Ihr seid frank, und furchtlos, und gütevoll – ein Gentleman. Und ich respektiere ab nun die Mutter, die solch einen Sohn hat.«

Lob von Darrell's Lippen war gewißlich rar; aber wenn er schon einmal lobte, wußte er auch, wie man das zu machen hat! Und kein Mensch wird je über Andere gebieten, der die Gabe nicht von Natur aus besitzt! Erlernt werden kann sie nicht. Kunst und Erfahrung können sie höchstens etwas im Ausdruck verfeinern.

## 13. Kapitel

*Er, der in einem eignen Kinde seinen Erben erblicken kann, darf das Auge über Hoffnungen und Besitztümer schweifen lassen, die weit-jenseits des eignen Grabsteins liegen; und sein Leben schon hienieden wie einen Satz betrachten, an dessen Ende nur ein Komma steht. Wer seinen Erben in eines andern Mannes Kind zu erblicken hat, er erschaut das Punctum am Ende des Satzes.*

Lionels Abreise war auf unbestimmte Zeit zurückgestellt worden; es wurde nicht weiter darüber gesprochen. Jedoch ging in Darrell's Verhalten ihm gegenüber eine bemerkenswerte Veränderung vor sich: die bisherige Gleichgiltigkeit, die der reiche Verwandte so lange hinsichtlich der Vergangenheit des Jungen, oder der individuellen Besonderheiten seines Geistes und Charakters an den Tag gelegt hatte, verschwand gänzlich. Im Gegenteil, er suchte nunmehr mit Nachdruck die verborgeneren Tiefen auszuloten, die in der Natur jeglichen Menschenwesens lauern; und in die bei Lionel umso schwieriger einzudringen war, der Lebhaftigkeit und des Freimuts wegen, die eine so glatte und scharmante Oberfläche bildeten; und dabei einen Stolz von bebendster Empfindlichkeit bedeckten; und einen Ehrgeiz, der in den Stunden erwachte, wo Einsamkeit und Träumerei die gigantischen Umrisse ihrer eignen Hoffnungen zusätzlich auf die neblichten Visionen der Jugend projizieren.

Darrell war nun zwar mit den Ergebnissen seiner Musterung nicht etwa unzufrieden; und dennoch, vielleicht eben dann, wenn er am meisten erfreut war, zog es wohl wie ein Schatten über sein Gesicht; und wäre eine Frau die ihn liebte um ihn gewesen, sie würde den kurzen leichten Seufzer wahrgenommen haben, der für den gröberen Sinn männlicher Freundschaft allzuschnell kam und ging, um ihn als Zeichen des Kummers zu erkennen.

Was Lionel angeht, so entdeckte er in dem, wie beschrieben unmerklich veränderten, Darrell täglich immer mehr, sein Interesse zu faszinieren und seine Zuneigung zu vertiefen; verliefen doch im Wesen dieses Mannes wahrlich wundersame UnterStrömungen von Liebenswürdigkeit, die so plötzlich hervorbrachen, so plötzlich wieder verschwanden! Und exquisit an ihm waren auch die Züge jenes mitfühlenden Taktes, den die Welt ›feine Lebensart‹ nennt, der jedoch nur aus einem Herzen kommen kann, das ritterlich und zärtlich zugleich ist; und die an Darrell umso bezaubernder waren, weil sie mit einem normalerweise kalten Benehmen kontrastierten, und mit einer Haltung derart gekennzeichnet durch eine sehr männliche, eigenwillige, ja hochmütige Kraft. So verging ein Tag um den andern, wie wenn Lionel tatsächlich zu einem Kinde des Hauses geworden wäre. Aber in Wirklichkeit war sein Aufenthalt einem nicht weniger schroffen und unerwarteten Ende nahe, als es neulich der Umschwung in der Stimmung seines Wirtes gewesen war, dem er das Hinauszögern seiner Abreise verdankte.

Eines klaren und hellen Nachmittags, als Darrell am Fenster seines PrivatArbeitszimmers stand, schaute Fairthorn, der sich wegen irgendeiner geschäftlichen Angelegenheit hereingeschlichen hatte, ihm erst lang und sehnsüchtig ins Gesicht; kam dann an seine Seite geschuffelt; legte ihm, ein leichtes schüchternes Anrühren, eine Hand auf die Schulter, wies mit der andern auf Lionel, der grad unter ihrem Fenster im Grase lag und in der *Faerie Qveene* las, und sagte: »Wenn er's doch nicht erfreut und tröstet: wieso schließen Sie ihn dann in Ihr Herz?«

Darrell zuckte erst; und antwortete sacht: »Ich wußte nicht, daß Ihr im Zimmer wart. Jaja armer Fairthorn; Dank auch.«

»Mir danken!? – wofür?«

»Für einen wohlmeinenden geDanken. – Ihr mögt den Jungen also leiden?«

»Sollt' ich's besser nicht?«, fragte Fairthorn, und sah schier erschrocken drein; »Sie tun's sicher auch.«

»Ja; *›leiden‹* kann ich ihn sehr; tue sogar mein Bestes, um ihn zu *lieben.* Aber, – aber –« Darrell wandte sich rasch, und das Porträt seines Vaters, über'm Kamin, kam ihm voll vor Augen – ein eindrucksvolles Gesicht; eins, das Einen verfolgen kann – süß und sänftlich; aber mit überhoher schmaler Stirn, und den geschweiften Nüstern des Stolzen; mit unsteten melancholischen Augen, deren Ausdruck Verfeinerung und Überzüchtetheit des Geistes besprach, nichts aber von Kraft. Es war etwas Verloren- und Vertanes, obwohl durchaus Imponierendes, um das ganze Abgebildet-Sein. Und je länger man fortfuhr in dies Antlitz zu schauen, desto mehr gewann seine trauervolle Anmuth die Oberhand über Einen; – wahrlich, ein pathetischer und überaus liebenswerter Anblick. Darrell's Augen wurden feucht –

:»Ja. Ja, mein Vater; es ist so –« sagte er halblaut. »Alle meine Opfer sind vergeblich gewesen: das Geschlecht kann nicht wiederaufgebaut werden! Kein Enkel von Dir wird auf mich folgen – mich, den Letzten der Alten Linie. –: Fairthorn, wie *kann* ich denn diesen Knaben lieben!?: Er mein Erbe; und in seinen Adern nicht 1 Tropfen von meines Vaters Blut!?«

»Aber er hat das Blut der Vorfahren Ihres Vaters; – und warum *müssen* Sie ihn denn durchaus als Ihren Erben denken? – Sie; der Sie, gingen Sie nur wieder in die Welt, ohne weiteres ein schönes Wei . . .«

:! –: Dergestalt stampfte Darrell's Fuß den Boden, daß die heilige matrimoniale EinSilbe, die über Fairthorns Lippen gewollt hatte, entzwei geschnitten ward, wie wenn ein Hai sie mittlings gepackt hätte. Unaussprechlich erschreckt, schob sich der Arme seitlich davon; drängelte sich hinter ein hohes LesePult; schielte überzwerch aus seiner Deckung hervor, und wimmerte: »Nicht, nicht doch, nicht so schrecklich sein! Ich hab doch nie und nimmer beleidigen wollen; aber ich sag ja immer Sachen, die ich gar nicht meine. Und dabei sehen Sie wirklich noch derart jung aus!« (schmeichlerisch) »und, und . . .«

Darrell, nachdem der Wutausbruch vorüber, war auf einen Stuhl gesunken, das Gesicht in die Hände gebückt; und seine Brust arbeitete, wie von unterdrücktem Schluchzen.

Der Musiker vergaß seiner Furcht. Er sprang hervor, (wobei er das hohe Pult beinah umstieß); er warf sich zu Darrell's Füßen auf die Knie, und rief, in abgebroch'nen Worten, aus: »Meister, Meister, vergebt! Vieh das ich war! Oh blickt doch auf – lächelt doch, oder schlagt mich wenigstens – gebt mir einen Tritt.«

Darrell's rechte Hand glitt sacht von seinem Gesicht nach unten, und legte sich in Fairthorn's Griff.

»Ruhig; ruhig –« murmelte der Mann von Granit; »einen Moment nur; ist schon wieder vorüber –«.

›Einen Moment‹! Das mochte lediglich eine Redewendung sein; aber bevor noch Lionel nur halb den Canto vollendet hatte, der ihn ins Feenland versenkte, stand Darrell auch schon, mit der an ihm gewohnten gelassenen Miene neben ihm; und hinter dem ZweigVorhang eines nahen Lindenbaumes hervor, hauchte Fairthorn's Flöte eine Melodei, so dolce, wie wenn in Arkadien immer noch sorgloses Faunenvolk pfeifte und pfiffigte; und ›Gram‹ Jemand sei, der drüben weit hinter den Bergen wohne, von dem wohl Schäfer, gemächlich zurückgelehnt unterm Sommerlaub, sich unterreden, so wie wir von Hydern sprechen, und Einhörnern und sonstigen Fabelgeschöpfen.

An- und abschwoll das bezaubernde Musizieren, runder-voller, runder-voller; und nun schreiten sie, Beide, davon, der müde Mann mit seinem heimlichen Kummer und der Junge mit seinem frank und frohen Lachen; Seite an Seite, über Rasengrund, goldgestirnt mit wilden Blumen; unterm Gezweig dahin jenes DruidenHains, aus dem sie die Ringeltaube aufschrecken – weiter und weiter, immerfort Seit' an Seite; und nun sind sie uns aus den Augen, wie wenn das dichte Grün des Sommers, gewogegleich, sich um sie geschlossen hätte. Aber die Flöte sie tönt noch fürder; und noch vernehmen sie sie im Schreiten, leiser, und wiedrum leiser. –: Pst! – können Sie 's nicht auch hören? – ja?

## 14. Kapitel

*Gewisse Ereignisse gibt es, die für jedes Menschen-Leben das sind, was Kometen für die Erde: anscheinend seltsame und erratische Vorboten; verschieden von den gewöhnlichen Lichtern, die unsern Kurs leiten, oder uns die Jahreszeiten angeben; aber dennoch treu ihren eignen Gesetzen, und mächtig was ihre Einflüsse angeht. Der Philosoph stellt Spekulationen an über ihre möglichen Wirkungen, und disputiert über etwelchen Nutzen – Menschen die nicht philosophieren, betrachten sie schlicht als Sonderbotschafter, und Nuncii des Unheils.*

Sie traten aus dem kleinen Park heraus, und auf einen Seitenpfad. Vor ihnen breitete sich, gewellt in Bodenschwellung und -Senken, ein weiter Strich Gemeindelandes, ganz gelb vor lauter Ginsterblühen; zur Rechten hatten sie die dunklen BuchenWaldungen, unbeweglich unter der Glut des JuliMittags. Lionel hatte sich über die ›*Faerie Qveene*‹ verbreitet; über Irrendes Ritterthum; über das hold-unmögliche TraumDasein, wo man zeitentnommen, sicher vorm Veralten, dahingleitet, durch Lauben und Hallen, durch WaldMagie und HöhlenGehex, mitten in die Welten der DichterBuchnisse. Und Darrell hatte zugehört; und das Flötengetön sich eingemischt in solche Atmosphäre, fein und weither, wie eine Stimme aus eben jenen Welten.

Sie traten also heraus, das geschilderte weithin-ungebaute Land vor sich; und Lionel sagte vergnügt –

:»Aber das ist ja genau Die Szenerie! Auf diesem Fleck würde der Junge Ritter, beim Auszug aus seines Vaters Hallen, den *destrier* gezügelt, sinnend bald über die grüne Ode, die so grenzenlos erscheint, bald auf das ›schattenreiche Grauen‹ der Wälder, die gleichsam den Atem anhalten, hingeschaut, und sich gefragt haben, welcher Weg am besten ins Abenteuer führe.«

»Ja«, sagte Darrell, und brach einmal die lange Zurückhaltung hinsichtlich all dessen, was sein vergangenes Leben ausmachte – »ja, und mich hat das Gold der Ginsterblüte verlockt; und ich wählte das Odland.« Er pausierte einen Augenblick; er hob wieder an: »Und dann, nachdem ich Städte und Menschen kennen gelernt, und mir aus der faden TatsachenWelt noch ein Stück Romantik gerettet hatte, da wollt' ich wiedrum verfahren, wie die Zivilisation so mit der Romantik verfährt – ich hatte vor, mir all das Ödland einzuhegen, bezwecks SelbstErhöhung. Seht«, fuhr er fort, indem er mit einer umfassenden Handbewegung über die ganze weite Landschaft hinwies: »soweit Euer Blick nur reicht, bis an den Rand des Horizonts: das Alles hat einmal, es sind jetzt an die vierzehn Jahre, mit dem kleinen Gehege, das wir eben hinter uns ließen, zusammengeworfen werden, und einen einzigen großen Park bilden sollen, um jenes Haus herum, an dem ich damals baute. Der Eitelkeit menschlichen Wünschens! Was, als der verschiedne Maßstab ihrer gemeinsamen Narretei, unterscheidet schon den geäfften Landjunker von dem gescheiterten Eroberer? Das charakteristische GehirnOrgan beim Menschen muß tatsächlich der Erwerbssinn sein.«

»Ist es nur sein Erwerbssinn gewesen, der Themistokles zu der Prahlerei bewog, daß ›er einen kleinen Staat groß machen könne‹?«

»Passende Erinnerung – sinnreich zitiert«, versetzte Darrell, mit dem höflichen Neigen seines imposanten Hauptes. »Ja, ich hege den Verdacht, daß das Organ der Begehrlichkeit erheblich-viel mit dieser Prahlerei zu tun gehabt habe. Sich einen Namen zu machen, ist der früheste Traum des Themistokles gewesen, wenn wir der Anekdote Glauben schenken wollen, die ihn sagen läßt: ›Die Trophäen des Miltiades ließen ihn nicht ruhig schlafen‹. Und ›sich einen Namen machen‹, oder ›ein Vermögen erwerben‹, sind schließlich nur verschiedne Anwendungsgebiete ein- und derselben menschlichen Passion. Das Begehren nach etwas, das wir nicht haben, ist die erste unsrer KindheitsErinnerungen – welche Form es annimmt, nach welchem Gegenstand es verlangt, darauf kommt's jetzt nicht an; immer ist es identisch mit ›Aneignen‹; und verläßt uns nie, solange wir leben.«

»Und dennoch – wenn ich darf – möchte ich die Gegenfrage stellen: was könnten Sie, jetzt, wünschen, das Sie nicht schon besäßen?«

»Ich? – nichts; aber ich sprach von den Lebenden! Ich selbst bin tot. Nur«, fügte Darrell mit seinem silbrigen Gelächter hinzu, »ich sage, wie schon der arme Chesterfield vor mir tat: ›es soll noch ein Geheimnis bleiben – bewahrt es‹.«

Lionel gab keine Antwort; die Schwermut der Worte betrübte ihn; aber Darrell's Art und Weise wies jeglichen Ausdruck von Teilnahme oder Mitgefühl von vornherein zurück; und der Junge war auf Mutmaßungen angewiesen: was wohl das geistige Leben dieses Mannes, derart für die Welt abgetötet haben mochte?

Und, also still geworden, setzten sie ihren Ausflug fort, bis sie den Klang der Flöte längst aus dem Ohr verloren hatten. (Ob der Musiker wohl noch weiter spielte?).

Schließlich kamen sie in einem Bogen herum, an das andere Ende des Dörfchens Fawley; und Darrell wurde wieder lebendig.

»Vielleicht«, sagte er, indem er noch einmal auf das Gesprächsthema zurückkam, das so unvermittelt fallen gelassen worden war – »vielleicht liegt die Liebe zur Macht wirklich jeder rastlosen Bewerbung um Fortunas Gunst zugrunde; und trotzdem, Alles in Allem genommen: Wer erfreut sich eigentlich ungetrübterer Macht, als der Than eines Dorfes? Mit wie wenig Anstrengung, wie wenig GedankenAufwand, kann nicht der Mann im Herrenhause die Leute in den Hütten, hienieden glücklicher, und für ein Jenseits--danach tauglicher machen? Indem ich der Welt den Rücken kehre, komme ich aus Streit und Pilgerschaft, gleich unsern Ahnen, den Kreuzfahrern, her, um daheim zu regieren.«

So sprechend, betrat er eine der Hütten. Ein alter gelähmter Mann saß, so heiß auch die JuliSonne draußen brannte, am Feuer; und sein Weib, gleichermaßen bejahrt und fast ebenso hülflos, las ihm ein Kapitel aus dem Alten Testament vor – das 5. Kapitel der Genesis, das die Stammbäume, das Alter, und den Tod der Patriarchen vor der Sündfluth enthält. Wie die Gesichter des alten Paares beim Eintritt Darrells aufleuchteten! –: »Master Guy!«, sagte der alte Mann, indem er sich zitt'rig zu erheben suchte. Für ihn war der weltmüde Redner und Jurist immer noch der junge ›Master Guy‹.

»Bleibt sitzen, Matthew; und laßt mich Euch ein Kapitel vorlesen.« Und Darrell nahm das Heilige Buch, und begann die Bergpredigt zu verlesen. Nie noch hatte Lionel annähernd Ähnliches gehört, wie diese Art des Vortrags: das Gefühl, das den Tiefsinn zur Geltung brachte; die Töne, süßer als Flötenklang, die das Göttliche Wort in Musik kleideten – als Darrell innehielt, schien der Tag etwas von seiner Schönheit eingebüßt zu haben. Er verweilte noch ein paar Minuten, in freundlich-vertraulichem Gespräch; und wandte sich dann der nächsten Hütte zu, wo eine bettlägrige Frau krank war. Er hörte sich ihre Klagen an; versprach ihr etwas aus seinen eignen Vorräten zu schicken, das ihr gut tun werde; munterte sie geistig auf, so daß er sie recht getröstet zurückließ; und wandte sich, draußen, Lionel mit einem wortlosen prachtvollen Lächeln zu, welches zu fragen schien: ›Ist dergleichen nicht auch Macht?‹.

Aber es gehörte zu den traurigeren Eigentümlichkeiten dieses bemerkenswerten Mannes, daß alle seine Stimmungen raschen und scheinbar unerklärlichen Schwankungen unterworfen sein mußten. Es war, wie wenn irgendein gewaltiger Schlag das Haupttriebwerk seines Wesens getroffen, und dessen ursprüngliche Harmonie in Trümmern hinterlassen habe; jegliches davon immer eindrucksvoll genug; aber das Zusammenprallen aller ergab nur noch eine widrige Disharmonie, wie eine verstimmte Harfe die die Winde anspielen. Denn nach solch unverkennbarer Bemühung, sich-selbst zu trösten und aufzurichten indem man Andere ermutigt und stärkt, knickte Darrell's Kopf, unvermittelt, wieder auf seine Brust ab; und er schritt fürder, die Dorfstraße hinauf; achtlos weder der sich öffnenden Haustüren erwartungsvoller Kätner, noch des bescheidentlichen Grußes der Vorüberkommenden. »Und ich hätte hier so glücklich gewesen sein können!«, sagte er plötzlich: »Könnt' ich's nicht jetzt noch sein? – Jaja; vielleicht, wenn ich einmal absolut-alt sein werde – nur noch durch den Faden einer Stunde an diese Welt geknüpft. – Alte Leute scheinen ja irgendwie glücklich zu sein: nach-hinten sind sämtliche Erinnerungen verblaßt, außer denen der Kindheit und hüpfrigen Jugend; vor-ihnen nur noch die schmale Furt, und über dem Ufer-jenseits bricht die Sonne schon durch Gewölke. – Dieser kritische *descensus averni* ins Altern, das ist die allerverstörendste Epoche im MannesLeben: überstandne Niederlagen schwären fort; und – ein gewisses StärkeGefühl noch in den Gliedern, eine Art Leidenschaft noch im Herzen – kann er sich nicht mit dem versöhnen, was im LebensProspekt unweigerlich als Nächstes kommt – dem Lehnstuhl, und dem schlagflüssigen Kopf. Tja!, das Leben ist schon ein putziges PuzzleSpiel. Die unzusammenpassendsten Stückchen fügen sich ineinander; und allmählich wird fast-etwas wie ein Schema sichtbar; und, hah!, das Kindlein klatscht in die Hand ob all der Klarheit und Symmetrie, und jubelt wohl noch: ›Da! Da!, jetz' hab' ich das Puzzle raus!‹ – aber da streicht's all die Einzelteile wieder in die SpielSchachtel zurück – in die große-schwarze Schachtel mit den vergoldeten Nagelköpfen – hoh!; Lionel, Kopf hoch!: da ist unsere Dorfkirche. Und hier, gleich zu meiner Rechten, der Friedhof. –«.

Während so Darrell und sein junger Begleiter die Blicke von der

Dorfstraße aus nach rechts wandten, zu dem kleinen grauen Kirchlein hin – zu dem geweihten Begräbnisplatz, wo hier und da, inmitten bescheidnerer Hügel, die Grabsteine ragten, zum Gedächtnis des ein- oder andren früheren Darrell, für dessen Überreste man der Familiengruft den lebendigen grünen Rasen vorgezogen hatte; während Beide sich dann weiter langsam der traurig-friedlichen Stätte nahten, und, still und nachdenklich, auf die Einzäunung gelehnt standen, die jene vor den Tieren schützte, die ruhig auf dem umgebenden Grasgrunde weideten – da ständerte, 50 Meter entfernt, auf der Schwelle des kleinen Landgasthauses links von der Dorfstraße, ein Wanderer herum, fremd hier am Ort, und spähte, scharfen Blicks, zu den stillen Gestalten der beiden Verwandten hinüber.

Dann, zur Wirtin hin gewandt – die, mit einem Glas Brandy-and-Water in der Hand, (dem dritten ›Gemischten‹, das der Fremde während seines halbstündigen Aufenthalts in der Gastwirtschaft verlangt hatte), etwas weiter drinnen auf der Hausflur stand – sagte der Mann –

»Der Größere von den beiden Herrn dort-drüben, ist gewiß Euer Gutsherr, gelt?; wer aber ist der Kleinere und Jüngere?«

Die Wirtin steckte den Kopf hervor – ?

»Oh, das ist ein Verwandter vom Herrn, der drüben auf Besuch ist, Sir. Ich hab den Kutscher sagen hören, daß der Herr sehr für ihn eingenommen ist; und im Schloß sind sie Alle der Ansicht, der junge Gentleman würd' mal sein Erbe werden.«

»Hoho! – tatsächlich – sein Erbe? Wie ist denn der Name des Burschen? In welchem Verwandtschaftsverhältnis mag er zu Mr. Darrell stehen?«

»Den genauen Verwandtschaftsgrad kann ich nich sagen, Sir; aber es iss Einer von den Haughton's; und die sind ja seit undenklichen Zeiten mit unsern Leuten auf Fawley hier verwandt gewesen.«

»Haughton? – ahà! Schön'n Dank, Madam. – Hier: wechselt bitte.«

Der Fremde leerte das Glas auf einen Zug, und streckte dann die Hand nach dem Wechselgeld aus.

»'zeihung, Sir; aber das muß wohl ausländisch Geld sein?«, sagte die Wirtin, indem sie das FünfFrankenstück in ihrer Handfläche argwöhnisch-neugierig hin und her drehte: ? –

»Ausländisch! Ist das möglich?«; der Fremde grub erneut in

seiner Tasche herum; und brachte, anscheinend mit einiger Schwierigkeit, endlich eine halbe Krone zum Vorschein.

»Einen Sixpence noch, Sir, wenn ich bitten dürfte: 3 Brandy's, und ein Käsebrot, und das Ale auch noch, Sir. –«

»Tz, bin ich dumm! – Ich hab gedacht, die französische Münze da, wär' ein 5-SchillingStück. Ich fürchte fast, ich hab im Moment, außer dieser halben Krone, gar kein englisches Kleingeld weiter bei mir. Und verlangen, daß Ihr mir trauen sollt, kann ich ja wohl auch kaum, wo Ihr mich nicht kennt.«

»Och, Sir, wo Sie den Herrn kenn'n, iss das nich so wild: Sie komm' doch sicher wieder ma' vorbei.«

»Und werd' meine Schulden dann bestimmt nicht vergessen«, sagte der Fremde; nickte; und entfernte sich, in derselben Richtung, die Darrell und Lionel indes bereits eingeschlagen hatten – durch ein Drehkreuz; und weiter, den öffentlichen Weg entlang, der erst am Friedhof, und dem benachbarten Pfarrhaus, und schließlich, durch Getreidefelder dahin, in Richtung der Fawley'schen Besitzungen führte.

Der Pfad war schmal, und zu beiden Seiten stand hoch das Korn; so daß zwei Personen nicht gut nebeneinander gehen konnten. Lionel war einige Schritte voraus, denn Darrell ging langsam. Der Fremde folgte ihnen in gewissem Abstand; ein- oder zweimal beschleunigte er seinen Schritt, wie wenn er sich entschlossen hätte, Darrell einzuholen; dann versagte ihm jedoch anscheinend wieder der Mut, und er fiel neuerlich zurück.

Es war etwas Heimliches und Ungutes um den Mann. Von seinem Gesicht konnte man nicht viel erkennen, denn er trug einen großen Hut, von ausländischer Machart, tief in die Stirn gedrückt; und außerdem waren Mund- und KinnPartie unter einem dunklen-dichten Schnurr- und BackenBart verborgen. Soviel von den allgemeinen Umrißlinien des Gesichtes noch unterscheidbar blieb, war allerdings entschieden hübsch zu nennen; obwohl ein von Natur aus schon blühender Teint, ein gewisses hitziges Aussehen bekommen zu haben schien, wie es infolge früh angewöhnter Unmäßigkeit im Trinken einzutreten pflegt, bevor es dann in die mehr bleierne Färbung späterer Stadien übergeht.

Seine Kleidung kündete von dem Anspruch auf eine gewisse gesellschaftliche Stellung; aber ihre einzelnen Bestandteile waren befremdlich unzusammenstimmend, nicht mehr voll-modern, und zum Teil schadhaft: perlfarbene Beinkleider, mit seidenen Biesen an der Seitennaht-hinunter; dazu passende Halbstiefelchen – Pariser Mode, von vor 3 Jahren –: aber die Hosen selbst schäbig geworden, die Biesen mißfarbig, die Stiefelchen durchlöchert. Das Jackett – einst eine Art schwarzen Fracks, für Abendgesellschaften – von einem Schnitt, ein oder zwei Jahre vor dem der Hosen datierbar, mit Atlas-Revers – aber das Tuch-selbst abgeschabt, der Atlas schmutzfleckig. Über all-dem getragen eine Art sommerlichen Reise-Umhangs, oder eher noch ein Cape aus wasserdichtem Satin, (einst der letzte ModeSchrei bei den Löwen der *Chaussée d'Antin,* sobald sie es wagten, einen Schweizer Kanton zu durchbummeln, oder ein deutsches Spa); immer aber ein Kleidungsstück, das, infolge einer gewissen weichlichen Effeminiertheit nach Form und Gewebe, nun sowohl die entsprechende studierteste Eleganz im sonstigen Kostüm seines Trägers erfordert hätte, als auch die säuberlichste Reinlichkeit an-sich. Von diesem Reisenden-hier getragen, ja praktisch abgetragen, ward das Cape zu einem Putz, so kümmerlich wie der zerfetzte Wimpel über einem Wrack.

Und dennoch;: trotz dieser-seiner Kleidung – der nicht-gut stehenden; der schäbigen, überholten, – hätte man, bei einem zweiten Hinblick, schwerlich umhin gekonnt, ihren Träger als einen wunderbar gebauten Mann zu bezeichnen! – hochgewachsen mit schmalen Hüften; lang-gegliedert, dennoch mit einem BrustUmfang, der unmeßbare Kraft besprach – eine jener raren Gestalten, die ein FrauenAuge ob ihrer Anmut – ein WerbeSergeant ob ihrer athletischen Kraft bewundern würde.

Und trotzdem verdarb die ganze-Haltung, das ganze-Aussehen des Mannes – (einmal abgesehen von den sinistren Unstimmigkeiten seines Aufzuges, die ihm das Ansehen eines zum Bettler heruntergekommenen Verschwenders gaben) – den günstigen Eindruck, den körperliche Anmut an sich hervorbringt. Schwierig zu beschreiben das WIE – schwierig auszudrücken das WIESO – aber es gibt da ein ganz bestimmtes Aussehen, das ein Mann bekommt; eine Gangart, die ein Mensch annimmt, wenn die ganze-übrige Menschheit ihn ›schneidet‹ –: und eben jenes Aussehen, jenen Schritt, hatte dieser Mann.

»So-so –«, murmelte der Fremde. »Sein Erbe dieser Junge? – so-so. Wie kann ich an ihn 'rankommen, und mit ihm sprechen? In seinem eignen Hause würd' er mich nie und nimmer empfangen: das kann nur geschehen wie jetzt, im Freien; aber wie ihn alleine erwischen?; und im Gasthaus rumlungern, in seinem eig'nen Dorf –

womöglich 'n ganzen Tag – um 'ne Gelegenheit abzupassen?; unmöglich! Wo wär, außerdem, das Geld dazu? Kurasche, Kurasche!«. Er beschleunigte seinen Schritt, und stieß den Hut ins Genick. »:Kurasche! Warum nicht jetzt? Jetzt oder Nie!«

Während der Mann auf diese Art sein Selbstgemurmel hielt, hatte Lionel das Gattertor erreicht, das, unmittelbar hinter dem kleinen See gelegen, auf Fawley'schen Grund und Boden führte. Leicht flankte er über das Gatter hinweg; wandte sich dann zu Darrell zurück, und rief: »Hier ist schon das Reh, um Sie zu bewillkommnen!«

Just als Darrell – der, das sinnende Auge auf den Boden geheftet, den Zuruf kaum beachtete – sich dem Gatter näherte, ward es ihm von einer Hand respektvoll-weit geöffnet; ein Kopf verbeugte sich untertänig-tief; und eine kunstvoll-sanfte Stimme stammelte abgebrochne, undeutliche Worte hervor, von denen die vernehmlichsten noch waren – »Verzeihung – etwas mitzuteilen – wichtig – hören Sie doch.«

Darrell fuhr auf – grad als der Reisende ihn beinah berührte – fuhr auf – und zurück, wie Einer, auf dessen Pfad sich unversehens ein wildes Tier aufrichtet. Sein gesenkt gewesenes Haupt hob sich empor, hochmütig, entrüstet, herausfordernd; aber seine Wange war erblaßt, und die Lippe zitterte. »Ihr hier! Ihr in England – in Fawley!? Ihr nehmt Euch heraus, mich anzureden? Ihr, Sir, Ihr . . .«

Lionel vernahm den Klang der Stimme eben in dem Augenblick, da das Reh, schüchtern, zu ihm herangekommen war. Er wandte sich rasch um; und gewahrte Darrell's verfinstertes gebieterisches Antlitz, auf welchem, so finster und gebieterisch es immer geworden war, selbst ein nur hastiger Blick sofort eine Überraschung entdecken konnte, die nahezu an Furcht grenzte. Von dem Fremden, der noch immer das Gatter auf-hielt, sah er nur den Rücken, die Stimme selbst hörte er nicht; obschon der Mann, seiner Gebärde nach, augenscheinlich etwas erwiderte. Lionel hielt einen Augenblick, unentschlossen, inne; aber wie der Mann zu reden fortfuhr, sah er Darrell's Gesicht bleicher und bleicher werden; und unter dem Antrieb einer unbestimmten Befürchtung eilte er zu ihm hin; aber gerade als er auf einen Meter heran war, tat Darrell seinen Schritten Einhalt.

»Geht nachhause, Lionel: der Mann möchte privat mit mir sprechen.« Dann, in gedämpfterem Ton, sagte er zu dem Fremden:

»Schließt das Gatter wieder, Sir; Ihr steht sonst auf dem Land meiner Väter. Wenn Ihr mir etwas zu sagen habt: hier entlang.« Damit schritt Darrell, die Kornhalme beiseite drängend, auf ein Stück wüsten Landes zu, das gleich neben dem Feld lag: der Mann folgte ihm, und Beide entschwanden Lionels Blicken. Das Reh war bis ans Gatter gekommen, seinen Herrn zu begrüßen; jetzt legte es, mit einem gleichzeitig enttäuschten und klagenden Gebaren, die feine Nase auf die oberste Stange.

»Komm«, sagte Lionel; »nu-komm. –«. Aber das Reh wollte nicht von der Stelle.

So ging der Junge also alleine fürbaß, ohne sich mit dem eben Vorgefallenen weiter groß zu beschäftigen. »Zweifelsohne«, dachte er, »Irgendjemand aus der Umgebung, in ländlichen Angelegenheiten.«

Er umging den See; und setzte sich dann, nahe beim Hause, auf eine Gartenbank. Woran er dort dachte? – wer weiß? Vielleicht an die Große Welt; vielleicht an die Kleine Sophie! Die Zeit verstrich; und die Sonne senkte sich schon im Westen, als Darrell, wortlos, an ihm vorbei-eilte, und ins Haus trat.

Zum Dinner ließ sich der Hausherr nicht blicken; und auch den ganzen übrigen Abend nicht. Mr. Mills überbrachte eine Entschuldigung –: Mr. Darrell fühle sich nicht ganz wohl.

So hatte Fairthorn Lionel ganz für sich allein; und da er sich, seit den letztvergangenen Tagen, wieder der offenen Herzlichkeit dem jungen Gaste gegenüber überlassen hatte, war er an diesem Abend ganz besonders mitteilsam. Er ließ sich viel über Darrell aus, und zwar mit all der Zugetanheit, die der arme Flötenist, trotz mancher Ängste, für seinen schroffen Schutzherrn empfand. Viele Anekdoten wußte er zu berichten, von des strengen Mannes feinfühlender Güte, Allen gegenüber, die mit seiner Sphäre in Berührung kamen. Noch frappierendere Anekdoten allerdings, wußte er von des gütigen Mannes Strenge beizubringen, sobald irgend ein hartnäckiges Vorurteil, irgend eine herrschende Leidenschaft, ihn ›graniten!‹ machten.

»Weißgott, mein teurer junger Sir«, sagte Fairthorn: »seid sein bitterster geschworener Feind; und die erste Hand, die Euch hilft, wenn Ihr im Schlamm ausrutscht, wird die von Guy Darrell sein. Aber seid sein notorisch-bewährter Freund; und hintergeht ihn, 1 Mal, um Strohhalmsbreite – dann versucht, wenn Ihr gut beraten seid, nie mehr, sein Gesicht zu erblicken! –: das menschliche

Wesen, das am meisten, und am wenigsten verzeihen kann. Aber ...: ?«

Die Tür des Lesezimmers war geräuschlos aufgegangen, und Darrell's Stimme rief herein –

:»Fairthorn?; ich möchte mit Euch sprechen.«

## 15. Kapitel

*Auf jeder Straße giebt es zwei Seiten: die sonnige Seite, und die im Schatten. Wenn zwei Männer einander dort die Hände schütteln, und Abschied nehmen: achten Sie darauf, wer von den Beiden die sonnige Seite einschlägt – es dürfte der Jüngere sein.*

Am nächsten Morgen erschienen weder Darrell noch Fairthorn zum Frühstück; aber sobald Lionel mit dieser Mahlzeit fertig war, benachrichtigte Mr. Mills ihn, mit gewohnter Höflichkeit, daß Mr. Darrell ihn in seinem Arbeitszimmer zu sprechen wünsche. (Dem Arbeitszimmer, über dessen Schwelle Lionel noch nie den Fuß gesetzt hatte!) Er betrat es nun, mit einem Gefühlsgemisch aus Ehrfurcht und Neugierde. Nichts Auffälliges darin, abgesehen von dem Porträt des Vaters des Hausherrn überm Kamin. Bücher hingestreut über Tische, Stühle, Fußboden, in jener Unordnung, wie der geistige Arbeiter sie liebt. In Fensternähe stand ein Glasbecken mit Goldfischen darin; und dicht dabei, in seinem Käficht, hüpfte ein Singvogel – mochte Darrell immer ohne die Gesellschaft der Spezies Mensch auskommen können; aber ganz ohne etwas, das er beschützte und hegte – einen Vogel – oder auch nur einen Fisch – doch wohl nicht.

Darrell sah wirklich übel aus; sein scharfes Auge wirkte beinah trübe, und die Linien auf seinem Gesicht schienen tiefer. Aber er sprach mit seiner gewohnten ruhigen leidenschaftslosen Stimm-Melodik.

»Ja«, sagte er, als Antwort auf Lionels echt-ängstliche Erkundigung; »Mir ist nicht gut. Müßiggänger, wie ich jetzt, geben gern jedem Unwohlsein nach: als ich noch ein vielbeschäftigter Mann war, tat ich das nie; und folglich gab das Unwohlsein mir nach. Meine Pläne allgemein werden dadurch, wenn auch nicht direkt geändert, so doch zumindest ihrer Ausführung rascher nahe gebracht, als ich annahm. Schon ehe Ihr herkamt, hatte ich Euch ja geschrieben: Ihr möchtet *bald* kommen, oder es könnte sein, Ihr träfet mich nicht mehr hier an. Ich hatte für den Sommer eine Auslandsreise vor; ich werde sie jetzt sofort antreten; ich brauche Luftveränderung und Tapetenwechsel. – Ihr werdet heute nach London zurückkehren –«

»Heute?! – Sie sind doch nicht etwa böse auf mich?«

»›Böse‹!: mein lieber Junge und Vetter – Nein!«, gab Darrell in ungewöhnlich zärtlichem Tonfall zurück: »böse? – pfui! – Aber da die Trennung erfolgen muß, ist es immer gut, die Pein eines langen Abschiednehmens abzukürzen. Ihr werdet ja ebenfalls den Wunsch haben, Eure Mutter wiederzusehen; und Ihr dafür zu danken, daß sie Euch so erzogen hat, um den Schritt von der Armut zur Bequemlichkeit erhobnen Hauptes tun zu können: übergebt Frau Haughton, bitte, diesen Brief hier. – Was Euch selbst betrifft, scheinen Eure Neigungen zum Soldatentum zu tendieren; aber ehe Ihr Euch endgültig für diese Laufbahn entscheidet, hätte ich es ganz gern, wenn Ihr erst noch etwas mehr von der Welt sähet. Macht, gleich morgen, Euern Besuch bei Oberst Morley, in der Curzon Street: hier ist seine genaue Anschrift. Er erhält, mit heutiger Post, einen Brief von mir, in dem ich ihn bitte, Euch zu beraten. Folgt seinen Ratschlägen, soweit sie die Welt betreffen; er ist ein ausgesproch'ner Mann von dieser Welt – übrigens ein entfernter Verwandter von mir – der, um meinetwillen, gut zu Euch sein wird. Ist sonst noch etwas zu sagen? Ach ja. Was jetzt folgt, mag unfreundlich klingen; aber es muß ausgesprochen werden. Ihr erhaltet von mir ein unabhängiges Einkommen, des könnt Ihr sicher sein. Aber laßt Euch niemals zu Extravaganzen verleiten; etwa durch müßige Parasiten, die Euch einreden möchten, Ihr würdet bestimmt noch mehr bekommen. Gebt Euch ja nicht einer, wenn auch plausiblen, Erwartung hin, Ihr würdet mein Erbe sein.«

»Mr. Darrell! – ach, Sir . . .«

»Ssst! – die Erwartung wäre nicht unvernünftig; aber ich bin ein sonderbares Wesen. Ich könnte ja wieder heiraten – könnte eig'ne Erben haben. Wie, Sir? – warum nicht!?« Darrell stieß diese letzten Worte beinahe wütend aus; und fixierte Lionel scharf, als er wiederholte: »Warum nicht?«. Da er jedoch erkannte, daß die

Miene des Jungen keinerlei Erstaunen an den Tag legte, entspannte sich der Ausdruck der seinen; und er fuhr besänftigt fort – »Genug; was ich so rauh formulieren mußte, war gut gemeint. Es wäre Verrat einem jungen Mann gegenüber, ihn auf ein Vermögen rechnen zu lassen, das ihm am Ende womöglich doch nicht zufällt. Jetzt, Lionel, geht; genießt den Lenz Eures Lebens! Geht, hoffnungsvoll und leichten Herzens. Wenn Kummer sich Euch naht: kämpft dagegen an; wenn Irrtum Euch mißleitet hat: kommt, furchtlos, um Rat zu mir. – Wie, mein Junge – was ist denn das? – Tränen? Tz, tz.«

»Nur wegen Eurer Güte –«, stammelte Lionel. »Ich kann nichts dafür. – Ist denn gar nichts, was ich, als Gegenleistung, für Sie tun könnte?«

»Oh ja; sogar viel. Haltet Euren Namen frei von Befleckung; und Euer Herz offen für edle Bewegungen, wie sie eben solche Tränen jetzt hervorriefen. – Ach, nebenbei noch, ich habe grade heute von meinem Anwalt Nachricht bekommen, über Euren armen kleinen Schützling: gefunden ist sie noch nicht; aber er scheint zuversichtlich, was einen schnellen Erfolg anbelangt. Sobald ich mehr davon höre, werdet Ihr umgehend davon unterrichtet.«

»Demnach würden Sie mir schreiben, Sir – und ich dürfte Ihnen schreiben?«

»So oft es Euch gefällt. Immer an die Adresse hier.«

»Werden Sie lange fort sein?«

Darrell's Brauen zogen sich zusammen, daß sie einander trafen. »Weiß ich nicht«, sagte er knapp. »Adieu.«

Noch während er sprach, öffnete er die Tür.

Lionel schaute, aus schwimmenden Augen, auf ihn, mit innigem Sehnen, mit söhnlicher Zuneigung. »Gott segne Sie, Sir«, murmelte er in seiner Einfalt; und entfernte sich.

»Dieser Segen hätte von mir kommen müssen!«, sagte Darrell zu sich selbst, als er sich wieder zurückgewandt hatte, und an seinem einsamen Heerde stand. »Aber auch wiedrum: sie, deren Häupter ich irgendwann zu segnen wagte, wo sind sie? – wo? – Und jetzt die Geschichte dieses Menschen wieder, der die kecke Fabel neuerlich aufwärmt; mit der dieser Andere – und ich glaube tatsächlich, der weniger strafbare Schuft von den Zweien – mich schon vor Jahren anzuführen versucht hat! Aber stop; ruhig; ganz sachlich erwägen, was er da gesagt hat. (Wenn das wahr wäre! Oh, die Schande, die Schande!).«

Und, die Arme fest über der Brust kreuzend, begann Darrell den Raum mit langsam-abgemessnen Schritten, in tiefgründigen Erwägungen, zu durchwandeln. Er gab sich, wahrlich, alle Mühe, das bloße Gefühl niederzuhalten, und lediglich die Urteilskraft walten zu lassen; und, am Ende, schien sein rein-verstandesmäßiges Verfahren ihn auch vollauf befriedigt zu haben; denn seine Miene klärte sich, schrittweise, auf, und ein triumphierendes Lächeln flog darüber-hin. »Eine Lüge – klar, eine handgreifliche und plumpe Lüge; Lüge muß und wird es sein. Niemals denk'ich dergleichen als Wahrheit zu akzeptieren! – Nein, Vater –«, (mit einem vollen Aufblick zu dem Porträt über'm Kaminsims) :»keine Furcht, Vater! –: nie –: NIE!«

# III. BUCH

## 1. Kapitel

*Fürwahr, die Lacerte ist ein scheues und furchtsames Geschöpf. Sie huscht in Ritzen und Spalten, wenn man ihr zu nahe kommt; ja, wirft sogar das Schwänzchen vor Angst ab, wenn man es bei der Spitze festhält. Sie hat ihr Wesen nicht in der Guten Gesellschaft – kein Mensch hält sie im Käficht, niemand hätschelt sie. Sie ist eine müßige Landstreicherin. / Aber wenn sie durchs grüne Gras gleitet, und unbehelligt in der Sonne badet, drängt sie vielleicht in eine Sommerstunde ebensoviel LebensGenuß zusammen, wie ein Papagei, sei er noch so verwöhnt und gelehrt, über ein ganzes langes Salonleben verteilt, damit hingebracht, daß er abwechselnd ›Wie ist das werte Befinden?‹, und ›Lora fein!‹ gekreischt hat.*

An jenem trüb- und düstren SommerMorgen, da Großvater und Großkind dem freundlichen Dach von Mr. Merle Lebewohl sagten, waren die Gedanken von Klein Sophie überaus trüb und düster. Langsam wandelte sie hinter dem grauen Krüppel, der sich da so schwer auf seinen Stab stützen mußte, einher; und hatte weder Blick noch Lächeln fürs GlitzerGold der Butterblumen, die auf jeder Seite entlängst der dürren Landstraße in den tauigen Wiesen standen.

Solchergestalt waren sie, hintereinander und wortlos, geschritten, bis über den zweiten Meilenstein hinaus; allwo Waife, aus eignen Fantasien auffahrend, die vielleicht noch trübseliger ausgefallen waren, als die des niedergeschlagenen Kindes, plötzlich anhielt; sich rasch mit der Hand, ein- zweimal, über die Stirne strich; und dann, sich herum, zu Sophie, wendend, ihr groß und liebevoll ins Gesicht schaute, wie sie da so langsam an seine Seite geschneckt kam.

»Du bist traurig, Kleines?«

»Sehr traurig, Opa.«

»Und unzufrieden mit mir? Ja; unzufrieden, daß ich Dich so unversehens von dem netten jungen Herrn entfernt habe, der so freundlich zu Dir war; ohne der Chance, daß Ihr einander jemals wieder-begegnen könntet, den geringsten Vorschub zu leisten.«

»Es sah Dir so garnicht ähnlich, Opa«, erwiderte Sophie; und ihre Unterlippe wollte ein Schnutchen machen, während ihr oben dicke Thränen in die Augen traten.

»Nur zu wahr«, sagte der Vagabund, »alles was an gesunden Menschenverstand erinnert, sieht mir nicht ähnlich. Aber meinst Du nicht, ich hätte getan, was meinem Gefühl nach das Beste für Dich sei? Daß ich nicht irgendeinen guten Grund dafür hätte, wenn immer ich mir ein Herz fasse, und Dir vorsätzlich durch den Sinn fahre?«

Sophie griff nach seiner Hand und drückte sie; aber zu sprechen konnte sie sich nicht getrauen; fühlte sie doch, daß bei einem solchen Unterfangen, sie in einen Thränenstrom ausgebrochen wäre. Und Waife schickte sich an, viele jener weisen Sprüchlein herzusagen, die so alt wie die Hügel sind, und auch ebenso unverbindlich-hoch über unsern Sorgen, wie die Hügel über dem bekannten Tal, in dem Wir zu wandern haben. Da sagte er etwa: wie töricht es sei, sich selber durch verkehrte Gedankenspiele und unmögliche Hoffnungen aus dem geistigen Gleichgewicht zu bringen: dieses nette junge Herrlein könne nie und nimmer für sie etwas bedeuten, noch sie etwas für das nette junge Herrlein. Es sei ganz gut und schön seitens des netten jungen Herrleins, dies Versprechen, mit ihr zu korrespondieren; aber, zurückgekehrt in die Welt seiner Freunde, würde er an ganz andere Sachen zu denken haben, und sie bald vergessen sein – während *sie*-dagegen nur allzuviel an ihn, und die Themse, und all die Schmetterlinge denken, und das so schon harte Dasein, als noch weit beschwerlicher empfinden werde. All dies und vieles mehr trug Gentleman Waife vor; in der gewöhnlichen Weise von TrostSpendern, die von der Maxime ausgehen, daß Kümmernissen mit Logik beizukommen sei; und auch mit genau derselben Energie des Raisonnements, auf die es ebensowenig eine Erwiderung gibt, als sie nicht den Schatten einer Tröstung mit sich führt. Und da er das allmählich selber empfand, er, der Große Schauspieler – (nicht, daß er in dem Moment geschauspielert hätte!) – hielt er plötzlich inne; schloß das Kind in seine Arme; und murmelte, in gebroch'nen Akzenten – »aber wenn ich Dich derart niedergeschlagen sehe, bleibt mir auch keine Kraft mehr, weiter durch diese Welt zu humpeln; und je eher ich mich hinleg', und je früher der Staub über mich geschaufelt wird, desto besser für Dich; es scheint ja tatsächlich: der Himmel sendet Dir Freunde; und ich reiß' Dich von ihnen weg!«

Hier nun ließ Sophie ihrem Schluchzen frei'sten Lauf: sie rankte ihre Ärmchen, krampfig, um des alten Mannes Hals; küßte sein rauh-gewordnes Gesicht in beschwörend pathetischer Zärtlichkeit; und zwängte's endlich, durch ihre Tränen hindurch, heraus: »Nich so red'n! Ich bin so undankbar und bös' gewesen. Ich frag doch nach Niemandem, als nur meinem lieben-lieben Opa!«

Nach diesem kleinen Auftritt beruhigten sich Beide wieder; und es war ihnen doch beträchtlich leichter ums Herz. Sie setzten ihre Reise fort; aber nicht mehr hintereinander, vielmehr Seit' an Seite; und der Alte Mann stützte sich, obschon ganz sacht nur, auf den Arm des Kindes. Aber das Umschlagen von Verdüsterung zu Heiterkeit fand nicht unmittelbar statt. Waife hub an, gedämpft, in UnterTönen, andeutungsweislich, von seinen eignen, früheren, Miß-Geschicken zu erzählen; und, so umrißhaft seine Andeutungen auch sein mochten, wie umfassend wirkten die Bekümmernisse des Alten Mannes nicht, verglichen mit denen des MädchenKindes; und dennoch verbreitete er sich über beide, wie wenn er weit mehr ihr Los beklage, als sein eignes bemitleide.

»Tja; in Deinem Alter, Schätzchen, hatt' ich nicht Deine Trübsale, und nicht Dein Ungemach. Ich brauchte mich nicht zu Fuß, neben einem 'runtergekommenen und taugenichtigen Stromer, über staubichte LandStraßen mühsam dahinzuschleppen; ich fuhr in eleganten Wagen an die Luft –: ich trat auf schwellenden Läufern einher, und schlief hinter seidnen BettVorhängen – *Ich;* so ein Bruder Liederlich! – und Du, mein HerzensKind, so gut! – Alles dahin – alles irgendwie zerflossen, weg von mir; und ich nicht imstande, Dir für auch nur eine Woche im voraus die BrodRinde zu sichern! –«

»Och-Du! Ich krieg schon Brot; und Du auch Opa!« rief Sophie, heiteren Stimmleins: »Du hast mir ja beigebracht, zu Gott zu beten; und auch gesagt, daß GOtt, in allen Deinen Nöten, immer gut zu Dir gewesen wäre; (und er ist auch zu mir so gut gewesen, seit ich zu ihm betete): denn hier ist ja nun kein scheußliches Fräulein Crane mehr, das mich prügelt, und mir Dinge sagt, die noch schlimmer zu ertragen sind als Schläge! – und Du hast mich auch zu Dir genommen: was ich *da*-rum gebetet hab'! – Und ich sorg ja doch auch für Dich, Opa – gelt?; und darum hab ich *ebenfalls* gebetet. Und was ›Wagen‹-und-so anbelangt«, fügte Sophie, süperben Gesichtleins, hinzu: »so frag ich nichts danach, ob ich auch mein Lebenlang in keiner Kutsche sitze; und außerdem weißt Du es genau: ich *bin* in einem Wohnwagen gefahren, (der ja noch viel größer als eine Kutsche ist), und es hat mir nicht im geringsten gefallen. – Aber wieso sind denn die Leute damals dazu gekommen, daß sie Dich so schlecht behandelt haben, Opa?«

»Ich hab nie behauptet, die Leute hätten sich mir gegenüber schlechtbenommen, Sophie.«

»Haben sie Dir nicht die Läufer und seidnen Vorhänge, und all die andern feinen Sachen die Du als kleiner Junge hattest, weggenommen?«

»Das weiß ich nicht genau«, versetzte Waife mit verblüfftem Gesichtsausdruck, »ob die Leute sie nun direkt weggenommen haben – aber verschwunden sind sie irgendwie. Nun, ich hatte trotzdem noch genug, für das ich dankbar sein konnte – ich war gesund und stark, und so frohgemut, Sophie; und fand auch Leute, die sich mir gegenüber nicht böse benahmen – ganz im Gegenteil – wirklich nett. Mir stieß keine Crane auf, (das Weibs-Ungeheuer!), wie Dir widerfahren ist, mein Engelchen. *Solche* Aussichten vor mir; wenn ich nur graden Wegs auf sie losgeschritten wäre. Aber ich bin meiner eignen Laune gefolgt, die mich immer zickzack geführt hat; und jetzt, wo ich wieder auf die große normale Heerstraße einlenken möchte, da siehst Du einen Mann vor Dir, den jeder Friedensrichter in die Tretmühle schicken könnte; weil er sich's herausnimmt, ohne Gewerbe und Subsistenzmittel zu leben.«

SOPHIE: »Gar nicht ohne Subsistenzmittel! – da ist ja das – wie nanntest Du's gleich? – das unabhängige Einkommen –: die 3 Pfund, Opa!«

WAIFE (bewundernd): »Gescheites Kind! Das ist wahr. Ja, der Himmel ist immer noch sehr gut zu mir. Ach, was will schon Vermögen bedeuten? Wie glücklich bin ich nicht mit meiner lieben Lizzy gewesen; und dennoch haben wohl nie zwei Menschen mehr von der Hand in den Mund gelebt.«

SOPHIE (spürbar eifersüchtig): – »:Lizzy?!«

WAIFE (mit feuchten Augen zu Boden schauend): »Meine Frau. Sie ist mir nur 2 Jahre gelassen worden – so sonnige Jahre! Und wie dankbar müßt' ich wiedrum sein, daß sie nicht länger gelebt hat: was ist ihr nicht alles erspart geblieben an – an – an Schande und Elend!«. Lange Pause.

Dann begann Waife, (indem er sich seinen Erinnerungen mit einem Ruck entriß, wie den Klauen einer Harpyie) –: »Aber was frommt es rückwärts zu schauen? Das dahingegangne Selbst eines Menschen ist ein totes Ding. Das bin ja nicht Ich – ich, der jetzt auf dieser Straße dahin trampt, und Dich hat, auf die er sich stützen kann – den ich erblicke, wenn ich mich schon umdrehen und hinter mich schauen will, auf das, was ich einmal war – das ist ein and'res Wesen, verstorben und begraben; und wenn ich mir auch sage, ›dies Wesen hat das und das getan‹, dann ist das, wie wenn ich eine Grabschrift auf einem Stein lese. Dergestalt, allein' und hoffnungslos, bin ich endlich in mein eignes Land zurückgekehrt, und hab da Dich gefunden – ein Segen so groß, daß ich nie und nimmer darauf zu rechnen gewagt hätte. Aber wie sollte ich Dich unterhalten; Dich wegnehmen von dieser langnasigen Alligatorin namens Crane, und Dich in gute weibliche Hände geben?; denn ich hab' damals nicht entfernt daran gedacht, Dich all dem auszusetzen, was Du seitdem bei mir durchgemacht hast. Ich, der ich nicht-*eine* nützliche Sache im Leben verstand, wodurch ein Mann sich einen Pfennig verdienen kann. Und in dem Augenblick, als ich ganz alleine in einem Dorfwirtshaus saß, grade zurückgekommen aus – na, spielt keine Rolle aus-was, oder wo-her; jedenfalls war ich ganz niedergeschlagen und desperat – da schickt mir die gütige Vorsehung Wen über'n Weg? – Mister Rugge – und fügt es so, daß ich diesem Hallunken überaus nützlich – und dieser Hallunke mir überaus nützlich sein kann.«

SOPHIE: – »Ach; wie ging das vor sich?«

WAIFE: – »Es war eben JahrmarktsZeit in dem Dorf, wo ich Pause machte; und Rugge's Hauptdarsteller dahingerafft worden vom *delirium tremens*, (das ist lateinisch; für eine Krankheit, die gewöhnlich Männer befällt, die wenig essen und viel trinken). Rugge also trat ins Wirtshaus dort, und beklagte seinen Verlust. Da kam mir ein leuchtender Gedanke. Ich war, in früheren Tagen einmal, recht geübt im Theaterspielen gewesen; und machte mich jetzt erbötig, mein Heil auf Mr. Rugge's Bühne zu versuchen – er griff sofort zu – ich auch. Ich hatte Erfolg; wir schlossen miteinander ab; und also geschah es, daß meine kleine Sophie diesem Krokodil mit Löckchen weggenommen, und bei christlichen

Frauenzimmern untergebracht werden konnte, die ehrliche Hauben trugen und ihre Bibel lasen. Ist da der Himmel nicht gut zu uns, Sophie? – und auch zu mir – mir, so einem alten Nimmergut!«

»Und das Alles hast du getan – all das ausgehalten, um Meinetwillen?«

»›Ausgehalten‹? – och, mir hat's gefallen. Und, überdem, irgend'was mußte ich ja schließlich tun; auch waren da gewisse Gründe . . . – kurzum ich war recht glücklich – oder, nein, direkt glücklich nicht; aber leidlich behaglich und vergnügt. Die Vorsehung verleiht den Tieren, die in kalten Himmelsstrichen leben müssen, ein dickes Fell; und dem Menschen, dem sie Kummer zudenkt, gibt sie einen handfesten immer-aufgeräumten Charakter mit. – Und dann wieder, als ich durch eine wahre Gnade vor dem gerettet wurde, wovor ich am meisten Widerwillen und Furcht hatte; und an was ich auch nimmermehr gedacht haben würde, wär' mir nicht der Einfall gekommen, es könnte Dir zur Hülfe ausschlagen – ich mein' diese Londoner Bühne jetzt – und mir widerfuhr dieses üble EisenbahnUnglück damals: was war das Endergebnis? Oh, daß ich dich bewahren konnte« (und Waife schloß dabei die Augen und schauderte): »– Dich vor einem Geschick bewahren konnte, das für Dich, für Leib und Seele, weit-verderblicher hätte werden können, als das Schlimmste, was Dir bei mir widerfahren ist. Und so sind Wir Zwei denn zusammengebracht worden; und Du hast mich unterstützt; und also hat die Vorsehung, sobald Wir ohne Mr. Rugge fortkommen konnten, uns von ihm befreit. Und so spatzieren wir jetzt die Chaussee entlang; und, durch die Bäume drüben, kannst Du schon ein Stückchen von dem Dach erkennen, unter dem Wir Uns ein Weilchen ausruhen werden; und dort wirst Du gleich erfahren, was ich mit den Drei Pfund gemacht habe.«

»Es ist nicht der Geschedkte Junge, Opa?«

»Nein«, sagte Waife, seufzend, »der Gescheckte Junge ist eine hübsche-sichere Einnahme. Aber wollen wir nur immer frisch auf die Vorsehung vertrauen; und es würde mich gar nicht wundern, wenn unsre neue Acquisition sich als ungeheuer . . .?«

»Ungeheuer! –«

»– ungeheurer Glücksfall erwiese.«

## 2. Kapitel

*Die Investition kommt zutage.*

Gentleman Waife ging durch ein Drehkreuz, einen schmalen Heckenweg hinunter, bis man an ein einzeln geleg'nes Häuschen kam. Er klopfte an die Tür; eine alte Bauersfrau öffnete, und machte ihm einen höflichen Knix. »Wahrhaftig, Sir, ich bin froh, daß Sie da sind. Ich hab solche Angst, daß er tot ist.«

»Tot!«, rief Waife. »Oh, Sophie, wenn er tot sein sollte!«

»Wer denn?«

Waife beachtete die Frage nicht. »Wieso kommt Ihr drauf, daß er tot sein könnte?«, sagte er, in seinen Taschen herumstöbernd; aus deren einer er schließlich einen Schlüssel hervorbrachte. »Ihr habt doch nicht etwa meinem stricten Befehl zuwidergehandelt, und an der Tür rumgefummelt?«

»Herrje nein, Sir. Aber zuerst hat er so ein'n Krach gemacht – schreck-lich! Und jetz iss er so still wie ne Leiche. Und ein Mal hab ich durch's Schlüsselloch gekuckt –: da lag er ganz lang und starr!«

»Hunger vermutlich«, sagte der Komödiant; »das ist seine Art so, wenn man ihn erheblich über seine gewohnten Stunden hat fasten lassen. Sophie: folge mir.« Er schob die Frau beiseite; betrat die sandbestreute Küche; stieg von dort aus weiter eine Treppe hinauf, (Sophie immer hinter ihm her); hielt dann vor einer Tür, und lauschte –? –: nicht ein Laut. Zaghaft schloß er den Eingang auf, und humpelte hinein, und auf einmal der Klamauk! – ein Riesensatz!, und eine Masse, gleichzeitig vehement und weich, schmutzig und weißlich, tobte an dem Schauspieler vorbei, und prallte, Bums!, gegen Sophie, die darob einen Angstschrei ausstieß. : »Haltet ihn; haltet ihn, um Himmelswillen!«, rief Waife. »Und die Tür unten zu! – faßt ihn!«. Treppab stürzte sich dennoch die Masse, und treppab-hinterdrein humpelte Waife; der jedoch nach wenigen Augenblicken mitsamt dem wiedereingefangenen mysteriösen Flüchtling erschien. »Da! –«, rief er triumphierend Sophie entgegen, die, ihr Röckchen vorm Gesicht, der Wand zugekehrt stand, und sich lange weigerte hinzusehen – »da! – zahm wie ein Lamm; und kennt mich! Sieh nur –« – er setzte sich auf die Dielen; und

Sophie; die zögernd ihre Augen öffnete, sah sich, aus einer Fülle von LockenGezottel heraus, gravitätisch betrachtet von einem riesigen –

## 3. Kapitel

*Lösung des Knotens:*

Pudel!

## 4. Kapitel

*Zoologie in Verbindung mit Geschichte.*

»Geht zu dieser jungen Dame hin, Sir – geht, sage ich!«. Der Pudel erhob sich langsam auf die Hinterbeine; und begann, mit einem unsagbar würdigen Ausdruck, auf Sophie zuzuschreiten: die sogleich hastig in die Kammer retirierte, wo das Tier eingesperrt gewesen war.

»Macht einen Diener – *nein:* einen *Diener,* Sir!; so ist's recht; (die Hand geben könnt Ihr Euch ein andermal). Lauf Du jetzt 'runter Sophie, und laß Dir sein Dinner geben.«

»Ja – gern, gern;« und Sophie flog nur so die Stufen hinab.

Der Hund, immer noch auf den Hinterbeinen, stand mitten in der Stube, würdevoll, aber in sichtlicher Erwartung.

»Das genügt; legt Euch hin und sterbt: den Moment wird gestorben, Sir! –«. Der Hund streckte alle Viere von sich, schloß die Augen, und gab, allem Anschein nach, den Geist auf. »Eine grandiose Investition«, sagte Waife voll Enthusiasmus; »und, im Ganzen genommen, spottbillig. – ? Hoh!: *Ihr* bringt ihm sein Essen auf keinen Fall rauf; nicht Ihr sollt mit dem Hund Freundschaft schließen, sondern mein Kleines Mädchen; schickt sie mir herauf –: Sophie; Sophie.«

»Sie fürcht't sich, Sir«; sagte die Frau, einen Napf mit Hunde-Eßwaren in der Hand; »aber kuckt ma', Sir: iss er nich tatsächlich tot?«

:»Sophie. –: Sophie-ie!«

»Bitte laß mich hier bleiben, Opa –«, sagte Sophie's Stimmchen, vom Fuß der Treppe her.

»Unsinn! es sind 16 Stunden her, daß er den letzten Bissen zu essen bekommen hat: nach der Hand, die ihn jetzt füttert, wird er sein Lebenlang nicht beißen. – Komm hoch, sag' ich.«

Sophie kam ohne Eile wieder herauf gestiegen; und Waife, der den Pudel durch sein Machtgebot ins Leben zurückrief, bestand darauf, daß das Kind ihn füttere. Und tatsächlich, sobald dieser Akt der Wohltätigkeit vollzogen war, legte der Hund seine Dankbarkeit durch eine Serie von Sprüngen ohne Falsch und schweifgefühltestem Gewedel an den Tag, die Sophies Befürchtungen nach und nach beseitigten, und den Grundstein zu jener intimen Freundschaft legten, in der das natürliche Verhältnis zwischen Kind und Hund besteht.

»Und wie bist Du zu ihm gekommen?«, fragte Sophie; »und ist das nun wirklich die – die KAPITALSANLAGE?«

»Mach die Tür sorgfältig zu; (aber sieh erst, daß die Frau nicht etwa horcht). –: Legt Euch, Sir; dorthin, zu den Füßen der jungen Dame. Gut der Hund! – Wie ich zu ihm gekommen bin? Das will ich Dir erzählen. Am ersten Tag, als wir in dem Flecken ankamen, den wir just hinter uns gelassen haben, geh' ich zum TabakHändler. Während ich mir da so meine Unze Canaster erstehe, kommt der Hund dort in den Laden rein, im Maul einen Sixpence, in Papier eingewickelt. Er stellt sich auf die Hinterbeine, und deponiert seine Botschaft auf den Ladentisch. Die Krämerin – Du kennst sie ja, Frau Traill – wickelt das Papier auf, und liest die Bestellung. ›Kluger Hund das, Sir‹, sagt sie dabei. ›Zum Einholen abgerichtet?‹, sag ich, noch gleichgültig. ›Mehr als das, Sir. Sollen's gleich ma' seh'n: die Bestellung ist für 2 Pennies Schnupftabak, und der Hund weiß, daß er 4 Pennies wieder zurückbringen muß – ich geb ihm ma' 1 Penny weniger, ja?‹. Nimmt sie sich also den Sixpence, und gibt dem Hund 3 Pennies drauf raus. Und der Hund schüttelt den Kopf, und schaut ihr sehr-ernst ins Gesicht. ›Mehr kriegst Du heute nich‹, sagt sie. Schüttelt der Hund wieder seinen Kopf; und tappt dann mit der Pfote, ein Mal, auf den Ladentisch; wie wenn er sagen wollte: ›Mich haut man nicht über's Ohr – 1 Penny mehr, wenn ich bitten dürfte.‹ – ›Nu, wenn De das nich nehm'm willst, kriegs'De halt gar nichts!‹, sagt Frau Traill, und nimmt sich auch noch die 3 Pennies wieder.«

»Tz, Mein!, und was hat der Hund da gemacht? – geknurrt?; oder gebissen?«

»Nichts von alledem; er wußte, daß er im Recht war, und erniedrigte sich mit nichten dadurch, daß er schlechte Laune zeigte. Der Hund schaut sich in aller Ruhe um; sieht in der Ecke einen Korb stehen, in dem 2 oder 3 Pfund Lichter lagen, die der Laufjunge zu irgendeinem Kunden hinschaffen sollte; nimmt den Korb ins Maul, und wendet sich zur Tür, als wollt' er ausdrücken ›Schön; also Wurst wider Wurst!‹. (Er verstand also, was man das ›Gesetz der Repressalien‹ nennt, ja?). ›Komm augenblicklich zurück, Du!‹, ruft Frau Traill. Der Hund schreitet aus dem Laden. Sie stürzt ihm hinterher, und zählt die 4 Pennies vor ihn hin:? –; worauf er den Korb abstellt, das richtige Wechselgeld aufschnappt,; und bedächtig abgeht. ›Sagen Sie, Wem gehört dieser Pudel?‹ frag' ich. – ›Och, ei'm arm'm Trunkenbold‹, erwidert Frau Traill; ›ich wollt', er wär in bessern Händen.‹ – ›Ich ebenfalls, Madam‹, antworte ich; ›hat Dér ihm das Alles beigebracht?‹ – ›O nein, sein Bruder hat ihn dressiert; das war 'n alter Soldat, und ist vor rund 14 Tagen in dem Haus-da gestorben. Das Tier kann ne Menge Kunststücke, und iss noch ganz-jung; wenn man den öffentlich zeigte, Sir: mit dem könnt man 'n Vermögen verdien'n.‹ – Genau-das war mein Gedanke gewesen. Ich erkundigte mich nach der Adresse des Besitzers; sprach bei ihm vor; und fand ihn nicht-ungeneigt, den Hund zu verkaufen. Aber er verlangte 3 Pfund; eine Summe, die damals völlig unerschwinglich schien. Gleichwohl behielt ich den Hund immerfort im Auge; ging jeden Tag hin, um mich mit ihm anzufreunden, und mich seiner Fähigkeiten zu vergewissern. Und am Ende – dank Deiner, Sophie! – konnt' ich den Hund kaufen; und, was mehr ist, sobald ich nur 2 güld'ne Sovereigns vorzeigen konnte, kriegt' ich ihn für diesen Betrag schon; und wir haben also noch 1 Pfund übrig, (abgesehen von den KleinErsparnissen unserer letzten Gagen), das wir ergo darauf verwenden können, seiner Erziehung den letzten Schliff zu geben, (beziehungsweise auf die Reklame seiner Meriten). Ich hab das vor Merle – vor aller Welt – als Geheimnis gehalten. Ich hab' selbst dem Besitzer-Säufer verschwiegen, wo-hin ich den Hund, gestern, gebracht habe. :Ich habe ihn hier-her gebracht; wo, wie ich im Flecken erfuhr, 2 Zimmer zu vermieten wären – hab' ihn eingesperrt – und, ja, nun weißt Du die ganze Geschichte.«

»Aber warum die Sache derartig geheim halten?«

»Weil ich nicht möchte, daß Rugge uns aufspürt. Er könnte Schaden anrichten; denn ich habe ein großes Projekt entworfen, mit hohen EintrittsPreisen für das Auftreten dieses Hundes, und einer anständigen Stellung in der Gesellschaft für uns – warum braucht da Jeder gleich zu wissen, wo wir herkommen, und was wir gewesen sind? Außerdem könnte sein alter Besitzer, wenn er wüßte, wo der Hund zu finden wäre, ihn wieder heimlich von uns weglocken; (glücklicherweise hat er sich bei dem Hund nicht so beliebt gemacht, daß der sich nicht an uns gewöhnen würde – es sei denn, er lockte ihn jetzt gleich weg). Und nun wäre mein Vorschlag, daß wir eine Woche oder so hierbleiben; und uns ausschließlich der Entwicklung der angebor'nen Talente dieses begabten Geschöpfes widmen. – Pack mal die Dominosteine aus.«

»Wie heißt er denn eigentlich?«

»Ha!; tja, das ist das erste große Problem. Wie soll er heißen?«

»Hat er nicht schon ein'n Namen?«

»Ja – aber banal und gar nicht zugkräftig – ›Mop‹! Im Privatleben möcht's hingehen; aber im Öffentlichen Leben? – ›Gib einem Hund einen anrüchigen Namen, und laß ihn gleich hängen‹. ›Mop‹, das wär auch so was!«

Worauf Mop, sich angesprochen fühlend, aufstand, und sich dehnte und reckte.

»Ganz recht«, sagte Gentleman Waife; »reck Dich nur; Du hast's entschieden nötig.«

*Mop wird eine Persönlichkeit von Stande. Beträchtliches Nachdenken wird den Titulaturen gewidmet, ohne die eine Persönlichkeit von Stande ja sehr bald ein Mop würde. / Die Wichtigkeit von Namen ist weltgeschichtlich belegbar: hätte Augustus sich selbst ›König‹ genannt, Rom wäre gegen ihn aufgestanden als gegen einen zweiten Tarquinius; so blieb er ein simpler Eques, der sich nur noch bescheidentlich-zusätzlich ›Imperator‹ nannte. / Mop erkiest sich seinen eignen Titel auf eine höchst geheimnisvolle Weise; und hört damit auf, ›Mop‹ zu sein.*

»Denn der erste auffallende Defekt an Deinem Namen ›Mop‹«, sagte Gentleman Waife, »ist, wie Du eben selbst pantomimisch angedeutet hast, sein Mangel an Länge. Einsilbigkeiten imponieren nicht; und in allen frappanteren Zusammensetzungen findet man ihre Bedeutung durch Periphrase erhöht; was ungefähr besagen will, Sophie: was zuvor eine kurze Wahrheit war, das arbeitet ein eleganter Autor zu etwas lang Gedehntem aus.«

»Sicher,« sagte Sophie gedankenvoll; daß der Name ›Mop‹ ziehen würde, glaub' ich auch nicht. Obwohl er ja sehr wie'n Mop aussieht.«

»Aus eben diesem Grunde setzt ihn der Name nur noch mehr herab; erniedrigt ihn, indem er aus einem intellektuellen Phänomen einen bloßen Gegenstand, ein vulgäres Haushaltswerkzeug macht. Ich hege die Hoffnung, daß dieser Hund es uns ermöglichen werde, in der Stufenfolge der Wesen zu steigen. Denn während wir beim Theaterspielen nur über ein 3-Penny-Publikum gebieten konnten – (reservierte Plätze 1 Schilling) – kann er auf halbe Kronen und Prosceniumslogen Anspruch machen; immer vorausgesetzt, daß wir auf einen Namen kommen, der Aufsehen macht und Respekt einflößt. – Nun ist der Hund zwar groß, zugegeben; aber nicht durch seine Größe soll er berühmt werden, sonst könnten wir ihn ja ›Herkules‹ oder ›Goliath‹ nennen; und ebensowenig durch seine Schönheit, (wo denn ›Adonis‹ nicht unangemessen sein würde). Vielmehr durch seinen überlegenen Scharfsinn, seine Weisheit. Und da find' ich mich etwas in Verlegenheit, seinen Prototyp unter uns Sterblichen ausfindig zu machen; denn, es mag vielleicht an meiner historischen Unwissenheit liegen . . .«

»Du unwissend Opa? – na, wahrhaftig!«

»Aber in Anbetracht der unzähligen Millionen, die auf Erden gelebt haben, ist es ganz erstaunlich, wie Wenige mir einfallen, die einen sprüchwörtlichen Ruf für Weisheit hinterlassen hätten. Gewiß, da ist Salomo; aber er war, zuletzt, doch sehr heruntergekommen; und da er außerdem noch der Heiligen Biblischen Geschichte angehört, sollten wir uns lieber keine Freiheiten mit seinem Namen herausnehmen. Wer ist denn noch, außer Salomo, so richtig weise-weise-weise gewesen? Denk ma' bitte mit, Sophie – Profan-Historie . . .«

Sophie (nach einer tiefsinnenden Pause): »Der Gestiefelte Kater. —:?«

Waife: »Allerdings, weise *war* er; aber ein Mensch war er nicht, sogar eine Katze. Ha!: Sokrates! Sollen wir ihn ›Sokrates‹ nennen? : Sokrates; : Sokrates? —«

Sophie: – »Sokrates, Sokrates?«

Mop gähnte.

Waife: – »Sokrates paßt ihm nicht – prosaisch!«

Sophie: – »Ach du: Mister Merle's Buch, über den Ehernen Kopf; *Frater Bacon! Der* muß doch, och so-weise gewesen sein. —?«

Waife: – »Nicht schlecht: geheimnisvoll, aber noch nicht veraltet; historisch, und doch vertraut. Was sagt denn Mop dazu? —: Frater, Frater, Frater Bacon, Sir —: Frater!«

Sophie (schmeichelnd): – »Frater —«.

Mop, augenscheinlich der Ansicht, daß man an irgend-jemand-anders appelliere, ob Mensch ob Hund, der nicht anwesend sei, erhebt sich; begibt sich zur Tür; schnuppert am Klaff; kehrt zurück; schüttelt den Kopf, und setzt sich wieder; worauf er seine beiden Neuen Freunde besserwisserisch betrachtet.

Sophie: – »Der Name geht ihm auch nicht ein.«

Waife: – »Er wird seine Gründe dafür haben; und, ich muß es zugeben, die Anzahl der würdigen Persönlichkeiten, die alles entschieden ablehnen, was nach okkulten Praktiken schmeckt, ist nicht gering. Mop deutet also damit an, daß, Wer in das Öffentliche Leben eintreten wolle, sich davor zu hüten habe, gegen die immer-achtungswerten Vorurteile einer ganzen Gesellschaftsschicht zu verstoßen.«

Wonach Mr. Waife aufs Neue Zuflucht zu den geheimen Tiefen seiner Scholaren-Erinnerungen nahm; und daraus, ziemlich auf gut Glück und gewaltsam, diverse Namen hervorzerrte, die vergangene Zeiten verehrt haben. Er gedachte der 7 Weisen Griechenlands; (konnte sich allerdings nur noch an 2 Derselben erinnern – ein trauriger Beleg für den Unterschied zwischen UniversitätsRuhm und volkstümlicher Beliebtheit). Also rief er ›Thales‹; rief er ›Bion‹ —: ?. – Mop reagierte nicht. —: »Wunder-same Intelligenz!« murmelte Waife; »er weiß genau, daß Thales & Bion nicht mehr ziehen würden – total-überholt.«

Mop blieb gleichermaßen stumm auf ›Aristoteles‹. Er spitzte die Ohren, flüchtig, bei ›Plato‹ – vielleicht, weil der Klang nicht allzuverschieden von ›Ponto‹ war; ein Name, dessen er sich eventuell dunkel von Kollegen her entsann. Da die Römer keine eigenständige Philosophie entwickelt haben, (obschon sie auch ohne-das große Männer hervorzubringen wußten), ging Waife diesem ausgestorbenen Volke vorbei. Er tat einen Sprung nach China, und versuchte's mit ›Confucius‹ —: ?. – Mop hatte augenscheinlich nie von ihm gehört. – »Und damit wär' ich am Ende meiner Liste, was Große Weise Männer betrifft«, sagte Waife, und wischte sich die Stirn. »Wenn Mop sich durch Tapferkeit auszeichnete, könnte man Helden-dutzendweise auftreiben – Achilles, und Hektor, und Julius Cäsar, und Pompejus, und Bonaparte; und Alexander den Großen; und den Herzog von Marlborough. Oder wenn er Gedichte schriebe, könnten wir ihn haargenau bedienen. Aber Weise Männer scheinen tatsächlich selten zu sein; beziehungsweise, wenn man auf den Namen eines Weisen Mannes verfällt, ist er dem *vulgus* so wenig geläufig, daß man ihn genauso gut ›Bello‹ oder ›Toby‹ nennen könnte. – Aber irgendeinen Namen *muß* der Hund, unweigerlich, kriegen; und er muß ihm auch, auf Anhieb, gefallen! —«

Sophie hatte mittlerweile die Dominosteine aus Waife's Bündel zutage gefördert; und mit den Dominos ein gedrucktes Großes ABC, und ein Einmaleins. Als des Komödianten eines Auge auf das letztere fiel, rief er: »Aber imgrunde wird Mop's eigentliche Stärke vermutlich in der Arithmetik liegen, und die Wissenschaft der Zahlen ist aller Weisheit Wurzel. Außerdem wünscht Jedermann, ob hoch oder niedrig, zu Vermögen zu gelangen, sodaß die von Addition und Multiplikation ausgelösten Assoziationen grundsätzlich angenehm sind. Wer, also, ist der universal bekannteste Weise in der Rechenkunst? Unfraglich *Adam Riese!* Darauf muß er ansprechen —: Riese, Riese!«, (befehlend. Dann): »R-i-e-s-e —« (überredend und lieb).

Mop schaute verblüfft drein; er legte den Kopf erst auf die eine, anschließend auf die andre Seite.

Sophie (mit honigsüßem Kosen): – »Riese, guter Riese; liebster Riese.«

Beide zugleich: – »Riese, Riese, Riese!«

Aufgeregt und perplex, warf Mop den Kopf hoch, und machte seiner Verwirrtheit durch ein langgezognes kummervolles Geheule Luft, von welchem Niemand, der es vernommen hätte, sich noch eine Addition oder gar Multiplikation gewünscht haben würde.

:»Sofort damit innegehalten, Sir! – aufhören; ich erschieß' Dich! Tot bist Du – Nieder!«. Waife legte seinen Stock, nach Flintenart, an die Schulter: – und auf das Stichwort ›Nieder!‹, lag Mop, steif und leblos, an seiner Seite. »Und dennoch«, sagte Waife: »ein Name, mit dem sich sogleich die Vorstellung von profunden Berechnungen verknüpfte, wäre der angemessenste; zum Beispiel, Sir Isaak . . .:?!«

Ehe der Komödiant noch das Wort ›Newton‹ herausbringen konnte, war Mop schon auf alle seine vier Füße gesprungen, und legte, mit wedelndem Schweif und wriggelndem Hinterteil, unverkennbar die Stimmung beseligten Wiedererkennens an den Tag.

»Erstaunlich!«, sagte Waife, schier ehrerbietig. »Könnte das der Name sein? – Unmöglich. –: Sir Isaak, Sir Isaak!«

»Bau-Wau!«, antwortete Mop, freudenvoll.

»Wenn an der Lehre von der Seelenwanderung doch etwas wäre? –«, stammelte Gentleman Waife; »wenn der große Newton in jenes unvergleichliche Geschöpf gefahren sein sollte? –: Newton, Newton!«. Auf diese Klangfolge reagierte Mop jedoch nicht; lief vielmehr, ersichtlich immer noch unruhig, im ganzen Zimmer herum, schnüffelte in jeden Winkel; und drehte sich am Ende wieder um, seinen neuen Herrn ernst und forschend anzublicken.

»Auf den Namen ›Newton‹ scheint er nicht anzusprechen«, sagte Waife; der es noch dreimal und immer vergebens versucht hatte; »und dennoch scheint er, was das Gesetz der Gravität betrifft, ungemein versiert. – Sir Isaak! –«. Der Hund sprang auf ihn zu; legte ihm die Pfoten auf die Schultern, und leckte ihm das Gesicht. »Schneid' Du jetzt diese Zahlen sorgfältig aus, Liebchen; und sieh zu, ob wir ihn dazu bewegen können, uns mitzuteilen, wieviel 2 mal 10 macht – ich meine, indem Du ihn als ›Sir Isaak‹ anredest.«

Sophie schnitt erst die Zahlen aus dem Einmaleins; und legte sie dann, nach Waife's Anweisung, in einen Kreis auf dem Boden aus. »Nun, Sir Isaak.« Mop hob eine Pfote, und ging bedächtig um die Täfelchen herum.: »Nun, Sir Isaak: wieviel ist 10 mal 2? –«. Mop, nach einigem besonnenen Kalkulieren, begann seinen Umgang; hielt bei ›20‹ inne; bückte sich und nahm das Täfelchen ins Maul:! –

»Das ist nicht mehr natürlich!«, rief Sophie ganz bestürzt. »Das muß was gottloses sein; und ich möcht' lieber nichts mehr damit zu tun haben, bitt schön!«

»Dummerle. Er hat doch bloß auf mein Zeichen gehorcht. Den Trick hat man ihm schon unter dem Namen Mop beigebracht. Das einzig Verwunderliche an der Sache ist lediglich, daß er es auch beim Namen ›Sir Isaak‹ leistet, ja sogar noch weit freudiger. Na egal; ob er nun früher der große Newton gewesen sein mag oder nicht: ein lebendiger Hund ist besser, als ein toter Löwe. Aber so viel ist klar, daß er, bei aller Anerkennung für den Namen ›Sir Isaak‹, uns nicht ermutigt, nun auch noch das ›Newton‹ hinzuzufügen – und er hat einmal mehr recht; denn männiglich möchte es für ungeziemend erachten, einem wenn auch noch so außerordentlichen Tiere, das sich durch die Strenge des Schicksals genötigt sieht, seine Talente für eine kleine pekuniäre Vergütung zur Schau zu stellen, den Familiennamen eines so großen Naturkündigers zuzusetzen. ›Sir Isaak‹ ist schließlich eine neutrale Benennung – jeder Hund hätte das Recht, sich Sir Isaak zu nennen – das ›Newton‹ bleibe der persönlichen Mutmaßung überlassen. – Wollen wir jetzt zusehen, ob wir uns'rer arithmetischen Bildung etwas Neues hinzufügen können. Sir Isaak: schaut mich an. –« Sir Isaak schaute und grinste zutunlich; und lernte unter diesem Titel eine neue Rechenkombination, mit einer Leichtigkeit, die Sophie's Gemütlein eigentlich von jedwedem abergläubischen Wahn, der Wissenschaftler könne in dem Hund hier wiederauferstanden sein, hätte befreien sollen, wäre es ihr bekannt gewesen, daß der Großmeister der abstrusesten Berechnungen, im praktischen Leben nicht imstande war, eine einfache kurze Zahlenreihe korrekt zu addieren. Nichts brachte ihn so schnell und gründlich an die Grenze seiner majestätischen Kompetenz, als ein unscheinbares ›geht nicht, borg ich mir eins‹. Immer vor Augen zu hegendes Beispiel unsrer menschlichen Unzulänglichkeit, selbst auf dem Studiensektor, wo Andere uns für absolut zuständig erachten! Ewig nachdenkliches Beispiel auch für jene oberste Ordnung menschlichen Genius', der wie durch Intuition zu seinen Resultaten zu gelangen scheint; und den, während er die

Gesetzmäßigkeiten löst, die die Sterne mit der Unendlichkeit verbinden, – ein Kind, mit einem Zahlenreihlein auf seiner Schiefertafel, in Verlegenheit setzen kann! Aber, revenons à nous moutons: wie verhielt es sich mit der astralen Anziehungskraft, welche die Erinnerungen Mop's unstreitig mit der vornamlichen Bezeichnung eines ›Sir Isaak‹ fest verlötete? Ich hatte über diese Frage ursprünglich eine überaus gelehrte und subtile Abhandlung in Vorbereitung – gewürzt durch Zitate aus antiken Mystikern, wie Jamblichos und Proklos – und nicht minder durch umfangreiche Bezugnahmen auf die Lehren modernerer Spiritualisten; angefangen von Sir Kenelm Digby und Swedenborg, bis hinauf zu Monsieur Cahagnet, und Judge Edwards; und schon stand der Titel fest: ›Versuch über die Gesetzlichkeiten der Wahlverwandtschaft. Von PhiloMOPsus.‹; als mir, zum Unglück für meinen Essay, ein Umstand zur Kenntnis gelangte, der – ob er schon die theoretische Kuriosität meiner Abhandlung-selbst nicht im geringsten beeinträchtigte – dennoch den Einzelfall, von dem ich ausgegangen war, unangenehm aufs Haupt schlug. Der Taufname des alten Soldaten, der Mop's erster Besitzer und Präzeptor gewesen, war ›Isaak‹; und da sein Herr in jenem einfachen Haushalt grundsätzlich beim Vornamen gerufen wurde, hatte sich jenes Klanggebild unlösbar mit Mop's frühesten und liebwertesten Erinnerungen verbunden. Seine caninen Neigungen hatten beträchtlich dazu beigetragen, seine gelehrte Erziehung zur Reife zu bringen; hatte es doch ständig um ihn herum geheißen: ›Wo ist Isaak? / Ruf mal Isaak! / Hol Isaak-seinen Hut! / etc.etc. i.i.‹. Verhallt war dieser Name seit dem Tode des Veteranen; aber beim Wiederhören jetzt ward Mop's Herz bewegt, und indem er seinen alten Herrn vermißte, fühlte er sich gleichzeitig heimischer bei dem neuen. Was den Titel ›Sir‹ betrifft, so war der eine bloße VorschlagSilbe in seinen Ohren. Dies der Tatbestand, und dies die Folgerung, die daraus zu ziehen ist. Nicht daß sie nun Jedermann befriedigen werde. Es ist mir bekannt, daß Philosophen, die Alles leugnen, was sie nicht mit eignen Augen gesehen haben, und sich weigern das mit eignen Augen zu sehen, was sie zu leugnen entschlossen sind, meine Geschichte *in toto* verwerfen werden; sie werden, unter Berufung auf ihre eignen Hunde, beweisen, daß ein Hund niemals den Namen seines Herrn identifizieren – niemals Arithmetik beigebracht bekommen könne. Und nicht minder weiß ich, daß es Mystiker gibt, die sich lieber für den Glauben entscheiden werden, daß Mop in direkter spiritistischer Verbindung mit unsichtbaren Isaak'en gestanden; oder sich im Zustand des Hellsehens befunden habe, oder auch unter dem Einfluß des Od'ischen Fluidums. Aber ist man wohl jemals in der menschlichen Vernunft auf ein Problem gestoßen, das nur eine-einzige Seite gehabt hätte? Ist nicht die Wahrheit ein Vieleck? Sind in unsern Tagen nicht Weise aufgestanden, die sogar die Gesetze der Schwerkraft abgestritten haben, die wir dem großen Sir Isaak so lange und völlig zufrieden auf sein Wort geglaubt haben? Nein nein; es ist dieser gesegnete Geist der Kontroverse, der die Welt im Gang erhält; und eben er erklärt vielleicht auch, wieso Mr. Waife, als sein Gedächtnis vor die Aufgabe gestellt ward, sich aus der Geschichte all der Myriaden, die seit Adams Zeiten, bis auf den Tag an dem ich jetzt schreibe, unsern Planeten bevölkert haben, so überaus weniger Männer entsinnen konnte, denen die Welt einstimmig das Prädikat ›weise‹ zugesteht; und aus diesen überaus-Wenigen dann wieder noch einen so knappen Prozentsatz, deren Namen noch heute hinreichend geläufig sind, um sie als populäre Repräsentanten überragenden Scharfsinns verwenden zu können – populärer, als wenn man sie allesamt einfach ›Mop‹ getauft hätte.

## 6. Kapitel

*Nun, da er seinen Hund bekommen hat, schickt der Vagante sich an, vermittelst desselben Fortuna aufzujagen; jedoch nicht ohne eine Falle für etwelche Ratten aufgestellt zu hinterlassen. Was besagte Falle fängt, ist ›halt sein gewöhnliches Pech‹.*

Sir Isaak, um ihn mit seinem neuen Namen zu bezeichnen, gewann bei näherer Bekanntschaft ungemein. Er befand sich noch im geschmeidig-lenksamen Jugendalter, und widmete sich dem Lernen, wie einer ausgesprochenen Kurzweil. Sein letzter Herr, ein stumpfer Trinker, hatte seine Neigung nicht zu gewinnen verstanden – und selbst jener alte Kriegsknecht, obschon dankbar erinnert und betrauert, hatte sich nicht annähernd so in sein innerstes Herze gestohlen, wie es jetzt Waife und Sophie sänftlich fertig brachten. Mit einem Wort, binnen weniger Tage hatte er sich vollkommen an sie gewöhnt, und war unbeschreiblich anhänglich geworden. Nachdem Waife den Umfang seiner Talente festgestellt, und diesen noch, in gewissen Richtungen, die im Moment nicht allzuviele Mühe erforderten, etwas erweitert hatte, ging er ungesäumt an die Aufgabe, ein kleines Dramolett zu komponieren, das sie alle in interessantem Zusammenspiel vorführte, und in welchem, obwohl Sophie und er ebenfalls Mitwirkende waren, der Hund die Hauptrolle hatte. Und sobald dies geschehen, und also des Hundes Fertigkeiten in methodische Ordnung und Folge gebracht waren, faßte er den Entschluß, nach einem relativ entlegenen, bedeutenderen Städtchen aufzubrechen, das von Mr. Rugge nicht besucht wurde.

Die Rechnung in dem Bauernhäuschen, tat seinen finanziellen Hilfsquellen nur geringen Eintrag; denn in den Mußestunden, die ihm sein Unterricht bei Sir Isaak ließ, hatte Waife es verstanden, der alleinstehenden Witwe, bei der sie logierten, verschiedne kleine Dienste zu erweisen, die Frau Saunders (wie ihr Name war) als Geldeswert zu betrachten sich nicht nehmen ließ. Da wußte er etwa einen alten Regulator, der während der letzten drei Jahre keinerlei Notiz vom Lauf der Zeit mehr genommen hatte, wieder in Gang zu bringen, und zwar auf die Minute genau! Ebenso hatte er sämtliches SteingutGeschirr, vermittelst eines Kittes eigener Erfindung repariert, (ein Compositum, zu dem die Simpla sich in ihrem Haushalt vorfanden); und speziell hier war seine Ingeniosität bemerkenswert; denn wo sich auch nur das Fragment einer Ober-, und 1 oder 2 Trümmerlein einer UnterTasse noch vorfanden, vereinigte er beides zu einem Dritten-Hübschen, das, wenn auch nicht direkt nützlich, so doch auf einem GeschirrBrett sich schmuck ausnahm. Weiterhin band er diverse alte-zerflederte Bücher, (die dem verblichnen Gatten ihrer Wirtin, einem schottischen Gärtner, gehört hatten; und die Jene auf einem SeitenTischchen, unter dem japanischen TheeBrett, zur Schau stellte) neu, und in nette attraktive Umschläge ein. Aber, weit mehr noch, war er ihr auch in ihrem Berufe von Nutzen; denn Frau Saunders ›streckte‹ die kleine Rente, welche sie der liebevollen Vorsicht ihres SchottenGatten zu verdanken hatte – (er war, zu ihren Gunsten, eine Lebensversicherung eingegangen) – dadurch, daß sie Geflügel schnell-großzog und verkaufte; und hier ersparte Waife ihr die Kosten des Zimmermanns, indem er ihr einen neuen Hühnerstall konstruierte, außer Reichweite der Ratten, die bis dahin traurige Verwüstungen unter den Kücken angerichtet hatten; währenddessen er ihr noch gewisse GeheimTips anvertraute, bezüglich Verbesserung der Rasse, oder wohlfeilerer MästungsMethoden, was alles ihre Dankbarkeit nicht weniger in Kontribution setzte, als ihr Erstaunen. »Es ist eben so«, erklärte Gentleman Waife, »daß mein Leben ein beständiges Improvisieren gewesen ist. Einmal, im Ausland, hab ich Geflügel nach dem Grundsatz gehalten, daß es mich erhalten müsse.«

Sie wirkte befremdlich, diese Vielseitigkeit im Erfinden, dieses Parathaben von Hülfsmitteln, diese Vertrautheit mit diversen Winkeln und Ecken bei allen praktischen Vorkommnissen im Leben, an einem Manne, der es sich nunmehr so sauer um seinen Unterhalt werden lassen mußte. Aber es gibt eben Menschen, die eine ganz ansehnliche Kapitalsumme von Talent haben könnten, wenn sie es nicht prinzipiell in kleiner Münze ausgäben. Und jeder Leser weiß es genau so gut wie ich: wenn ein Sovereign oder ein Schilling erst einmal angebrochen ist, zerstreut und verkrümelt sich das, was man an Wechselgeld herausbekommen hat, auf eine Weise, die völlig unerklärlich wirkt. Gleichwohl ist, zumal bei Haushaltsrechnungen, auch Kupfergeld nützlich; und wenn Waife einmal wirklich in der Klemme saß, brachte er es auf die ein- oder andre Art, mit Ach oder mit Krach, doch immer wieder fertig, genügend Geistes-Pfennige zusammenzukratzen, um sich frei zu kaufen.

Frau Saunders wurde allmählich ganz vernarrt in ihre Mietsleute. Waife betrachtete sie als ein Phänomen an Genialität; Sophie war ihr das hübscheste und beste aller Kinder; und Sir Isaak, das galt ihr als ausgemacht, war seiner Eigentümer würdig. Aber der Komödiant vertraute ihr weder den Umfang der Gelehrsamkeit seines Hundes an, noch die Art, wie er davon Gebrauch zu machen vorhatte; ja, als eine letzte Vorsichtsmaßregel gelang es ihm, da sie sich verabschiedeten, Frau Saunders das feierliche Versprechen abzunehmen, daß sie, im Falle etwaiger zudringlicher Nachforschungen, Niemand auf seine Fährte helfen wolle.

»Denn Ihr seht«, sagte er, »einen Mann vor Euch, der Feinde hat – etwa so, wie Ratten für Eure Küchlein darstellen: wenn Küchlein, wie nunmehr die Eurigen, außer Reichweite von Klauen und Zähnen sind, können sie die Ratten verachten. Früher oder später werd' ich, für meine Kleine hier, wohl auch so einen sicheren Verschlag errichten können – ich selber bin zu alt für Verschläge. In der Zwischenzeit aber, für den Fall, daß eine Ratte hier hinter uns her geschnüffelt kommen sollte, dann setzt ihr nur einen Floh ins Ohr und schickt sie in die falsche Richtung.«

Frau Saunders, halb weinend halb lachend, versprach das; wünschte Waife alles Glück; küßte Sophie; streichelte Sir Isaak; und stand dann noch lange auf ihrer Schwelle, und schaute den Dreien hinterher, wie da, in dem engen grünen Gang, die von der FrühmorgenSonne angeleuchteten Gestalten immer kleiner wurden – und die Tautropfen glitzerten in der Hecke zu beiden Seiten, und die Lerche stieg aus dem jungen Korn, hoch in die Luft.

Dann wandte sie sich, langsam, wieder nach drinnen; und ihr Heim kam ihr doch recht verödet vor. (Wir können uns ja durchaus ans Alleinsein gewöhnen; sollten uns dann allerdings vorsehen, solche Gewohnheit zu verletzen. Einmal 2 oder 3 Gesichter hereingelassen, die sich um Euern Herd setzen, oder aus Euern Fenstern Frau Sonne anlachen – und wenn sie wieder weg sind, haben sie die Glut aus Euerm Ofen mitgenommen, und den Sonnenstrahl aus Euern Fensterscheiben.) Arme Frau Saunders also!; vergeblich versuchte sie, sich zusammenzunehmen; die Stuben aufzuräumen, nach den Hühnern zu sehen, ihre Gedanken abzulenken – der einäugige alte Krüppel, das kleine Mädchen, das Zottel-Gesicht des Hundes, schwebten ihr beständig vor Augen; und als sie, zu Mittag, so ganz allein mit sich selber speiste, (und es waren die Reste von dem letzten geselligen Abendbrot gestern), da schien selbst das Ticken der renovierten Wanduhr immerfort zu sagen: ›fort, fort, fort –‹; und sie mußte murmeln, »Achja;: fort! –«; und dann legte sie sich auf ihrem Stuhl zurück, und vergönnte sich einen guten, echt-fraulichen Tränenstrom. Ein Genuß, aus dem sie sehr bald durch ein Klopfen an der Tür aufgeschreckt ward.: »Ob sie etwa zurückgekommen sein können?«. Aber nein; die Tür ging auf, und herein trat ein artiger junger Mann, in schwarzem Rock und weißer Halsbinde.

»Bitte um Verzeihung, Madame – Ihr Name ist doch Saunders, ja? – kleine GeflügelFarm? –«.

»Zu dienen, Sir. äh, März-Kücken?«. (Arme Leute, was immer ihr Kummer sein möge, müssen darauf denken, ihre Kücken zu verkaufen. (Vorausgesetzt, sie haben noch welche zu verkaufen!)).

»Besten Dank, Madame; im Moment nicht. Der Fall liegt vielmehr so, daß ich einige Erkundigungen von Ihnen einziehen möchte. Haben Sie nicht Mietsleute hier?«

›Mietsleute!‹ – ? – auf dieses Wörtlein hin, verschloß sich die (sich eben auftuen wollende) Seele von Frau Saunders geradezu hermetisch; Waife's AbschiedsWarnung echote ihr wieder im Ohr –: dieses weißbehalsbindete SanftHerrlein, war er nicht die ausgesproch'ne Ratte !?

»Oh nein, Sir; ich hab' keine Mietsleute.«

»Aber Sie *hatten* doch letzthin welche, gelt? – einen verkrüppelten ältlichen Mann, mit einem kleinen Mädchen: ?«

»Weiß kein Sterbenswörtchen von ihnen; wenigstens-ä –«, sagte Frau Saunders, (die sich plötzlich entsann, daß ihre Aufgabe weniger sei, Tatsachen abzuleugnen, als vielmehr, Spürhunde in den April zu schicken) – »– wenigstens im-Moment jetzt. Bitte, Sir: wieso erkundigen Sie sich danach?«

»Je nun; ich hatte Auftrag, mich nach **** zu verfügen, und ausfindig zu machen, wo-hin dieser Betreffende, ein gewisser William Waife, gegangen wäre. – Gestern eingetroffen, Madame. Alles, was ich in Erfahrung bringen konnte, war: daß ein Mann, auf den die Beschreibung zutrifft, den Ort vor etzlichen Tagen verlassen hatte; und von einem Jungen, der beim Schafehüten war, gesehen worden sei, wie er, den HeckenGang hinunter, auf Ihr Haus zu-ging. Weiterhin, wie man allgemein annimmt, Sie müßten platterdings Mietsleute haben – (Sie nehmen, gelegentlich, Dergleichen an, Madame, ja?) – insofern, weil Sie diverse, (an-sich unbedeutende), Nahrungsmittel angekauft hätten, die Sie, ansonsten, gewöhnlich nicht zu erwerben pflegten —: ausgesprochen gegen Sie zeugende Indizien, Madame! ... Sie können imgrunde kein Motiv haben, mir die Wahrheit vorzuenthalten ...: ?!«

»Oh, ich sollte meinen, nicht-Sir,« versetzte Frau Saunders, (Die sich durch ominöse Ausdrücke wie ›gegen Sie zeugendes Indiz‹, doppelt auf der Hut empfand): »wohl habe ich einen Gentleman, Ihrer Beschreibung entsprechend, gesehen, und in Gesellschaft eines hübschen-jungen Fräuleins; und sie haben auch 1-2 Tage hier logiert; aber jetzt sind sie längst weg, nach ...«

»Ja, bitte, Madame,: – nach – ? –«

»Lond'n.«

»Tatsächlich – durchaus wahrscheinlich. – Per Eisenbahn?; oder zu Fuß?«

»Zu-Fuß, möcht'ich mein'n.«

»Besten Dank, Madam'. Falls Sie sie wiedersehen sollten, oder auch erfahren, wo sie sind, würden Sie mich sehr verpflichten, wenn Sie Mr. Waife diese Karte hier zustellen würden – mein Chef, Madam; Mr. Gotobed, Craven Street, Strand – eminenter Sachwalter. Er hätte Mr. Waife etwas Wichtiges mitzuteilen.«

»Ja, Sir – 'n Rechtsanwalt; versteh schon.« Und da Frau Saunders unwissend genug war, um von allen rattenähnlichen Geschöpfen in der Welt, den Rechtsanwalt für das übelste und gefräßigste zu halten, beglückwünschte sie sich von ganzem Herzen, zu den unschuldigen Notlügen, die sie da eben zu Gunsten der im Sinne gehabten Opfer ausgesprochen hatte.

Der Herr im schwarzen Rock, nachdem er solchermaßen seinen Anweisungen gehorcht und seinen Zweck erreicht hatte, nickte; ging seines Weges; und stieg wieder in den schnellen Einspänner, der am Drehkreuz hatte auf ihn warten müssen.: »Zum Gasthof zurück« rief er – »und flott – ich muß unbedingt den 3-Uhr-Zug nach London noch erreichen.«

Und darin bestand das Endergebnis der ersten Anweisungen, die der Große Advokat und Parlamentarier seinem eminenten Sachwalter bezüglich der Auffindung eines lahmen Mannes und eines kleinen Mädchens erteilt hatte. Alles in Allem genommen, konnten Recherchen schwerlich routinierter angestellt werden: Mr. Gotobed schickt seinen ersten Schreiber los – der erste Schreiber wendet sich an den Gendarmen des Fleckens – gerät auf die rechte Spur – kommt zu dem richtigen Haus – und hat dennoch alles falsch gemacht – auf eine, für seine Recherchen höchst lobenswerte Weise. –

—: »Nach London?; dacht' ich's doch – alle Leute dieses Schlages kommen früher oder später wieder nach London zurück«, sprach Mr. Gotobed. »Schreiben Sie mir's in Stichworten auf, damit ich meinem berühmten Klienten berichten kann. Höchst befriedigend. – (Dieser junge Mann wird mal seinen Weg machen – geschäftsmäßig, methodisch . . .).«

## 7. Kapitel

*Jede Wolke kann silbern gefüttert sein.*

Nachdem er, wie beschrieben, dem Glücksfall – den in seinem Interesse zu fördern er Frau Saunders so ernstlich untersagt hatte – den Rücken zukehrte, befand sich unser Landstreicher nunmehr auf dem Wege nach der altehrwürdigen kreisfreien Stadt Gatesboro'; welche, als nächstgelegenen Ort mit angemessener Einwohnerzahl und Wohlhäbigkeit, Mr. Waife mit dem Debüt von Sir Isaak zu ehren beschlossen hatte, sobald er sich der Dienste jenes vielversprechenden Vierfüßlers gehörig versichert halten konnte. Er hatte, ehe er Mr. Merle's Dach verließ, die GrafschaftsKarte zu Rate gezogen; und festgestellt, daß sich Gatesboro' auf einem Richtpfad für Fußwanderer, durch Felder und über Bauernwege, erreichen ließ. Er war immer froh, wenn er die Chaussee vermeiden konnte: ohne Zweifel hatte er seine guten Gründe für solch Ausweichen; aber in speziell diesem Falle erfuhren die bloßen Klugheitsrücksichten Unterstützung durch einen Hang zum Vagabundieren. Chausseen sind für die Florierenden. Und genauso gehören Mißgeschick und Seitenpfade zusammen. Aber auch Seitenpfade haben ihre Reize; auch das Mißgeschick seine gefälligeren Momente.

Dementsprechend bogen sie also sehr bald von der großen Landstraße ab; und einen geraden öffentlichen Fußweg entlang, der sie, durch ein endlos Gebreite grüner Wiesenweiten hin, auf eines jener hinreißenden HeckenPfädlein brachte, wie man sie außerhalb unsres laub(en)schattigen England nirgends antrifft – einen Pfad, tief eingesenkt in die ihn beiderseits säumenden Knicks; überhangen von Eichen, und EschenGezitter, und knorrigen Rüstern; lebhaft die Stechpalme, und widerborstig die Brombeere; wild wand sich die Winde, und süß schlang das Geißblatt, alles mit holdestem Leben durchdringend. Zuweilen taten sich in den begleitenden Knicks plötzliche Lücken auf, und gaben tiefe Rasengründe frei, Durchblicke über still-absperrende GatterTore hinweg, oder über moos- und flechtenbewachsene PfahlZäunungen, hinein in Park oder Gehege irgend eines ländlichen Thans. Neue Villen, beziehungsweise alte Herrensitze an grünenden Hängen, die, gleichsam, Englands feudale Zeiten mit Englands freigebornen Hoffnungen verknüpften –: das alte Land, mit seinem jungen Volk; denn England ist so-alt; und die Engländer sind so-jung! Und der ergraute Gehbehinderte und das schimmerhaarige Kind hielten oftmals inne; und blickten hin auf Besitzungen und Heimstätten von Eigentümern, deren Lose auf solch prächtige Plätzchen gefallen waren. Aber es lag weder Neid noch Mißgunst in ihrem Hinblicken; vielleicht weil ihrem ganzen Dasein solch grandiose Eigentümerei allzu fern lag –: weshalb sie wied'rum auch jed'-solchen AugenSchmaus genießen, und, ja, ›in Besitz nehmen‹ konnten. Denn zumindest die Schönheit dessen, was wir erblicken, ist, in dem Moment, unser; unter der ›einfachen‹ Bedingung, daß wir das nicht begehren, was unser Auge an Schönem ergetzt. Gleichwie das unermeßliche Firmament, mit seinen zahllosen Sternen, auf genau--dieselbe Weise dem König wie dem Bettler gewährt ist – selbst in unserm verranntesten Ehrgeiz wimmern wir ja wohl nicht nach einem Monopol auf das Empyreum, oder nach dem Eigenlehen eines Planeten! – ähnlich ist die Erde, mit all ihren eingehegten Gärten, ihren zinnengekrönten Mauern – all ihren Markzeichen ernsten Besitzens, und grobbäuerlicher Ackergiererei – auch Unser-Aller, aufgrund des AugenRechts. Unser das Recht, schöne Besitztümer mit solchem Entzücken zu betrachten, wie das BeBlicken es nur gewähren kann; und dem Besitzer dieses, (wie auch etwelches unerblickte-andere) mühenbringende Recht so wenig zu mißgönnen, wie wir etwa einem astralen GrundHerrn seine Morgen-&-Morgen von Lichtjahren im Capricornus verneiden würden. Wahrlich, das alte Gesetzlein meint es nicht übel, das da rät: *›Du sollst nicht begehren . . .‹*.

Als die Sonne am höchsten stand, fanden unsere Reisenden ein schattiges Fleckchen für Rast und Mahl. Vor ihnen floß ein flacher klarer Forellenbach, auf der andern Seite von dessen Borden sich niedere grasreiche Wiesen erstreckten; in der Ferne ein Bauernhaus, mit einem stillen Gehölz als Hintergrund; aus dem ein stilles Kirchlein mit seiner stillen Turmspitze hervorragte. In ihrem Rücken die Heckenreihe des Pfades; und gleich dahinter eine kurzgehaltene, leichtansteigende Rasenfläche, auf der, in ihrem oberen Teil, in die Grasnarbe eingebettete Blumenrabatten deutlich sichtbar waren – weiter zurück, hängender lila Flieder und Goldregen; und von den kurzlebigen reichblühenden Syringen kam zuweilen durchdringender Wohlgeruch herüber. Der Krüppel war schwerfällig über ein hölzernes Geländer gestiegen, das den Pfad vom Bächlein trennte; und hatte sich in die Schatten eines fantastischen lockergewebten DornBusches niedergelassen. Sophie, neben ihn gelagert, pflückte sich von einem Erdhügelchen, das die Brombeeren vor Sonne geschützt hatten, ein paar blasse geruchlose Veilchen. Der Hund hatte sich zum Wasser hinab begeben, seinen Durst zu löschen; stand aber immer noch, knietief, in der seichten Flut, und schien in philosophische Betrachtung eines Elritzenschwarmes versunken, den sein Hineinplanschen erst verscheucht hatte, der sich jetzt aber auf der andern Seite des glasklaren Wassers drüben wieder blicken ließ, allwo er, unermüdlich, um einen MiniaturFelsen herumflitzte und -zuckte, der das Dahingleiten der Wellchen aufhielt, und sie bewog, in ein leises melodisches Murmeln auszubrechen. »Für diese, und alle Deine Gnaden, oh HErr laß uns dankbar sein«, sprach das Opfer des Mißgeschicks, in den abgenütztesten Wendungen frommer Gewohnheit. Aber nie vielleicht ist bei aldermännischen Banketten das Dankgebet aufrichtiger gesprochen worden.

Dann knotete er das Bündel auf, welches der Hund, der es den ganzen Weg bis dahin getragen gehabt, sorgfältig ihm zur Seite niedergelegt hatte. –: »So wahr ich lebe –«, rief Waife, »Missis Saunders ist 1 Frau unter 10 000! Sieh doch, Sophie: nicht zufrieden mit den Käsebroten, auf die ich sie ihre Wohltätigkeit einzuschränken bat, ein ganzes Hähnchen – auch ein kleiner Kuchen, für Dich, Sophie; sogar das Salz hat sie nicht vergessen! Sophie, diese Frau hat sich ein nettes Zeichen unserer Dankbarkeit verdient; und wir wollen ihr auch eine silberne Theekanne verehren, gleich als erstes, sobald wir's uns leisten können.«

Angeregtester Laune ob der unerwartet guten Kost, ließ der Komödiant seinem schon von Natur aus munteren Humor die Zügel schießen; und scherzte, oder richtiger kasperte, zwischen jedem

Bissen, bald wie ein Kind, bald wie ein Weiser. Er ließ die Strahlen seiner unbefang'nen Witzchen spielen, unbekümmert darum, wohin sie fielen – auf das Kind – auf den Hund – auf die Fischchen, die unter'm Wasser ringelreihten – auf die Grille, die inmitten des Grases zirpte – der Specht pochte am Baum: und schon erwiderte ihm die fröhliche Stimme des Krüppels in täuschender Vogel-Ähnlichkeit. Nun hatte dieser KleinTumult genialen Geplappers allerdings einen Zuhörer, dessen weder Großvater noch Enkelin gewahr wurden. Nur ganz wenige Schritte weiter, verdeckt durch dichtes Buschwerk, hatte sich, unmittelbar vor der Ankunft unserer Landstörzer, ein junger Anglersmann, von schätzungsweise 5- oder 26 Jahren, an eben dieses Ufer und Wasser hingesetzt gehabt, mit der Absicht eine unbrauchbare ›Fliege‹ umzuwechseln. Beim Klang von Stimmen hatte er – weil diese Bachstrecke Privateigentum war, und er vielleicht einen unbefugten Konkurrenten vermuten mußte – seine Beschäftigung eingestellt; und, geräuschlos, das dichte Laubwerk etwas zur Seite geschoben, um zu rekognoszieren. Die schlichte Frömmigkeit von Waife's Tischgebet schien ihn angenehm zu überraschen, denn ein mildes, beifälliges Lächeln spielte um seine Lippen. Er fuhr fort zu beobachten und zu lauschen. Er vergaß der Fliege; ja, eine Forelle glitt unbeachtet neben ihm vorüber. Aber Sir Isaak, dessen speculatives Gemüt inzwischen anscheinend zufriedengestellt war, was die Naturgeschichte der Elritzen anbelangt, kam nunmehr wieder ans Ufer gestiegen; ein kurzes Innehalten; ein Schnuppern? – und er schritt majestätisch auf den versteckten Beobachter zu; besah ihn sich mit großer Feierlichkeit, und stieß dann ein forschendes Gebell aus: ? – kein feindliches, kein drohendes Gebell, bewahre; nur, ganz reinlich und trocken, fragend: ?. Solchermaßen entdeckt, erhob sich der Angler; und Waife, dessen Aufmerksamkeit durch das Gebell in diese Richtung gelenkt ward, sah ihn, rief Sir Isaak zurück, und sagte höflich: »Mein Hund ist nicht bösartig, Sir.«

Der junge Mann murmelte etwas Unvernehmliches als Antwort; schob – indem er, zum Zeichen seiner Beschäftigung hier, oder auch als Entschuldigung seiner Anwesenheit, die Angelrute in die Höhe hielt – den hindernden LaubVorhang beiseite, und kam, ruhig, auf Waife zugegangen. Sir Isaak folgte ihm – schnüffelte noch einmal – schien befriedigt; und setzte sich auf die Hinterbeine, worauf er seine Aufmerksamkeit auf die Überreste des Hähnchens zu konzentrieren begann, die unbewacht im Grase lagen. Der Neu-ankömmling gehörte unverkennbar zur Klasse der Gentlemen; seine Gestalt war schlank und anmutig; das Antlitz blaß, verfeinert, den Denker verkündend. Beim ersten Anblick schon kam man auf die Idee, was er sein müsse (und auch wirklich war) – ein Gelehrter, in Oxford gebildet; und vielleicht hätte man sogar erraten, daß er für den Kirchendienst bestimmt, wenn nicht gar bereits ordiniert sei.

## 8. Kapitel

*Mr. Waife erregt Bewunderung; und bemitleidet, gütevoll, das Gebrechen eines Oxforder Scholaren.*

»Ihr seid f-f-fremd hier?«, sagte der Oxforder; nach einer gewaltigen, durch irgendeinen Sprachfehler verursachten, Anstrengung sich auszudrücken.

Waife: – »Ja, Sir; Reisende. Ich hoffe, wir haben uns keiner Übertretung schuldig gemacht: ich meine, das ist kein privater Grund und Boden hier, oder?«

Oxforder: – »Und w-w-w-wenn es so wäre, würde mein V-V-Vater Euch auch nicht w-w-wegweisen.«

:»Oh, da ist es doch Ihres Herrn Vaters Eigentum? Bitte tausendmal um Entschuldigung, Sir.«

Diese Abbitte war im grandiosesten Stil des Alten Komödianten gehalten, – sie imponierte dem Jungen Gelehrten über die Maßen. Waife hätte ja eventuell ein verkleideter Herzog sein können; aber ich will dem Angler Gerechtigkeit widerfahren lassen, und verraten, daß eine solche RangEntdeckung ihn kaum nachdrücklicher zugunsten des Fahrenden gestimmt haben würde. Nein, es war dieses improvisierte ›TischGebet‹ gewesen – diese Danksagung für etwas, von dem der Gelehrte erspürt hatte, daß es dabei um mehr als bloß leibliche Nahrung ging – das ihm zuerst Achtung eingeflößt, und anschließend seine Teilnahme erregt hatte. Dann, weiterhin, dieses unschuldig-sorglose Gespreche; bald zu Hund und Kind hin geredet – bald Monolog – ja, bald für das Ohr nur der fruchtbaren lebenwimmelnden Natur bestimmt – all-das hatte eine irgendwie verwandte Saite in der Seele des Anglers berührt; denn auch er hatte ein Stück von einem Poeten, und viel von einem Selbstredner, und konnte mit der Natur verkehren, und dabei jene SprechHemmung, die seine Verständigung mit Menschen so erschwerte, gar nicht empfinden. (Und nun, wo ich den oralen Defekt unsres neuen Bekannten genugsam angedeutet habe, wird mich der Leser sicher gerne entschuldigen, wenn ich das Faktum künftighin nicht mehr überanstrenge. Lassen wir es bei andern *subaudita* ruhen; vor allem, da das Bewußtsein davon, einer begabten und strebsamen Natur, der dadurch der erhabne PredigerBeruf blockiert war, eine ausgesucht schwere Pein bereitete. Und ich möchte ebensowenig ob seines Gebrechens Gelächter hinter seinem Rücken erregen, als mir dies vor seinem blassen, ausdrucksvollen, melancholischen Gesicht einfallen würde – weshalb ich im Folgenden den Sprachfehler unterdrücke, und einfach Rede und Antwort wiedergebe.)

OXFORDER: – »Auf der andern WegSeite, dort am Hang, wo die Gartenanlagen sind, ist meines Vaters Haus. Gewiß, die Stelle-hier ist auch sein Eigentum; aber er könnte keinen besseren Gebrauch davon machen, als sie Denjenigen zur Verfügung stellen, die so fromm den Vater anerkennen, von dem alles Gute herrührt. – Ihr Kind, Sir, nehm' ich an?«

»Meine Enkelin.«

»Sie scheint zart; ich hoffe, Ihr habt nicht mehr weit zu gehen?«

»Nicht übermäßig weit, dank' Ihnen, Sir. Aber mein kleines Mädchen sieht zarter aus, als sie ist. Du bist nicht müde, Schätzchen, gelt?«

»Ach, gar nicht!«. Die Blicke wirklicher Liebe, die dabei zwischen dem alten Mann und dem Kinde gewechselt wurden, waren nicht zu verkennen; der junge Gelehrte empfand allmählich großes Interesse und ein wenig Verblüfftheit; ›Wer und Was mochten sie sein?; so ganz unähnlich gewöhnlichen Fußreisenden!‹. Und Waife auf der andern Seite, faßte nicht minder eine Neigung zu dem höflichen jungen Mann, und empfand ernstlich Mitleid mit Dessen körperlichem Handicap. Aber er ließ aus solchen Beweggründen nicht um ein Jota in der zurückhaltenden Vorsicht nach, die er sich, eben dabei ein neues Glück zu suchen und gleichzeitig alte Gefahren zu vermeiden, vorgesetzt hatte; also wechselte er das Thema:

»Sie sind Angler, Sir? Ich möchte meinen, die Forellen in diesem Gewässer hier, fielen nur klein aus?«

»Gar nicht so sehr – ein wenig weiter oben hab' ich schon welche von 4 Pfund Gewicht gefangen.«

WAIFE: – »Da-drüben kommt grad ein schönes Exemplar vorbei! – sehen Sie?, dort zwischen den Wasserpflanzen steht er.«

OXFORDER: – »Armer Bursch; soll er heut sicher sein. Letzten Endes ist es doch ein grausamer Sport, und ich sollt' ihn mir wirklich abgewöhnen. Aber es ist eben seltsam: unsre Liebe zur Natur mag noch so tief sein, wir scheinen immer einer gewissen Entschuldigung, auch vor uns selber, zu bedürfen, um uns ihr alleine anzuvertrauen – eine Flinte – eine Angel – das Skizzenbuch – den Geologenhammer – das Netz des Entomologen – Irgendetwas.«

WAIFE: – »Könnte das nicht deswegen sein, weil alle unsre Ideen, sobald sie nicht auf einen bestimmten Zweck ausgerichtet sind, zum Verwildern tendieren? Fortuna und Mutter Natur sind, obwohl populäre Schönheiten, so doch recht ernsthafte Frauenzimmer; und betrachten den bloß koketten Müßiggänger sicherlich nicht im Licht eines echten Freiers.«

Der Oxforder, der, als er seiner vorangegangenen Bemerkung Ausdruck lieh, es für wahrscheinlich gehalten hatte, sie werde über den Horizont seines Zuhörers hinausgehen, schaute überrascht drein. Was mochte das eigentliche Vorhaben dieses einäugigen Philosophen sein?

»Haben Sie etwas bestimmtes vor, Sir?«

»Ich – ach wissen Sie – wenn ein Mensch ins Moralisieren gerät, ist das ein Zeichen dafür, daß Er und die Irrtümer keine Fremden sind: eben weil ich selber einst Müßiggänger gewesen bin, ziehe ich jetzt so brav über die Müßiggänger her. Und das Reden darüber mahnt mich, daß die Zeit vergeht, und wir auf und davon müßten.«

Sophie knotete das Bündel wieder zusammen. Sir Isaak, dem sie inzwischen die Überbleibsel des Hähnchens verehrt hatte, sprang auf, und beschrieb einen schönen Kreis.

»Ich wünsche Ihnen Erfolg bei Ihrem Vorhaben, was immer es sei.«, stotterte der Angler heraus.

»Und ich, Sir, wünsche Ihnen, nicht minder herzlich, Erfolg in dem Ihren.«

»In meinem! Da liegt der Erfolg außerhalb meiner Macht.«

»Wie das, Sir? Hängt er so-sehr von Andern ab?«

»Nein; mein Versagen liegt an mir selbst. Meine Laufbahn sollte die Kirche sein; mein Beruf die Pflege mir anvertrauter Seelen; und

– und – dazu dies jammervolle Gebrechen! Wie kann ich denn GOttes Wort verkünden? – ich – ich – ein Stotterer!«

Der junge Mann wartete nicht erst eine Antwort ab; er stürzte sich in die Büsche, mit denen die Ufer des Wässerchens besetzt waren; und die Richtung die seine Eile nahm, war deutlich an den Bewegungen von Gezweig und Laubwerk zu erkennen, durch die er sich seinen Weg bahnte.

»Tcha; wir haben Alle unser Päckchen«, sagte Gentleman Waife, als Sir Isaak das Bündel aufnahm, und, friedsam und neugestärkt, dahinschritt.

## 9. Kapitel

*Der Nomade macht, beim Eintritt in die zivilisierte Welt, sich deren Künste zu eigen, scheert seinen Pudel, und legt einen schwarzen Rock an. / Andeutungen hinsichtlich des Verfahrens, mittelst dessen sich ein AusGestoßener zu einem EinNehmenden erhebt.*

Zur Dämmerzeit nahmen sie Einkehr in einer stillen Herberge, keine 8 Meilen vor Gatesboro'. Sophie war doch recht müd', und froh ins Bettchen kriechen zu können. Waife hingegen saß noch lange wach; und, als Vorbereitung auf das ereignisreiche morgen, wusch und schor er Sir Isaak. Kein Mensch würde den Hund wiedererkannt haben: er war schlechthin blendend!; Odysseus, von Pallas Athene verjüngt, konnte sich nicht mehr zu seinen Gunsten verändert haben. Seine Flanken enthüllten eine aufs delikatest geschedkte Haut; sein Schwanz ward löwenartig, mit einer entsprechend majestätischen Quaste; seine Mähne fiel in langen Locken, wie der Bart eines AssyrerKönigs, frisch aus Ninive; seine Stiefel waren die eines HofManns unter der Regierung Carls II.; seine Augen schauten, in dunklem Glanz, aus einem Gelocke hervor, weiß wie FlockenGestöber. Dies vollbracht, schlief auch Waife den Schlaf des Gerechten; und Sir Isaak, neben dem Bett hingestreckt auf den Fußboden, leckte sich die zartscheckigen Flanken, und schauderte – *›il faut souffrir pour être beau‹*. Mit großer Ver- und Bewunderung erblickte Sophie, frühmorgens, dann den Hund; aber eh' sie noch auf war, hatte Waife schon die Rechnung beglichen; und erwartete sie, ungeduldig des Aufbruchs, auf der Straße. Ihrer Ausrufungen, halb-mitleidig halb-bewundernd, achtete er nicht; er war tief in Gedanken versunken. So schritten sie langsam fürbaß, bis 2 Meilen vor der Stadt; wo Waife seitwärts abbog, in ein Waldstück; und dort, von Sophie unterstützt, mit dem Hund noch einmal eine umfassende Generalprobe des bevorstehenden Dramoletts veranstaltete. Der Hund war zwar nicht in bester Stimmung; spielte jedoch seinen Part mit mechanischer Akkuratesse, wenn auch ohne rechte Begeisterung, herunter.

»Man kann sich auf ihn verlassen; trotz seiner französischen Herkunft«, entschied Waife. »Jedwedes nationale Vorurteil schwindet eben doch vor dem Bewußtsein eines gemeinsamen Interesses. Und wir werden immer mehr ächte Gediegenheit des Charakters bei einem französischen Pudel antreffen, der uns nützlich wird; als in einem britannischen Bullenbeißer, der das nicht ist. – Aber, weh der vergeudeten Liebesmüh!, weh des Opfers an kostbarer Zeit!, weh des Sinnbilds unsrer nichtig-fashionablen Bildung!: mir ist doch tatsächlich niemals eingefallen – fällt es Dir, Kind wie Du bist, jetzt nicht selber auf? – daß das Tier, den Voraussetzungen unserer beabsichtigten Scenenfolge gemäß, ein französischer Hund zu sein hätte!?«

»Ja und, Opa?«

»Und wir haben ihm einen englischen Namen gegeben! Feines Resultat unsrer eignen Scholaren-Dressur; die uns, auf Vor- und HauptSchulen, genau das beibringt, was uns, sobald wir uns der Welt zu stellen haben, nicht das Geringste frommt! Was ist jetzt zu tun? Ihm seinen eignen Namen wieder weg-lernen – einen andern beibringen; zu spät, zu spät. Die Verzögerung können wir uns nicht leisten.«

»Ich seh nicht recht ein, warum er überhaupt mit einem Namen gerufen werden muß: er folgt Deinen Zeichen doch genau so ohne das.«

»Ja, wenn ich das nur gleich zu Anfang entdeckt hätte! Ein Jammer! Und dazu ein so schöner Name: ›Sir Isaak‹! *Vanitas vanitatum!* Welcher Wunsch entflammt den Ehrgeizigen hauptsächlich?: sich einen Namen zu machen – womöglich einen Titel zu vererben – eine ganze Nachkommenschaft von Mops zu lauter Sir Isaaks zu erhöhen! Und in allerletzter Instanz ist es ja möglich, (laß es uns in unserm Fall hoffen), daß ein verständiger junger

HundBursch sein ABC und das ›Gewehr über!‹ genau so gut lernen kann, ob auch all die Benennungen bei denen die Menschheit ihn kennt, sich in eine-einzige arme Silbe zusammendrängen lassen. Nichtsdestoweniger, (Du wirst das einsehen, wenn Du erst älter bist), sieht sich der Mensch in der Praixs nicht selten genötigt, für sich selbst auf die Anwendung jener Regeln zu verzichten, die er eben noch theoretisch für Andre entwickelt hat. In diesem Sinne – während ich also einräume, daß eine Namensänderung für *diesen* Hund eine der Fragen sei, die zur Politik des Wenn-und-Aber gehören (gemeinhin ›Politik der Zweckmäßigkeit‹ geheißen); über die man mit sich selbst und Andern jede Viertelstunde anderer Meinung sein kann – gehört ein Wechsel des Namens für *mich* zur Politik des Soll-und-Muß, das heißt der ›Politik der Notwendigkeit‹, gegen die kein Hund anzubellen hat, – obgleich ich Hunde gekannt habe, die dagegen an-heulen! –: ›William Waife‹ ist nicht mehr; er ist tot – ist begraben; und selbst ›Juliet Araminta‹ ist ›des Scheines lockrer Bau‹ gewesen.«

Sophie schlug fragend die arglos blauen Augen zu ihm auf: ?

»Du siehst einen Mann vor Dir, der den Namen ›Waife‹ aufgebraucht hat; und Der, sobald er die Stadt Gatesboro' betritt, sich in eine nüchterne, gesetzte, ehrbare Persönlichkeit namens Chapman verwandeln wird. Du bist ›Miss Chapman‹. Rugge und seine Bühne sind ›ein Schaugepräng erblaßt, spurlos verschwunden‹.«

Sophie lächelte erst; und seufzte dann – das Lächeln für des Großvaters muntre Laune; wofür der Seufzer? War es, daß in dieser frischen unverdorbnen Natur sich instinktiv etwas auflehnte bei der Vorstellung von all diesen Alias'en; die, wenn schon der Sicherheit halber erforderlich, so doch immer Ähnlichkeit mit Betrügerei hatten? Falls ja, dann hatte das arme Kind noch allerlei, worüber es mit seinem Gewissen ins reine zu kommen suchen mußte! Alles was ich sagen kann, ist jedenfalls, daß sie seufzte, nachdem sie zuvor gelächelt hatte; (und mit mehr Recht könnte ja ein Leser von seinem Autor verlangen, daß er einen Zephyr unters Mikroskop nehme, als daß er einen Seufzer aus weiblicher Brust analysiere.)

»Nimm Du den Hund mit Dir, Schätzchen, auf den Weg zurück; ich bin in ein paar Minuten wieder bei Dir. Du bist hübsch genug angezogen; und wärst Du's nicht, würdest Du doch so wirken. Ich dagegen, in meinem alten Rock, seh' aus wie ein Hausierer; deshalb will ich mich umziehen, und die gute Stadt Gatesboro' in Gestalt eines Mannes betreten – wie Du ihn umgehend vor Dir sehen wirst. – Laßt diese Sachen da mal in Ruhe, entisaakter Sir Isaak! Folgt Eurer Herrin –: geht!«

Sophie verließ das Wäldchen; und ging, langsam, in Richtung der Stadt, die Hand gedankenvoll auf Sir Isaak's Kopf gelegt. In weniger als 10 Minuten gesellte Waife sich wieder zu ihr, angetan mit respektablem Schwarz; Hut und Schuhe wohlgebürstet; eine neue grüne Klappe über'm Auge; und mit der feinsten Miene eines *Père Noble.* Jetzt war er in seinem LieblingsElement: ER SPIELTE THEATER – scheltet's nicht Betrug. War Lord Chatham ein Betrüger, wenn er seinen Flanell wie eine Toga drapierte, und die Locken seiner Perücke so legte, daß sie der Majestät seiner Stirn und dem Schrecken seines Nickens einen noch-erhabneren Effekt verliehen? Und gewiß, wenn man in Anschlag bringt, daß Waife letzten Endes eben doch nur ein Landstreicher von Profession war – wenn man all die Schliche und Kniffe bedenkt, zu denen er, um des lieben Salz' und Brotes willens sich genötigt sah – dann war das Wunder ja nicht so sehr, daß er voller Bühnentricks und kleiner Mogeleien steckte, sondern daß er sich im Herzensgrunde so viel Einfachheit und Kindlichkeit bewahrt hatte. Wenn ein Mann, eine ganze Reihe von Jahren hindurch, immer nur von seinem Witz hat leben müssen, will ich nicht behaupten, daß er nun auch unweigerlich ein Schurke sein müsse – er mag ein ganz guter Kerl sein; aber daß sein Ehrenkodex haargenau der gleiche sein werde, wie der von Sir Philip Sidney, wird man schwerlich erwarten dürfen. Homer spricht, durch den Mund des Achill, jene sublime Liebe zur Wahrheit aus, wie sie, selbst in jenen fernen Zeiten, das geziemende Merkmal des Gentleman und Soldaten gewesen ist. Allerdings ist Achilles, sein ganzes, zwar kurzes aber ruhmvolles Leben hindurch, wirtschaftlich gut situiert. Odysseus and'rerseits, dem es wahrlich sauer gemacht, der von seinem Grundbesitz auf Ithaka fern gehalten wird, mit einem Wort, der von seinem Witz leben muß, wird deswegen nicht minder von der unbefleckten Pallas protegiert, weil seine Weisheit zuzeiten durchaus nach Bühnentrick und Gaunerei schmeckt. Und was zweckdienliche Alias'e oder Notlügen anlangt: wozu hätte Odysseus all sein Witz geholfen, hätt' er dergleichen Künste verschmäht, und sich dafür großartig von Polyphem 'runterschlucken lassen? Nachdem wir solchergestalt die epische Parallele zu Mr. Waife's Charakter gezogen – auch die der schwachen menschlichen Natur schuldige Nachsicht, mit der von den Interessen der Gesellschaft geforderten Vorsicht in Einklang gebracht haben –

sei ihm vergönnt, sein durch antike Präzedenzfälle sanktioniertes, moderner Nachahmung jedoch nicht zu empfehlendes ›Doppel-Leben‹ wieder aufzunehmen. –

Just als unsre Reisenden der Stadt sich näherten, ertönte, rechts von ihnen, der schrille Pfiff einer Eisenbahn – ein langer Zug schoß aus dem Schlund eines Tunnels hervor; und rollte dann in den benachbarten Bahnhof.

»Wie glücklich sich das trifft!«, rief Waife, »tummel Dich, Schätzel!«. Wollte er den Zug benützen?: Pff!; er war am Ende seiner Reise. Nein; nur mischen wollte er sich unter die Menge, die nun gleich durch die Schranken in diese Stadt strömen würde: das ehrbare Ansehen eines EisenbahnPassagiers zu entlehnen, hatte er vor. Und so gut spielte er die Rolle des verwirrten Fremden, der soeben von einem dieser pustenden DampfUngeheuer an einen unbekannten Ort ausgespien worden ist; so kunstvoll wußte er, inmitten der geschäftigen Konkurrenz von boxenden Ellenbogen, trotzigem Geschulter, und all den *impedimenta* aus Reisetaschen, Koffern, Felleisen, armgetragenen Babies und schienbeinattackierenden Karren um sich zu schauen; entsprechend auf dem *qui vive* sein eines Auge bald auf Sophie, bald auf Sir Isaak richtend; und dabei immerfort sein Bündel vor die Brust drückend, wie wenn er in jedwedem Nebenmann einen Thug, Condottiere, oder feingekleideten Gauner argwöhne –: daß binnen eines Augenblicks sämtliche Droschkenkutscher, Omnibusfahrer, Handlanger und Gepäckträger, sich ihn als Gute Beute auserkoren.: »›Wappen von Gatesboro'‹!«;: »›Adler‹!«;: »›Hotel Royal‹!«;: »›Sarazenenkopf‹! –: aller Komfort, Zentrum von High Street, gegenüber vom Rathaus.« – wurd' ihm ins Ohr gerufen, geblökt, geflüstert oder gewinselt. »*Ist* ein ehrlicher Gepäckträger da?«, fragte der Komödiant kläglich. Ein Irländer präsentierte sich: »Könnt' meine Wenigkeit v'leicht Euer Ehren bedien'n?« – »Nehmt dieses Bündel; und geht vor mir her, in die High Street.« – »Könnt' ich nicht lieber das Bündel nehmen, Opa? Der Mann wird so viel fordern«, sagte die haushälterische Sophie. »Psch!, Du und tragen!«, sagte der Père Noble wie wenn er eine Königliche Hoheit im Exil anrede: »Ihr ein Bündel nehmen? – Miss Chapman!«

Nicht lange und sie hatten die High Street erreicht. Waife musterte die Fronten der diversen Gasthäuser, an denen sie vorbeikamen, mit einem Auge, das gewöhnt war, die Physiognomie von Hotels zu entziffern –; – hier, der ›Sarazenenkopf‹ gefiel ihm eigentlich; obschon seine imposante Größe Sophie einschüchterte. Er gebot den Schritten des Trägers Einhalt, (:»Folgt mir auf dem Fuße.«); und trat dann, über die offne Schwelle, in die Bar; allwo die Wirtin selbst sich befand, stattlich und achtunggebietend, mit kastanienbraunem Toupet, am seid'nen Kleid eine Kamee als Brosche, und einem üppigen Busen.

»Haben Sie einen privaten Salon, Madam?«, sagte der Komödiant, und lüftete seinen Hut: ? – Nun gibt es so vielerlei Arten, den Hut zu heben – zum Beispiel die, für welche Ludwig XIV. so berühmt war. Aber die Art des Komödianten im gegenwärtigen Falle, glich eher der des verstorb'nen Herzog von B*** – nicht absolut königlich; aber dem Königlichen so nahe, wie es einem guten Untertan eben noch zukommt. Er bedeckte sein Haupt wieder, und fügte hinzu – »Und im Ersten Stock?«. Die Wirtin knixte nicht direkt, verbeugte sich aber immerhin; kam hinter der Bar hervor, und setzte den Fuß auf die breite Treppe, schaute graziösverbindlich zurück – wobei ihr Blick auf Sir Isaak fiel, der vorausgeschritten war, und mit geblähten Nüstern schnupperte. Sie zögerte –: »Ihr Hund, Sir!; soll der Hausdiener ihn mit'rum, in die Stallungen, nehmen?«

»Die Stallungen, Madam? – die Stallungen, meine Liebe,« wandte er sich zu Sophie, mit einem noch herzoglicheren Lächeln, als sein Gruß vorhin-eben; »was würden sie wohl zuhaus sagen, wenn sie vernähmen, man habe dies edle Tier verwiesen – in einen Stall? – Madam: mein Hund ist mein Gefährte, und ebenso an Salons gewöhnt, wie ich selbst.« Trotzdem zauderte die Wirtin noch. Mochte der Hund immer an Salons gewöhnt sein: ihr Salon war nicht an Hunde gewöhnt. Sie hatte gerade einen neuen Teppich ausgelegt. Und solcherart sind die seltsamen und unregelmäßigen Wahlverwandtschaften in der Natur – solcherart die inkongruenten Verkettelungen im KreuzstichMuster unsrer Ideen – daß zwischen ›Hunden‹ und ›Teppichen‹ Assoziationen bestehen, die, mögen sie den Eigentümern von Hunden noch so unrecht erscheinen und tun, bei den Besitzern von Teppichen nicht ungegründete Befürchtungen erregen. Dort also stand die Wirtin, und dort stand der Hund!, und dort hätten sie bis auf den heutigen Tag stehen können, wäre nicht der Komödiant gewesen, der den Zauber auflöste. »Nehmt meine Effekten wieder auf,« sagte er, zum Träger hin gewandt; »zweifellos wird man, zwischen Hund und Hund zu unterscheiden, im ›Hotel Royal‹ mehr geübt sein.«

Augenblicks ließ die Wirtin sich erweichen; und es war nicht nur die zwischen dem ›Sarazenenkopf‹ und dem ›Hotel Royal‹ ganz organisch bestehende Rivalität, die bei ihr den gebührenden Ausschlag gab. Ein Herr, der sich nicht herablassen konnte, auch nur ein so kleines Bündel selber zu tragen, mußte tatsächlich ein echter Gentleman sein! Wäre er mit einem Koffer angekommen – oder auch nur einer großen Reisetasche – dann wäre der bloße Gepäckträger immer noch kein Beweis für Rang und Stand gewesen; aber da ihre Kundschaft an die sie gewöhnt war, sich überwiegend aus Handlungsreisenden und Kaufleuten zusammensetzte, war ihr das eine neue Erfahrung – ein Herr mit derart leichtem Gepäck, und so aristokratisch-hülflosen Händen?! Hierin gaben sich ja gleichermaßen die beiden bekannten Attribute von Geburt und Wohlstand sattsam kund – d. i. die Gewohnheit des Befehlens, und die Verachtung des Schillings. Hinzu kam noch eine dunkle Erinnerung an die wohlbekannte Geschichte: wie da neulich ein Mann mit seinem Hund ins ›Granby Hotel‹ zu Harrogate eingetreten, und zimmerlos wieder in das andre und minder patrizische Wirtshaus weitergeschickt worden war, eben weil er nur einen Hund und keinen Diener bei sich hatte; wie dann, keine 5 Minuten nach seiner Verstoßung, Karossen mit Lakaien eingetroffen waren, und ein gebieterischer Kammerdiener nach Sr. Gnaden, dem Herzog von A***, gefragt hatte, der mit seinem Hund vorausgegangen wäre; und der, oh der ewig-reuigen Erinnerung!, davongeschickt worden war, und jenes andre Etablissement groß in Mode gebracht hatte; – eine dunkle Erinnerung an diese Anekdote, sage ich, blitzte im Gedächtnis der Wirtin auf, als sie rief: »Ich dachte lediglich, Sir, Sie würden eventuell die Stallungen vorziehen; selbstredend steht das ganz in Ihrem Belieben – bitte hier hinauf, Sir. Es ist ein feines Tier, wirklich; und sieht so fromm aus.«

»Ihr könnt das Bündel heraufbringen, Träger;« sprach der Père Noble: »Nehmt meinen Arm, meine Liebe: diese Stufen sind sehr steil.«

Die Wirtin stieß die Tür zu einem hübschen Tagesraum – ihrem besten! – auf; sie ließ die Jalousien herunter, um den allzugrellen Sonnenschein auszuschließen; dann zog sie sich bis auf die Schwelle zurück, in der Erwartung weiterer Aufträge: ? –

»Ruht jetzt aus, meine Liebe«, sagte der Schauspieler, indem er Sophie, mit jener zarten Ehrerbietigkeit gegenüber Geschlecht und Jugend, wie sie die Hochgebor'nen so notorisch auszeichnet, zur

Couch geleitete. »Das Zimmer genügt zunächst, Madam. Ich lasse Sie später noch wissen, ob wir Betten benötigen werden. Was das Abendessen angeht, will ich nicht heikel sein – ein Kot'lett – ein Hühnchen – wie es Ihnen paßt – um-ä 7 Uhr. Einen Moment noch, (Pardon, daß ich Sie aufhalte), aber: wo wohnt der Bürgermeister?«

»Seine PrivatWohnung liegt eine Meile vor der Stadt; aber seine BüroRäume sind unmittelbar neben dem Rathaus – gleich das erste Gebäude rechts davon, Sir.«

»Name?«

»Mister Hartopp.«

»Hartopp. Ah ja, richtig!; Hartopp. Seine politische Einstellung war doch, glaub' ich-ä –« (er riet auf gut Glück): »– aufgeklärt, ja?«

WIRTIN: – »Und wie, Sir! Mr. Hartopp steht in hohem Ansehen.«

WAIFE: – »Der erste städtische Beamte eines so blühenden Gemeinwesens – schöne Läden; viel Schaufenster aus Spiegelglas – muß schon mit der Zeit vorwärtsschreiten. Mir ist es, wie wenn ich gehört hätte, daß Mr. Hartopp sich für die Förderung der Intelligenz und die Verbreitung gemeinnütziger Kenntnisse ausgesprochen einsetzte. – ?«

WIRTIN (etwas verblüfft): – »Glaub's schon, Sir. Der Bürgermeister nimmt großes Int'resse am ›Athenaeum‹ von Gatesboro' und auch am ›Literarischen Institut‹.

WAIFE: – »Genau wie sich nach seinem Charakter und seiner Stellung mutmaßen ließ. – Ich will Sie nicht länger aufhalten, Madam.« (Herzogliche Verbeugung.)

Die Wirtin stieg ihre Treppe hinunter: war ihr Gast etwa ein Kandidat, der die Stadt bei den nächsten Wahlen vertreten wollte? ›Mit der Zeit vorwärtsschreiten‹! – ›Förderung der Intelligenz‹! Alle Kandidaten, die sie je gekannt, hatten diese Art sich auszudrücken – ›Vorwärtsschreiten‹ und ›Fördern‹. Kein Parlaments-Anwärter, der in seinen an die Vollbürger und Wahlberechtigten von Gatesboro' gerichteten Aufrufen sich nicht dieses ›Voranschreitens‹ während seiner Kandidatur bedient; kein Wahlkomitee, das nicht ›Förderungen‹ anzuregen gehabt hätte. Dennoch kam sie zu dem Schluß, daß ihr Gast im Ganzen genommen, nach Aussehen und Verbeugungen, doch mehr wie ein Mitglied des Oberhauses wirke. Vielleicht einer dieser liebenswerten, obschon gelegentlich etwas langweiligen Peers, die ihre WeisheitsZähne dem Knacken gewisser überharter Nüsse widmen – ›Wie bildet man die Massen?‹; ›Was geschieht mit unsern kriminellen Elementen?‹, und ähnlichen Problemen mehr, an denen sich schon so Mancher den Kinnbacken, und sei er auch so zäh wie der, mit dem Simson die Philister erschlug, zerbrochen hat.

»Oh, Opa! –«, stöhnte Sophie: »was hast Du bloß vor? Wir ruinieren uns bestimmt – und ausgerechnet Du, der sich sonst so vorsieht, ja nicht in Schulden zu geraten. Was haben wir denn noch übrig, um die Leute hier zu bezahlen?«

»Sir Isaak! und DIES!«, versetzte der Komödiant, und berührte dazu leicht seine Stirn. »Mach Dir keine Sorgen – bleib hier und ruh' Dich aus – und laß Sir Isaak nicht aus dem Zimmer, unter keinen Umständen!«

Er griff nach dem Hut, bürstete dessen Flor sorgfältig mit dem Unterärmel, und setzte ihn sich wieder auf den Kopf – nicht auf eine Seite à la Windbeutel – auch nicht wie ein *jeune premier* – sondern auf solide Weise, mit horizontalem Rand, wie es einem Père noble wohl ansteht – dann machte er noch Sir Isaak das Zeichen, sich fein ruhig hinzulegen, und begab sich zur Tür; hielt hier noch einmal inne, und wandte sich nach Sophie zurück; und wie er derem ängstlich-sehnsüchtigen Blick begegnete, ward ihm das eigne Auge feucht. »Achja«, murmelte er, »gebe der Himmel, daß mir's jetzt gelingt; denn wenn das klappt, sollst Du wirklich 'ne kleine Lady werden!«

Er war gegangen.

## 10. Kapitel

*Zeigt, mit welchem Erfolg Gentleman Waife die gefällige Rolle eines Freundes der Erleuchtung des Zeitalters und des Fortschreitens des Volkes annimmt.*

Auf dem Treppenabsatz stieß Waife auf den irischen Gepäckträger, der, nachdem er das Bündel im Salon abgestellt hatte, nunmehr geduldig der Entlohnung für seine Mühe harrte.

Der Komödiant betrachtete das gutlaunige, verschmitzte Gesicht vor ihm, in dessen Lineamenten überall die Goldne Regel geschrieben stund: ›Immer mit der Ruhe‹. – »Entschuldigung, Freund; ich hätt' Euch beinahe vergessen. – Seid Ihr schon länger in dieser Stadt-hier?«

»Vier Jahr – und lang leb' Euer Ehren!«

»Kennt Ihr da etwa Mister Hartopp, den Bürgermeister?«

»Geht's um Se. Gnaden den BürgerMeister? –: Sicher; denn ississ nich der Herr BürgerMeister gewesen, der aus Mike Callaghan wieder'n Mann gemacht hat: ?: !.«

Der Komödiant bekundete unverkennbar eine höfliche Neubegier, die Geschichte dieses Vorgangs zu erfahren; und entlockte auch einen, dankerfüllten, Bericht: wie da, 4 Sommer mochten's nun her sein, Mike das ›smaragdne Kleinod der Silbersee‹ verlassen hatte, um irgendeinen Sassenach und Fronvogt beim Heumachen entscheidend zu unterstützen. Wie Mister Hartopp, der auch Landwirtschaft im Großen betrieb, ihn bezwecks solch pastoraler Betätigung eingestellt. Wie ihm, Dem von einem bösartigen Fieber Befallenen, Mister Hartopp darüber hinweg geholfen, und infolgedessen natürlicherweise eine Art Neigung für seinen Unterstützling gefaßt. So daß er Mike, den Genesenden, anstatt den armen Mann in seine Heimat zurück zu spedieren – (die, zu dem Zeitpunkt, dem Überschuß ihrer Landbevölkerung besonders wenig Beschäftigung zu geben wußte; es sei denn, gelegentlich einen Pfarrherrn zu erschießen; ein nicht unmunterer Job, aber auch wenig einträglich!) – vielmehr Mike's langsam zurückkehrende Kräfte zu leichteren Arbeiten in seinem Betrieb verwendet hatte; ja ihn letztlich, da Mike unklug genug war, die Tochter eines Gatesboro'er Fabrikarbeiters zu ehelichen, ihn dadurch im Leben etablierte, daß er ihm eine Stelle als berufsmäßiger Bote und Gepäckträger verschaffte, unter dem speziellen Patronat sämtlicher Städtischer Körperschaften. – Aus der ganzen einfältigen Relation ging hervor, daß es sich bei Mr. Hartopp um einen menschenfreundlichen, all-ehrenwerten Mann handeln müsse; und das Herz des Komödianten schlug gleich wärmer für ihn.

»Eine Zierde der ganzen Species, dieser Mister Hartopp!«, entschied Waife, indem er mit seinem Stock auf den Boden auftrumpfte: ! – »Ich sehe seiner Bekanntschaft mit Freuden entgegen. – m-Würde er Euch empfangen, wenn Ihr, jetzt, in seinem Büro, bei ihm vorsprächet?«

Mike erwiderte nicht nur bejahend, sondern mit rechtem Stolz!: ›Mister Hartopp würd' ihn sofort vorlassen. Sicher; wüßt' der BürgerMeister nicht, daß Zeit-Geld sei? Mister Hartopp wär' nie-und-nimmer der Mann, ein'n Armen groß warten zu lassen.‹

»Dann kommt mit-hinunter, und wartet draußen vor dem Haus – ich möchte Euch gern cin Billett von mir an den Bürgermeister mitgeben.«

Worauf Waife sich ins GastZimmer verfügte; und dort, ›bitte‹, um einen Bogen BriefPapier bat –. Die Wirtin ließ ihn an ihrem eig'nen Pult niedersitzen; –; – und also schrieb der Komödiante . . .

:–›Mr. Chapman erlaubt sich, dem Bürgermeister von Gatesboro' sein Kompliment zu entbieten; und bittet um die Ehre eines sehr-kurzen Interviews. / Mr. Chapman's tiefes Interesse an dem Dauer-Erfolg jener literarischen Institute, die ein so kennzeichnendes Merkmal unserer erleuchteten Epoche sind, zusammen mit des Herrn Bürgermeisters wohlbekanntem Eifer bei der Unterstützung dieser unschätzbaren Vereinigungen, werden vielleicht Mr. Chapman zur Entschuldigung dienen, wenn er sich die Freiheit herausnimmt, diese Bitte zu wagen. / Darf Mr. Chapman noch hinzusetzen, daß er, in jüngster Zeit, seine Aufmerksamkeit speziell auf die förderlichsten Mittel gerichtet hat, neuartigen Nutzen aus besagten, großgedachten aber unentwickelten, Institutionen zu ziehen?. – SarazenenKopf; den . . .‹ etc.

Diese Epistel, gebührend gesiegelt und adressiert, übergab Waife zu getreuen Händen Mike Callaghan – und überraschte gleichzeitig besagten Funktionär durch eine Erkenntlichkeit von nicht weniger als einer halben Krone. Die glühenden Segenswünsche, die eine so großzügige Schenkung natürlich hervorrief, schnitt der

Komödiant dadurch ab, daß er, mit seiner gelungensten Kombination aus Leutseligkeit und Erhabenheit, hinzufügte: »Und falls der Bürgermeister sich etwa bei Euch erkundigen sollte, was für eine Art Mann ich wäre – denn ich habe nicht die Ehre, ihm bekannt zu sein; und es laufen immerhin so viele Abenteurer herum, daß er mich billigerweise zunächst für einen solchen halten möchte – dann könnt Ihr ihm vielleicht sagen, daß ich nicht wie ein Mensch aussähe, den vorzulassen er sich fürchten müßte. Ihr erkenntet ja wohl einen Gentleman auf den ersten Blick! – Bringt mir sobald wie möglich eine Antwort; ich werde mich vielleicht nicht allzulange in der Stadt hier aufhalten. Ihr werdet mich auf der High Street finden, wo ich mir die Geschäfte dort anschaue.«

Der Träger machte sich auf die Socken – ungeduldig, sein überwallendes Herz zu Lob und Preis dieses freigebigen Fremdlings zu ergießen. Ein Gentleman, wahrlich – das wollte Mike wohl meinen! Und wenn Mike's Fürsprache bei dem Bürgermeister ihr Geld wert war, dann hatte Gentleman Waife seine halbe Krone auf fabulöse Zinsen angelegt.

Der Komödiant schlenderte über die High Street; und blieb vor einem Buch- und Papierladen stehen, in dessen Schaufenster ein Plakat aushing, überschrieben –

Gatesboro' Athenäum und Literarisches Institut
VORTRAG ÜBER CONCHOLOGIE
von
PROFESSOR LONG
Verfasser der ›Untersuchungen über Anatomie und Lebensweise der Napfmuschel Patella.‹

Waife trat in den Laden, und hob den Hut, –: »Dürfte ich mir diesen AnschlagZettel dort einmal ansehen, Sir?«

»Selbstverständlich, Sir; aber der Vortrag ist schon vorbei – Sie sehen's am Datum, er hat vorige Woche stattgefunden. Wir lassen die Ankündigung der letzten Veranstaltung in unserm Athenäum immer so lange im Fenster ausgestellt, bis die Plakate für die nächste fertig sind – wahrt den Zusammenhang; hält die Erinnerung an das Ganze aufrecht.«

»›Conchologie‹ –«, sprach der Komödiant, »ein Gegenstand, der intensive Forschungen erfordert; und über den ein Fachgelehrter viel sagen kann, ohne Widerspruch befürchten zu müssen. Aber: wie-weit liegt Gatesboro' gleich vom Britischen Ozean ab?«

»Das kann ich im Moment nicht genau sagen, Sir — jedenfalls eine ganz schöne Strecke.«

»Dann dürfte — da Muscheln in den JugendErinnerungen Ihrer Mitbürger keine sonderliche Rolle spielen — der Vortragende aber möglicherweise ein Auditorium vor sich gesehen haben, das mehr erlesen als zahlreich war?«

»Oh, es war ein sehr aufmerksames Publikum, Sir — und höchst respektabel — die Jungen Damen von Miss Grieve (das vornehmste Pensionat unsrer Stadt) waren sämtlich anwesend.«

Waife: — »Was den Jungen Damen zur hohen Ehre gereicht. — Aber, Sie entschuldigen: ist Ihr Athenäum hier ein *Handwerker*-Bildungs-Verein?«

Ladeninhaber: — »Zu Anfang ist es so genannt worden. Aber die eigentlichen Handwerker sind, auf die ein- oder andre Art, allmählich fortgeblieben; und da hat man es denn für ratsam gehalten, das Wort ›Handwerker‹ durch die Bezeichnung ›Literarisch‹ zu ersetzen. Gatesboro' ist keine Fabrikstadt; und die hiesigen Handwerker rechtfertigen die Erwartungen hinsichtlich eines Sinnes für die abstrackteren Wissenschaften so gar nicht, auf den die Gründer solcher Institutionen ihre-ä —«

Waife (verständnisvoll einfallend): — »— ihre Kalkulationen sowohl hinsichtlich des intellektuellen Fortschritts; als auch des Kostenausgleichs durch Eintrittsgelder veranschlagt hatten. Wenige dieser Gesellschaften sollen sich, meines Wissens, ganz aus eignen Kräften halten können — Professor Long kann das vermutlich — wenn er in Gatesboro' wohnt, und über NapfMuscheln arbeitet, dürfte er höchstwahrscheinlich ein unabhängiger vermögender Mann sein.«

Ladeninhaber: — »Jenun Sir; man hat den Professor von London kommen lassen — 5 Guineen, und Reisespesen extra. Die Kasse unsrer Vereinigung hätte eine solche Ausgabe nur übel vertragen; aber wir haben einen Bürgermeister, einen höchst-würdigen Mann, der — unterstützt von seinem Werkmeister, Herrn Williams, gleichzeitig unser Schatzmeister — ich möchte sagen, das Leben und die Seele dieser ganzen Einrichtung ist.«

»Oh, selbst ein literarisch-interessierter Mann, Ihr Bürgermeister?«

Der Ladeninhaber lächelte. »In der Richtung nicht gerade, Sir; aber um die arbeitende Klasse zu bilden, tut er Alles. Sehen Sie, hier ist Professor Long's großes Werk über die NapfMuscheln,

2 Bände, Kleinoctav: der Bürgermeister hat es soeben der Bibliothek des Instituts zum Geschenk gemacht – ich war gerade dabei, die Seiten aufzuschneiden, als Sie eintraten.«

»Sehr bedachtsam von Ihnen, Sir. Wären die NapfMuscheln nur imstande, Gedrucktes in englischer Zunge zu lesen, dann würde dieses Werk für sie mehr Interesse haben, als die tiefschürfendsten Untersuchungen über politische und soziale Geschichte der Menschen. Aber –«, fügte der Komödiant mit kummervollem Kopfschütteln hinzu, »die Species homo sapiens gehört nicht zu den Schaltieren – und was die Geschichte des Menschen für eine NapfMuschel sein mag, das ist die Geschichte der NapfMuscheln für den Menschen.« Unter solchen und ähnlichen Äußerungen erstand Mr. Waife ein Stück Pappe und einen Bogen Goldpapier; hob noch einmal den Hut; und schritt hinaus-davon.

Der LadenInhaber kraulte sich, gedankenvoll, am Hinterkopf. Er sah, durchs LadenFenster, der Gestalt des sich entfernenden Fremdlings hinterdrein; und nahm dann neuerlich, mechanisch, seine Arbeit des SeitenAufschneidens wieder auf; (die, hätten die beiden Bände die Regale der Bibliothek unaufgeschnitten erreicht, bis zum Donner des Jüngsten Gerichts so verblieben wären).

Aber schon kam Mike Callaghan in Sicht, und er schritt rasch aus –: »Der Herr Bürgermeister läßt grüßen – och-verflucht–née! – entbietet seinen Respex. – ä-und er wird sich glücklich schätzen, Euer Ehren zu empfangen. –?«

Drei Minuten darauf saß der Komödiant in einem kleinen Sprechzimmer, das an Mr. Hartopp's Kontor stieß – und auch Mr. Hartopp saß, ihm *vis-à-vis*. Der Bürgermeister hatte eines jener Gesichter, über welche die Gutherzigkeit einen Sonnenschein breitet, sänftlicher als Claude Lorrain je auf seine Leinwand bannte. Josiah Hartopp war im Leben vorangekommen, durch wenig and're Künste als die einer ruhigen Freundlichkeit. Als Schuljunge schon war er stets bereit gewesen, seinen Kameraden Gefälligkeiten zu erweisen; und diese Schulkameraden hatten zuletzt förmlich eine Art von Polizeitruppe gebildet, um Jos. Hartopp's Pfennige und Person vor fremden und ihren eigenen Fäusten und Fingern zu schützen. Er war eindeutig so ängstlich bemüht, seinem Lehrer zu gefallen – nicht aus Furcht vor der Rute; sondern aus dem Bestreben heraus, dem würdigen Manne den Kummer ihrer Anwendung zu ersparen – daß auf seine Erziehung und Bildung mehr Mühe verwendet ward, als man je dem begabtesten Kopf hatte angedeihen lassen, den die Schule überhaupt hervorgebracht; und in Fällen wo andre Jungen derb abgeprügelt wurden, da tätschelte man Jos. Hartopp beschwichtigend den Kopf, und redete ihm gut zu, doch nicht niedergeschlagen zu sein, und es lieber nochmal zu versuchen. Die gleiche unparteiische Gerechtigkeit hielt ihm auch während seiner Lehrzeit bei einem mürrischen Lederhändler wiederum nur den ZuckerKelch an die Lippen; ja, der Mann vermochte am Ende den Gedanken nicht zu ertragen, ein so mildes Antlitz je aus dem Auge zu verlieren, worauf er ihn erst zu seinem Teilhaber, und zuletzt zu seinem Schwiegersohn und UniversalErben machte. Worauf Mr. Hartopp dem Rat von Freunden nachgab, die ehrlich sein Emporkommen wünschten; er ward aus einem bloßen Lederhändler ein GerbereiBesitzer; und die Häute selbst schienen ihre Rauh- und Starrheit unter so milder Behandlung zu sänftigen, und wandelten sich in Goldene Vließe. Er ward wohlhabend genug, um sich zu gesunder Erholung einen Bauernhof pachten zu können – er selbst verstand schier nichts von Landwirtschaft; gewann aber das Herz eines Verwalters, der kapabel gewesen wäre, aus einer hölzernen Tischplatte Rüben wachsen zu machen. Nach und nach wurde das Gütchen sein Eigentum; und das Bauernhaus darauf vergrößerte sich zu einer Villa. Wohlstand und Ehrungen flossen ihm zu, aus randvollem Füllhorn. Der sauertöpfischste Mann in der Stadt würde sich geschämt haben, Jos. Hartopp ein grobes Wort zu sagen. Wenn er einmal öffentlich sprach, gab es – obwohl er noch so oft in der Rede stecken blieb – Niemanden, dem man mit mehr Ehrerbietung zugehört hätte. Was die Vertretung der Stadt im Parlament angeht, hätte er den einen Sitz sich-selbst, und den andern Mike Callaghan zuschanzen können, wenn es ihm so beliebt hätte. Aber er war viel zu voll von der Milch der frommen Denkungsart, um je auch nur 1 Tropfen ParteiHader in seinen Adern zu haben: er ließ Andere, mit Freuden, für sein Heimatland Gesetze drexeln; und (einen einzigen Fall ausgenommen, wo er sich hatte überreden lassen, Wähler propagandistisch zu bearbeiten; nicht die von Gatesboro', sondern die einer entlegneren Stadt, wo er einigen Einfluß besaß, und auch nur im Interesse eines gewissen eminenten Redners) – in der KommunalPolitik wurde Jos. Hartopp höchstens dann sichtbar, sobald es galt, dem Parlament eine Petition zu unterbreiten zu Gunsten etwelcher menschenfreundlichen Maßnahmen, oder gegen eine Besteuerung, die den Armen zur Plage gereicht hätte.

Wenn ihm in seinem Geschäft etwas Widriges zustieß, so vereinigte sich die ganze Stadt, die Sache wieder ins Lot zu bringen. Ward ihm ein Kind geboren?: Gatesboro' freute sich, wie die Mutter persönlich. Traten Masern und Scharlach in seiner Nachbarschaft auf?: die erste Sorge von Gatesboro' galt der Kinderstube von Herrn Hartopp. (Übrigens würde kein Mensch von der Kinderstube von *Frau* Hartopp gesprochen haben; und wenn in so einem Departement der Name des Mannes den der Frau überlagert: kann dann noch Stärkeres zum Beweise der Zuneigung gesagt werden, die man ihm zollte?). Kurzum, Jos. Hartopp war ein bemerkenswerter Beleg für die gar nicht so allgemein anerkannte Wahrheit – nämlich, daß Zuneigung Macht bedeute; und daß, wenn man es gründlich und unzweideutig klar macht, daß man den Nachbarn liebe, (obschon vielleicht nicht ganz so wie sich selbst; aber immerhin uneigennützig und von Herzen), man unlängst in seinen Nachbarn weit bessere Burschen erkennen werde, als Mrs. Grundy sie gelten lassen will – natürlich immer vorausgesetzt, daß man nicht durch allzuhervorragende Talente ihren Neid errege, noch durch seine Ansichten ihre Vorurteile verletze.

Mr. Hartopp: – »Sie sagten, Sie hätten Interesse an den ›Literarischen Instituten‹, und hätten sie zum Gegenstand Ihres Studiums gemacht?«

Der Komödiant: – »Ja; mir ist neuerdings die Einsicht gekommen, wie diese Institute doch eigentlich das geeignetste Mittel darböten, liberale Ideen nutzbringend in einem Brennpunkt zusammenzufassen.«

Mr. Hartopp: – »Es ist allerdings etwas Großes, die Klassen in freundlicher Verbindung einander näher zu bringen.«

Der Komödiant: – »Zu lobenswerten Zwecken.«

Mr. Hartopp: – »Um ihr Verständnis auszubilden.«

Der Komödiant: – »Die Herzen zu erwärmen.«

Mr. Hartopp: – »Ihnen nützliche Kenntnisse zu vermitteln.«

Der Komödiant: – »Und angenehme Empfindungen.«

Mr. Hartopp: – »Mit 1 Wort: sie weiter zu bilden.«

Der Komödiant: – »– *und*-gleichzeitig zu amüsieren.«

»Ah, wie?«, sagte der Bürgermeister –: »zu amüsieren!«.

An dieser Stelle ist nachzutragen, daß die gesamte Umgebung dieses liebenswerten Mannes beständig auf der Wacht war, ihn vor etwelchen schädlichen Auswirkungen seiner eignen Wohltätigkeit zu schirmen; folglich geriet sein Geschäftsführer, als er vernehmen mußte, daß er sich mit einem Fremden allein im SprechZimmer befände, in Unruhe; klopfte lieber an und trat ein, unter dem Vorwand, sich Anweisungen für einen LieferAuftrag über Häute geben zu lassen, – in Wirklichkeit, um den Eindringling finster-feindselig anzustarren, und die Hand seines Herrn von dessen unklugen Taschen möglichst fern zu halten:! –

Mr. Hartopp, wenn auch beileibe kein überragender Kopf, so doch gar nicht ohne sehr-gesunden Menschenverstand, und überdem ein schärferer Beobachter als man ihm gemeinhin zutraute, erriet die freundlichen Absichten seines Assistenten. :»Ein Herr, der sich für unser Gatesboro'er ›Athenäum‹ interessiert. –: ä-mein Geschäftsführer, Sir – Mister Williams; gleichzeitig der Schatzmeister unseres Instituts. Nehmt doch Platz, Williams.« –

–: »Sie bedienten sich des Ausdrucks ›amüsieren‹, Mr. Chapman; aber . . .«

»Sie haben Professor Long's Vortrag über ›Conchologie‹ nicht als amüsant empfunden?«

»Naja'lso –« sagte der Bürgermeister, mit begütigendem Lächeln: »ich selbst bin kein Mann der Wissenschaft; und deshalb war seine Vorlesung, obwohl durchaus profund!, für mich ein bißchen trokken.«

»Muß sie da aber nicht für Ihre Arbeiter noch weit trockener gewesen sein, Herr Bürgermeister?«

»War ja keiner da«; fiel Williams ein. »Das kost't vielleicht Mühe, die Arbeiter von Gatesboro' zu interessieren, wenn irgendwas wirklich Gediegenes der-ihrem Verständnis vorgesetzt werden soll.«

»Die armen Leute: sie sind abends so müde«, sagte der Bürgermeister mitleidig; »aber sie haben durchaus das Bedürfnis sich weiterzubilden; sie holen sich Bücher aus der Bibl'othek.«

»Jaja, Romane«, berichtigte der strenge Williams, – »eh' sich Einer diese wertvolle ›Geschichte der NapfMuschel Patella‹ ausleiht, wird noch längere Zeit vergehen.«

»Wenn eine Vorlesung ebenso amüsant wäre wie ein Roman, würden sie dann nicht doch erscheinen?«, fragte der Komödiant.

»Vermutlich wohl«, versetzte Mr. Williams. »Aber uns're Absicht ist zu belehren; und Belehrung, Sir . . .«

»Kann durchaus amüsant gehalten sein. Gesetzt den Fall, der Vortragende könnte eine lebendige Muschel vorweisen; und, indem er demonstrierte, was freundliche Behandlung hinsichtlich der Entwicklung von Geist und Gemüt bei seelenlosen Geschöpfen auszurichten vermag, – bewirken, daß der Mensch-selbst freundlicher gegen seinen Mitmenschen verführe?«

Mr. Williams lachte grimmig. – »Na und, Sir?«

»Das ist, wozu ich mich anheischig mache.«

»Mit einer Muschel?«, rief der Bürgermeister.

»Nein, Sir; mit einem Geschöpf von edleren Eigenschaften – einem HUND!«

Seine Zuhörer starrten einander selbst wie stumme Kreaturen an; indes Waife fortfuhr –

:»Dadurch, daß ich das Interesse für die Individualität eines begabten Vierfüßlers erregte, würde ich, allmählich, das Interesse für die Naturgeschichte seiner gesamten Gattung hervorrufen. Würde die Zuhörerschaft dazu bringen, sich Vergleichungen zu anderen Mitgliedern der großen Familie anzuhören, die einst mit Adam zusammenlebte. Würde so den Grund zu einem lehrreichen Kursus der gesamten Naturgeschichte legen; und, wer weiß, von den Säuge- und Wirbeltieren nach und nach tiefersteigend, könnte man sehr wohl beim Nervensystem der Gattung Mollusken anlangen, und nunmehr auch durch Vorzeigen einer NapfMuschel Sensation erregen.«

»Theoretisch.«, sagte Mr. Williams.

»Praktisch, Sir. Denn ich darf wohl für gewiß annehmen, daß das Athenäum zur Zeit eher eine Belastung für die wohlhabenderen Subskribenten, einschließlich von Herrn Bürgermeister, darstelle?«

»Nicht der Rede wert«, sagte der milde Hartopp. Williams sah mit unaussprechlicher Liebe zu seinem Herrn hinüber, und stöhnte. »Nichts? – oh weh!«

»Diese Sozietäten sollten sich aber gänzlich aus eig'nen Mitteln erhalten können«, sagte der Komödiant; »und dem Herrn Bürgermeister keinen pecuniären Verlust verursachen.«

»Genau! –«, sagte Williams; »das ist der richtige Grundsatz: Herr Bürgermeister sollte gesichert sein.«

»Und wenn ich Ihnen nun den Weg wiese, wie derlei Einrichtungen sich ohne Zuschüsse selbst erhalten können?«

»Da wären wir Ihnen sehr verbunden.«

»Dann mache ich mich erbötig, in Ihren Räumlichkeiten dort eine Vorstellung zu geben.«

Mr. Williams stieß den Bürgermeister an, und hüstelte; der Komödiant tat, wie wenn er weder Stoß noch Husten wahrnähme.

»Selbstredend ohne Honorar: ich halte nicht berufsmäßig Vorlesungen, meine Herren.«

Mr. Williams schaute entzückt drein, dies zu vernehmen.

»Und falls mein erster Versuch erfolgreich ausfallen sollte, (woran ich nicht im Geringsten zweifle), überlasse ich es Ihnen, meine Herren, in dieser Richtung dann weiter zu arbeiten. Ich selbst kann mich allerdings nicht lange hier aufhalten. Wenn übermorgen . . .?«

»Das ist unser normaler VersammlungsTag«, sagte der Bürgermeister. »Aber Sie sagten ›ein Hund‹, Sir – Hunde sind nicht zugelassen – wie, Williams?«

Mr. Williams: – »Eine bloße NebenKlausel; die der Unter-Ausschuß notfalls einmal außer Kraft setzen könnte. Aber würde die Zulassung eines lebendigen Tieres unserem Ansehen nicht abträglicher sein . . .«

»– als ein tödliches Defizit.«, fiel der Kömödiant gravitätisch ein. Der Bürgermeister hätte wohl dazu gelächelt; da er aber fürchtete, die Gefühle von Mr. Williams zu verletzen, der den Witz anscheinend nicht mitbekommen hatte, nahm er Abstand davon.

»Wir sind eine rein intellektuelle Körperschaft«, sagte der letztgenannte Herr; »und ein Hund . . .«

»Ein gelehrter Hund, nehme ich an?«, schaltete der Bürgermeister ein.

Mr. Williams (nickend): – »– möchte einen gefährlichen Präzedenzfall für die künftige Einführung weiterer Vierfüßler abgeben. Auf diese Weise könnten wir schließlich bis zum Niveau eines gelehrten Ferkels herabsinken. Wir sind keine Menagerie, Herr-ä-Herr . . .«

»Chapman.«, ergänzte der Bürgermeister höflich.

»Genug«; sagte der Komödiant, indem er sich, in seiner großartigsten Manier erhob: »wenn ich mich befugt glauben dürfte, meine Herren, Ihnen zu sagen Wer und Was ich bin, dann würden Sie sofort überzeugt sein, daß ich mit einem Gegenstand, den *ich* für sehr ernsthaft und wichtig erachte, nicht tändle. Gegen Unterstellungen wie, ich könnte etwas der Würde der Wissenschaften, und dem ausgezeichneten Ruf des Gatesboro'er Athenäums Abträgliches vorhaben, halte ich es für müßig mich rechtfertigen zu müssen: diese grauen Haare sind wohl Bürgen . . .«. Er beendete seinen Satz lediglich durch einen leichten-impressiven Schwung der Hand. Die beiden Vertreter der Stadt verneigten sich ehrerbietig; und der Kömödiant fuhr fort –

:»Aber da Sie das Wort vom Präzedenzfall gebrauchten, Mr. Williams, gestatten Sie mir sicher, daß ich auf wirklich einschlägige Präcedentien verweise. – Aristoteles schrieb an Alexander um Tiere, die er im Literarischen Institut zu Athen vorführen wollte. In den Lehrsälen Ägyptens wurden VorlesungsZyklen über einen Hund namens Anubis gehalten; von dem ich kühnlich behaupte, daß er so tief unter dem Hund, den ich im Auge habe, stehe, wie ein ägyptischer Lehrsaal unter einem Großbrittannischen Institut! Die alten Etrusker hatten, wie der grundgelehrte Schweighäuser in folgender Stelle nachweist – ich nehme an, Sie verstehen Griechisch, Mr. Williams?«

Das konnte Mr. Williams ihm allerdings nicht zusagen.

Der Komödiant: – »Dann will ich auch jene Abschnitte bei Schweighäuser, über die Molosser-Hunde im allgemeinen, und den Hund des Alkibiades im Besonderen nicht groß anführen; aber sie machen es über allen Zweifel erhaben, daß, in jeglichem antiken Literarischen Institut, gebildete Hunde in hoher Achtung standen; ja, es gab sogar eine ganze philosophische Akademie, die ›cynische‹ genannt – das ist die ›hündische‹, die ›HundeSchule‹ – deren berühmtester Professor Diogenes hieß. Sie erinnern sich, daß er am hellen Mittag mit der Laterne ausging, um einen ehrlichen Mann aufzutreiben – und Keinen finden konnte. Warum?: weil die Gesellschaft der Hunde seinen Begriff von menschlicher Ehrlichkeit zu einer unbrauchbaren Höhe hinaufgeschraubt hatte. – Aber ich langweile Sie; ansonsten könnte ich ganze Stunden auf diese Art ausfüllen, falls Sie der Ansicht sein sollten, die Handwerker und Arbeiter von Gatesboro' zögen Gelahrtheit dem Amüsement vor.«

»Ein hoch gebildeter Mann!« wisperte Mr. Williams. – Dann, laut: »und gegen Ihre PräzedenzFälle, Sir, wäre nicht das Geringste einzuwenden: diese Seite des Falles hätten Sie, meines geringen Erachtens, vollauf gerechtfertigt. Immerhin wäre ein dressierter Hund an sich nicht etwas so maßlos-Ungewöhnliches, daß er allein schon eine solche Attraktion darstellte, wie Sie es anzunehmen scheinen. –?.«

»Es ist nicht die bloße Gelehrsamkeit meines Hundes deren ich mich rühme«, versetzte der Komödiant. »Hunde mögen gebildet sein, und Menschen nicht minder; aber es ist die Art und Weise, wie Bildung, ob durch Hund oder Mensch, den Massen zu ihrer Erbauung vermittelt wird, um, wie Pope sich ausdrückt,

›den Geist zu heben, und das Herz zu bessern‹,

: diese allein ziert ihren Besitzer, hebt die ganze Gattung, interessiert das Publikum, und kann vor solchen Richtern, wie ich sie vor mir sehe, in Ehren bestehen.« (Die großartige Verbeugung.)

»Ah. Hm. –«, sagte Mr. Williams zögernd; »Gesinnungen, die Ihrem Kopf und Herzen gleichermaßen Ehre machen; wenn man nur, um ein erstes zu nennen, den Hund vorher einmal privat sehen könnte.«

»Nichts leichter!«, sagte der Komödiant :»wollen Sie mir die Ehre antun, ihn heut Abend, beim Tee, bei mir kennen zu lernen?«

»Möchten Sie nicht vielmehr den Tee bei mir, in meinem Hause nehmen?«, fragte der Bürgermeister, mit einem schüchternen Blick zu Mr. Williams hin.

Der Komödiant: – »Sie sind sehr gütig, Sir; aber meine Zeit ist dermaßen in Anspruch genommen, daß ich es mir schon seit langem zur Regel gemacht habe, sämtliche privaten Einladungen, nach außerhalb, abzulehnen. In meinen Jahren, Herr Bürgermeister, wird es entschuldbar, wenn man von der Gesellschaft und ihren Formalitäten allmählich Abschied nimmt; wogegen Sie noch relativ junge Männer sind. Ich gestatte mir also, die Autorität dieser grauen Haare geltend zu machen, und werde Sie heute Abend erwarten – sagen wir um 9 Uhr.« Noch eine anmutsvolle Geste mit der Hand, und der Schauspieler trat ab.

»Ein Gelehrter und ein Gentleman«, sagte Williams mit Nachdruck. Und der Bürgermeister, solchermaßen autorisiert nun auch seinem gütigen Herzen Luft zu machen, fügte hinzu: »Ein Humorist, und von der angenehmen Sorte. – Vielleicht hat er sogar Recht; und unsre armen Arbeiter würden uns für ein kleines unschuldiges Amüsement dann und wann, mehr Dank wissen, als für diese ganzen Vorlesungen, die für ziemlich langweilig zu erachten man ihnen schon deshalb nicht verargen dürfte, weil ja selbst Sie eingeschlafen sind, als Professor Long auf die vielfächrigen Gehäuse der ersten Klasse der KopfWeichtiere zu sprechen kam. Ich bin, ich gesteh' es, des Glaubens, daß harmloses Lachen auch eine moralische Wirkung auf die arbeitenden Klassen ausübt – aber verbreiten Sie's nicht weiter, daß ich das gesagt habe; kennen wir ja genügend ehrenwerte Persönlichkeiten, von so ernsthafter Gemütsart, daß derlei Ansicht sie aufs Schwerste schockieren würde.«

# 11. Kapitel

*HISTORISCHES PROBLEM: »Ist Gentleman Waife ein Schwindler, oder aber ein Mann von Genie?«. ANTWORT: »Bestimmt ein Schwindler, falls er keinen Erfolg haben sollte.« / Julius Cäsar hatte zwei Millionen Schulden, da er das Experiment riskierte, als General in Gallien aufzutreten. Falls Julius Cäsar nicht lange genug gelebt hätte, um sowohl den Rubicon zu überschreiten-als auch seine Schulden abzuzahlen : wie würden seine Gläubiger Julius Cäsar genannt haben?*

Unnötig zu sagen, daß Mr. Hartopp und sein Geschäftsführer pünktlich zum Tee erschienen; aber der Komödiant führte Sir Isaak's Talente nur ganz sparsam vor – eben genug um Bewunderung zu erwecken, ohne jedoch die Neubegier zu sättigen. Sophie, deren hübsches Gesichtlein und gut-erzogenes Auftreten nicht ungewürdigt blieben, wurde, durch ein Zeichen ihres Großvaters, früh zu Bett geschickt; worauf der Komödiant denn ernstlich seine Fähigkeiten, Besucher zu unterhalten, aufzubieten anhob; mit dem Ergebnis, daß selbst Sir Isaak bald vergessen war. Schwierige Aufgabe, lediglich mit der Feder einen angemessenen Begriff von dem wunderlich-bestechenden UnterhaltungsTalent dieses eigenartigen Landfahrers zu geben; war es doch nicht so sehr *was* er sagte, sondern die Art *wie* er es sagte, was seinem unsystematischen Geplauder allen Zauber des Humors verlieh. Gewiß war, daß er, auf die ein- oder andere Art, ungeheuerlich viel vom Leben gesehen haben mußte; und ohne daß er im Augenblick, wenn man ihn beobachtete, sehr zu gewinnen schien – ohne vielleicht sich bewußt zu sein, daß er überhaupt gewann – war selbst in der *enfantillage* seines losestgewebten Geplausches Etwas, wodurch er – mit einem BlickSchmitz seines 1 funkelnden Auges, vereint mit einer lustigen Verbiegung seines mobilen LippenPaars – den Eindruck eines originellen Genius' übermitteln konnte, der mit dieser-unserer rundlichen Welt so leichthin spielte – bald stieg sie in die Höhe, bald fing er sie wieder – wie ein Kind mit seinem buntsektorierten Ball spielt. Seine bloße BücherGelehrsamkeit war nicht überwältigend; obschon er, in früher Jugend, eine gute Erziehung genossen haben mußte. Er erfreute sich eines Anstrichs von Bekanntschaft mit den antiken

Klassikern, hinreichend vielleicht, um den Ungebildeten zu beeindrucken; und wenn er sie nicht im Original gelesen hatte, so hatte er doch über sie gelesen; und dann und wann im Verlauf seines wechselreichen Lebens hatte er sich auch eine gewisse Kenntnis der populär-modernen StandardSchriftsteller angeeignet. Aber ›DIE LITERATUR‹ war noch der schmalste Sektor an seinem buntgestreiften Ball. Immerhin war und blieb es erstaunlich, wie fern und weit der Komödiant den flachen DünenSand des Wissens, den die ZufallsWinde vor die Türen seines schalkisch-geschäftigen Verstandes geweht hatten, neu und geschickt zu verteilen wußte. Wo, zum Beispiel, konnte er wohl je Sinn und Zweck der HandwerkerBildungsVereine studiert haben?; und dennoch: wie gut schien er sie zu verstehen! Hier, es ist möglich, verhalf ihm seine Kenntnis von einer Sorte Publikum, vielleicht zum Verständnis aller ähnlich gemischten Gesellschaften. *Enfin:* der Mann war SchauSpieler; und wenn er es für passend gehalten hätte, die Rolle von Professor Long-selbst darzustellen, er würde sie naturgetreu durchgeführt haben. –

Die zwei Bürgersleute hatten seit Jahren keinen so unterhaltsamen Abend verbracht. Als die Uhr Zwölfe schlug, erhob sich der Bürgermeister, (dessen Gig schon eine geschlagene Stunde gewartet hatte, ihn nach seiner VorortVilla zu befördern), und immer noch mit Widerstreben, zum Aufbruch.

»Ä-und –« sagte Williams, »die Plakate müssen morgen erscheinen –: was soll'n wir ankündigen?«

»Je schlichter desto besser«, sagte Waife; »nur Eines bitte: schikken Sie die Versicherung voran, daß die Vorstellung unter der ganz-besonderen Schutzherrschaft Se.Gestrengen des Herrn Bürgermeisters vor sich gehe.«

(Der Bürgermeister fühlte förmlich seine Brust schwellen, wie wenn er eine überwältigend-persönliche Verpflichtung eingegangen wäre.)

»Sagen Wir ungefähr-so«, fuhr der Komödiant fort ... »ä ...

:›Szenen aus dem Häuslichen Leben, und der NaturGeschichte; mit lebendigen Beispielen –:

:I. TEIL – DER HUND!‹

– : ? « . –

: »Müßte eigentlich ziehen«, sagte der Bürgermeister; »Hunde sind derart populäre Tiere! –:?«

»Ja«, gab Williams zu; »und wenn auch gerade aus diesem

Grunde Einige denken könnten, daß durch das ›lebendige Beispiel eines Hundes‹ der Würde des Instituts zu nahe getreten werde – so würde doch die Wichtigkeit der Naturgeschichte . . .«

»–und,« schaltete der Komödiant ein, »die heiligenden Einflüsse des häuslichen Lebens . . .«

»alles vergessen machen«, vollendete Mr. Williams, »was etwa der anspruchsvollere Teil der Geister für eine allzuvolkstümliche Attraktion erachten möchte – den Hund!«

»Mir ist um das Ergebnis nicht bange«, sagte Waife, »vorausgesetzt, das Publikum erscheint zahlreich genug; weswegen ich, (denn das ist natürlich die unerläßliche Vorbedingung für einen fairen Versuch), Programme verteilt wissen möchte – die nur vom Herrn Bürgermeister ausgegeben werden.«

»M-sei'n Sie da nicht zu optimistisch. Wir haben, als Reklame für Professor Long auch ProgrammZettel verteilt, und die Zuhörerschaft war gar nicht zahlreich. Gleichwohl will ich mein Bestes tun. Wäre sonst nichts mehr, worin ich Ihnen von Nutzen sein könnte, Mr. Chapman?«

»Ja; später.«

Williams geriet sogleich in Unruhe, und näherte sich, schutzbereit, der BrustTasche des Bürgermeisters. Der Komödiant zog ihn jedoch beiseite, und flüsterte: »Ich habe vor, dem Herrn Bürgermeister einen kurzen Umriß von der Vorstellung zu geben, und ihn selbst dabei eingreifen zu lassen; damit seine Mitbürger Gelegenheit haben, ihrer Achtung für ihn durch Beifall und BravoRufe Ausdruck zu verleihen; es wird seinem guten Herzen Freude bereiten, und recht rührend sein, Sie werden sehen – aber: Pst!«. Und Williams schüttelte dem Komödianten die Hand, erleichtert, bewegt, vertrauensvoll.

Die Besucher gingen; und der Komödiant zündete seinen HandLeuchter an, pfiff dem Sir Isaak, und begab sich zu Bette, ohne auch nur einen reuigen Gedanken bezüglich des Anwachsens seiner Rechnung und des Defizits in seinen Taschen. Und dennoch, wie Sophie schon angedeutet hatte, es stimmte voll und ganz, daß der Komödiant einen ehrlichen Horror vorm Schuldenmachen hatte. Im Allgemeinen überlegte er es sich zwei Mal, ehe er auch nur die läppischste kleine Rechnung riskierte; und kam die Rechnung dann, so wurde sie bezahlt, und wenn ihm auch nicht 1 Pfennig mehr bleiben sollte. Und hier nun, welch unbekümmerte Verschwendung! Die besten Appartements!, im ersten Hotel der Stadt! Diners – Tee

– dem Gepäckträger eine HalbeKrone! Dieselbe üppige Lebensweise mit jeglichem SonnenAufgang neu-begonnen!, keinerlei Sorgen um das Morgen; und dabei, ich wage nicht mir vorzustellen wie-wenige Schillinge im Portemonnaie. Auch welche Summierung von strafbaren Handlungen!: ohne Mittel, und unter erborgtem Namen, Rechnungen auflaufen zu lassen! Ich will mich für gar keinen Juristen ausgeben; aber das Ganze scheint mir frappante Ähnlichkeit mit schwindelhaftem Betrug zu haben. Und dennoch kann der Elende schlafen. – Aber, halt; sind wir uns auch ganz sicher, keine seichten SittenRichter zu sein? Bringen wir auch das Recht des Genius, Wechsel auf die Zukunft ziehen zu dürfen, gebührend in Anschlag? Verbrennt nicht der umsichtigste General zuweilen seine Schiffe? Nimmt nicht der aufrechteste Kaufmann, dann und wann, für eine kühne Spekulation ebenfalls seinen Kredit in Anspruch? Und könnte also nicht jener friedliche Schläfer moralisch-überzeugt sein, daß er an seinem Kopf eine ähnlich große Kogge unterwegs zur See habe, die seine Benützung des ›Sarazenenkopfes‹ vollauf rechtfertige? / :? Falls sein Plan aber fehlschlüge? / Er wird Ihnen antworten, daß das unmöglich sei! / ›Aber wenn er nun *doch* fehlschlüge?‹ sagen Sie? / Hören Sie; es gibt da eine Anekdote – (nicht, daß ich mich für ihre Wahrheit verbürgte: so ward mir's erzählt, so geb' ich's weiter) – also es gibt eine Anekdote, wie da im jüngstvergangenen Krieg mit Rußland ein gewisser Veteran unserer Flotte, ebenso renommiert für Kühnheit in seinem Beruf, wie für wissenschaftliche Erfindsamkeit, von sehr hoher Stelle befragt wurde: welche Chancen wohl bestünden, Kronstadt zu nehmen. ›Wenn Sie *mich* schicken‹, erwiderte der Admiral, ›mit soundsoviel Linienschiffen, und soundsoviel Kanonenbooten, wird Kronstadt selbstverständlich genommen werden.‹ ›Aber‹, wandte ein vorsichtiger Lord ein, ›gesetzt den Fall, es würde nicht genommen?‹ :›Das ist unmöglich! – es muß genommen werden!‹. ›Gut‹ beharrte Mylord, ›Sie sind der Ansicht, zweifellos; aber dennoch, falls es doch nicht genommen würde – was dann?‹. :›Was dann! – na, dann ist es aus mit der Britischen Flotte!‹. Worauf die erwähnten Großen Männer unruhig wurden; und jener Admiral ward nicht entsandt. Aber sie hatten den Sinn seiner Entgegnung völligfalsch ausgelegt: nichts lag ihm ferner, als irgend eine umfassende Gefahr für die gesamte Brittische Flotte anzudeuten; er hatte vielmehr vorgehabt, die Unsinnigkeit der einen Hypothese, durch Aufstellen einer noch schlagenderen GegenUnmöglichkeit darzutun. ›Es ist unmöglich, daß ich Kronstadt nicht nähme!‹ / :›Aber wenn Sie es nun doch nicht nehmen?‹ / :›Es ist unmöglich, daß ich es nicht nehme; denn wenn ich es nicht nähme, wär'es aus mit der Brittischen Flotte; und da es bekanntlich unmöglich ist, daß es mit der Brittischen Flotte je aus sein könnte: ergo ist es noch unmöglicher, daß ich Kronstadt nicht-nähme!‹ – Q. E. D.

## 12. Kapitel

*In welchem Alles auf Sir Isaak's Erfolg bei Entdeckung des Gesetzes der Anziehungskraft ankommt.*

An dem bestimmten Abend, Schlag 8 Uhr, war der Große Saal des ›Athenäum‹ von Gatesboro' ungewöhnlich gefüllt. Nicht nur hatte der Bürgermeister selbst sich aufs Äußerste für die Sache eingesetzt; sondern auch allein der ProgrammZettel versprach ja eine rare Befreiung vom Taedium abstrakter Aufklärung und gehobener Belehrung. Überdem hatte die Persönlichkeit des Fremden selbst angefangen, Vermutungen und Neubegierde rege zu machen. Es handelte sich um einen Amateur; nicht um einen Dozenten nach trock'ner Schablone. Auch hatten Beide, sowohl der Bürgermeister als Mr. Williams, die Nachricht verbreitet, daß weit mehr an dem Manne sei, als oberflächlich zu Tage läge: erstaunlich gelehrt; und gleichzeitig im höchsten Grade umgänglich – auch ausgezeichnete Manieren! – Wer er wohl sein mochte? Ob ›Chapman‹ sein richtiger Name war? Undsoweiter undsoweiter.

Der Komödiant hatte Erlaubnis erhalten, sich zuvor den Saal eigenhändig herzurichten. Er hatte den erhöhten Teil als Bühnen-Podest zu seiner Verfügung; und war so glücklich gewesen, einen Grünen Vorhang aufzutreiben, der sich querüber davor-ziehen ließ; – hinter welchem Schirm hervor er jetzt auftauchte, und sich verbeugte: – '!' – (Eine Verbeugung, die den ersten-conventionellen Applaus prompt verdoppelte.) Worauf er eine, sehr kurzgehaltene, Ansprache begann – schlechthin blendend vorgetragen, wie man sich vorstellen wird; obwohl mehr im Unterhaltungs- denn im höheren Redner-Ton. Er sagte, wie es seine Absicht sei, die Intelligenz jenes universalsten Freundes des Menschen – des Hundes – in einer Weise darzutun, die nicht nur dem Scharfsinn seiner Instinkte, sondern auch der Zutunlichkeit seines Wesens angemessen sei; und dergestalt die Moral auszudrücken: daß Talente, wie groß auch immer; Gelehrsamkeit, wie tief sie auch sei; von keinem Nutzen wären, könnten sie dem Menschen nicht dienstbar gemacht werden. (Applaus.) Man möge ihn also entschuldigen, wenn er, um diesen seinen Zweck zu erreichen, genötigt sei, einige harmlose Effekte von der Bühne zu entlehnen – mit einem Wort: sein Hund würde ihnen die Szenenfolge eines kleinen Dramas vorführen. Was ihn-selbst anbetreffe, so habe er – obschon er nicht sagen könne, daß er des Öffentlichen Auftretens gänzlich ungewohnt sei, (an dieser Stelle ein Lächeln; bescheiden aber erhaben, etwa wie das eines berühmten ParlamentsRedners, der das erstemal bei einer Gemeindewahl auftritt) – in der hier übernommenen, gänzlich neuen SonderRolle keinerlei praktische Übung; und könne folglich nur an ihre geschätzte Nachsicht mit Bemühungen appellieren, die auf kein anderes Verdienst Anspruch machten, als das: dem Helden eines Stückes unterstützend zur Seite zu stehen, das auf volkstümliche Weise jene Eigenschaften des Hundes illustriere, die der Menschheit zur Lektion dienen könnten. Er verbeugte sich erneut, und zog sich dann hinter den Vorhang zurück. Eine Pause von 3 Minuten; und der Vorhang ging in die Höhe –:? . . .

!. . .: konnte das der gleiche Mr. Chapman sein, den die Zuschauer da vor sich sahen!? Konnten 3 Minuten hinreichen, um den glatten, respektablen, wohlhäbig anzuschauenden Herrn, der sie soeben angeredet hatte, in dieses Bild fadenscheiniger Armut und hunger-zernagter Niedergeschlagenheit zu verwandeln? Dabei kaum unterstützt durch bühnenmäßige Aufmachung: der Anzug schien derselbe, nur war er aufs Wundersamste alt und fuchsig geworden. Aber das Gesicht, die Gestalt, der ganze Mensch – *diese* hatten eine Verwandlung erfahren, weit über Künste und Wirkungen bloßer TheaterGarderobe, und sei sie noch so reichlich ausgestattet, hinaus. Wäre nicht die eine AugenKlappe gewesen, man hätte Mr. Chapman nicht wiedererkannt. Gewiß, der Ausdruck der Würde war noch um ihn verbreitet; aber es war die Würde des Leidens geworden – auch war es nicht mehr die Würde eines höflich-umgänglichen Zivilisten, sondern die eines militärischen Veteranen. Da gab es gar kein Verkennen: obgleich nicht in Uniform, konnte der schwermütige Mann-dort nur Krieger gewesen sein! Die Art, wie sein Rock über der Brust zugeknöpft, die schwarze Halsbinde um die Kehle festgezogen war, die Schultern diszipliniert durchgedrückt nach lebenslanger Gewohnheit, wenn auch das Haupt vornüber gesunken war in der Mutlosigkeit einer ereignisschwangeren Krisis; – alles-alles besprach den herabgekomm'nen aber nicht unedlen Helden von hundert Schlachtfeldern.

Überdem lag auch etwas unverkennbar-Ausländisches über der ganzen Erscheinung des Veteranen. Mr. Chapman hatte so durch-und-durch englisch gewirkt – die tragisch-magere Persönlichkeit dort, (ein entblättert-dürrer SeitenZweig aus Mr. Chapman's üppiger LaubKrone), schaute dagegen so unzweideutig französisch drein! Noch nicht 1 Wörtlein hatte der Komödiant gesprochen; und dennoch war all-dies der Zuschauerschaft beim ersten Ansichtigwerden klar geworden. Und erst ein erregtes Gemurmel; und dann odemlose Stille.

Die Fabel entwickelte sich rasch; zum Teil durch Worte, weit mehr aber durch optischen Eindruck und Aktion: hier-also saß ein Soldàt, der unter Napoleon gefochten hatte bei Marengo und Austerlitz; der über die Schneefelder Moscoviens gestapft, und dem FeuerHagel bei Waterloo entkommen war – der Soldat des Kaiserreich's! Wundersames Ideal einer wundersamen Epoche!; und nirgends mehr respektiert und geachtet, als eben in den Landen des alten englischen ErzFeindes; wo, bei nur geringer Schätzung des Schönen in der Kunst, dennoch eine so ehrerbietige Sympathie vorhanden ist, mit Allem was groß sein kann am Menschen! Da also saß der alte Militär, ohne-Geld und ohne-Freunde – dort, kaum zu gewahren, lehnte sein EnkelKind, schwach, und langsam verschmachtend, aus Mangel an Nahrung; und alles, was der Soldat noch besitzt, um Brot für den Tag zu erkaufen, ist sein Kreuz der EhrenLegion. Aus der Hand des Kaisers, des Großen Kaisers selbst, hat er es empfangen – muß er's verpfänden, oder verkaufen? / (Und ein Puh dem DekorationsPomp; den Wir anstatt der Stimme passionierter Natur, auf uns'ren gesunkenen Bühnen eingeführt haben! Kulissen, getreu bis zu Kannelierung und Kapitäl einer Säule – Kostüme, anhand deren ein Altertümler das Datum der Handlung aufs Jahr bestimmen könnte – ergibt dàs die Illusion? Werden wir auf die-Art von Theben nach Athen entrückt? Åchnein; – stellt einen wirklich-guten Akteur auf eine BretterDielung, – und ihr könnt für ›Theben‹ und ›Athen‹ eine WollDecke hinhängen!). Ist nicht eben-dies Kreuz, das der Alte Soldat dort-hält – in dieser zitternden Hand – (weg von sich; daß er's bloß nicht mehr sieht!) – ist es nicht schnödzusammengepappt aus Karton und Goldpapier, erkauft im Buchladen? Man könnte feststellen, daß es weiter-nichts sei, untersuchte man's nur. Aber dachte auch nur eine all-der anwesenden Seelen an solch krimi-mäßige Untersuchung?: Nicht-Eine! – In des Schauspielers Hand ward dieser gleißende Plunder mit eins zu dem glorreichen Gebild, vermittelst dessen Napoleon die Gefühle Ritterlichen Heroentums denjenigen Männern einpflanzte, die ein Danton wie grausame Bestien, oder ruchlose GaleerenSklaven, die ihre Ketten brachen, auf die Erde losgelassen hätte.

Das OrdensZeichen, gefertigt aus Karton und Goldpapier, gewann Leben und Seele; es erzeugte Interesse, flößte Teilnahme ein, in einer Art, als bestünd' es – ach! nicht aus Gold und Edelgestein, sondern aus Fleisch und Blut. Und die schlichten, gebroch'nen Worte, die der Veteran an es richtete! Die Szenen, die Schlachtfelder, die Hoffnungen, diese Glorie, die es heraufbeschwor! Und nun ihm entrissen zu werden – verkauft, um den bescheidensten, niedrigsten Bedürfnissen des Menschen abzuhelfen – verkauft – das letzte Symbol einer solchen Vergangenheit! Das hieß wahrlich *›propter vitam vivendi perdere causas‹*. Er würde eher verhungert sein – aber das Kind? Und hier richtete sich das Kind auf, und trat in Aktion. Sie wollte solch ein Opfer nicht leiden – sie sei gar nicht hungrig – sei nicht schwach; und als ihr die Stimme versagte, schaute sie hoch in dieses eherne Antlitz, und lächelte – nichts als ein Lächeln. (Unten traten sofort die Taschentücher in Aktion!). Der Krieger ergreift das Kreuz, und wendet sich ab. Es *wird* verkauft! Da er schon die Tür öffnet, tritt gravitätisch ein Hund herein – leckt ihm die Hand; nähert sich dem Tisch, stellt sich dort auf die Hinterbeine und überschaut kummervoll die leere Platte; schüttelt den Kopf, winselt, kehrt zu seinem Herrn zurück, zupft ihn am Rockschoß, und blickt ihm forschend ins Gesicht.

Was bedeutet das jetzt alles? Das kommt bald an den Tag, und auf die natürlichste Weise. Der Hund gehörte einem alten Kriegs-Kameraden, der nach Mauritius gereist war, um seinen Anteil an der Hinterlassenschaft eines Bruders zu beanspruchen, der sich dort angesiedelt hatte, und nun verstorben war; und der das Tier der Obhut unsres Veteranen übergeben hatte, der damals noch in relativ gemächlichen Umständen lebte, inzwischen aber durch den betrügerischen Bankerott eines Bankiers, dem er Hab und Gut anvertraut hatte, zugrunde gerichtet war; und seine kleine Pension, einschließlich des Ehrensoldes zu dem sein Kreuz ihn berechtigte, war längst im voraus verpfändet und belastet worden, um die kleinen AlltagsSchulden zu bezahlen, die er im Vertrauen auf seine BankZinsen in aller Unschuld gemacht hatte. Der Eigentümer des Hundes war seit Monaten abwesend; seine Wiederkehr konnte jeden Tag erfolgen. Mittlerweile war der Hund am Herd, aber der Wolf vor der Tür. Nun war das verständige Tier abgerichtet, die Geschäfte des Hausmeisters und Botengängers zu verrichten; zur bestimmten Stunde wandte er sich an seinen Herrn um *Sous,* und brachte die Lebensmittel heim, soviel die Sous erkauften. Er kam jetzt, wie üblich, an den Tisch, nach der gewohnten Münze – aber der letzte Sou war dahin – der Hund war arbeitslos. Aber konnte der Hund-selbst nicht verkauft werden? Unmöglich! – war er doch das Eigentum eines Andern – ein heiliges Unterpfand: man wäre ja so schlecht wie ein Bankier gewesen, hätte man ein anvertrautes Gut zur Aufbesserung der eig'nen Bedürfnisse verwenden wollen! All diese kleinen biographischen Einzelzüge kamen in jener Art pathetisch-bitterer Humorigkeit zutage, wie sie das Studium Shakespeare's, oder auch die Erfahrungen des wirklichen Lebens, den Komödianten als die natürliche Weise ein tiefbekümmertes Gemüt zu erleichtern gelehrt hatten. Während all-dessen unterstützte der Hund, durch stummes MitSpiel, den Bericht nicht wenig: immer noch auf die *Sous* erpicht, steckte er die Nase in die Taschen seines Herrn – wandte sich, so-rührend!, an das Kind: ? – und legte dann am Ende seinen Kopf zurück, und machte seinen Empfindungen Luft, durch ein lugubres und elegisches Geheul. –: ? plötzlich läßt sich, von draußen, das Trättärättä der BlechTrompete eines DockenkastenMannes vernehmen!; (ob nun der Schauspieler irgendjemand Gefälligen vermocht hatte, sich auf dem Instrument zu versuchen; oder ob es sich, was fast wahrscheinlicher ist, nur um ein BauchrednerStückchen handelte, sei der Vermutung anheimgegeben). Jedenfalls schien, bei diesen Tönen, sich eine Idee des Hundes zu bemächtigen. Er rannte erst seinem Herrn nach, der just auf die Schwelle trat, im Begriff, sich zu entfernen: er zerrte ihn zurück, in Zimmers Mitte; als nächstes sprang er zu der Kleinen, und zog sie, obschon mit großer Zärt- und Zierlichkeit, ebendorthin; anschließend, unter freudvollem Gebell, stellte er sich auf die Hinterbeine, und celebrierte, mit unvergleichlicher Feierlichkeit, ein Menuett: ! –. Das Kind übernimmt den Einfall des Hundes –: ›Wär' er nicht sehenswerter, als dies Puppenspiel auf der Straße?; würden die Leute nicht Geld dafür geben, ihn zu sehen, (und der alte Soldat könnte sein Kreuz noch behalten)? Ist nicht heut die Öffentliche Veranstaltung, im Park da-drüben?, wo der Puppenspieler bestimmt hin-will? –: warum nicht auch-Wir?‹. –: Was! Wie!: er, der Alte Soldat? – er sich erniedrigen, einen Hund vorzuführen? Er? Er?! –: da sah ihn der Hund beschwörend an: '!', und streckte sich aus, auf dem Boden – leblos: ! –

–: JaJa, das ist die Alternative! – soll sein Kind auch so dahinsterben, nur weil er zu-stolz ist, es zu retten? (Ah!: und wenn auch das Kreuz auf die Art gerettet werden könnte?). Aber, Pff!, was wußte der Hund schon groß, was diese Leute gern sähen!? – Oh viel, viel: wenn das Kind allein und betrübt war,: kam er da nicht-an und spielte mit ihm? Hier diese verbrauchten DominoSteine!: sie legte sie auf dem Boden aus; und der Hund sprang auf, und trat an, seine Geschicklichkeit zu erweisen. (Und mit welch psychologischem Takt der Komödiant es darauf angelegt hatte, daß der Hund, abwechselnd, einige gröbliche Fehler begänge; –; und dann wied'rum die überraschendsten Wunder vollbrachte. –: Nein; er schafft's diesmal nicht –; –: doch; ja; er schafft es!). – Das Publikum nahm es jedenfalls ernst, und interessierte sich beträchtlich für den Erfolg des Hundes; nahm Anteil an seinen Schnitzern, frohlockte über seine glücklichen Tipps. Und dann beschwichtigte das Kind den hastig-reizbaren Alten Mann auch so holdselig; und berichtigte das Tier so sänftlich; informierte es, wie sehr sie sich auf es verließen; und zog ihr Fibel-Alphabet hervor, und machte ihn kindlich-buchstabieren: ›rett'Uns!‹ – der Hund besah sich die Buchstaben, gedankenvoll; –; und von nun an war es klar, daß er sich mehr Mühe gab.: Besser und besser; er schafft's, er schafft's!;: dies Kind wird nicht verhungern; dies Kreuz nicht verschachert zu werden brauchen! – (Und 'runter mit dem Vorhang!: Ende des ersten Aktes!). –

Akt zwei eröffnet sich mit einem Dialog hinter der Bühne. Unsichtbare *Dramatis Personae,* mit luftigen Zungen, die ihre Existenz nur der NachahmungsKunst des Komödianten verdanken. Man begreift, daß ein heftiger Wortwechsel im Gange ist: der Hund soll nicht in einen Teil des VergnügungsParkes zugelassen werden, wo die feineren exklusiven Besucher Sitzplätze gemietet haben, um sich, ohne direkt daran Teil zu nehmen, die derben Tänze, oder das drangvolle Promenieren des fidelen aber gemischten Publikums, ungestört anzusehen. Viel Tumult, und viel Humor; Manche sind für den Hund, Manche gegen ihn; Privilegien und Wohlanständigkeit hier, Gleichheit und Brüderlichkeit dort. Ein bonapartistischer Oberst erblickt das Kreuz auf der Brust des Soldaten; und, *mille tonnerres!*, er bringt den Fall ins Reine: er bezahlt für drei Sitze – einer für den Soldaten, einer für das Kind, und der dritte für den Hund. Der Veteran tritt ein, das Kind, nicht kräftig genug, um sich durch das Gewühl drängen zu können, Rolla-gleich auf seine Schulter genommen; der Hund wird an der Leine geführt. Aufrecht und soldatisch kommt er herein, sein Gefühl noch erregt durch den Wortwechsel; sein Ringen war sieggekrönt. Aber (und an dieser Stelle strebten die dramatische Kunst und die des Schauspielers ihrem Gipfelpunkt entgegen) – ab jetzt vereinnahmte er in sein PersonenVerzeichnis das gesamte anwesende Gatesboro'er Publikum: *sie* sind diese erlesene Gesellschaft, in die er sich Aufnahme erzwungen hat. Als er sie jedoch nunmehr vor sich sitzen sieht, so ruhig, ordentlich und voller Anstand, da stiehlt sich unangebrachte Schüchternheit in eine Brust, die mehr gewöhnt ist vor feindlichen Batterien Stand zu halten, als vor dem Feuer aus schönen Damen-Augen. Er setzt das Kind, beschämt und gedemütigt, auf einen Stuhl ab; er sinkt auf den Sitz ihr zur Seite, und macht sich unwillkürlich klein; und der Hund schließlich, mit weit mehr Selbstbewußtsein und Sinn für seine eigne Wichtigkeit, wischt erst ein paarmal mit der Pfote imaginären Staub von einem dritten Stuhl, wie er's bei hochmütigen Wohlgekleideten gesehen hat; nimmt dann selber Platz, und blickt um sich, heiter und kühn.

Die Stühle waren, geschickt!, auf einer Seite der Bühne, und so nahe wie möglich an der vordersten Sitzreihe, dicht bei den Zuschauern aufgestellt. – Der Soldat wagt einen flüchtigen Blick, die Reihen entlang; und spricht dann, verhaltenen Atems, im Flüsterton, zu seiner Enkelin; des Sinnes: ›Nun wo sie da seien: weswegen seien sie gekommen? Um zu betteln? Er könne einfach nicht die Keckheit aufbringen, ein Tier für *Sous* vorzuführen – unmöglich; nein-nein: besser, sich wieder unauffällig aus dem Staube gemacht, und das Kreuz verkauft.‹ Und das Kind wispert Mut zurück; fordert ihn auf, noch einmal die Reihen zu überschauen: die Gesichter schienen doch so freundlich! Wieder hebt er den Blick, schaut in die Runde – und unternahm dann, mit einem Takt, der die Illusion, welcher sich das Publikum bereits willig hinzugeben begann, vollständig machte, aus dem Stegreif allerlei schmeichelhafte Kurz-Kommentare über die diversen Gesichter, die er jetzt tatsächlich vor sich hatte, und aufs glücklichste für sich auswählte. Das überrumpelte Publikum wurde – wie da-so eine hübsche Frau, oder der ein-und-andre gutmütige, ihrer Vorstellung wohlvertraute Bürgersmann seinem Beifall bezeichnet ward – von Herzen munter, und angeregt zu BravoRufen und Gelächter. Und das Gesicht des Komödianten, unbewegt bei all den Kundgebungen – so scheu und trüb – hielt, trotz des Jubels, die Unterströmung von Pathos immer gegenwärtig. Durch das Kind erfuhr man jetzt, wie ein Tanz, bei dem das Publikum als zuschauend gedacht gewesen war, zu Ende ging; und daß man, in der Zwischenzeit, einer anderweitigen UnterhaltungsEinlage nicht abgeneigt sein würde. Nun war der Zeitpunkt gekommen! Der Hund selbst, wie wenn er die vorwaltende Langeweile illustrieren wollte, gähnte hörbar; bepfotelte die KinderSchulter, und sah hoch, in ihr Gesicht: ? –: »Domino spielen?«, flüsterte das kleine Mädchen; und der Hund grinste vergnügt Beifall: ! – Schüchtern brachte sie die alten DominoSteine zum Vorschein, schlüpfte von ihrem Stuhl herunter, und legte sie auf dem Boden aus –: – der Hund glitt von dem seinigen; und sie fingen an zu spielen. Das Experiment einmal gestartet, sah der Soldat, daß die Neubegier der Gesellschaft reg' gemacht – daß die Show im Gange war – die *Sous* folgen würden – und wie wenn er zumindest nicht offen seine Dienstzeit und seinen Kaiser bloßstellen wolle, wandte er sich ›seitab‹, seine Hand schlich sich an der Brust empor, riß das Kreuz weg, und verbarg es. Kaum daß ein gemurmeltes Wörtlein die Handlung begleitete – die Handlung sprach für sich selbst – und ein edler Schauder lief durch das Publikum: !: Oh erhabne Kunst des Mimen!

Der Bürgermeister saß ganz nah' an der Stelle, wo Kind und Hund miteinander spielten. Der Komödiant hatte, (wie zuvor schon von ihm angedeutet), den betreffenden Herrn auf ein direktes-persönliches Angesprochenwerden vorbereitet. Nun wandte das kleine Mädchen ihre blauen Blicke unschuldsvoll zu Mr. Hartopp hin; und sagte: »Der Hund schlägt mich immer, Sir: könnten Sie vielleicht ma' versuchen, was Sie ausrichten?«

Dröhnender Beifall, und Händeklatschen-ringsum; inmitten deren die würdige Obrigkeit die Bühne betrat. Auf Befehl seiner Jungen Gebieterin, machte der Hund der Obrigkeit erst eine höfliche Verbeugung; –; und schon begann das Spiel zwischen Obrigkeit und Hund. Von dem Moment an, nahmen sämtliche Anwesende gleichsam ein persönliches Interesse an den Vorgängen. »Würden Sie vielleicht heraufkommen, Sir«, sagte das Kind zu einem jungen Herrlein, das sich schier den Hals verrenkte, um zu verfolgen, wie die DominoSteine gehandhabt wurden, »und sich überzeugen, daß Alles mit rechten Dingen zugeht? Sie, bitte, auch, Sir?«, zu Mr. Williams. (Der Komödiant stand derweil neben dem Hund, dessen Bewegungen er, unmerklich-erzgeschickt dirigierte; während er nach außen-hin nur immer, in bewußter Beschämung, den Blick zu Boden zu schlagen schien). Die Leute auf den hinteren Plätzen drängten indes nach vorne; Die auf den vorderen Sitzen kamen entweder auf die Bühne-selbst, oder standen doch auf, so angespannt sahen sie zu. Der Bürgermeister wurde besiegt. Das Gedränge ward da zu dicht; und die dem Hund gespendeten Liebkosungen schienen Denselben allmählich zu ermüden; —: er stand auf, und zog sich, hochmütig, in einen Winkel zurück: !. —: »Manierlich, Sir!«, sagte der Soldat; »Unsresgleichen hat kein Recht darauf, stolz zu sein; —: entschuldigen Sie ihn, bitte, Ladies und Gents.« —: »Er will doch bloß Allen gefallen —«, sagte das Kind, vermittelnd-abbittend: »sagt selber: Wieviele möchtet Ihr, höchstens, gleichzeitig um Euch haben?; so, daß die Übrigen Euch aber auch sehen könnten —: ?«. Sie spreitete die Zahlen des Einmaleins vor den Hund hin: ?; —: der Hund packte seine Pfote auf die ›10‹. — »Erstaunlich!«, sagte der Bürgermeister.

:»Möchtet Ihr sie Euch etwa selber aussuchen, Sir?«

Der Hund nickte; spazierte gemächlich in die Runde, ein Auge immer auf das eine Auge seines Herrn und Meisters gerichtet; und erkor sich 10 Personen, worunter der Bügermeister war, Mr. Williams, und drei hübsche junge Fräulein, die sich hatten bewegen lassen, auf die Bühne zu kommen; und auch die Übrigen waren nicht minder besonnen ausgewählt.

Sodann wurde der Hund sinnreich von einem Kunststück zum nächsten weiterdirigiert; alle innerhalb des gewöhnlichen Bereiches, wie er die Leistungsfähigkeit gebildeter Tiere umgrenzt. Da ward er etwa aufgefordert zu sagen, wie viel Damen sich auf der Bühne befänden: er zeigte 3. Wie mochten sie wohl heißen?: er buchstabierte ›DIE DREI GRAZIEN.‹ Dann fragte man ihn, wer die oberste Behörde der Stadt sei?: der Hund verbeugte sich zum Bürgermeister hin. ›Was hatte den Herrn wohl zum ersten Beamten gemacht?‹: der Hund musterte das Alphabet, und buchstabierte ›VER-

DIENST‹. ›Waren etwa Personen anwesend, noch-mächtiger als der Herr Bürgermeister?‹: der Hund verneigte sich zu den 3 jungen Fräulein hinüber:! – ›Was machte sie denn so übermächtig?‹: der Hund buchstabierte ›SCHÖNHEIT‹. Als der Beifall, den derlei Antworten hervorriefen, sich gelegt hatte, vollführte der Hund, mit dem Stock des Soldaten, das GewehrExercitium; und sobald er damit fertig war, kam er zu dem geschäftlichen Teil der Vorstellung; nahm den Hut seines Herrn, den Dieser auf den Boden gelegt gehabt hatte, auf, und trug ihn bei allen Personen, die mit auf der Bühne standen, in der Runde. Man sah Einander an: ? »Es ist der Hund eines armen Soldaten –«, sprach das Kind in die Hände, die sein Gesicht verbargen.: »Nein, nein; ein Soldat kann nicht betteln!«, rief der Komödiant. Der Bürgermeister ließ eine Münze in den Hut fallen; Andere taten desgleichen, oder stellten sich doch so. Der Hund überbrachte den Hut seinem Herrn, der ihn zur Seite winkte. Es entstand eine Pause. Der Hund stellte den Hut, sachte, zu den Füßen des Soldaten ab; und blickte dann, in dringender Bitte, zu dem Kinde auf: ? –

»Was«, fragte sie, ihr Haupt jetzt stolz erhebend –: »Was verteidigt die SCHÖNEIT und schützt das VERDIENST?« Der Hund bemächtigte sich wieder des Stockes und schulterte ihn: !. »Und wohin kann der Soldat um Hülfe aufschauen, wenn er darbt und nicht zu betteln vermag?«. Der Hund schien verwirrt – die Ungewißheit war schrecklich. »Gütiger Himmel«, dachte der Schauspieler, »wenn das Biest jetzt am Ende stecken bliebe! – und wo ich mir doch solche Mühe gegeben hab', daß die zwei Worte ungestört beieinander liegen – ihm direkt vor der Nase!«. Mit einem tiefen Seufzer richtete sich der Veteran aus seiner mutlosen Attitüde auf; und schlich davon, über'n Boden, wie wenn er nur mehr entkommen wolle – so gänzlich-gebrochen, so seitwärts-niedergeschlagen. Aller Augen hafteten auf diesem herzbrechenden Gesicht, dieser weichenden Gestalt; und das Auge in diesem herzbrechenden Gesicht war einzig auf den Hund konzentriert; und der Fuß dieser weichenden Gestalt schien, als er an den AlphabetBuchstaben vorbeikam, die noch immer, wie zuletzt arrangiert, auf dem Boden lagen, zu beben, zurückzuschaudern, aufzufahren . . . »Oh!: wo-hin wohl darf er um Hülfe aufschauen?«, wiederholte das Enkelkind wieder, die kleinen Hände ineinander-ringend: ?! – Jetzt hatte der Hund sein Stichwort erfaßt; und legte seine Pfote, erstens auf ›VERDIENST‹; und anschließend auf ›SCHÖNHEIT‹. –: »Verdienst!« jubelten die Damen – »Schönheit!« rief der Bürgermeister. »Wundervoll; wundervoll!«. »Nimm den Hut wieder auf«, sagte das Kind; und, zum Bürgermeister gewandt – »Oh, sagen Sie ihm doch, bitte, Sir: wie das, was VERDIENST und SCHÖNHEIT der BEDRÄNGTEN TAPFERKEIT gäben, kein Almosen sei, sondern ein Tribut. –?«

Die Worte waren, an sich, wenig besser als ein abgegriffener, gemeinplätziger KnallEffekt; aber das TrägerStimmchen durchglitt so-süß all die Versammelten, daß es den Weg zu jeglichem Herzen fand.

»Ist das wirklich so?«, fragte der alte Soldat, indes seine Hand zögernd über den Münzen schwebte. »Auf meine Ehre, Sir: es ist so.«, versetzte der Bürgermeister mit ernstem Nachdruck. Und die Zuhörerschaft hielt dies für die beste Rede, die er je in seinem Leben gehalten, und jauchzte ihm Beifall, bis das Dach widerhallte. –: »Oh! –: Brot, Brot; für Dich, Liebchen!«, rief der Veteran, sein Haupt über das Kind hin-gebückt; und auch das Kreuz zog er wieder hervor, und küßte es mit nobler Passion: »und das EhrenZeichen dennoch bei mir! –«

Während das Publikum noch aufs Tiefste bewegt war, und in so manchem Aug' noch die Thräne der Großmuth funkelte, ergriff Waife seine Gelegenheit; warf den Komödianten ab; und trat front-wärts, in die Bresche, als Mann – als einfacher, ruhiger, ernsthafter Mann – kunstloser Mann! –:

:»Hier geht es um keinen Mimus, Ladies und Gentlemen. Es ist ein Stück aus dem Wirklichen Leben, das sich Ihnen vorgelegt hat. Ich stehe hier, um Herzen anzusprechen, die menschlichsten Anliegen nicht vergebens offen sind. Ich plädiere für Das, was ich dargestellt habe –: schon wahr daß der Mann, der Ihrer Hülfe bedarf, nicht Einer von jener Soldateska ist, die einst Europa verheerte. Aber er hat schon ähnlich-schwere Schlachten durchgefochten; und sein Schicksal hat ihn ebenso schwerem Jammer preisgegeben. Sicher: Er ist kein Franzmann; Er gehört einem Land' an, das Sie nicht minder lieb haben, als dies Frankreich, – das heißt: Ihr-eigenes!. Auch er hat ein Kind, das Er vor Hunger bewahren möchte. Auch Er hat nichts übrig, was er verkaufen, oder ums Liebe Brot verpfänden könnte – es sei denn – åch auch nicht dies vergüldete EhrenZeichen; es besteht, Sie sehen es selbst, aus Pappe und GoldPapier – ausgenommen, ich wiederhole es, die Sache selbst, deren armes Gleichnis Sie schon respektieren – nichts blieb zu verpfänden, zu versetzen, übrig, als Die Ehre! –: Für diese hab' ich heut Abend als Schau-Manager gesprochen; für sie streck' ich, ohne Scham, meine Hände aus – für sie: mach ich den Bettler.«

Er schwieg. Der Hund nahm ruhig den Hut auf, und näherte sich erneut dem Bürgermeister. Der Bürgermeister nahm die Halbe Krone, die er zuvor hineingetan hatte, wieder heraus; und ließ dafür 2 GoldSovereigns in den Hut fallen. Wer errät nicht den Rest?: Alles drängte nach vorn – Jung und Alt, Mann und Weib. Und am eifrigsten von allen waren noch Diejenigen, deren Dasein dem Unbestand am meisten ausgesetzt – der Bettelarmut am nächsten ist – sie, die die Alternative zwischen Brot und Ehre aus eigenster-bitterster Erfahrung kennen: nicht ein einziger Arbeiter dort, der mit seinem Scherflein zurückgehalten hätte.

## 13. Kapitel

*Omne ignotum pro magnifico – das Gerücht, unbekannt mit Gentleman Waife's Vorleben, befördert ihn zum Don Magnifico.*

Dem Komödianten und seinen zwei Famuli folgte, obschon in ehrerbietigem Abstand, eine große MenschenMenge; bis hin vor den ›Sarazenenkopf‹. Nun sind mir wenig Dinge bekannt, die noch unangenehmer wären, als das Bewußtsein, geködert und ins Garn gegangen zu sein, wo es sich imgrunde nur um einen derben Anschlag auf meine Börse handelte – zumal wenn man bloß auf einen angenehmen Abend gerechnet hat – weswegen ich auch vor jenem SammelTeller, der zuweilen auf eine volkstümliche Ansprache, eine Kanzelrede, oder sonst einen beredsamen Appell an die Britische Freigebigkeit folgt, gerechten Abscheu hege; dennoch möchte ich die Behauptung wagen, daß sich unter all den Wesen, die der Komödiant durch Überraschung zu impulsiver Mildthätigkeit bewogen hatte, nicht Einer befand, den seine Handlungsweise gereut, die Ausgabe verdrossen, oder der Gedanke beschlichen hätte, er habe für sein Vergnügen zu teuer gezahlt. Alle hatten sie eine Reihe von so angenehmen Gemütsbewegungen durchgemacht, daß Alle gleichsam das Bedürfnis eines Ventils für ihre Dankbarkeit empfunden hatten – und als dies Ventil sich fand, ward es zu einem weiteren zusätzlichen Vergnügen. Aber, sonderbar zu sagen: Niemand konnte sich zu seiner Befriedigung diese beiden Fragen beantworten – für Was, und Wem er sein Geld gegeben habe? Es war keineswegs die allgemein angenommene Hypothese, daß der Darsteller das Geld für seine eignen Zwecke verwenden würde. Nein nein; trotz aller Indizien zugunsten einer solchen Theorie, konnte eine so respektable, so würdevolle Persönlichkeit – der sie vor allem mit dieser noblen Selbstsicherheit angeredet hatte, zu der ein Mann, der für sich selber bettelt, moralisch ja nicht berechtigt ist – eine so charaktervolle Persönlichkeit mußte platterdings ein hochherziger Philanthrop sein, der sich herabgelassen hatte, seine Künste bei einem als rein-intellektuell bekannten Institut einmal zu entfalten – vielleicht zugunsten eines berühmten aber heruntergekommenen Schriftstellers, dessen Name aus einer, der Schönen Literatur schuldigen Achtung, schonenderweise verschwiegen wurde.

Jedenfalls hatte Mr. Williams, der für den sachlichsten Kopf und praktischsten Mann in der ganzen Stadt galt, eben-diese Konjektur aufgestellt und verfochten. Vermutlich war der Fremde sogar selbst Autor – ein großer und arrivierter Autor: hatten etwa nicht große und arrivierte Autoren – Männer, die Stolz und Zierde unsrer Zeit und unsres Landes waren – Theater-gespielt?; auf öffentlicher Bühne sogar, und zwar unnachahmlich gespielt, zugunsten etwelcher Brüder in Apoll, oder sonstiger literarischer Zwecke?! Deshalb ward von all diesen arglosen Gemütern, dem Komödianten – neben den pekuniär-einträglichen Vorteilen für extreme Dürftigkeit und eingebüßte gesellschaftliche Stellung – auch noch die schuldige Achtung für wohlhäbige-äußere Umstände und hohen Ruf gezollt. Einem umfassenden Wunsch jedoch gaben alle Anwesenden, während ihres Heimweges, Ausdruck – dem Wunsche: das genossene Vergnügen noch-einmal zu erleben; selbst wenn sie denselben Preis dafür zu zahlen hätten! Könnte denn nicht das so lang geschlossene Theater wieder-eröffnet, und der Große Mann durch menschenfreundliche Motive, unterstützt von einem festen, durch freiwillige Subskription aufgebrachten Geldbetrage, dazu bewogen werden, die ganze Stadt so zu ergötzen, wie er vorhin-eben ihre auserlesenen Geister ergötzt hatte? Mr. Williams jedenfalls, in einem Anfall caritativen Aufgetautseins nunmehr der Weichste der Weichen, (wie die meisten Harten Männer, wenn sie einmal erweicht sind) schlug dieses dem Bürgermeister vor: ? – Worauf der Bürgermeister ausweichend entgegnete, daß er sich's überlegen wolle; und überdem sowieso vorhabe, heut-Abend eh' er nachhause fahre, Mr. Chapman noch – wie sich's gebühre – seine Aufwartung zu machen. Mr. Williams und mehrere Andere, drückten den Wunsch aus, Se. Gestrengen begleiten zu dürfen. Aber der gutmütige MagistratsChef wies darauf hin, daß Mr. Chapman wohl hochgradig ermüdet sein; daß die Gegenwart sehr-Vieler mehr wie eine Invasion als ein Kompliment wirken; und daß er, in seiner Eigenschaft als Bürgermeister, besser zu späterer Stunde allein erscheinen werde, sobald man Mr. Chapman Zeit zu Ruhe und Erholung gelassen haben, Jener jedoch noch nicht zu Bett gegangen sein würde. Derlei zartsinnige Rücksicht fiel ins Gewicht; und die Straßenzüge waren schon menschenarm, da des Bürgermeisters Gig, auf seinem Weg Villa-wärts, vor dem ›Sarazenenkopf‹ anhielt.

## 14. Kapitel

*Das Intervall zwischen unserm anfänglichen Murren und unserm endlichen Resignieren: das ist es, in dem, sowohl bei Individuen als bei ganzen Gemeinwesen, all das anzutreffen ist, was eine Geschichte erzählenswert macht. Bevor wir nach dem begehren, was sich außerhalb unsrer Reichweite befindet, liegen wir nur still in der Wiege. Wenn wir verbraucht sind vom vielen Begehren, schläft das Verlangen wied'rum ein – wir liegen auf dem Totenbett.*

Sophie (auf den Arm ihres Großvaters gestützt, während sie die Treppe im ›Sarazenenkopf‹ hinaufsteigen): – »Ach bin ich müde, Opa – ich möcht' am liebsten gleich zu Bett gehen, bitt'schön!«

Gentleman Waife: – »Ihr könntet doch gewiß vorher noch etwas zu Euch nehmen – irgendetwas Appetitliches, – Miss Chapman.« (Ihr dicht ins Ohr flüsternd): »Können doch jetzt im Überfluß leben! – Was in praxi bedeutet –« (wieder laut; zur Wirtin hin, die eben oben auf dem Treppenabsatz vorüberging): »Ä-bitte: Gegrilltes Huhn mit Pilzen zum AbendEssen, Madam! – Warum lachst Du denn gar nicht, Sophie? Oh, Schätzel, Du bist krank!«

»Nein nein, lieber Opa – bloß so müde – laß mich zu Bett gehen. Morgen ist mir wieder besser – ganz bestimmt.«

Waife schaute ihr liebevoll ins Gesicht; aber seine eignen schier allzu angeregten LebensGeister erlaubten ihm nicht, von der ungewöhnlichen Röte auf ihren Wangen anders als nur mit Bewunderung der gesteigerten Schönheit Notiz zu nehmen, die ihre sanften Züge durch die höhere Färbung erfuhren.

»Wahrhaftig«, sagte er, »Du *bist* ein hübsches Kind! – ein sehr-hübsches Kind – und spielen kannst Du wundervoll! Du würdest Furore auf jeder Bühne machen; aber ...«

Sophie (eifrig): – »Aber – nein, nein, niemals! – nicht auf die Bühne!«

Waife: – »Ich will ja gar nicht, wie Du weißt, daß Du zur Bühne gehen solltest. So eine PrivatVorstellung – wie die heute Abend, zum Beispiel – hat« (mit der Hand in die Tasche fahrend): »viel Empfehlenswertes für sich.«

Sophie (mit einem Seufzer): – »Dem Himmel sei Dank! das ist vorbei jetzt – und Du wirst ja nun, ach lange-lange Zeit, kein Geld weiter brauchen, ja? – Braver Sir Isaak!«

Sie begann, Sir Isaak zu liebkosen, der ihre Aufmerksamkeiten mit würdigem Vergnügen genehmigte. Sie waren unterdes in Sophie's Zimmer angelangt; und Waife – nachdem er noch einmal, und wieder vergebens, das Kind dringlich gebeten hatte, doch wenigstens einen kleinen Imbiß zu sich zu nehmen: ? – gab ihr schließlich den GutenachtKuß und seinen Segen; und pfiff dann Sir Isaak ein ›Malbrook s'en va-t-en guerre‹ vor, der diese Melodie für eine Einladung zum Abendessen hielt, sich die Lippen leckte, und voran schritt, freudvoll aber mit Dekor. –

Das Kind, sich selbst überlassen, atmete lang und schwer, beide Hände vor die Brust gedrückt, und sank ermattet aufs Fußende des Bettes nieder. Das Fenster hier hatte keine Läden; und Mondenlicht kam sanft herein; und stahl sich, dort wo der Kerzenschein den Schatten ließ, über Wand und Fußboden hin. Das Mädchenkind hob die Augen, langsam, fensterwärts – zum schwachen Schein des nachtblauen Himmels – dann zum schrägen Überschimmer des gekippten Mondes. – In uns'rer Kindheit gibt es einen ganz-bestimmten Zeitabschnitt, wo Einem das, was man die romantisch-sentimentale GefühlsAusrichtung nennt, zum ersten Mal verschwommen spürbar wird. Und grundsätzlich gewinnen, beim Aufdämmern dieses Gefühls, Mond und Sterne eine seltsame spukhafte Faszination über uns. Wenige Personen in mittleren Jahren – selbst falls sie ächtpoetische Naturen sein sollten – empfinden noch diese eigenartige Bezaub'rung durch die strenge Stille, den Kummer-Glanz des gestirnten Himmels Über-Uns; der die Meisten, wie-gesagt – selbst die gänzlich Unpoetischen unter uns – auf jener mystischen Altersstufe beeindruckt, wo Kind und Teener aneinanderstreift, und man noch ein unruhiges Herze an jene merveilleusen QuizVeranstaltungen in-uns und um-uns wendet, über die wir, wenn die Erfahrung uns erst belehrt hat, daß sie auf dieser Seite des Grabes keine Lösung zulassen, jegliche Mutmaßung schlicht einstellen. – Gelockt vom Licht erhob sich sacht das Kind; trat hin zum Fenster; und lugte lang', das aufgehobene Gesicht mit beiden Händen stützend, in all die Himmel; indes sie, offenbar, mit sich selbst Zwiesprache hielt; denn ihre Lippen bewegten sich, und murmelten Unvernehmliches. Dann trat sie langsam, vom FensterRahmen, wieder zurück; und nahm erneut am Fußende des Bettleins Platz, untröstlich war sie. Und ab-jetzt lauteten ihre Gedanken, (obwohl sie dieselben vermutlich nicht in genau die gleichen Worte gekleidet haben würde): »Nein. Ich kann-und-kann es nicht verstehen. Wieso war ich denn zufrieden und glücklich, bevor ich *Ihn* gesehn? Warum erblickte ich nicht Arg nicht Schmach in dieser-unsrer Lebensweise – nicht einmal auf der Bühne, inmitten dieser Leute – bis *Er* gesagt hatte: ›Das wär was, von dem er wünschte, ich hätt' mich nie dazu herabgelassen!‹. Und Opa hat's ja auch gesagt: unsre Lebenswege wären so divergent, daß sie einander eig'ntlich gar nicht wieder-kreuzen könnten! – Demnach gibt's also einen LebensWeg, den ich niemals betreten kann – gibt's einen Pfad, auf dem ich immer-immer wandeln muß, immer--immer-immer diesen einen Pfad – und nie ein Ausbrechen daraus?! Nie die Möglichkeit, auf diesen andern-da einzubiegen, auf dem es keinerlei Maskierung, kein VersteckSpiel, keine falschen Namen gibt – nimmer-nimmer-nimmer?!«. Hier fuhr sie, ungeduldig, auf; und, mit einem wilden Blick –: »Das bringt mich noch um!«

Dann, erschrocken ob des eignen Ungestüms, warf sie sich auf's Bett und weinte leise. Ihr Herz war jetzt wieder bei ihrem Großvater, und es gab ihr einen Stich wegen ihrer Undankbarkeit ihm gegenüber: konnte denn Unrecht, oder gar Schande bei etwas sein, was er verlangte – was er unternahm? Und war es ihres Amtes, zu murren, wenn sie ihn beim Kampf ums Dasein unterstützte? Was war denn überhaupt die Ansicht eines fremden Jungen, im Vergleich zu der erprobten, schirmenden Liebe ihres einzigen Beschützers und bewährten Pflegers und Freundes? Und konnten sich die Leute denn ihren Beruf und ihre Lebensbedingungen selber aussuchen? Wenn eine Straße in dieser Richtung ging, dann eine andre eben dorthin; und Die auf der einen Straße, wurden halt immer weiter und weiter weggeführt von Denen, auf der andern, – als diese Idee ihr kam, versagte der Trost freilich wieder, und in ihrem lautlosen Weinen war es wie Bitterkeit der Verzweiflung. Aber der Kummer, der die Tränen hervorrief, wurde gleichzeitig durch sie erleichtert, und am Ende aufgebraucht: zu müde für mehr Hypothesen und Jammer, fiel ihr Gemütlein schließlich in die alt-angeborne kindliche Unterwürfigkeit zurück. Mit einer Inbrunst nicht frei von Selbstvorwürfen, sagte sie ihr demütig Nachtgebetlein her: daß Gott ihren lieben Opa segnen; und ihr gewähren möge, auch weiterhin ihm Trost und Stütze zu sein. Dann entkleidete sie sich mechanisch; löschte die Kerze aus, und kroch ins Bette. – Der Mondenschein wurde kecker und kecker: er avancierte über'n Boden, und die Wände hinauf; jetzt überflutet er sogar ihr Kissen, und scheint für ihre Augen eine heilig-liebevolle Milde anzunehmen, immer heiliger und liebevoller, je mehr ihr die Lider davor zusinken. Die unklare Erinnerung an eine Geschichte von ›SchutzGeistern‹, mit der Waife sie einmal verwundert und bezaubert hatte, durchzieht ihr die schlummerschweren Gedänklein, und verbindet sich mit der Anwesenheit dieses Mondlichts, das sie eingekreist hält. Da! schau: jetzt sind die Lider geschlossen, und tränenlos ihre Fransensäume. Die holden Lippen sind leicht aufgegangen, und die Grübchen sacht hervorgetreten. Sie schläft, sie träumt bereits! Wo und Was ist die rauhe Welt des Wachens nun? Ob es wirklich *keine* SchutzGeister gibt? Lache der Frage, wenn Du magst, Du ernster Mann, so verständig und selbstvertrauend; aber Du, oh holde Mutter – die Du öfter das seltsame Glück auf dem Antlitz eines Kindes gewahrtest, das sich in Schlaf geweint hat – was meinst denn Du zu der lieblichen Überlieferung, die ihren Ursprung sicherlich im Herzen der ersten Mutter hatte? –

## 15. Kapitel

*So freundlos ist kein Mensch, daß er nicht wenigstens einen Freund noch aufzutreiben wüßte, der es aufrichtig genug mit ihm meinte, ihm unangenehme Wahrheiten zu sagen.*

Inzwischen hatte 's der Komödiant für sich selbst und Sir Isaak ungemein bequem gemacht. Gentleman Waife war, seinen Gewohnheiten nach, kein unenthaltsamer Mann: er konnte durchaus bei einer BrotRinde dinieren, mit nichts als Heiterkeit gewürzt; und was aufregende Getränke betrifft, war sein Humor von einer so kindlichen Unschuld, wie sie Gehirnen, die habituell mit Alkohol gewaschen werden, absolut unbekannt ist. Bei dieser besonderen Gelegenheit jedoch, war Waife's Herz, infolge des langentwöhnten Gefühls von Wohlhabenheit, so großzügig gestimmt, daß es ihn unwiderstehlich drängte, sich ein Gütchen zu tun. Er erwies dem gegrillten Huhn, zu dem er Sophie vergeblich zu verlocken gesucht hatte, alle Ehre. Er bestellte 1/4 Liter Portwein, zu ›Negus‹ verglühpunscht. Er legte sich selber vor, unter Verbeugungen, wie wenn er sein eigener Gast wäre; und jedesmal, wenn er nach dem Glase griff, nickte er verbindlich, à la ›Ihre Gesundheit Mr. Waife!‹ —. Ja, er offerierte sogar Sir Isaak ein Gläslein von dem anregenden Getränke: ? — der sich jedoch, auf's äußerste beleidigt, unter das Sopha retirierte; von wo aus er, die Stirn zu ernstem Tadel gefaltet, durch all sein LockenGewalle hindurch hervorlugte. Auch geschah es nicht ohne wohlerwog'ne Vorsicht — erst ein Stück Backenbart; dann eine Pfote — daß er aus seinem *buen retiro* wieder auftauchte; nachdem ein Teller, fast zu hoch beladen mit Überbleibseln des FestMahls, auf den KaminVorleger hingestellt worden war.

Nach abgeschlossenem Souper — als der Aufwärter gegangen; vom Negus aber noch übrig war — entzündete Waife seine Pfeife; und begann, den Blick auf Sir Isaak gerichtet, diesen hundsgestaltigen Philosophen also anzureden —: »Erlauchtes Mitglied der Vierfüßigen Gesellschaft der Freunde des Menschen; auch, (da im Besitz jener Fertigkeiten für's Praktische Leben, die nur wenige Freunde des Menschen in seinem Dienst entwickeln mögen), zu hohem Rang Beförderter — etwa ›GeneralKommissar des LebensmittelDepartements‹, oder ›SchatzKanzler‹ – ich habe die Ehre Euch zu benachrichtigen, daß eine DankAdresse für Euch in diesem Hohen Hause sowohl eingebracht, als auch einstimmig-angenommen worden ist! –: ?«. Sir Isaak, scheu-dreinsehend, verpaßte lieber dem Teller noch eine Ableckung, und wedelte mit dem Schwanze. –: »Schon recht: 1 Mal, (darf ich es aussprechen?), hast Du Dich, bei VERDIENST und SCHÖNHEIT geirrt! – Dein Gedächtnis ließ Dich im Stich: das Finale Deines Vortrags war am Rande des Bank'rotts – aber, wie wir Lateiner sagen, (und die betreffende Grammatik es philosophisch genug formuliert), ›*nemo mortalium omnibus horis sapit*‹; d. i. ›auch der weiseste Sterbliche, komme er auf 2 oder auch 4 Beinen einher, kann, gelegentlich, stolpern‹. Der größeste Feldherr, (bzw. Staatsmann, bzw. Weiser) ist ja nicht Derjenige, der nie einen Fehler begeht; wohl aber Er, der einen begangenen Fehler wiedergutmacht, ja, ihn in einen Erfolg verwandelt – und eben-dies war Dein Verdienst; war Deine Auszeichnung! – (Es war niemals meine!: ich erkenne Deinen überlegenen Genius an.). ä-Setz' ich also unbedingtes Vertrauen in Dich. Ich überantworte Dich hiermit den Armen des Morpheus, (denn ich sehe, daß ein Panegyricus auf Dein Nervensystem wie ein SchlafMittel wirkt); ergo stelle ich nunmehr den Antrag, daß sich das Hohe Haus auflöse, nachdem es noch einen ›SonderAusschuß der Mittel und Wege zur Überprüfung des Budgets‹ eingesetzt hat – einverstanden? –«.

Woraufhin der Komödiant, indes Sir Isaak in einen tiefen Schlaf verfiel, den Inhalt seiner Taschen umsichtig auf den Tisch entleerte; ihn auseinander-sortierte, hier das Gold, dort das Silber; zu dreien Malen, sorgfältig, den Gesamtbetrag überzählte; und ihn dann in diverse Häufchen abteilte: –

»Das für die GasthausRechnung –«, sprach er: »– ›ZivilListe‹!; ein großer Posten, hm hm. / Das ist für Sophie!: unser Schätzel soll einen Lehrer haben, und Musikunterricht – ›ErziehungsFond‹ also. / Laufende Ausgaben für die nächsten vierzehn Tage – ›Voranschlag für die Innere Verwaltung‹. / : Tabak? – woll'n wir das mal ›Etat für den Secret Service‹ nennen. / – Ach Du alter Bummler und Rumtreiber: ist der Himmel am Ende nicht doch gnädig gegen Dich? Ein paar solche Abende noch; und wer weiß, ob Du auf Deine alten Tage nicht doch noch ein anderes Dach überm Kopfe haben wirst, als das Arbeitshaus. Und Sophie? – ach was wird mit Der?: Barmherzige Vorsehung, laß mir mein Leben nur so lange, bis sie seiner nicht mehr bedarf!« Die Träne trat ihm ins Auge; er wischte sie rüstig fort; überzählte lieber noch einmal sein Geld, und summte dazu eine muntere Weise. –

Die Tür öffnete sich; Waife sah überrascht hoch: ? – strich rasch mit der Hand über die Münzen, und steckte sie wieder in seine Tasche.

Der Bürgermeister trat ein.

Indes Mr. Hartopp, langsam, durchs Zimmer herangeschritten kam, schaute sein Auge, fest, in das von Waife; und dies Auge war so forschend, obschon gleichzeitig so mild, daß der Komödiant fühlte, wie er die Farbe wechselte. Seine frohe Laune schwand – schwand mehr und mehr, je näher der Schritt des Bürgermeisters kam; und als Hartopp, ohne zu sprechen, seine Hand erfaßte – nicht zu Kompliment – nicht zum Glückwunsch – sie vielmehr drückte, wie in tiefem Erbarmen, und ihm dabei immerfort, mit diesen mitleidsvollen, durchdringenden Augen voll ins Gesicht blickte, da empfand der Schauspieler eine Art von Schock, wie wenn jetzt Einer, all seinen BühnenVermummungen zum Trotz, in ihm läse – ihn durch und durch läse, bis ins Innerste seines Herzens, und ebenso schweigend wie sein später Besucher, sank er auf seinen Stuhl zurück – beschämt – fassungslos. –

Mr. Hartopp: – »Armer Mann!«

Der Komödiant (mit einer Anstrengung, sich zusammenzureißen; aber immer noch verwirrt): – »Nieder, Sir Isaak: leg Dich! – Dieser Ihr Besuch, Herr Bürgermeister, ist ja eine Ehre, die einen armen Hund wohl überraschen darf – Sie entschuldigen ihn, ja?«

Mr. Hartopp (Sir Isaak klopfend, der seine Kleidung wißbegierig beschnüffelte; und sich einen Stuhl dicht neben den Schauspieler ziehend – der daraufhin mit seinem eig'nen etwas abrückte – vergebens; denn Mr. Hartopp reagierte auf solche Bewegung lediglich dadurch, daß er entsprechend avancierte): – »Ihr Hund ist ein admirables, ein sehr gescheites Tier; aber in der Zurschaustellung eines Gelehrten Hundes liegt stets etwas, was Einen trübe stimmen kann: durch was für Entbehrungen hat man ihn nicht gezwungen, von seinem natürlichen Verhalten abzugehen? Durch wieviel Fasten und strenge Behandlung sind seine Instinkte nicht zu Tricks verrenkt worden? Hunger ist ein harter Lehrer, Mr. Chapman; und Denen, die aus seiner Schule kommen, können wir nicht immer ein Lob spenden, das gänzlich ungemischt mit Mitleid wäre.«

Der Komödiant (bei solch allegorischen Wendungen gar nicht

in seinem Element; und sowieso überrascht, bei Mr. Hartopp einen aufgeweckteren Verstand anzutreffen, als er dem Manne zunächst zugetraut hatte): – »Sie reden ja wie ein Orakel, Herr Bürgermeister. Aber zumindest dieser Hund ist mit Milde erzogen, mit Freundlichkeit behandelt worden. Angebor'nes Genie, Sir, will sich Luft machen! – Chm – aber ein überaus intelligentes Publikum, das uns heut-Abend die Ehre gegeben hat; Wir sind Ihnen unsern aufrichtigsten Dank schuldig.«

Mr. Hartopp: – »Mr. Chapman; wollen Wir doch ganz offen miteinander reden. Ich bin kein smarter Mann – eher ein bißchen einfältig. Wenn ich mich als smarten Mann aufgespielt hätte, wäre ich nicht das, was ich jetzt bin. – Pscht!; keine Komplimente. – Aber mein Lebensweg hat mich häufig in Berührung mit Solchen gebracht, die leiden; und in Angelegenheiten, die sich unsrer Beobachtung immer wieder unterbreiten, bekommt wohl auch der Einfältigste unter uns einen gewissen Scharfblick. So haben auch Sie, ich gesteh' es gern, mich zuerst angeführt. Ich dachte, Sie wären ein Humorist und Philanthrop mit speziellen Grillen; wie so manch humaner Mann, der viel Zeit übrig und die Taschen voller Geld hat, sie sich wohl in den Kopf setzt. – Aber in dem Moment, als der BettelHut an den Tanz kam, – (ich bitt' um Verzeihung – ich will Sie keinesfalls beleidigen!) – als also der BettelHut erschien, da durchschaute ich den Mann, der der Philanthropie seitens Anderer bedarf; und dessen Grillen unter einem mehr gewerbsmäßigen BlickWinkel betrachtet werden müssen. – Sir, ich bin allein hierher-gekommen, da vielleicht ich-allein den Fall so sehe, wie er in Wahrheit liegt. – Wollen Sie mir Vertrauen schenken? Sie können's mit Sicherheit tun. – Also ganz-offen: Wer und Was sind Sie?«

Der Komödiant (ausweichend): – »Für was halten Sie mich eigentlich, Herr Bürgermeister? – Was kann ich schon groß anders sein, als ein landfahrender ShowMann; der sich eines, harmlosen!, Tricks bedient hat, um sich ein Auditorium zu verschaffen; und einen Effekt zu erzielen, der die unverschleierte Kühnheit des – wie sagten Sie gleich so-schön?: – ›BettelHutes‹ etwas tarnen möchte?«

Mr. Hartopp (ernsthaft): – »Wenn ein Mann von Ihrer Begabung und Bildung genötigt ist, sich solcher Kniffe zu bedienen, dann muß er irgendwie grobe Fehler begangen haben. Gebe der Himmel, daß es nichts Schlimmeres waren als Fehler!«

DER KOMÖDIANT (bitter): – »Daran erkenn ich meine Begüterten: das ist immer ihre Art. Hat ein Mann Unglück, sagen sie: ›Warum hilft er sich denn nicht selber?‹. Und versucht er sich selber zu helfen, dann sagen sie: ›Bei so viel Begabung und Bildung, wieso hilft er sich da nicht besser-vornehmer?‹. Begabung und Bildung!: Sprenkel und Dohnen, Herr Bürgermeister! ›Begabung und Bildung‹?: die zwei übelsten MenschenFallen, in die ein armer Kerl mit dem Fuß geraten kann! Achjá!; sagten Sie nicht eben selber, wenn Sie sich als smarten Mann etabliert hätten, dann stünden Sie nicht dort, wo Sie jetzt sind?: ein weiser Ausspruch!; ich bewund're Sie dafür. Schon, schon, ich und mein Hund haben Ihre Stadtleute amüsiert; sie ihrerseits haben uns großzügig dafür entlohnt. Wir dienen der Öffentlichkeit; und je nachdem wie wir öffentlich auftreten – zischt uns aus, oder beklatscht uns. Aber müssen wir uns deswegen auch gleich einem Verhör über uns're private Aufführung unterwerfen? Steht Ihnen die Frage zu: Wieviel Hammelknochen der Hund dort wohl so stibitzt?, wieviel Katzen er molestiert haben mag?; oder auch: Wieviel ReserveHemden der Gaukler noch im Felleisen?, wieviel Schulden er an seinem letzten Aufenthaltsort hinterlassen habe?; wie steht's mit seinem SparBuch auf Erden, und seiner Rechnung mit dem Himmel? – gehen Sie doch, und stellen Sie diese Fragen erst Ihren Ministern und Generälen, Ihren Philosophen und Poeten! Und wenn Die Ihr Recht sie zu stellen anerkannt haben werden, dann kommen Sie wieder zu mir und dem andern Hund!«

MR. HARTOPP (erhebt sich, und zieht langsam seine Handschuhe an): – »Ich bitte um Entschuldigung. Ich bin zu Ende, Sir. Und dennoch hatte ich ein Interesse für Sie gefaßt – wohl weil ich selber keine nennenswerten Talente habe, bewundere ich Diejenigen immer, die welche besitzen. Und dann empfand ich's auch wie Angst und Bangen wegen Ihres kleinen Mädchens – so jung, so einnehmend. Ist es unbedingt erforderlich, daß Sie das Kind bei einer Lebensführung aufwachsen lassen, die doch entschieden zweideutig, und für weibliche Wesen gefährlich ist?«

Der Komödiant hob unversehens die Augen, und spähte seinem Besucher scharf ins Gesicht: !? –; und auf diesem Gesicht lag so viel Wohlwollen und Menschlichkeit – so viel Milde im Kampf mit amtlichem Tadel – daß die Dreistigkeit des Vagabunden nachgab; er schlug an seine Brust, und ächzte laut.

MR. HARTOPP (den gewonnenen Vorteil verfolgend): – »Und

haben Sie gar keine Besorgnis wegen ihrer Gesundheit? Sehen Sie nicht, wie zart sie ist? Erkennen Sie nicht, daß gerade ihr Talent von einer Fähigkeit zu emotionellem Nachempfinden herkommen dürfte, die sie früher oder später aufreiben muß?«

WAIFE: – »Nein, nein! Stop, stop, stop!: Sie schrecken mich; Sie brechen mir das Herz! Mann, Mann!: es ist doch alles nur wegen ihr, daß ich mich mühe, und gaukle, und bettle – falls Sie das betteln nennen. Dachten Sie etwa, ich machte mir groß Sorge darum, was aus dem ramponierten Kadaver-hier wird?: nicht 1 Pfifferling! – Was soll ich bloß machen? Was! Was! Was!? Sie erzählen mir, ich solle Ihnen vertrauen – mit welcher Begründung? Wie können Sie mir schon helfen? Wer kann mir überhaupt helfen? Wollen Sie mir Beschäftigung geben? Zu was eigne ich mich denn?: zu Nichts! Für einen irischen Arbeiter haben Sie Lohn und Brot gefunden, und nicht erst groß gefragt, Wer oder Was er sei; aber einem Mann, der sich anscheinend aus jener Sphäre zu euch verirrt hat, wo die Armut-selbst, wenn sie eintritt, noch einen Knix macht, und sich gern mit ›bessere Zeiten gesehen‹ nennen hört, dem ruft ihr zu: ›Halt; Paß vorlegen; wo sind die Beglaubigungsschreiben – die sonstigen Ausweise?‹. Ich habe keine! Ich bin aus der Welt, in der ich mich einst bewegte, herausgeschlittert. Ich darf mich an Jene, die ich in ihr kannte, so wenig wenden, als ob ich von einem der Sterne da-droben eingewandert wäre, und mich jetzt darauf berufen wollte: ›Bitte, DA: sehen Sie, was ich einmal gewesen bin!‹. – Aber Sie meinen nicht im Ernste, daß Sie schlecht aussähe! – oder?, wie? Ach ich Unglücksmensch! Und ich hab gedacht, sie zu retten!« Der alte Mann zitterte von Kopf bis Fuß, und seine Wange war aschfahl geworden.

Und wieder ergriff der gute MagistratsBeamte seine Hand; aber dieses Mal war ihr Druck ausgesprochen ermutigend. »Kopf hoch; wo ein Wille ist, da ist auch ein Weg: Sie rechtfertigen die gute Meinung, die ich für Sie gefaßt hatte; allen Indizien für das Gegenteil zum trotz. Als ich Sie aufforderte, mir zu vertrauen, da geschah das nicht aus Neugierde; sondern weil ich Ihnen nützen möchte, wenn ich kann. Denken Sie, bitte, über das nach, was ich Ihnen gesagt habe. Sicher; Sie wissen zunächst nur wenig von mir; informieren Sie sich getrost erst, was meine Nachbarn über mich reden, bevor Sie mir weiter trauen. – Im Übrigen: man wird morgen mit so manchem Antrag an Sie herantreten, Ihre Vorstellung zu wiederholen. Sie entschuldigen mich, wenn ich dergleichen nicht mehr aktiv ermutige. Ich will, andrerseits, nicht direkt zu Ihrem Schaden einschreiten; aber ...«

»Aber –«, rief Waife, (des Rests der Ansprache nicht sonderlich achtend) –: »Sie meinen doch, daß sie schlecht aussähe?; daß es ihr Schaden zufüge?: Sie meinen, ich brächte meine Enkelin um!? – sie, den Engel meines Lebens, mein Alles!?«

»Nicht doch; ich hab' mich zu schwerfällig ausgedrückt. Aber immerhin ...«

»Ja ja: immerhin! ...:?!«

»Immerhin, wo Sie-sie so innig lieb-haben: würden Sie da ihr Gewissen, ihre Liebe zur Wahrheit, abstumpfen wollen? – Waren Sie, heut-Abend, nicht in letzter Instanz ein Betrüger? Wollen Sie, daß sie verehrt; und nachahmt; und betet –: für einen Betrüger?«

»In dem Licht hab' ich das nie betrachtet!«, stammelte Waife, im Innersten getroffen; »niemals, nie; so wahr mir GOtt helfe!«

»Dess' war ich mir sicher«, sagte der Bürgermeister; »Sie sahen das Ganze mehr als Sport an; Sie faßten es wie ein Schul Junge auf. Ich habe mehrfach solche Männer kennen gelernt wie Sie, temperamentvoll und verspielt. Solche Männer irren unbewußterweise; denn irrten sie je absichtlich, wär' es bei ihnen ja wohl aus mit der Hochstimmung und guten Laune. – Gute-Nacht, Mister Chapman; Wir hören noch von-Einander.«

Die Tür schloß sich hinter der Gestalt des Besuchers. Waife's Kopf sank ihm auf die Brust; und all die tiefen Furchen auf Stirn und Wange – Schriftzeichen wiederauflebender mächtiger Kümmernisse – traten schärfer hervor – ein Antlitz, nun da das unschuldig--schalkhafte Mienenspiel daraus verschwunden war derart verändert, daß man es nicht mehr wiedererkannt haben würde. Schließlich erhob er sich sehr leise; ergriff die Kerze, und stahl sich in Sophie's Zimmer. Mit sorglicher Hand die Flamme beschattend, schaute er in ihr schlafendes Gesicht –? – noch lag das Lächeln um die leicht-geöffneten Lippen – noch war das Kind im Feenland der Träume. Aber die Wange war schmaler, als sie vor ein paar Wochen gewesen; und die kleine Hand, die auf dem Deckbett ruhte schien abgezehrter. Waife nahm diese Hand, geräuschlos, in die seine –? –: sie war heiß und trocken. Er legte sie, mit einem Blick voll unaussprechlicher Angst und Pein, wieder hin; und schlich sich unter mitleiderregendem Kopfschütteln davon und zurück. Er setzte sich an den Tisch, wo er beim Überzählen seines Gewinns ertappt worden war; er verschränkte die Arme, und richtete den starren Blick zu Boden; so saß er regungslos, wie in betäubtem Stillstand jeglicher Gedankentätigkeit; bis die Dämmerung sich am Himmel heraufstahl – die Sonne in die Fenster schien. Der Hund, zu seinen Füßen eingerollt, war zuweilen aufgefahren, und hatte gewinselt, wie um seine Aufmerksamkeit auf sich zu lenken: er achtete dessen nicht. Die Uhr schlug 6; im Haus begann es sich zu regen. Das Stubenmädchen kam ins Zimmer; Waife erhob sich, und griff nach seinem Hut, dessen Filz er mechanisch mit dem Unterärmel bürstete. »Wer, sagten Sie, sei der Beste hier am Ort?«, fragte er mit ausdruckslosem Lächeln, indem er den Arm des Mädchens anrührte:?

»Sir!; der Beste? – von was?«

»Der beste Doktor, Madam' – nicht etwa einer von Euern GemeindeBadern – der wirklich beste Arzt! –? Dr. Gill – sagten Sie Gill? Besten Dank; seine Wohnung High Street. Ganz in der Nähe, Madam'.« Mit seiner Großen Verbeugung – was Gewohnheit nicht alles tut! – lächelte Gentleman Waife verbindlich, und verließ das Zimmer. Sir Isaak reckt' und streckte sich; und folgte hinterdrein.

## 16. Kapitel

*Innerhalb jedweder zivilisierten Gesellschaft trifft man auf eine Menschenart, die die Urinstinkte des Kannibalentums beibehalten hat, und die von ihren Mitmenschen, als ihrer natürlichen Nahrung, lebt. Sobald diese interessanten aber formidablen Zweibeiner ihr Opfer gefangen haben, wählen sie sich unveränderlich 1 ganz bestimmten Körperteil aus, in den sie ihr erbarmungsloses Gebiß einschlagen. Der solchermaßen auserkorne Teil ist auch ganz besonders gefühlig, da die unerforschliche Vorsehung ihn für das geringste Zähnezwacken empfindlich gemacht hat; er liegt unmittelbar am Hüftgelenk, ist durch eine äußere Hülle aus erlesenen Fibern geschützt, und wird gemeinhin als ›DIE PORTEMONNAIE-TASCHE‹ bezeichnet. Der reinrassige oder Vollblut-Menschenfresser, beginnt im allgemeinen bei seinen eignen Verwandten und Freunden; und so lang wie er seine Gefräßigkeit auf diese häuslichen Zirkel beschränkt, schreitet das Gesetz, falls überhaupt dann nur wenig gegen sein altehrwürdiges Gelüste ein. Sobald er jedoch alles erschöpft hat, was sich ihm im Schoß des Privatlebens als eßbar darbeut, fällt der Kannibale über die Gesellschaft her, wird zum ›Man-eater‹ – und dann ›sauve qui peut!‹, beginnen Die Gesetze sich zu regen: sie rufen nach ihren Perücken und Roben; sie setzen ihre Brillen auf; und der zum Werwolf geword'ne Anthropophage ist seiner Diner's fürderhin nicht mehr absolut sicher. In diesem Stadium seiner Entwicklung angelangt, gewinnt der Man--eater eine gewisse Bedeutung, geht ein in die Bezirke der Geschichte, und wird zum Gegenstand der Überlegungen von Moralisten.*

An genau-demselben Morgen, da Waife den ›SarazenenKopf‹ verließ, um einen Doktor zu holen, (allerdings zu etwas späterer Stunde); suchte sich ein Mann – der, seinem betont-smarten Aufputz, und nicht minder der flotten Dreistigkeit seines Dahin-Schlenderns nach zu urteilen, sich aus den heitereren Umgebungen von Regent Street hierher verirrt haben mußte – seinen Weg durch die stillen, ja verödeten Passagen und Durchgänge, wie sie die entlegensten Distrikte von Bloomsbury durchschneiden. An der Kurve zu einem noch-einsameren Gäßchen, als diejenigen die zu ihm hinführten, hielt der Mann inne, und sah hoch, an die MauerEcke, wo der Name der Straße hätte angeschrieben-stehen sollen —:?. Aber die Mauer war anscheinend vor kurzem neu-übertüncht worden; und die Tünche hatte die ersehnte Inschrift verwischt. Der Mann murmelte eine ungeduldige Verwünschung; und, indem er sich umwandte, wie um einen Vorübergehenden zu finden, bei dem er sich erkundigen könnte; —; gewahrte er, auf der gegenüberliegenden Seite der Straße, einen andern Mann, der anscheinend mit ähnlichen Recherchen beschäftigt war. Unwillkürlich gingen Beide, über die Straße, aufeinander-zu.

:»Pardon, Sir —«, begann der zweite Wanderer durch diese Ŏdnis: »könnten Sie mir vielleicht sagen, ob das-hier die Straße ist, die sich einen ›Platz‹ schimpft? — ›Podden Place‹, und zwar noch ›der Obere‹?«

»Sir, —« versetzte der geschniegeltere der Wanderer, »genau-die Frage wollte ich soeben an Sie richten.«

»Äußerst merkwürdig!«

»Man kann es so ausdrücken; insofern als mehr denn 1 Person, in diesem geschäftigen Zeitalter, damit zu tun haben sollte, um was wie einen ›Podden Place‹ zu entdecken! — Und nicht eine Menschen-Seele, die man fragen könnte! — nicht ein Laden zu sehen! — nicht die geringste ApfelsinenBude!«

»Hà!—«, rief der Andere, in einer Art theatralischer Grabes-Stimme —: »ist das-dort nicht ein SeidelJunge? —: Hehda! — Du-Du-Du: bleib ma' stehen! ß-stòp! —: ist das-hier Podden Place? — der ›Obere‹?«

»Jå; sicher —«, antwortete, in schläfrigem Tone, aus so-schläfriger Atmosphäre hervor, der SeidelJunge; der unverzüglich sein Zinn mit dumpfem Klang gegen ein VorGartenGitter erschollern ließ; und dazu sein »Pötte-abliefern!« herleierte; in einem so beerdigungsmäßigen Ton, wie man etwa in der ›PestStadt‹ das ›Raus mit den Leichen!‹ ausgeschrien haben wird.

Inzwischen tauschten die beiden Wanderer eine Verbeugung, und gingen wieder auseinander — der Geschniegeltere (sei es daß er sich einer nachdenklichen Stimmung hingab; oder aber infolge habitueller Gleichgültigkeit gegen Menschen und Dinge, die sich nicht direkt auf ihn selbst bezogen) nahm weiter keine Notiz von dem EinsamkeitsGefährten, beschäftigte sich vielmehr mit gewissen kleinen SchönheitsKorrekturen an seiner eigenen werten Person. Er ordnete sich das Haar mit der Hand; readjustierte den Neigungs-Winkel seines Hutes; sah wohlgefällig auf seine Stiefel, die noch

Glanz und Schimmer der MorgenPutzung bewahrten; zog seine HemdManschetten schaubarer heraus; gab, mit einem Wort, alle Inzichten eines Mannes, der Eindruck zu machen wünscht, und weiß, daß Einiges darauf ankommt. Derart vertieft war er in diese Beschäftigung mit sich selber, daß – da er endlich vor einer der kleinen Türen in der kleinen Straße stehen blieb, und die Hand zum Klopfer aufhob – er mit Erstaunen bemerkte, daß Wanderer Nummer Zwei sich wieder an seiner Seite befand.

Jetzt musterten sich die beiden Männer doch des Näheren, zwar kurz aber nicht uneindringlich. – Wanderer Nummer Eins war noch relativ jung – zweifellos hübsch; aber mit einem unbeschreiblichen Zug um Aug' und Lippe, vor dem der Andere mit instinktmäßiger Scheu zurückwich – ein harter Zug, ein zynischer Zug – ein von der Seite kommender, ruhig herausfordernder, gefühlloser Zug. Sein Anzug glänzte so neu, wie wenn er ihn eben zum erstenmal angezogen hätte, war nach der herrschenden Mode geschnitten, und besprach eine Vorliebe für weniger gedämpfte Farben als man von Engländern sonst gewohnt ist; die jedoch eine gut-aussehende Persönlichkeit gerade noch so tragen konnte, ohne sich direkt dem Vorwurf der Vulgarität auszusetzen, obschon sie den der Eingebildetheit wohl in Kauf nehmen mußte. Falls Einem Zweifel kamen, ob der Mann wirklich ein Gentleman wäre, würde man doch in beträchtliche Verlegenheit gekommen sein, zu erraten, was er sonst wohl sein mochte. Wäre nicht dieser bereits geschilderte Zug an ihm gewesen, (mag sein, daß er ihn nicht beständig trug), man hätte seine Erscheinung fast ›einnehmend‹ nennen können. Seine Gestalt zeigte die Anmut, sein Schritt die Elastizität, wie sie von richtigen Proportionen und athletischer Kraft herrühren. In der Hand trug er ein biegsames Stöckchen, ganz dünn und harmlos anzuschaun; aber mit bleigefülltem Hand-Knauf, nach Art eines ›Totschlägers‹. Der Ton seiner Stimme war nicht unangenehm für's Ohr, wiewohl im Crescendo irgendetwas Gemachtes durchklingen mochte – die Art von Ton, wie ihn Leute annehmen, wenn sie franker und freier wirken wollen, als sie von Natur aus sind – eine Art von renommistischer PseudoBiederkeit, die in stimmlicher Beziehung das ist, was ein prahlerisches Sichbreitmachen in der Gehweise. Und dabei immer dieser Zug! – der auf Einen ungefähr die Wirkung hervorbrachte, wie sie ein fremd-artiges Tier ausüben mag: nicht ohne Schönheit; aber tödlich für Menschen. – Wanderer Nummer Zwei war dick und plump, in mittleren Jahren, mit üppigem Backenbart und schmudd'ligem Teint. Er trug eine Perücke – eine Perücke, tatsächlich und unverkennbar – eine krause und verschossen-fuchsige Perücke – und über der Perücke einen angeschmutzten weißen Hut. Seine schwarze Halsbinde lag eng gurgel--an; und um Brust und Schultern hatte er malerisch die Falten eines SchottenPlaids geworfen.

WANDERER NUMERO EINS: – »Sie wollen auch hierher? – zu Mrs. Crane?«

WANDERER NUMERO ZWEI: – »Mrs. Crane? – Sie-auch? – Äußerst merkwürdig!«

WANDERER NUMERO EINS (mit erzwungener Höflichkeit): – »Sir, ich komme geschäftlich – in PrivatGeschäften.«

WANDERER NUMERO ZWEI (ungeheuchelt sauertöpfisch): – »Ich nicht minder.«

WANDERER NUMERO EINS: – »Oho!«

WANDERER NUMERO ZWEI: – »Ha! es schließt und riegelt!«

Die Tür ging auf, und eine alte hagere Dienerin zeigte sich –:?.

WANDERER NUMERO EINS (mit der schnell-geschmeidigen Bewegung einer Großen Schlange vor den Dicken Mann gleitend) – »Mrs. Crane wohnt doch hier?« – / :»Ja.« / »Sie ist daheim, nehm' ich an?« – / :»Ja.« / :»Dann nehmt hier-meine Karte; und sagt, ich käme allein – nicht mit diesem Herrn-da.«

Wanderer Numero Zwei scheint durch die Technik seines Rivalen doch etwas eingeschüchtert. Er weicht einen Schritt hinter sich: –: »Sie kennen die Dame des Hauses gut, Sir?«

»Bis zum Exceß gut.«

»Ah!, dann lasse ich Ihnen den Vortritt; lasse ihn, Sir, aber, bitte, nur-bedingt: Sie werden nicht-lange sein?«

»Nicht einen Moment länger, als erforderlich: ich räume Ihnen das Feld binnen einer Stunde oder noch-weniger.«

»›Oder noch weniger‹, bong; lassen Sie es, wenn möglich, ›noch-weniger‹ sein. – Ihr Diener, Sir.«

»Der Ihrige, Sir – Komm-komm, Tuck-tuck, meine Hebe, laß die Füßchen spielen; das-heißt: die Treppen hoch; auf daß ich in den Augen Bella's meine JugendTräume erneu're!«

Das alte Weib hatte indess' die VisitenKarte in ihrer welken HandFläche umgewendet:? – hatte mit der Karte das Gesicht des Besuchers verglichen; und dies lieber noch einmal mit der Karte:? – und dabei vor sich hin gebrabbelt. Am Ende fand sie die Sprache wieder :–

—: »Ihr, Mister Losely? – Ihr? – Jasper Losely!: wie seid Ihr doch verändert! was Ihr mit Euch so-gemacht habt? Wo ist da noch was von Bestrickung?; wo der Anstand, der die Herzen der Damen im Sturm nahm?–; —: Ihr JASPER LOSELY?!—: Sein Gespenst seid Ihr!«

:»Sei ja friedlich, Alter Drache!« versetzte der Besucher, unverkennbar verärgert ob derlei herabsetzenden Bemerkungen;: »Ich bin, wie eh' und jeh', JASPER LOSELY!; vielleicht gebräunterer Wange, dafür ehernerer Hand —« – er hob sein Stöckchen, mit dräuender Gebärde:!– sei es im Spiel, (denn um sein Gelipp lächelt'es); sei es im Ernst, (denn sein GeBrau zog sich, unwillig, zusammen). Auf jeden Fall drang er in den Korridor ein;—; schloß hinter-sich die Tür:!—; und sagte: »Ist Eure Gebieterin oben? —: dann weist mir Ihre ZimmerFluchten; oder . . .—:!—«. – Das Alte-Weib verpaßte ihm erst eine zornige Blickung; die-jedoch, vor dem unguten Gefunkel seines Auges sich senkte. Dann hastete sie, schnelleren Schritts, als ihrem Alter zuzustehen schien, und schrie aus —: »Fräulein-Fräulein! – hier kommt Mister Losely! – Jasper Losely persönlich!« – Zu der Zeit, da der Besucher den Treppenabsatz des ersten Stocks erreicht hatte, war eine weibliche Gestalt aus einem der oberen Zimmer aufgetaucht; – ein weibliches Gesicht spähte über's Geländer; – und es gab Losely, der aufschaute, doch einen Ruck, als er es sah. Ein starr-verwildertes Gesicht – das Gesicht Einer, über deren Leben ein Meltau hingegangen ist. Da er es das letzte Mal gesehen, hatte es Schönheit besessen; wiewohl eher von männlichem als von weiblichem Charakter. Jetzt war von dieser Schönheit nicht eine Spur mehr!: die Wangen leicht-eingesunken, hohl, machten daß die Nase scharf, schnabelartig, hervorragte. Das Haar, einst ebenholzfarben schimmernd, war nunmehr eisengrau, struppig, vernachlässigt, und hing in verdreht verworrnen Schlingen – eine Studie für einen Künstler, der eine Furie zu malen hat. Aber die Augen waren glänzend – glänzender denn je; glänzten in einem Gefunkel, daß es das gesamte Gesicht erleuchtete, wie es sich da so über den Mann herabbeugte. In diesen brennenden Augen, war das Liebe? war das Haß? war das Willkomm? war das Drohung? Unmöglich zu unterscheiden; aber am allerwenigsten hätte man zu gewahren vermocht, daß Freude darin sei.

»Also« sprach die Stimme von oben, »also sehen Wir uns endlich wieder, Jasper Losely; Ihr seid gekommen!«

Eine Art weiten Morgenrockes enger um sich ziehend, kam die Gebieterin des Hauses jetzt die Treppen herab – sehr-schnell, und flüchtig, und so unhörbaren Tritts wie nur je ein Gespenst; bemächtigte sich Losely's Hand mit festem Griff; führte ihn in ein frostiges dumpfiges sonnenloses Wohnzimmer; und all die Zeit über schaute sie ihm fest in sein Gesicht.

Er dreht' und wandt sich. »Gut;: 'ss gut so; wollen wir uns doch niedersetzen, meine liebe Missis Crane.«

»Und einst ward ich ›Bella‹ genannt.«

»Menschenalter her! *Basta!* Alles hat mal ein Ende. Nehmt lieber diese-Eure Augen von meinem Gesicht weg; glänzend waren sie ja schon immer – aber – jetzt sind's tatsächlich die reinsten Brenn-Gläser geworden! – Wie stickig das hier-drin ist! Pff! Ich bin todmüde. Dürft' ich vielleicht um'n Glas Wasser bitten – mit'm Tropfen Wein drin – oder – Brandy wär' mir ebenso-lieb. –:?«

»Ho! Ihr seid bei Brandy gelandet, und beim Morgentrunk – wie, Jasper?«, sprach Mrs. Crane, mit seltsam traurigem Stimm-Klang: »ich hab seinerzeit wohl auch probiert, ob Feuer den Gedanken aufbrennen könnte, aber bei mir funktioniert das nicht; – ist schon Jahre her; – und – da –: Ihr seht, die Flaschen sind praktisch noch-voll!«

Während sie so dahin-sprach, hatte sie eine *Chiffonière* aufgeschlossen, von einer Gestalt wie man sie in ›besseren Haushalten‹ anzutreffen pflegt, und ihr ein ledernes Flaschenfutter entnommen, das 4 Karaffen und ein Pärchen Weingläser enthielt. Dies Behältnis setzte sie vor Mr. Losely auf den Tisch; und betrachtete ihn, während er sich die blanken Spirituosen zu Gemüte führte, nach Muße und Belieben.

Dieweil sie so-stand, hätte ein guter Schüler Lavater's, in ihrem herben und verbrauchten Untlitz, sehr wohl die Zeichen einer zutiefst-originellen Natur, derjenigen ihres Besuchers weit-überlegen, zu erkennen vermocht; auf ihren gefältelten Brauen eine qualitativ überragende Mentalität, denn auf seiner glatt-flachen Stirn; um ihr ernstes, grad-gepreßtes Gelipp weniger Anlaß zu Mißtrauen, als in der falschen-guten Humorigkeit, wie sie seinen hübschen Mund umzog und jenes Lächeln des Unbestandes erzeugte, das zwar Ergötzbarkeit, aber keinerlei Gemüt verkündet, das oftmals leuchtet, und niemals wärmt. Schon richtig, daß in solch überentschlossener LippenGestik auch Grausamkeit mit-enthalten sein konnte; oder, mehr noch, jene Heimlichkeit, die den Betrug nährt; (und dennoch würde man, aus dem nervösen Arbeiten jener Lippen, sobald die Entschlossenheit einmal nachließ, gefolgert haben, daß diese Frau höchstens aus einem von Natur leidenschaftlichen Temperament oder Impuls-heraus falsch und grausam sein könne, aber gar nicht systematisch und vorbedacht – und auch dann nur falsch oder grausam, sobald eine überwältigende Leidenschaft zum absoluten Tyrannen ihrer Seele ward, und all die Laster eines Tyrannen sich einstellten. Vor allem aber stand in eben jenen für die Schönheit so verderblichen Linien, wie sie sich, und noch nicht einmal von der Zeit, ihren bleichen Wangen eingefurcht hatten, das Bewußtsein des Kummers eingeschrieben, der Beschämung, das Gefühl des Gefallenseins – alles Dinge, von denen in dem unbekümmerten gedankenlosen Äußeren des glatt-geschmeidigen Menschentieres vor ihr, nicht das geringste sichtbar war.

Im Zimmer selbst fanden sich auch noch weitere Hindeutungen auf einen gebildeten Geschmack. BücherRegale an den Wänden enthielten Bandreihen schicklich-ernster Literatur, wie gewissenhafte Eltern sie studierenden Töchtern wohl gestatten – die pompösen Meisterwerke von Fénélon und Racine – die in MädchenPensionaten bewährt-erprobten Auswahlen aus Tasso, Dante, Metastasio; von englischen Autoren Addison, Doctor Johnson, Blair (sowohl seine ›Vorlesungen‹ als auch die Predigten) – dann ElementarLehrbücher derjenigen Wissenschaften, welche weibliche Neophyten, wenn auch nicht in ihr Allerheiligstes, so doch in ihre Vorhallen zulassen – also Botanik, Chemie, Astronomie. Stramm wie Soldaten bei der Parade standen die Bücher da – nicht eine Lücke in ihren Fronten – nicht eines, das neuerdings zur Erholung, auf Urlaub, gewesen wäre – solid eingebunden, ja; aber verstaubt, verschossen – Denkmale eines vergangenen Lebens. Einige von ihnen mochten Preise, von der Schule her, gewesen sein; oder Geburtstagsgeschenke von stolzen Verwandten. Dort auf dem Tisch, nahe dem SpirituosenBehältnis, stand auch ein einst hübsch gewes'nes ArbeitsKästchen offen – keine buntschimmernden Fäden mehr auf den nackten dürren Röllchen – entfärbt, aber nicht vom vielen Gebrauch, schlief der Goldne Fingerhut in seinem Nestchen aus verblichener Seide. Dort in die Ecke – zu seiten eines NotenBehälters, hochgehäuft mit Kompositionen der verschiednen Schulen, nach aufsteigender Schwierigkeit geordnet; von den ›Lektionen für Anfänger‹ bis hinauf zur mühsamst-anspruchsvollen Partitur eines deutschen Oratoriums – hatte sich, rührend anzuschauen, eine arme

HarfenLaute verkrochen, die Saiten lang schon gesprungen. Dort am Fenster hing auch der drahtene VogelKäfig, aus dem der Vogel längst weggestorben war. Mit einem Wort: rund um diese Frau her, deren Blick auf Jasper Losely ruhte, wie er da so selbstgefällig seinen Brandy trank, gruppierten sich die elendiglichen Allegorien eines weit-früheren Zustandes – eines verlor'nen Goldenen Zeitalters glücklich-kleiner MädchenGelehrsamkeit, harmloser MädchenLiebhabereien.

:»*Basta* – reicht;« sagte Mr. Losely; das Glas, das er zweimal gefüllt, und zweimal trockengelegt hatte, beiseite schiebend;– »zur Sache. – Führt mir das Kind ma' vor – bin jetzt in der Stimmung danach.«

Ein dunklerer Schatte legte sich über Arabella Crane's Angesicht, da sie erwiderte –

:»Das Kind? – das ist nicht hier. Ich hab' es – ach so lang schon – beseitigt.«

»Hoh! – ›beseitigt‹? – Was versteht Ihr darunter?«

»Ihr fragt ja, wie wenn Ihr fürchtetet, ich hätte sie aus der Welt geschafft? Nicht-doch! – Ach-so – Ihr kommt also nach England, um-ä dies Kind zu sehen? Ihr vermißt – Ihr liebt, das Kind von dieser – dieser . . .«, sie hielt inne; und tat sich Einhalt; und ergänzte mit verwandelter Stimme: – »von dieser honetten, hochgesinnten Dame, deren Angedenken ja auch mir – *so-teuer!* – sein muß – und Ihr, Ihr liebt dieses Kind; ganz natürlich, Jasper.«

»Es ›lieben‹?; ein Kind, das ich seit seiner Geburt so gut wie nicht gesehen habe! – kommt Ihr auch mit dem Quatsch? – Also nein. – Aber hatt' ich Euch nicht informiert, daß es so gut wie baar-Geld für mich werden könnte? – ja, und das *soll* es auch noch; all der wegwerfenden Unverfrorenheit dieses stolzen Mannes zum Trotz!«

»:›Dieses stolzen Mannes‹? – was!: habt Ihr riskiert, Euch an ihn zu wenden? – ihn zu besuchen – seit Eurer Rückkehr nach England?«

»Aber gewiß doch. Das hat mich imgrunde herübergeführt. Ich hatte mir vorgestellt, der Mann würde jauchzen ob dessen, was ich-ihm erzählte – würde die GeldKatze weit-aufschnüren – mich mit Segnungen & Banknoten überschütten. – Und die vornehme Bestie wollt' mir nicht-einmal glauben! – alles, weil . . .«

:»– weil Ihr bereits früher das Recht auf Glaubwürdigkeit verkauft hattet. – Ich hab's Euch im voraus gesagt, als ich das Kind übernahm: daß Ihr, auf *diesem* Sektor, *nie-mals!* Erfolg haben würdet – auch daß ich-Euch, in dieser Richtung, niemals unterstützen würde. Aber Ihr hattet eben Eure Zukunft verschleudert; genau, wie Eure Vergangenheit auch – allzuwohlfeil, scheint's, Jasper?«

»Ja ja; allerdings zu billig. – Aber wer hätte denn auch je auf den verruchten Einfall kommen können, man würde mit einer derart-schäbigen kleinen Portion angeschmiert werden?«

»Sicher, Wer, Jasper? Ihr wart geschaffen, um ganze Vermögen durchzubringen; und sie dann, wenn durchgebracht, ›kleine Portionen‹ zu schelten, Jasper! Ihr hättet als Fürst auf die Welt kommen sollen, Jasper – tz, so fürstliche Passionen! Kleider und Flitterstaat, Pferde und Würfelspiel, und anbetend-ersterbender Damen die Fülle. Auch ganz diese fürstliche Mentalität – die allen Dank für treue Dienste auf die Ehre beschränkt, die Ihr durch Annahme derselben erwiesen habt!«

Während sie sich in diesen ironischen Bitterkeiten erging, die indes ihrem Gast eher zu gefallen als ihn zu kränken schienen, hatte sie sich ständig im Zimmer hin und her bewegt; und zog jetzt auf einmal – (ob aus irgendeiner Schublade in einem Möbel, oder aber an sich selbst hervor, registrierte Losely's unachtsamer Blick nicht) – eine Miniatur heraus; hielt sie ihm hin, und rief –: »Aber Ihr habt Euch seit jenen Tagen verändert – schaut, was Ihr damals wart!«

Losely's Blick, dergestalt unvermittelt eingeladen, heftete sich auf das Bildnis eines Jünglings, hübsch im höchsten Grade; und zwar von jener Art Schönheit, die, ohne effeminiert zu sein, sich der Feinheit und Brillianz weiblicher Teint- und Gesichtsbildung nähert – eine Schönheit, die Aller Augen schier lästig auf ihren Besitzer lenkt; und ihm nur allzuoft, dadurch daß sie ihm bereitwilligst jene Bewunderung einträgt, die zu erlangen keinerlei Mühwaltung kostet, jeglichen Wunsch nach einer löblicheren Art Beifalls benimmt, wie er wohl erfolgreiche Arbeit belohnt; und die überdem, infolge der Ausflüchte die sie der SelbstÜberschätzung jederzeit parat hält, den härtesten Egoismus fixiert. Schon wahr, daß dies hübsche Gesicht dort keine Spur von jener Erhabenheit besaß, wie gedankliche Betätigung sie im Gefolge hat; aber ›gedankliche Betätigung‹ ist schließlich nicht derjenige Eindruck, den ein Maler zu übermitteln sich bemüht, wenn er die irgendwie-abstrakte Anmut früher Jugend darzustellen unternimmt – ein Eindruck, der sich ja wohl auch selten erwerben läßt, ohne diese ganz-spezielle, unvermeidliche Abnützung, die der bloßen körperlichen Schönheit freilich verderblich wird. Und über dies Angesicht hier war ein so sonniges Licht verbreitet, eine Frische strotzendster Gesundheit, üppigst wuchernder Kraft, daß selbst die arrogante Eitelkeit, die ein genauer Beobachter als den vorherrschenden Charakterzug sehr wohl hätte entdecken können, nur wie ein berechtigtes Frohlocken ob der Gaben einer gütigen Natur wirkte. Noch war hier keine Spur jenes Ausdrucks, wie er an dem gereiften Mann, der da so den lichten Geist seines einst'gen Selbst musterte, den Schüchternen einzuschüchtern, den Weisen zu warnen angetan war. – »Und ich bin einmal so gewesen! Klar! ich erinner' mich noch genau, wie das gemacht worden ist; und nicht-Einer, der es ›geschmeichelt‹ genannt hätte«, bemerkte Mr. Losely, mit eindringlichem SelbstBedauern. – »Aber sehr-verändert werd' ich ja wohl nicht sein;« setzte er, mit halbem Lachen hinzu: »In meinem Alter kann man ein männlicheres Aussehen haben; und trotzdem . . .«

»– trotzdem immer noch hübsch sein, Jasper«, sagte Mrs. Crane. »Das seid Ihr. Aber, schaut mich an – was bin ich?«

»Oh; – ein PrachtWeib, meine liebe Crane – war't Ihr doch immer! Aber Ihr vernachlässigt Euch – solltet Ihr nich'tun – immer durchhalten, bis ans Ende. – Nu schön; aber um wieder auf das Kind zu kommen: Ihr habt darüber disponiert, ohne meine Einwilligung?; ohne mich zu unterrichten?«

»Ohne Euch zu unterrichten!: wieviel Jahre ist es wohl her, daß Ihr mir auch nur Eure PostAnschrift gabt? – Keine Angst; sie ist in leidlichen Händen.«

:»In Wessen? Zumindest muß ich sie ja wohl ma' sehen!«

»Sie sehen? – Wozu?«

»Wozu?! Nå beim Henker, es ist ja wohl natürlich, daß ich, nun wo ich einmal in England bin, zum mindesten wissen möchte, wie sie aussieht! – Und es kommt mir ziemlich-verdächtig vor, daß Ihr sie erst wegschicken, und dann all-solche Schwierigkeiten machen solltet. –: Worauf wollt Ihr hinaus?; ich versteh' das Ganze nicht. –«

»Worauf ich hinaus will? –: worauf kann ich schon noch groß hinauswollen, als Euch zu dienen? – Auf Euer Ansuchen hin, ernährt'-erzog ich ein Kind, auf meine eignen Kosten!, das zu lieben Ihr ja wohl von Mir schwerlich erwarten konntet. Hab' ich jemals auch nur 1 Schilling von Euch gefordert? Präziser: hab' ich jemals geduldet, daß Ihr Mir einen schicktet? – Doch nie! – Schließlich, da ich nichts mehr *von*-Euch hörte; und das Bißlein, das ich *über*-Euch vernahm, mich in der Meinung bestärkte, daß, falls mir etwas zustieße, (und ich war *sehr-krank* damals, zu jener Zeit!), Ihr sie lediglich als Last empfinden würdet – schließlich, sag' ich, kam der Alte Mann zu mir; – (Ihr hattet ihm meine Adresse gegeben) – er machte sich erbötig, sie zu übernehmen; und ich willigte ein. – Sie ist bei Ihm.«

»Der Alte Mann! Sie ist bei-Ihm! – Und wo ist Er?«

»Das weiß ich nicht.«

»Hm!; wie lebt er so? Kann er irgendwie zu Geld gekommen sein?«

»Das weiß ich nicht.«

»Haben etwelche alte Freunde ihn aufgenommen?«

»Würd' er zu alten Freunden gehen?«

Mr. Losely kippte zwei frische Glas Brandy, eins nach dem andern; stand dann auf, und schritt im Zimmer hin und her, die Hände in den Taschen vergraben, und anscheinend nicht in den erfreulichsten Gedankengängen. Schließlich hielt er inne, und sagte: »Na ja; alles in allem genommen, seh' ich auch nicht, was ich im gegenwärtigen Moment mit dem Mädel anfangen könnte; obwohl ich natürlich immer im Bilde sein muß, wo sie ist, und mit Wem. Sagt doch mal, Mrs. Crane, wie ist sie eigentlich so – hübsch? oder unansehnlich?«

»Ich nehme an, das Gör würde hübsch genannt werden – zumindest von einigen Leuten.«

»*Sehr* hübsch? ausgesprochen schön?«, fragte Losely unvermittelt.

»Schön oder nicht, was will das besagen?; was kommt schon Gutes von Schönheit? Ihr hattet auch Schönheit genug –: Was habt Ihr damit gemacht?«

Auf diese Frage hin richtete Losely sich plötzlich mit einem solchen Hochmut in Blick und Geberde auf, daß es, wiewohl lediglich durch gekränkte Eitelkeit bewirkt, doch den Ausdruck seines Angesichtes zum Vorteil veränderte, und ihm viel von seinem früheren Charakter zurückgab. Lange schaute Mrs. Crane, zu erschreckter Bewunderung überrumpelt, auf ihn; und es war mit veränderter Stimme, halb vorwurfsvoll halb bitter, daß sie fortsetzte –

»– und jetzt, wo Ihr in Bezug auf Jene wohl zufriedengestellt seid, habt Ihr da keinerlei Fragen nach mir zu stellen? – was ich so treibe? – wie ich lebe?«

»Aber beste Crane, es ist mir doch bekannt, daß Ihr in gesicherten Verhältnissen lebt, und nie von geizigem Charakter wart. Ich hab' die feste Überzeugung, Ihr seid glücklich und so weiter – ich wollte, ich wär' es auch: wenn Ihr mir, ohne Euch weh' zu tun, die ein' oder andere 5-Pfund-Note leihen könntet ...«

»Ihr wollt von mir borgen, Jasper? Ihr kommt zu mir in Euren Schwierigkeiten? Ach.: Ihr sollt das Geld haben – 5 Pfund – 10 Pfund – was Ihr wollt! Aber Ihr werdet wiederkommen dafür, ja? – Ihr braucht mich doch jetzt – Ihr werdet mich nicht ganz und gar jetzt verlassen?«

»Aber bestes aller Geschöpfe! – niemals doch!« Er faßte nach ihrer Hand, und küßte sie. Sie entzog sie behend seinem Griff; musterte ihn flüchtig von Kopf bis Fuß und sagte dann: »Aber leidet Ihr auch wirklich Mangel? – Ihr seid gut-angezogen, Jasper; sicher, das wart Ihr immer.«

»Immer nicht; keine drei Tage her war so ziemlich das Gegenteil der Fall; aber ich bekam da eine unbedeutende Unterstützung, und ...«

»Unterstützung? in England hier? Von Wem? und wo? – Doch nicht etwa von Ihm, den Ihr, wie Ihr andeutetet, aufzusuchen den Mut hattet?«

»Nu' von Wem sonst! Hab' ich etwa keine Ansprüche? Ein schäbiges Almosen mir hinzuwerfen – verflucht! – ich sag' Euch, der Blick und die Sprache dieses Menschen haben mich derart erbittert – in einer Art erbittert«, wiederholte Losely, indem er die Hand vom Griff seines Stöckchens zu dessen Mitte gleiten, und das mörderische BleiGewicht schwer in die Fläche der ander'n fallen ließ: ! –: »hätte der Kerl sein Auge nur 1 Sekunde lang einmal von meinem gelassen, ich glaube immer, ich hätt' ihm den Schädel eingeschlagen, und wär' ich ...«

»... gehängt worden!«, ergänzte Mrs. Crane.

»Nu klar, gehängt.« erwiderte Losely, indem er wieder voll zu seiner rücksichtslosen Sprechweise und Manier zurückkehrte, in der jene ganz spezifische, leicht-fertige Flüchtigkeit lag, wie sie nur die echte Herzenshärte ergiebt; ähnlich der Biegsamkeit der Klinge, die von der Härte des Stahles abhängt. »Aber wenn der Mensch nicht wenigstens ab und zu 'mal auf ›Die Folgen‹ pfiffe, hätt' es ja ein Ende mit sämtlichen Galgen. Insofern bin ich schon froh, daß sein Blick niemals von meinem abließ.« Und der bleierne StockKnopf stieß mit einem matten-dumpfen Ton auf die Dielen.

Mrs. Crane befleißigte sich mit nichten einer unmittelbaren Erwiderung; heftete vielmehr auf ihren Besucher von jenseits der Gesetze einen Blick, in dem nichts von weiblicher Furcht lag, (obschon Losely's Anblick und Gebärde dazu angetan waren, die Nerven so manch abgehärteten Mannes zumindest vorübergehend zu erschüttern); der jedoch auch nicht ohne weibliches Mitgefühl sein konnte, denn ihr Gesichtsausdruck milderte sich mehr und mehr, wie unter dem Einfluß kummervoller, aber nicht feindseliger Erinnerungen. Endlich sagte sie, mit gedämpfter Stimme: »Armer Jasper. Ist all der eitle Ehrgeiz, der Euch so falsch sein ließ, zu einer PseudoWildheit eingeschrumpft, die Euch so machtlos findet? Würde Euer Dasein, im ganzen genommen, wirklich so viel härter, ärmlicher, niedriger ausgefallen sein, wenn Ihr mir die Treue gehalten hättet?«

Augenscheinlich unerfreut ob dieser Wendung der Unterhaltung, (obwohl eine Reparte unterdrückend, die vermutlich roh ausgefallen wäre, hätten nicht Visionen von ›5 Pfund‹, ›10 Pfund‹, aus der Ferne gewinkt), sagte Mr. Losely, »Ach-was! Bella-Pff! – Ich war ein Narr, kann ich schon sagen; und ein Schwerenöter – ein übler Schwerenöter; aber ich hab' immerfort die größte Hochachtung vor Euch gehabt, und werde sie immer –: Hoh!; w'ss'nn dàs? Klopfen an der Haustür! – Achja, nebenbei: 'n komischer Kerl, mit einem weißen Hut um, ist vorhin, gleichzeitig mit mir, unten gewesen, um Euch in Privat-Geschäften zu sprechen – ließ mir den Vortritt – sagte aber, er würde wiederkommen. Darf ich fragen, um Wen es sich handelt?«

»Keine Ahnung. ›Geschäftlich?‹, besucht mich höchstens der SteuerEinkassierer.«

An dieser Stelle trat die alte Magd ein. –: »Ein Herr, Ma'am – sagt, Rugge wär' sein Name –: ?«

»Rugge? – Rugge – muß ich nachdenken . . .« –

»Bin schon da, Missis Crane«, sagte der Manager, indem er herein-auftrat. »Sie entsinnen sich vielleicht meines Namens nicht mehr; aber . . . oho! – noch nicht gegangen, Sir? Dring'ich etwa verfrüht ein?«

»Nein, durchaus nicht; –: Guten Tag, teure Mrs. Crane . . .«

:»Bleibt noch Jasper. – Ich erinnere mich jetzt Ihrer, Mr. Rugge;: bitte, nehmen Sie doch Platz.« / Sie wisperte einige-wenige Worte in Losely's Ohr; ( :. . . – ? –: . . .! ); wandte sich dann wieder zu dem SchauspielDirektor, und sagte-laut: »Wir haben Uns gesehen, in Mr. Waife's Logis; zu der Zeit, wo er diesen bösen Unfall hatte.«

»Und ich hatte die Ehre, Sie nach Hause zu begleiten, Madam'; und – aber soll ich in Gegenwart dieses Herrn weiter sprechen?«

»Sicher; Sie sehen doch, wie aufmerksam er Ihnen zuhört: der Herr und ich haben keine Geheimnisse voreinander. – Was ist aus der betreffenden Person geworden? Dieser Herr wünscht es zu erfahren.«

LOSELY: – »Ja, Sir; ich möchte es wissen – eingehend.«

RUGGE: – »Ich wohl auch; deswegen bin ich ja, teilweise, hergekommen. Es ist Ihnen, denk' ich, bekannt, Madam', daß ich ihn und Juliet Araminta – das heißt also Sophie – engagierte ...«

LOSELY: – »Sophie – sie ›engagierte‹, Sir? – wie das?«

RUGGE: – »TheaterBranche, Sir – ›RUGGE's SCHAU‹; das ist mal ein großer Schauspieler gewesen, dieser Bursche, der Waife.«

LOSELY: – »Oh, Schauspieler! – achja; bitte weiter, Sir.«

RUGGE (der sich im Verlauf seiner Ansprache von der Dame zum Herrn, vom Herrn zur Dame wendet, mit dem entsprechenden Geberdenspiel und appellierenden Blickungen). – »Aber dann wurd' er ein Wrack, ein Klotz von einem Mann; verlor ein Auge, und die Stimme obendrein. Dennoch, um ihm nützlich zu sein, nahm ich seine Enkelin; und ihn mit in Kauf –: verläßt mich doch der Mensch – auf's schnödeste, Sir; und geht, zusammen mit seiner Enkelin, durch. Um nun mit Ihnen ganz offen zu sein, Madam': ich betrachtete dieses kleine Mädchen als mein Eigentum – ein äußerst wertvolles Stück Eigentum. Sie stellt einen ganz erheblichen Wert für mich dar; und ich bin um sie geprellt worden. Falls Sie mir behilflich sein könnten, daß ich sie wieder-kriege – kontraktmäßig fest-engagiert, sagen wir auf drei Jahre – würd' ich gern und aus freien Stücken, Madam', eine feine Gratifikation zahlen – ungewöhnlich fein!«

MRS. CRANE (vornehm): »Sprechen Sie mit diesem Herrn – *er* unterhandelt vielleicht mit Ihnen.«

LOSELY: – »Was verstehen Sie unter ›ungewöhnlich fein‹, Mr.-ä – Mr. Tugge?«

RUGGE: – »›Rugge‹!, Sir. Wir würden schon einig werden, hoff' ich; vorausgesetzt, Sie besäßen wirklich die Macht, Waife zu bewegen, über das Mädchen fest mit mir abzuschließen.«

LOSELY: – »Nehmen wir an, ich hätte diese Macht, die betreffende Junge Dame an Sie und Ihre Obhut abzutreten – (›Junge Dame‹ ist eine angemessen-höflichere Bezeichnung als ›Mädchen‹) –

und man könnte eventuell Mr. Waife's Einwilligung zu solchem Übereinkommen entraten. Aber Sie entschuldigen wenn ich sage, daß ich erst noch ein klein wenig mehr über Sie wissen muß, bevor ich versprechen kann, eine solche etwaige Macht in Ihrem Interesse anzuwenden.«

RUGGE: – »Sir, es wird mir Stolz und Ehre sein, näher mit Ihnen bekannt zu werden. – Also was Waife, diesen alten Vagabunden, betrifft, so hat er mich beleidigt und beschimpft, Sir. Ich bin wahrlich nicht nachtragend; aber ich habe Charákter – Briten haben Charakter, Sir! Und Sie, Madam', werden sich vielleicht entsinnen, daß ich schon damals, als ich Sie nachhause begleitete, angemerkt habe, wie Mr. Waife eigentlich ein recht mysteriöser Mensch sei, und unverkennbar bessere Tage gekannt habe; und, weiter, daß ein Mann, wenn er mysteriös sei und in den Herbst seines Lebens eintrete, Madam', ohne Dasjenige zu besitzen, was normalerweise diese Altersstufe zu begleiten hat, Sir: man dann ein Recht zu dem Verdacht gewinnt, daß er zu der ein- oder andern Zeit das ein- oder and're getan habe, Madam', was ihn beständig fürchten läßt, die Steine selbst möchten seinen Aufenthalt ausschwatzen, Sir. Und Sie stritten damals nicht ab, Madam', daß ein mysteriöses Wesen verdächtig sei; fügten allerdings, ungewöhnlich vernünftig und logisch, noch hinzu: wie es mir immerhin völlig gleichgiltig sein könnte was Mr. Waife einmal gewesen wäre, solange er mir nur für diesen speziellen Zeitraum von Nutzen sei. Seitdem jedoch, Sir, hat er aufgehört von Nutzen zu sein – aufgehört dazu noch auf die allerunschönste Weise! Und wenn da Sie jetzt, Madam', aus schlichtem GerechtigkeitsSinn, besagtes Mysterium mir enthüllen, mich in den Besitz des Geheimnisses setzen wollten, so könnte das jenen niederträchtigen Menschen, erneut von Nutzen für mich machen – mir eine Handhabe über ihn geben, Sir; sodaß ich ihn einschüchtern könnte, mir mein Eigentum wiederzuerstatten; was ja, im moralischen Sinne, Juliet Araminta ganz unbezweifelt ist. Deswegen spreche ich bei Ihnen vor – habe meine Truppe, der ich Vater bin, für den Augenblick als Waisen zurückgelassen. Aber was mir dies kleine Mädchen schon gefehlt hat! -ä-jene Junge Dame, Sir. Ich habe sie ein Phänomen genannt, Madam' – sie derart vermißt – es ist natürlich, Sir: ich appelliere an Ihr eigenes Gefühl! Kein Mensch, der überhaupt ein Herz im Busen trägt, kann ja wohl um ein wertvolles Stück Eigentum geprellt werden, und es nicht empfinden. Und wenn ich sie glücklich wieder hätte: ich würde meinem Ehrgeiz freien Lauf lassen. Ich bin immer ehrgeizig gewesen. Das Theater in York, Sir – das ist mein Ehrgeiz; den hatte ich von Kindesbeinen an; dreimal hab'ich davon geträumt, Madam'! Wenn ich dies Mein Phänomen wieder in sicherem Besitz hätte –: jetz würd' ich rangeh'n, mit Peng & Hallo!; würde das ›York‹ pachten, und das Phänomen groß-herausbringen, aber mit avec!«

Losely (sinnend): – »Sie sagten, bei der Jungen Dame handle's sich um ein ›Phänomen‹; und Sie seien bereit, für dies Phänomen eine ›feine Gratifikation‹ zu zahlen – ein recht dehnbarer Begriff. Übersetzen Sie ihn in Pfund-Schilling-Pence –: ?«

Rugge: – »Sir; falls sie mir, gesetzlich!, für drei Jahre übermacht werden könnte, würde ich dafür 100 Pfund auswerfen (Waife hab'ich 50 geboten – Ihnen, Sir, 100!).«

Losely's Augen schossen Feuer, und seine Hände öffneten-&-schlossen sich ohne Rast.: »Aber, verdammt-nochmal, wo kann sie sein?; haben Sie keinerlei Anhalt?«

Rugge: – »Nein; aber wir können sicher unschwer einen finden. Ich hielt es meiner Mühe nicht wert, die Leutlein aufzujagen, bevor ich die Gewißheit hatte, daß, falls ich mein EigentumsRecht auf das Phänomen wieder-erlangte, das Gesetz mich beschützen würde.«

Mrs. Crane (sich türwärts bewegend): – »Schön, Jasper Losely; Ihr werdet, (ich zweifle nicht daran), die ›Junge Dame‹ verkaufen; und sobald Ihr sie abgestoßen habt, laßt es mich wissen.« (Sie kam noch-einmal zurück; sie wisperte): »Ihr werdet jetzt-vielleicht kein Geld mehr von mir benötigen; aber Wir sehen Uns wieder; denn wenn Ihr das Kind aufspüren wollt, werdet Ihr meiner Unterstützung bedürfen.«

:»Aber jewiß, beste Freundin: ich melde mich wieder!; auf Taille!«

An dieser Stelle verbeugte Mrs. Crane sich zu den Gentlemen; und rauschte ab, aus dem Zimmer.

Solchermaßen allein gelassen, sahen Losely und Rugge einander mit verstohl'nen und dennoch schlauen Blicken an – Rugge die Hände in den Hosentaschen, den Kopf zurückgeworfen – Losely die Hände unwillkürlich geöffnet, den Kopf bezaubernd vorgebeugt, allerdings auch etwas auf eine Seite. –

»Sir«, sagte Rugge endlich: »was halten Sie von einem Kot'lett und einem Schoppen Wein? Vielleicht könnten wir uns anderswo gemächlicher ungenierter unterhalten? Ich bin nur für einen Tag in der Stadt – habe meine Truppe 50 Kilometer von hier gelassen – Waisen, wie ich vorhin schon sagte.«

»Mr. Rugge«, versetzte Losely, »was mich angeht, ich habe keinerlei Wunsch, mich in London, oder in England überhaupt aufzuhalten; und je eher wir diese Angelegenheit in Ordnung bringen, desto besser. Gesetzt den Fall, wir machten die Junge Dame ausfindig: dann würden Sie die Sorge für Kost und Unterkunft übernehmen – sie in Ihrem ehrenwerten Beruf unterrichten – sie selbstverständlich mit Güte behandeln . . .?«

»Wie ein Vater!«

»Und mir-meinerseits den Betrag von 100 £ aushändigen?«

»Unter der Voraussetzung, daß Sie sie mir, juristisch unangreifbar, übergeben können. Aber Sir, darf ich fragen, aufgrund welcher Autorität Sie in dieser Angelegenheit handeln würden?«

»Über diesen Punkt wird es leicht sein, Sie zufrieden zu stellen; mittlerweile nehm' ich Ihren Vorschlag bezüglich eines frühen MittagEssens gerne an. Verlegen wir die Verhandlung an einen andern Ort – meinten Sie Ihr Haus?«

»Ich habe, streng genommen, kein privates Haus in London; weiß jedoch ein Allen offenstehendes – gemütlich, bequem.«

»So sei es. Nach Ihnen, Sir.«

Als sie die Treppe hinunterstiegen, sahen sie die alte Dienst-Magd an der Haustüre stehen. Rugge ging als Erster hinaus – Losely ward von der Alten zurückgehalten.

»Findet Ihr Sie verändert?«

»Wen? Missis Crane? – je nun, die Jahre setzen Uns-Allen zu. Aber Ihr scheint mich gekannt zu haben – ich erinn're mich Eurer eigentlich nicht.«

»Nicht der Bridget Greggs!?«

»Ist das die Möglichkeit? Ich verließ Euch doch als runde blühende Frau in mittleren Jahren. Sicher; jetzt erkenn' ich Euch auch wieder. Tz, hier habt Ihr 'ne Krone für Euch – 'Ch wollt', ich könnt' mehr entbehren!«

Bridget schob das Silberstück zurück.

»Nein – ich trau mich nicht! Von Euch Geld annehm', Jasper Losely? – würd' mir die Herrin niemals verzeihen!«

Losely steckte, wenig unwillig, die Münze wieder in seine Tasche zurück; und trat, minder mit einem Seufzer, denn mit einem Grunzen der Erleichterung, wieder ins offene Tageslicht hinaus. Während er die Straße überquerte, um sich Rugge anzuschließen, der drüben auf der schattigen Seite seiner harrte, wandte er sich mechanisch um, und warf einen Blick nach dem Hause zurück –: am offenen Fenster eines der oberen Stockwerke gewahrte er wiederum diese glänzenden Augen, wie sie vorhin über's Geländer her auf ihn herabgefunkelt hatten. Er versuchte zu lächeln; bewegte auch, schwächlich winkend, die Hand ':' –. Die Augen schienen das Lächeln zu erwidern. Und als er dann, Arm in Arm mit dem groben Manager, die Straße hinab-davon wanderte, in allem Glanz und Schimmer eines neuen Anzugs, der seinen, immer noch wohlproportionierten Körper so recht hervorhob, und sein Schritt, langsam, wieder federnd ward, folgten ihm diese Augen wachsam – unverwandt – bis seine Gestalt entschwunden, und die fade Straße aufs neue zur Einöde geworden war.

Dann wandte Arabella Crane sich vom Fenster ab. Die Hand an ihr Herze führend, »wie es pocht«, murmelte sie; »ob in Liebe oder Haß; in Verachtung oder Mitleid, wieder einmal schlägt es, ordentlich erregt, fast wie bei'm Menschen. Er wird wiederkommen – ums Geldes willen oder weiblicher List, was scheert's mich? – Hauptsache Er kommt. – Ich will ihn halten, mich an ihn klammern, nie wieder trennen – ›in guten wie in bösen Tagen‹, wie es einst am Altar hätte heißen sollen. – Und das Kind?« – sie hielt inne; war es vor Reue?. – »Das Kind!«, fuhr sie dann jedoch ingrimmig fort; und, sich gleichsam selbst aufpeitschend, in Wut –: »dies Kind einer verräterischen, verhaßten Mutter –: Ja!; ich will ihm beistehn, sie erneut als BühnenSchaustück zu verschachern – ihm in allem helfen, daß sie nicht zu einem Stand sich erhebe, von dem aus sie geringschätzig auf mich herabsehn könnte. Rache an ihr, an dem ganzen grausamen Hause – ›Rache ist süß‹. Ach, daß es Rache-allein wäre, was mir gebeut, mich an Ihn zu klammern; Ihn, der Rache am meisten verdient hätte!« Sie drückte die brennenden Augen zu; sie setzte sich, oder sank vielmehr; sie wiegte den Oberleib hin und her, wie Eins das Schmerz empfindet.

# 17. KAPITEL

*Es ist sehr schwierig im Leben zu entscheiden, Wer Einem am meisten Schaden zufügt: die Feinde mit den schlimmsten Absichten; oder die Freunde mit den besten.*

Die Konferenz zwischen den Herren Rugge und Losely hatte zum Ergebnis, daß man sich, für den Tag darauf, in eben das Dorf bestellte, wo diese ganze Geschichte begonnen hat. In der Zwischenzeit sollte Mr. Rugge zu seinen ›Waisen‹ zurückfahren; und Vorstellungen arrangieren, bei denen sie, für ein paar Tage, der Väter-Rollen entraten konnten. Losely-seinerseits nahm es in der Zwischenzeit auf sich, einen Rechtsanwalt (der ihm von Mr. Rugge empfohlen worden war) über die Art und Weise zu konsultieren, wie er am promptesten eine amtliche Vollmacht zur Ausübung derjenigen Autorität, die zu besitzen er behauptete, erlangen könnte. Auch lag es ihm ob, Mrs. Crane zu überreden, ihn zu besagtem Flecken zu begleiten, und ihm bei den erforderlichen Recherchen beizustehen – worin ein wortloser, aber instinktiver Glaube an die Überlegenheit ihres Scharfsinns sich ausdrückte; beziehungsweise, wie Mr. Rugge es formulierte: ›Willst Du ein Weib fangen?: setz' ein Weib auf die Spur!‹

An dem dergestalt vereinbarten Tag und Ort also, eröffneten die drei Jäger ihre Pirsch. Bei der Bude des Flickschusters kamen sie von der Spur ab. Nahmen aber bald wieder die Witterung auf, welcher auch jener AdvokatenSchreiber seinerzeit gefolgt war. Sie kamen bis vor Frau Saunders Haus – die zwei Männer wären hier, gleich ihrem Vorgänger, auf die falsche Fährte geraten; aber das Frauenwesen war listiger. Um die Metapher nicht zu überanstrengen: Mrs. Saunders konnte das scharfe KreuzVerhör seitens einer Angehörigen ihres eigenen Geschlechtes nicht vertragen. – »Das Weib führt uns bewußt irre;« sagte Mrs. Crane, als sie das Haus verließen: »Die sind nicht nach London gegangen: Was wollten sie dort schon machen? Ein Mensch, der ein paar Bühnen- und GauklerTricks beherrscht, kann sich damit wohl in Dörfern, auf dem Lande, fortbringen; aber in größeren Städten ist er verloren. Vielleicht, – da er sich, wie's scheint, einen Hund zugelegt hat; so viel haben wir immerhin von Mrs. Saunders in Erfahrung gebracht –

will er sich dessen für ein herumreisendes Puppentheater bedienen?«

»Punch!«, bestätigte Mr. Rugge – »kein Zweifel mehr.«

»Ich welchem Falle«, merkte Mrs. Crane an, »sie vermutlich nicht weit weg sein werden. Mein Rat: wir lassen AnschlagZettel drucken, auf denen eine Belohnung für jeden Anhaltspunkt ausgesetzt ist; und der Alte Mann selbst durch die Behauptung geködert wird, daß die Nachforschungen lediglich zu dem Zweck betrieben würden, um ihm eine vorteilhafte Nachricht mitteilen zu können.«

Noch im Verlauf des gleichen Abends wurden die Anschläge gedruckt. Am nächsten Tage waren sie an sämtliche Mauern, nicht nur dieses Fleckens, angeklebt; sondern auch in den Kleinstädten und Weilern im Umkreis von einigen Meilen. Ihr einladender Inhalt lautete wie folgt:

> Wenn WILLIAM WAIFE, der am 20. vergangnen Monats *** verlassen hat, sich in ****, im Gasthof zum Rothen Löwen, bei X.X. melden will, kann ihm etwas für ihn ungemein Vorteilhaftes mitgeteilt werden. Jedermann, der zweckdienliche Angaben machen kann, wo besagter William Waife, und ein kleines Mädchen, das ihn begleitet, zu finden sind, wird eine Belohnung von 5 £ erhalten. Besagter William Waife ist etwa 60 Jahre alt, mittelgroß, von kräftiger Statur; hat ein Auge verloren, und geht auf einem Bein lahm. – Das kleine Mädchen, mit dem Namen SOPHIE, ist 12 Jahre alt, wirkt aber jünger; hat blaue Augen und hellbraunes Haar. Bei sich hatten sie einen weißen französischen Pudelhund. – Diese Aufforderung geht von FREUNDEN der vermißten Personen aus!

Der nächste Tag verging – keinerlei Nachricht. Aber an dem darauf-folgenden Tage kam ein gut aussehender junger Herr, schwarz gekleidet, in den Flecken geritten; hielt vor dem Rothen Löwen an, und erkundigte sich nach ›X.X.‹. Die beiden Männer waren auf Recherchen ausgegangen und abwesend – Mrs. Crane jedoch daheim geblieben, um auf Erkundigungen Auskunft zu geben.

Der Herr ward ersucht, abzusteigen und einzutreten. Mrs. Crane empfing ihn im GastZimmer, wo es von Fliegen wimmelte; in der Mitte stand sie – allwachsam, die grimme Spinne dieser Stelle.

»Ich k'-k'-komme«, brachte der Herr unter entsetzlichem Gestotter heraus, »inf'-f'-folge eines A-A-Anschlags – ich – ich s-s-sah ihn beim R-r-reiten gestern – an einer M-M-Mauer: Sie – Sie, wie ich sup-sup-sup . . .?«

»– bin X.X.; ganz recht«, ergänzte Mrs. Crane, die langsam ungeduldig wurde; »eine von den Freunden Mr. Waife's, von denen der Anschlag in Umlauf gesetzt worden ist. Es würde uns wahrhaftig eine große Erleichterung sein, wenn wir endlich erführen, wo sie sich aufhalten – speziell das kleine Mädchen.«

Nun war Mrs. Crane respektabel gekleidet – ganz in Seide, eisengrau. Ihre straff-strähnigen Flechten hatte sie zu steiffen Spiralen gewunden, die, unter einem schwarzen SammetBande, wie riesiglange Schrauben heraushingen. Ein Häubchen trug Mrs. Crane nie – (man hätte sie sich auch schwerlich mit einer Haube vorstellen können) – und auch das SammetBand sah derart starr aus, als sei es auf einen stählernen Reif geklebt. Ihr Benehmen, und der Tonfall nicht minder, besprachen einen gebildeten Menschen, des Umgangs mit einer GesellschaftsSchicht, beträchtlich über dem vulgus, nicht-ungewohnt; – und dennoch zog sich der Besucher, (in welchem der Leser längst jenen angelnden Ex-Oxforder erkannt haben wird, mit dem Waife, an den Borden des murmelnden Bächleins, Philosopheme austauschte), hinter sich zurück, da Sie avancierte und sprach; und ward, an sich auf ein menschenfreundliches Unternehmen aus, von einer unguten VorAhnung ergriffen. –

Mrs. Crane (milde): – »Ich fürchte, es werde ihnen sehr-schlecht gehen. Hoffentlich mangelt es ihnen nicht an den notwendigsten LebensBedürfnissen. – Aber, bitte, nehmen Sie doch Platz, Sir.« Sie musterte ihn erneut; –; und, indem sie mehr Respekt in ihre Ausdrucksweise legte, denn zuvor, setzte sie, da sie mit einem halben Knix neben ihm Platz nahm, hinzu: »ein Geistlicher der HochKirche, Sir, darf ich annehmen?«.

Oxforder (sein Gestotter, wie zuvor schon einmal, höflicherweise weggelassen): – »Mit diesem-meinem Gebrechen, Madam'? – Aber, um zur Sache zu kommen: vor ein paar Tagen bin ich, zufällig, mit einem älteren Manne, (auf den die Beschreibung zutrifft), mit einem sehr hübschen Kind, weiblichen Geschlechts, und auch einem Weißen Pudel bei sich, zusammengetroffen. Der Mann – (nach uns'rer Unterhaltung zu urteilen, dürfte ich ihn wohl Gentleman nennen) – interessierte mich sehr; und sein kleines Mädchen nicht-minder. Und wenn ich tatsächlich dazu beitragen könnte, echte Freunde, denen an ihrem Wohlergehen dringend gelegen ist . . .«

MRS. CRANE: – »Sie würden, wahrlich!, eine gute Tat tun. – Und wo sind sie im Moment, Sir?«

OXFORDER: – »Das kann ich Ihnen, ganz-positiv, nicht mitteilen. Aber, bevor ich mich näher einlasse, würden Sie so gütig sein, meine Neubegier zu befriedigen? Handelt es sich vielleicht nur um eine etwas-excentrische Person bei diesem-ä – diesem Mr. Waife? – ein bißchen-ä . . .« Der Oxforder hielt inne; und tippte sich an die Stirn –: ?. Mrs. Crane antwortete nicht sogleich – sie überlegte noch. Der Junge Gelehrte, so gar nicht auf seiner Hut, fuhr fort: »In einem solchen Fall nämlich, möchte ich mich lieber nicht einmischen. Man weiß da von Fällen . . .«

MRS. CRANE: – »Nur zu wahr, Sir. Seine eig'nen Freunde haben nicht vor, in seinen Trieb zum Streunen, seine geringfügigen Grillen, im geringsten einzugreifen. Der arme Mann; warum sollten sie?; er hat keinerlei Vermögen; nichts, was reizen könnte. Aber das ist eine lange Geschichte. – Dies herzige kleine Mädchen, hab' ich in meiner Obhut gehabt, von Kindesbeinen an; ein süßes Geschöpfchen!«

OXFORDER: – »Den Eindruck hatt' ich auch.«

MRS. CRANE: – »Und nun hat man ihr ein überaus comfortables Heim eingerichtet; und ein junges Mädchen, das gute Freunde weiß, sollte ja wohl kaum im Lande herumzigeunern, was immer auch ein alter Mann für sich unternehmen mag – das werden Sie mir zugeben müssen, Sir?«

OXFORDER: – »Nun ja – gut, ich gebe das zu; es war mir auch eingefallen. Aber was *ist* der alte Mann – ä-der Herr?«

MRS. CRANE: – »Sehr ›excentrisch‹, wie Sie sagten; und, wie man es vielleicht rücksichts des kleinen Mädchens ausdrücken könnte, ›unbedacht‹. Wir wollen es nicht ›geisteskrank‹ nennen, Sir; aber – sind Sie verehelicht?«

OXFORDER (errötend): – »Nein, Madam'.«

MRS. CRANE: – »Aber Sie haben vielleicht eine Schwester?«

OXFORDER: – »Ja; eine Schwester habe ich.«

MRS. CRANE: – »Hätten Sie Gefallen daran, wenn Ihre Schwester auf ähnliche Art im Lande herumstrolchte – weggeführt von Heim, Verwandtschaft, Freunden?«

Oxforder: – »Ah! ich verstehe. Das arme kleine Mädchen hat den alten Mann gern – ein Verwandter; der Großvater eventuell? und er hat sie aus ihrem Hause weggeholt; und obschon nicht direkt geisteskrank, ist er doch ...«

Mrs. Crane: – »– ein unzuverlässiger Führer für ein fein erzogenes Mädchenkind. *Ich* habe sie erziehen dürfen; auch hat sie gute Aussichten für die Zukunft. Oh, Sir: helfen Sie uns das Kind retten! Sehen Sie ...« Sie zog aus einer Seitentasche ihrer steifen eisengrauen Schürze ein zusammengefaltetes Papier, und legte es in des Oxforder's Hand. Er überlas es; und reichte es dann zurück.

»Ich verstehe, Madam'. Hiernach darf es für mich kein Zögern mehr geben. – Es ist eine ganze Anzahl Meilen von hier, wo ich die Personen, von denen ich nicht zweifle, daß es die Gesuchten sind, getroffen habe; und vor 2 oder 3 Tagen erhielt mein Vater einen Brief, von einem sehr würdigen, ausgezeichneten Manne, mit dem er, wohltätiger Zwecke halber, häufig in Verbindung kommt – ein gewisser Mr. Hartopp, Bürgermeister von Gatesboro' – in welchem Schreiben der Bürgermeister, unter anderen Dingen, auch kurz erwähnt, wie das Literarische Institut seiner Stadt höchlich ergötzt worden sei, durch die Vorführungen eines sehr interessanten einäugigen Mannes, mit dem es irgendeine geheimnisvolle Bewandtnis zu haben scheine, und der begleitet werde von einem kleinen Mädchen und einem dressierten Hunde; und ich kann nicht anders meinen, als daß es sich bei Mann, bei Mädchen und Hund um Diejenigen handeln müsse, die ich da sah, und die Sie suchen.«

Mrs. Crane: – »In Gatesboro'? – ist das weit?«

Oxforder: – »Es ist schon ein Stück; aber von dem Ort hier zweigt eine Nebenbahn dorthin ab. – Ich hoffe, daß der alte Mann nicht gänzlich von dem kleinen Mädchen getrennt werden wird?; sie schienen einander sehr gern zu haben. –«

Mrs. Crane: – »Zweifellos; sehr gern; es würde grausam sein, sie zu trennen: ein bequemes Heim für Beide! – Ich weiß nicht, Sir, ob ich es wagen darf, einem Herrn von Ihrem unverkennbaren Rang und Stande die ausgesetzte Belohnung -ä – aber vielleicht für die Armen Ihres Kirchspiels ...«

Oxforder: – »Oh, Madam', uns're Armen leiden keinerlei Mangel; mein Vater ist reich. – Aber ungemein verbinden würden Sie mich durch ein paar Zeilen, sobald Sie jene interessanten Personen aufgefunden haben – ich begebe mich morgen in einen entfernteren Landesteil; nach Montfort Court, in ****shire.«

Mrs. Crane: – »Zu Lord Montfort? – dem Haupt der Adels-Familie Vipont?«

Oxforder: – »Ganz recht; kennen Sie etwa Jemanden von der Familie, Madam'? Wenn Sie mir, als Referenz, Einen davon angeben könnten, ich würde mich weit beruhigter fühlen, hinsichtlich ...«

Mrs. Crane (hastig): – »Gewiß, Sir, muß ja wohl Jeder diese Große Familie dem Namen und Ruf nach kennen – mehr weiß ich auch nicht. So, da reisen Sie also zu Lord Montfort! Die Frau Marquise soll sehr schön sein, wie es heißt?«

Oxforder: – »Und ebenso gut wie schön. Ich habe die Ehre mit Beiden, sowohl Lord Montfort als auch ihr, verwandt zu sein; sie selbst sind Cousin und Cousine, und mein Großvater war ein Vipont. Ich hätte Ihnen längst meinen Namen nennen sollen – Morley; George Vipont Morley.«

Mrs. Crane sank in einem Knix; und sprach, mit unverkennbarem Lächeln der Befriedigung, halb wie vor sich hin –: »Also Einem *dieser* edlen Familie – einem Vipont – wird es das teure Kind zu verdanken haben, daß es meinen Umarmungen zurückgegeben wird!: Segen über Sie, Sir!« –

»Ich hoffe, daß ich recht gehandelt habe«, murmelte George Vipont Morley, da er wieder zu Pferde stieg. / »Ach, sicher hab' ich recht gehandelt!«, sagte er erneut, als er auf der Landstraße war. / »Ich fürchte fast, ich habe nicht recht gehandelt«, sagte er ein drittes Mal, da das Gesicht von Mrs. Crane ihn so ganz langsam zu verfolgen begann. / Und als er, die Sonne ging zur Rüste, und Mann wie Roß waren erschöpft von einem ungewöhnlich langen Ritt, sein Zuhause erreichte; und der grüne UferRand in Sicht kam, allwo er des armen Waife einfältig Tischgebetlein, samt seinem lustigen Fantasieren auf der Zunge ungesehen mitangehört hatte – »In allerletzter Instanz«, sagte er kläglich, »ging mich die Sache eigentlich nichts an. Ich hab das Beste gewollt, schon; aber ...« / Seine kleine Schwester kam ans Tor gelaufen, ihn zu begrüßen: '!' – (:»Doch! ich hab völlig recht gehandelt! Wie würde mir das schmecken, wenn meine Schwester sich als Landstörzerin 'rumtriebe; und in ›Literarischen Instituten‹ aufträte mit einem Pudelhund? Vollkommen richtig; –: gib mir ein'n Kuß, Jane!« –).

# 18. Kapitel

*Man lasse einen König und einen Bettler sich, ungezwungen, miteinander unterhalten; und es wird lediglich die Schuld des Bettlers sein, wenn ihm nicht das ein- oder and're entfällt, was den König dazu veranlaßt, den Hut vor ihm zu lüpfen.*

Der Schauplatz wird zurückverlegt nach Gatesboro'; es ist der auf jene denkwürdige Vorstellung im Literarischen Institut dieser gebildeten Stadt folgende Vormittag. – Mr. Hartopp befand sich in dem kleinen, hinter seinen BüroRäumen gelegenen Sprechzimmer, und seine Geschäftsstunden wurden heut arg unterbrochen, durch Eindringlinge jenes Schlages, die zu Befriedigung ihrer Neubegier keine Stunde unzeitig erachten, oder auch für den bloßen GedankenAustausch, oder zur Beförderung von MenschheitsInteressen allgemein und der Erleuchtung der Nation im besonderen. Die an dem vergangnen Abend durch Mr. Chapman, Sophie und Sir Isaak bewirkte Aufregung, war beträchtlich im Zunehmen begriffen. Leute, die sie gesehen hatten, sprachen beim Bürgermeister natürlich vor, um sich mit ihm über die Aufführung zu unterhalten. Leute, die sie nicht gesehen hatten, stellten sich, noch weit natürlicher, kurz ein, bloß um zu hören, was eigentlich Herrn Bürgermeisters private Meinung darüber sei. Das kleine SprechZimmer war jedenfalls gedrängt voll, wie bei einem regelrechten ›Lever‹. Da war der Besitzer eines makabren Gebäudes und dennoch ›Das Theater‹ genannt; das selten gemietet wurde, es sei denn zur Zeit von Wahlen, wo es dann der populäre Kandidat wohl einmal in Anspruch nahm, um die bekannten zündenden Reden über Freiheit und Rechtschaffenheit, Tyrannei und Unterdrückung von sich zu geben, woraus seit undenklichen Zeiten das deklamatorische Hauptkontingent gleichermaßen des Dramatikers wie des Volksredners besteht. Da war auch der Wirt vom ›Hotel Royal‹, der seinem Hause erst ganz-jüngst den ›Städtischen Konzertsaal‹ angebaut hatte – eine süperbe Räumlichkeit; aber eine falsche Spekulation. Weiterhin waren drei höchlich respektable Persönlichkeiten, von ernster Sinnesart, anwesend; gekommen, um Zweifel anzumelden: ob eine Lustbarkeit von so frivoler Natur, nicht der Moralität von Gatesboro' abträglich sein möchte? Außer diesen Notabeln hatten sich Müßiggänger und KlatschBaseriche eingefunden, ohne bestimmte

Absicht; es sei denn, um ausfindig zu machen, wer Mr. Chapman nach Herkunft und Verwandtschaft wäre, und etwa die Tunlichkeit einer Abordnung an ihn zu erörtern: nach außen hin mit dem Zweck, ihn um Wiederholung seiner Vorstellung zu ersuchen; in Wirklichkeit jedoch mit der heimlichen Instruktion beauftragt, ihn über seinen Stammbaum ins Kreuzverhör zu nehmen. Der gutmütige Bürgermeister hielt die Augen unverwandt auf ein mächtiges KontoBuch geheftet, in der Hand die Feder – eine Attitüde, die eine ausgesprochene Zurechtweisung für Störenfriede darstellte, und zu normalen Zeitläuften auch als solche gewertet worden wäre. Aber in Perioden bürgerlicher Aufregung, ist Milde, und sei sie noch so majestätisch, nicht immer das Wirksamste. Lärm und Tumult belebten den Raum. Man vernahm, hier wie da, Bruchstücke von Sätzen, die einander durchkreuzten; ähnlich jenen Tönen, die, gemäß dem sehr wahrhaftigen Bericht des Baron Münchhausen, in der Winterluft eingefroren waren, und durch ein Tauwetter dann wieder frei und munter wurden.

SCHAUSPIELHAUS-BESITZER: – »Das Theater ist die . . .«

SERIÖSER HERR: – »übertünchte Falle, vermittelst deren eine, zur Zeit noch gesetzte und gutgesinnte Bevölkerung, verlockt werden soll, daß sie werde wie . . .«

AUFGEREGTER BEWUNDERER: – »ein französischer Pudel, Sir; der Ihnen Domino spielt wie ein . . .«

GLÄUBIGER THEORETIKER: – »liebreicher Philanthrop, der sich zu einem Akt der Wohltätigkeit bequemt, für etwelchen MitBruder in Nöthen, der . . .«

EIGENTÜMER DES ›STÄDTISCHEN KONZERTSAALES‹: – »120 Fuß lang ist, Herr Bürgermeister, und 40 breit! Mit diesem dumpfigen, naßkalten Theater anzukommen, Sir: genau so gut könnte man reden, von dem . . .«

Unversehens flog die Türe auf: ! –, und, einen Schreiber, der vorgehabt hatte, ihn anzumelden, auf die Seite stoßend, stürzte Mr. Chapman selbst herein.

Unverkennbar hatte er erwartet, den Bürgermeister alleine anzutreffen; denn beim Anblick des MenschenGedränges tat er sich Gewalt an, und hielt auf der Schwelle inne. Einen Augenblick lang waren die Lever-Teilnehmer nicht minder erstaunt und nicht weniger stumm. Aber die guten Leutchen erholten sich sehr bald. Vielen war es ein Vergnügen, dem Manne, der ihnen abends-zuvor Gelegenheit zu so angenehmen Gemütsbewegungen gegeben hatte, näher zu treten und zu gratulieren. Cordiales Lächeln aus so mancher Richtung – freundliche Hände, die sich entgegen streckten – kurz' und herzliche Komplimente, vermischt mit dringenden Bitten: die Vorstellung vor einem breiteren Auditorium zu wiederholen!, regneten von allen Seiten. – Der Komödiant stand, den Hut in der Hand, da; mechanisch bürstete sein Ärmel über den Filz hin; er murmelte nur, halb-unvernehmlich, »Sie sehen vor sich einen Mann . . .« – und sein einziges Auge ruckte von einem Gesicht zum nächsten; wie wenn er sich angestrengt orientieren wolle, was eigentlich gemeint sei?, beziehungsweise wo er wäre? – Der Bürgermeister erhob sich, und kam nach vorn – »Meine lieben Freunde«, sagte er milde, »Mr. Chapman kommt, infolge einer getroffenen Verabredung. Vermutlich hat er mir etwas vertraulich mitzuteilen.«

Die 3 seriösen Herrschaften, die sich bis dahin abseits gehalten, und Mr. Chapman ungefähr so gemustert hatten, wie etwa 3 Groß-Inquisitoren einen armen Juden, schüttelten nunmehr 3 feierliche Köpfe; und gaben dann das Beispiel eines formvollendeten Sich-Absetzens. Am längsten verweilten noch die rivalisierenden Eigentümer des ›Theaters‹ und des ›Städtischen KonzertSaales‹ – Jedweder pflisterte dem Fremden ins Ohr – der Eine links; der Andre rechts. Jedweder pfropfte ihm ein bedrucktes Papier in die Hand: ! – Als die Tür sich hinter ihnen schloß, ließ der Komödiant beidwede Papiere fallen; der Arm brach ihm an seiner Seite zusammen; seine ganze Gestalt schien einzusinken. – Hartopp nahm ihn bei der Hand; und geleitete ihn, sänftlich, zu seinem eignen SchreibtischSessel. – Der Komödiant sank auf besagten Stuhl; ohne 1 Wort zu äußern.

Mr. Hartopp: – »Was ist denn? Was ist geschehen?«

Waife: – »Sie ist sehr-krank; – es steht schlimm; – so sagt der Doktor – Doktor Gill.«

Mr. Hartopp (mitfühlend): – »Mit Euerm Kleinen Mädchen soll es schlimm stehen? Nicht doch!; die Herren Ärzte übertreiben da immer; damit man ihnen die Heilung umso höher anrechne. Nicht, daß ich Doktor Gill irgend zunahe treten wollte – bester MitBürger – verläßlicher Mann. Aber dennoch: wenn ernsthafte Gefahr vorhanden ist, schwätzeln die Ärzte froh und munter; und wenn nichts zu fürchten ist, machen sie feierliche Gesichter – das ist so ihre Art.«

Waife: – »Meinen Sie? – Sie haben selber eig'ne Kinder, Sir? – auch von ihrem Alter? – Wie! wie!«

Mr. HARTOPP: – »Ja; ich bin über Kinder vollkommen im Bilde – ich glaube, beinah-besser als Mrs. H. Was für ein Übel soll es denn sein?«

WAIFE: – »Der Doktor sagt, es wär' ›Schleichendes Fieber‹.«

Mr. HARTOPP: – »Etwa hervorgerufen durch nervöse Aufregungen, ja?«

WAIFE (aufschauend): – »Ja – genau das hat er gesagt – ›nervöse Aufregungen‹.«

Mr. HARTOPP: – »Kluge, sensible Kinder, die vorzeitig zu Ehrgeiz angehalten, ganz-allgemein Emotionen ausgesetzt werden, tendieren grundsätzlich zu Unpäßlichkeiten dieser Art. Meine Dritte, Anna Maria, verfiel in solch schleichendes Fieber, verursacht durch nervöse Aufregung; weil sie in der Schule mit Gewalt einen Preis für gutes Lernen haben wollte.«

WAIFE: – »Und? Ist sie daran gestorben, Sir?«

Mr. HARTOPP (schaudernd): – »›Gestorben‹! – nicht-doch! – Ich hab sie von der Schule genommen – den gesamten Geflügelhof ihrer Wartung unterstellt – ihr alle FranzösischÜbungen verboten; sie dafür gut-englische KörperÜbungen machen lassen – und ihr einen Esel zum Reiten verschrieben. Sie ist ein ganz andres Wesen jetzt – Backen so rot wie ein Apfel, und so prall wie ein Kricket-Ball.«

WAIFE: – »Ich will Geflügel halten; will einen Esel kaufen! Oh, Sir!: Sie meinen nicht, daß sie schon gen Himmel gehen, und mich hier allein zurücklassen werde?«

Mr. HARTOPP: – »Nicht wenn Sie ihr Ruhe und Stille zuteil werden lassen. Aber keine Aufregungen mehr! – keinerlei ›Vorstellungen‹!«

WAIFE (leert seine Taschen auf den Tisch aus): – »Würden Sie so gütig sein, Sir, und das Geld hier zählen? Meinen Sie, daß es genug sein könnte, um ein nettes Logis hierherum für sie zu bekommen, bis sie wieder voll bei Kräften ist? Mit grünen Feldern – sie hat grüne Felder so gern; und einen Bauernhof mit Hühnervolk – obwohl wir erst vor ein paar Tagen bei einer guten Frau logiert haben, die auch Hennen hielt, und Sophie von ihnen nicht so besonders angetan schien. Ein Kanarienvogel wär' vielleicht eher ein Gesellschafter, und . . .«

HARTOPP (einfallend): – »Gut, gut – und Sie-selbst? was würden Sie unternehmen wollen?«

WAIFE: – »Je nun; ich und der Hund würden für kurze Zeit weg-gehen, über Land.«

Hartopp: – »Vorstellungen geben?«

Waife: – »Dies Geld hier wird ja nicht ewig reichen; und was können wir sonst tun – ich und der Hund – um mehr für sie heranzuschaffen?«

Hartopp (ihm warm die Hand drückend): – »Sie sind ein guter Mensch, Sir. Ich bin überzeugt davon: Sie können nicht Dinge getan haben, die mir zu erzählen Sie sich scheuen müßten. Ziehen Sie mich in Ihr Vertrauen; dann könnt'ich vielleicht eine für Sie geeignete Beschäftigung ausfindig machen, ohne daß Sie sich von Ihrem kleinen Mädchen zu trennen brauchten.«

Waife: – »Von Ihr trennen? Ich würde sie jedesmal nur immer für ein paar Tage verlassen, bis sie wieder wohlauf wäre. Dies Geld hier würde wie lange für sie ausreichen?: 2 Monate? – 3? – wie lange ? – der Arzt wird ja nicht allzuviel fordern.«

Hartopp: – »Sie wollen sich mir also nicht anvertrauen? In Ihrem Alter – haben Sie keinerlei Freunde? – nicht Einen, der ein empfehlendes Wort für Sie einlegen könnte?«

Waife (den Kopf gleichsam hochfahrend zurückwerfend): – »So – meinen Sie? Wer redet denn zu Ihnen von mir, Sir? Ich spreche von meinem unschuldigen Kinde: bedarf es bei ihr auch eines eingelegten guten Wortes? Der Himmel selbst hat es in ihr Gesicht geschrieben.«

Hartopp bestand nicht weiter darauf; wiewohl der treffliche Mann, ob seines Besuchers hartnäckigem Ausweichen vor der eigentlichen, zur Debatte stehenden Frage, aufrichtig betrübt war; denn sehr wohl hätte der Bürgermeister für einen Mann von Waife's unverkennbarer Bildung und Begabung die ein- oder andere Beschäftigung ausfindig machen können. Aber dergleichen Stellungen brachten Verantwortlichkeit mit sich, und forderten Vertrauen: wie für sie einen Mann vorschlagen, von dessen Leben und Verhältnissen nichts in Erfahrung zu bringen war? – einen Mann ohne Zeugnisse oder gesicherten Ruf? Dabei interessierte Waife ihn zutiefst. Wir haben es Alle ja schon erfahren, daß es Personen gibt, zu Denen wir durch eine sonderbare, nicht zu erklärende Sympathie hingezogen werden – ein gewisses Etwas in ihrem Benehmen, dem Schnitt ihres Gesichts, dem Tonfall der Stimme. Wenn 50 Bewerber für eine durch uns zu vergebende Vergünstigung antreten, weiß fast unfehlbar 1 von den 50 unsere Vorliebe für sich zu gewinnen, ob er schon keinerlei gegründeteres Anrecht darauf besitzt, als irgendein anderer seiner MitAnwärter. Und wir können ebensowenig sagen, warum wir den Betreffenden mögen, als wir anzugeben vermöchten, wieso wir uns sterblich in eine Frau verlieben, an der kein Anderer sonst auch nur den geringsten Reiz zu entdecken wüßte. ›Es gibt‹, so sagt ein lateinischer LiebesDichter, ›kein Warum oder Wieso, dort wo Neigung mit ins Spiel kommt.‹ Demgemäß hatte Hartopp, vom ersten Moment an, Gefallen an Waife gefunden – der gesetzte, respektable, florierende Mann; von Kopf bis Fuß in den denkbar-weißesten Batist der Reputierlichkeit eingemummelt – an dem unstäten, vielgewandten, trickreichen Streunenden; der scheinbar, aus dem Verlauf eines allmählich ans Alter grenzenden Lebens, nicht 1-einziges anständiges FührungsZeugnis vorzuweisen hatte. Auf der steinernen Vorlage seines Kamins, unfern seines KontoBuches, stand so der Herr Bürgermeister; und schaute, mit einer Art ehrfürchtiger Bewunderung, die ihm selbst rätselhaft war, auf das verlorene alte Geschöpf dort, das keinen Grund anzugeben gewußt hätte, wieso es sich im Augenblick auf dem ArmSessel des höchsten Beamten der Standt befand, und nicht, angemessener, im GemeindeGefängnis von Gatesboro'. Und dennoch: war des Herrn Bürgermeisters sympathetische Zuneigung, war seine respektvolle Bewunderung, so absolut unerklärlich? Läuft es nicht zwischen dem einen warmen MenschenHerzen & dem anderen, zuweilen wie ein elektrischer Strom geheimer Verständigung? War nicht in diesem krüpplichten Ausgestoßenen – so stur-hart gegen sich selber; so bebend-sensibel für sein krankes Kind – war in ihm nichts von jener Erhabenheit, vor welcher Diejenigen, die es erfahren haben daß es Edelleute von Natur gibt, ehrfurchtsvoll das Haupt neigen? Ein Mensch, treu dem ernsthaften Credo, ein Mensch zu sein, kann eine ansonsten total-gescheiterte Existenz, in der immerhin noch 1 heiligende Neigung durch alle Ritzen und Spalten sublim hervorschimmert, ebensowenig verachten, als er mit rohem Spott eine TempelRuine profanieren könnte –: wenn nur der Altar noch darinnen steht!

# 19. Kapitel

*Sehr gut – bis zu einem gewissen Punkt.*

Mr. Hartopp: – »Ich kann mir nicht anmaßen, noch weiter in Sie zu dringen, Mr. Chapman. Aber ich brauche Jemandem von Ihrer Weltkenntnis nun auch nicht mehr groß zu sagen, daß Ihr Stillschweigen mich der Möglichkeit beraubt, Ihnen behülflich zu sein. Reden Wir nicht weiter davon.«

Waife: – »Aufrichtigen Dank dafür, Herr Bürgermeister.«

Mr. Hartopp: – »Aber hinsichtlich des kleinen Mädchens machen Sie sich jetzt keine Sorgen weiter – zumindest für die Gegenwart. Ich kann sie in meinem eignen Bauernhaus unterbringen: die Frau meines dortigen Verwalters, eine gutherzige Person, wird sie unter ihre Obhut nehmen, indes Sie Ihrem Gewerbe anderswo nachgehen können. Dies Geld hier betreffend, werden Sie es selber brauchen; Ihre arme Kleine soll Sie nichts kosten. So, das wäre geregelt. – Dürfte ich einmal vorbeikommen und sie mir anschauen? Ich bin selber so ein Stück von einem Doktor: jeder Mann, der mit einer großen Familie gesegnet ist, hat in seinem Hause ja ständig den ein- oder andern interessanten Fall von Pocken, Masern, Keuchhusten, Scharlach undsoweiter, und folglich die hübscheste kleine PrivatPraxis. BücherGelehrsamkeit betreffend, bin ich kein großes Licht, Mr. Chapman; was aber praktische Erfahrung speziell in Kinderkrankheiten angeht,« fügte Hartopp mit stolzem Erröten hinzu, »sagt Mrs. H. immer, daß sie die Kleinen lieber mir anvertrauen wolle, als Doktor Gill. Ich seh' mir Ihr Kind also einmal an; und möchte fast garantieren, ich bring' sie wieder auf die Beine. – Aber wenn ich mir's so überlege«, fuhr Hartopp, sich mehr und mehr besänftigend, fort, »wenn Sie schon durchaus Vorstellungen geben müssen: warum dann schließlich nicht in Gatesboro' bleiben? In der Stadt hier ließe sich mehr verdienen, als andernorts.«

»Nein, nein; ich könnt' es nicht über's Herz bringen, hier ohne sie aufzutreten. Im Augenblick hab'ich sogar das Gefühl, als würde ich nie wieder auftreten können! Es wird sich schon irgendetwas anderes ergeben. Die Vorsehung ist ja so gütig gegen mich, Herr Bürgermeister.«

Waife wandte sich zur Tür – »Sie würden, vielleicht, bald kommen können?«, sagte er ängstlich.

Der Bürgermeister, der indes seine Kontobücher und Papiere weggeschlossen hatte, versetzte: »Ich gebe lediglich noch ein paar geschäftliche Anordnungen: in einer Viertelstunde bin ich bei Ihnen im Hotel.«

## 20. Kapitel

*Sophie verbirgt ihr Herz, zeigt dafür aber Temperament.*

Das Kind lag in seinem eigenen Zimmerchen, auf einem Sopha, das man in Fensternähe gerückt, und in ihrem Schoß war die Puppe, die Lionel ihr geschenkt hatte. Mit sich geführt auf allen ihren Wanderungen, hatte sie doch niemals mit ihr gespielt; nie eine Bandschleife in den gelben HaarFlechten verändert; aber mindestens ein Mal, jeglichen Tag, war sie heimlich hervorgeholt, und lange angesehen worden. Und diesen ganzen Morgen heut, wo sie meist sich selbst überlassen blieb, war es ihre Gespielin gewesen. Sie strich ihr eben das Röcklein glatter, das, wie sie sich einbildete, etwas zerknüllt worden war – glättete es mit einer Art furchtsamer Zärtlichkeit; und die Puppe starrte ihr, die ganze Zeit über, mit ihren blauen PerlenAugen voll ins Gesicht. Waife saß unfern von ihr, und versuchte sie munter zu unterhalten, Feen-Märchen zu erfinden, voll lustiger Schwänke und Fantasie; aber seine Erfindungsgabe versagte ihm, und seine Feen gerieten abscheulich prosaisch. Dann hatte er die DominoSteine vor Sir Isaak ausgebreitet; aber Sophie hatte kaum herüber geschaut, aus matten trüben Augen, auf welche die Puppe ihrerseits die eignen so stupide geheftet hielt. Und auch in Sir Isaak selbst schien kein rechter Geist heut zu sein; er spürte unverkennbar, daß etwas nicht-stimmte. Dann und wann erhob er sich rastlos; beschnupperte die DominoSteine; und packte dann sacht, ganz-sachte, eine Pfote auf Sophie's Knie: ?. Da er jedoch nicht ermutigt ward, legte er sich, unbehaglich, wieder-nieder, wobei er aber seine Lage öfters wechselte, wie wenn der Fußboden ihm zu hart für sich geworden wäre. Dergestalt traf der Bürgermeister die Dreie an. Er näherte sich Sophie, mit dem Tritt eines an Krankenzimmer und unpäßliche Kinder gewöhnten Mannes – ein Tritt so-leicht wie in FilzSchuhen – er legte seine Hand auf ihre Schulter; küßte sie auf die Stirn; und griff dann nach der Puppe: –; –: Sophie fuhr sofort auf: !; und nahm sie ihm, ohne 1 Wort, aber rasch, wieder ab; (verbarg sie anschließend auch hinter ihrem KopfKüssen). Der Bürgermeister lächelte – »Mein liebes Kind; – meinst Du, ich würd' Deiner Puppe etwas zuleide tun?«

Sophie errötete; und versetzte, murrmelig, »Nein, Sir; direkt zuleide-tun nicht; aber . . .«; sie hielt unvermittelt inne. –

»Ich hab' mit Deinem GroßVater über Dich gesprochen, Liebchen; und wir sind, Beide, übereingekommen, Dir ein paar Ferientage zu bereiten. Puppen sind für den Winter unschätzbar; aber im Sommer heißt's: Grüne Wiesen, und Kettel aus Tausendschönchen.«

Sophie schaute vom Bürgermeister auf den Großvater; und wieder-zurück zum Bürgermeister –: ?; sie schüttelte sich die HaarWellen aus den Augen, und wirkte doch recht ernsthaft-forschend.

Der Bürgermeister, der sie in der Stille beobachtet hatte, griff sich, unauffällig, ihr Händchen; (wobei er, den schlanken Puls umgreifend, verstohlen mit-zählte:?–). – Dann begann er, den BauernHof seines Verwalters zu beschreiben: das Gaißblatt um die Porch; den MaierHof; die BienenStöcke; den lust'jen EntenTeich, mit seinem WeidenInselchen, und dem großen Chinesischen Enterich, der so pompös einherstolzierte, daß er das drolligste Geschöpf von der Welt wurde. –: und eben-dahin sollte Sophie binnen 1–2 Tagen gehen; und genau so glücklich leben, wie ein Bienchen; aber ja nicht so geschäftig:? –

–?: Sophie horchte sehr ernsthaft, sehr aufmerksam zu. Dann, indem sie ihre Hand der des Bürgermeisters entzog, faßte sie den Arm ihres Großvaters fester, und sagte: »Und Du, Opa? – wird Dir das gefallen? – wird es für Dich nicht langweilig sein, lieber Opa?«

»Aber, Herzchen –«, versetzte Waife; »Ich und Sir Isaak, Wir gehen, und machen einen Ausflug von ein paar Wochen über-Land; und . . .«

Sophie (leidenschaftlich): – »Dacht ich's doch! hatt ich mir doch gedacht, daß er darauf hinauswill! 'Ch hab versucht, es nicht zu glauben: weg-gehen! – Du? und Wer auf Dich aufpassen? Wer

Dich verstehen? Ich Pflege brauchen? Ich – Ich! Nein, nein, Du bist es, Der der Pflege bedarf. Ich bin morgen-schon wieder gesund – ganz gesund, keine Angst. Er soll nicht von mir weggeschickt werden ; : er soll nicht, Sir! O Großvater, Großvater, wie konnt'st Du nur!«. Sie warf sich ihm an die Brust, und hielt sich dort fest – so fest, wie wenn Kindheit und Alter nur Teile ein- und desselben Ganzen gewesen wären.

»Aber«, sagte der Bürgermeister, »es ist doch nicht, wie wenn Du in die Schule gehen solltest, liebes Kind; im Gegenteil: in die Ferien. Und Dein Großvater muß Dich verlassen – und herumreisen – 's ist sein Gewerbe. Wenn Du bei ihm wärest, und würdest plötzlich krank: bedenk einmal, wie sehr Du ihm dann im Wege sein würdest. Weißt Du was«, fügte er lächelnd hinzu: »bald muß ich anfangen zu fürchten, daß Du selbstsüchtig bist.«

»Selbstsüchtig!« rief Waife ärgerlich.

»Selbstsüchtig –« echote Sophie mit schwermütigem Spott, aus einem Empfinden heraus, so tief, daß sterbliche Augen es kaum ergründen mochten. »Oh nicht doch, Sir!; könnten Sie beschwören, daß es zu *seinem* Besten geschähe, wenn Sie uns jetzt trennen wollen – und nicht zu meinem, beziehungsweise was er dafür hält? Ein hübsches Bauernhaus und all sowas für mich – und was für ihn? –: tramp, tramp, tramp, über heiße staubige Straßen. Haben Sie geseh'n, daß er lahm ist? Oh, Sir, ich kenn' ihn – Sie nicht. ›Selbstsüchtig‹!: ohne mich würden ihm gar keine lustigen Späße einfallen, die Euch Leute lachen machen, gelt, lieber Opa, d's stimmt doch? Gehen Sie wieder, Sie sind ein garstiger Mann – gehen Sie, oder ich haß' Sie gleich genau so sehr wie diesen schrecklichen Mister Rugge.«

»Rugge? – Wer ist das?«, fragte der Bürgermeister neugierig, und nach jedem Anhaltspunkt haschend.

»Pscht, Schätzel! – pst!«, machte Waife, sie zärtlich an seiner Brust streichelnd. »Pscht! – Was soll nun geschehen, Sir?«

Hartopp gab ihm ein schlaues Zeichen, in Gegenwart von Sophie jetzt auf nichts weiter einzugehen; und erwiderte dann, sich an Diese richtend –:

»Was geschehen soll? –: nichts soll geschehen, mein liebes Kind, was Dir irgend mißfiele. Ich denke nicht daran, Euch-Beide trennen zu wollen. Mußt mich nicht ›hassen‹ – leg' Dich nur wieder hin – schön brav sein. Sieh ma', ich hab' Dir doch Dein Kopfkissen ganz glatt gestrichen; oh, hier 's' ja auch Deine hübsche Puppe wieder.«

Sophie entriß ihm trotzig die Puppe; und machte dem guten Mann was die Franzosen eine ›moue‹ nennen, indes sie es von ihrem Großvater duldete, daß er sie wieder auf das Sopha bettete.

»Sehr temperamentvoll und eigenwillig«, murmelte der Bürgermeister; »genau wie Anna-Maria: temperamentvoll und eigenwillig!«

Wäre ich nun im geringsten Herr meiner eigenen Feder, und könnte gänzlich schreiben, so wie es mir gefällt – ohne pausenlos Hals über Kopf, von den tyrannischen Ansprüchen jener flotten jungen Dame in HalbStiefelchen und Chiton, ›DIE MUSE DER GESCHICHTE‹ geheißen, voran-getrieben zu werden – dann würd' ich jetzt dies Kapitel abbrechen; das Fenster aufmachen, meine Augen auf dem weiten grünen Rasen draußen ausruhen; und mir insofern ein Gütchen tun, als ich mich einem rhapsodischen Exkurs über eben diese Verschönerin des gesellschaftlichen Lebens, genannt ›Das Temperament‹ überließe . . .: Ha! – die Muse der Geschichte macht just ein Nickerchen?: Mit Ihrer Erlaubnis, meine Gnädige – aber leise, leise! . . .

## 21. Kapitel

*Bestehend aus einem Essay über Temperament im allgemeinen, und einem gefährlichen Experiment mit dem des Lesers im besonderen.*

: So; da wär' das Fenster offen! wie instinktmäßig das Auge sich doch gleich ins Grüne richtet! wie die gelassenste der Farben es zu sich hinködert und beschwichtigt. Aber besteht DAS GRÜN denn nur aus einer einzigen Farbtönung? Schau, wie unendlich doch die Mannigfaltigkeit seiner Abschattungen! Welch düst're Gravität bei jener Zeder, jener regungslosen Fichte! Welch lebhaft- aber etwas starr-lachendes Grün bei jenen glattglänzenden Lorbeern! Bezaubern diese Tinten uns ebenso, wie die im Spiel der jungen Syringen-Blätter? – lichter hier, dunkler dort, je nachdem, wie das Lüftchen (und so leicht ist das Lüftchen!) sie anregt zu Grünscheckigkeiten – zu ZierGekräusel? Oh süßes Grün!; für die Welt das, was ein sanftes Gemüt für das Leben des Menschen bedeutet: Wer möchte all deine lieblichen Schattierungen auf einen derben Farbton reduzieren? Wer das dunkel-dauerhafte Grün, das all die Wintertage überlebt, ausschließen? oder das meuterisch-kapriziöse der flacheren-jüng'ren Tönung, wie sie frisch aus AprilThränen hervorbricht, und einst mit sportlich-schalkischem Gezitter das üpp'je JuniBlühen überschatten wird?

Selig der Mann, an dessen ehelichem Heerd ein freundliches Temp'rament aus den Augen seines Weibes lächelt! ›Keine Gottheit stellt sich ein‹, sagt das heidnische Sprichwort, ›wo Bedachtsamkeit sich fern hält‹ – und Freude ist kein Dauergast dort, wo Friede nicht weilt. Friede, so ähnlich der Treue, daß man sie miteinander verwechseln kann; und die Dichter haben sie ja auch in das gleiche SchleierGewand gekleidet. Aber in Kindheit, in fröhlicher Jugend, erwarte Mann ja nicht das wechsellose Grün der Zeder. Wer ein zierliches Temperament von geistlosem Stumpfsinn, von kaltem Simulieren unterscheiden möchte – Der schaue weniger nach dem Temperament als OberflächenErscheinung, als vielmehr nach der konstitutionellen DauerStimmung.

Ist eine Natur süß und zutraulich; ist sie frei von jener pathologischen Eigenliebe, die sich selbst ›sensibel und gefühlvoll‹ nennt, und fortwährend über eingebildeten Beleidigungen brütet; besteht

Neigung, sich für etwelche Güte dankbar zu erweisen – solche Güte jedoch bescheiden hinzunehmen, und als echte Gefälligkeit anzuerkennen, was die Eingebildeten nur als ›Pflicht‹ bezeichnen?: aus solchen glücklichen Anlagen wird ein liebenswertes Temperament sich, spontan und frei, ergeben, und Dein Herz erfreuen. Wort und Blick gehen beide aus dem Herzen hervor, bei Manchen rasch, bei Anderen langsamer; sei Deine erste Frage stets: ›Ist das Herz selber großmütig und zart?‹. Wenn dem so ist, dann stellt sich, mit wachsender Zuneigung, auch die Selbstbeherrschung ein. Man nenne ja nicht ein Herz ›gut‹, das, wenn nur eine Fiber etwas unsanft berührt wird, gar nicht schnell genug zurück-stechen kann, und dazu schreit: ›ich bin eben keine Heuchlerin!‹ – derlei Entschuldigung bei sich selbst gelten lassen, und schon wird Rache zur Tugend. Aber wo ein Herze, wenn es Anstoß gab, sich härmt und quält, bis es wieder Vergebung erlangt hat; beziehungsweise, wenn selbst verletzt, gar nicht schnell genug verzeihen kann, stets auszugleichen bereit, stets bekümmert wenn es verwundete – da mag man sicher sein, daß seine Noblesse nur weniger Anstrengung bedürfen werde, um bei jeglichem SchmerzensAusbruch, dessen Ausdruck zu bändigen und zu verfeinern. Dann fürchte man nichts mehr; man sei nur selber nobel, und man wird sicher leben!

Was jedoch in der Kindheit oftmals tadelnd ›Temperament‹ gescholten wird, kann durchaus bloße aufrichtige und übermächtige Vitalität sein, und dennoch all die Elemente bergen, die am Ende das allerliebenswürdigste Temperament ergeben. Wer unter uns, wie weis' er auch sei, kann ein Kinderherz ganz deuten? Wer all die Springfedern seiner Gefühle vermuten, die, bei einer Berührung der Oberfläche, im Innern heimlich mit-vibrieren? Jedes Kind, besonders aber das MädchenKind, würde die gesammelte Gelehrsamkeit eines Weisen, und sei er so tief wie Shakespeare, auf eine schwere Probe stellen, sollte er jene subtilen Erregungen analysieren, für die wir erwachsenen Leute schon zu viel und lange gelebt haben.

›Temperamentvoll und eigensinnig‹ also hatte der Bürgermeister gemeint, da Sophie ihm zum zweitenmale die Puppe aus der Hand riß, und ihm, verzognes Kind, ein Schnutchen dazu machte, so himmlisch widerwärtig, so trotzköpfig hübsch. Und wie auf Erden hätte auch der Bürgermeister wissen sollen, was für GedankenVerbindungen sich mit dieser einfältigen Puppe verknüpften, um jegliche Berührung durch einen Fremden sogleich als Entweihung zu betrachten? War sie für ihre Augen, wie für die seinen, auch nur bloße Wachsfigur und Flittertand? – oder aber ein Symbol heiliger Erinnerungen; flüchtiger Blicke in eine Schönere Welt; tiefer Hingebung an etwas, hoch über der Sphäre ihrer AlltagsSorgen? Hätte nicht eben dieses Indiz der ›temperamentvollen Eigenwilligkeit‹ die Diagnose auf ein tiefes lieb'erfülltes Herz abgeben sollen? Arme kleine Sophie!: ja, versteck sie wieder – sicher vor jedem Blick – heimlich, unerforschlich, unerraten – wie die ersten GefühlsSchätze der Kindheit grundsätzlich sind!

## 22. Kapitel

*Da die Zivilisation grundsätzlich zum Ziele hat, die Leute auf diese oder jene Art ›gesetzt‹ zu machen, nährt auch der Bürgermeister von Gatesboro' den staatsmännischen Ehrgeiz, Gentleman Waife gesetzt zu machen: zweifellos ein weiser Entwurf, und gänzlich in Übereinstimmung mit dem Genius der Nation. / Während jeglicher Sitzungsperiode des Parlaments ist Großbritannien, ob daheim ob bei den Antipoden, heftig damit beschäftigt, allerlei Volk gesetzt--ansässig zu machen; die sich in ihrer Unerleuchtetheit meist gegen solche Form der Versetzung sperren; in einem Maße, daß ›Jemandem eins versetzen‹ zu einer vulgären Formel geworden ist, gleichwertig mit der Androhung absoluter Austilgung oder Zerschmetterung. / Weswegen – da der Bürgermeister von Gatesboro' sich hinsichtlich ›Gentleman Waife's‹ also notorisch mit solch liebreichem Einfalle trägt – sämtliche wohlmeinenden Leser mit einer Stimme ausrufen werden: »Dii meliora!: Was wird er damit machen!?«*

Ihr Püppchen wieder sicher hinter ihrem Kissen, entspannte Sophies Gesicht sich nach und nach; bis sie sich vor-beugte, schüchtern des Bürgermeisters Hand anrührte: '–; und ihn aus bittenden bußfertigen Augen, Augen noch tränenfeucht, anschaute – Augen die, ob die dazugehörigen Lippen gleich schwiegen, es deutlich aussprachen –: »Ich will Sie ja gar nicht hassen. Ich bin undankbar und übellaunig gewesen: darf ich um Verzeihung bitten?«

»Von ganzem Herzen vergeb' ich Dir!«, rief der Bürgermeister, der sich den Blick völlig richtig übersetzte. »Und jetzt versuch's mal, und beruhige Dich, und schlaf' etwas; während ich mich unten noch mit Deinem Großvater unterhalte.« –

–: »Also ich seh' noch nicht, wie das möglich werden soll, daß ich sie allein hier lassen kann«, sagte Waife, nachdem die beiden Männer sich in das Gästezimmer verfügt hatten.

»Dennoch bin ich überzeugt«, sagte der Bürgermeister ernsthaft, »daß es für sie das unstreitig Beste wäre: ihr Puls ist von nervöser Reizbarkeit; sie benötigt absolute Ruhe; auf keinen Fall sollte sie mit Ihnen zusammen herumziehen dürfen! Aber, hören Sie – ob ich gleich anscheinend nie erfahren darf, Wer und Was Sie sind, Mr. Chapman – ich habe nicht den Eindruck, daß Sie mir mit meinen paar Kühen durchbrennen werden; und wenn Sie gerne ein oder zwei Wochen mit Ihrer Enkelin in dem Hof meines Verwalters dort hausen möchten, dann wird man Sie in Frieden lassen, und mit keinen zudringlichen Fragen belästigen. Ich will Ihnen eine meiner Schwachheiten gestehen —: ich bild' mir etwas darauf ein, daß man mich selten oder nie hinters Licht führen könne. (Und ich meine fast, ich könnte dem Manne, der mich einmal anführte, nie wieder vergeben.) Aber angeführt würde ich, bestimmt!, sein, wenn nicht Sie, all Ihrer Geheimtuerei zum Trotz, sich am Ende als ein so-ehrlicher Kerl herausstellten, wie nur je Einer auf Rindsleder einhergetreten ist! —: also kommen Sie mit ins VerwalterHaus!«

Waife war tief gerührt von solch vertrauensvoller Güte; dennoch bewegte er, mutlos, den Kopf; (und einmal mehr überkam die gleiche servile, schier kriecherische Verdemütigtheit in Mien' und Haltung den ganzen Menschen, wie sie ihrerzeit schon Vance und Lionel peinlich berührt hatte!), so daß er sich zu ducken und einzuschrumpfen schien, wie ein Paria vor einem Brahmanen. —: »Nein, Sir; untertänigsten Dank-auch. Nein, Sir; das kann nicht sein. Ich muß für mein bißchen täglich-Brot arbeiten — falls das, was ein armer Teufel wie ich noch leisten kann, überhaupt ›Arbeit‹ genannt werden darf. Ich hab' es mir, seit Jahren, zur Regel gemacht, mich nie (aber auch schon niemals!) zu Heerd und Haus eines gutmütigen Mannes zu drängen, Der, (in Unkenntnis meiner Vergangenheit), ein Recht hätte, mich zu beargwöhnen. — Wo ich logiere?, bezahle ich als MietsMann; beziehungsweise, wo man mir eine börsenschonende Gunst erweist, geb' ich mir Mühe, sie auf irgendeine nützlich-bescheidentliche Art abzuarbeiten. — Gut; aber, wie Sir, könnt' ich mich, glau und frech, Tage und Wochen lang am Tisch, unterm Dach, eines Mannes aalen, wo ich nicht einmal für eine Tasse Tee zu Ihnen an den Kamin kommen wollte?«. Der Bürgermeister erinnerte sich, und fuhr zusammen. Waife, hastig, weiter: »Aber für mein armes Kind heg' ich solche Skrupel nicht — nicht Scham oder falschen Stolz. Was Sie *ihr* bieten, nehme ich dankbar an — dankbar. Ach, Sir, sicher ist sie nicht an ihrem rechten Platz bei mir; aber es hat keinen Zweck wider den Stachel zu löcken. Wo war ich stehen geblieben? Oh ja; ich will Ihnen sagen, was wir tun müssen, Sir: in ein-zwei Tagen — sobald sie wieder munter genug ist, und gehen kann — komm' ich mit ihr zu Ihrem Bauernhaus; und verbring' dort den Tag mit ihr, und täusche sie, Sir; jawohl, täusche, betrüge sie, Sir! Ich *bin* ja ein Betrüger — ein Komödiant —

dann wird sie meinen, ich würde bei ihr bleiben —: und des Nachts, sobald sie schläft, stehl' ich mich davon, ich und der andere Hund. Aber ich werd' einen Brief für sie hinterlassen — der wird sie beschwichtigen; und sie wird geduldig sein und warten. In einer Woche etwa werd' ich dann wieder zurückkommen, daß wir uns sehen; und so weiter, jede Woche einmal, bis sie ganz wieder hergestellt ist.«

»Und was werden Sie machen?«

»Weiß noch nicht; — aber« setzte der Schauspieler, mit erzwungenem Lachen hinzu — »ich bin nicht der Mann, der so leicht verhungerte. Oh, keine Angst um mich, Sir!«

Also entfernte sich der Bürgermeister, und schlenderte durch die Felder, hin zum VerwalterHause; um dort alles für den aufzunehmenden Gast vorzubereiten.

»Es ist an sich ganz gut und richtig, daß der arme Mann für ein paar Tage abwesend sein wird«, dachte Mr. Hartopp. »Bevor er dann zurück ist, wird mir schon irgendein Plan eingefallen sein, wie ich ihm nützlich sein könnte; außerdem kann ich, während seiner Abwesenheit, von dem Kind etwas mehr über ihn in Erfahrung bringen, und feststellen wozu er sich wirklich eignet. — In Morley's Dorf wird ein Schulmeister gebraucht. Der alte Morley hat an mich geschrieben, ich sollt' ihm einen empfehlen. Gute Besoldung — nettes Häuschen. Aber natürlich wär' es Unrecht, über kleine Kinder einen Mann zu setzen — ihn einem geachteten Gutsbesitzer, und dessen Pfarrer zu empfehlen — von dem ich praktisch nichts weiß. Unmöglich! das geht nicht an. Wenn es irgendeinen Posten gäbe, mit leichtem Dienst, wo es auf Vertrauen und Verantwortlichkeit nicht ankommt — aber so 'ne Stelle gibt's in ganz Großbrittannien keine. Angenommen, ich von mir aus, etablierte ihn in irgendeinem leichteren Geschäftszweig — richtete ihm einen kleinen Laden ein, wie? Hm; ich weiß nicht. Was würde Williams sagen? Und wenn ich eben doch der Angeführte wäre! — wenn der Mann, dem ich derart gläubig vertraute, sich am Ende als Schuft entpuppte« — (der Bürgermeister hielt inne, und schauderte buchstäblich bei dem bloßen Gedanken) — »tcha, das würde mir allerdings eine Niederlage eintragen: meine Frau ließ' mich nicht mehr aus dem Haus, mit 'ner halben Krone in der Tasche; und ich könnte keine hundert Meter weit mehr gehen, ohne daß Williams mir nicht auf den Fersen wäre, um zu verhindern, daß mich die Zigeuner wegstehlen. ›Angeführt von ihm!‹ — nein; unmöglich! Andrerseits, falls es sich herausstellte wie ich beinah vermute – daß ich, der normalen-kleinlichen Bedächtigkeit zum Trotz, einen wirklich großen und guten Mann in Nöten hier gewittert hätte – Ha! welch einen Triumph würd' ich dann über sie-Alle errungen haben! Wie Williams mich verehren würde!«. Der gute Mann lachte hell auf bei dieser Vorstellung; und ging dann stolzeren Schrittes fürder.

## 23. Kapitel

*Ein hübsches Spielwerk in seiner Art, ganz zweifellos, ist die Liebe zwischen Jung & Jung – lustige Varietäten der betreffenden Narretei bedecken den Ladentisch des Großen SpielzeugGeschäftes – aber Du, artige Dame Natur, bitte reck' doch einmal Deinen Arm nach jenem, einigermaßen außerhalb der normalen AlltagsNachfrage gelegenen Regalfach hoch; und lang' mir dies veraltete, vernachlässigte, unbeachtete Ding dort herunter: die Liebe zwischen Alter & Kindheit . . .:*

Am nächsten Tage war Sophie ein bißlein besser – den Tag darauf ward die Besserung augenfälliger – und am dritten Tage bezahlte Waife seine WirtshausRechnung; und sie lenkten die verhängnisvollen Schritte nach jener ländlichen Wohnstätte, welche eine zeitlang mit ihr zu teilen er lockend versprochen, und sie indes zu glauben gelernt hatte. Es war nicht weit, keine zwei Kilometer außerhalb der Vororte jener Stadt; und ob das Gehen sie schon anstrengte, verbarg sie ihre Ermüdung, und wollte ihm auf keinen Fall erlauben, sie zu tragen. Das Häuschen lächelte ihnen bereits entgegen – ein GaubenDach, strohgedeckt, mit verzierten Giebel-Schutzbrettern – halb Schweizerisch, halb was man Elisabethanisch nennt – all die Zäune und Schuppen rundherum, wie sie eben nur reiche Kaufleute, wenn sie sich herablassen auch-Bauern zu werden, konstruieren und instand-halten – dh also Schuppen und Zäune so nett und adrett, wie aus einem SpielzeugLaden. Die luft'ge Brise kam frisch über neue HeuHaufen her – oder vom Geißblatt um die VorLaube – oder vom Pusten des trägen KuhVieh's, wie es da, knietief, in dem flachen Teichlein stand; das, halb-zugewachsen und mit breitblättrigen WasserLil'jen eingefaßt, still und glänzend in den ebnen Weidewiesen lag.

Unwillkürlich hielten sie ihre Schritte an, um die Heitre der Landschaft zu beschauen, und die balsamische Luft einzuziehen. Indes kam schon der Herr Bürgermeister aus der VorVeranda des Bauernhauses heraus; eingehakt seine Gattin; während zwei seiner jüngeren Kinder vorweg hüpften, mit seligen Gesichtern hinter einem prächtig geputzten Schmetterling her, den sie aus dem Geißblatt aufgescheucht hatten.

Bei Mrs. Hartopp hatte sich allmählich eine lebhafte Neugierde herausgebildet, die jüngsten Gegenstände des WohltätigkeitsDranges ihres Herrn und Gebieters, mit eig'nen Augen zu sehen und zu beurteilen. Selbstredend teilte auch sie jene Besorgnis, wie sie die ständige Beunruhigung aller Derjenigen bildete, die nur zu dem einen frommen Zwecke lebten: nämlich Josiah Hartopp vor dem Angeführtwerden zu bewahren. Aber sobald der Bürgermeister sich speziell der Unterstützung seiner Gattin für irgendeines seiner LieblingsProjekte zu versichern, und sie davon zu überzeugen wünschte, entweder

a) daß er mit nichten angeführt worden sei; oder aber
b) daß sich klug und höflich anführen zu lassen, in dieser uns'rer Welt eine überaus populäre und todsichere Methode darstelle, in ihr voran zu kommen,

er niemals verfehlte seinen Zweck zu erreichen. Dieser Mann war eigentlich die raffinierteste Kreatur; derart voll von Listen und Ränken, um seinen Willen durchzusetzen – für wohltätige Zwecke – wie andre Männer, die für gescheit gelten möchten, sie nur für selbstsüchtige aufbringen. Mrs. Hartopp war garantiert eine gute Frau; aber eine dazu *gemachte* gute Frau. An einen anderen Mann verheiratet, würde sie (argwöhn' ich fast) ein Drache geworden sein; Petruchio würde sie, ich schwör's, niemals gezähmt haben. Aber sie, die arme Lady, war – zwar nach und nach nur, aber desto umfassender – unterworfen, unterjocht, absolut domestiziert worden, unter dem Gewicht der despotischen Milde ihres Gatten; denn in Hartopp *war* tatsächlich ein gänzlich unwiderstehliches Gewicht von sachter Friedfertigkeit, von sanfter Unterdrückung, die eine Titanide unter sich begraben haben würden, wie unter einem Pelion moralischer Federbettigkeiten: Massen auf Massen daunigster Beeinflussung sanken über Einen herab, scheinbar nachgebend im Fallen, einhüllend überwältigend atembenehmend –

nicht einen einzigen festen Angriffspunkt darbietend – nachgebend, wenn man dagegen aus-stieß – sich verführerisch um einen schmiegend, sanfter und sanfter, schwerer und schwerer; bis, ich versichere's Ihnen, Gnädige Frau, wie hoch auch Ihr angebornes weibliches Feuer sei, es in Ihnen erstickt, Ihr letztes rebellisches Murren unter den herabsinkenden Vließen matt dahingestorben wäre.

»Wie lieb von Dir, Mary, daß Du mit mir mitgekommen bist«, sagte Hartopp. »Ich hätt' ja nie und nimmer ruhig sein können, ohne Deine Beistimmung – schau doch ma' das Kind an – irgendwas an ihr erinnert ja an Anna Maria – und Anna Maria ist Dein ganzes Ebenbild!«

Waife trat, den Hut ziehend, näher; die beiden Kinder hatten die Spur des Schmetterlings verloren, und waren auf Sophie zu gerannt. Aber Ihr scheuer Blick machte auch sie wied'rum scheu – Schüchternheit ist ja so ansteckend – und sie blieben ein bißchen abseits stehen, und schauten Sie an. Sir Isaak schritt direkt auf den Bürgermeister los; schnupperte an ihm, und wedelte mit dem Schweif.

Nunmehr beugte Mrs. Hartopp sich über Sophie; und, nachdem sie festgestellt hatte, wie das Gesichtlein ungewöhnlich hübsch sei, blickte sie huldvoll zu ihrem Gatten hinüber, und sagte: »Ich seh' die Ähnlichkeit!«; dann, zu Sophie gewandt: »Ich fürchte, Du bist müde, mein Kind; Du darfst Dich auf keinen Fall überanstrengen – und mußt jeden Morgen Dein Glas Milch, frisch von der Kuh, trinken.« Und da kam auch schon die VerwaltersFrau energisch heraus; ein schmuckes Weib, mit frischem gutmütigem Gesicht, und kinderlieb – umso mehr, da sie selbst keine eig'nen hatte.

So traten sie in den Hofraum – hauptsächlich Frau Hartopp führte das Wort; und sie war es auch, die Sophie – nachdem sie ihr die Kühe gezeigt hatte, und die Truthühner, die Geflügelställe, und den großmächtigen chinesischen Ganter – bei der einen Hand nahm, (die andere klammerte sich sehr-fest an die von Waife); und sie daran quer durch den kleinen Garten, mit seinen PatentBienenkörben führte, hinein ins Haus; wo sie ihr das Hütchen abnahm, und sie küßte. »(Frappante Ähnlichkeit mit Anna Maria!) – ä-Anna Maria, Schätzchen:?–«. Das eine der beiden Kinder das sich dieses Namens erfreute, trat näher – stupsnäsig schwarzäugig, mit Backen wie zwei Pumpelrosen. »Dies kleine Mädchen, meine Anna-Maria hier, war 'mal genau so blaß wie Du – vom zu-vielen Lernen; und jetzt, mein liebes Kind, mußt Du Dir

Mühe geben, und ihr ein bißchen von ihrer hübschen Farbe abstehlen. Sind Sie nicht auch der Ansicht, Mr. Chapman, daß Anna Maria ihrem Papa ähnlich sieht?«

»Mir?–« rief der Bürgermeister; flüsternd, zu Waife: »Ebenbild ihrer Mutter! genau derselbe intellektuelle Ausdruck:!«.

Sprach der vielgewandte Mime: »In der Tat, Madam', die junge Dame hat Mund und Augenbrauen ihres Vaters; aber der ganze sonstige GesichtsAusdruck, dieses-ä, durchdringend-Sensible, das sind *Sie* – ganz-Sie. – Sir Isaak?: der jungen Dame einen Diener gemacht; und anschließend Sir, das Säbel-Exercieren!«

Der Hund, geheißen seine Kunststücke zu machen, ergötzte die Kinder; und der arme Komödiant, ob ihm schon das Herz schwer wie Blei in der Brust lag, tat sein Bestes, um Wohltätigkeit durch Belustigung zu vergüten. Am Ende, und sehr-befriedigt, nahm Frau Hartopp den Arm ihres Gatten, und schickte sich zum Aufbruch an. Die Kinder, da sie sich von Sir Isaak trennen sollten, fingen an zu heulen. Der Bürgermeister nahm seiner Gattin das Wort aus dem Munde – (Die, sich selbst überlassen, die Kleinen gescholten, und noch-mehr zum Weinen gebracht haben würde) – sagte zu Anna-Maria: daß er sich auf ihren überlegenen Verstand verlasse, ihren Bruder Tom zu trösten; und bemerkte zu Tom-hin: wie es seinem sonstigen männlichen Wesen doch so gar nicht entspreche, seiner Schwester ein Vorbild im Heulen zu geben:?; und brachte es dergestalt fertig, ihre Tränen im Handumdrehen wegzuschmeicheln; und sie dafür zu einem Wettlauf zum Drehkreuz hin zu veranlassen. –

Waife und Sophie waren allein miteinander im Wohnzimmer des Bauernhauses – Mrs. Gooch, die VerwaltersFrau, war noch ein Stück mit dem Ehepaar zurückgegangen; um dem Bürgermeister eine Färse zu zeigen, die gar nicht recht fressen wollte, und unmustern schien. – »Laß uns leise 'raus in den HinterGarten schleichen, Herzel«, sagte Waife: »ich seh da eine Laube, wo ich in Ruhe eine Pfeife schmauchen kann; eine Freiheit, die ich mir im Hause-selbst nicht gern nehmen möchte.« Sie traten über die Schwelle; und erreichten die Laube, die am fernsten Ende des kleinen Küchen-Gartens stand, und eine angenehme Aussicht über grüne Weiden und Kornfelder bot, im Hintergrunde die blauen Umrißlinien eines fernen Hügellandes. Von weiterher war noch das Gelächter der glücklichen BürgermeistersKinder schwach zu vernehmen; dann und wann das Tinkeln eines SchafGlöckchens; oder das Pochen des

Baumspechts, unbeirrt durch die Stille des HöchstSommers, wie sie die andern, melodischeren SängerChörchen in ihren Schlupfwinkeln ja zum Schweigen bringt. Waife zündete sich seine Pfeife an, und rauchte wortlos; Sophie, den Kopf an seine Brust gelehnt, blieb ebenfalls stumm. Sie war für Natur über die Maßen feinfühlig; die ruhige Schönheit rund um sie her, beschwichtigte den in letzter Zeit verstörten Geist; und Gesundheit stahl sich sacht wieder zurück in Herz und Leib. Endlich sagte sie weich – »Wir könnten so glücklich hier sein, Großvater! Aber es kann wohl nicht dauern, oder?«

»Es hat in diesem Leben keinen Zweck, liebes Kind«, erwiderte Waife philosophisch, »nicht den geringsten Zweck, sich das Glück des Augenblicks dadurch zu trüben, daß man fragt ›kann es dauern?‹. Dem Menschen gehört das Heute; das Morgen seinem Schöpfer. Aber sag 'mal ganz offen: widersteht Dir die Vorstellung des öffentlichen Auftretens tatsächlich so sehr? Und ich meine jetzt nicht, wie wir damals in Mr. Rugge's Show taten, daß Du das haßt, weiß ich; aber so auf schickliche private Weise, wie neulich abends. – Ein Seufzer!: heraus damit.«

»Mir gefällt, was Dir gefällt, Opa.«

»Das ist nicht wahr: ich rauche gern; Du nicht. Komm, Du magst das Schauspielern also nicht? Warum? dabei machst Du es so gut – ganz wundervoll! Allgemein gesprochen, mögen die Leute das, was sie sehr gut können.«

»Es ist weniger das Auftreten selber, lieber Opa, was ich nicht mag. Wenn ich in irgendeiner Rolle drin bin, werd' ich fortgerissen – bin nicht mehr ich-selber. Ich bin Jemand anders.«

»Und der Applaus?«

»Den fühl' ich nicht. Ich will damit sagen: wenn keiner käme, würd' ich es vermissen; aber ich habe nie das Gefühl, als ob man *mich* beklatsche; (wenn ich je *das* Empfinden hätte, würd' ich gleich stecken bleiben, und Angst kriegen). Es ist so, wie wenn dieser Jemand-anders, in den ich verwandelt bin, sich mit den Zuschauern anfreundet; und mein ganzes Fühlen und Denken gehört dann diesem Andern – ähnlich so, Opa, wie wenn es dann vorbei ist; und Wir-Zwei sind wieder allein-zusammen, dann fühl' ich nur für Dich – zumindest« (sie ließ das Köpfchen hängen) »war das sonst so. Aber neuerdings irgendwie, ich schäm' mich fast zu denken, wie ich schier mehr für mich-selbst gefühlt hab' als für Dich. Kann das – kann das tat-*sächlich* sein, daß ich anfang' selbstsüchtig zu werden? wie der Herr Bürgermeister sagte. Oh nich' doch. Jetz' wo wir hier sind – und nicht in diesen lauten Städten – nicht in Herbergen und auf den Chausseen; – jetzt-*-hier, hier!*, da fühl' ich wieder für Dich – ganz für Dich!«

»Du bist mein Kleiner Engel, d's bist Du;« sagte Waife, bebestimmig. »›Selbstsüchtig‹!: Du?! d'ss'n guter Witz! Weißt Du, ich bin nicht das, was man DEMONSTRATIV nennt – ein schattenwerfendes Wort, Sophie; das besagt, wie ich Dir nicht andauernd zeige, wie-sehr ich Dich gern-hab' – und, um aufrichtig zu sein«, fügte er, mit gewaltiger Ehrlichkeit, hinzu: »– ich bin mir dessen nicht jeden Moment bewußt. – Also, *Ich* spiele gern; – ich lieb' den Applaus; und die Lichter; und die Aufregung; und all die Illusion – dies Scheinhafte der ganzen Chose; es führt mich ab von Erinnerung und Gedanken – ist es doch eine Welt, die keine Vergangenheit kennt; keine Gegenwart; und eine Zukunft schon gleich garnicht – ein Zwischenspiel inmitten der Zeit – ein Entkommen aus dem Raum – (ich nehme an, es werde der gleiche Zustand sein, wie bei Dichtern, wenn sie Verse machen). – Also Ja; ich mag das-Alles; und, wenn ich mich darein vertiefe, vergeß' ich Deiner allzusehr. Und, (der Himmel verzeih' mir's!), mir ist nie aufgefallen, wie blaß Du warst, und hinfällig; bis es mir deutlichst gesagt wurde – Ach-komm; nimm Deine Ärmchen weg; laß uns beraten. Sobald Du wieder wohl, ganz-wohl, sein wirst –: wie wollen Wir dann leben? was anfangen? Du bist so weis', wie eine Kleine Frau; und so sorgsam, so klug, und haushälterisch; (und-ich so ein hoppel-die-poppel-mäßiger alter Kerl; ohne einen-einzigen, vernünftigen Gedanken im Kopf!). : Was sollen Wir anfangen, wenn Wir das gemeinsame Auftreten ganz-aufgeben?«

»Das Theaterspielen ganz und gar aufgeben? wo Du es so gerne machst? Nein – nein. Ich will's auch liebgewinnen. Bloß – bloß ...«; sie unterbrach sich, weil sie einen Vorwurf anzudeuten oder wehe zu tun fürchtete.

»›bloß was?‹ – wollen wir uns doch ganz offen miteinander aussprechen; sag die Wahrheit, und beschäme den Vater der Lügen.«

»Die Wahrheit«, sagte Sophie, und hob die reinen Augen mit so himmlischer liebevoller Güte zu ihm empor, daß, falls die Worte ja einen Verweis in sich bargen, der Blick ihn wieder neutralisierte. »Wenn wir es nur dahin bringen könnten, außerhalb der Bühne die Wahrheit zu sagen, dann wär' mir das Auftreten nicht zuwider! Ach Großvater, wenn dieser gute Herr eben und seine Gattin und diese lustigen Kinder da so her-kommen und mit uns reden: möcht'st Du da nicht auch am liebsten in den Boden versinken? – ich ja. Sprechen Wir denn die Wahrheit? leben Wir die Wahrheit? heute den einen Namen; morgen einen anderen? Ich würd' mir gar nichts draus machen, für den Augenblick auf der Bühne oder in einem Saal aufzutreten – aber immer und ewig theaterspielen, andauernd – Wir selbst nur Schein und Trug: Großvater, muß das sein! *Sie* tun's nicht; ich mein' mit ›sie‹ jetzt Alle, die gut und angesehen sind, und geachtet als – als – och Opa – Opa – was sag' ich denn? Ich hab' Dir wehe getan!«

Waife kämpfte tatsächlich schwer, um seine Erregung niederzuhalten; aber seine Lippen waren zusammengepreßt, und das Blut war aus ihnen gewichen, und seine Hände zitterten.

»Wir *müssen* Uns verbergen«, sagte er, mit sehr leiser Stimme – »müssen falsche Namen annehmen – Ich – weil – aus Gründen, die ich nicht einmal Dir mitteilen kann; – und Du, weil ich versagt, und es nicht fertig gebracht habe, Dir das angemess'ne Heim zu schaffen, wo Du sein solltest; und dann gibt es auch Einen, Der wenn es ihm so gefällt, (und es kann ihm theoretisch jeglichen Tag einfallen!), Dich, wenn er Dich ausfindig machte, von mir wegnehmen könnte – und deshalb – deshalb.« Er brach unvermittelt ab, und blickte in ihr furchtsam-staunendes sanftes Gesichtchen; stand dann auf, und richtete sich in einem jener selt'nen Ausbrüche von Würde, die das ganze Wesen des Mannes seltsam veredelten, hoch empor: ! »Aber was mich angeht«, sagte er, »wenn ich schon jeglichen Namen eingebüßt habe – ob ich auch, während ich lebe, dieser ewig-wandernde, sich versteckende Ausgestoßne sein muß – schau hinauf, Sophie – blick nach oben, wo alle Geheimnisse bekannt sein – alle Herzen gelesen werden – und meine beste Hoffnung, dort ein Plätzchen zu finden, wo ich warten darf daß Du kommst, sie beruht auf etwas, was mich all mein Bürgerrecht hier unten gekostet hat. Ich sag' Dir das nicht, um mich zu überheben – gar nicht; lediglich deswegen, damit Du, mein teures Kind, Dich trösten kannst, falls Dir später jemals Leute etwas über mich zutragen sollten, was Dir Schmerzen bereitet.«

Noch während er sprach, entspannte sich der anfangs feierliche und stolze Ausdruck seines Gesichtes wieder, und ging in schwermütige Ergebung über. Dann schob er seinen Arm in den ihrigen, und stützte sich darauf, wie wenn er aufs neue zu dem ramponierten Krüppel herabgesunken wäre, der ihrer gebrechlichen Stützung bedürfe; so zog er sie fort, aus der Laube, und schritt langsam, mühselig in dem kleinen Gärtlein auf und nieder. Allmählich schien er sich wieder zu erholen; und sagte in seinem gewohnten muntern Ton: »Aber zurück zu unserm fraglichen Punkt – angenommen wir hätten das Spielen und 'rumziehen eingestellt; und bedienten uns nur noch eines Namens; und ließen uns irgendwo nieder, wie gutbürgerliche Leute – erneut muß ich fragen: wovon sollten Wir leben?«

»Ich hab' mir das auch schon überlegt«, antwortete Sophie. »Du erinnerst Dich, daß diese guten Fräulein Burtons mir allerlei Arten von Nadelarbeiten beigebracht haben; und ich weiß, man kann mit NadelArbeit Geld verdienen. Und dann, lieber Opa: was kannst Du nicht Alles machen! Hast Du Frau Saunders' Bücher vergessen, die Du eingebunden hast?; und ihre Tassen und Teller, die neu-gekitteten? So würden Wir Beide tüchtig-arbeiten; und hätten ein Häuschen; und ein'n kleinen Garten den wir besorgen könnten, und die Kräuter und Gemüse daraus verkaufen. Ach-Du, ich hab' das Alles in den letzten vierzehn Tagen genau-durchgedacht, hundert und hundert Mal; – bloß ich wollt' nicht zuerst davon anfangen.«

Waife hatte, überaus achtsam, zugehört. »Ich kann sehr-gut Körbe flechten«, sagte er, und rieb sich das Kinn; »die schönsten Körbe (wenn man bloß ein Stück WeidenGrund pachten könnte); und, wie Du sehr-richtig sagtest: da gäb' es 'ne ganze Reihe süßer Nichtigkeiten, die ich ausreichend zustande brächte; und Du-Deinerseits könntest Stickmustertücher liefern, und TopfUntersetzer, und Servietten, und NadelKissen undsoweiter; und wenn Wir nur ein paar billige Ruten Gartenland auftreiben könnten – und Geflügel, (der Bürgermeister sagte, Geflügel sei so-gesund für Kinder) – tcha auf mein Wort: wenn Wir irgendein sicheres Plätzchen ausfindig machen könnten, wo die Leute uns mit ihrem Klatsch nicht plagten – wo Wir ein klein-wenig Geld zurücklegen könnten: für-Dich, wenn ich ...«

»Auch Bienen? – Honig?«, unterbrach ihn Sophie, die sich mehr und mehr interessierte und engagierte.

»Ja; auch Bienen – sicher. – Ein Hüttlein dieser Art, auf dem Dorfe, würde nicht über 6 £ pro-Jahr zu stehen kommen; und weitere 20 £ für Materialien zu unsern HeimArbeiten, würden uns solid-etablieren. Aber – oh jé! – Meublement; Tisch und Bett –: entsetzlich kostspielig!«

»Och nich doch; im Anfang würde ganz, ganz-Wenig. hinreichen.«

»Wollen wir das Geld mal zählen, was wir noch übrig haben«, sagte Waife indem er sich auf ein Stück Rasen niederließ, das einen schattigen Maulbeerbaum umgab. Und der alte Mann und das Kind überzählten das Geld, Stück für Stück, fröhlich und gleichzeitig besorgt – sie plauderten, und fielen Eins dem Andern ins Wort – und Plan auf Plan; sie vergaßen Vergangenheit und Gegenwart ebensosehr, wie wenn sie in einem Stück aufgetreten wären – sie waren gänzlich in Zukünftigkeiten versunken – eine unschuldige, einfältige Zukunft – unschuldig wie die Zukunft, die zwei Kinder sich ausdenken, die frisch vom Robinson Crusoe herkommen, oder aus FeenMärchen.

»Jetzt erinner' ich mich – jetzt fällt mir's ein: genau der richtige Platz für Uns!«, rief Waife plötzlich aus. »Das ist viele, viele-viele Jahre her, seit ich dort war; (ich freite damals um meine Lizzy – ach-ach!) Aber keine trüben Gedanken jetzt! – genau der Platz; unfern einer großen Stadt, aber in einem ganz abseits davon geleg'nen hübschen Dörfchen: dort war es, daß ich Körbe machen lernte. Ich hatte mir das Bein gebrochen – mit dem Pferd gestürzt – nichts zu tun. Ich herbergte bei einem alten Korbmacher; der hatte ein kapitales Geschäft. Ein Bächlein hinterm Haus; Ried, Weidenbäume die Fülle: ich seh sie direkt vor mir, wie ich sie damals, während mein Bein wieder zusammen-heilte, von meinem Fensterchen aus sah. Und Lizzy hat mir immer so-liebe Briefchen geschrieben: alle meine Körbe waren nur für sie. Wir hatten Körbe genug, um ein ganzes Haus bloß mit Körben zu möblieren; hätten in Körben zu Mittag essen, in Körben sitzen, in Körben schlafen können. Binnen ganz weniger LehrStunden hätt ich bestimmt sämtliche HandwerksKniffe wieder im Griff. Ich würd' das Fleckchen gerne wieder-sehen; das müßte sein, wie wenn ich meiner Jugend noch einmal die Hand schüttelte. Jemand der mich womöglich wiedererkennen würde, kann schwerlich noch am Leben sein – ich hab doch eigentlich nur den Chirurgus gesehen, und den Korbmacher und sein Weib; Alle so alt, daß sie längst schon zu ihren Vätern versammelt sein müssen. Vermutlich hat gar Niemand den KorbHandel weitergeführt: ich könnte ihn wiederaufleben machen, und monopolisieren; vielleicht wär das Häuschen selbst unschwer zu ermieten.« So schwatzte er, in seiner angebor'nen Zuversichtlichkeit dahin, der alte Vagabunde; und Sophie lauschte herzlich, und lächelte zu seinem Gesicht auf. »Und ein feiner riesiger Park dicht-dabei; die Besitzer, Große Lords, hatten ihn damals verlassen; vielleicht ist er es heute noch – Du könntest darin umherschweifen, Sophie, wie wenn es Dein eigener wäre: so wundervolle Bäume, Du! – die allergrünsten Einsamkeiten; mit netten scheuen Hasen, die durch die Alleen preschen – und stattliches Rotwild auch! Wir würden uns mit den Pförtnersleuten anfreunden, und den Park dann einfach Dein Eigen nennen, Sophie; und ich werd' ein Dschinn sein, der magische Körbe flicht; und Du das verzauberte Prinzeßchen, das, vor allen bösen Augen verborgen, unter smaragdenem Laubwerk, Untersetzerchen aus Perlen wirkt, und aus der Welt des Vergänglichen Lebens her weiter keinen Laut vernimmt, außer ZweigGeflüster und VogelGesang.«

»Mein!; hier sind Sie – wir dachten schon Sie hätten sich verlaufen«, sagte die VerwaltersFrau; »der Tee wartet auf Sie; und da kommt der Mann, Sir, von seiner Arbeit her: er wird froh und stolz sein, Ihre Bekanntschaft zu machen, Sir; und Deine auch, mein Liebchen, eigene Kinder haben wir keine, weißt Du.« –

– Es ist 11 Uhr, abends, durch. Sophie, erschöpft, aber von weit angenehmeren Aufregungen als ihr seit langem widerfahren sind, liegt in festem Schlaf. Ihr zur Seite kniet Waife, und blickt sie an. Er befühlt ihre Hand:? – so weich und kühl; jegliches Fieber verschwunden – er erhebt sich auf Zehenspitzen – er bückt sich über sie – ein Kuß auf die Stirn, und eine Thräne; – dann stiehlt er sich davon, treppab, hinunter. Vor der Porch wartet der Verwalter, der Sir Isaak hält.

»Wir sorgen schon für sie, auf's Beste«, sagt Mr. Gooch. »Wenn Sie dann zurückkommen: Sie kennen sie nich mehr wieder, bestimmt.«

Waife drückt dem Mann, bei dem sein Enkelkind wohnen wird, die Hand, spricht jedoch nicht.

»Sie können Ihren Weg eigentlich gar nicht verfehlen – nee, also *das* wär genau die falsche Richtung! – immer gradaus zur Stadt hin. Ich nehm' an, sie werden im ›SarazenenKopf‹ noch wachsitzen und auf Sie warten, Sir?; klar. An sich sieht's ja, für uns, nich ganz gastfreundlich aus, wenn Sie, mitten in der NachtStille, so einfach hier weggehen – aber ich versteh schon, Sie können das Weinen nich vertragen, Sir – können wir-Männer meist nich – und Ihr süßes kleines Mädelchen, wenn sie's wüßte, würd ja bestimmt wohl schluchzen, wie wenn ihr's Herz brechen wollte. Schöne mondhelle Nacht, Sir – geradeaus also. Und, noch einmal: machen S'sich keine Kopfschmerzen über sie; die Frau hat Kinder von Herzen gern – und ich nich minder. – Gut' Nacht.« –

– Waife begann auszuschreiten – lahm, langsam – Sir Isaak's weißer PelzRock schimmerte geisterhaft im Mond. Fürbaß humpelte er, das Bündel über die Schulter geschnallt, gestützt auf den Stab; entlängst den Schafherden in ihren Hürden, und vorbei an schlummerndem Vieh. Als er jedoch in die Chaussee einbog, Gatesboro' mit all seinen SilberDächern und Turmspitzen voll vor ihm: da kehrte er der Stadt den Rücken, und stapfte wieder einmal die verlassene Hochstraße dahin – langsamer, und jetzt noch mehr; lahmer, und jetzt noch mehr – bis er an mehreren Meilensteinen vorüber war; dann kroch er durch die Lücke in einem Heckenzaun, auf das schirmende VorDach eines Heuschobers zu, und unter dessen Schutz legten er und Sir Isaak sich zur Ruh'.

## 24. Kapitel

*Über Ahnungen bevorstehenden Unglücks lache getrost; aber nach TagTräumen von Glück: zittere!*

Waife hinterließ in dem Bauernhaus zwei Briefe – den einen für Mr. Hartopp hatte er, zusammen mit einem versiegelten Beutelchen, dem Verwalter anvertraut – den andern, für Sophie, auf einen Stuhl, neben ihrem Bett gelegt.

Der erste Brief war wie folgt: –

»Ich hoffe zuverlässig, sehr geehrter lieber Herr, daß ich wohlbehalten wiederkommen werde; und sobald das der Fall ist, werde ich, möglicherweise, ein Heim für Sophie samt einer Lebensweise ausfindig gemacht haben, die auch Sie nicht mehr tadeln würden. Für etwelchen unvorhergesehenen Zufall jedoch, habe ich bei Mr. Gooch eingesiegelt das Geld zurückgelassen, das wir in Gatesboro' verdient haben; nachdem ich davon WirtshausRechnung, Arzt usw. bezahlt, und lediglich die Kleinigkeit zurückbehalten habe, die ich für den Fall brauchte, daß ich und Sir Isaak unsern Unterhalt nicht sollten aufbringen können. Wollen Sie, bitte, die Freundlichkeit haben, es aufzubewahren? – ich bin ein alter Mann; und würde mich, mit mehr baarem Geld in der Tasche, nicht sicher fühlen; ich könnte beraubt werden. Überdem bin ich fahrlässig; Geld hält sich bei mir nicht, es schlüpft mir durch die Finger wie ein Aal. – Der Himmel segne Sie, Sir!; Ihr Wohlwollen erscheint mir wie ein Wunder, das mir um dieses teuren Kindes willen gewährt worden ist. Nichts Böses kann ihr bei Ihnen widerfahren; und wenn ich krank werden und sterben sollte, selbst dann werden Sie, Der ja sogar dem Vagabunden mit all seinen Tricks hätte helfen mögen, dem harmlosen Kinde die rettende Hand nicht vorenthalten.«

Der Brief an Sophie lautete so: –

»Vergib mir, Schätzel!; ich hab mich von Dir fort-geschlichen; aber nur für einige-wenige Tage; lediglich um nachzuschauen, ob Wir unser ZauberHäuschen, wo ich der Dschinn sein würde und Du die Prinzessin, nicht an uns bringen können. Ich geh mit so leichtem Herzen von dannen, liebe Sophie: ich werd' bestimmt 30 Meilen am Tage zurücklegen, und dabei nicht den geringsten

Schmerz in dem lahmen Beine empfinden; Du könntest gar nicht Schritt mit mir halten – das weißt Du auch selber, ganz genau. Denk' Du bitte unterdes über das Häuschen und die Korbmacherei nach; und übe Dich, wenn es zum Spielen zu heiß ist, eventuell schon immer in StickMustertüchern und NadelKissen; vor allem aber werde gesund und stark, bis ich wiederkomme. Das wird, wie ich sicher annehme, heut über die Woche geschehen – also nur kurze 8 Tage noch: und dann wird nichts mehr aufgeführt als FeenStücke, mit nickenden Bäumen als Publikum, und lauter Hänflingen als Orchester; und selbst Sir Isaak soll nicht mehr durch feile Tricks herabgewürdigt, sondern seine arithmetischen Talente zum Addieren der wöchentlichen Rechnungen verwendet werden; auch soll er nie mehr auf den Hinterbeinen zu gehen brauchen, es sei denn an sehr-sonnigen Tagen, wo er denn freilich einen Parasol wird tragen müssen, um einer verwunschenen Prinzessin Schatten zu geben. Lach doch, Schätzel – laß mich mir einbilden, daß ich Dich lachen sehe; auf keinen Fall aber gräme Dich – glaub' ja nicht, ich verließe Dich je. So; und nun werd' wieder gesund – ganz-ganz-gesund: ich bitt' Dich auf den Knieen darum.«

Brief Nummer eins samt Beutel ward bei Sonnenaufgang nach Mr. Hartopp's Villa befördert; Mr. Hartopp war ein notorischer Frühaufsteher. – Sophie verschlief sich; ihr Zimmer lag nach Westen, die MorgenSonnenstrahlen trafen dessen Fenster nicht, und das Haus ohne Kinder erwachte entsprechend still und geräuschlos zur Arbeit; sodaß sie, als sie am Ende den Schlummer abschüttelte, sich das Haar aus den BlauAugen strich, in die Runde schaute, und sich der fremden Umgebung bewußt wurde, immer noch einbildete es sei zu früher Stunde. Aber sie stand trotzdem auf; zog die Gardine vom Fenster weg; sah die Sonne schon hoch am Himmel; und als sie sich, beschämt ob ihrer Lässigkeit, umwandte, und –: DA! –: der Brief auf dem Stuhl! Ihr ahnte sofort nichts Gutes; vor einen frühreifen Verstand, dessen Fähigkeit zu intuitiv-raschem Erfassen auf der Vereinigung von einfühliger Zuneigung plus GedankenAktivität beruhte, trat die Wahrheit wie ein Blitz! Sie tat einen langen Atemzug, und ward todtenblaß. Es bedurfte einiger Minuten, bevor sie den Brief aufnehmen, bevor sie das Siegel erbrechen konnte. Dies getan, las sie geräuschlos vor sich hin; indes die Thränen auf das Blatt herabtropften, ohne Kampf oder Schluchzung. Nicht, daß sie die geringste egoistische Besorgnis gehegt hätte, den Kummer, bei Fremden allein-gelassen worden zu sein; es war rein die Ergriffenheit wegen des Alten Mannes Wanderungen, von Einsamkeit zu Einsamkeit: ob seiner Verlassenheit; seines gefalschmünzerten Frohmuts; seiner lauteren Selbst-Aufopferung – das war es, was ihr ganzes Herzchen mit unaussprechlichen Sehnungen überflutete, mit Zärtlichkeit, mit Dankbarkeit; mit Mitleid und Verehrung. Aber als sie sich eine Zeitlang stillschweigend ausgeweint hatte, küßte sie den Brief, ergeben und leidenschaftlich; und wandte sich zu jenem Himmel, zu dem zu beten der Ausgestoßene sie als Erster gelehrt hatte.

Danach stand sie still; und sann eine kleine Weile; und die Schatten der Sorge schwanden von ihrem Gesicht. : Ja; sie wollte ihm gehorsamen – nicht muckschen – wollte sich Mühe geben; und ganz groß und stark werden. Würde er es doch, auch in der Ferne, spüren, wie sie getreulich seinen Wünschen nachkomme – daß sie sich fit mache, wiederum seine Gefährtin zu werden – 8 Tage gingen ja schnell vorbei. Und Hoffnung, die ein kindlich Herz nie lang verlassen kann, überbelichtete ihre kleinen Betrachtungen, wie die MorgenSonne mit einer Landschaft tut, die kaum zuvor noch dagelegen hat in ZweiLicht und unter RegenSchleiern.

Als sie dann herunter kam, war Frau Gooch ebenso überrascht wie erfreut, das gefaßte Lächeln auf ihrem Antlitz wahrzunehmen, wie späterhin die ruhige Tätigkeit, mit welcher sie, nach dem Morgenmahl, sich anschließend an der Seite der guten Frau bewegte; ihr bei der Milchwirtschaft und andern hausfraulichen Aufgaben zur Hand zu gehen suchte; wenig wortreich, rasch begreifend – gelassen, heiter.

»Ich bin ja nur froh, zu sehen, daß Du nich nach Dei'm guten Großvater jammerst, wie wir eigentlich befürchtet hatten.«

»Er hat gesagt, ich sollt' nicht jammern«, versetzte Sophie schlicht, obschon mit bebender Lippe.

Tiefer im Mittag dann, als es für körperliche Arbeit zu heiß ward, fragte Sophie, schüchtern, bei Mrs. Gooch an: ob sie vielleicht etwas bunte Wolle hätte, und Stricknadeln?; und nachdem sie mit den genannten Gerätlein und Rohmaterialien versehen worden, zog sie sich in die Laube zurück, und setzte sich an die Arbeit – stille und ganz für sich.

Was vielleicht die HauptStärke im Wesen dieses armen Kindes ausmachte, war eine ausgeprägte Fähigkeit zu vertrauen – ein Teil, mag sein, ihrer instinktiven Hochschätzung der Wahrhaftigkeit. Sie vertraute auf Waife – auf die Zukunft – auf die Vorsehung – auf ihr eignes kindisches, dennoch nicht-hülfloses, Ich. Bereits da ihre dünnen Finger noch die Garne sortierten, und ihr zierer Geschmack die Farbtöne zu wohlpassender Harmonie anordnete, da wob ihr Geist auch schon, und nicht minder harmonisch, die Farben zum Einschlag der TraumKette: das neu-heimische Hüttlein – die unschädlichen Arbeiten – Waife mit seiner Pfeife im Armstuhl, unter einer Porch, überrankt wie die dort-drüben – warum nicht? – mit duftendem Geißblatt. Ein Dasein das, ob auch bescheiden, so doch ehrlich und aufrichtig war, und nicht den Tag zu scheuen hatte; so daß, gesetzt Lionel träf' sie wieder einmal, sie nicht mehr zu erröten, er nicht schockiert zu sein brauchte. Und wenn auch ihre Wege so verschieden verliefen, wie der Großvater immer sagte, gleichwohl konnten sie sich kreuzen, wie sie sich ja schon einmal, früher, gekreuzt hatten, und – die Arbeit glitt ihr aus der Hand – die holden Lippen öffneten sich, und lächelten – ein Bild trat vor ihre Augen – ihr Großvater, Lionel, sie-selbst; alle Drei, Freunde, glücklich – ein Fluß, wie damals, themseschön – grüne Bäume, ganz in Sommer getaucht – an denen das Boot dahinglitt; in dem Boot sie Drei, sänftlich fürder-getragen – dahin – dahin – was liegt daran, wo-hin? – ihr zur Seite der alte Mann – ihr gegenüber die leuchtenden guten Augen dieses Jungen ... Sie fuhr zusammen. Sie vernahm Geräusche – ein schwingendes GatterTor – Fußtritte. Sie fuhr zusammen – sie stand auf – Stimmen; – eine ihr fremde – eine MannsStimme, – dann die des Bürgermeisters. Eine dritte Stimme – schrill, ernst; – eine furchtbare Stimme – gehört in Kindertagen – untrennbar-verbunden mit ErinnerungsBildern an Grausamkeit, Elend, Herzeleid. D's konnte doch nicht sein! – unmöglich! Näher – stets näher kamen die Schritte. Vom Impuls zum Fliehen gepackt, sprang sie an den Eingang zur Laube hin –: genau ihr gegenüber glommen zwei düstre, unheilvolle Augen. Sie stand – angewurzelt – fest-gehext – wie ein vorm Blick der Schlange starr-ersteiffter Vogel ...

: »Ja, Herr Bürgermeister; ganz recht! – es *ist* unser kleines Mädchen – uns're liebe Sophie. m-Hierher, Mr. Losely! – Gelt, das ist eine angenehme Überraschung für Dich, Sophie, Du Liebe!«, sagte Mrs. Crane.

# IV. BUCH

## 1. Kapitel

*Auch in den kindlich-gütigsten Naturen ist eine gewisse Sensibilität, die, wenn verletzt, den gleichen Schmerz auslöst, das gleiche Ressentiment hinter sich zurückläßt wie gekränkte Eitelkeit oder wundgeriebene Eigenliebe.*

Nun ist es genau über eine Woche derselbe Tag, gegen 5 Uhr Nachmittags; und Mr. Hartopp, allein in dem Empfangs- und SprechZimmer hinter seinem Lagerhause, just dabei, seine Kassen- und GeschäftsBücher wegzuschließen, als letzten Handgriff, bevor er in seine Villa zurückkehrt. Und es ist, seit wir seiner zum letzten Male ansichtig wurden, eine gewisse Veränderung im Ausdruck seines Gesichtes bemerkbar. Wenn es Mr. Hartopp möglich wäre, mürrisch auszusehen – dann säh' er jetzt mürrisch aus; wenn es dem Stadtoberhaupt von Gatesboro' möglich wäre, geknickt zu wirken – dann wär' er itzt geknickt. Diese gut-geregelte Existenz hat, unverkennbar, etwelche verderbliche Erschütterung erfahren, und sich von dem betreffenden Schock noch mit nichten erholt. Aber falls Sie auch-einmal einen Blick außerhalb dieses Sprech-Zimmers werfen wollten – etwa ins Lager, zu Mr. Williams hin, der dort seine Anweisungen erteilt – oder zu den LagerArbeitern selbst, den rauhen Antlitzen, in der eigentlichen Gerberei – ja, zu Mike Callaghan hin, der eben einen Ballen von der Eisenbahn her--geschrotet brachte, sie-Alle haben augenscheinlich ihren Anteil an den Auswirkungen besagter Erschütterung mit-bekommen; sie--Alle schauen mehr oder minder mürrisch drein, sie-Alle wirken geknickt. Ja, könnten Sie den Blick noch weiter-hinaus schweifen lassen – hineinlugen in die Geschäfte auf der High Street; oder zu den Müßiggängern im städtischen LeseSaal; vermöchten Sie den VisionsRadius noch weiter zu verlängern, bis in Mr. Hartopps Villa, und dort seine Gattin zu erschauen, seine Kleinen, und die männliche Dienerschaft, und die weibliche erst – immer umfassender und eindrucksvoller würden die Zeichen der durch jene infame Erschütterung hervorgebrachten Verstörtheit Ihnen sichtbar werden. Überall der mürr'sche Blick – überall dieser unaussprechliche Ausdruck von Geknicktheit! Was mag nur geschehen sein?; hat der gute Mann bankerott gemacht? Nein – reich wie immer! Ja, was kann es dann sein? Leser, jenes fatale Ereignis, das zu verhüten alle Diejenigen, die Josiah Hartopp lieben, immer auf dem *qui vive* sind, ist, all ihrer Wachsamkeit zum Tort, eingetreten!: Josiah Hartopp ist ANGEFÜHRT worden! Andre Leute mögen gelegentlich auch angeführt werden, und Niemand härmt sich groß drüber – vielleicht verdienen sie's gar! sie sind nicht besonders wohltätig, oder geben sich womöglich für besonders weise aus. Aber dieses Lamm von einem Menschen anzuführen! Und es war nicht nur des Bürgermeisters Herz, das die Wunde empfangen hatte; sondern auch sein Stolz, seine Selbstachtung, das Gefühl seiner Würde waren entsetzlich gedemütigt. Denn wir wissen es, daß – ob schon alle Welt Mr. Hartopp als den recht eigentlich zum Anführen geborenen Mann betrachtete, und sich deshalb zu seinem Schutz zusammen tat – in seiner tiefsten Seele Mr. Hartopp der Ansicht war, daß kein Mensch solchen Schutzes weniger bedürfe; und daß er niemals angeführt werde, es sei denn, er wolle dies selbst. Das war der Grund, warum die Grausamkeit und Undankbarkeit der niederträchtigen Handlungsweise ihn derart geknickt, ihn körperseelisch so gänzlich durcheinander gebracht hatte. Und, was noch schwerer wog, er fühlte es unangenehm deutlich, wie dieser Vorfall noch auf lange Zeit sein persönliches Behagen und seine Unabhängigkeit beeinträchtigen würde: mehr noch denn zuvor würde er unter die liebreiche Tyrannei von Mr. Williams geraten – mehr denn je der Gegenstand allumfassender Überwachung und Bespitzelung sein. Nur ein Gedanke noch würde ganz Gatesboro' vorwiegend beschäftigen: ›Der Bürgermeister, Gott segn' ihn!, ist angeführt worden – das darf nicht noch einmal geschehen! oder Gatesboro' wär' entehrt, und Tugend nur noch ein leerer Name!‹ Mr. Hartopp kam sich also nicht bloß gedemütigt, sondern unterjocht vor – er, der bis dahin der sanfte Unterjocher auch der Verhärtetsten gewesen war. Ja, nicht nur unterjochungsreif fühlte er sich; sondern beim Bewußtsein, daß er es sei, überkam ihn Entrüstung. Er war von der unfehlbaren Gerechtigkeit des Himmels allzu demutsvoll überzeugt, um nicht von der Gewißheit durchdrungen zu sein, daß der Mann, der ihn angeführt habe, irgendwie ein tragisch Ende nehmen müsse. Nicht daß er den Betreffenden nun direkt mit eigener Hand gehenkt haben würde – für aktives Rächen war er zu mild. Aber falls er jenen Mann hätte irgendwo hängen sehen, er würde gottesfürchtig gemurmelt haben, »Der Sünde Sold«; und seines Weges, getröstet und auferbaut, fürder gegangen sein. Angeführt! – schließlich doch erwischt und angeführt! – Er, Josiah Hartopp, angeführt, und das von einem Kerl mit nur 1 Auge!

## 2. Kapitel

*Der Bürgermeister wird derart beschützt, daß er sich selber nicht mehr helfen kann.*

Ein Tumult draußen? – halb wie Geheul – halb wie Gezisch. Mr. Williams – die Lagerarbeiter, die Gerbergesellen, Mike Callaghan, sie teilen sich redlich in beides, ins Geheul, und ins Gezisch. – Und der Bürgermeister fuhr doch zusammen –: ist das menschenmöglich?! Seine Tür platzt auf; und Alle, die ihn zurückzuhalten suchten, abschüttelnd – von seinem massiven Rumpf nach rechts und links sie Alle abschüttelnd, stürzte der Mensch herein, der den Bürgermeister angeführt hatte – der Kerl mit dem 1 Auge; und dem Kerl zur Seite, struppig und wegbestaubt, der andere Hund!

: »Was haben Sie mit dem Pfand getrieben, das ich Ihnen anvertraute? Mein Kind – mein Kind –: wo ist sie!?«

So verwildert war Waife's Antlitz vor SeelenAngst und Aufregung, und so zum Fürchten scharf seine Stimme, daß sie dem Messer gleich in das Herz der Männer drang, die, für einen Augenblick beiseite gestoßen, ihm jetzt, doch-eingeschüchtert, ins Zimmer nachdrängten.

»Mister – Mr. Chapman, Sir –«, (der Bürgermeister, mit stockender Stimme; mächtig-bemüht, Würde und Gefaßtheit zu erringen, zu bewahren): »ich muß mich doch wundern über Ihre – Ihre . . .«

»Dreistigkeit!«, soufflierte Mr. Williams.

: »Mein Kind – meine Sophie – mein Kind! Mensch, geben Sie Antwort!« –

»Sir«, begann der Bürgermeister, indem er sich zusammen-riß, »haben Sie meine schriftliche Benachrichtigung nicht erhalten; die ich im Haus meines Verwalters zurückließ, für den Fall, daß Sie dort noch einmal vorsprechen sollten?«

»Ihre Benachrichtigung – dies Dings-hier?«, versetzte Waife; gab dem zerknautschten Papier in seiner Hand einen Schlag; und ließ sein eines Auge noch einmal den Inhalt überlaufen –: »Sie haben, wie Sie sich ausdrücken, ›das Kind seinem gesetzlichen Beschützer wieder-gegeben‹? – Barmherziger Himmel!: hab' ICH sie Euch anvertraut, oder-nicht!?«

»Ihr da: verlaßt das Zimmer; ausnahmslos«, sagte der Bürgermeister, mit einer vorübergehenden Wiederkehr seiner früheren ruhigen Kraft.

»Also geht – los, meine Herren; was zum Deuwel habt Ihr hier zu schaffen?«, grunzte Williams der niederen Menge zu. »Raus! – ich bleibe; : keine Angst, Leute, ich wach' schon über ihn!« Die Umstehenden schlurrten zwar verdrossen davon; aber an seine Arbeit zurück kehrte Keiner; sie blieben Alle in Rufweite von der geschlossenen Türe stehen. Williams streifte sich seine Jacken-Ärmel höher; ballte die Fäuste; legte den Kopf verbissen auf eine Seite, und schaute, kurzum, so bedrohlich und kampflustig drein, daß Sir Isaak, der, obschon in einem Zustand erheblicher Aufregung, bis dahin seine Selbstbeherrschung bewahrt hatte, ihn nunmehr unter seinen Locken hervor bedrohlich fixierte, den Rücken versteifte, das Gebiß wies, und furchterregend zu knurren anhob.

»Mein lieber Williams, verlaßt uns«, sagte der Bürgermeister; »ich möchte gern mit diesem Mann allein sein.«

»Allein? – Sie! kommt nicht in Frage. Jetzt wo Sie einmal angeführt worden sind – und Sie haben es selbst zugegeben – ist es meine Pflicht, Sie inskünftig zu beschützen; und das will ich, bis ans Ende meiner Tage.«

Der Bürgermeister seufzte schwer – »Gut, Williams, 'ist gut. – setzt Euch auf einen Stuhl, und haltet Ruhe. – Und nun, Mr. Chapman, um Sie zunächst noch so zu nennen: Sie haben mich getäuscht.«

»Ich? – wieso?«

Der Bürgermeister stockte verlegen. »Mich getäuscht«, sagte er endlich, »in meiner Kenntnis der menschlichen Natur. Ich hab Sie für einen ehrlichen Mann gehalten, Sir. Und Sie sind – na, egal.«

Waife (ungeduldig): »Mein Kind, mein Kind! Sie haben sie ausgeliefert an – an ...«

Bürgermeister: – »An ihren leiblichen Vater, Sir.«

Waife (die Worte nachsprechend, indem er gleichzeitig hinter sich taumelt): – »Das dacht' ich mir – dacht' ich's doch.«

Bürgermeister: – »Als ich das tat, hab' ich lediglich den Gesetzen genügt – er hatte amtliche Bescheinigungen, um seine Forderung notfalls zu erzwingen.« Die Stimme des Bürgermeisters hatte schier verteidigenden Tonfall angenommen; denn Waife's Seelenpein ging ihm doch wieder nahe, und er vermochte ein gewisses inneres ReueGefühl nicht zu schwichtigen. Streng genommen *hatte* man ihm etwas anvertraut; und er-seinerseits hatte, (entschuldbar vielleicht; notgedrungen vielleicht), aber der Tatbestand blieb; *er* hatte das ihm anvertraute Pfand nicht bewahrt. »Jedoch«, ergänzte der Bürgermeister, wie zu seiner eignen Selbstbestätigung – »jedoch hab' ich mich zuerst durchaus geweigert, sie herauszugeben, auch dem eig'nen Vater nicht; habe zuerst darauf bestanden, daß man Ihre Rückkehr abzuwarten habe; und erst dann, als man mich in Kenntnis setzte, wer Sie eigentlich wären: da mußte ich meine Bedenklichkeiten zurückstellen.«

Lange schwieg Waife; nur atmete er sehr schwer, und fuhr sich, zu wiederholten Malen, mit der Hand über die Stirne; schließlich sagte er, ruhiger als er bis dahin gesprochen hatte –: »Würden Sie mir mitteilen, wohin Jene gegangen sind?«

»Ich weiß es nicht; und selbst wenn ich es wüßte, würde ich Sie nicht darüber informieren! Haben die Leute etwa nicht Recht, wenn sie sagen, daß ein unschuldig Kind, keinesfalls, von Hause weggelockt werden dürfe, von – von – einem – kurzum: von Ihnen, Sir?«

»›*Sie* sagten‹! Ihr Vater – sagte das? er sagte das! Hat er – hat *er* das tatsächlich gesagt? Hat er das Herz dazu gehabt?«

BÜRGERMEISTER: – »m-Nein; ich möchte meinen, er hab' es nicht gesagt. Wie, Mr. Williams? Er hat nur ganz wenig mit mir geredet.«

Mr. WILLIAMS: – »Natürlich hat er den Mann-dort nicht bloßstellen wollen. Aber die Frau – die Dame, mein' ich ...«

WAIFE: – »Frau? Ach ja; die Verwaltersfrau sprach davon, es wär eine Frau dabei gewesen. Was für eine Frau? wie hat sie geheißen?«

BÜRGERMEISTER: – »Sie müssen mich jetzt wirklich entschuldigen: ich kann nicht mehr sagen. – Ich habe eingewilligt, Sie noch einmal vorzulassen; weil – was immer Sie auch gewesen sein mögen, beziehungsweise noch sind – ich es mir dennoch selbst schuldig war, zu erklären, wieso ich dazu kam, das Kind auszuliefern; überdem haben Sie Geld bei mir deponiert, und zumindest *das* kann ich in Ihre eigne Hand zurücklegen –«. Der Bürgermeister wandte sich zu seinem Pult; schloß auf; und entnahm daraus das Beutelchen, das Waife ihm übersandt hatte.

Aber wie er es so dem Komödianten hin-streckte, zitterte seine Hand doch, und in seine Wange war die Röte gestiegen. Denn Waife's eines glänzendes Auge besprach eine solche Tiefe stummen Vorwurfs, daß das bürgermeisterliche Gewissen erneut in peinliche Unruhe geriet; und er willig den zehnfachen Inhalt des Beutelchens dafür hingegeben hätte, mit dem Vagabunden allein-sein, und all die begütigenden Dinge sagen zu können, die er vor Williams nicht zu äußern wagte; (denn der saß da, stur stumm grimmig, und beleibwächterte ihn davor, einmal mehr ›angeführt‹ zu werden). »Wenn Sie sich mir nur gleich zu Anfang anvertraut hätten, Mr. Chapman«, sagte er wenigstens, eindringlich-rührend, »oder selbst, wenn Sie es jetzt-noch täten: ich könnte Ihnen beistehen, ein neues-honettes Leben anzufangen!«

»Dem helfen! – jetzt-noch!« warf Williams, förmlich schnaubend, ein: »Schon wieder dabei!: wahrlich Sie sind kein Mensch: Sie sind ein Engel!«

»Aber wenn er Reue zeigte, Williams. – ?«

»So! so! so! –«, murmelte Waife. »Dem Himmel sei Dank: nicht er ist's gewesen, der gegen mich gesprochen hat – es war bloß ein fremdes Weib. – Oh!« brach er plötzlich mit einem Ächzen ab: »oh! aber dies fremde Frauenzimmer – wer, was, mag sie sein? und Sophie bei ihr und ihm. Verrückt! – Ja; ja, ich nehm' das Geld. Ich werd's brauchen, alles. Sir Isaak: hebt diesen Beutel auf. – Ihnen, Gentlemen, einen guten Tag noch!«. Er verbeugte sich; aber welch Fiasko diese Verbeugung! nichts Herzogliches mehr darin! verbeugte sich, und wandte sich zur Tür. Dann, als er die Schwelle erreicht hatte, – wie wenn ein demütigerer, heiligerer Gedanke ihm die Würde des Betragens zurückgäbe, – richtete seine Gestalt sich empor, wiewohl sein Gesicht sich sänftigte; er streckte die rechte Hand gegen den Bürgermeister aus, er sagte – »Sie haben lediglich so gehandelt, wie auf das Ihnen vorgelegte Beweismaterial hin, vielleicht Jedermann getan hätte. Sie dachten, es geschähe zu ihrem Besten. Wenn Sie Alles wüßten: wie würden Sie bereuen! Ich will Ihnen keine Schuld geben – ich verzeihe Ihnen.«

Er war hinaus: der Bürgermeister stand wie durchbohrt! Selbst Williams verspürte ein kaltes, unbehagliches Schaudern. »Man sieht's ihm wahrlich nicht an«, sagte der Geschäftsführer. »Guten Mut's Sir: kein Wunder, daß Der Sie angeführt hat – wer wäre das wohl nicht geworden?«

:»Ruhig –: da geht das Gebrüll' wieder los! Flott, Williams, dafür sorgen, daß die Männer ihn nicht anpöbeln. Schnell, los – ich wär' Euch dankbar.«

Aber bevor Williams noch die Tür erreichen konnte, waren der Krüppel und sein Hund bereits verschwunden; verschwunden in ein finstres enges Gäßchen auf der gegenüberliegenden Seite der Straße. Die ungeschliff'nen Arbeiter waren bis zum Eingang des Gäßchens mit ihrem Spott und Hohn hinter ihm her gewesen. Was dem guten Ruf des Komödianten eigentlich genau zur Last gelegt ward, darüber waren sie nicht informiert; dies Wissen beschränkte sich allein auf den Bürgermeister und Mr. Williams. Aber dieser Letztere hatte derart harte Ausdrücke fallen lassen, daß – so übel die Anklage in Wahrheit auch lauten mochte – Alle im Dienste von Mr. Hartopp Beschäftigten sie sich wahrscheinlich noch schlimmer vorstellten, als sie möglicherweise wirklich war. Und um einen Verworfenen mußte es sich bei dem Manne, der den Bürgermeister eingestandenermaßen angeführt, und den der Bürgermeister voller Unwillen den Vorwürfen seines eignen Gewissens überlassen hatte, ja doch wohl unweigerlich handeln. Aber der Krüppel war nunmehr außer Sicht, entschwunden in jene labyrinthisch-schmutzigen ElendsQuartiere, wie sie in größeren Städten gleichsam den Blicken entzogen sind, und hinter High Street und MarktPlatz so übergangslos abzweigen, daß Fremde, die nur die breiten vornehmen Verkehrsadern, mit ihren funkelnden Geschäften und gasbeleuchteten Bürgersteigen entlang flanieren, wohl ausrufen – »Ja, wo leben denn die Armen?«.

## 3. Kapitel

*Ecce iterum Crispinus.*

Nicht infolge von Berechnung, sondern unwillkürlich und instinktiv war es erfolgt, daß Waife – auf solche Art den feindlichen Blicken und dem hämischen Gemurre der müßigen Mäuler um die BürgermeistersTüre zu entrinnen – sich in jenes schmuddelig-verzweigte GassenGewirr stürzte. Er hatte das undeutliche Gefühl, daß irgendwie Acht und Bann auf ihm laste; daß die Hülle, die er über sein Brandmal des Ausgestoßenen gezogen, weggerissen worden; daß ein AusweisungsDekret von den HighStreets und Marktplätzen gutbürgerlichen Lebens gegen ihn erflossen sei. Er war seines Kindes beraubt worden; und Die Gesellschaft, durch den Mund und mit der Stimme des Bürgermeisters von Gatesboro', sprach: ›Und zu Recht! Du bist kein tauglicher Begleiter der Unschuldigen!‹

Endlich fand er sich außerhalb der Stadt, auch über die noch locker besiedelten Vororte hinaus; und stand einmal mehr auf der einsamen Landstraße. Er war an diesem Tage bereits weit gewandert. Er war hochgradig erschöpft. Er setzte sich in den trockenen, von einer Hecke begleiteten Straßengraben hin; nahm den Kopf in beide Hände; und bemühte sich, seine Gedanken wieder zu sammeln, seine Pläne neu zu orientieren. –

Frohgemut und ganz-stolz war Waife an dem Tage nach dem Verwalterhause zurückgekehrt. Er hatte praktisch die Woche auf Reisen verbracht – teilweise, obschon nicht die ganze Strecke, zu Fuß – nach jenem entlegnen Dörflein hin, wo er, in seiner Jugend, die Kunst des Korbmachers erlernt hatte. Sogar das Häuschen, in dem er damals logiert, hatte er leer und zu-vermieten angetroffen!: hier schien tatsächlich, auch was Nachfrage anbelangt, eine echte Möglichkeit für das bescheidne aber annehmliche Handwerk, dem sein Ehrgeiz nunmehr galt.

Der dortige, mit der Verpachtung von Haus und Weidengrund betraute Verwalter hatte, das ist schon richtig, sich nach etwelchen Führungszeugnissen erkundigt – selbstredend nicht bezüglich des gesamten Vorlebens eines Pächters; sondern nur, wie billig, einer leidlichen Garantie halber, daß dieser Pächter ein ruhiger, nüchterner Mann sei, der seinen Zins bezahlen, und sich des Wilderns enthalten werde. Waife meinte mit einiger Sicherheit annehmen zu können, daß der Bürgermeister von Gatesboro' innerhalb dieser Grenzen nichts dagegen haben werde, seine Vergangenheit auf Trau und Glauben pauschal passieren zu lassen, und ihm zur Sicherung einer so harm- und anspruchslosen Zukunft ein paar empfehlende Worte mitzugeben. Nie zuvor hatte Waife Irgendjemanden um eine derartige Gunst angesprochen; auch jetzt schrak er davor zurück; aber um seines EnkelKindes willen wollte er die Skrupel fahren lassen, oder seinen Stolz demütigen.

So also war er, elysischer Träumungen voll, zurückgekehrt zu seiner Sophie – seiner Verwunschnen Prinzessin.: Fort war sie! – weg geführt, und mit Einwilligung des Bürgermeisters – der Einwilligung eben des Mannes, auf dessen Unterstützung bei der Sicherung eines Lebensunterhalts und Obdachs er sich verlassen hatte! Bei Mr. und Mrs. Gooch hatte er darüber hinaus nur wenig in Erfahrung gebracht; denn man war im Verwalterhaus angewiesen worden, sich so knapp wie möglich zu fassen; und ihm, außer der schriftlichen Benachrichtigung, daß sie sich bei ihrem gesetzlichen Beschützer befinde, ja keinerlei Anhaltspunkt zum Wiederhabhaftwerden seines verlorenen Schatzes zu geben. Und das würdige Paar war inzwischen wirklich voreingenommen genug gegen den Landfahrer geworden, und behandelte ihn mit Grobheit. Aber er hatte sich auch gar nicht groß mit Erkundigungen und KreuzVerhör aufgehalten; er war unverzüglich zum Bürgermeister gestürzt. Sophie befand sich bei Jemandem, dessen gesetzliches Verfügungsrecht über sie, er nicht anfechten konnte. Aber wohin dieser Mann sie bringen – wo er sich aufhalten – Was er mit ihr machen werde? – entzog sich jeder Vermutung seinerseits. Höchstwahrscheinlich (dachte, mutmaßte er) würde man sie ins Ausland schaffen – vielleicht war sie jetzt schon außer Landes. Aber dieses Frauenzimmer, das Losely begleitete, und die man ihm noch nicht beschrieben hatte? Er riet nicht entfernt auf Mrs. Crane: die Frau hier war ihm einwandfrei feindselig gesinnt – war es doch die Frau gewesen, die wider ihn gesprochen hatte, nicht Losely; – diese WeiberZunge hatte Hartopp's Gemüt vergiftet; und all die Hochachtung und Bewund'rung, die den Großen Komödianten zuerst gegrüßt, in Verachtung verwandelt. Wieso war diese Frau seine Feindin? Wer mochte sie sein? Was hatte sie mit Sophie zu schaffen? Er war halb außer sich vor Schrecken! Noch weniger um sie vor Losely zu retten, als vielmehr sie vor solch gräulichen Weibern zu bewahren, wie sie prinzipiell Losely's Vertraute und Verbündete ausmachten, war es damals geschehen, daß Waife Sophie zu sich genommen hatte. Was Mrs. Crane betrifft, hatte sie *ihm* niemals den Eindruck einer persönlichen Feindin gemacht – hatte ihm das Kind bereitwillig überlassen – er hatte, nach der Art wie sie sich bei ihrer letzten Zusammenkunft über Losely ausgedrückt, nicht den geringsten Grund, anzunehmen, sie werde künftig jemals noch das Interesse eines Mannes fördern, oder sich aktiv an seinen Ränken beteiligen, dessen Perfidie sie damals so offen gerügt hatte, und was Mr. Rugge betrifft, so war er in Gatesboro' persönlich gar nicht in Erscheinung getreten: Mrs. Crane hatte wohlweislich zu bedenken gegeben, daß sein Auftreten mit nichten förderlich oder vorteilhaft wirken, vielmehr jedwede Erwähnung seiner Selbst, oder des mit ihm geschlossenen Kontraktes vermieden werden sollte. Somit war Waife tatsächlich ohne den geringsten Fingerzeig – ohne haltbares Fundament für einen Verdacht – der ihn instand gesetzt hätte, die Verlorne aufzuspüren. Alles was er wußte, war einzig dies: sie war einem Manne ausgefolgert worden, dessen Wo und Wie zu entdecken prinzipiell Schwierigkeiten machte – einem Vaganten mit noch lichtscheuerer und versteckterer Lebensführung, als die seinige war.

Aber wie war es den Spürhunden gelungen, den Fleck ausfindig zu machen, wo er seine Sophie gehortet – wie hatten sie diese Zuflucht erwittern können? Vielleicht von dem Dorf ausgehend, wo wir seiner zuerst ansichtig wurden. Klar; zweifellos; von Frau Saunders würden sie dann von dem gekauften Hund erfahren; und der Hund dazu gedient haben, sie auf seine Bahn zu leiten – bei diesem Gedanken stieß er Sir Isaak fort, der seinen Kopf auf das Knie des alten Mannes gelegt hatte – stieß ihn ärgerlich weit von sich! Der arme Hund schlich sich in kummervoller Überraschung winselnd zur Seite.

»Undankbarer Wicht, der ich bin!« rief Waife; und breitete die Arme nach dem Tier, das verzeihend an seine Brust gesprungen kam.

»Komm, komm; wir wollen nach dem Dorf in Surrey zurückgehen: tramp, tramp, tramp!«, sagte der Krüppel, indem er sich in die Höhe richtete. Und genau in dem Moment, just als er wieder auf den Füßen stand, legte eine freundliche Hand sich auf seine Schulter, und eine freundliche Stimme sagte –:

»Gefunden! nu, der Kristall hat's ja gesagt! Wun-der-bar!«

»Merle –« stammelte der Landfahrer – »Merle, Ihr hier? Oh vielleicht seid Ihr gesandt, um mir gute Nachricht zu bringen: Ihr habt Sophie gesehen, gelt? – Ihr wißt, wo sie ist?«

Der Schuhflicker schüttelte den Kopf. »Kann Sie, gerade im Augenblick, nich seh'n. Kristall sagt nichts von Ihr. Aber ich weiß, Sie iss Ihnen weggenommen worden – und – und – tz, Sie zittern ja erbärmlich! Stützen S'ich auf mich, Mr. Waife; aber rufen Sie d's Große Tier weg: der verdächtigt meine Waden, und umzüngelt sie derart . . . – Schön' Dank, Sir. Sehen S' ich bin mit finstren Aspekten im Zwölften Hause gebor'n, zuständig für Große Tiere und Feinde; – und Hunde von dem Format um de Waden: wenn das keine Malefiz'jen sind . . .«

Und wie Merle nun den Krüppel langsam von hinnen führte; und Sir Isaak, nachdem er seine anfänglichen Verdächtigungen aufgegeben, kopfhängerisch neben ihnen einherwandelte; begann der Schuhflicker eine lange, mit viel Verhau von astrologischen Erläuterungen und moralisierenden Kommentaren durchrankte Geschichte. In verkürzter Fassung war der wesentliche Inhalt seines Berichtes dieser: Rugge, bei der Verfolgung von Waife's Spur, hatte organischerweise auch bei Merle vorgesprochen, und zwar in Begleitung von Losely und Mrs. Crane. Nun hatte der Schuster keinen Anhaltspunkt zu geben; beziehungsweise, falls er einen besessen hätte, wär' es ihm nicht entfernt eingefallen, damit herauszurücken. Da jedoch seine Neugier rege geworden, hatte er eine anfängliche Neigung, die lästigen Frager mit mehr Beschleunigung als Höflichkeit wieder hinaus zu spedieren, unterdrückt; ja, seine wahrlich oberflächliche Bekanntschaft mit Mr. Rugge mit so gut gespielter Verbindlichkeit wieder aufgefrischt, daß jener Edle – als Losely und Mrs. Crane, bei ihrer Reise nach Gatesboro', ihn zurückließen – sich mangels anderer Gesellschaft, sogar herabließ, Tee mit Mr. Merle zu trinken; und als dem Tee erst probehaltigere Getränke gefolgt waren, da hatte er ihm sein ganzes Herz eröffnet, samt seinen Hoffnungen, sich Sophie's wieder zu versichern, sowie des ewigen Ehrgeizes, das große Theater von York zu pachten.

Den Tag darauf war Rugge dann, augenscheinlich in Hochstimmung, davon gereist; und aus einigen Worten, die er fallen gelassen, als er auf seinem Wege zum Bahnhof an Merle's Laden vorbeikam, konnte der Schuhflicker folgern, daß Sophie erneut eingefangen, und Rugge just herbeizitiert worden sei, von ihr Besitz zu ergreifen. Der Schuster, der von dem Manager herausgebracht hatte, daß Losely und Mrs. Crane nach Gatesboro' gefahren seien, hatte sich ins Gedächtnis zurückgerufen, daß ihm in der Richtung auch noch eine seit so manchem lieben Jahr nicht mehr gesehene verheiratete Schwester lebe, deren Gatte im Gemüsehandel tätig war, ob schon in sehr kleinem Maßstabe; da nun auch sein eignes Geschäft just stagnierende Tendenz aufzuweisen schien, beschloß er, besagter Verwandten einen Besuch abzustatten; mit der menschenfreundlichen Nebenabsicht, sich nach Waife umzusehen, den er, Rugge's Andeutungen nach, dort anzutreffen erwarten konnte, und, für den Fall, daß Sophie ihm gegen seinen Willen fortgenommen worden sein sollte, ihm jede nur in seiner Macht stehende Tröstung oder Unterstützung anzubieten. Eine Konsultation mit seinem Kristall, der ihm Mr. Waife ganz allein und mit überaus mutlosem Gesicht zeigte; und endlich ein AspektenSchema auf die Stunde gestellt, welches seiner Reise Erfolg verhieß, entschieden über seine weiteren Bewegungen. – Vor einem Tage erst war er in Gatesboro' eingetroffen; und hatte gleich eine konfuse Geschichte zu hören bekommen: von einem Mr. Chapman, mit seinem Hund und seinem Kind; den der Bürgermeister zuerst beim Publikum eingeführt, der aber späterhin, auf irgendeine geheimnisvolle Weise den Bürgermeister angeführt habe. Glücklicherweise war der schwärzere Klatsch der High Street nicht bis in die HinterGäßchen gedrungen, wo Merle's Schwester ihr Domizil hatte – dort war, über den Umstand hinaus, daß jener mysteriöse Fremde die vereinigte Weisheit von Gatesboro's Gelehrtem Institut und seinem erleuchteten Bürgermeister zu hintergehen gewußt habe, so gut wie weiter nichts bekannt. Merle, der selbstredend ›Chapman‹ mühelos mit Mr. Waife identifizierte, hatte auch nur annehmen können, daß man Jenen, nachdem er sich erst für einen weitaus bedeutenderen Mann ausgegeben, am Ende als einen herumziehenden Schauspieler von Rugge's Truppe entlarvt habe – und darin nun ein gar so abscheuliches Vergehen zu erblicken, konnte der Schuhflicker mit dem besten Willen nicht über sich gewinnen. Aber Mr. Chapman war aus Gatesboro' verschwunden, Keiner wußte wohin; und sich an den ersten MagistratsBeamten der Stadt persönlich zu wenden, und bei ihm nach dem Manne zu erkundigen, von welchem jene erhabne Persönlichkeit eben hinters Licht geführt worden war, dazu hatte Merle sich noch nicht durchgerungen. »Wie dem auch sei«, sprach Merle, abschließend, »so steh ich jed'nfalls grade, vor meiner Schwester Ladenthür' in Scrob Lane, mit ihr'm jüngsten Bähbi auf'm Arm – und seh doch auf einmal Sie vorbeigesaust komm' wie ne Bombe! Ich rein gerannt, um das Kind abzugeben, ('s zahnt grade, und hat üble Aspekte im Geviertschein dazu); und wie'ch wiederkomm', sind Sie längst vorbei – weg – absolut auße'n Augen. Sie sind um die eine Ecke rum, und ich um ne andere; aber Sie sehen, am Ende haben Wir Uns doch noch gefunden, wie gute Menschen in dieser Welt ja immer tun – oder sonst halt in der nächsten; was auf längere Sicht dasselbe iss.«

Waife, der seinem Freund ohne anderweitige Unterbrechung zugehört hatte, als gelegentlich nur ein Kopfnicken, oder höchstens das Füllwort einer ganz leichten Verwünschung, bekam jetzt viel von seiner konstitutionell bedingten sanguinischen Heiterkeit zurück. In der Beschreibung des betreffenden Frauenzimmers erkannte er ohne weiteres Mrs. Crane wieder; und ob es ihn schon überraschte, freute es ihn doch gleichzeitig. Denn so wenig ihm die Dame auch behagte, war er doch der Ansicht, Sophie hätte in weit-schlimmere weibliche Hände geraten können. Ohne seinen Scharfsinn groß überanstrengen zu müssen, konnte er jetzt den wahren Tatbestand ziemlich mutmaßen: Losely war auf die ein- oder andre Art mit Rugge in Verbindung gekommen, und hatte Sophie an den Manager verkauft: wo Rugge war, dort würde auch Sophie sein! Den Ort ausfindig zu machen, wo Rugge's Show sich im Moment aufhielt, konnte nicht übermäßig schwer halten; und dann – ah dann! – Waife pfiff Sir Isaak, tippte ihn bedeutsam auf die Stirn: ! , und lächelte triumphierend. – Indes hatte der Schuhflicker ihn, unauffällig, in Richtung jener Vorstadt zurückgeführt; mit der wohlmeinenden Absicht, ihm für die Nacht im Haus seiner Schwester Essen und Obdach anzubieten. Aber Waife hatte allbereits seinen Plan entworfen: in London, und in London--allein, konnte er schnell und mit Gewißheit in Erfahrung bringen, wo Rugge im Moment Vorstellungen gab; in London gab es Stellen, wo dergleichen Information im Handumdrehen zu erhalten war. Der letzte Zug in Richtung Hauptstadt war noch nicht abgefahren: er wollte die Stadt außen-umgehen, hin zum Bahnhof; zu dieser Stunde konnten er und Sir Isaak, gänzlich unbeachtet, ihre Fahrkarten kaufen.

Als Merle erkannte, daß es vergebens sein würde, ihn, und sei es noch so dringend, zum Übernachten einzuladen, begleitete der gutherzige Schuster ihn wenigstens bis zum Bahnhof; und erstand dort, während Waife sich in eine möglichst dunkle Ecke verzog, die Fahrkarten für Herrn und Hund; – während er für sie zahlte, hörte er, wie zwei Einwohner sich gerade von Mr. Chapman unterhielten. Es war niemand anders als Mr. Williams; der einem Mitbürger, nach einwöchiger Abwesenheit soeben nach Gatesboro' zurückkehrend, auseinandersetzte, wie und durch was für eine Art von Kerl, Mr. Hartopp angeführt worden wäre. Und ob dessen, was Williams sagte, erblaßte die Wange des Schuhflickers doch. Als er wieder zu dem Komödianten trat, war sein Benehmen beträchtlich verändert; wortlos übergab er die Karten; schaute Waife jedoch, während dieser ihm das Fahrgeld zurückerstattete, scharf und anhaltend ins Gesicht. – »Nein«; sagte der Schuster plötzlich; »ich glaub' es nicht.«

»Glauben?, was nicht?«, fragte Waife, zusammenzuckend.

»Daß Sie ein . . .«. Der Schuhflicker brach ab. Beugte sich dann vor; und flüsterte den Rest seines Satzes dem Landstreicher dicht in's Ohr: – ? –. Waife ließ den Kopf auf die Brust sinken; erwiderte jedoch nichts.

»Reden Sie doch« rief Merle: »sagen Sie 's wär ne Lüge!«. Die Lippe des armen Krüppels zitterte und krümmte sich; aber immer noch sprach er nichts.

Merle sah ganz entgeistert auf so viel hartnäckiges Stillschweigen. Am Ende, aber sehr langsam nur, und erst als schon das GlockenZeichen ihn und Sir Isaak zum Einnehmen ihrer diversen Plätze im Zuge aufforderte, fand Waife seine Stimme wieder. »Also auch Ihr; auch Ihr verlasset und verachtet mich! Nun, Gott's Wille geschehe.« Er bewegte sich davon – mutlos, humpelnd, wobei er sein Gesicht, nach Kräften, verbarg. Ein ZugWärtel nahm ihm den Hund weg, ihn in eines der LattenBehältnisse zu stoßen, die für solch vier-füßige Passagiere vorgesehen sind.

Waife, dergestalt auch von seinem letzten Freunde getrennt – (Ich mein' den Hund jetzt) – schaute Sir Isaak sehnsüchtig nach; und verkroch sich dann selbst in einem Wagen dritter Klasse, in dem glücklicherweise sonst Niemand war. – Plötzlich kam Merle herein gesprungen; griff sich seine Hand, und drückte sie hart! –: »Ich veracht' Sie nich; ich kehr Ihn'n nich den Rükken!: wenn immer Sie und die Kleine n' Obdach brauchen sollten und ein'n Freund: kommen Sie zu Kit Merle, genau wie früher; und ich werd' mir eher die Zunge ab-beiß'n, als Ihn'n nochma' dumme Fragen stellen: ich werd' statt dessen die Gestirne befragen!«

Der Schuhflicker hatte just noch Zeit gehabt, so tröstliche Worte herauszuhaspeln, und wieder, rückwärts, vom Wagen abzuspringen, als der Zug sich auch schon in Bewegung setzte; und das lebensimulierende eiserne Mirakel, dampfend zischend und kreischend, seinen buntscheckigen Konvoi menschlichen Daseins londonwärts davon-verführte, jegliches PassagierHerz ein Geheimnis jeglichem anderen, obschon Alle auf demselben GleisWeg begriffen; Alle äußerlich-dicht aneinander-verpackt, innerhalb des gleichen dahinwirbelnden Mechanismus: jeglicher ein se- und disparates Weltlein in sich. Voilà die Zivilisation!: wie gleich sind wir einander, wenn wir in Massen auftreten!; wie wunderlich-ungleich, abgesondert, unter der Lupe! . . .

## 4. Kapitel

*»Wenn«, sagt ein großer Denker* (De Gerando, *›Du Perfectionnement Moral‹, Kap. IX, ›Über die bei der SelbstAnalyse auftretenden Schwierigkeiten‹) – »wenn man seine Betrachtung allzusehr auf das eigene Selbst konzentriert, endet man unvermeidlich damit, daß man entweder gar nichts mehr erblickt, oder aber nur das, was man zu sehen wünscht. Gleichsam infolge der bloßen Bemühung, des eigenen Selbst habhaft zu werden, entwischt die Persönlichkeit, die wir ergriffen zu haben meinen, bzw. sie löst sich auf. Auch ist es nicht etwa nur die Kompliziertheit unsres inneren Instanzenbaues, was unsrer Prüfung den Weg versperrt, sondern mehr noch dessen schier unglaubliche Variabilität. Der Blick des Forschers sollte immerfort alle Facetten des Subjects gleichzeitig erfassen, und beharrlich all dessen Phasen verfolgen.«*

RennWoche in Humberston, einer Kreisstadt fern von Gatesboro', oben im Norden Englands. Die Rennen dauern drei Tage lang; der erste ist vorüber, und es ist schon ein brilliantes Schauspiel gewesen: der Rennplatz gedrängt voll mit den Equipagen der Magnaten der Provinz, und mit den zu Pferde gekomm'nen angesehenen Wettern aus der Hauptstadt. Spiel- und sonstige Buden sind um den Platz herum aufgeschlagen worden; ein GroßAufgebot von Falschspielern ist angetreten, und Zigeunerinnen haben wahrgesagt; Ströme Champagners sind von den Gutsituierten, Unmengen Sodawasser und Brandy vom gemeinen Manne geschlürft worden. Tausender und ZehnTausender sind verloren und gewonnen worden; einige Arme sind für den Moment reich, einige reiche Männer arm fürs ganze Leben geworden. Pferde haben unsterblichen Ruhm gewonnen; einige ihrer Besitzer den guten Ruf verloren. Lärm und Getümmel, und heiseres Fluchen, und rüde Passionen – alle haben sie schon ihre Stunde gehabt. Die Amateure aus den höheren Ständen, sind bereits wieder davon, zurück in stattliche Landhäuser, wo sie entweder als liebenswürdige Wirte fungieren, oder als geehrte Gäste. Die gewerbsmäßigen Speculanten niedrigeren Grades, sind zurück in die Kreisstadt geströmt, und Herbergen und Schenken sind gerammelt voll. Getränke werden ungestüm an dampfenden Bars geheischt; Kellner und Stuben-

Mädchen laufen pausenlos hin und her, mit Schüsseln und Deckel-Krügen und Flaschen in den Händen. Alles ist Getös' und Geschäftigkeit, und Kauen und Schlucken, und Debattieren im Slang, verwilderte Heiterkeit und wildere Desperation unter Denjenigen, die von der Rennbahn zurückkehren in die Gasthöfe der Kreisstadt.

In einer dieser Tavernen, weder der besten noch der schlechtesten, in einem kleinen schmalen Schlitz von Zimmerchen, das man dem Treppenabsatz abgestohlen zu haben schien, saß Mrs. Arabella Crane, in ihrer eisengrauen SeidenRobe. Sie hatte sich – als Kutschen, Chaisen, Einspänner, Karren, Fuhrwerke aller Art, Reiter, einander rascher-dichter zu folgen begannen – nah' ans offene Fenster gesetzt, und beobachtete die Szene mit säuerlichem, spottgeladnem Blick. Für menschliche Freude hatte sie wenig Sympathie, und für menschlichen Kummer desgleichen – das Leben hatte keine saturnalischen Lustbarkeiten mehr für sie übrig. Irgendwo in ihrer Vergangenheit mußten Erinnerungen sein, die den Quellgrund ihres geselligen Verhaltens total vergiftet hatten. Hoffnungen und Ziele hatte sie wohl noch; aber aus dem Trümmerfeld einer einst natürlich und gesund gewesenen Weiblichkeit, starrten diese Hoffnungen und Ziele unangemessen vergrößert, überanstrengt, hervor, ähnlich den fixen Ideen in den Monomanien. Eine schlimme Frau, sagt der Volksmund, ist übler als der ruchloseste Mann. Falls das stimmen sollte, dann, zu einem Teil, deswegen, weil Frauen isolierter leben, und ergo unaufhörlicher über Gedankenspielen, sei'n sie gut, sei'n sie böse, brüten dürfen; zu einem andern Teil ist ihnen derselbe Grund zuzubilligen, der einen verkommenen Gentleman, der einmal Kaste und Gesicht verloren hat, unverbesserlicher sein läßt als den lasterhaften Bauern, niedrig-geboren und nichts-dazugelernt – nämlich dieser: daß die Einbuße an Schamgefühl ziemlich proportional der Zunahme an Lüderlichkeit vor sich geht; die HauptUrsache jedoch möchte sein: daß in den extremen Winkelgruppen der Lasterhaftigkeit notwendigerweise eine Art von Ausrenkung des Gewissens stattzufinden habe, und daß beim Manne – von der Wiege an mehr gedrillt zu räsonnieren anstatt zu fühlen – eben diese Instanz sich als weit-widerstandsfähiger gegen akute Verdrillungen oder Torsionen erweist, als beim Weibe: Wen die Tugend längst verließ, bei dem mag immer noch der Verstand aushalten; und er wird sich meist versagen, das Böse bis zu einem Punkt voranzutreiben, wo seine

Vernunft ihm klar-mitteilt, daß der Profit gegen Null konvergiere, und nur die Strafmöglichkeit noch bleibe; wogegen das Weib, das dem Bösen einmal Verschriebene, hinreichenden Reiz in dessen bloßer Ausübung findet; und – (was heißt hier schon ›Folgen‹?) – dort wo der Mann noch zaudert-fragt ›Darf ich?‹; schlicht ihr ›Ich Will!‹ heraus-wüthet. Infolgedessen mag der Mann kriminell werden durch Begierden, Eitelkeit, Liebe, Eifersucht, Furcht, Ehrgeiz; selten jedoch im zivilisierten, dh auf Nachdenken basierenden Leben, aufgrund von Haß und Rache; denn ›Hassen‹ bedeutet ein großes EnergieKapital ohne Zinsen anzulegen, und ›sich rächen‹ eine Spekulation die zum Ruin führt. Wenn aber Frauen sich als durch und durch verdorben und verhärtet zeigen, dann wird es in 9 unter 10 Fällen Haß und Rache sein, was sie dazu gemacht hat. Arabella Crane indes hatte jenes letzte Stadium der Verworfenheit – beharrlich im Bösen, unempfindlich für Reue – noch nicht erreicht; war noch nicht ein Wesen ohne Geschlecht geworden. Noch war in ihrer Natur das Wesentlichste, dies ›varium et mutabile‹, was das Weib eben ausmacht, solang ihr Weibtum ihr noch gelassen ist. Und jetzt, da sie so saß, und auf das Gewühl unten hinblickte, schauderte ihr hager-verstörtes Gemüt vielleicht doch vor dem Bewußtsein der nahenden Silhouette des Bösen Prinzips; das, wenn einmal als Verbündeter herbeibeschworen, dann als Zerstörer bleibt. Ihre düstre Stirn entspannte sich; sie bewegte sich unruhig auf ihrem Sitze. »Muß das denn immer so sein?«, murmelte sie – »immer dieses HöllenGefühl hier? Sogar jetzt, wenn ich in einem umfassenden GeneralPardon sie Alle einschließen könnte, ihn den Verderber, die ganze Erde, mich-selbst, und wieder menschlich werden – ja menschlich, und sei es nur wie diese faden Schwätzer oder groben Polterer, die da vorbei flanieren. Oh, um etwas Gemeinsames mit dem allgemeinsamen Leben!«

Ihre Lippen schlossen sich, und ihr Auge sank neuerlich in die menschenwimmelnde Straße – die wurde just in dem Augenblick von 3 oder 4 schwerfälligen Fuhrwerken, eher PackWagen, blokkiert, voll mit Land- beziehungsweise Fabrikarbeitern samt ihren Weibern, die vom Rennplatz zurückkamen; andrerseits versuchten zwei Vorreiter in AtlasJäckchen, unter Peitschenknallen und Wortgewechsel, Raum zu schaffen für einen off'nen Wagen, mit 4 nervos-ungeduldigen VollblutPferden davor: auf diesen Wagen richteten sich, aus sämtlichen Fenstern, alle ZuschauerAugen; jedweder Fußgänger auf dem Bürgersteige lüftete den Hut: '!' – offenbar barg der Wagen eine Person von Stande. Gleich Allen, die mit der Welt wie sie ist in Fehde leben, verabscheute Arabella Crane die Großen; und verachtete die Kleinen, ob ihrer Verehrung jener Großen. Und dennoch nahmen ihre eignen, trotzig-düstren Augen, mechanisch die gleiche Richtung, wie die des vulgus. Der Wagen trug eine MarquisKrone an seinen Schlägen, und war vollbesetzt mit Ladies; (2 weitere Wagen, mit ähnlicher KronenKennzeichnung, und unverkennbar der gleichen Gesellschaft zugehörend, folgten hinten-nach). Mrs. Crane zuckte doch auf. Aus jenem ersten Wagen, der sich jetzt unmittelbar unter ihrem Fenster, ganz-langsam, dahinbewegte – auch eine volle Minute, wenn nicht mehr, inne-hielt, bis die, die Straße vorn-versperrenden Vehikel wieder in Reih' und Glied gebracht waren; – blitzstrahlte ihren Augen ein Antlitz entgegen, übervoll weiblicher Schönheit in ihrem glorreichsten Stadium! Wohl befand sich, inmitten der Menge, in dem Moment auch ein Blinder Mann, der zu den vielgestaltigen Disharmonien der Straße insofern beitrug, als er mit einer erbärmlichen DrehLeier einzufallen versuchte. Im drangvollen Bemühen des Volks, eines näheren Anblicks der Ladies im Wagen teilhaftig zu werden, war das arme alte Geschöpf vorwärts geboxt worden: der Hund, der ihn führte, (ein garstig Tier!), bekam Angst, ob seiner-selbst oder seines Herrn willen; riß sich los von der Leine; und verrannte sich, knurrend, unter die 16 Hufe der Pferde. Die-ihrerseits wurden störrig; der Blinde Mann irrte hinter seinem Hunde drein: – und ward, um 1-Haar, überfahren! – Die Dame in dem ersten Wagen, entsetzt für seine Sicherheit, erhob sich vom Sitz: !–; ließ auch die VorReiter absteigen; den armen Blinden Mann beiseite-führen, und ihm seinen Hund wieder-geben. – Dergestalt beschäftigt, leuchtete ihr Antlitz voll auch zu Arabella Crane her; und mit diesem Gesicht kam es wie eine Sturzflut früher Erinnerungen. Lang war es her, sehr lange, seit sie dies Gesicht zuletzt gesehen, – gesehen in jenen Jahren, da sie, Arabella Crane, selber noch jung und schön war.

Als der arme Alte – der nicht die geringste Idee von einer Gefahr, der er entronnen, zu haben schien – sich endgültig in Sicherheit befand, nahm die Lady ihren Platz wieder ein; und nun, da die momentane Belebung durch humane Besorgnis und frauliches Mitgefühl sich von ihrem Gesicht verlor, änderte sich auch dessen Ausdruck; es nahm die Gelassenheit, ja schier die Kälte einer griechischen Statue an. Aber neben der Gelassenheit ging gleichzeitig eine teilnahmslose Schwermut einher, wie sie der griechische Bildhauer dem Parischen Stein niemals verleiht; Stein vermag so viel Schwermut nicht auszudrücken – das ist eine Abschattung, die als TrägerSubstanz eines lebendigen sterblichen Herzens bedarf.

Munter knallten die Peitschen; die Pferde sprangen an -- die Equipage rollte wieder, gefolgt von ihren Satelliten, rasch die Straße hinab. »Tatsächlich!«, sagte eine Stimme auf dem Bürgersteig unten, »so schön hab' ich Lady Montfort mein Tag' noch nicht gesehen. Ah, da kommt auch Mylord!«.

Mrs. Crane schaute und horchte erneut. Ein Dutzend oder noch mehr Herren zu Pferde kamen langsam die Straße herauf geritten; welcher von ihnen war Lord Montfort? – nicht schwer zu entscheiden. Wie die Umstehenden vor der Cavalcade ihre Hüte zogen, erwiderten die Reiter die Begrüßung im allgemeinen durch eine einfache Berührung der ihrigen – 1-einziger nahm den seinen ganz ab: dieser Eine mußte also der Marquis sein, der größte Mann in der ganzen Gegend; mit Ländereien, die sich zu jeglicher Seite der Stadt erstreckten, Meilen und Meilen weit – ein Territorium, das in feudalen Zeiten einem König Anlaß zu Besorgnis hätte geben können. Er, der Höflichste, mußte der Größte sein. Ein noch junger Mann; entschieden gut-aussehend, wundervoll gut-angezogen, wundervoll beritten; in Haltung und Gebärdung die ungezwungene Leichtigkeit des höchsten Ranges – dem oberflächlichen Blick ganz das, was der große Lord von Montfort sein sollte. (Schaut noch einmal hin!: ist in diesem hübschen Gesicht nicht etwas, bei dem man unwillkürlich an eine BlütenPeriode denken muß, wie wohl auch die Leere und Plattheit sie kennt? – gerade in dieser glatten Hübschheit selbst etwas, das auf eine schwächliche Natur hindeutet, und ein steriles Gemüt?).

Dahin schwand der Reitertrupp – die normalen Fuhrwerke und Wagen waren wieder Herren der Fahrbahn. Arabella Crane verließ das Fenster, und trat an den kleinen Spiegel über'm Kamin. Voll Bitterkeit starrte sie in ihr eig'nes Gesicht – sie verglich es mit den Zügen der strahlendschönen Marquise.

Auf flog die Tür; und Jasper Losely kam hereingeschlendert, ein französisches Chanson pfeifend, und sich mit seinen GlacéHandschuhen den Staub von den Stiefeln klopfend.

»Alles in Ordnung«, sagte er aufgeräumt. »Das heiß ich mir doch noch einen Tag heute!«

»Ihr habt gewonnen« versetzte Mrs. Crane, in einem Ton, der eher nach Enttäuschung schmeckte, als nach Gratulation.

»Tja. Diese 100 £ vom Rugge haben mein Glück gemacht. Ich benötigte eben nur ein gewisses Kapital als StartHilfe!«. Er warf sich auf einen Stuhl; öffnete seine Brieftasche und untersuchte deren Inhalt. »Ratet 'mal«, sagte er plötzlich, »auf wessen Pferd ich diese beiden *rouleaux* hier gewonnen habe?: Dem von Lord Montfort! Ahja, und Mylady hab' ich auch gesehen.«

»Und ich sie, von diesem Fenster da, nicht minder. Glücklich sah sie ja nicht aus.«

»Nicht glücklich? – mit der Equipage! das reizendste Geschirr, das mein Auge je erschaut!; und dann nicht-glücklich sein wollen! Ich war drauf und dran, zu ihrem Wagen hin zu reiten, und einen kleinen Anspruch auf Dankbarkeit geltend zu machen!«

»Dankbarkeit? Für Euern Anteil an dem erbärmlichen Geschäft, von dem Ihr mir erzählt habt?«

»Gar kein ›erbärmliches Geschäft‹ für sie – für *Mich* allerdings ist nie was Gutes dabei abgefallen: viel Mühe, und für umsonst! – *Basta!* Keinen Sinn, dies Zurückschauen.«

»Keinen Sinn, schon; aber kann man's so einfach lassen?«, sprach Arabella Crane, und seufzte schwer; dann, als sei ihr daran gelegen, das Thema zu wechseln, fügte sie plötzlich hinzu: »Mr. Rugge ist heut früh schon zwei Mal dagewesen, und mächtig aufgeregt: das Kind will nicht auftreten. Er behauptet, Ihr wär't verpflichtet, sie dazu zu zwingen.«

»Unsinn. Das ist seine Angelegenheit. *Ich* nach Kindern sehen; das wär auch so was!«

Mrs. Crane (mit unverkennbarer Anstrengung): – »Hört doch 'mal, Jasper Losely. – Ich habe wahrlich keinen Grund, dies Kind sonderlich zu lieben, wie Ihr Euch vermutlich werdet denken können. Aber jetzt, wo Ihr sie derart fallen laßt, ist mir fast, als würde mein Mitleid rege; und als ich, heut Morgen, die Hand hob, um sie für ihre Widersetzlichkeit zu züchtigen, und dabei das blasse, sehr-blasse aber furchtlose, Gesicht sah, mit den 2 Augen darin, denen keine Wimper zuckte – da hab'ich den Arm wieder heruntergenommen, denn meine Kraft verließ mich. Sie wird sich dieser Existenz, ohne den Alten Mann, nicht anbequemen. Sie wird sich verzehren, und weg-sterben.«

Losely: – »Ihr könnt Einen aber auch piesacken! – Sprecht Ihr im Ernst? Was soll ich denn machen?«

MRS. CRANE: — »Ihr habt Geld gewonnen, wie Ihr sagtet —: annulliert diesen Contract wieder; zahlt Rugge seine 100 £ zurück. Er sieht ein, daß er wahrscheinlich doch einen schlechten Kauf gemacht hat; er nimmt das Geld bestimmt wieder!«.

LOSELY: — »Das will ich gern glauben! — Nein nein; gewiß, ich hab' heute gewonnen, das ist richtig; aber morgen kann ich wieder verlieren; und überdies brauch' ich grade so viele einzelne Sachen; sobald man zu ein bißchen Geld kommt, stellt sich sofort ein dringendes Bedürfnis nach mehr ein — ha ha! Trotzdem möcht' ich natürlich nicht, daß das Kind direkt stürbe; soll getrost heranwachsen, und noch von manchem Nutzen sein. Sagen wir ma' so, was sich eventuell tun ließe: falls ich, wenn die Rennen vorbei sind, den Eindruck haben sollte, ich hätte genug verdient um mir's leisten zu können, dann will ich zusehen, daß ich sie ihm wieder abkaufe. Aber nicht für 100 £ bitte, das wär' zu viel! Rugge soll sich mit der Hälfte begnügen, oder auch'm Viertel; denn wenn sie schon nicht spielt, wird sie vermutlich aber essen.«

So widrig die Worte des Mannes waren, wußte er sie doch mit einem Lachen vorzubringen, das sie weniger empörend zu machen schien — dem Lachen eines sehr hübschen Mundes, der immer noch strahlend-weiße Zähne zeigte. Noch einnehmender als gewöhnlich am heutigen Tage, (denn er war in umfassender bester Laune), war es besonders schwierig, sich einen Begriff davon zu machen, daß ein Mensch von so gesundem und schmuckem Äußeren in Wirklichkeit ein total verrottetes Herz besitzen sollte.

»Ganz Euer JugendLachen«, sagte Arabella Crane, fast mit Zärtlichkeit. »Wie es kommt, weiß ich nicht; aber ich hab' heut das Gefühl, als wär' ich weniger alt — ob ich schon im Gesicht und Charakter wohl verändert bin. Ich hab mir heut die Schwäche gestattet und dies Kind da bemitleidet; jetzt, wo ich rede, kann ich auch Euch bemitleiden. Jawohl! bemitleiden — wenn ich daran denke, was Ihr einmal gewesen seid. Müßt Ihr's denn unbedingt so weiter treiben? Zu welchem Ende! — Jasper Losely —«, fuhr sie fort, scharf, eifervoll, die Hände ineinander geklammert — »hört mich an — ich habe ein Einkommen; nicht groß, gewiß, aber fest und sicher; Ihr habt nichts als was, (Ihr sagtet es selbst), morgen wieder verloren gehen kann: teilt meine Einkünfte! Erfüllt Eure einstigen feierlichen Versprechen — heiratet mich! Ich will vergessen, Wessen Tochter jenes Mädchen ist — will ihr eine Mutter sein. Und was Euch betrifft, gebt mir nur das Recht, wieder für Euch so zu fühlen, wie ich einstens tat, und ich finde wohl auch noch einen Weg, Euch zu erhöhen – höher, als Ihr selbst Euch je emporzuarbeiten vermöchtet; ich hab' meinen Teil Witz und Verstand, Jasper, das wißt Ihr. Schlimmstenfalls soll Euer Anteil die Kurzweil sein, meiner die Mühsal. In Krankheiten? will ich Euch pflegen; in Eure Freuden? mich nicht eindrängen. Wen-Anders könntet Ihr sonst heiraten? Wem-Anders vertrauen? Wer-Anders ...«

Sie brach mitten im Wort ab, wie von einer Natter gestochen, grad daß Ihr noch ein schriller Laut der Pein, der Wut entkam; denn Jasper Losely, der ihr bis dahin verblüfft, betäubt zugehört hatte, bekam an dieser Stelle einen wahren LachAnfall, in dem sich soviel unverhüllte Geringschätzung aussprach, ein solcher Genuß ob der Possierlichkeit der Idee, dieses ihm dergestalt auf die Brust gesetzten HeiratsAntrages, daß der darin enthaltene beleidigende Hohn, der Frau bis ins Innerste ihrer Seele drang.

Ungeachtet jenes Schrei's aus Qual und Zorn, den es ausgelöst hatte, hielt Jasper's Gelächter unentwegt an; er stand vielmehr auf, sich noch die Seiten haltend, und betrachtete sich in dem erwähnten Spiegel; allerdings mit Empfindungen ob des Anblicks, die von denen, mit welchen seine Gefährtin sich ein paar Minuten zuvor dort so trübe beschaut hatte, beträchtlich verschieden waren.

»Meine liebe-teure Freundin«, sagte er endlich, indem er sich wieder faßte, und höchstens noch einmal die Augen wischen mußte: »vergebt mir; aber wirklich, als Ihr sagtet: ›Wen sonst ich wohl noch heiraten könne?‹ – hahaha! – also das war tatsächlich ein grandioser Witz! Euch-heiraten, meine schöne Crane! Nein – also die Idee schlagt Euch aus dem Kopf – Wir kennen Einander denn doch wohl zu gut für eheliche Glückseligkeit. Ihr liebt mich jetzt; Ihr habt's immer getan, und werdet's immer tun – das heißt: solange, als wir nicht aneinander gekettet sind. Weiber, die mich einmal geliebt haben, lieben mich lebenslänglich – das ist nicht anders, da gibt's kein Mittel. ›Wieso?‹ ist mir selber nicht klar; es sei denn, daß ich, wie man's nennt, ein Schlingel und *bel ami* bin – Ho!: was schlägt die Uhr?,: Sieben? – ich bin mit'n paar Leuten zum Dinner verabredet, die ich auf'm Rennplatz kennen gelernt hab' – sie wissen nichts von mir, und ich nichts von ihnen – nå, nach der dritten Flasche werden wir besser miteinander bekannt sein. – Los, Crane, seid bessrer Dinge!: geht, und zankt Sophie aus, und veranlaßt sie aufzutreten wenn Ihr's schafft. Falls nicht?: zankt Rugge aus, bis er sie in Ruhe läßt. Mit irgend-Jemand solltet

Ihr aber zanken – unvergleichliches Mittel, sich selbst zu beschäftigen, und fremder Leut's Kinder in Ruhe zu halten! – à-Dieu jetzt; und, bitt' Euch, keine matrimonialen Ansuchen mehr – kriegt man ja direkt Angst. – (Mein! –)«, fügte Losely hinzu, indem er die Tür zu-warf; »(Donnerwetter! derlei Antrag könnte ja einem Mephisto Manschetten machen!)«. –

Ob Arabella Crane diese letzten Worte vernahm? – oder hatte sie nicht sowieso schon genügend vernommen? Wie nun, wenn Losely sich umgedreht, und ihr Angesicht erblickt hätte, würd' es ihm sein triviales Gelache nicht doch etwas verschlagen haben? Möglich; aber es hätte ihm höchstens ein vorübergehendes Unbehagen bereitet. Denn wenn Alekto persönlich ihr schlangenumstarrtes Antlitz vor ihm aufgerichtet:? – Jasper Losely würde dennoch dem Gedanken gelebt haben, er brauche lediglich einmal nett dreinzuschauen, und schmeichlerisch zu sagen: »Alekto; meine einzige Liebste!« – und schon würde die Furie ihren Kopfputz versetzen, um seine WäscheRechnung für ihn zu bezahlen!

Und, Alles in Allem genommen, lag auf dem Gesicht des grimmen Weibes, das er so mutwilligerweise erzürnt hatte, auch gar nicht einmal so sehr Drohung, als vielmehr Entschlossenheit. Und diese Entschlossenheit manifestierte sich noch deutlicher in der Bewegung ihrer Hände, als in dem Ausdruck ihres Gesichtes; diese Hände – magere, aber feste, nervige Hände – taten sich erst weit und langsam auf; und preßten sich dann, ebenso langsam, wieder zusammen, wie wenn ihr eigenster Gedanke Gestalt angenommen, und sie nun die Fäuste um ihn schlösse – enger, enger – um sie nie mehr zu lockern, bis der Puls still stünde.

## 5. Kapitel

*Die Unterwürfigsten wo sie lieben, können durchaus die Störrischsten sein, wo sie nicht-lieben. / Sophie zeigt sich störrisch Mr. Rugge gegenüber. / Dieser ebenso gekränkte wie geschädigte Mann ruft sich Mrs. Crane zu Hülfe, in Nachahmung der Taktik gewisser Potentaten, die das Versagen ihrer Gewaltmittel durch geschickte Diplomatie in Erfolg verwandeln möchten.*

Mr. Rugge hat seinen Zweck erreicht. Aber nun erhebt sich die Frage: ›Was wird er damit machen?‹ – eine Frage mit mehr Häuptern als die Hydra; und kaum daß ein Autor den einen Kopf abgetan hat, sprießt auch schon ein andrer hervor.

Sophie also ist erhandelt und bezahlt worden – sie ist nunmehr, juristisch, Mr. Rugge's Eigentum. Aber es hat auch einmal einen weisen Peer gegeben, dem gefiel Punch so gut, daß er ihn sich kaufte – Punch ward sein Eigentum, und im Triumph nach Seiner Lordschaft Haus überführt. Zu Mylords großer Bestürzung wollte Punch nicht schwatzen. Zu Rugge's großer Bestürzung wollte Sophie nicht spielen.

Ausgeliefert an Jasper Losely und Mrs. Crane, hatten Diese nicht eine Stunde mehr verloren, sie sofort aus Gatesboro' und Umgebung fortzuschaffen. Sie gingen jedoch nicht in jenes Dorf zurück, wo sie Rugge gelassen hatten; kehrten vielmehr stracks nach London heim, und schrieben dem Manager, sich dort mit ihnen zu treffen.

Sophie, einmal im Netz, schien total betäubt; sie gebärdete sich nicht leidenschaftlich und geräuschvoll – sie leistete keinen gewaltsamen Widerstand. Als man sie informierte, sie habe in Jasper Losely einen Vater zu lieben und ehren, hob sie langsam die Blicke zu dessen Gesicht:? – wandte sie jedoch unlängst wieder ab, und schüttelte nur den Kopf, stumm und ungläubig. Der Mann-da ihr Vater?; sie glaubte kein Wort davon. Und Jasper stürzte sich auch wahrlich nicht in übermäßige Unkosten, sie von dem Verwandtschaftsgrade zu überzeugen, oder ihre Zuneigung zu gewinnen. Nicht daß er lieblos-rauh gewesen wäre – er wirkte eher absolut gleichgültig – was er vermutlich auch war. Denn das vorherrschende Laster des Mannes bestand in seinem Egoismus. Er hatte gar nicht einmal so sehr schlimme Grundsätze und böse Gesinnungen; als vielmehr keinerlei Grundsätze, und Gesinnungen schon gleich gar nicht – außer solchen, die begannen, fortwährten, und endeten in jenem bekannten System der Zentralisierung, wie es in einem Staatswesen jegliche gesunde Initiative ebenso lähmt, wie in jedem einzelnen Individuum. Nachsicht gegen sich selbst, war ihm oberstes Gesetz. Nicht, daß es ihm an Fähigkeit zu scharfer Berechnung gemangelt hätte; nicht, daß er ohne beträchtliche Verschlagenheit gewesen wäre. Er konnte sehr-wohl ein Projekt entwerfen, das, in ferner Zukunft, Gewinn verhieß; und, zu dessen Verwirklichung, Anschläge planen, Minen legen, subtil-ersonnen, verschmitzt-überwacht – aber dazu war er nicht imstande, den Erfolg dadurch zu versichern, daß er ihm notfalls die Capricen auch nur 1 Stunde, oder die anschließende Indolenz der nächsten zum Opfer gebracht hätte. Und wenn für ihn ein großes LebensZiel davon abgehangen hätte, sich Sophie's kindliche Zuneigung zu gewinnen, er sich allerdings jeglichen Tag 5 Minuten dafür hätte mit ihr abmühen müssen – er hätte lieber auf das ganze LebensZiel verzichtet. Außerdem hatte er gerade noch Scham genug, beim Anblick des Kindes, das er so kaltblütig und wohlüberlegt verschachert, ein gewisses leichtes Unbehagen zu empfinden. Folglich hatte er ihr flüchtig unter's Kinn gegriffen; sie gemahnt, ein braves Mädchen zu sein, und vor allem dankbar für alles, was Mrs. Crane schon für sie getan habe und noch zu tun gedenke; und sie darauf praktisch der alleinigen Fürsorge, der genannten Dame anvertraut.

Als Rugge dann eintraf, und Sophie von der ihr zugedachten Bestimmung unterrichtet ward, da brach sie ihr Schweigen – ihre Farbe ging und kam in schneller Folge – sie erklärte, wobei sie die Arme über der Brust verschränkte: daß sie, getrennt von ihrem Großvater, niemals spielen werde. Mrs. Crane, von ihrem Benehmen beeindruckt, schlug Rugge vor, wie man jetzt, wo er sie ja juristisch sicher habe, eigentlich doch auf ihre Grille eingehen, und auch Waife wieder engagieren könnte? (Wie auch immer die Geschichte gelautet haben mochte, vermittelst deren sie, um Sophie vom Bürgermeister ausgehändigt zu erhalten, die Einstellung des würdigen Stadtvaters gegen den Komödianten zu richten gewußt, Mr. Rugge hatte sich eines ähnlichen Vertrauens von ihrer Seite nicht erfreut. Ihm hatte sie nichts mitgeteilt, was – gesetzt den Fall, er wäre dazu aufgelegt gewesen – einem neuerlichen Engagement Waife's hätte entgegenwirken können.) Aber einmal glaubte

Rugge nicht an die ausdauernde Beständigkeit von Kindern; und überdem hegte er einen tiefen Widerwillen gegen Waife, und blieb also hartnäckig bei seiner Weigerung. Er bestand jedoch, als auf einer unabdingbaren Voraussetzung des ganzen Handels, darauf, daß Mr. Losely und Mrs. Crane ihn noch mit nach jener Stadt begleiten müßten, wohin er seine Truppe verlegt hatte; teils um durch ihre Anwesenheit seine menschliche Autorität über Sophie zu unterstützen; teils um seine juristischen Ansprüche auf sie zu bestätigen, für den Fall daß Waife doch wieder auftauchen und sie anfechten sollte. Denn Rugge's Gewerbe war nun einmal – zumindest was seine Berechtigung betraf, ein weibliches Kind zu dem gleichen Metier aufzuziehen – schwerlich ganz legitim, vielmehr entschieden so zweideutig zu nennen, daß es vor einem MagistratsAusschuß durchaus hätte in Frage gestellt, und die persönliche Vorführung des Vaters nötig machen können, um diesen ganz speziösen Kontrakt hinreichend zu erhärten. Als Ersatz dafür hatte sich der Schauspieldirektor freigebig erbötig gemacht, Mr. Losely und Mrs. Crane sämtliche Spesen des betreffenden Ausfluges zu vergüten – eine zudringliche Großzügigkeit, die von Mrs. Crane für ihre Person zwar mit Stolz zurückgewiesen wurde; obschon sie darin einwilligte, Losely auf ihre eignen Kosten zu begleiten, falls Dieser sich dazu verstehen sollte, auf des Managers Ansinnen einzugehen. Losely hatte zuerst natürlich Einwendungen erhoben; als er jedoch vernahm, daß in der Gegend-dort PferdeRennen stattfinden würden, und da er eine besondre Passion für Wetten und GlücksSpiele aller Art eingestand, sowie nicht minder den jückenden Wunsch, diese-seine neuen 100 £ auf möglichst mondäne Art zu genießen, hatte er schließlich eingewilligt, seine RückReise nach dem Continent noch etwas aufzuschieben, und Arabella Crane nach jenem provinziellen Elis zu geleiten. – Rugge also entführte Sophie zu ihren anderweitigen ›MitWaisen‹.

Und Sophie wollte nicht spielen!

Vergebens war es, daß man sie hätschelte – vergebens, daß man drohte – vergebens entzog man ihr die Mahlzeiten – sperrte sie vergebens in ein finstres Loch – vergebens zeigte man ihr drohend die Rute:!; (daß diese niederfiel erlaubte Rugge, so tyrannisch er immer war, denn doch nicht). Seine diesbezügliche Zurückhaltung mochte Menschlichkeit sein – vielleicht aber auch Angst vor den Folgen; denn der Zustand ihrer Gesundheit begann ihn allmählich zu beunruhigen – falls sie etwa gar stürbe – und eine amtliche

Totenschau angesetzt würde... Jetzt wünschte er, daß er Mrs. Crane's Anregung doch gefolgt, und Waife wieder engagiert hätte. Aber wo *war* Waife? Inzwischen hatte er für das JUGENDLICHE PHÄNOMEN weidlich Reklame gemacht, und Plakate mit dem Namen JULIET ARAMINTA zierten überall die Mauern; das Stück vom ›Hartherzigen Baron‹ war wieder einstudiert worden, mit einer neuen HöhlenSzene darin; (da Waife in jenem Drama keine SprechRolle gehabt hatte, konnte jeder And're seinen Part agieren).

Die erste Vorstellung war für heute Abend angekündigt – der Zulauf versprach, ans Unglaubliche zu grenzen – schon jetzt waren die besten Plätze längst vorausbestellt – der erste Abend der RennWoche! Die Uhr hatte eben Sieben geschlagen – um Acht begann die Vorstellung. UND SOPHIE WOLLTE NICHT SPIELEN!

Das Kind saß in einem abgeteilten Raum hinter den Kulissen, der als GarderobenZimmer diente. Die gesamte Gesellschaft war zusammenberufen worden, um sie durch Überredung umzustimmen, oder ihr die eigne Hartnäckigkeit lächerlich zu machen. Der KönigsLeutnant, die verführerische Person der Truppe, war vor ihr auf ein Knie gesunken, wie ein Verliebter. Er war an LiebhaberRollen gewöhnt, sowohl auf der Bühne, als außerberuflich. Außerberuflich hatte er eine Lieblingsphrase, nicht gänzlich neu, aber immer-wirksam: »Du bist zu schön, um so grausam zu sein!«. Dreimal repetierte er nun die ZauberFormel hintereinander; mit einem so einfältig gezierten Lächeln zwischen den Wiederholungen, daß es ein Herz von Stein hätte rühren mögen. Hinter Sophie's Stuhl, und ihr künstliche StoffBlumen in die Flechten steckend, stand die ›Erste Großmutter‹ der Gesellschaft – kein ausgesprochen böses Weib – die die Aufsicht über die Kostüme führte; die Kranken pflegte; Rugge anbetete; aus einem Spiel Karten, das sie immer in der Tasche bei sich führte, die Zukunft vorhersagte; und gegebenenfalls in Rollen auftrat, wo Alter kein Hinderungsgrund und Häßlichkeit erwünscht war – wie etwa als Hexe; oder Duenna; oder eben als Das, was im Dialog unscharf-malerisch als ›Alte‹ bezeichnet wird. Tatsächlich war ›Alte‹ auch der Rufname, dessen sie von Rugge gewöhnt war; (ihr richtiger, den sie von ihrem seligen Gatten her trug, war übrigens Gormerick). Diese Dame, währenddes sie das Kränzlein arrangierte, lag ebenfalls dem BeschwichtigungsSystem ob; indem sie, (zumal wenn man in Anschlag brachte, daß sie den Mund voller Stecknadeln hatte), mit größter Lieblichkeit dazu sprach: »Nå Schätzchen – nå Täubchen –

nu schau Dich doch ma' im Spiegel an – was könnten Wir Dich prügeln, und kneifen, und Dir Nadeln überall reinsteck'n: aber nein, wir tun es nicht. Turtelchen wird ja gut sein, ich weiß es doch«; hier kam ein großer Klex Rouge auf die bleichen Bäckchen des Kindes. Während all die Zeit über der Clown vor ihr gehockt hatte, die Hände auf den Knieen, unermüdlich rüstig grinsend, und von Zeit zu Zeit kreischend – »Oh diese Schönheit! man wird ja blind!«

Rugge hatte unterdes, eine Hand in die Brust geschoben, die diplomatischen Bemühungen seiner Werkzeuge überwacht; und, aus Sophie's zusammengepreßten Lippen und starren Augen, eingesehen, daß deren Schmeichelkünste erfolglos geblieben waren. Jetzt näherte er sich, und zischte ihr ins Ohr –: »Treib mich nicht zum Wahnsinn, Du!, hüte Dich – Du wirst spielen, gelt?!«

»Nein –«, sagte Sophie, plötzlich hochschnellend; sie riß sich das Kränzlein aus dem Haar, und setzte ihren kleinen Fuß mit aller Macht darauf:!. »:Nein!; und wenn ihr mich umbringt!«

»– Götter! –«, stammelte Rugge. »Und diese Summe, die ich barbezahlt habe! Ich bin der Geprellte! – Wer ist gegangen und holt Mrs. Crane?«

»– Tom –«, sagte der Clown.

Das Wort war kaum aus des Clown's Munde, als auch schon Mrs. Crane-persönlich aus einer SeitenKulisse auftauchte; erst ihren Hut ablegte; dann, beide Hände, über die kindlichen Schultern der Kleinen hakte; und ihr, ohne 1 Wort, ins Gesicht schaute: – ? –. Das Kind gab den Blick, gleich-fest, zurück:! (Man gebe solchen Kindern Grund und Gelegenheit zum Martyrium: und in den schwächlichen Körperchen wird sich die Seele eines Märtyrers antreffen lassen!). Arabella Crane, was MädchenKinder anbelangt nicht ohne Erfahrung, gewahrte sogleich eine Willenskraft hier, stärker als die Macht brutaler Gewalt; ersah sie aus der gesammelten Ruhe des Auges – dem stillen Licht der zarten Bläue – einer Bläue, rein wie die des Himmels – einem Licht, fest wie der AngelStern.

»Überlaßt sie mir, Ihr Alle hier« sagte Mrs. Crane. »Ich nehm' sie mal mit rüber in Ihr PrivatZimmer, Mr. Rugge, ja?«; und sie führte das Kind davon, in eine Art von Alkoven, (Zimmer konnte man's schwerlich nennen), rundherum verbaut mit Kästen und LattenKisten, und des Direktors SchreibPult samt 2 Schemeln stand auch noch darin.

»Sophie«, sprach Mrs. Crane dann, »Du hast gesagt, Du würdest nicht spielen; es sei denn, Du hättest Deinen Großvater bei Dir. Hör mir jetzt zu. Du weißt, daß ich immer rauh und hart Dir gegenüber gewesen bin. Ich habe niemals vorgegeben, Dich zu lieben – was auch nicht der Fall ist. Aber unwahr hast Du mich vermutlich nie erfunden. Wenn ich Etwas im Ernst sage, so wie jetzt, dann kannst Du mir also glauben. Spiel heut-Abend; dann versprech' ich Dir meinerseits aufs Gewissenhafteste: entweder bring' ich Dir Deinen Großvater hier-her; oder aber ich ordne die Sache so, daß Du ihm zurückgegeben wirst. Falls Du Dich weiter weigerst, denke ich nicht daran Dir zu drohen; aber ich verlasse dann diesen Ort; und es ist meine Überzeugung, Du werdest der Tod Deines Großvaters sein.«

»Sein Tod? – sein Tod? – Ich!«

»Insofern, als Du zuerst stürbest. – Oh, Du lächelst?; Du meinst, es müßte Glückseligkeit sein, zu sterben? Was wollte das schon besagen, daß dem Alten Manne, um den Dich so zu sorgen Du vorgibst, das Herz bräche, gelt? Balg, laß die Selbstsucht den Jungen! – Du aber bist ein Mädchen! –: leide gefälligst!«

»Selbstsüchtig –«, murmelte Sophie, »selbstsüchtig – das hat man schon einmal, früher, von mir gesagt. Selbstsüchtig! – ach, jetzt versteh' ich. Nein, ich darf nicht zu sterben wünschen – was würde wohl aus ihm werden?«. Sie sank auf die Knie, hob beide ineinanderverschlungene Hände, und betete innerlich lautlos – einen Augenblick nur; nicht länger. Dann erhob sie sich. »Wenn ich also spielte – es ist ein Versprechen? – Sie werden's halten? Ich werde ihn sehen – er wird erfahren, wo ich bin – wir werden uns wiederfinden!«

»Ja, ein Versprechen – ein heiliges. Ich werd' es halten. – Ach Mädchen: wie sehr wirst Du eines Tages lieben! – wie wird Dein Herz Dir weh-tun! – und wenn Du dann in meinem Alter sein wirst, schau erst in Dein Herz; und anschließend in Deinen Spiegel – es könnte wohl sein, daß Du Dich dann, innerlich wie äußerlich, mir ähnlich fändest.«

Sophie – das unschuldige Dinglein – starrte sie an; verständnislos, aber zutiefst beeindruckt. Mrs. Crane führte sie wieder zurück; teilnahmslos:

»Hier; sie wird spielen. Setzt Ihr den Kranz auf. Staffiert sie aus. Aber merkt Euch Folgendes, Mr. Rugge: das gilt lediglich für 1 Abend! Ich habe Bedingungen mit ihr ausgehandelt: entweder müßt ihr den Großvater wieder einstellen; oder aber – sie muß zu ihm zurückkehren dürfen.«

»Und meine 100 £?!«

»Würden Euch im letzteren Fall zurückerstattet werden.«

»Ja, soll ich denn niemals das Königliche Theater zu York haben? Ziel und Ehrgeiz meines Lebens, Madame! Dreimal schon davon geträumt! – Ha! jedoch sie wird spielen; sie wird Erfolg haben. – Aber diesen alten Landstreicher wieder übernehmen zu müssen – das ist eine bittere Pille! Na, er soll sie redlich mit mir teilen! – Ma'am, ich bin Ihr dankbarer . . .«

## 6. Kapitel

*Fadenscheinig schon ist die Metapher, die die Welt mit einer Bühne vergleicht; (Schiller, weniger höflich als Shakespeare, greift tiefer in der Skala, und setzt für Bühne sogar PuppenSpiel). / Aber grundsätzlich besteht zwischen Realität und Show eine geheime Verbindung, eine unentdeckte Wechselwirkung – sei es, daß im Herzen des offiziellen Schauspielers die herbe Realität ihr Recht behauptet; sei's, daß im Hirn des unbeachteten Zuschauers ein fantastischer Mummenschanz dem Stück parallel geht. / Das ›Kind des Banditen‹ auf dem Proscenium ist dennoch, trotz Blumenkranz und Rouge, die arme kleine Sophie. Aber dieser ungeschlacht-ehrliche alte Bursche da unten, dem aus Achtung geleisteter Dienste für König und Vaterland sogar der Herr Lehrling Platz macht: könnt' es nicht sein mögen, daß in ihm die Anlage zum abgefeimtesten Komödianten verborgen schlummert?*

: Taran-Tarantaraa! – Rubbeldidubb –: erschalle Horn – Du, dröhne, Trommel! – 1 Viertel vor Acht; und wie dicht gedrängt steht nicht bereits die Menge vor Rugge's Grossem Welttheater – ›Der Hartherzige Baron, und das RäuberKind! – Mit dem Jungen Phänomen – Juliet Araminta – protegiert vom gesamten HochAdel: die Einladung, vor der Königin zu spielen, wird täglich erwartet – *Vivat Victoria Regina!*‹ – Rubbel-die-Bubb. Die Truppe kommt hinter dem Vorhang hervor – stellt sich, in-Reihe, vorn auf dem Proscenium auf. Herrliche Kostüme! –: Das Phänomen! –: da; das ist sie!

»: Oh diese Schönheit!: blind möcht' man werden!« kreischt der Clown.

Die Tage sind inzwischen selbstredend etwas kürzer geworden; aber über-dämmrig ist es noch mit nichten. Wie hinreißend-hübsch sie all der abscheulichen Angemaltheit zum Trotz aber noch ist; (und wie abgehärmt diese armen bloßen schneeigen Ärmchen!).

Ein höchst kümmer-klägliches, lugubres Gemelodeye mixt sich da mit Trommel & Horn! Ein Mann hat sich bis zur Bühne vorgearbeitet – ein Mann, mit einer ganz-verwünschten, verdrillten, RadLeier – ›Ihr guten Herrn, Ihr schönen Frauen‹: wie winselt das DrehDing. – »Oh-stopp! – stopp mit der Muh-Sicke!«, ruft ein zartnerviger Lehrling, und klappt die Hände vor seine Esels-Ohrmuscheln:! –

»Mitleid mit ei'm armen Blinden –« erwidert der Mann mit der RadLeier.

»Ach, Ihr seid blind, was? wir sind aber auch nicht taub. Hier habt Ihr 'n Penny, damit Ihr nich-spielt. – Mein, was für'n Schwarzes Ding habt Ihr d'nn da an Eurer Leine?«

»Mein Hund, Sir!«

»Und verdammt garstig obendrein – gar nich wie'n Hund – eher wie'n Bär – und mit Hörnern auch noch!«

»Oh, Herr Chef«, schreit der Clown: »hier kommt sogar 'n blinder Mann von weither, um das Phänomen zu sehen!«

Die Menge lacht; man macht Platz für den Schwarzen Hund des Blinden Mannes. (Aus der Äußerung des Clowns vermutet man, daß der Blinde irgendwie-was mit der Truppe zu tun habe.)

Es wäre aber auch wirklich schwer gewesen, zwei häßlichere Exemplare ihrer jeweiligen Gattung aufzutreiben, als diesen Blinden Mann, und seinen Schwarzen Hund. Er hatte grobes rotes Haar und einen roten Vollbart dazu, und sein ganzes Gesicht wirkte irgendwie verbogen, so daß jeglicher Einzelzug vom Normalen weg-gekrümmt schien. Verbunden trug er seine Augen nicht; aber die Lider waren geschlossen, und er hob sie nur manchmal auf eine jammervolle Art nach oben, wie wenn er nach Licht suche. Trotzdem machte er nicht den Eindruck eines ganz gewöhnlichen Bettlers; eher hatte er das Aussehen eines heruntergekommenen Seemanns. Ja, man würde allmählich 10:1 gewettet haben, er müsse früher Matrose gewesen sein; nicht als ob seine Tracht noch jenem edlen Stande angehört hätte; aber so der ganze Körperbau, dieser breitbeinig-schwankende Gang, die Art wie er seine Halsbinde geschlungen hatte, und, da!, die mächtige gebräunte Hand, mit dem blauen Anker d'rauf tätowiert – klarer Fall: 'n Matrose – eine Britische Teerjacke; tz, armer Mann.

Was den Hund betraf, so war er gräßlich genug, daß man ihn hätte als *lusus naturae* gegen Geld vorzeigen können, – augenscheinlich uralt schon; denn Gesicht und Ohren waren angegraut, alles Übrige ein fuchsiges, ins Rötliche spielendes Schwarz; er erfreute sich unermeßlich langer Ohren, die tatsächlich gespitzt waren, wie Hörner: es war ein Hund, der einwandfrei aus fremden Welt-Gegenden importiert sein mußte, etwa von Richtung Acheron her, mit Cerberus irgendwo im Stammbaum, so ominös und (wenn das

Beiwort nicht zu unehrerbietig klingt) so infernalisch war sein Aussehen, mit dieser ergrauenden Antlitzigkeit, diesem Ohren-Geweih, und überhaupt diesem ganzen unaussprechlich vergeisterten Gehaben. Dabei war es auch noch ein großer Hund, und, garantiert, stark!; jeglicher Mensch, im Besitz seiner gesunden 5 Sinne, würde freiwillig Platz gemacht haben für einen Mann, der von so-einem Hund geführt wurde! ›Wa-o-äng‹ wimmerte fragend die BettlerLeier; und ›Bau-Wau!‹ boll, gänzlich-unversehens, der Hund auf:'!'. —: Sophie, oben, unterdrückte einen kleinen Schrei; preßte die Hand auf die Brust:—; und solch ein Strahl der Wonne blitzte hin über ihr Gesicht — es hätte Ihr Leser-Herz einen vollen Monat lang erwärmt, das mitanzusehen. —

—: Moment!; wollen Sie etwa damit andeuten, Mister Autor, daß jene GroßBrittannische Teerjacke, (erzbrav, zugegeben; aber wenig-einnehmend), Gentleman Waife sein könnte?; oder dieses stygische Animale der schneeig-beperückte Sir Isaak? —

— Tja, auf Mein Wort; wenn ich mir sie selber so ansehe, Ich der Historiker, ich bekenne mich in Verlegenheit. Wäre dieses 1 ›Bau-Wau!‹ nicht gewesen — ich bin überzeugt, Sophie-selbst würde nichts gemerkt haben. TARA-TARANTARAA!: Tretet ein, Ladies & Gentlemen, tretet ein: die Vorstellung wird unverzüglich beginnen! (Sophie verweilt bis zuletzt.).

»Jå, Sir«, sagt der Blinde Mann, (der mit dem erwähnten Lehrling geschwätzt hat), —»'türlich, Sir«, sagt er; laut und mit Nachdruck, wie wenn seine Äußerungen in Zweifel gezogen worden wären: »das Kind war total eingeschneit. Aber glücklicherweise hatte man das Fenster der Hütte offen gelassen. Und Klock-Schlag 2 Uhr morgens kam dann der Hund an das Fenster; schlug ein Geheul auf; und . . .« —

Mehr vernahm Sophie nicht — wurde sie doch von dem ›Königs-Leutnant‹ hinter den Vorhang geleitet. Aber sie hatte hinreichendgenug gehört, um ihr Herz mit Emotionen aufzuladen, daß die Grübchen um all ihre Lippen ein allerundulatorischstes Spiel anhuben . . .

## 7. Kapitel

*Ein Schein trägt den Sieg über die Wirklichkeit davon.*

Und sie spielte; und wie hinreißend! mit welcher Heitre und mit was für Gusto! Rugge war ganz außer sich vor Stolz und Hingerissenheit. Er konnte vor Bewund'rung kaum seinen eignen BaronsPart richtig vortragen. Und das Auditorium, – ein weit erleseneres und schwerer zufriedenzustellendes als in jenem Dörfchen in Surrey damals – war dito begeistert und enthusiasmiert.

»Ich werd' es erleben, daß mein Traum Wirklichkeit wird! Ich werde das Große Theater zu York kriegen!« sagte Rugge, als er seine Perücke ab nahm, und sein Haupt auf's Kissen bettete. »Sie für die 100 £ wieder hergeben?–: nicht für Tausende!«

Ach, meine holde Sophie; Ach und Weh! War nicht die Freude, die Dich so gut agieren machte, gleichzeitig Dein Verderb? Oh, hätt'st Du doch nur Witz genug gehabt, abscheulich zu spielen, und Dich recht auszischen zu lassen! –

* *
*

›Auf stand die Sonn', und auf stand Baron Rugge.‹

Nicht daß er für gewöhnlich ein notorischer Frühaufsteher gewesen wäre; aber seine Aufregung störte seinen Schlummer. Er hatte sein Quartier im Erdgeschoß eines kleinen Hotel garni, unweit seiner Wanderbühne, aufgeschlagen; und im gleichen Hause logierten auch seine ›Erste Großmutter‹ und Sophie selbst. Mrs. Gormerick, die Order hatte, das Kind zu bewachen und keinen Moment aus den Augen zu verlieren, schlief mit Sophie im selben Zimmer, im oberen Stockwerk des Hauses. Die alte Frau diente Rugge auch als Wirtschafterin; bereitete ihm seinen Tee, grillte ihm sein Kotelett, und teilte, der Gesellschaft halber, seine Mahlzeiten. Nun schärft Aufregung bekanntlich den Appetit ebensooft, wie sie ihn auch ganz nehmen kann. Rugge's Abendbrot, gestern, hatte nur aus Hoffnung bestanden; und er verspürte jetzt eine rechte Begier nach einem desto substantielleren Frühstück. Dementsprechend steckte er, sobald er sich angekleidet hatte, den Kopf in den Korridor hinaus; und, als er dort das Mädchen-für-Alles gewahrte, das eben die Haustür aufriegelte, ersuchte er sie, nach oben zu gehen, und ›Die Alte‹, das heißt Mrs. Gormerick, wach zu machen. Bei diesen Worten hielt er ihr einen Schlüssel hin; denn er gebrauchte, bevor er sich zur Ruhe zurückzog, prinzipiell die Vorsicht, die Tür des Zimmers, welches Sophie angewiesen ward, von außen abzuschließen, und den Schlüssel bis zum nächsten Morgen zu bewahren.

Das Dienstmädchen nickte, und stieg die Treppen hinauf. Weniger Zeit, als er erwartete, verging, bevor Mrs. Gormerick zum Vorschein kam, das graue Haar unter der Nachtmütze hervorströmend, ihre Gestalt in einen weitfaltigen Morgenrock gehüllt, ihr bloßes Gesicht schon eine komplette Tragödie . . .

»Himmlische Mächte! Was ist passiert?« brüllte Rugge prophetisch.

»Sie ist fort«, schluchzte Mrs. Gormerick; und fiel, als sie den aufgehob'nen Arm des Managers mit der geballten Faust daran gewahrte, klüglicherweise in Ohnmacht.

## 8. Kapitel

*Korollarien aus dem in Kapitel 6 und 7 aufgeworfenen Problem.*

Heller Tag, (tatsächlich fast schon 9 Uhr), und Jasper Losely ist auf dem Rückweg nach seinem Wirtshaus, von dem Ort, wo er den Abend zuvor diniert hat. Er hat die ganze Nacht mit Trinken und Spielen zugebracht; und obschon er etwas erhitzt aussieht, ist kein Zeichen von Ermüdung zu gewahren. Die Natur, als sie an diesen Mann viele der glorreichsten Voraussetzungen zum Glücklichsein verschwendete, hat auch die einer herkulischen Konstitution nicht vergessen – immer rastlos und niemals müde; immer trinkend und nie betrunken. (Für delikate Schwächlinge wird sicher ein gewisser Trost darin liegen, daß leidende Menschen nur recht selten in Verruchtheit excellieren: SchwerVerbrecher sind im allgemeinen athletisch – Körperbau und Gewissen gleicherweise zäh'; massive Hinterköpfe, mit bulliger Nackenmuskulatur – und Verdauungen, die sie vor den überfeinerten Nerven der Tugendhaften bewahren. Der thierische Anteil in einem Menschenwesen muß schon recht kraftvoll sein, wenn die moralischen SchutzSchranken so ganz keck überhüpft werden sollen.) Jasper war nicht allein; vielmehr kam er mit einer Bekanntschaft, die er beim Dinner gemacht, und die er jetzt, zum Frühstücken, in seinen Gasthof mit eingeladen hatte; Arm in Arm spazierten sie vertraulich einher. – Dem stattlich-brillianten Losely eigentlich recht unähnlich: ein junger Mann, noch unter Dreißig; der sich aber jedwede JugendFarbe längst abgewaschen zu haben schien, und zwar mit schmutzigen Wässern. Die Augen matt, (das Weiße darin Gelb); der Teint klitschig. Die Figur gedrungen und plump; die Gesichtszüge: Mops, mit einem Einschlag Bulldog. Die Tracht typisch für jene bekannte Sorte PseudoSportsmann, wie sie sich auf jedem RennPlatz breit macht, beziehungsweise, noch-häufiger, beim BoxRing: Belcher-Halstuch, (also dunkelblau, mit weißen Punkten), zusammengehalten von einer überdimensionalen Nadel, mit einem Jockey in vollem Gallopp; dazu einen Cutaway; KordBreeches; und endlich Stulpen-Stiefel, der Umschlag von kreidigem Weiß. Dennoch, nehmt nur Alles in Allem, nichts von Gang und Haltung eines echten, gebornen Sportsmanns und -Wetters, sei es auch nur vom untersten Schlage. Irgendetwas an ihm und um ihn, was den ›Angeber‹ verrät – Jemand mit einem TaubenHerzen, der gern den Habicht mimen möchte – ein SportsKenner und -Mäzen, dem die Cockney-Herkunft zu allen Knopflöchern herausschaut.

Samuel Adolphus Poole ist ein Waisenkind aus einer respektablen Familie. Seine ZukunftsAussichten beruhen hauptsächlich auf einem Onkel, dem, als seinem Paten, er auch den verhaßten Vornamen Samuel verdankt – er selbst zieht es vor, sich mit Adolphus zu unterzeichnen; im traulichen Verkehr wird er Dolly betitelt. Die finanzielle Basis seiner gegenwärtigen Lebensführung besteht offiziell in seinem Gehalt als kaufmännischer Angestellter in einer Londoner Firma, deren Leiter das Geschäft auf fashionable Weise führt. Mr. Latham, (so heißt sein Chef), hat sich ein ansehnliches Vermögen erworben; allerdings weniger durch sein Handelshaus, als durch Diskontierung der Rechnungen und Wechsel seiner Kunden, oder sonstiger borgelustiger Leute, die durch die Aussicht auf ein Darlehen ins Kundennetz gezogen werden. Zu den sportlichen Passionen Dolly Poole's drückt Mr. Latham das eine oder andre Auge zu; denn Dolly ist eben dadurch nicht selten imstande gewesen, recht nützliche EinzelInformationen aufzuschnappen, hinsichtlich Namen und Ruf solcher Bürger aus der Welt des Sports, die Mr. Latham gern um kurzfristige Überbrückungshülfen angehen möchten. Und Dolly Poole hat viele Freunde im Wettgeschäft; auch viele Schulden hat er. Einstmals ist er ein Gimpel gewesen, heut ist er ein Schüftchen; aber um so manche wertvolle Idee in die Tat umzusetzen, die seine Erfahrungen als Gimpel, und seine Entwicklung zum kleinen Schuft, seinem Ehrgeiz einflüstern möchten, mangelt es ihm an der erforderlichen Charakterstärke. Gleichwohl, ab und zu, wenn immer ein schäbiger Trick ganz gefahrlos praktiziert werden kann, hat er schon das, was er ›Glück‹ nennt. Für Jasper Losely hat er eine grenzenlose Bewunderung gefaßt, deren einer Grund aus dem, nun gleich folgenden Dialog erhellen wird; ein weiterer Grund dafür, ist jener liebenden Unterwürfigkeit analog, mit der ein bösartiges Tier in der Hand, die es entschlossen durchgeprügelt hat, seinen Herrn und Meister anerkennt. Denn bei Losely's erstem Erscheinen auf dem just beendeten geselligen Zusammensein, hatte Dolly Poole – den die Miene gebieterischer Überlegenheit, die dieser Prahler sich sofort anmaßte, nicht wenig wurmte; der Jasper's absichtliches Dandy-Gebaren mit weibischem Wesen verwechselte, und in der eleganten Figur des Bravo die tigerartige Stärke nicht erkannte, vor der jedoch, in Wahrheit, eben die tigergleiche Geschmeidigkeit ihn hätte warnen sollen – Dolly Poole also, selbst ein stämmiger Geselle und athletischer Übungen nichts weniger als ungewohnt, suchte Händel an ihm, und ging sofort in BoxAuslage – mit dem Ergebnis, daß er sich schon im nächsten Augenblick am andern Ende des Gastzimmers befand, auf dem Fußboden und alle Viere in der Luft. Zwei Minuten später, als der Streit durch das vermittelnde Eingreifen einiger Zechkumpane beigelegt war, plärrte er schon, großmütig, heraus, daß er niemals nachträglich sei; und schüttelte dazu, (obwohl jeglicher Knochen im Leibe ihm noch zu klappern schien), Jasper Losely so inbrünstig die Hand, als ob er einen Wohltäter in ihm gefunden hätte. – Aber nun zu dem Zweigespräch.

JASPER: – »Tcha, Poole, mein Bester, genau wie Ihr sagt: daß dieser Kerl mir meine höchste KreuzKarte wegtrumpfte, hat mich den letzten Rubber gekostet – bei Whist gibt's eben keinerlei Sicherheit, wenn man einen Deppen als Partner hat.«

POOLE: – »Im einzelnen Rubber, theoretisch, keine-Sicherheit, schon; aber wenn ein Mann so gut spielt wie Ihr, Mr. Losely, ergibt sich, auf die Länge, praktisch, eben doch etwas wie Gewißheit. Euer Gewinst vergangne Nacht muß eigentlich ganz hübsch gewesen sein; obschon Ihr fast jedesmal einen miesen Partner hattet; ganz hübsch – eh?«

JASPER (gleichgiltig): – »Nich' der Rede wert – die paar Ponies!«

POOLE: – »Mehr als bloß'n ›paar‹; 'ch bin im Bilde.«

JASPER: – »Inwiefern? Ihr habt doch nach dem ersten Rubber gar nicht mehr gespielt.«

POOLE: – »Nur zu wahr; als ich Euch, eben bei diesem ersten Rubber, hab' spielen sehen, bin ich sofort ausgestiegen, und hab lieber auf Euch gewettet; und bin Euch aufrichtig dankbar. – Trotzdem könntet Ihr, mit einem Partner, der auf Euer Spiel verständig einginge, wesentlich mehr gewinnen.«

Der verschlag'ne Dolly legte eine kleine Pause ein; lehnte sich, bedeutsamer, auf Jasper's Arm; und ergänzte dann, halb im Flüsterton: »Ich könnt'es; Ihr spielt auf Französische Art.«

Jasper wechselte die Farbe mit nichten; aber ein ganz-schnelles AufZucken der Brauen, ein leichtes Scheuen mit dem Halse, besprachen eine gewisse Überraschung und Unruhe; trotzdem wußte er, ohne ZögerPause, zu versetzen –: »›Französisch‹?, nun-ja!: in Frankreich spielt man seine Trümpfe mit mehr Elan aus, als unter Englischen Spielern üblich.«

»Und mit einem Spieler wie Euch«, ergänzte Poole immer noch halb im Flüsterton, »*hat* man eben auch, rein zahlenmäßig, mehr Trümpfe zum Ausspielen.«

Jasper wandte sich, sehr scharf und kurz, ihm zu; der harte grausame Ausdruck um seinen Mund, in den letztvergangnen Stunden wenig zu gewahren, hatte sich eingestellt. Poole wich hinter sich, (und seine Knochen fingen ihn wieder etwas zu schmerzen an): »Ich hatte nicht im geringsten vor, Euch zu beleidigen, Mr. Losely; lediglich zu warnen.«

»:Warnen!?« –

»Es waren 2 Eingeweihte anwesend; die – wären sie nich' so besoffen gewesen – ihr Geld nicht ganz ohne Radau verloren hätten; und sie würden auch gewußt haben, *wieso* sie es verlören!; (es sind Bauernfänger – Ihr habt sie genau-richtig bedient! –: seid jetz'ma' nich ärgerlich auf mich!). – Ihr bedürft eines soliden Partners –: ich auch. Ihr spielt besser als ich – bong; aber ich spiel auch-gut. Ihr sollt ZweiDrittel unserer Einnahmen haben; und wenn Ihr in die Stadt kommt, will ich Euch in eine nette Gesellschaft junger Leute einführen – grün; Einer wie der Andre.«

Jasper überlegte einen Augenblick. »Ihr seid über allerlei im Bilde, wie ich sehe, Master Poole; und wir wollen den ganzen Gegenstand nach dem Frühstück mal ausgiebig durchsprechen. Habt Ihr gar keinen Hunger? – Nein? – also ich ja. – Hollo! – Wer's 'nn das?«

Sein Arm war von Mr. Rugge gepackt worden.: »Sie ist weg – geflohen!«, keuchte der Direktor atemlos: »Durch Fenster und RollLaden – 15 Fuß tief – und nicht in Stücke zerschellt – verschwunden.«

»Geht voraus, und bestellt 's Frühstück, ja«, sagte Losely zu Mr. Poole, der ihm etwas allzu wißbegierig mithorchte. Er zog den Direktor mit sich fort: »Könnt Ihr vor fremden Leuten Eure verwünschte Zunge nicht ruhig halten?; also das Mädel ist weg?«

»: durch den RollLaden und 15 Fuß runter!«

»Sind noch etwelche Bettlaken aus dem Fenster hängen geblieben?«

»Bettlaken? Nein.«

»Dann ist sie also auch nicht ohne Hülfe entkommen – Irgendjemand muß ihr 'ne Strickleiter hoch-geworfen haben – nichts leichter als das – hab's selber diverse Dutzend Male getan; um ›Maiden, so den Mond lieben‹ den Abstieg zu ermöglichen, Mr. Rugge. Aber in Der ihrem Alter gibt's noch keinen Mond – zumindest gibt's dann noch keinen Mann im Mond; folglich muß man die Strickleiter-Hypothese aufgeben – zu frühreif. Aber seid Ihr Euch auch totsicher, daß sie auf und davon ist? daß sie nicht etwa in irgendeinem Schrank steckt? *Sacre* – äußerst merkwürdig. Habt Ihr schon mit Mrs. Crane darüber gesprochen?«

»Ja; ich komm grad von ihr; sie meint, dieser Schuft, der Waife, müsse sie geklaut haben. Aber ich brauch' vor allem Euch, Sir, daß Ihr mit mir vor die Obrigkeit kommt.«

»Obrigkeit! Ich – wieso? – Unsinn – setzt doch die Polizei in Aktion.«

»Eure eidesstattliche Erklärung, daß sie Euer gesetzliches Kind, und juristisch-korrekt an mich abgetreten sei, ist erforderlich für die Inquisition – ä-ich meine die Polizei.«

»Den Henker auch, was 'ne Schererei wieder! Ich hasse ›Obrigkeiten‹ und Alles was dazugehört. – Quatsch, ich muß jetzt frühstücken; späterhin will ich mich drum kümmern. Und tut mir den Gefallen, Mr. Waife nicht ›Schuft‹ zu nennen – ganz guter alter Geselle in seiner Art.«

»›Gut‹!? Himmlische Mächte!«

»Aber wenn er sie weggeholt hätte: wie wär' er an sie ran gekommen? Das müßte doch vorher-verabredet gewesen sein.«

»Ha!, sicher. Aber sie hat ja eben mit keiner lebenden Seele reden dürfen, die nicht zur Truppe gehört – ausgenommen Mrs. Crane.«

»Vielleicht sind während der Vorstellung, vergangnen Abend, irgendwelche Signale gewechselt worden?«

»Aber wenn Waife da gewesen wäre, hätt' ich ihn doch unweigerlich gesehen; meine Truppe würde ihn sofort erkannt haben: so ein auffälliges Gesicht – außerdem nur 1 Auge!«

»Hm, naja; tut, was Euch am besten dünkt. Nach dem Frühstück komme ich ma' vorbei; für jetzt laßt mich gehen. *Basta! basta!*«

Losely machte sich gewaltsam von dem Direktor los, und strebte mit langen Schritten dem Wirtshaus zu; dann aber suchte er, bevor er wieder zu Poole ging, doch noch Mrs. Crane auf.

»Dies ›vor die Behörden gehen‹«, sagte Losely, »und dort großartig zu Protokoll geben, daß ich mein eigen Fleisch und Blut diesem lumpigen SchmierenKomödianten verschrieben hätte – noch dazu in dieser Stadt – nach dem Glück, was ich hier gehabt hab', und wo sich mir eben jetzt wieder die glänzendsten Aussichten eröffnen – also das wär' mir äußerst unangenehm. Und dann mal angenommen, Sophie wäre, wenn wir sie aufspürten, tatsächlich mit dem Alten Mann zusammen – mißlich, um wenig zu sagen! Kurzum, meine liebe Freundin, meine beste Bella« – (Losely konnte sehr einschmeichelnd sein, wenn es ihn der Mühe wert dünkte) – »Ihr müßt das für mich hinbiegen. Ich hab im Zimmer nebenan 'n Kameraden sitzen, der mit dem Frühstück auf mich wartet; sobald wir das hinter uns haben, verschwinde ich in Richtung Rennplatz, und geb' so dem langatmigen alten Schwätzer das Nachsehen: geht Ihr statt meiner zu ihm hin, und renkt das irgendwie ein.« Bevor sie noch antworten konnte, war er schon aus dem Zimmer.

Mrs. Crane fand die Angelegenheit gar nicht so leicht, den wütenden Direktor zu beschwichtigen, als er hören mußte, daß Losely einfach zur Rennbahn gegangen war, um sich da zu amüsieren. Sie gab sich aber auch nicht übermäßig Mühe, Mr. Rugge's Zorn zu besänftigen, oder ihn bei seinen Recherchen zu unterstützen. Ihr Interesse an der ganzen Sache schien erloschen. Dergestalt gänzlich seinen eignen Einfällen überlassen, begann Rugge immerhin, eine intensive, und anscheinend durchaus erfolgversprechende Nachforschung einzuleiten. So stellte er, zum Beispiel, fest, daß die Flüchtige garantiert nicht per Eisenbahn, oder sonst einem öffentlichen Verkehrsmittel davongereist war. Er sandte seine Spione in alle Umgebung aus; es gelang ihm sich des guten Willens der Polizei-Organe zu versichern, die ihm mit ruhiger Zuversicht beteuerten, wie sie über ›ein Netzwerk über alle drei Königreiche‹ verfügten (sie hat auch allerdings ein solches, und wir müssen dafür bezahlen; aber die Maschen sind so-weit, daß jedes kleinere Geschöpf als ein Wallfisch sehr einfältig sein müßte, wenn es sich darin fangen ließe).

Rugge's HauptVerdacht war einwandfrei auf Waife gerichtet – dennoch vermochte er keinerlei Indizien zusammenzutragen, die ihn bestätigt hätten: nicht eine Person, auf die Waife's Signalement annähernd zugetroffen hätte, war in der Stadt gesichtet worden. – Das heißt: *1 Mal* war Rugge ganz-dicht auf der richtigen Fährte; denn da er so hartnäckig auf Waife's einem Auge plus dem Besitz eines Weißen Hundes bestand, erzählten ihm mehrere Zeugen, daß ein, freilich auf zwei Augen blinder Mann, geführt von einem Schwarzen Hunde, unmittelbar vor Beginn der Aufführung, dicht vor der Bühne gestanden hätte. Aber, andrerseits, hatte sich der Clown mit eben-diesem Mann unterhalten; die gesamte Thespische Kumpaney hatte ihn ausgiebig angeschaut; jeder Einzelne von ihnen hatte Waife, Jahre hindurch, aus vertrautem Umgang gekannt; und jeglicher Einzelne machte sich anheischig, zu Protokoll zu geben: daß ein Waife-unähnlicheres Geschöpf als jener Blinde Mann, schwerlich aus der Werkstatt der Natur hervorgehen könne! – Aber wo war besagter Blinder Mann? – Sie fanden es schon heraus, das Chaussee-Wirtshaus, wo er für die Nacht ein Zimmer gemietet hatte; und all-dort stellte man auch fest, daß er für besagtes Zimmer im voraus bezahlt, und dabei angegeben hatte, wie er, früh am Morgen, nach dem RennPlatz aufzubrechen gedächte. Worauf Rugge-persönlich sich zum RennPlatz hin-verfügte, um 2 Fliegen mit 1 Klappe zu treffen – a) Mr. Losely zu erwischen – b) den beträffenden Blinden Mann zu autopsieren.

Er erwischte Mr. Losely, und um Haaresbreite hätte etwas anderes ihn erwischt – denn dieser Herr hielt, auf einem MietGaul, inmitten eines Kreises durcheinander lärmender Reiter, und war selbst der Lautesten Einer. Als Rugge neben seinem Steigbügel erschien, und seine Ansprache begann, nahm Losely seinen Gaul herum, mit einer so plötzlichen gleichzeitigen Anwendung von Zaum und Sporn, daß das Tier nach hinten ausschlug, und sein Huf nur um Zollbreite den BackenKnochen des Direktors verfehlte. Bevor Rugge sich noch erholt hatte, war Losely schon im Hand-Galopp davon. –: ›Aber der Blinde Mann? Ihn fand Rugge natürlich gar nicht.‹. Sie irren sich; er fand ihn. Der Blinde Mann war da, inklusive Hund und Allem. Der Direktor sprach mit ihm, und hatte nicht die geringste Idee, wer das sein könnte.

Auch haben Sie oder ich, meine verehrten Leser, keinerlei Recht, Zweifel anzumelden, ob Mr. Rugge derart stumpf, bis zur Blödsinnigkeit, geschildert werden dürfe. Einmal angenommen, dieser blinde Seefahrer sei der veritable William Waife gewesen – William Waife war eben ein Mann von Genie, der sich Mühe gibt, als gewöhnlicher Sterblicher unter uns zu erscheinen; und die bekannten Anekdoten von Munden, oder von Bamfylde Moore Carew, reichen ja wohl hin, uns darüber zu belehren, wie proteisch die Kraft der Verwandlung bei einem Manne ist, dessen Genie auf mimischem Gebiet liegt. Und wie oft begegnet es denn nicht uns selbst, verehrter Leser, einen Mann von Genie nicht als solchen zu erkennen; auch wenn er sich gar keine besondre Mühe gibt, der Entdeckung zu entgehen! Ein Genie kann durchaus, zehn Jahre hindurch, als Nachbar direkt neben uns wohnen – vielleicht speisen wir, zweimal wöchentlich, in seiner Gesellschaft – sein Gesicht kann unsern Augen so vertraut sein, wie unser ArmSessel – seine Stimme unsern Ohren wie das Ticken unsrer WohnzimmerUhr – und dennoch gibt es für uns kaum ein größeres Erstaunen, als wenn unversehens, eines schönen Sommertages, die Entdeckung gemacht wird, unser Nachbar von nebenan sei – ein Genie!? Haben Sie jemals aus dem Leben eines Genies erzählen hören, ohne daß die Mehrzahl der anwesenden Zeugen nicht feierlich zu Protokoll gegeben hätte: daß, bevor dieser verstellerische Heuchler plötzlich, ohne Vorwarnung, das Pulver erfand und explodierte, sie nicht das geringste Nennenswerte in ihm erblickt hätten? – ein komischer Kerl, ja – vielleicht ein guter Kerl – ziemlich wahrscheinlich ein armer Kerl; – aber EIN GENIE!? Ebensoleicht hätten sie ihn für den Großkhan der Tartaren halten können! Ja, mehr noch, ehrliche Leser: ob nicht sogar Einige unter Ihnen sind, die sich bis zum letzten Augenblick weigern, das Genie anzuerkennen, bevor es nicht Charon seinen Penny bezahlt hat, und sein Paß in die Unsterblichkeit von den Zollbeamten am Styx gehörig visiert worden ist? Wenn die eine Hälfte der Welt besagten Nachbar von nebenan mit sich fort-zerrt, ihn auf ein Piedestal pflanzt, und ihn rundherum beschreit, ›Oh Jess! O Jess! Genius gefunden! Öffentliches Eigentum – kann nach Herzenslust besichtigt werden!‹ – setzt dann nicht die andere Hälfte der Welt umständlich ihre Brillengeschirre auf, rümpft die feinen Nasen, und ruft: ›*Das?* ein Genius? warum nicht gar! Schmeißt ihn! – schmeißt ihn!‹. Worauf sich, organischerweise, denn ein groß Getöse um's Piedestal herum erhebt, was der gemeine Mann ›einen Krawall‹ nennt. Erquetscht von den an ihn Glaubenden, während die Spötter nach ihm hauen, wird der arme Mann allmählich entsetzlich ramponiert; bis er endlich, inmitten des Getobes, vom Stänglein fällt. Dann schaufeln sie ihn ein und zu; knallen schnell noch einen großmächtigen Stein auf seine armen Reste; wischen sich die Stirnen, schütteln sich erleichtert die Hände, und schlichten ihren Disput durch einen Kompromiß, des Sinnes, daß die eine Hälfte der Welt zugesteht, wie er, obschon ein Genius, doch ein ganz gewöhnlicher Mensch, während die andere Hälfte einräumt, wie er, obschon ein ganz gewöhnlicher Mensch, so doch immerhin auch ein Genius gewesen sei. (Und dann weiter, zum nächsten Piedestal, mit seinem ›hic stet‹; und dem nächsten großen Stein mit seinem ›hic jacet‹.)

Der Direktor der Großen Theater-Schau also, besah sich den blinden Seefahrer, und hatte nicht die geringste Idee, wer das sein könnte.

## 9. Kapitel

*Der unverfälschte Man-Eater, oder Kannibale im Taschenformat, ist durchaus empfänglich für die verfeinernden Einflüsse der Zivilisation. Er dekoriert seinen Lagerplatz mit den Häuten seiner Opfer; er schmückt seine Person aus der Beute Derjenigen, die er verschlungen hat. / Mr. Losely ist Mr. Poole's Freunden vorgestellt worden – kleidet sich jetzt für's Dinner um; und, eine unnachahmliche Verbindung von Eleganz und Appetit, verspeist er Jene.*

Hochmütig ob des Erfolges, der sein Talent für pecuniäre Speculationen belohnt hatte; und jedweden Gedanken an die flüchtig geword'ne Sophie ebenso aus seinem Gedächtnis streichend, wie die an den beraubten Rugge, kehrte Jasper Losely, in Gesellschaft seines neugewonnenen Freundes, Mr. Poole, nach London zurück. Er überließ es Arabella Crane, die gleiche ReiseStrecke ungeleitet zu unternehmen; aber besagte grimme Lady, sorgfältig jedwedes Ressentiment ob solchen Mangels an Galanterie verbergend, fühlte sich versichert, daß sie nicht allzulange in London zu weilen haben werde, um sich mit seinem Besuch beehrt zu finden.

Bei Erneuerung ihrer anscheinend recht-alten Bekanntschaft, hatte Mrs. Crane über Jasper jene Art von Einfluß zu gewinnen gewußt, wie sie ein eingebildeter Mann – voll von Anschlägen, die Allerwelt nicht mitgeteilt werden dürfen; die jedoch mit einem vertrauten Freunde zu besprechen, der ihn selbst viel zu hoch bewundert, um seine Geheimnisse nicht zu respektieren, recht bequem ist – gleichsam mechanisch einer Frau einräumt, die ihm an planendem Verstand überlegen ist.

Wahr ist's; Jasper fühlte sich, bei seiner Rückkehr nach der Metropole, mit nichten magnetisch-angezogen von Podden Place; vielmehr vergingen Tage, ja Wochen; und Mrs. Crane erfreute sich seiner Gegenwart nicht. Aber sie war sich bewußt, daß ihr Einfluß lediglich zeitweis' außer Kraft gesetzt sei – erloschen keineswegs. Der angezogene Körper wurde, im Moment, von dem anziehenden bloß durch das abnorme Gewicht ferngehalten, das in dessen Taschen gefallen war: man gebe dem, kurzfristig mit Gegengewichten versehenen Körper, seine ursprüngliche Leichtigkeit zurück – und er würde sich Podden Place zuwenden müssen, wie die MagnetNadel ihrem Pol. Mittlerweile jedoch hatte sich der pflichtvergessne Jasper, aller hier einschlägigen Naturgesetze vergessend, erst einmal so fern außer Reichweite seines Magneten niedergelassen, als eben St. James' lebenwimmelndes Zentrum entfernt ist von Bloomsbury's ödestem Saum. Das von ihm ermietete Apartement war ebenso luxuriös wie bequem. Er ergänzte sogleich, in großem Stil, seine Garderobe – sein ToilettenNecessaire – seine Schatulle mit Schmuck und Kinkerlitzchen. Auch sei hier, ein-für--allemal, eingeschaltet, daß Mr. Losely nicht etwa einer jener angehübschten Briganten war, die eine auffällige Krawatte über dreckige Hemden binden, und Ringe mit falschen Steinen an ungewaschne Finger stecken; nein, man muß dem Manne durchaus die Gerechtigkeit widerfahren lassen: so steinherzig er gegen Andre war, so liebte und hegte er doch seine eig'ne Person mit der ausgesuchtesten Zärtlichkeit, verschwendete die zartesten Aufmerksamkeiten an sie, und gab ihr das Beste vom Besten was er sich nur leisten konnte. Auch war er kein grober Wüstling, der stets nach billigen Zigarren und schlechtem Fusel gerochen hätte – Zigarren gehörten wirklich nicht zu seinen Lastern, (schlimmstenfalls die kleine Sünde eines Zigarettleins) – SchnapsTrinken allerdings ja; aber die Verdauung des Ungeheuers war immer noch so kräftig, daß er eine ganze Destille hätte austrinken können, und man würde trotzdem nichts als den Jasmin oder Heliotrop seines BatistTüchleins gerochen haben, mit dem er sich den letzten Tropfen von den Lippen tupfte. Wäre seine Seele nur den zehnten Teil so reinlich gewesen, wie die Figur die sie Lügen strafte, Jasper Losely hätte als Heiliger gehen können! Mit fester Wohnung also, mit überholtem und verschöntem Äußeren, ließ Jasper sich als nächstes eine passende Equipage angelegen sein; er mietete sich ein flottes Kabriolet, mit einem hoch-trabenden Pferd in der Gabel, und einem Groom hinten-drauf, dessen Gestalt schon im Steck-Kissen von vorausschauenden Eltern verbuttet worden war, die ihn dazu bestimmt hatten, einmal sein Brot als Leichtgewicht in Stallungen zu verdienen, und dessen MutterMilch deshalb mit hochprozentig gebrannten Wassern gemischt worden war. Kurzum, Jasper Losely richtete sich ein, in gewissen städtischen Kreisen den führenden Lebemann zu spielen; und in dieser Eigenschaft führte Dolly Poole ihn auch bei diversen jungen Herren ein, die kaufmännisches Angestelltentum mit Geschmack an Spiel und Wetten verbanden; und auch sie verfehlten nicht, Poole's Bewunderung und gleichsam neidischen Respekt für Jasper Losely zu teilen. Und es war ja tatsächlich eine große Portion irreführenden Glanzes um diesen kraftstrotzenden Elenden! Mochte die Schönheit seines Antlitzes auch seit früher Jugend schon selbst-gehandicapt worden sein – er war immer noch, unläugbar, hübsch!; und da reine MuskelKraft in den Augen junger SportsLeute platterdings-identisch mit Schönheit ist, blendete Jasper so manchen *gracilis puer*, der den Ehrgeiz hatte, auch einmal etwas wie ein Athlet zu werden, durch seine seltene KörperKraft, die er, wie im unbewußten Überschuß animalischer Lust, zuweilen an den Tag zu legen sich herabließ; durch Kunststücke, die den Neugierigen in Erstaunen, den HalbSchüchternen in Schrecken versetzten – so wenn er etwa einen SchürHaken, oder auch ein HufEisen, krumm-bog; in Händen von eleganter Weißheit, und nicht ungeschmückt mit Ringen – oder wenn er Samuel Dolly, so schwer der war, beim Hosen Bund hochhob:'!' – ihn, auf Armeslänge, von sich hielt; und, scherzhaft 10:1 wettend, sich anheischig machte, er wolle, hier am Kamin, stehenbleiben, und dennoch besagten Samuel Dolly, zum offenen Fenster hinaus werfen! Einen so starken Mann, ein so feinesglattes Tier zu kennen, war schon etwas, dessen man sich rühmen durfte! Weiterhin verfügte Jasper nicht nur über falschen Glanz, sondern auch über eine falsche Bonhommie; er war freilich ein bißchen sehr gebieterisch, renommistisch, unverschämt tyrannisierend, das ist richtig – dann aber auch wieder scherzhaft und geradezu; und wenn man ihn des nähern kennen lernte, fiel einem auch nicht mehr dieser ständige schräge Seitenblick auf, und das pausenlos trotzige Gehabe, (Blick und Gehaben des Mannes, der von der Gesellschaft ›geschnitten‹ wird). Er war ja auch in der Tat jetzt in eine Umgebung geraten, die ihn nichts weniger als schnitt; und entsprechend dieser Atmosphäre gewann sein Äußeres unwillkürlich.

Mr. Losely erklärte aber auch offen, daß er gegen die Gesellschaft im allgemeinen Abneigung empfinde. Salons seien fade; Clubs voll von schrulligen Käuzen. »Ich bin für's Leben, Jungens«, sagte Mr. Losely –

: »›Entströmt dem Becher jemals Sorg',
dem Aug' der Schönheit Schmerzen?‹ –«

Weswegen Mr. Losely denn auch, den Hut auf einem Ohr, sich in den Theater-Café's herumtrieb; begleitet von einer Kohorte jugendlicher Bewunderer, ausnahmslos die Hüte ebenfalls auf einem Ohr; worauf man dann zu den pläsierlichsten kleinen Soupers in seinen eig'nen Apartements zurückkehrte. Dort strömte denn unverzüglich ›der Becher‹ – und nach dem Becher Zigarren für die Wenigen, und einen Rubber für Alle.

So gewaltig war Losely's Vitalität, und derart von den Sternen gesegnet sein Glück, daß durch dieses ›Leben‹ seine Gestalt nur immer stärker, seine Börse immer praller zu werden schienen. Kein Wunder, daß er, voll und ganz, für ein Leben dieser Art eintrat; aber die schmächtigen Wesen, die mit ihm Schritt zu halten versuchten, wurden dünner und dünner, und ärmer und ärmer; einige wenige Wochen genügten, um ihre Wangen lemurisch zu machen, und ihre Taschen zu wüstenleeren Räumen. Dann, als die Ersten infolge blanker Entkräftung zurückfielen, kamen Andere, die sie durch ihre Lobpreisungen des ›Lebens‹ und seines heldischen Repräsentanten angeködert hatten, in den Zauberkreis getreten; um denn ihrerseits zu verbleichen und zu verschwinden.

In ganz unglaublich kurzer Zeit war nicht 1 WhistSpieler mehr auf dem Schlachtfeld anzutreffen; der siegreiche Losely hatte auch den Letzten hinweggetrumpft; nur einige Wenige, die von der Natur freigebiger bedacht worden waren, als von der Fortuna, behielten noch Kraft genug, zum Souper zu erscheinen – falls sie eingeladen wurden; aber.

›nicht Einer, der dort speiste, blieb zum Spiel‹.

»Die Pest auf das Zeug«, sprach Losely eines Nachmittags zu Poole, während sie die NettoBeute unter sich teilten, »Eure berühmten Freunde sind aber auch verdammt rasch ausgebeutelt! nicht 'mal mit einem doppelten Strohmann konnten wir gestern Abend ne Partie zustande bringen; wir müssen uns einen neuen Plan einfallen lassen, um die Kassetten wieder zu füllen. – Ihr habt doch reiche Verwandte: könnt' ich Euch nicht irgendwie behilflich sein, Die nutzbringender zu machen?«

Dolly Poole, der überaus gallenkrank dreinschaute, und ein Opfer chronischer Kopfschmerzen geworden war, gab zurück:

»Meine Verwandten sind Philister. Ein Teil davon zeigt mir die kalte Schulter – der andre die Zähne. Und was ›Moos‹ anbetrifft, könnt' ich genausogut 'n Feuerstein danach abschaben. Mehr als die andern Knicker noch, macht sich mein Onkel Sam, Kummer über meine Sünden; ich nehme an, weil er mein Pate ist, und also für meine Sünden nicht unverantwortlich; und er bleibt dabei, er wolle mich auf den Pfad der Ehrbarkeit zurückbringen. – Also mir platzt noch der Kopf ...«

»Holz platzt grundsätzlich, bis es richtig ausgewittert ist«, versetzte Losely. »Aber 'n guter Kerl, der Onkel Sam! Müßt er Euch ja eigentlich mit Moos zudecken: nichts anderes macht einen Mann ehrbar und angesehen.«

»Jaja – so drückt er sich aus; ein Mädchen mit Geld ...«

»Eine Gattin? – so'n richtiger Geldschrank?! Führt mich bei Ihr ein; und ein eheliches Band soll sie an Euch knüpfen, daß Gott erbarm.«

Samuel Dolly schien die Vorstellung einer solchen ›Einführung‹ nicht sonderlich zu goutiren; »Bin ihr selber noch nich vorgestellt worden«, sagte er. »Übrigens, wenn Ihr mich durchaus verkuppeln wollt: warum verkuppelt Ihr Euch denn selber nich? – ein schmukker Kerl wie Ihr kann doch um 'ne reiche Erbin nich in Verlegenheit sein.«

»›Erbinnen‹?, sind der entsetzlichste Schwindel auf der ganzen Welt!«, erwiderte Losely; »da ist grundsätzlich immer irgendein Vater vorhanden, oder 'n Onkel, oder so ein vermuffter Lord-Kanzler-Vormund, deren Einwilligung ebenso unerläßlich wie nicht zu bekommen ist. Erbinnen? Schockweise sind sie in mich verliebt gewesen, bis über beide Ohren. Ehe ich von Paris wegfuhr, hab' ich ihre ›Locken zur Erinnerung‹ an einen Perückenmacher abgestoßen – 3 große Koffer voll; Ehrenwort. Aber von ihnen Allen gab es nur 2, mit Denen ich, einigermaßen gesichert, hätte durchgehen können; und die armen Dinger wurden derart scharf bewacht, daß ich mich schließlich genötigt sah, sie ihrem Schicksal zu überlassen – das heißt, einem frühen Grabe! Also mir-gegenüber kein Wort von ›Erbinnen‹, Dolly; ich will es so formulieren: ich bin, mein lebenlang, das Opfer von Erbinnen gewesen! Aber eine reiche Wittib? das sind Geschöpfe, aller Achtung werth. Gegen Witwen, die wirklich-ehrlich-reich sind, würd'ich nie auch nur 1 Wort äußern; – und, um Euch die Wahrheit zu gestehen,: es gibt da eine Witwe, die ich doch fasciniert zu haben meinen möchte; und deren nähere Bekanntschaft zu kultivieren, ich noch einen ganz-besonderen privaten Grund habe. Sie hat da so ein Welpchen von Sohn, der sich als Hemmschuh an meinem Rade erweisen könnte – nå, wenn ich sein StiefVater würde, wär' ich ein Hemmschuh an seinem: ich würde das Bürschchen zu *›leben‹* lehren, Dolly!« – (An dieser Stelle verschwand jedwede Spur von Schönheit aus Jasper's Gesicht; und Poole, der ihn anstarrte, rückte unwillkürlich mit seinem Stuhl ein Ende weg.) »Aber –«, fuhr Losely fort, (und hatte den von ihm gewohnten Ausdruck von Leichtfertigkeit und Keckheit schon wieder gewonnen) – »aber ich bin mir noch nicht ganz-gewiß, was diese Witwe, außer ihrem Söhnlein, als Eigen-Besitz hat – nå, wir werden ja sehen. – Anderes Thema: ist *keinerlei* Aussicht auf einen Rubber heut-Abend?«

»Nee. – Es sei denn, Ihr wolltet Brown und Smith auf Vorschuß spielen lassen.«

»Puuuhh! – aber wär' da nicht noch Robinson?; Der soll doch 'ne Tante haben, die er anpumpen kann?«

»Robinson!; der Blut-spuckt?; zugleich mit' 'm Anfall von *delirium tremens!* – den habt Ihr schön zugerichtet.«

»›Entströmt dem Becher jemals Sorg‹?«, sagte Losely. »Nun ja, kalkuliere das gibt es – wenn Einer keinen gut-gefütterten Magen hat; aber Ihr, Dolly Poole, und ich: Wir haben Mägen, so dick wie Düffeljacken, und so undurchdringlich wie Guttapercha, was?«

Poole zwang sich zu einem gespenstischen Lächeln; während Losely munter aufsprang, seinen Anteil an der Beute in die Tasche strich, seinen Spießgesellen auf den Rücken klopfte, und sagte – »Naja, wenn der Berg nicht zu Mohammed kommen will, muß Mohammed halt zum Berge gehen! Also zum Henker mit dem Whist, und hoch das *rouge-et-noir!* Ich hab' auch da eine unfehlbare GewinnMethode – nur erfordert sie AnfangsKapital: Ihr schmeißt also Euer Bargeld mit meinem zusammen, und ich spiele für Beide. Kommt heut Abend zum NachtEssen; und anschließend begeben wir uns dann in die ***Hölle.«

Samuel Dolly hatte das unbegrenzteste Vertrauen auf seines Freundes wissenschaftlich ausgebildete Spielkunst, weswegen er auch nicht das geringste gegen den gemachten Vorschlag einzuwenden hatte. Jasper gab seiner Toilette schnell noch eine kleine Auffrischung; und stieg dann in sein Kabriolett. Poole warf ihm einen neidischen Blick hinterher; und kroch dann seinem Logis zu – zu unwohl für sein BüroPult, und nur mit dem einen starken Verlangen, sich ins Bett zu legen.

## 10. Kapitel

*›Gibt's wo ein Herz, das nie geliebt,*
*fühllos für FrauenSeufzen?‹*

*Wenn es ein solches Herz geben sollte, befindet es sich jedenfalls nicht in der Brust eines TaschenKannibalen. Der echte Man-Eater ist gewöhnlich von amouröser Gemütsart: ja, er kann einer Lady hinreichend zugetan sein, um sie restlos aufzuzehren. / Mr. Losely macht die Bekanntschaft einer Witwe. (Nähere Einzelheiten sind im Innern des folgenden Kapitels zu erfragen.)*

Die würdig-heitre Gelassenheit von Gloucester Place, Portman Square, ist durch das Eindringen eines neuen Bewohners in Unruhe gebracht worden. Eines der Häuser in dieser bevorzugten Gegend, das mehrere Monate hindurch ›die hehre Stille und erhabne Ruh‹ bewahrt hat, wie sie Wohnungen anhaftet, die unmöbliert zu vermieten stehen, ist plötzlich zu jener überreichlichen und aggressiven Sorte Leben erwacht, wie sie die Nerven friedsamer Nachbarn so irritiert. Die Mietzettel sind aus den Fenstern weggenommen – die Mauern neu verputzt und ausgefugt worden – die Haustür ist frisch gestrichen, ein lebhaft-kräftiges Grün – Handwerker sind ein und ausgegangen. Die zur Beobachtung neigenden Damen (unverehelicht) im Hause gegenüber, haben, mit Hülfe eines Fernglases, entdeckt, daß die Salons neu-tapeziert – kanarienfarbener Grund, als Borte BlumenGuirlanden – und daß die Kehlungen der Fensterläden vergoldet worden sind. Vergoldete Leisten? das deutet verdächtig auf protzige und Party-gebende Mieter!

Dann haben Wagen voller Möbel vor der Türe angehalten – Teppiche, Tische, Stühle, Betten, Kleiderschränke; sämtlich anscheinend neu, und in gar nicht unelegantem Geschmack – alles hat sich in den Hausflur ergossen. Auch ist nicht unvermerkt geblieben, daß jeden Tag eine Dame von schlanker Figur, und sehr anständig angezogen, gekommen ist, offenbar um den Fortschritt der Arbeiten zu inspizieren – unverkennbar die neue Mieterin. Manchmal kommt sie allein; manchmal mit einem hübschen, dunkeläugigen Burschen, wahrscheinlich der Sohn. Wer könnte sie sein? was ist sie? wie ist ihr Name? ihre Vorgeschichte? hat sie ein Recht dazu, sich in Gloucester Place, Portman Square, niederzulassen? Die Kriminalpolizei von London ist notorisch wenig wachsam; aber ihre diesbezüglichen Defekte werden mehr als ausgeglichen durch die freiwillige Mitarbeit unverheirateter Damen. Bei dem Neu-Ankömmling handelte es sich um eine Witwe; der Mann war im LandHeer gewesen, von guter Familie, aber ein *mauvais sujet;* und hatte sie, mit einem Sohn, in beschränkten Umständen zurückgelassen. Die allgemeine Annahme ist, daß sie, gänzlich unvorhergesehenerweise, zu Vermögen gekommen – und aufgrund dessen instand gesetzt worden sei, von Pimlico nach Gloucester Place umzuziehen. Schließlich und endlich – nach Vollendung sämtlicher Vorbereitungen – eines schönen MontagNachmittags, zog die Witwe, geleitet von ihrem Sohne, offiziell ein. Am nächsten Tage ward auch ein Bedienter, in anständiger Livree (Braun mit Orange), an der Tür mehrfach-sichtbar. Für den Rest der Woche sah man Bäcker- und MetzgerJunge regelmäßig vorsprechen. Am Sonntag darauf, erschienen die Lady und ihr Sohn dann in der Kirche.

Kein Leser wird, hoffentlich, Schwierigkeiten haben, in der neuen Miterin von Numero **, Gloucester Place, die verwitwete Mutter von Lionel Haughton wiederzuerkennen. Der an jene Lady adressierte Brief, den Guy Darrell seinem jungen Vetter anvertraute, hatte – in recht verbindlicher und herzlicher Ausdrucksweise – das Recht beansprucht, für einen ebenso comfortablen wie honetten, Lebensunterhalt für sie sorgen zu dürfen; auch war darin festgelegt, daß von nun ab 800 £ pro Jahr, vierteljährlich zahlbar, bei Mr. Darrell's Bankier abgehoben werden dürften; sowie daß eine weitere Summe, von 1200 £ bereits, auf ihren Namen, dort deponiert worden sei, um sie instand zu setzen, jedweden Wohn-Platz damit zu meubliren, den sie zu beziehen geneigt sei. – Infolgewessen Frau Haughton nach Gloucester Place übergesiedelt war.

Sie sitzt gerade in ihrem vorderen Wohnzimmer am Fenster, und überschaut mit stolzem, obschon auch dankbarem Herzen, all die Eleganz, die sie umgibt. Ein sehr einnehmendes Gesicht – lebhafte Augen, die für sich allein genommen übereilt und launenhaft heißen könnten; deren Ausdruck aber durch einen sanften gutmütigen Mund gemildert wird. Und über das ganze Antlitz, die Haltung, das Auftreten, ja die Kleidung selbst, sind unverkennbar die Einfalt und Arglosigkeit eines natürlichen und aufrichtigen Charakters verbreitet. Zweifellos hat Mrs. Haughton ihre Launen, und ihre Eitelkeiten, und ihre kleinen harmlosen weiblichen Schwächen; dennoch stellte sich in ihrer Gegenwart unabweisbar das Gefühl ein, man sei mit einer liebevollen, warmherzigen, ehrlichen guten Frau zusammen. Möglich, daß sie nicht über die Feinheit in Ton und Benehmen gebot, wie sie die hochgezüchtete große Dame der obersten Kreise kennzeichnen; möglich, daß überall bei ihr die Mängel einer drittrangigen Schulbildung, (und auch sie noch unvollkommen), zutage traten; dennoch ward sie durch eine gewisse undefinierbare persönliche Grazie und die Musik ihrer Stimme, davor bewahrt, vulgär und gewöhnlich zu wirken – selbst wenn sie Dinge sagte oder tat, die guterzogne Leute nicht sagen und tun; und aus diesen flinken nußbraunen Augen sprach eben doch eine gewinnende geistige Beweglichkeit, die Einen gewiß sein ließ, daß sie zumindest gefühlvoll sei, selbst wenn das, was ihr Mund dazu sprach, dümmlich war.

Mrs. Haughton hat sich inzwischen von den Interieurs des Raumes weg-, und dem offenen Fenster zugewendet. Sie hält Ausschau nach ihrem Sohn, der ausgegangen ist, um sich bei Oberst Morley vorzustellen; und der allmählich, um die Zeit, wieder zurück sein müßte. Sie beginnt direkt ein bißchen zapp'lig zu werden – schier verdrießlich. Indes sie so steht, und so nach draußen aufpaßt –: kommt da nicht die Straße herunter ein hoch-trabendes Roß angedonnert? – braun, hinten weiß gestiefelt – hinter ihm das Räder-Gewirbel eines Kabriolets – blau, mit scharlachnen Speichen – gerade werden zwei Hände, in gelben Glacés, unter dem Verdeck sichtbar ... Mrs. Haughton errötet plötzlich, und nimmt den Kopf zurück. – : Zu Spät! schon hat das Kabriolet gehalten – ein Herr beugt sich vor; zieht den Hut, und verbeugt sich voller Respekt. »Gott, Meingott!«, murmelt Mrs. Haughton; »ich glaube gar, er will einen Besuch machen?; manche Menschen sind wohl dazu geboren, daß sie versucht werden – meine Versuchungen sind zeitlebens ungeheuerlich gewesen! – : Er steigt aus – : er klopft! – (ich kann ja jetzt schwerlich mehr sagen lassen, daß ich nicht zuhaus' sei) – äußerst merkwürdige Situation! Ich wollte, Lionel wär' daheim!; was denkt er sich aber auch bloß – vernachlässigt die eigene Mutter!: überläßt sie jeglichem Versucher als Beute?« –

Indes der Bediente dem kraftvollen Anpochen des Besuchers Folge leistet, können wir rasch erklären, inwiefern Mrs. Haughton sich die Bekanntschaft des betreffenden Herrn zugezogen hat. – Anläßlich eines ihrer Spaziergänge nach ihrer neuen Behausung, während die sich noch unter den Händen von Dekorateuren und Tapezierern befand, und ihr Gemütlein weitgehend mit Erwägungen ausgelastet war, ob die WohnzimmerVorhänge aus Zitz, oder nicht doch aus TabouretArbeit sein sollten? – wäre sie, um 1 Haar, als sie gerade über die Straße gehen wollte, von dem Kabriolet eines Gentleman überrannt worden. Das Pferd, das etwas hartmäulig schien, kam in vollem Tempo einher. Der Fahrer zügelte es noch im rechten Moment : ! – ; aber ein Rad streifte immerhin ihr Kleid; und, obwohl sie instinktiv zurücksprang, überwältigte doch, (sobald sie sicher auf dem Bürgersteig stand), der Schock ihre Nerven, –, sodaß sie sich, einer Ohnmacht nahe, an den nächsten LaternenPfahl klammerte. 2 oder 3 Passanten sammelten sich, menschenfreundlich, um sie. Und der HerrenFahrer, im Zurückschauen, murmelte vor sich hin –: »– går nich so dumm aus – leidlich angezogen – ladylike – Französische Stola? – könnte Moos haben – gegebenenfalls der Mühe wert!« – worauf er, galant, erst einmal abstieg; auch Entschuldigungen vorbrachte-anhäufte; nebst der ehe'rbietigsten Hoffnung, daß ihr keinerlei Schaden widerfahren sei – ? –.

Mrs. Haughton antwortete erst etwas herb; da sie jedoch zu jener Sorte gutherziger Frauen gehörte, die zwar zu heftigen Reaktionen neigen, im Moment danach schon jedoch schwer bereuen, hatte sie auch hier den Wunsch, eine durch ihre anfängliche Impulsivität bewirkte Verletzung seiner Gefühle wieder gut zu machen; und als er ihr, unter erneuten Entschuldigungen, seinen Arm bot, sie über die Kreuzung zu geleiten, mochte sie nicht ablehnen. Als sie dann die Straßenseite erreicht hatten, an der ihr Haus gelegen war, hatte sie sich genugsam erholt, um ob ihrer Annahme so vertraulichen Beistandes seitens eines total Fremden, zu erröten, und einige Worte des Dankes für seine Höflichkeit herauszustammeln.

Unser Gentleman, dessen Einschätzung der eignen Reize eben nicht bescheiden war, schrieb die errötende Wange und versagende Stimme, prompt der durch seine äußere Erscheinung hervorgebrachten, natürlichen Wirkung zu; und da er indes nicht minder das hübsche Armband an ihrem Handgelenk bewunderte, (das er als ein günstiges Prognostikon für das Vorhandensein von ›Moos‹ erachtete), schaute er hinter ihr drein, und merkte sich ihre Haustür; schickte auch, im Lauf des gleichen Abends noch, seinen Groom aus, in der Nachbarschaft dort einige diskrete Erkundigungen einzuziehen. Das Ergebnis seiner Recherchen bewog ihn zu dem Entschluß, die also eingeleitete Bekanntschaft weiter zu kultivieren. Er brachte die Stunden in Erfahrung, wenn Mrs. Haughton gewöhnlich ihr Haus besuchte, und richtete es so ein, daß auch er gerade, wie gerufen, bei Gloucester Place vorbeikam. Seine Verbeugung drückte WiederErkennen aus, Respekt, Frage – eine Verbeugung, die sich deutlich erkundigte ›wie viel weiter noch?‹. Aber Mrs. Haughton's entsprechendes Köpfchen-Neigen schien zu erklären: ›überhaupt nicht weiter!‹. Und der Fremde wagte an demselben Tage nicht mehr; aber ein, zwei Tage darauf erschien er wieder in Gloucester Place, diesmal zu Fuß. Mrs. Haughton hatte bei dieser Gelegenheit ihren Sohn bei sich, und der Herr gab sich den Anschein, als bemerke er sie nicht. Am nächsten Tag kehrte er wieder; da war sie allein; und just als sie ihre Haustür gewonnen meinte, avancierte er –: »Bitte zehntausendmal um Verzeihung, Madam; aber wenn ich recht unterrichtet bin, habe ich die Ehre, Mrs. Charles Haughton anzureden?«

Die Dame verbeugte sich überrascht.

»Oh, Madam: dann ist Ihr betrauerter Gatte einer meiner intimsten Freunde gewesen!«

»Ach, was Sie nicht sagen!«, rief Mrs. Haughton: und wie sie sich den Fremden nunmehr aufmerksamer anschaute, fand sie in seiner Kleidung und Erscheinung so manches, das sie überaus flott und elegant dünkte; (ein intimer Freund von Charles Haughton *mußte* ja auch flott und elegant sein – ein Mann vom ersten Wasser). Und sie liebte das Andenken des armen Captains ja so; und ihr Herz erwärmte sich für jeden ›intimen Freund von ihm‹.

»Oh ja«, nahm der Gentleman, des gewonnenen Vorteils sehr wohl gewahr, wieder das Wort; »obwohl ich der beträchtlich Jüngere war, sind wir dennoch ausgesprochne BusenFreunde gewesen – Sie vergeben mir den vertraulichen Ausdruck – bei den Husaren . . .«

»Der Captain war aber gar nicht bei den Husaren, Sir: er stand bei der Garde!«

»Selbstredend; ich sagte auch nur: ›Bei den Husaren, ebenso wie bei der Garde, gab es einige erlesen feine Leute‹ – sehr feine – und Er war Einer davon, wahrlich! – Ich konnte einfach nicht widerstehen: ich mußte der verwitweten Lady eines so feinen Mannes, meine Aufwartung machen. Ich weiß, ich habe mir damit eine Freiheit genommen, Madam; aber das ist so meine Art. Leute, die mich besser kennen – und ich besitze einen großen BekanntenKreis – sind freundlich genug, diese meine Art zu entschuldigen. Und nun die bloße Vorstellung, daß dieser schuftige Gaul, frisch aus Lord Bolton's Gestüt gekauft – (200 Guineen, Madam; und das war noch billig!) – der lieblichen Witwe Charles Haughton's beinah' das Leben gekostet hätte! Mir graut bei dem Gedanken, was hätte geschehen können, falls irgend ein And'rer die Bestie gefahren hätte; aber ich habe Handgelenke aus Eisen. KörperKraft ist die Eigenschaft des vulgus – ausgesprochen vulgär, ich weiß – aber wenn sie eine Lady vor'm Untergang bewahrt, wie kann man sich dann ihrer schämen? – Aber ich halte Sie auf. – Ihr eignes Haus hier, Mrs. Haughton?«

»Ja, Sir; ich hab' es eben übernommen; aber die Handwerker sind noch nicht ganz fertig. Ich wohne noch nicht direkt hier.«

»Reizende Lage! – ä-Mein Freund hatte, meines Wissens, doch einen Sohn hinterlassen? – dient er schon im Heere?«

»Nein, Sir; aber er möchte es sehr gerne.«

»Oh; Mr. Darrell müßte aber doch, meines Erachtens, diesen Wunsch leicht befriedigen können.«

»Wie! – Sie kennen Mr. Darrell?; diesen über-ausgezeichneten, großherzigsten der Menschen? – Alles, was wir haben, schulden wir Ihm!«

Der Herr kehrte sich, unvermittelt, etwas zur Seite – sehr weislich – denn der Ausdruck seines Gesicht's bei solchem Lob, hätte Mrs. Haughton ansonsten stutzen machen können.

»Ja; wir waren einmal bekannt miteinander. Er hat meiner Familie so manche schöne Sporteln zu verdanken. Tüchtiger Anwalt – gescheuter Mann – und reich wie'n Jude! – Ich würde mich doch recht freuen, den Sohn meines alten Freundes kennen zu lernen, Madam. Er muß, bei solchen Elternteilen, ja unerhört hübsch sein!«

»Och, Sir; – das Ebenbild seines Vaters. Ich werde stolz sein, ihn Ihnen vorzustellen.«

»Ma-Dame –: Ich danke Ihnen! Es wird mir eine Ehre sein, bei Ihnen vorzusprechen ...« –

Und damit wäre erklärt, wieso Jasper Losely soeben an Mrs. Haughton's Haustür gepocht – ihre Treppen emporgestiegen – in ihrem Salon Platz genommen hat – und im Moment just mit seinem Stuhl etwas näher zu ihr hin-rückt; wobei er in Stimme und Blicke einen Grad von Bewunderung zu legen weiß, den der Eindruck ihrer neuen eleganten Wohnung aufrichtig bei ihm angefacht hat.

Nun war Jessica Haughton nicht etwa eine von den Frauen, (falls es dergleichen überhaupt geben sollte), die es nicht merken, wenn ein Herr es auf sie abgesehen hat: sie war sich vollkommen klar darüber, daß ihr Besucher, bei der kleinsten Aufmunterung ihrerseits, sich als Verehrer erklären würde. Auch war ihr, um die Wahrheit zu sagen, der hübsche Mensch weder gänzlich gleichgültig; noch blieb sie bei seinen Schmeicheleien gänzlich unbewegt. Sie hatte schon ihre schwachen Seiten, und Eitelkeit war eine davon. Auch hegte sie, die Arme, nicht den geringsten Verdacht, daß Jasper Losely eine Person sein könnte, deren Aufmerksamkeiten für eine Frau gar nicht schmeichelhaft seien. Obwohl er nicht einmal einen Namen angegeben hatte, sondern nur, den Bedienten zur Seite schiebend, so vertraulich und familiär hier hereingeschlendert war, wie wenn er ein Cousin ersten Grades sei; obwohl er noch kein SterbensWörtchen geäußert hatte, aus der sein Stand und Beruf sich ergeben, oder das seine gerühmte Freundschaft mit dem teueren Dahingeschiedenen irgendwie belegt hätte – dennoch glaubte Mrs. Haughton blindlings, in ihrer Gesellschaft befinde sich einer jener flotten TonAngeber, wie sie auch um ihren Charlie herum immer geglänzt und geflittert hatten, in jenem frühen Vormittag seines Lebens, da er sein OffiziersPatent in der Garde noch nicht zu Geld gemacht, und sich selbst aus dem Gefängnis frei-gekauft hatte; nein, hier war ein ›Lord‹, oder zumindest doch ein ›Jüngerer Sohn‹, und selbst das erwog sie bereits in ihrem Herzen (ich schaud're, es auszusprechen): ob das nicht eine ausgezeichnete Sache, für ihren teueren Lionel zumal, sein möchte, wenn sie es über sich gewänne, ihm die Stütze und Führung eines distinguierten und ausgezeichneten Stief-Vaters zu verschaffen – reich, nobel, unverkennbar gutherzig, gescheit, auch attraktiv. Ohgott!, wie die Versuchung zunahm, und wuchs, ins *Unglaubliche!* – als sich plötzlich die Tür öffnete, und Lionel hereingesprungen kam, mit dem

Ruf: »Liebe Mutter: der Oberst ist selbst mit mir gekommen, damit wir ...«

Er brach ab, und starrte Jasper Losely fest an. Dieser Herr trat einige Schritte vor, streckte die Hand aus – kam aber zu einem plötzlichen Halt, als er Oberst Morley's Gestalt jetzt im Türrahmen erscheinen sah. Nicht daß er etwelche ›Erkennung‹ gefürchtet hätte – der Oberst kannte ihn nicht einmal vom Sehen: aber er kannte den Oberst sehr wohl vom Sehen! In seinen jüngern Tagen, wenn er auf den Geländern von Rotten Row herum-lümmelte, hatte er, neidvoll, die Spitzen der modischen Gesellschaft an sich vorbei-passieren sehen, und Oberst Morley war seiner Beobachtung nicht entgangen. Oberst Morley war wirklich einer jener Männer, die aufgrund ihres Namens und Rufes unvermeidlich all Denen bekannt sind, die, wie Jasper Losely in seiner Jugend, darauf brennen, etwas von dieser glitzernden, plappernden, und erbarmungslosen Welt zu erfahren, die, gleich der Sonne, entweder belebt oder faulen macht, entsprechend den Eigenschaften des Gegenstandes auf den sie herniederscheint. Seltsam wie es klingt, aber es war der bloße Anblick des wirklich-feinen Gentlemans, der den Talmi-feinen Gentleman schrumpfen und in sich zusammensacken ließ. Obgleich Jasper Losely von sich selbst genau wußte, daß man ihn immer noch ein Prachtexemplar von Mann nennen könnte – einen von der Königin Natur LeibGardisten – obgleich er die Zuversicht hegen durfte, daß seine Kleidung, vom Scheitel bis zur Sohle, der Kritik des unerbittlichsten ModeRichters auf dem Gebiet fashionablen Kostüms standhalten würde – dennoch war kaum jene andre Gestalt – nicht im geringsten vom bel ami Typ, und in Gewandungen ohne sonderliche Appretur, ungeschniegelt und stellenweis' ungebügelt – auf der Schwelle erschienen, als Jasper Losely sich auch schon mickrig und schäbig vorkam; wie wenn er plötzlich auf 1-60 heruntergekommen, und sein Jackett beim AltwarenHändler erstanden hätte.

Ohne sich auch nur den Anschein zu geben, er habe Mr. Losely überhaupt bemerkt, hatte der Obrist-seinerseits, als er, leicht, an Jenem vorbei und auf Mrs. Haughton zu ging, mit dem, was man schon sprüchwörtlich ›1 Blick aus dem EckFenster‹ nennt, sogleich die Gesamtheit der pseudo-süperben Persönlichkeit jenes Betrügers ruhig überblickt; hatte ›Maß-genommen‹, ihn durchschaut; und, ohne das geringste Zögern, zweierlei dekretiert –: ›halb Schürzen-Jäger, halb Ganove‹.

Binnen nur eines Athemzuges Dauer, hatte sich der, doch recht verschiedenartige, Effekt auf Frau Haughton's Besucher eingestellt, (und wie-viel Worte ihn zu definieren hat es nicht gekostet!) – so rasch, daß der Oberst, ohne daß eine merkliche Pause im Dialog eingetreten wäre, bereits den, von Lionel unvollendet gelassenen, Satz aufgegriffen, und ihn, sich über Mrs. Haughton's Hand neigend, also abgerundet hat: ». . .selbst gekommen, um endlich nähere Bekanntschaft mit der Witwe eines alten Freundes zu beanspruchen: der Mutter eines Jungen Freundes.«

Mrs. Haughton: – »Glauben Sie mir, Oberst Morley: ich fühle mich so-sehr geschmeichelt. – Und Sie haben den armen-theuren Captain auch-gekannt!?;: ach ist das ein schöner Gedanke, daß all seine alten Freunde sich jetzt auf einmal um uns sammeln! – Dieser Herr-dort ist ebenfalls ein intimer Freund meines lieben Charles gewesen. –?«

Der Oberst erfreute sich eines Paars kleiner Augen, die sich noch dazu mit habitueller Langsamkeit bewegten. Jetzt hob er besagte Augen; ließ sie auf Jasper ruhen, (Der immer-noch mitten im Zimmer stand; eine Hand halb gegen Lionel ausgestreckt: '?'); dann repetierte er, (und ließ seine Augen an dem Ort verweilen, von dem er sprach) –:

–: »Ein ›intimer Freund von Charles Haughton‹? – der Einzige seiner intimen Freunde, den früher zu sehen ich nie die Ehre hatte –:?«

Was Jaspers Defekte auf anderen Sektoren der Tugend auch immer sein mochten, an Mut gebrach es ihm bestimmt nicht; mit einer gewaltsamen Anstrengung, sein Selbstbewußtsein wiederzuerlangen, und ohne sich direkt an den Oberst zu wenden, (dessen Bemerkung ja auch nicht unmittelbar an ihn gerichtet gewesen war), sagte er, in seinem frech-jovialsten Ton – »Freilich, Mrs. Haughton, Charles war mein intimer Freund; allerdings-ä – (sein AugenGlas hebend) – »dieser Herr allerdings gehörte«, (hier ließ er das AugenGlas nachlässig wieder sinken), »nicht zu unserm kleinen Zirkel, möcht' ich meinen.« Dann, auf Lionel zugehend, und dessen Hand ergreifend: »Ich muß mich schon selbst bekannt machen – tz also wahrhaftig das EbenBild Ihres Vaters! Gerade noch sagte ich zu Mrs. Haughton, wie sehr ich mich freuen würde, Sie kennen zu lernen – eben als Sie eintraten, machte ich den Vorschlag, daß wir miteinander das Theater besuchen sollten. Oh Madam, Sie dürfen ihn mir getrost anvertrauen: Junge Männer müssen doch DAS LEBEN sehen.« An dieser Stelle beehrte Jasper Lionel mit einem jener vielsagenden Winke, vermittelst deren er gewohnt war, die jungen Freunde Mr. Poole's zu entzücken und zu bestricken, und fuhr hastig fort: »Aber natürlich auf gänzlich unschuldige Weise, Madam, die jegliche Mutter gutheißen würde. Wir wollen doch einen Abend dafür festsetzen, wenn ich das nächste Mal die Ehre haben werde, wieder vorzusprechen. – Guten Morgen, Mrs. Haughton. – Noch einmal Ihre Hand, Sir« (zu Lionel): »Ah, wir werden gute Freunde werden, das seh' ich schon! Sie müssen mir gestatten, Sie ab und zu in meinem Cab' auszuführen – so einzelne kleine Tricks bei der Zügelführung, eh? Ach, mein alter Freund Charles: *Der* führte eine Peitsche! Ha! Ha! – ä-Guten Tag, Guten Tag Allerseits!«

Nicht ein Muskel hatte sich, während Jasper's jovialem Monolog, im Gesicht des Obersten bewegt. Aber als Jener dann unter so mancher Verbeugung das Zimmer geräumt, und Mrs. Haughton sich auch ausgeknixt, und dem Bedienten geläutet hatte, die Haustür zu öffnen, – da hob der Mann von Welt (und als Mann von Welt war Oberst Morley vollkommen zu nennen) erneut diese langsamen kleinen Augen – diesmal zu *ihrem* Angesicht – und ließ die Worte fallen, –

: »Meines alten Freundes intimer Freund sieht-ä – nicht übel aus, Mrs. Haughton.«

»Und ist so lebhaft und angenehm«, versetzte Mrs. Haughton; wobei sie etwas Farbe bekam, aber ohne sonst ein Zeichen von Verlegenheit. »Das könnte eine nette Bekanntschaft für Lionel ergeben.«

»Aber, Mutter!«, rief dieser undankbare Bursche, »Du sprichst ja wohl nicht im Ernst! Mir scheint der Mann ausgesprochen anrüchig. Wenn Der nicht gerade Vaters Freund wäre, würd' ich sagen, er sei . . .«

»Was, Lionel?«, fragte der Oberst sanft: »– sei was?«

»Aufgeblasen und gemein, Sir.«

»Lionel, wie kannst Du Dich unterstehen!«, rief Frau Haughton. »Also was diese Jungen in der Schule doch für vulgäre Ausdrücke aufschnappen, Oberst Morley!«

»Wir müssen nur achtgeben, daß sie, wenn sie dann die Schule verlassen haben, nicht Schlimmeres als bloße Ausdrücke aufschnappen, teure Madam'. Sie werden mir sicherlich vergeben; aber Mr. Darrell hat derart nachdrücklich – selbstredend immer Ihre

Erlaubnis vorausgesetzt – den jungen Herrn meiner verantwortlichen Sorgfalt und Leitung anempfohlen – mir so offen seine diesbezüglichen An- und Absichten vertraut, daß Sie mir vielleicht doch den großen Gefallen tun werden, und ihm nicht gegen seinen ausdrücklichen Wunsch die nähere Bekanntschaft jenes – jener sehr gut-aussehenden Person weiter aufnötigen?«. –

Mrs. Haughton machte zwar ein Schnutchen; kämpfte ihren aufsteigenden Ärger aber doch nieder. Der Oberst hatte angefangen, ihr Ehrerbietung einzuflößen.

»Apropos«, fuhr der Mann von Welt fort: »dürfte ich vielleicht noch den Namen von meines alten Freundes intimem Freund erfahren?«

»Sein Name – auf mein Wort ich – ich weiß ihn tatsächlich nicht. Vielleicht hat er seine Karte zurückgelassen – klingel' doch gleich mal, Lionel.«

»Sie kennen seinen Namen nicht, aber Sie kennen *ihn*, Madam; und würden zugeben, daß Ihr einziger Sohn, unter seiner Anleitung Das Leben zu sehen bekäme? Ich bitte zehntausendmal um Entschuldigung; aber selbst die vorsichtigsten Damen, die wachsamsten Mütter, sind ausgesetzt . . .«

»– den ungeheuerlichsten Versuchungen – das heißt – den – den . . .«

»Ich verstehe vollkommen, meine teure Mrs. Haughton.«

Der Bediente war erschienen. »Hat der Herr-eben eine Karte dagelassen?«

»Nein, Ma'am.«

»Habt Ihr ihn denn nicht nach seinem Namen gefragt, als er hereinkam?«

»Ist geschehen, Ma'am; aber er sagte, er wolle sich selbst vorstellen.«

Als der Bediente wieder abgetreten war, rief Mrs. Haughton auf's Mitleiderregendste: »Ich habe eine Rüge verdient, Oberst; ich seh' es ein. Aber Lionel kann Ihnen erzählen, wie ich zu der Bekanntschaft dieses Herrn gekommen bin – : der Herr, der mich neulich beinah überfahren hätte, Lionel; und der dann so lieb von Deinem teuren Vater sprach.«

»Och, *Der* ist das!? – ich dacht' mir's bald schon«, rief Lionel, und küßte seine Mutter, die nahe daran war, in Tränen auszubrechen. »Jetzt kann ich Alles erklären, Oberst Morley: Jeder braucht nur ein freundliches Wörtchen über meinen Vater zu sagen, und auf der Stelle erwärmt sich meiner Mutter Herz gegen ihn – ist es nicht so, liebste Mutter?«

»Und mög' es noch lange so sein«, sprach Oberst Morley mit anmutiger Ernsthaftigkeit; »und möge dies also auch mein Paß zu Ihrem Vertrauen werden, Mrs. Haughton. Charles war ein alter SchulKamerad von mir – ein kleiner Bursche noch, während Darrell und ich in die Sechste Klasse gingen; und, (Pardon wenn ich das jetzt noch einmal hinzufüge) aber falls dieser Herr-eben, jemals Charles Haughton's intimer Freund gewesen sein sollte, wird er schwerlich ein besonders weiser gewesen sein. Denn wenn seine äußere Erscheinung seine Jahre nicht ganz ungewöhnlich Lügen straft, kann es sich um nicht viel mehr als einen Jungen gehandelt haben, als Charles Haughton Lionel vaterlos zurückließ.«

Hier, delikat und taktvoll, (als er erkannte, daß Mrs. Haughton sich des Gegenstandes zu schämen, und scheinbar ihre Unklugheit einzusehen begann), erhob sich der Oberst, mit dem – freudig gewährten – Ansuchen, daß es Lionel gestattet werden möge, den folgenden Morgen mit ihm zu frühstücken.

## 11. Kapitel

*Ein Mann von Welt, wenn er einen halb lästig- halb mühsamen Auftrag einmal übernommen hat, erwägt kurz ›Was er damit machen werde‹; faßt prompt seine dementsprechenden Entschlüsse; und ist sich anschließend klar über a) daß er nichts Besseres hätte tun können; und, b) daß sich nicht wenig vorbringen ließe, ihm nachzuweisen, daß er nichts Schlimmeres hätte tun können.*

Die eingehendere Beschreibung Oberst Morley's bleibe einer späteren Gelegenheit vorbehalten; für den Augenblick genüge es, zu sagen, daß er, was die spezielle Welt betrifft, in der er sich bewegte, ein Mann vom feinsten Verständnis war. Obschon wohl Niemand einen zahlreicheren Zirkel von Freunden hatte; und obschon er mit vielen dieser Freunde auf jenem intim-vertraulichen Fuß verkehrte, wie Darrell es, weder früher in seiner aktiven Laufbahn, noch während der starren Abgeschlossenheit seiner späteren Jahre, mit keinem der müßigen Bewohner jener brillianten GesellschaftsWelten, in denen Oberst Morley sich bewegte und sein Wesen hatte, ge- oder vermocht hätte – dennoch war Alban Morley's Herzen, (einem Herzen, gar nicht so leicht erreichbar), kein Freund so teuer wie Guy Darrell. Sie waren am selben Tage nach Eton College gekommen – hatten es später am selben Tage verlassen – hatten während ihres Aufenthalts dort, im gleichen Hause gewohnt; und, obgleich überaus verschiedne Charaktere, eine dieser starken, unzerstörbaren, brüderlichen Zuneigungen für einander gefaßt, wie die SchicksalsSchwestern sie zuweilen in das Grundgewebe unsres Daseins als Einschlag fest einzuweben belieben.

Darrell's Empfehlung also würde jedwedem jungen Protegé einen huldreichen Empfang und die unschätzbare Beratung seitens Oberst Morley's sowieso schon gesichert haben. Aber in seiner doppelten Eigenschaft als Darrell's anerkannter Verwandter, und als Charles Haughton's Sohn, erregte Lionel seine wohlwollendsten Gefühle, und erhielt seine durchdachtesten Ratschläge. Er hatte den Jüngling bereits mehrere Male gesprochen gehabt, bevor er Mrs. Haughton seine Aufwartung machte; (weil er schon vermutete, es würde ihr angenehmer sein, wenn er seine Visite so lange verschöbe, bis sie ihn im ganzen Glanz und aller Pracht von Gloucester Place würde empfangen können); Lionel hatte ihm gefallen, ja er war ihm höchlich gewogen, und erachtete ihn einer hervorragenden Position in der Welt für würdig. Wiewohl Darrell, in seinem Begleitschreiben an Oberst Morley, die Position Lionels als eines begünstigten Verwandten, betont von der eines vermutlichen oder auch nur entfernt-möglichen Erben geschieden wissen gewollt hatte, war von dem reichen Manne dennoch das hinzugefügt worden: »Aber ich wünsche, daß er als Repräsentant der Familie Haughton rangiere und betrachtet werde; und was immer ich auch mit der Hauptmasse meines Vermögens tun möge, eine anständige Unabhängigkeit soll ihm gesichert werden. Was die Abrundung seiner Bildung und Erziehung, die für ihn angemessene UnterhaltsSumme, die Wahl eines endgültigen Berufes betrifft, so bitte ich Dich, nach eig'nem Ermessen zu handeln, wie wenn Du sein Vormund wärst. Ich selbst stehe im Begriff, England zu verlassen – kann sein, daß ich jahrlang auf Reisen sein werde.« Und Oberst Morley, indem er die ihm mit solchem Nachdruck ans Herz gelegte Verantwortlichkeit übernahm, bot denn nun auch, um seinem Auftrag gerecht zu werden, sowohl all seine subtile Einsicht auf, als auch die gewissenhafteste Besorgnis.

Er erkannte unschwer, daß Lionel's Herz voll und ganz auf den Soldatenstand gerichtet sei; auch, daß seine Fähigkeit zu umfassender Anstrengung solange lauwarm und zerstreut zu bleiben schien, als kein Enthuisasmus sie anregte und zu konzentrieren half; und er ihrer deshalb grundsätzlich ermangeln würde, wenn man ihn zu Studien anhielt, die keine unmittelbare Beziehung auf das EndZiel seines Ehrgeizes hätten. Dementsprechend ging der Oberst über Ideen, wie, ihn erst einmal drei Jahre auf die Universität zu entsenden, schlicht hinweg; pflegte doch Alban Morley seine Theorien über die akademische Feuerprobe in folgenden lapidaren Aphorismus zusammenzufassen: ›Nichts ist so wertvoll wie eine UniversitätsBildung; und nichts schlimmer als eine Universität ohne deren Bildung. – Besser, man lasse einen Jüngling sich, Hals-über-Kopf, in die umfänglichere Sphäre einer Metropole stürzen; vorausgesetzt, man sichere ihm für seinen dortigen sozialen Verkehr die Hemmschuhe einer guten Gesellschaft, und die Bremsungen, welche die Anwesenheit anständiger Frauen sowie einer MännerWelt von reifen Sitten und würdevoller Reputation mit sich führen; – als ihn der ausschließlichen Gesellschaft von JungMännlichem seines eig'nen Schlages zu überlassen – jener AltersStufe, gemixt aus verwildertem Übermut, und gedankenloser Nachahmung – es sei denn, er wüßte sich an *das* RettungsMittel anzuklammern, das in pausenloser Lektüre besteht; und das weniger noch durch das bloße BuchWissen wirkt, welches es mit sich bringt; als vielmehr infolge jener ernsthaften und nachdenklichen GeistesHaltung, die von den gröblicheren Versuchungen automatisch fortführt.‹

Aber Lionel, an Wesen noch jünger als an Jahren, war allzu knabenhaft, um ohne Schaden jenen Bewährungsproben von Takt und Temperament ausgesetzt zu werden, wie sie den Neuling, der ins Leben durch die Türen einer OffiziersMesse eintritt, unvermeidlich erwarten. Sein Stolz war noch zu krankhaft, zu sehr auf der Lauer nach Beleidigungen; seine Freimütigkeit noch zu ungeschliffen; sein Geist noch zu ungezähmt durch die unmerkliche Disziplinierung gesellschaftlichen Umgangs.

Sprach der Weltmann und aufmerksame Beobachter: »Gebt ihm seine Ehre zur eigenen Bewahrung, und er wird sie allerorten mit sich herumtragen, gleichsam mit gespanntem Hahn; um möglichst noch vor Ablauf des ersten Monats einem Freund oder auch sich selbst eine Kugel vor den Kopf zu schießen. Keck und übelnehmisch – ausgesprochen übelnehmisch! Und von allen Ursachen, die Unruhe in Regimenter bringen, und die Einsetzung von Militär-Gerichten veranlassen – ist die gewöhnlichste Ursache ein übelnehmisches Bürschchen! Schade; denn der Junge ist an sich aus dem rechten Metall – dem Feuer und Talent, die eigentlich einen erstklassigen Soldaten aus ihm machen müßten. Die Zeit wäre wahrlich gut angewandt, wo er berufliche Vorstudien betriebe, und gleichzeitig jenen Grad von Bildung und Politur sich erwürbe, der ein würdiges Betragen verleiht, und die Übelnehmischkeit kuriert. Ich muß ihn aus London heraus spedieren, heraus aus England – ihn von den Schürzenbändern seiner Mutter los-schneiden; und von den intimen Freunden seines armen Vaters fernhalten, wie sie unangemeldet im Salon der Wittib herum-buschkleppern. Er soll nach Paris gehen – kein besserer Ort, um militärische Theorie zu erlernen; und sich Anlage und Neigung zum Übelnehmen weg-zivilisieren zu lassen. Unbezweifelt wird mein alter Freund, der Chevalier, der alle Künste der Strategie an den Fingern hersagen kann, sich dazu bewegen lassen, ihn *en pension* zu nehmen, seine Studien zu dirigieren, und aufzupassen, daß er weit vom Schuß bleibt. Den Zutritt zu den Zirkeln des starren alten Faubourg St. Germain, wo man sich die besten Manieren aneignet, und die häuslichen Bande noch am meisten respektiert werden, den kann ich ihm verschaffen. Außerdem, wo ich selber so oft in Paris bin, werd' ich ihn gewissermaßen unter meinen Augen haben; und ein paar wohlangewandte Jahre, die er dort verbringt, um sich als Mensch und Mann zu vervollständigen, können ihn dem bekannten Marschallsstabe, den jeder Rekrut stets vor Augen haben sollte, beträchtlich näher bringen, als wenn ich ihm jetzt sofort den Start gäbe, einem ungeschliff'nen Jungen: als Fähnrich nicht imstande für sich selber zu sorgen; und späterhin, sollte er lange genug leben, um sich den OberstenRang zu kaufen, unfähig für Andere zu sorgen, es sei denn vermittelst rein mechanischer Routine.«

Diesen so prompt entworfenen Plan setzte Alban Morley, als Lionel dann zum Frühstück in der Curzon Street erschien, kurz auseinander; wobei er ihn gleichzeitig ersuchte, Mrs. Haughton's Einwilligung zu solcher Ausübung der Machtvollkommenheiten, womit Mr. Darrell ihn bekleidet hatte, zu erwirken. Lionel erschien ein Vorschlag, der eben die Studien empfahl, zu denen Vorliebe und Ehrgeiz ihn hinzogen, und der seine feierliche Einweihung zu selbstständig-verantwortlicher Männlichkeit auf Schauplätze verlegte, die seine Phantasie schimmernd ausschmückte, weil sie seiner Erfahrung neu waren, selbstredend als der Weisheit letzter Schluß.

Weit weniger erfreut zeigte sich die arme Frau Haughton, als der Sohn bei seiner Rückkehr ihr das neue Arrangement unterbreitete; wobei er einen diesbezüglichen, höflichen und wohlgesetzten Brief des Obersten, durch seine eigene kunstlosere Beredsamkeit unterstützte. Vom Fleck weg ging sie in die Luft, auf den Schwingen ihrer ›raschen Aufgebrachtheit‹ —: ›Was!? ihr einziger Sohn von ihr genommen? – nach diesem gräulichen Festland geschickt, gerade in dem Moment, wo sie sich so respektabel eingerichtet hatte? Was war an Geld denn noch Gutes, wenn es sie von ihrem Jungen trennte! Sollte Mr. Darrell sich doch sein Geld wiedernehmen, wenn er wollte – sie würde sich auch gleich hinsetzen und ihm das schreiben. Oberst Morley sei ein Mensch ohne Gefühl; und es wäre ein Schock für sie, sich vorzustellen, daß Lionel sich in so unnatürlichen Händen befinde. Sie sehe überhaupt ganz deutlich, daß er sich nichts mehr aus ihr mache – Schlange am Busen . . .‹ undsoweiter undsoweiter. Aber sobald der erste Ausbruch vorüber war, klärte sich der Himmel wieder auf, Mrs. Haughton wurde reuig und vernünftig; und ihr Kummer ob

Lionel's Verlust, zeigte sich durch die Vorbereitungen für seine Abreise erheblich ablenkbar. War doch da nach seiner Garderobe zu sehen – ein PatentKoffer zu erstehen und zu füllen. Und als Alles erledigt war, kam der letzte Abend heran, den Mutter & Sohn zusammen verbrachten; und, obwohl im Augenblick angemessen schmerzlich, würd'es doch, in späten Zeiten, für beide Teile Glück bedeuten, sich daran zu erinnern: die HändePaare, in-einander verschränkt – ihr Kopf an seine junge Schulter gedrückt – ihre Zähren weg-geküßt, so beschwichtigend. Und weiches Geworte mütterlich-unzureichenden Rats; und holdes Versprechen söhnlicher Bewerkstelligung. Glücklich, dreifach-glücklich, und sei es nur als nachträgliche Erinnerung, der endgiltige Abschied zwischen furchtsamen Ältern, und dem hoffnungsvollen Sohn, am Fuß dieser mystischen Brücke, die sogleich hinter der Schwelle des Geburts-Hauses beginnt – ihr Ende verloren im Nebel der fern-gegenüberliegenden Küste! – der Brücke, über die hinweg der Knabe sich entfernt, der niemals zurückkehren wird, es sei denn, als Mann.

## 12. Kapitel

*Der TaschenKannibale bestückt seine WeiberFalle mit Liebes-Briefchen; — / — und eine angeköderte Witwe stiehlt sich, schüchtern-scheu, nur wenig-behindert von TrauerGewanden, darauf zu.*

Jasper Losely beginnt ziemlich in die Klemme zu geraten! Die bewußte unfehlbare Berechnung im *rouge-et-noir* hat das gesamte Kapital hinweggerafft, das Dolly Poole aus den Ersparnissen der jungen Herren angehäuft, und dann seinem Schatzmeister vertrauensvoll überantwortet hatte. Poole selbst wird von Gläubigern geplagt; und pflegt überdem die ergreifende Bemerkung zu machen, ›daß er mindestens 40 Pfund abgenommen habe; und er glaube, die an seinen Beinen verschwundenen Waden seien hochgerutscht und hätten sich zu seiner Leber gesellt‹.

Jasper sieht sich genötigt, sein Kabriolet abzuschaffen — seinen Groom zu entlassen — seinem modischen Logis Valet zu sagen; und just, als sogar die Aussicht auf eine Mahlzeit recht trüb zu werden anhebt, siehe, da fällt ihm doch plötzlich Arabella Crane ein; und er erinnert sich, daß sie ihm damals 5 £, nein 10!, versprochen habe, die sie ihm immer noch ›schuldet‹. Er spricht vor — und sieht sich empfangen, wie der Verlorene Sohn. Ja, er gewahrt, zu seiner eig'nen Überraschung, daß Mrs. Crane ihr Heim erheblich einladender gestaltet hat — in den Wohnzimmern ist sauber-gemacht und aufgeräumt worden, und ein paar bequeme neue Möbel, die dazu gekommen sind, geben ihnen direkt etwas wie ein behagliches Ansehen. Sie selbst kleidet sich ebenfalls bedeutend vorteilhafter — obgleich ihre Lieblingsfarbe, Eisengrau, dieselbe geblieben ist. Sie teilt Jasper mit, daß sie ihn zuversichtlich erwartet habe — daß all diese Zurüstungen ihm zu Ehren vorgenommen worden seien — daß sie eine sehr gute Köchin eingestellt habe — und hoffe, er werde, wenn er nicht anderweitig und besser versagt sei, bei ihr dinieren — kurzum, gibt sich Mühe, daß er sich in Podden Place so recht heimisch fühle.

Zuerst argwöhnte Jasper unter so viel Artigkeiten (die, wie sein Gewissen ihm mitteilte, unverdient waren) irgendeinen finstren Plan — einen Anschlag, ihn doch noch in jene ehelichen Bande zu verstricken, die er unter so ungalantem Gelächter verschmäht hatte;

und vor denen er immer noch mit einem Abscheu zurückschauderte, den ein Mann vor einer Ehepartnerin, die nur ein wenig weniger überweltlich gräßlich wäre als die Hexe von Endor oder die Blutende Nonne, zu empfinden einfach nicht berechtigt ist!

Aber Mrs. Crane beeilte sich bereits, seine ungroßmütigen Befürchtungen umgehend und ganz offenherzig zu zerstreuen. Sie habe, so sagte sie, alle widersinnigen Ideen aufgegeben – Liebe und Ehe lägen ihren Gedanken nunmehr gleich fern. Aber so übel er sich ihr gegenüber auch benommen habe, sie vermöge sich einer aufrichtigen Anteilnahme für ihn, einem tiefen Interesse an seinem weiteren Ergehen, nicht zu erwehren. Er könne doch immer noch eine glänzende Heirat machen – ob ihm der Gedanke denn gar nicht einfalle? Und gerade hierbei könnte sie, mit dem Scharfsinn der Frau, ihm bestimmt helfen. »Mit einem Wort«, sagte Mrs. Crane, und kniff dabei die Lippen zusammen – »mit einem Wort, Jasper, ich fühle für Euch wie eine *Mutter*. Betrachtet mich als solche!«

Das war nun wieder eine Vorstellung, so rein und lieb, daß sie Jasper Losely aufs wundersamste kitzelte und ausbündig ergetzte. »Euch wie eine Mutter betrachten!: das will ich«, sprach er mit Nachdruck und Gefühl: »Bestes aller Wesen!«. Und obwohl er, bei sich selbst, nicht den geringsten Zweifel daran hegte, daß sie ihn immer noch anbete (und mit nichten wie eine Mutter), glaubte er doch allmählich, daß es sich hier um eine uneigennützige, hingebende Anbetung handele, wie sie der schöne Rohling tatsächlich, und mehr als einmal schon in seinem abscheulichen Leben, Andern eingeflößt hatte. In diesem Sinne zog er in die Nachbarschaft von Podden Place; begnügte sich mit einem Schlafzimmer im zweiten Stock, in einem Hause, das Mrs. Crane ihm empfohlen hatte; während er die Mahlzeiten mit kindlichem Vertrauen bei seiner AdoptivMutter einnahm. Sie drückte den Wunsch aus, auch Mr. Poole's Bekanntschaft zu machen – Jasper eilte, ihr den betreffenden Biedermann vorzustellen. Mrs. Crane lud Samuel Dolly den einen Tag zum Dinner, den nächsten zum AbendEssen ein; sie borgte ihm 3 £, um seinen Frack vom Pfandleiher auszulösen, und gab ihm Medikamente zur Linderung seiner Kopfschmerzen.

Samuel Dolly verehrte sie binnen kurzem als die überlegenste FrauenPersönlichkeit – er neidete Jasper so eine ›Mutter‹! Dergestalt und ohne Müh' bemächtigte Arabella Crane sich der gesamten Existenz von Jasper Losely. Leicht schlossen sich ihre Finger darüber – leicht, wie die des Fischers über der gefangen genomm'nen bunten Forelle. Und was immer ihre Großzügigkeit anlangte, sie steigerte sich nie bis etwa zur Unklugheit: sie gab Jasper gerade genug, um ihn in ihre Gewalt zu bringen – sich durch größere Zuschüsse selber zu ruinieren, fiel ihr nicht entfernt ein – sie verbarg vor ihm die Höhe ihres Einkommens (das hauptsächlich in MietsErträgen, von Häusern, bestand), den Betrag ihres Ersparten; ja sogar den bloßen Namen ihres Bankiers. Und wenn er das Gemünzte, das er von ihr erlangt hatte, zum *rouge-et-noir*-Tisch schaffte, und anschließend nach mehr kam? – dann nahm Mrs. Crane ihrerseits die Miene einer erzürnten Mutter an – sanft aber schrecklich – und rügte und schalt, wie Mütter eben zuweilen schelten. Jasper Losely begann, nach und nach, vor Mrs. Crane's Schelte direkt etwas wie Angst zu verspüren. Und er besaß ja eben leider nicht die Gewalt über sie, die sich wohl ein Liebhaber anmaßen darf, die einem AdoptivSohn jedoch mit nichten zusteht! Worauf sein anschlägiger Geist – der habituellen Ablenkung durch den Spieltisch entratend, wozu die erforderlichen Mittel ihm mangelten – sich mit verdoppelter Inbrunst wieder dem Bilde von Mrs. Haughton zuwandte. Er hatte, seit jenem fatidiken Tage, wo er dort mit Oberst Morley zusammengetroffen war, mehrmals bei ihrem Hause vorgesprochen – aber Mrs. Haughton war nie daheim gewesen. Und da er, wenn diese Antwort ihm von dem Bedienten überbracht war, sie mehr als ein Mal, nachdem er die Straße überquert, hinter'm Fenster oben erblickt hatte, lag es ja wohl ziemlich am Tage, daß seine nähere Bekanntschaft nicht übermäßig erwünscht sei. Nun war Jasper Losely an sich, gewohnheitsmäßig, das ausgesprochene Widerspiel eines hartnäckigen und lästigen Bewerbers – und zwar, der Himmel weiß es!, nicht etwa aus Mangel an Keckheit, sondern infolge maßloser SelbstÜberschätzung. Wo ein so süperber Lovelace sich herabließ, Avancen zu machen? –: da verdiente (und erfuhr) eine derart geschmacklose Clarissa, die sie ablehnte, aber doch-höchstens seine Verachtung! Außerdem vertrug sich die langfristige und anhaltende Verfolgung irgendeines Zieles, wie wichtig und attraktiv es auch-immer sein möge, nicht mit dem Leichtsinn und Wankelmut seines Charakters. Aber in diesem Sonderfall hatte er noch andere als bloß oberflächliche Motive, um seine, an ihm ungewohnte Ausdauer zu rechtfertigen.

Ein Mann vom Schlage Jasper Losely's setzt niemals ganz rückhaltloses Vertrauen in Jemanden. Wohl ist er geschwätzig, ist indiskret – plaudert so manches aus, was zu offenbaren Machiavelli ihm nicht geraten haben würde; aber er hegt prinzipiell Ecken und Winkel in seinem Gemüt, die er nur sich selber vorbehält. So vertraute denn auch Jasper seine Anschläge auf jenes Bräutchen in spe, seiner Adoptivmutter lieber nicht an. Sie jedoch wußte von ihnen durch Poole, dem gegenüber er freimütiger war; und als sie ihn ihre nach strengen Gesichtspunkten ausgewählte Bibliothek durchmustern – und hier den ›Wohleingerichteten höflichen Briefsteller‹, und dort die ›Auswahl aus der Schönen Literatur‹ sich herausgreifen sah; da mutmaßte Mrs. Crane sogleich, daß Jasper Losely die Wirkung epistolarischer Verführung auf die Witwe von Gloucester Place prüfend erwöge.

Jasper komponierte keine üblen Liebesbriefe von der blumenreichen Sorte. Besonders standen ihm gewisse poetische Zitate zu Gebot, von deren mächtiger Wirkung auf die weibliche Brust er sich, aus mannigfaltiger Erfahrung, so gewiß war, wie die antiken Zauberer ihrer Beschwörungen oder *Carmina*. Besonders das Folgende etwa:

›Hätt' ich ein Herz voll Falschheit auch –
*Dir* weh tun könnt ich nie!‹

Ein anderes – allgemein dort einzuschalten, wo das Bekenntnis erfolgt war, daß seine irdische Laufbahn int'ressant-wild gewesen, und, wofern Mitleid ihm jetzt und hier versagt, nunmehr ein rasches und tragisches Ende finden werde:

›bis von ihm, der Dich anbetet, nur noch der Nam'
seiner Schwächen und Fehler verbleibt.‹

Bewaffnet mit derlei Zitaten – manch einem Satz aus dem ›Briefsteller‹ und der ›Schönen Auswahl‹ – sowie mit einem Mäppchen rosig-geränderten Schreibpapiers, setzte Losely sich nieder zu seiner Ovid'ischen Komposition. Aber als er sich dem Ende von Epistel Nummer Eins näherte, fiel ihm allmählich ein, daß nun auch eine Unterschrift samt Adresse erforderlich würden. Die Adresse war keine Schwierigkeit: er konnte jederzeit die von Poole angeben, (daher auch sein Vertrauen zu diesem Herrn) – Poole hatte ein Logis in der Bury Street, in St. James; eine vornehme Gegend, und ausgesprochen für alleinstehende Männer. Der Name freilich erforderte mehr Überlegung. Mit seinem eignen-richtigen zu unterzeichnen, bestanden, jedweder Person gegenüber, die in Verbindung mit Mr. Darrell stehen konnte, unübersteigliche Hindernisse – ein Jammer; denn es gab eine gute-alte Familie des Namens Losely. Ein Name von aristokratischem Klang wäre natürlich unschwer seinem lordmäßigen Besitzer abzuborgen gewesen, ohne daß man erst groß dessen förmliche Zustimmung eingeholt hätte – aber ein solches Darlehen barg seine Gefahren. Mrs. Haughton konnte den betreffenden Namen, als den des Freundes ihres Gatten, ganz organisch Oberst Morley gegenüber erwähnen; und Oberst Morley würde höchstwahrscheinlich genug über die Verwandtschaften und Familienbeziehungen eines jeden also geehrten Peers wissen, um prompt sagen zu können: ›so einen Greville, oder Cavendish, oder Talbot gibt es nicht‹. Aber Jasper Losely war weder ohne fruchtbare Erfindungsgabe, noch langsam in Benützung seiner HülfsQuellen. Eine großartige Idee, eines Meisters würdig, (und die dartat, daß der Mann, wäre er nicht von Natur aus, und durch und durch Schuft gewesen, zu einem sehr cleveren Politiker hätte herangebildet werden können), blitzte durch sein Hirn: er wollte sich ›SMITH‹ unterzeichnen. Niemand konnte sagen: ›so einen Smith gibt es nicht!‹; niemand konnte behaupten, daß ein Smith nicht ein höchst respektabler, vornehmer Mann, mit besten FamilienVerbindungen sein könne: es gibt Smith's, die Millionäre – Smith's, die Großgrundbesitzer sind – wohlhäbige Baronets – Peers von England, und Säulen des Staates. Man konnte das Recht eines Mannes, ein Smith zu sein, ebensowenig in Frage ziehen, als sein Recht, ein Brite zu sein; und ähnlich weitgespannt wie die Verschiedenartigkeit bezüglich Rang und Stand und Abstammung und Tugend und Genius bei Briten, ist auch die Verschiedenartigkeit der Smith's. Dennoch muß ein solcher Gattungsname oftmals nach einem, ihn schärfer definierenden, vorangehenden Zusatz trachten – Jasper unterschrieb sich: ›J. COURTENAY SMITH‹.

Dann sprach er vor, und hinterließ Epistel Nummer Eins mit eigner glacélederner Hand, indem er sich zuerst erkundigte, ob Mrs. Haughton zu Haus sei?; und, nachdem ihm auch diesmal eine verneinende Antwort geworden, fragte er nach ihrem Sohn?. ›Ihr Sohn war, mit Oberst Morley, ins Ausland gereist‹. Obwohl es Jasper einerseits bedauerte, daß der Junge zur Zeit seinem Zugriff entzogen wäre, tröstete ihn doch die andere Hälfte der Nachricht: daß der Oberst aus dem Wege sei. Nunmehr zuversichtlicher auf Erfolg rechnend, schaute er fensterempor; und, überzeugt daß Mrs. Haughton, ob er sie schon nicht gewahrte, anwesend sei, hob er schwermütig den Hut, mit einem solchen Ausdruck stummen Vorwurfs, als seine Züge nur immer hergaben.

Der Halunke hätte auch in Frau Haughton's ganzem Witwen-Dasein, keinen für seine ErfolgsChancen günstigeren Augenblick auftreiben können. In ihrer früheren Mietswohnung (mit Untermieter) zu Pimlico, war die gute Dame allzu pausenlos beschäftigt gewesen für jene müßigen GedankenSpiele, von denen die Poeten uns versichern, daß hier Cupido seine passendeste Gelegenheit finde, die Pfeile zu wetzen und sein Ziel aufs Korn zu nehmen. Hätte Lionel sich noch an ihrer Seite befunden – wäre auch nur Oberst Morley noch in der Stadt gewesen – ihre Zuneigung zu dem Einen, ihre Ehrerbietung vor dem Anderen, wäre Schutz und Geleits genug für sie gewesen. Aber allein in dieser feinen-neuen Wohnung – ohne Freunde, ohne neue Bekannte bis jetzt – keinerlei lieber BesucherKreis, an dem man das Bedürfnis nach einem Schwatz, und die Begierde nach unschuldiger Aufregung, wie sie Damen von tätigem Gemüt und etwas nervösem Temperament so natürlich sind, hätte auslassen können – und dann diese plötzliche Aufdringlichkeit eines Bewerbers, gleichzeitig so ehrerbietig und feurig – oh, es ist nicht abzuläugnen, daß die Versuchung ins UNGLAUBLICHE wuchs!

Und wie nun dieses SüßBriefchen, so säuberlich-gefaltet – so elegant gesiegelt – in ihrer unschlüssigen Hand lag; da konnte die Witwe nicht anders, sie mußte und wollte empfinden, daß sie immer noch jung, immer noch hübsch und begehrenswert sei; und ihr Herzchen flügelte sie zurück, zu jenen Tagen, wo Die Schöne Tochter Des SchnittwarenHändlers, aus der High Street der ProvinzStadt, Aller Angelstern gewesen war – als junge Offiziere das Trottoir auf- und ab-flaniert waren, und in ihr Fenster gespäht hatten – als Äugeleien und *billets doux* sie synchron bestürmt hatten; und die dunklen Augen des unwiderstehlichen Charles Haughton ihren Puls das erste Mal zittern lehrten. – Und in ihrer Hand? –: liegt da nicht der Brief von Charlie Haughton's intimem Freunde?! – Sie erbricht das Siegel. Sie liest –: EINE LIEBESERKLÄRUNG! –

5 Briefe in 5 Tagen schrieb Jasper so. Im Verlauf dieser Brief-Serie werden sämtliche Anlässe zum Verdacht, auf die Oberst Morley so unedelmütig hingewiesen hat, ungezwungen weg-erklärt: er ist ja nicht länger ein Anonymus – ist J. Courtenay Smith. Bei Gelegenheit wird auch auf das frühreife Alter an-

gespielt, in dem er

›Herr seiner selbst – oh Erbschaft voller Leid!‹

geworden: das ergibt gleichzeitig die Begründung für seine Freundschaft mit einem so viel älteren Manne, als der selige Charlie war. Er gesteht, daß zwar im Malström der Verschwendung seine ererbten liegenden Gründe verschwunden, eine standesgemäße Unabhängigkeit ihm jedoch verblieben sei; und mit dem Weibe seines Herzens, etcetera etcetera. Nie zuvor habe er gewußt, was wahre Liebe sei, etcetera.

›Wohl flammte Lust in dieser irren Seele‹,

zugegeben;

›doch das Herz – das Herz blieb allein.‹

Um nichts als eine persönliche Aussprache bat er; und sei es auch nur, um sich verworfen – verschmäht zu sehen. Dennoch, wenn dann

›von ihm, der Dich anbetet, nur noch der Nam'‹

etcetera etcetera. Ach! und Weh! als Mrs. Haughton Epistel Nummer Fünf sinken ließ, da zögerte sie; und die Frau, die in solchem Falle zögert, wird bestimmt, als wenigstes – eine höfliche Antwort zurückschreiben.

Mrs. Haughton schrieb zwar nur 3 Zeilen – aber sie *waren* einwandfrei höflich – und gewährten eine Aussprache für den folgenden Tag; obgleich mit der Andeutung, daß dies lediglich zu dem Zweck erfolge, um Mr. J. Courtenay Smith persönlich von ihrer unwandelbaren Treue zu dem Schatten seines vielbeklagten Freundes zu unterrichten.

Hocherfreut zeigte Jasper diese Antwort von Frau Haughton seinem Dolly Poole; und begann nunmehr ernstlich, Spekulationen über die vermutliche Höhe des Einkommens der Wittib anzustellen, und was das Mobiliar in Gloucester Place wohl wert sein könnte? Von dort begab er sich zu Mrs. Crane; und, kühn gemacht durch die Aussicht, ihrer mütterlichen Bevormundung bald für immer zu entrinnen, bot er ihrem Schelten mutig die Stirn, und heischte ein paar Sovereigns – er war fest überzeugt, daß er heut Abend Glück haben müßte. Sie händigte ihm den Betrag aus; und schalt mit nichten. Aber sobald er hinaus war, setzte Mrs. Crane, die aus seinem so prahlerischen Auftreten ihren Schluß auf das zog, was wirklich vorgefallen war, ihren Hut auf, und ging ebenfalls aus.

# 13. Kapitel

*Unselig der Mann, der sein Vertrauen setzt auf – ein Weib.*

Spät am selben Abend noch, pochte eine schwarz verschleierte Dame an die Tür von Gloucester Place Nr.**, und bat, Mrs. Haughton in einer dringenden Angelegenheit sprechen zu dürfen. Ihr ward Zutritt. Sie blieb nur 5 Minuten. –

Tags darauf, als Jasper Losely

›froh wie ein Bräut'gam, der zur Braut stolziert‹

sich vor der Tür der Witwe einstellte, drückte ihm der Diener ein Päcklein in die Hand, und informierte ihn barsch, daß Mrs. Haughton verreist, und nicht in der Stadt sei. Jasper unterdrückte nur mit Mühe seine Wut; er riß das Päckchen auf –?: seine eignen Briefe zurück; dazu die Worte, – ›Sir, Ihr Name ist nicht Courtenay Smith. Sollten Sie mich noch einmal belästigen, werde ich mich an die Polizei wenden.‹ Nie noch hatte Jasper Losely's Stolz, von weiblicher Hand, einen solchen Schlag ins Gesicht erhalten. Er war buchstäblich betäubt. Mechanisch lenkte er eilige Schritte zu Arabella Crane; und da er nun nicht länger Etwas zu verbergen hatte, vielmehr, im Gegenteil, ein dringendes Bedürfnis nach Mitgefühl verspürte, ergoß sich dort seine Entrüstung über das widerfahrene Unrecht. Und keine Mutter hätte trostreicher sein können, als Mrs. Crane: sie beschwichtigte; sie schmeichelte; sie setzte ihm ein erles'nes Dinner vor; und anschließend machte sie's ihm so-bequem – mit schwellenden Sesseln; und einschmeichelndem Gespräch – daß Jasper, als er endlich, es war schon spät, sich erhob in sein Logis zurückzukehren, bei sich selbst bemerkte: »Tatsächlich; also wenn ich häßlich und doof geboren wäre, und schwächlich obendrein – ich wär' wahrscheinlich der häuslichste der Menschen geworden . . .«

## 14. Kapitel

*Kein Autor hat je einen, mit der menschlichen Natur übereinstimmenden Charakter gezeichnet, ohne daß er sich nicht gleichzeitig genötigt gesehen hätte, ihm so manche Widersprüchlichkeiten zu unterstellen.*

Ob nun aus Rührung über jene pathetische Klage Jasper's, oder infolge eines andern nicht minder fraulichen Impulses, schien Arabella Crane plötzlich den ebenso rühmlichen wie mühsamen Plan entworfen zu haben, den gräßlichen Bösewicht zu einem Neuen Menschen zu machen. Sie hatte in London einige entfernte Verwandte, die sie allerdings sehr selten mit einem Besuch behelligte, und die, wäre sie dürftig gewesen und hätte das Geringste von ihnen haben wollen, ihr die Tür vor der Nase zugeschlagen haben würden; da sie jedoch, im Gegenteil, wohlsituiert war, auch ledig, und ihr Geld einmal hinterlassen konnte, Wem es ihr behagte, war das Betragen jener entfernten Verwandtschaft immer das wärmste, und ihre Erbötigkeit zu etwelchen Diensten wahrhaft verschwenderisch. Am nächsten Tage also verfügte sie sich zu Einem dieser Sippe – einer Persönlichkeit, im GroßHandel tätig – und kehrte mit zwei mächtigen, in weißes Schafsleder gebundenen Büchern heim. Und als Losely dann, zur Dinnerzeit, hereinschaute, sagte sie, in den angenehmsten Tönen, deren sich eine zärtliche Mutter gegen einen liebenswerten Schulschwänzer nur bedienen kann: »Jasper, Ihr habt große Fähigkeiten; – am Spieltisch sind Fähigkeiten offenbar von keinem Nutzen – Eure Force besteht im Rechnen – darin wart Ihr immer sehr flink. Ich hab' nun zufällig das Glück gehabt, Euch ein leichtes Stück AkkordArbeit zu verschaffen, für das Ihr reichlich entlohnt werden sollt. Ein Freund von mir möchte diese Bücher hier einem, aber schon wirklich guten, Rechnungsprüfer vorgelegt wissen; er hegt den Verdacht, daß einer der Angestellten ihn betrogen habe, weiß jedoch nicht anzugeben wo oder wie. Nun versteht Ihr Euch ja auf Konten und Bilanzen aus dem Grunde – keiner besser als Ihr – und Euer Entgelt wird 10 Guineen betragen.«

Herr Jasper – obwohl sein früheres Leben ihm die Kunst der Buchhaltung, und sei sie noch so doppelt, gewohnt und leicht gemacht hatte – zog eine große Grimasse bei der empörenden Vorstellung etwelcher ehrlicher Arbeit, mochte sie immer mühlos und gut-bezahlt sein. Aber 10 Guineen stellten wiederum auch eine UNGEHEURE VERSUCHUNG dar; und als es Abend ward, hatte Mrs. Crane ihn durch Schmeicheln zu der Aufgabe vermocht.

Sie hatte aber auch keinen weiblichen Kunstgriff außer Acht gelassen, damit der gesetzlose Nomade sich unter ihrem Dache heimisch fühlen möge; hatte, zwecks Behagen und Gemütlichkeit, für SaffianPantoffeln gesorgt, und einen süperben Schlafrock angeschafft, aus kostbarem Stoff, die Farbe ihm stehend. Bei Männern, ob unverheiratet ob im Ehestande, ist die Idee des ›Heims‹ traditionell verlötet mit Schlafrock und Pantoffeln; zumal wenn sie, nach dem Dinner, sich (wie Jasper Losely eben tut) Beschäftigungen zuwenden, bei denen das Hirn tätig, der Leib in Ruhe ist. Welche Großtat, sei es in Literatur oder Wissenschaft, ist wohl je von einem Musensohn vollbracht worden, der dabei in neue-steife Stiefeln eingeschnürt war, dazu ›umklaust, gepfercht, umgarnt, verhaftet‹ in einen knappen Rock, der ihn umpaßt wie angegossen? Also angetan mit jenem kosigen, den heiligen Laren des Herds geweihtem Gewande, saß, im stillen Zimmer, entspannt, der hübsche Rauf- und sonstige -Bold; das immer noch regelmäßige Profil über die schafsledernen Bände gebückt, die harmlose Feder in der starken wohlgeformten Hand; und Mrs. Crane sah ihm zu, mit stets weicher werdendem Gesichtsausdruck. Um ihm gleichsam Gesellschaft zu leisten, hatte auch sie sich eine klein-aktive Arbeit vorgenommen – den goldnen Fingerhut aus seinem langen Ruhestand hervorgezogen – so säumte und monogrammierte sie, mit hurtigen KünstlerinnenFingern, neue Krawatten für den Adoptiv-Sohn! Seltsames Geschöpf das, ›Das Weib‹! Undankbar und hinterlistig, wie dieser glaue geschminkte Tiger vor ihr sich so häufig erwiesen hatte – obwohl kein Mann auch nur 1 freundliches Gefühl eines FrauenHerzens weniger verdient gehabt hätte – obwohl sie genau wußte, daß er den Teufel nach ihr fragte; dennoch war es irgendwie wohltuend zu wissen, daß er auch nach keiner Andern fragte – daß er mit ihr in ein und demselben Zimmer saß – und Arabella Crane empfand, daß, falls diese Art zu sein von Dauer wäre, sie die Vergangenheit doch wohl vergessen, und der Zukunft leidlich-getrost entgegenschauen könnte. Und ich wiederhole nocheinmal: ›seltsames Geschöpf das, Das Weib!‹ – d. h., im vorliegenden SonderFall umso seltsamer, weil so gußeisern-grimmig. Aber, indes ihre Augen sich besänftigen; und ihre Finger durcheinanderwirken; und ihr Gemüt Pläne wälzt, um diese gesetzlos-wilde Bestie, zum unschädlich-zahmen HausTier zu transformieren – Wer könnte sich da wohl des Mitgefühls erwehren, mit der grimmen Arabella Crane?

Arme Frau! Und scheint nicht das Experiment zu gelingen? Drei volle Abende weiht Jasper Losely diesem sündlosen Dasein und friedvoller Betätigung. Er vollendet die Aufgabe – er empfängt seine 10 Guineen, (und wieviel von solchem Honorar stammt wohl aus Mrs. Crane's eigenem Portemonnaie?). Er hat auch drei Unstimmigkeiten ermittelt, die den Verdacht an des betreffenden Buchhalters Integrität rechtfertigen, (›Den Dieb fängst Du am besten durch einen Dieb!‹). Er wird ob seines Scharfsinns gelobt; und ihm eine noch-leichtere Betätigung in Aussicht gestellt, die noch-besser bezahlt werden soll. Beim Weggehen erklärt er, daß er sich morgen noch-zeitiger als bisher einstellen werde – er hält aus dem Stegreif eine Lobrede auf das Arbeiten im allgemeinen – er beteuert, daß er so glückliche Abende seit Jahren nicht mehr verbracht habe – er läßt Mrs. Crane derart durchdrungen von der Hoffnung auf seine Besserung zurück, daß, wäre just in dem Moment ein geübter Geistlicher zur Hand gewesen, er sie möglicherweise fast zum Beten hätte überreden können. Aber –

›Heu quoties fidem
mutatosque Deos flebit!‹

– Jasper Losely kehrt nicht zurück, weder nach Podden Place, noch zu seinem Logis in der Nachbarschaft. Tage verrinnen; er erscheint noch nicht; selbst Poole weiß nicht, wohin er gegangen sein könnte; selbst Poole hatte nichts von ihm gesehen! Aber freilich hat den letztgenannten Biedermann ein ziemlich ernsthafter akuter Gelenkrheumatismus aufs Krankenlager geworfen – ihn auf sein Zimmer und Haferschleim beschränkt – und Jasper Losely ist nicht der Mann, sich in die private Sphäre eines Krankenzimmers einzudrängen. Mrs. Crane hat da mehr tätige Liebe; sie besucht Poole – sie muntert ihn auf – beschafft eine Pflegerin – schreibt an Onkel Sam, – Poole kann sie nur immerfort segnen. Er hofft, daß Onkel Sam, gerührt durch das Schauspiel seines Krankenlagers, sagen werde, ›Mach Dir um Deine Schulden keinen Kummer mehr – ich komm' dafür auf!‹. Wie groß bei ihr Enttäuschung oder Groll über Jasper's undankbares und mysteriöses Entweichen auch immer sein mögen, Arabella Crane ist sich seiner Wiederkunft still gewiß. Zu ihrer Dienerin, Bridget Greggs, (die vielleicht die einzige Person auf der ganzen Welt war, die eine gewisse Zuneigung für das einsame, lang- und hagere Weib bewahrte; Jasper Losely dafür freilich aufs tiefste verabscheute), sagte sie, mit gefaßter Härte, »Dieser Mann ist meinem Leben in die Quere gekommen, und hat es verfinstert. Er ist damals wieder gegangen, und ließ Nacht hinter sich. Er hat es gewagt zurückzukehren. Jetzt soll er mir nie wieder entkommen, bis sich, für Einen von uns Beiden, das Grab auftut.«

»Aber, Gott steh' Ihnen bei, Miss: Sie wer'n sich doch nich in die Gewalt so eines schwarzherzigen Schuftes geben?«

»Ich? in *seine* Gewalt?! Nein, Bridget; keine Angst: er muß in meiner sein – früher oder später in meiner – mit Händen und Füßen. Geduld!«

Als sie noch so sprach –?–: ein Klopfen an der Tür? –: »Er ist's! – was hab' ich Dir gesagt? – schnell jetzt!«

Aber es war nicht Jasper Losely. Es war Mr. Rugge.

## 15. Kapitel

*›Wenn Gott will, bringen alle Winde Regen.‹ – (Altes Sprüchwort).*

Der Manager hatte sich in den Verlust seines Eigentums an Sophie und der 100 £ nicht etwa schlicht ergeben, sich vielmehr erhebliche Mühe gemacht, die Eine und das Andere wieder an sich zu bringen. Er hatte Jasper einen Besuch abgestattet, als Dieser sich noch der Wohnung in St. James erfreute; aber in dem Moment, wo er nur leis' auf die Rückerstattung jener 100 £ anspielte, hatte Mr. Losely auch schon die Tür und ein Fenster geöffnet, und den Direktor ersucht, unverzüglich zwischen beiden seine Wahl zu treffen: ! – Mr. Rugge hatte sich für die üblichere Art des Abtretens entschieden; jedoch seiner gerechten Entrüstung vermittelst eines AdvokatenSchreibens Luft verschafft, in dem Mr. Losely mit einem Prozeß wegen böswilligen Hintergehens und Unterschlagung gedroht wurde. Auch hatte er, mehr als einmal, bei Mrs. Crane vorgesprochen; die ihn in gewissem Grade dadurch besänftigte, als sie einräumte, daß man ihm sehr übel mitgespielt habe; daß er, als allermindestes, sein Geld zurückgezahlt bekommen müsse; und die ihm zugesichert hatte, ihrerseits das beste zu tun, um Mr. Losely zu bewegen, ›sich wie ein Gentleman zu verhalten‹. – In Bezug auf Sophie's Person, schien Mrs. Crane eine tiefgreifende Gleichgiltigkeit zu empfinden; und es war in der Tat auch so, daß der Haß, den Sie unstreitig gegen Sophie gehegt hatte, solange Diese ihrer Obhut unterstand, sich durch Losely's unnatürliches Verhalten gegen das Kind bedeutend gemindert hatte. Für sie war es anscheinend ohne Int'resse, ob Sophie sich nun in Rugge's Händen, oder in denen von Waife befände; ihr genügte es, daß die Tochter einer Frau, gegen deren bloßes Angedenken noch ihre verwildertsten Leidenschaften in Reih' und Glied traten, auf jeden Fall tief unter ihr auf der gesellschaftlichen Leiter zu vegetieren hatte.

Vielleicht hätte sie von Sophie's beiden Beschützern – Rugge, und Waife – aus purem Groll Waife den Vorzug gegeben: er stand auf der erwähnten Leiter auf einer noch niedrigeren Stufe, als der reisende TheaterDirektor. Auch hatte sie, obgleich sie dem heruntergekommenen Krüppel in den Augen von Mr. Hartopp so fürchterlichen Schaden zugefügt, nicht etwa einen speziellen Rache-Wunsch gegen *ihn* zu befriedigen! Im Gegenteil; wenn sie ihn auch mit Verachtung betrachtete, war es eine Verachtung, nicht ohne Beimischung von Mitleid. Es hatte sich als notwendig herausgestellt, dem Bürgermeister die Mitteilungen zu machen, die sie ihm gemacht hatte; oder jener brave Beamte würde das ihm anvertraute Kind, zumindest vor Waife's Wiederkehr, nie und nimmer herausgegeben haben. Und es war tatsächlich eine Freundlichkeit dem alten Mann gegenüber gewesen, ihm eine höchst martervolle Szene mit Jasper zu ersparen; und die vielleicht noch öffentlichere Schande nicht minder, die ein etwaiger Widerstand seinerseits gegen Jasper's Autorität, beziehungsweise ein Wortwechsel zwischen den Beiden, herbeigeführt haben würde. Und da ihr persönliches Hauptanliegen damals gewesen war, ihre Beziehungen zu Losely dadurch zu befestigen, daß sie ihm ihre Fähigkeit, ihm nützlich zu sein, demonstrierte, waren für sie all diese Waifes, und Sophies, und Bürgermeister, und Theaterdirektoren, nichts als bloße SchachBauern gewesen, die man zieht und opfert, wie es der Strategie des Spielplans eben entspricht.

Rugge also erschien jetzt, aufgeregt und atemlos, um Mrs. Crane zu informieren, daß Waife in London gesehen worden sei: Mr. Rugge's Clown hatte ihn gesehen, nicht weit vom Tower; aber der Krüppel war schon wieder verschwunden, bevor der Clown, der oben auf einem Omnibus gesessen, Zeit genug zum Absteigen gehabt hatte. »Ja, und selbst wenn er Mr. Waife tatsächlich erwischt hätte«, merkte Mrs. Crane hierzu an: »was dann? Sie haben schließlich keinen Anspruch an Mr. Waife.«

»Aber das Phänomen muß sich bei diesem räuberischen Entführer aufhalten«, sagte Rugge. »Nun gleichviel; ich habe einen Diener der Gerechtigkeit – das heißt, einen KriminalPolizisten, Madam – in Tätigkeit gesetzt; und was ich von Ihnen jetzt erbitten wollte, ist einfach dies: sollte es sich als unumgänglich herausstellen, daß Mr. Losely mit mir vor den Senat hinzutreten habe – das heißt, vor ein städtisches PolizeiGericht, Madam – zu dem Zweck, mein gesetzliches Eigentumsrecht an meinem eignen, teuer-erkauften und baar-bezahlten Phänomen zu erhärten: könnten Sie dann nicht jenen verwegnen schlimmen Mann dazu bestimmen, mir nicht wieder den GiftBecher derart an die Lippen zu setzen?«

»Ich weiß nicht einmal, wo Mr. Losely ist – möglicherweise gar nicht in London.«

»Madam', ich habe ihn vergangnen Abend im Theater gesehen – im ›Prinzeß‹. Ich war auf der SchillingsGalerie. Er, der mir 100 £ schuldet, Madam – er saß in einer PrivatLoge.«

»Ach! seid Ihr Euch ganz sicher?; war er allein?«

»Mit einer Dame, Madam – einer Dame, in einem Schal von Ingee. Ich kenne diese Sorte Schals; mein Vater lehrte sie mich schon in zarter Kindheit unterscheiden, denn er war eine Zierde des Britischen Handels – ein Zwischenhändler, Madam – ä-Pfänder. – Und dieser Mann«, fuhr Rugge mit einem Lächeln der Vernichtung fort: »in seiner PrivatLoge, (die im ›Prinzeß‹ 2-Pfund-2 kostet), und mit den Spolien Ingee's ihm zur Seite, er hebt sein Lorgnon, und gewahrt mich – mich, auf der SchillingsGalerie! – und sein Gewissen sagte ihm nicht, ›Müßten wir, wenn ich jenem Herrn endlich seine 100 £ bezahlte, nicht die Plätze tauschen?‹ Kann solch Wesen uns überziehn, Madam', wie eine SommerWolke, daß wir – urteilen Sie selbst, Madam' – nicht einmal staunen?«

»Oh, er hatte eine Dame bei sich?« rief Arabella Crane; und der Grimm, der sich, indes der Direktor berichtete, schnell und mächtig bei ihr angesammelt hatte, kam jetzt in Worten zum Ausbruch: »Seine Damen sollen den Mann kennen lernen, der das eigne Kind auf den Jahrmarkt verkauft. Findet Ihr nur heraus, wo das Mädchen ist; und dann, bevor Ihr weit're Schritte unternehmt, kommt erst wieder hierher. – Ach, mit einer Dame! – Geht doch bitte zu Eurem KriminalBeamten – oder halt: schickt ihn lieber zu mir; wir wollen zunächst Mr. Losely's Adresse ausfindig machen; ich trage sämtliche Auslagen. Verlaßt Euch nur auf meinen Eifer, Mr. Rugge!«

Überaus getröstet ging der Direktor seines Weges. Er war noch gar nicht lange fort, als Jasper in Person erschien. Der Verräter trat mit einer noch renommistischeren Manier ein, als man sowieso von ihm gewohnt war, wie wenn er ausgezankt zu werden fürchtete, und vorbereitet wäre, dem dreist zu trotzen; aber Mrs. Crane warf ihm weder seine verlängerte Abwesenheit vor, noch gab sie einer Überraschung ob seiner Rückkehr Ausdruck. Mit echt weiblicher Verstellung empfing sie ihn, so als wäre nichts geschehn. Worauf der erleichterte Jasper nunmehr aus eigenem Antrieb mit Entschuldigungen und Erklärungen begann; (offenbar wollte er etwas von Mrs. Crane). »Es war nämlich so, meine liebe Freundin«, sagte er, in einen Sessel sinkend, »daß ich, tags darauf nachdem Wir uns zuletzt gesehen hatten, zufällig beim Haupt-

Postamt mit vorbeiging, um zu fragen ob irgendwelche Briefe für mich da seien ... Ihr lächelt? Ihr glaubt mir nicht? Auf Ehre, – hier sind sie ...«, und Jasper zog aus der Seitentasche seines Jacketts eine Brieftasche hervor – eine neue Brieftasche – eine brilliante Brieftasche – duftendes JuchtenLeder – delikat genarbt – goldene Häkchen und Hafte – seidenes Futter – der Bleistifthalter mit Steinen besetzt – das FederMesserchen aus Malachit – ein ganzes Arsenal von süßen Nichtigkeiten verstaut in zieren Winkelchen – eine Brieftasche wie niemals ein Mann sie sich selbst schenkt. Sardanapalus hätte diese Brieftasche nicht für sich selbst gekauft! Solch eine Brieftasche gelangt nie an Euch, oh beneidenswerte Don Juans, es sei denn als Tribut und GedenkeMein von einer jener Zauberinnen, die Euch anbeten! Grimmig beäugte die AdoptivMutter diese Brieftasche. Sie hatte sie noch nie zuvor gesehen. Grimmig kniff sie die Lippen ein. Und aus diesem eleganten Gebinde – das einem schmächtig-spindelbeinigen ›Exquisiten‹ vielleicht von unhandlicher Größe gedünkt hätte; das auf der Atlantischen Ausdehnung von Jasper Losely's prachtvollem Brustkasten jedoch kaum ein Fältchen aufschwellen machte – zog das Ungeheuer zwei Briefe heraus, – Französisches Papier, ausländische Postwertzeichen. Rasch schob er sie wieder hinein, gerade daß er ihrem Auge erlaubt hatte, die Adresse zu überlaufen, und fuhr schon wieder fort: »Stellt Euch das vor!: ist dieser geldstolze GroßTürke von einem Ungläubigen, doch tatsächlich, (obwohl er mir nicht glauben wollte!), in Frankreich gewesen – jawohl; genau in ***; und hat dort, einwandfrei in Bezug auf Sophie, Recherchen angestellt. Diejenige Frau, der es obgelegen hätte, ihn durchgreifend zu bekehren, hat sich jedoch aus dem Staube gemacht, und sie haben sich also verfehlt – (hol sie der Kuckuck!: *Ich* hätte da-sein sollen!). Immerhin ist für den Augenblick so gut wie kein Zweifel: der Heide wird stur bleiben. (Soll nach Italien gegangen sein, wie ich gehört hab'; ruiniert mich; tritt die Gesetze der Natur mit Füßen; bummelt um die Welt, in den bodenlosen Taschen nichts als die einzig-eignen Hände, – 'n Kerl wie der Ewige Jude!) – Aber, als eine Art von Ausgleich in meiner Pechsträhne, find' ich doch, auf dem Postamt-dort, auch einen angenehmeren Brief, der mir, unter anderem, diese Neuigkeiten bringt: eine reiche ältliche Lady, die keinerlei Familie hat, wünscht ein nettes Kind zu adoptieren; will Sophie zu sich nehmen; und auch mir Zeit und Mühe vergüten, daß ich sie Sophie haben lasse. Es ist ja in tausend Hinsichten günstig und angemessen, sein Kind in einem reichen Hause behaglich unterzubringen – das begründet Anrechte; abhängig von Schecks natürlich, die *mein* Gefühl nicht verletzen – des Vaters! Aber das erste Erfordernis hierzu ist, Sophie wieder zu fassen; und das ist der Punkt, wo ich um Eure Unterstützung bitte – Ihr seid ja so gescheit. Bestes aller Wesen! was würd'ich ohne Euch anfangen? Wie Ihr selber immer sagt: wenn ich eines Freundes bedarf, komm' ich zu Euch – Bella!«

Mrs. Crane musterte Jasper's Gesicht, und zwar ausgiebig. Es ist ja sonderbar, um wieviel geschwinder Frauen die Gedanken von Männern lesen können, als umgekehrt Männer die von Frauen ermitteln. »Ihr wißt, wo das Kind ist«, sagte sie, langsam.

»Je nun, ich eracht'es als ausgemacht, daß sie sich bei dem Alten Manne befindet – und den hab'ich gesehen; ihn gestern gesehen.«

»Weiter; Ihr saht ihn – wo?«

»In der Nähe von London Bridge.«

»Was für ein Geschäft, in aller Welt, konntet Ihr denn in *der* Richtung haben? – Ah!, ich errate: Der Bahnhof – nach Dover – Ihr wollt außer Landes gehen?«

»Kein Gedanke dran – Ihr seid wirklich schrecklich mißtrauisch! Aber es stimmt schon; ich war zum Bahnhof gewesen, um mich nach diversen Koffern oder Gepäckstücken zu erkundigen, die ein Freund von mir dort zur Aufbewahrung gegeben hat – unterbrecht mich jetzt mal nicht. Jedenfalls am Fuß der Brücke werd' ich doch unversehens den Alten Mann gewahr – verändert – verwandelt – gealtert – ein Auge verloren. Ihr hattet mir schon gesagt, ich würd' ihn nicht mehr wiedererkennen, aber ich tat's eben doch; das heißt, sein Gesicht würd' ich nie und nimmer erkannt haben. Ich erkannte ihn am Bau der Schultern – einer gewissen Art die Arme zu bewegen – ach, was weiß ich: man kennt eben einen Mann, der einem von Geburt an vertraut ist, ohne daß man sein Gesicht groß zu sehen braucht. – Oh, Bella! ich will's nur gestehen, daß mir weich wurde – weich wie dem dümmsten Töffel, der je . . .« Jasper brachte seinen Vergleich nicht zu Ende; hielt vielmehr einen Moment inne, während dem er schwer atmete; und fing dann einen andern Satz an: »Er verkaufte da irgend'was aus einem Korbe – Streichhölzer, Schnürsenkel, weiß der Deuwel was. Er! : ein so-gescheiter Mann! Ich hätt' ihm am liebsten sämtliches Geld was ich bei mir hatte in diesen verdammten Korb geworfen!«

»Warum habt Ihr's nicht getan?«

»›Warum‹? Wie konnt' ich wohl? Er hätt' mich doch sofort erkannt. Es hätte eine Szene gesetzt – Auflauf – Krawall – sofort der Mob um uns 'rum, garantiert doch. Ich hatte nicht entfernt eine Vorstellung davon, daß es mich derart mitnehmen würde; muß ihn ausgerechnet auch noch Streichhölzer verkaufen sehen!; – bloß froh, daß wir uns damals in Gatesboro' nicht begegnet sind. Nicht mal für diese 100 £, hätt' ich ihm, glaub' ich, entgegentreten können. Neinein – schon richtig, wie er sagte, als wir uns das letzte Mal trennten: ›Die Welt ist groß genug für uns Beide‹. Gebt mir 'n Schluck Brandy, ja? – dank' schön.«

»Ihr habt also den Alten Mann nicht angesprochen – er-seinerseits hat Euch nicht gesehen – aber Ihr wolltet ja das Kind wieder haben; Ihr wart Euch ganz sicher, sie müßte bei ihm sein: seid Ihr ihm also nach Hause gefolgt?«

»Ich? Nie; hätt' ich doch stundenlang warten müssen. Ein Mann wie ich, sich in der Gegend von London Bridge 'rumtreiben! – wär' doch viel zu auffällig gewesen – er würde mich auch bald genug gewahrt haben; obwohl ich mich, sorgfältig, immer auf seiner blinden Seite gehalten hab'. Nö, ich hab'n LumpenJungen beauftragt, ihn im Auge zu behalten, und ihm zu folgen, –: und hier ist seine Adresse. – So; wäret Ihr bereit, Sophie für mich wieder zurück zu holen, ohne daß ich die geringste Ungelegenheit davon hätte?; ohne daß ich irgend in Aktion träte? (Ich würde lieber ein komplettes GardeRegiment zu Pferd' angreifen, als mich mit diesem Alten Manne 'rumzanken!) –«.

»Und dennoch wolltet Ihr ihn dieses Kindes berauben – seines einzigen Trostes?«

»Possen! –«, rief Losely, ungeduldig, aus: »das Gör kann doch nur eine Last für ihn sein, die ihm besser nicht im Wege wäre;: d's doch nur um dieses Kindes willen, daß er Streichhölzer verkauft! Es wäre die größeste Wohltat, die Wir ihm erweisen könnten, ihn von diesem Kind zu befreien, das ihn aussaugt und nieder-hält: ohne-sie würd'er schon Mittel und Wege finden, sich allein durchzuschlagen. Mein; er ist schließlich cleverer als sogar Ich! Und da – dà! – gebt ihm dies Geld; aber sagt kein Wort, daß es von mir herstamme.«

Er schüttete, ohne-groß nachzuzählen, mehrere Sovereigns – wenigstens 12 oder 14 – in Mrs. Crane's Handfläche; und einen so machtvollen Zauber übt HerzensGüte, (selbst der miesesten Sorte, selbst von Naturen übelster Art), daß dieser ungewohnte, exzentrisch-inkonsequente Schimmer menschlichen Mitleids aus Jasper Losely's umnachteter Seele, seinen lindernden Einfluß über all die verärgerten, zornigen, rachsüchtigen Gefühle verbreitete, mit denen Mrs. Crane, eine Sekunde zuvor noch, den treulosen Bösewicht gemustert hatte; nunmehr besah sie ihn mit einer Art von schwermütigem Staunen. Wie!: so wenig Begriff von liebevoller Zuneigung, um einfach nicht einsehen zu können, daß er drauf und dran war, den Alten Mann eines Trostes zu berauben, den kein Gold aufwiegen konnte? – wie!: so verachtungsvoll verhärtet seinem eigenen Kinde gegenüber? – und dennoch lag hier, auf ihrer Hand, das unverkennbare Zeichen, daß immer noch ein Rest von Menschlichkeit, Zerknirschung, Mitgefühl in der Brust des gierigen Zynikers verweile; und bei diesem Gedanken wollte all das, was in ihrer eignen Natur an Humanität und Sanftheit war, zu ihm hin – nachsichtig – mild. Aber in dem typischen, rapiden Wechselspiel des weiblichen Herzens, brachte eben dieses Gefühl, das an Liebe streifte, auch die Eifersucht zurück, die an Haß grenzte. : Wie war er zu so viel Geld gekommen?; mehr als er, der unersättliche Verschwender, vor Tagen für seine ehrliche RechenArbeit von ihr empfangen hatte? Und vor allem diese BRIEFTASCHE!

»Ihr seid plötzlich reich geworden, Jasper?«

Einen Augenblick lang sah er verlegen drein; erwiderte dann jedoch, während er sich erneut vom Brandy zu Gemüte führte: »Jaja, *rouge-et-noir* – Glück. – Aber geht jetzt, und nehmt Euch der Affäre an; kommt, seid ein liebes gutes Frauchen. Seht zu, daß Ihr das Kind, wenn möglich, heute noch kriegt; ich sprech' am Abend wieder hier vor.«

»Gedenkt Ihr sie anschließend sofort mit ins Ausland zu nehmen; zu jener würdigen alten Dame, die sie adoptieren will? Falls ja, werden wir uns dann wohl nie mehr wiedersehen, wie ich annehme; und ich wäre Euch imgrunde behilflich zu vergessen, daß ich noch am Leben bin.«

»Ins Ausland – schon wieder diese Grille von Euch! Ihr seid total im Irrtum – also um ehrlich zu sein: die Dame befindet sich in London. Um ihres Gepäcks willen bin ich hin zum Bahnhof gegangen. Oh, seid nicht eifersüchtig – wirklich ältlich.«

»›Eifersüchtig‹, mein lieber Jasper; Ihr habt vergessen: ich bin wie Eure Mutter. Der eine von Euern Briefen-dort hat demnach die geplante Ankunft jener Dame angekündigt; Ihr standet im Briefwechsel mit dieser-ältlichen Dame?«

»Naja, nicht direkt im Briefwechsel. Aber als ich Paris verließ, gab ich einigen wenigen Freunden in Frankreich, als meine hiesige Adresse das HauptPostamt an. Und dieser Dame, die Interesse an meinen Angelegenheiten nahm, (Damen, ob nun alt oder jung, die mich einmal kennen gelernt haben, tun das grundsätzlich), war bekannt, daß ich gewisse Erwartungen in Bezug auf das Kind hegte. Da hatte ich ihr, vor einigen Tagen als es mir so traurig ging, eine Zeile geschrieben, und ihr mitgeteilt, daß es mit Sophie nicht geklappt hätte; und daß ich, wäre nicht ein guter Freund (nämlich Ihr!), leicht *sur le pavé* hätte sein können. In ihrer Antwort sagte sie, sie werde gleichzeitig mit diesem ihrem Brief in London eintreffen; und gab mir auch eine Adresse hier an, bei der ich erfahren könnte, wo sie nach Ankunft zu finden wäre – eine gute alte Seele, aber fremd in London. Ich hab' dann mächtig zu tun gehabt; ihr geholfen ein Haus zu finden, Kaufleute zu empfehlen, undsoweiter undsoweiter. Sie hat eine Schwäche für Großen Stil, und kann sich's auch leisten. Das Haus ist nett genug; – aber Uns're stillen Abende hier-zusammen, verderben mich für alles Andere. Jetzt setzt aber, bitte, Euern Hut auf, und ich begleit' Euch mit hinaus.«

»Unter einer Bedingung, lieber Jasper: daß Ihr hier bleibt, bis ich wieder zurück bin.«

Jasper zog ein schief Gesicht. Aber da es auf die Dinnerzeit zuging, und es ihm an Appetit niemals mangelte, verstand er sich endlich dazu, während der Zeit ihrer Abwesenheit einem Mahl Ehre anzutun, das, wie er aus Erfahrung wußte, Mrs. Crane's neue Köchin, wenn auch jetzt etwas eilig, so doch nicht ohne Geschick zubereiten würde. Mrs. Crane überließ es ihm also, die Speisenfolge anzuordnen, und griff ihrerseits nach Schal und Hut. Als sie jedoch an ihrem eignen Zimmer vorbeikam, wischte sie hinein, schellte nach Bridget Greggs; und als diese vertraute Dienerin erschien, sprach sie zu ihr: »In der Seitentasche von Mr. Losely's Jackett befindet sich eine BRIEFTASCHE; und in derselben einige Briefe, die ich einsehen muß. Ich werde jetzt scheinbar ausgehen, – laß die Haustür angelehnt, damit ich unbemerkt wieder hereinschlüpfen kann. Ihr werdet dies Dinner so bald nur irgendmöglich servieren. Und sobald Mr. Losely, wie gewöhnlich, sein Jackett mit dem Schlafrock vertauscht hat, siehst Du zu, daß Du diese Brieftasche, unbemerkt von ihm, herausnehmen kannst: bring sie mir hierher, in dieses Zimmer. Anschließend kannst Du sie dann, ebenso unauffällig, wieder zurückstecken. Ein kurzer Augenblick wird für meine Zwecke genügen.«

Bridget nickte; sie hatte begriffen. – Jasper, am Fenster stehend, sah Mrs. Crane, energischen Schritts, das Haus verlassen. Da warf er sich denn auch auf's Sopha, und begann vor sich hin zu dämmern: das Dämmern ward zum Dösen; und dies wiederum zum Schlaf. Bridget, die leis' hereintrat, um den Tisch zu decken, fand ihn so. Sie näherte sich auf den Zehenspitzen – erschnupperte das Parfüm der Brieftasche – sah auch deren vergoldete Ecken aus ihrem Schlupfwinkel hervorlugen. Sie zauderte – sie zitterte – sie hatte an sich eine Todesangst vor dem barbarischen Schläfer! Aber Schlummer verringert eben andrerseits auch jene ehrerbietige Scheu, die der Dieb empfindet, oder der Heros einflößt – sie hat die Brieftasche entnommen – sie ist mit ihrer Beute geflohen – sie ist in Mrs. Crane's Appartement, keine 5 Minuten nachdem Mrs. Crane dessen Schwelle wieder überschritten hat.

Im Eiltempo durchplünderte das eifersüchtige Weib die Brieftasche – zuckte ein erstes Mal auf, als sie, elegant mit GoldGarn dem Futter eingestickt, die Worte erblickte, ›SOUVIENS-TOI DE TA GABRIELLE‹ – an Briefschaften nichts; außer diesen beiden, von denen Jasper ihr lediglich den flüchtigsten Anblick hatte zukommen lassen. Über sie ließ sie nunmehr das glitzernde Auge hinlaufen; und als sie dieselben, langsam, an ihren Platz zurückschob, und die Brieftasche wieder Bridget aushändigte, die atemlos und horchend (daß Jasper ja nicht erwache!) daneben-stand, da war ihr Antlitz farblos geworden, und eine Art von Schauder schien sie zu überkommen. Allein gelassen, stützte sie ihr Gesicht in die Hand; indes ihr LippenPaar sich bewegte, wie in Selbst-Unterredung. Dann glitt sie lautlos die Stufen hinab; gewann die Straße; und eilte hurtig ihres Weges dahin.

Bridget kam nicht mehr ganz-zurecht, das Büchlein in Jasper's Tasche zurückzustecken; denn als sie wieder einschlich, drehte er sich eben um, und reckt' und streckte sich, zwischen Schlaf und Wachen – aber sie ließ die Brieftasche, geschickt-geschult, auf den Fußboden gleiten, dicht neben dem Sopha: sodaß er, beim Erwachen, würde glauben können, sie sei ihm, während der natürlichen SchlafBewegungen, von selbst aus der Tasche gerutscht.

Und tatsächlich; als er sich erhob, weil das Dinner jetzt auf dem Tisch stand, nahm er die Brieftasche, ohne jeden Argwohn, auf. Aber Bridget konnte von Glück sagen, daß sie nicht die von ihrer

Herrin vorgeschlag'ne Gelegenheit abgewartet hatte. Denn als Jasper den Schlafrock anzog, stellte er fest, daß sein Jackett ein Ausbürsten vertragen könnte; und während er es, zu diesem Zweck, der Dienerin übergab, gebrauchte er die Vorsicht, die Brieftasche herauszunehmen, und sie in einem anderen Behältnis seiner Kleidung unterzubringen.

Mrs. Crane kehrte schon in weniger als zwei Stunden zurück – kehrte zurück mit einem so enttäuschten Aussehen, daß es Jasper sogleich auf die Nachricht vorbereitete, wie die zu fangenden Vögel entflogen wären.

»Heute Nachmittag sind sie auf und davon«, sagte Mrs. Crane; und warf Jasper dabei seine Sovereigns auf den Tisch, wie wenn sie ihr in den Fingern brennten. »Aber überlaßt die Flüchtlinge nur mir. Ich werd' sie schon wiederfinden.«

Jasper machte seinem Ärger erst durch eine Serie schuldbewußter, aber ansonsten ziemlich bedeutungsloser Verwünschungen Luft; dann, da ihm im Moment wohl kein weiterer Auftrag einfiel, zu dem Mrs. Crane's Gewitztheit hätte von praktischem Nutzen sein können, nahm er noch den Rest ihres Brandy zu sich; und wünschte ihr dann eine Gute Nacht, samt einem Versprechen, wieder vorbei zu kommen; jedoch ohne die geringste Andeutung bezüglich seiner augenblicklichen eignen Adresse. – Sobald er gegangen war, beschied Mrs. Crane erneut Bridget zu sich.

»Du hast mir vorige Woche erzählt, wie Dein Schwager Simpson gern nach Amerika gehen möchte, es sei ihm dort Beschäftigung angetragen; daß er aber das Geld für die Überfahrt nicht aufbringen könne. Ich versprach, falls Dir damit ein Gefallen geschehe, ihm zu helfen.«

»Sie sind 'n HEngel, Miss! –«, rief Bridget, mit einem tiefen Knix – so-tief, daß es schien, als ginge sie auf die Knie. »Und möge Ihn'n Ihr Lohn werden, in der nächsten besten Welt, wo's dann keine schwarzherzigen Schufte mehr giebt!«

»Gut, gut, genug«, sagte Mrs. Crane, die vielleicht vor solch heißem Segenswunsch doch ein bißlein zurückwich. »Du bist mir treu gewesen, wie kein Anderer je war; aber in diesem Falle vergelt' ich Dir's längst nicht in dem Grade, als ich noch zu tun gedenke. Der Dienst wird gegenseitig sein, wenn Dein Schwager mir einen Gefallen tun will – er nimmt doch seine Tochter mit sich, ein bloßes Kind noch? Sag ihnen, Bridget: sie sollen auf dem Dampfer, als ihre Namen, ›William und Sophie Waife‹ eintragen lassen; (selbstredend können sie, sobald sie die Reise hinter sich haben, ihre richtigen Namen wieder annehmen). Hier ist das Fahrgeld für sie, und noch eine Kleinigkeit mehr. Ach was, keinen Dank. Ich kann das Geld entbehren. Geh Du nur, morgen früh als Erstes, hin zu Deinem Schwager; und schärf' ihnen ein, daß sie mit dem nächsten Schiff, das am Donnerstag von Liverpool abfährt, mit müssen!«

## 16. Kapitel

*Diese armen TaschenKannibalen; wie die Gesellschaft sie doch quält und verfolgt! / Selbst der niedrigste Bedienstete würde sofort kündigen, wenn man ihn bei seinen Mahlzeiten störte. Aber so ein Man-Eeater ist das demütigste aller Geschöpfe: der giebt von sich aus nie eine Kündigung – ja, mehr noch, er nimmt ganz selten eine an.*

Was immer die Quelle gewesen sein mochte, die Jasper Losely mit jenem Gelde versehen hatte, von dem er so großmütig die Sovereigns abzweigte, bestimmt, Waife für den Verlust Sophie's zu trösten und entschädigen, – diese Quelle also vertrocknete entweder; oder aber sie geriet in ein absolutes Mißverhältnis zu seinen Ansprüchen. Denn die glücklichste Eigentümlichkeit von Mr. Losely's Bedürfnissen, bestand in deren Elastizität: sie paßten sich dem Zustand seiner Finanzen insofern mit mathematischer Genauigkeit an, als sie allzeit den fünffachen Betrag der Mittel erforderten, die ihm zur Verfügung standen. Zwischen 1 Schilling bis zu 1 Million, brauchte man die GesamtSumme seiner Mittel lediglich mit 5 malzunehmen, um zu einer recht exakten Abschätzung seiner Bedürfnisse zu gelangen. Jasper sprach bei Poole vor; der sich zwar langsam erholte, aber noch nicht imstande war, das Zimmer zu verlassen; und traf diesen Herrn in einem noch schwermütigeren Gemütszustande an, als gemeinhin der Fall war; bewirkt durch Onkel Sam's brutale Erklärung, daß ›wenn er schon für die Sünden seines Patchens verantwortlich sei, so doch nicht für Dessen

Schulden‹, und daß er wirklich der Ansicht geworden wäre, ›das Beste, was Samuel Dolly tun könnte, wäre, für kurze Zeit ins Gefängnis zu gehen, bis er sich mit seinen Gläubigern verglichen hätte‹. Worauf Jasper begann, sein eigenes hartes Geschick zu beklagen: »Und ausgerechnet jetzt, wo eins der feschesten Weiber von ganz-Paris, ausdrücklich 'rübergekommen ist, um mich zu besuchen«, sagte der LadyKiller – »eine Große Dame, Dolly; die sich ihre eigne Equipage hält! Ich hätt' Euch ihr längst vorgestellt, wenn Ihr gesund genug gewesen wär't, um auszugehen. Aber man kann schließlich nicht andauernd von SoEiner borgen; (ich wollte, man könnt'es!). – Sicher, da ist noch Mutter Crane, Die den Rock vom Leibe für mich versetzen würde; aber, oh Jeck-Sir, Die schnauzt Einen an, da kann man Angst bekomm'. Außerdem stellt sie Einem die entwürdigendsten Fallen – hat mich doch schuften lassen, wie ein'n Kommis!; ( : nicht daß ich *Euch* irgendwie verletzen wollte, Dolly! Wenn Ihr schon ein Kommis seid, oder irgendwas in dieser Sparte, *: Ihr* seid, im Herzen, ein Gentleman!). – Tcha, aber der langen Rede kurzer Sinn: Wir sind, Beide, abgebrannt und total-hin. Und meine entschiedene Meinung ist, –: daß Uns nichts übrig bleibt, als ein Kühner Streich.«

»Ich habe nichts gegen kühne Streiche einzuwenden, aber ich seh' keinerlei Möglichkeit; und Onkel Sam's kühner Streich mit dem Fleet-Gefängnis ist ganz und gar nicht nach meinem Geschmack.«

»Fleet-Gefängnis!: Fleet-Unsinn! Nein nein. – Ihr seid noch nie in Rußland gewesen? Warum sollten Wir nicht Beide dahin gehen? Meine Pariser Freundin, Madame Caumartin, war auf dem Weg nach Italien; aber ihre Pläne haben sich geändert, und sie ist jetzt ganz für Sankt Petersburg. Sie würde bestimmt ein paar Tage warten, bis Ihr wieder auf den Beinen seid: Wir wollen Alle zusammen losfahren, und uns amüsieren. Die Russen sollen ganz vernarrt sein auf Whist: da kommen wir ohne weiteres in der-ihre elegantesten Cliquen 'rein, und leben wie die Prinzen!« Worauf Jasper sich über das Thema ›Russische Lebensweise‹ in derart glühenden Wendungen zu verbreiten anhub, daß Dolly Poole die schmerzenden Augen schloß, und in seiner Phantasie bereits im Schlitten über die gefror'ne Newa dahinsauste, in Pelzwerk gehüllt – einer Gräfin entgegen, die mit dem Dinner auf ihn wartete; und wo Grafen zu Dutzenden bereit waren, fabelhaft hohe Beträge darauf zu verwetten, daß Jasper Losely den Rubber verliere.

Nachdem er seinen Freund dergestalt erst in diese Region luftigster Schlösser versetzt hatte, stieg Jasper anschließend wieder in die Welt der Praxis herab, indem er mit der traurigen Tatsache endete, wie man weder nach Sankt Petersburg, noch, wenn einmal dort, in dessen elegante Zirkel gelangen könne, ohne wenigstens ein kleines BarKapital als Start zu haben.

»Und ich will Euch sagen, was Wir machen. Madame Caumartin lebt im größten Stil. Kriegt den alten Latham, Euern Chef, dazu 'rum, daß er ihr einen Wechsel über 500 £ drei Monate dato, diskontiert – und ab geht's mit Uns Allen wie der Wind!«. Poole schüttelte den Kopf: »Dazu ist der alte Latham, der Schlaufuchs, viel zu gerieben – 'ne Ausländerin auch noch! Er würde Bürgschaft verlangen.«

»Ich bürge.«

Aber Dolly schüttelte den Kopf ein zweites Mal, und mit noch mehr Nachdruck als zuerst.

»Aber Ihr habt mir doch erzählt, daß er Papiere diskontiert – reich dabei wird –: ?«

»Ja, wird reich dabei; was aber schwerlich der Fall sein dürfte, wenn er ein Papier diskontierte, wie Ihr es vorschlagt. Nichts für ungut.«

»Och, unter Freunden gibt's keine Beleidigung! – Habt Ihr ihm nicht schon Wechsel vermittelt, die er dann diskontiert hat?«

»Ja – gute Papiere.«

»Jedes Papier, mit einem guten Namen unterzeichnet, ist ein gutes Papier. Und Wir können doch gute Namen unterzeichnen, wenn Wir die Handschrift der Betreffenden kennen.«

Dolly zuckte zusammen, und wurde weiß. Ein Gauner war er – Betrüger beim Kartenspiel; auf dem Turf ein Schwindler – aber direkt Fälschung! *das* Verbrechen war ihm doch neu. Die bloße Vorstellung davon machte, daß sein Fieber wieder einsetzte. Und während Jasper das Übel noch dadurch verschlimmerte, daß er ihm seine Befürchtungen weg zu räsonnieren suchte, kam zu Poole's Glück, Onkel Sam zur Tür herein. Onkel Sam, ein schlauer alter Geschäftsmann, hatte kaum einen Blick auf den strahlenden Losely geworfen, als er auch schon Mißtrauen und Widerwillen gegen ihn faßte; ähnlich dem, womit etwa ein erfahrener Gänserich sich einen Fuchs besehen mag, den er im Gespräch mit seinem Kücken erblickt. Er hatte bereits genug von seines Patchens Treiben und erlesenem Umgang in Erfahrung gebracht, um sich gewiß zu sein, daß

Samuel Dolly überaus antikaufmännischen Neigungen nachgehangen habe, und von überaus antikaufmännischen Freunden aufs betrüblichste korrumpiert worden sei. Er war zu der Überzeugung gelangt, daß die einzige Chance, Dolly zu reformieren, darin bestünde: seinen Geist zu bearbeiten, solange der Körper noch nennenswert litte; so daß Poole, nach seiner Genesung, dann mit sämtlichen früheren Verbindungen bräche. Und als er jetzt Jasper's gewahr wurde – aufgetakelt wie der letzte Geck, und mit den Muskeln eines PreisBoxers – da ward es Onkel Sam, als erblicke er die athletische Incarnation aller der Sünden, von denen ein Pate stellvertretend gelobt, daß sein Täufling sie hiermit abschwöre. Dementsprechend benahm er sich derart unangenehm, daß Losely vor lauter Ekel sich nur hastig verabschiedete. Und Onkel Sam, als er der KrankenSchwester dabei behülflich war, Dolly tiefer ins Bett zu stecken, hatte tatsächlich die Brutalität, seinem Neffen in dürren Worten zu bedeuten: daß, falls er noch-einmal diesen Talmi-Gentleman in Poole's Wohnung anträfe, er (= Poole) das letzte Mal die Farbe von seinem (= Onkel Sam's) Geld gesehen haben solle! Als Dolly daraufhin zu flennen begann, tat es dem guten Manne schon wieder leid; er klopfte ihn auf den Rücken, und sagte: »Aber sobald Du wieder wohlauf sein wirst, nehm' ich Dich mit auf mein LandHäuschen; und da bist Du allem Ungemach aus dem Wege, bis ich 'ne Frau für Dich gefunden hab', die Dir anständig d'n Kopp wäscht.« – eine so erheiternde Aussicht, daß Poole darob noch kläglicher zu wimmern begann denn zuvor. Um ganz-sicher zu gehen, gab Onkel Sam, eh'er sich zu seinem Logis im Gloucester KaffeeHaus zurückzog, Poole's Wirtin, (die in Onkel Sam den Mann ehrte, der einst das bezahlen werde, was Poole ihr schuldete), die unmißverständliche Anweisung: unter keinen Umständen einen von Dolly's lüderlichen Freundschaften einzulassen; vor allem aber nicht den Buben, den er eben hier angetroffen!; und er fügte hinzu: »Richtet Euch danach, insofern Euch meines Neffen Leben teuer ist; beziehungsweise, was Euch wichtiger sein wird: Eure Rechnung!«. –

Als daher Jasper, am selben Abend noch, wied'rum vor Poole's Thür erschien, setzte Frau Wirtin ihn in Kenntnis solcher Anweisung; und schloß, mit rechten taub gegen seine einschmeichelnden Vorstellungen, ihm die Tür vor der Nase zu: ! – Nun hat allerdings ein französischer Chronist es festgehalten, daß – als Heinrich IV. Paris belagerte – zwar nicht 1 BrotLaib die Mauern passieren konnte; dessenungeachtet aber LiebesBrieflein zwischen der Stadt und dem feindlichen Lager so leicht hin-&-hergingen, wie wenn keinerlei Belagerung stattgefunden hätte. Und herrscht nicht Mercurius im Reich des Geldes ebenso, wie in dem der Liebe? So unterhielt denn auch Jasper, durch Vermittlung der Kranken-Schwester, die glücklicherweise nicht über eine Bestechung auf SchillingBasis erhaben war, eine vertraute und eifrige Korrespondenz mit Poole; ständig gespornt durch Madame Caumartin, die es außerordentlich ängstlich damit hatte, London sobald wie möglich mit St. Petersburg zu vertauschen. Poole blieb zwar dabei, die von Jasper vorgeschlagene Schurkerei von sich zu weisen; aber im Verlauf ihres Briefwechsels ließ er – obschon ziemlich unzusammenhängend; denn sein Geist hatte begonnen zum Abschweifen und Faseln zu neigen – etwas von einem nicht minder verruchten Projekt fallen, das Jasper, vielleicht unterstützt durch Madame Caumartin's noch gewetzteren Verstand, sogleich aufgriff, und ebenso rasch wie umsichtig Methode hineinbrachte. Der alte Latham bewahrte unter den Wechseln die er diskontierte, auch solche von noch verschämteren Kunden auf, die sich ausbedungen hatten, daß ihre Zuflucht zu einer vorübergehenden finanziellen Zwischenlösung ein tiefes Geheimnis, im innersten Fach seines Safe, bleiben müsse. Nun war Poole bekannt, daß sich unter jenen Wechseln einer über 1000 £ befände; ausgestellt von einem jungen Edelmann, auf den unermeßlicher Grundbesitz wartete, aber so majoratsmäßig verklausuliert, daß er davon weder verkaufen noch etwas hypothekarisch belasten konnte; und der infolgedessen oftmalen um ein paar Hundert Taschengeld in Verlegenheit war. Des Edelmanns Name stand in hohem Ansehen; sein Reichtum war überall bekannt; seine Ehre untadelig: einen Wechsel von ihm würde Jedermann unbesehen honorieren. Wenn Poole nur zu diesem Wechsel gelangen könnte! Er hatte, seines Wissens, nur noch ganz wenige Wochen Laufzeit. Jasper, oder auch Madame Caumartin, konnten ihn sogar bei Lord ***'s eignem Bankier zu Geld machen; beziehungsweise, falls das doch etwas zu keck sein sollte, bei jedem x-beliebigen WechselMakler; und ehe noch ein Verdacht sich zu erheben vermochte, konnten alle Drei längst aus dem Staube sein. Aber um mit besagtem Safe zurande zu kommen, durfte ein Nachschlüssel erforderlich werden; und Poole schlug einen Wachsabdruck des Schlosses vor. Aber Jasper übersandte ihm eine schnellfertigere Vorrichtung – ein kurios aussehendes Werkzeug, das wie ein FolterInstrument anmutete. Jetzt war nur noch nötig, daß Poole sich hinreichend erholte, um einerseits ins Geschäft zurückkehren zu können; und andrerseits Onkel Sam loszuwerden, durch das Versprechen: daß er, Poole, sobald er als gewissenhafter Mensch einige dringende ArbeitsRückstände aufgeholt haben werde, unverzüglich auf's Land kommen wolle. Während sotane Korrespondenz im Gange war, vermied Jasper Losely Mrs. Crane; und nahm seine Mahlzeiten, und verbrachte seine MußeStunden lieber bei Madame Caumartin: um sich hier heimisch zu fühlen, brauchte er weder Schlafrock noch Pantoffeln. Madame Caumartin hatte tatsächlich ein schaubares Haus in einer vornehmen Straße gemietet; und auch ihre eig'ne Erscheinung war in hervorragendem Maße das, was die Franzosen *distinguée* nennen. Vollendet gekleidet, von Kopf bis Fuß; adrett und poliert wie ein Epigramm. Ihr Gesicht, der Form nach, wie das einer reinrassigen Cobra-Capella – niedrige, aber glatte Stirn, sich nach oben zu verbreiternd; Kinn schmal zulaufend, jedoch starke Kiefer; Zähne märchenhaft weiß, klein, und so scharf zugespitzt, wie man sie im Schlund des Fisches antrifft, der da heißt ›SeeTeufel‹; Augen wie dunkle Smaragde, deren Pupillen, wenn sie wütend war, oder Nichtsnutzigkeiten ausheckte, auseinanderwichen, in Schläfenrichtung, und dann einen leuchtend-grünen Strahl aussandten, der wie der Schimmer einer BlendLaterne durch den Raum zuckte; Teint weiblich im höchsten Grade – ja nicht etwa ›blaß‹ zu nennen, wohl aber weiß, wie wenn sie von nichts als gebleichten Mandeln lebe, Pfirsichkernen und Arsenik; Hände so gepflegt und blutlos, mit dünnen, und so spitz zulaufenden Fingern, daß sie an ihren Enden Stacheln zu haben schienen; dazu Manieren, die sämtliche Rangstufen der menschlichen Gesellschaft, von der höchsten bis zur niedrigsten, umfaßten; und auf jeglicher davon den Besonnensten düpiert hatten. Wenn es ihr so gefiel, hätte ein KronPrinz meinen können, sie müsse ihre Jugend in porphyrogener Umgebung zugebracht haben! Wenn es ihr so gefiel, würde der älteste Soldat geschworen haben, das Geschöpfchen müsse *vivandière* à la Mutter Courage gewesen sein! Alter, vielleicht, dicht an die 40. Sicher, sie wirkte jünger; aber wäre sie 120 gewesen, sie hätte nicht ruchloser sein können. Ach, wahrlich ein Glück für Sophie, daß der krüpplichte Vagabund sie von Arabella's immer noch minderer Unfreundlichkeit, davongeführt hatte wenn ihre Jugend dadurch davor gerettet wurde, in eleganten Boudoirs von diesen blutlosen Händen serviert zu werden; besser sogar

Rugge's WanderBühne; weit-besser noch grün-verstohlene Hecken-Gäßchen, erdachte Namen, und Sir Isaak's grundgelehrte Kunststücke!

Dennoch ist es wohl Schuldigkeit, selbst Jasper gegenüber, hier festzuhalten, daß in Losely's jüngstem Projekt, ( = Sophie von Waife zu entfernen, und sie Madame Caumartin's Obhut zu übergeben), der Gauner wohl kaum die Idee einer so-abgründigen Schufterei ventilierte, als der Charakter der *Parisienne* die eifersüchtige Arabella argwöhnen machte. Sein eigentliches derzeitiges Vorhaben, das Kind erneut in seine Gewalt zu bringen, war – (was immer es sein mochte) – relativ harmlos, verglichen mit der mildesten von Arabella's sinistren Befürchtungen. Aber immerhin, wenn Sophie wieder gefaßt worden *wäre;* und dann der Zweck ihrer Einbringung vereitelt, (wie es doch wahrscheinlich der Fall gewesen): was wäre *dann* aus ihr geworden – für Waife, vermutlich, auf immer verloren – im fremden Land – und unter solcher Hüterschaft?! Gewichtige Frage; mit der Jasper Losely allerdings, der sich so wenig Sorgen um die Frage aller Fragen machte – dh. ›Was eines schönen Tages aus ihm selbst werden könnte?‹ – sich nicht groß den feinen Kopf zerbrach!

Indessen war Mrs. Crane erheblich auf dem Posten. Der Beamte der KriminalPolizei, den Rugge zu ihr schickte, vermochte ihr keinen der gewünschten Aufschlüsse zu geben; (deren sie ja auch eigentlich nicht länger bedurfte). Dafür gab sie-ihrerseits dem Detektiv einige Informationen über Madame Caumartin. –

Eines schönen Tages, gegen Abend, ward sie durch einen Besuch Onkel Sam's überrascht. Er sprach bei ihr vor, angeblich um ihr für ihre Freundlichkeit gegenüber seinem Neffen-Paten zu danken; und sie gleichzeitig zu bitten, es nicht übel zu nehmen, wenn er neulich grob zu Mr. Losely gewesen sei; (Der, wie er von Dolly erfahren habe, ihr besonderer Freund wäre). –

:»Seh'n Sie, Ma'am; Samuel Dolly ist ein schwächlicher-junger Bursch, und leicht irre zu leiten. Aber, und das ist ein Glück für ihn!, Er hat weder das entsprechende Geld, noch den entsprechenden Magen. Das ist die Basis dafür, daß er noch beizeiten bereut; wenn ich ihm bloß ne Frau auftreiben könnte, die ihn managed!; denn er ist an sich kein flacher Kopf, hat begriffen, was die Hauptsache ist, und könnte durchaus 'n praktischer Mann werden. Ich hab ihm mehrfach gedroht, ihn ins Gefängnis zu schicken; aber das'ss natürlich nur, um ihm Angst zu machen – im Grunde möcht' ich ihn bloß sicher auf's Land spedieren, und eben da-gegen sperrt er sich. – Infolgedessen seh'ich mich genötigt zu sagen: ›Bungalow, Selbstgebrautes, und Hammelfleisch, Samuel Dolly. – Oder-aber Lonn'on-Kittchen; und SchuldnerKost!‹ – Man muß'm jungen Menschn ja ne Wahl lassen, gelt, liebe Dame?«

Da Mrs. Crane anmerkte, wie das, was er sagte, äußerst vernünftig wäre, wuchs Onkel Sam's Zutrauen weiter.

»Und ich dachte schon, ich hätte ihn soweit, – bis ich in seinem Krankenzimmer Mr. Losely antraf; aber von dem Tage an, ich weiß nicht wie das kommt, geht dem Jungen irgendwas im Kopf 'rum, was mir nicht entfernt gefällt – ganz durcheinander, möcht' ich meinen, liebe Dame – völlig durcheinander. Ich hab' diese alte Krankenschwester im Verdacht, daß Die Briefe hin und her trägt. Ich hab's ihr auf den Kopf zugesagt; worauf sie sofort auf die Bibel schwören wollte und dabei nach Gin roch – beides Dinge, die, zusammen gehalten, auf Schuldbewußtsein deuten.«

»Aber«, sagte Mrs. Crane, die sich plötzlich sehr zu interessieren begann: »wenn Mr. Losely und Mr. Poole auch miteinander korrespondieren, was weiter?«

»Eben das ist ja, was ich wissen möchte, Madam'. Sie entschuldigen, ich will Mr. Losely gar nicht zu nahe treten – 'n schneidiger junger Mann, geb' ich gern zu, und nichts Schlimmeres weiter. Aber dessen bin ich mir bombensicher, daß er Samuel Dolly irgendetwas in den Kopf gesetzt hat, woran Der übergeschnappt ist!: da ist der Junge Ihnen doch auf den Beinen, und komplett angezogen, (wo er ja ins Bett gehörte); und schwört, er würde ab morgen wieder zum alten Latham gehen, dieser Berg von Arbeitsrückständen laste ihm derartig auf'm Gewissen! Hab' ihn vordem noch nie von Gewissen reden hören – sieht ebenfalls nach Schuldbewußtsein aus! Ich kann ihn auch nicht länger damit erschrecken, daß ich ihm drohe, er müsse ins Gefängnis wandern für seine Schulden; und er hat's außerordentlich ängstlich, mich aus Lond'n rauszumanöverier'n; und als ich ein Wort über Mr. Losely hinwerfe, (so ganz schlau um die Ecke, gute Dame – bloß ma' um die Wirkung zu sehen), da wird er doch so weiß wie das Papier-da; und gleich darauf fängt er an, sich in die Brust zu werfen, und 'rumzustolzieren, und mir zu sagen: Mr. Losely würde ein Großer Mann sein; und er würde auch ein Großer Mann sein; und daß er nicht *so* viel nach meinem Gelde frage –: Geld?, Geld könnt' er kriegen so viel er wollte. Also wenn das nicht nach Schuldbewußt-

sein aussieht, liebe Dame! Und, oh!,« rief Onkel Sam, und rang die Hände ineinander: »ich fürchte immer, er trägt sich mit irgend-
-etwas Schlimmerem, als er sich je zuvor geleistet hat, und sein bißchen Gehirn kann das nicht bewältigen. Und, Madam', er hat solchen Respekt vor Ihnen!; und Sie Ihrerseits sind mit Mr. Losely befreundet – nehmen Wir bloß mal an jetzt, Mr. Losely habe sich etwas ausgedacht, was Eure flotten Sportsleute hierorts einen ›harmlosen Streich‹ heißen; und meiner Schwester Sohn, schwach von Kopf wie er ist, konstruierte das um, zu irgendwas Kriminellem. Oh, Mrs. Crane!: bitte gehen Sie und sprechen Sie mit Mr. Losely; und sagen Sie ihm, mit Samuel Dolly wär's nicht mehr richtig – nicht mehr richtig!«

»Erheblich besser, wenn ich mich 'mal zu Ihrem Neffen verfügte«, sagte Mrs. Crane; »und zwar werd' ich das sofort tun, wenn Sie gestatten. Aber lassen Sie mich mit ihm allein sprechen. Wo kann ich, anschließend dann, Sie treffen?«

»Im ›Gloucester KaffeeHaus‹. Ach meine liebste beste Dame, wie kann ich Ihnen je genug danken! Ihnen kann der Junge ja weiter nichts sein; aber für mich ist er schließlich meiner Schwester Sohn – der Lump, der!«

## 17. Kapitel

*Dices laborantes in uno*
*Penelopen vitreamque Circen!*
Horaz.

Mrs. Crane traf Poole in seinem kleinen, rundherum mit Stichen und Drucken von OpernBalletteusen, PreisBoxern, Rennpferden, auch dem Hund Billy, behangenen Wohnzimmerchen an. Samuel Dolly war in vollständigem GesellschaftsAnzug. Seine Wangen, normalerweise so blaß, schienen erheblich gerötet. Er befand sich unverkennbar im Zustand höchster Erregung; verbeugte sich äußerst tief gegen Mrs. Crane, und nannte sie Gräfin; erkundigte sich, ob sie in letzter Zeit auf dem Kontinent gewesen sei, und Madame Caumartin kenne?; auch, ob der Adel von Sankt Petersburg fidel sei, oder aber hochnäsige Gesellen, mit vornehmem Getue?; – ohne jedoch ihre Antwort irgend abzuwarten. Tatsächlich; sein Geist befand sich fraglos in Verwirrung.

Arabella Crane legte ihm, unvermittelt, die Hand auf die Schulter. »Ihr seid auf dem Weg zum Galgen.«, sagte sie, ohne Übergang. »Nieder auf die Knie!: beichtet mir Alles; und ich will Euer Geheimnis bewahren, und Euch retten. Lügt – und Ihr seid verloren!«

Worauf Poole in Thränen ausbrach; und in die Knie ging, wie er es geheißen worden war.

Binnen 10 Minuten wußte Mrs. Crane Alles, woran zu wissen ihr gelegen war; hatte sich der Briefe Losely's bemächtigt; ließ Poole mit leichterem Herzen und weniger schwindelköpfig zurück; und eilte ihrerseits zu Onkel Sam, ins ›Gloucester KaffeeHaus‹. –: »Schafft Euren Neffen, heut Abend noch, aus der Stadt; und laßt ihn innerhalb der nächsten sechs Monate nicht aus den Augen. Und merkt auf: ein braver Mann wird er niemals sein; aber Ihr könnt ihn vermutlich vor den GefängnisSchiffen retten. Tut das. Folgt meinem Rat.« Ehe Onkel Sam noch antworten konnte, war sie schon wieder fort.

Als nächstes verfügte sie sich in die Privatwohnung jenes Detektiv's, mit dem sie bereits zuvor konferiert hatte – dies Mal mehr um Informationen zu empfangen, als zu erteilen. Noch war keine halbe Stunde nach dem Interview mit ihm verstrichen, als Arabella

Crane auch schon in der Straße Posto gefaßt hatte, wo das Show-Haus von Madame Caumartin sich befand. – Die StraßenLaternen waren inzwischen angegangen – die Straße selbst, schon bei Tag' ausgesprochen ruhig, wirkte relativ-verlassen. Sämtliche Fenster im Haus der Französin waren abgedichtet, mit Läden und Vorhängen; ausgenommen das StockWerk, wo der Salon sich befand: von dem--aus strömten die Lichter drinnen über einen Balkon, gedrängt voll greller Pflanzen – (einer der FensterFlügel stand parziell-offen) – und von Zeit-zu-Zeit ließ sich, von da-aus wo die SchildWächterin starrte, eine hinter Musselin-Draperien flanierende Gestalt gewahren; beziehungsweise der Schall eines lauteren Gelächters. In ihrer dunkelgrauen Tracht, und dem noch düstereren Mantel, stand Arabella Crane regungslos da, die Augen unverwandt auf jene Fenster geheftet. Wenn, was selten geschah, ein Fußgänger an ihr vorbeieilte, wandte er sich unwillkürlich, zu einem Blick in das Gesicht einer so Stillen; und anschließend, ebenso unwillkürlich, zu einem zweiten, nach dem Haus, zu dem dieses Gesicht gehoben war. Und kein Beobachter so unneugierig, daß er nicht die ein- oder andere Vermutung angestellt hätte, welche Art von Übel für das Haus diese düsteren unguten Augen, die es mit einer derart konzentrierten Drohung bewachten, wohl anzeigen möchten. So verblieb sie; obschon sie sich, zuweilen, von ihrem Posten fortbewegte, aber nur wie eine Schildwacht von dem seinigen: ein paar Schritt hin, ein paar her, bis zurück zum selben Fleck, dann wieder Bewegungslosigkeit; so verblieb sie, stundenlang. Der Abend sank tiefer und ward zur Nacht – die Nacht wuchs und verstrich, bis nahe zur MorgenDämmerung; sie stand noch immer in der Straße dort, und hatte die Augen noch immer auf jenes Haus gerichtet. Endlich öffnete sich, geräuschlos, die Haustür – ein hochgewachs'ner Mann kam, leichten Schritts, herausgetänzelt, und summte dazu die Melodie eines munteren französischen Chansons vor sich hin. Da er geradeswegs auf die Stelle zu kam, wo Arabella Crane die Wacht hielt, brauchte sie aus ihrem dunklen Mantel nur den langen Arm mit der mageren Hand hervorzustrecken, und ihn fest zu halten. Er fuhr zusammen; dann erkannte er sie.

»Ihr hier?!« rief er –: »Ihr? – zu solcher Stunde? – Ihr!«

»Ja, ich, Jasper Losely; um Euch zu warnen. Morgen werden Polizisten und Justizbeamte dies verfluchte Haus betreten. Morgen wird diese Frau – nicht ihrer schlimmsten Verbrechen wegen, da sind die Paragraphen geschickt umgangen worden; wohl aber für ihr geringstes, wegen dessen das Gesetz sie niederhetzen kann – eine Gefangene sein . . .: Nein! – Ihr werdet nicht umdrehen, sie zu warnen, wie ich Euch gewarnt habe« (denn hier hatte Jasper sich losgerissen, und wieder ein paar Schritte gegen das Haus hin getan): »beziehungsweise falls Ihr es tut, teilt Ihr ihr Schicksal. Dann laß ich Euch fallen.«

»Was wollt Ihr damit sagen?«, fragte Jasper; und hielt doch lieber inne, bis sie, lang-langsamen Schritts ihm wieder zur Seite war. »Sprecht deutlicher: wenn die arme Madame Caumartin irgendwie in die Klemme geraten sein sollte, (was ich für nicht sehr wahrscheinlich halte), was hätte dann ich damit zu tun?«

»Die Frau, die Ihr ›Caumartin‹ nennt, ist aus Paris geflohen, um sich der dortigen Gerichtsbarkeit zu entziehen. Man hat sie aufgespürt; die Französische Regierung hat ihre Auslieferung beantragt – Hoh! – Ihr lächelt? – das berührt Euch nicht weiter.«

»Allerdings nicht.«

»Aber es liegen außerdem Klagen von Englischen Kaufleuten gegen sie vor; und wenn nachgewiesen werden sollte, daß Ihr sie unter ihrem wahren Namen kanntet – diese infame Gabrielle Desmarets – wenn also nachgewiesen werden sollte, daß Ihr die von ihr gestohlenen französischen Banknoten, hier in Umlauf gebracht habt – daß Ihr ihr Komplize dabei wart, für sie, unter ihrem falschen Namen, Waren zu beschaffen – daß Ihr Euch an ihren Räubereien mit-bereichert, ihr bei ihren hiesigen Schwindeleien hilfreiche Hand geleistet habt: werdet Ihr, obwohl vielleicht sicher vor dem französischen Gesetz, auch sicher vor dem englischen sein? Möglich, daß Ihr unschuldig seid, Jasper Losely; gut, dann habt Ihr nichts zu fürchten. Möglich aber auch, daß Ihr schuldig wäret: dann verbergt Euch!; oder besser, kommt mit mir.«

Jasper hielt inne. Sein erster Impuls war, Mrs. Crane blindlings zu vertrauen; nicht 1 Moment zu verlieren; sich vielmehr die Ratschläge bezüglich Verstecken oder Flucht, die eine der seinigen so turmhoch überlegene Intelligenz ihm eingab, unverzüglich zu Nutze zu machen. Aber da ihm plötzlich einfiel, wie Poole sich anheischig gemacht hätte, jenen Wechsel über 1000 £ am nächsten Tag zu beschaffen – daß also, wenn schon Flucht erforderlich würde, noch die Chance einer Flucht mit vollen Taschen bestünde – bewirkten seine angeborne Verwegenheit, im Verein mit seiner damit gekoppelten Raffgier, daß er sich am Ende doch entschloß, den Aufschub von zumindest ein paar Stunden zu riskieren. Und war es, in letzter Instanz, nicht sogar möglich, daß Mrs. Crane übertrieb? Handelte es sich nicht hauptsächlich um den Rat eines eifersüchtigen Frauenzimmers? »Bitte«, sagte er, im Weitergehen; und flinke scharfe Blicke auf sie heftend, wie sie da so an seiner Seite dahinschritt –: »bitte, wieso habt Ihr eigentlich all diese Einzelheiten in Erfahrung gebracht?«

»Über einen KriminalPolizisten; ursprünglich eingesetzt um Sophie ausfindig zu machen. Beim Konferieren mit ihm fiel organisch auch der Name Jasper Losely, als der ihres gesetzlichen Beschützers: und bereits da war dieser Name bekannt, als in Verbindung mit dem Namen der falschen Caumartin. Solchermaßen hat, indirekt, das Kind das Ihr diesem WeibsStück ausliefern wolltet, Euch davor bewahrt, Deren schmachvolles Los zu teilen.«

»Quatsch! Sprüche!«, gab Jasper verstockt zurück; ob er sich schon unter ihren Worten ein bißchen in den Schultern wand: »ich seh', wenn ich's recht überlege, immer noch nicht ein, wieso mir was bewiesen werden könnte. Ich hab schließlich nicht die Verpflichtung zu wissen, ob und wieso eine Lady ihren Namen ändert, oder wie sie zu ihren Geldmitteln kommt. Und was ihr Soll bei den Krämern anlangt? – nich' der Rede wert; das Meiste, was sie gekriegt hat, ist bezahlt – und das noch nicht Bezahlte, beträgt weniger als der Wert ihrer Effekten. Pah! so-leicht jagt man mich nicht ins Bockshorn – trotzdem bin ich Euch natürlich überaus verbunden. Aber geht nur jetzt nachhause; 's schrecklich spät schon. : Gut' Nacht; oder vielmehr Guten Morgen.« –

–: »Jasper. Merkt auf: falls Ihr diese Frau noch einmal wiederseht – falls Ihr versuchen solltet, sie zu retten oder abzuschirmen –: ich erfahr'es; und Ihr habt dann, in Mir, Euern letzten Freund verloren – Eure letzte Hoffnung – die letzte rettende Planke in einer alles-verschlingenden See!«

Und so feierlich-nachdrucksvoll waren diese letzten Worte gesprochen, daß sie das verhärtete Herz des ruchlosen Mannes doch irgendwie durchdrangen. –: »Ich hab' durchaus nicht den Wunsch, sie abzuschirmen oder zu retten«, sagte er; mit einer Aufrichtigkeit, wie sie nur die Selbstsucht verleiht. »Und nach Allem was Ihr Mir hier so mitgeteilt habt, würde ich genauso gern einen Brander betreten als dieses Haus-da. – Aber laßt mir noch ein paar Stunden zum Überlegen: was am Besten zu tun wäre.«

»Ja; überlegt das – Ich werd'Euch unterdes erwarten; : bis-morgen.«

So ging er seines Weges, die ZwielichtStraßen davon, hin zu einem neuen Logis, das er sich ermietet hatte, unfern des Show-Hauses. – Sie ihrerseits, zog den Mantel enger um ihre knochige Gestalt; schlug die entgegengesetzte Richtung ein; und entschwand, durch noch-einsamere Gäßchen; bis sie ihre HausThür erreicht hatte; und zurück bewillkommnet ward, von Bridget, der Getreuen.

## 18. Kapitel

*Die Hoffnung erzählt Mr. Rugge eine entzückende-schmeichlerische Geschichte. / Er wird durch einen Anwalt eines besseren belehrt, und seiner Trauer überlassen; täuscht jedoch, obschon unbewußt, seinerseits auch den Anwalt; und der Anwalt wiederum täuscht seinen Klienten – was 6 Schilling 8 pence in die Tasche des Anwalts bedeutet.*

Am folgenden Morgen war Arabella Crane kaum angekleidet, als auch schon Mr. Rugge an ihre Tür klopfte. Den Tag zuvor hatte der Detektiv ihn davon unterrichtet, wie die Ermittlungen ergeben hätten, daß William und Sophie Waife nach Amerika abgefahren seien. Wie toll war der unselige Direktor davongestürzt, zum Büro der DampfbootLinie; wo man ihm Einsicht in die Passagierlisten gestattete, aus denen sich die verhaßte Kunde jedoch nur bestätigte. Wie zum Spott auf seinen Zustand der Beraubtheit und des Betrogenseins, fand er, bei seiner Rückkehr, zuhaus' ein höfliches Schreiben von Mr. Gotobed vor, worin er aufgefordert ward, doch gelegentlich im Büro dieses renommierten Anwalts vorzusprechen, in Sachen einer jungen Schauspielerin namens Sophie Waife, und es war angedeutet, ›daß ein solcher Besuch möglicherweise von Nutzen für ihn sein könnte.‹ Einen wirr-verwilderten Augenblick lang überließ er sich dem Traum, wie Mr. Losely das Gewissen geschlagen, und er diesen Anwalt damit beauftragt habe, ihm seine 100 £ wieder zurückzuzahlen; stürmte unverzüglich nach Mr. Gotobed's Büro; und ward auch sogleich zur Audienz bei dem betreffenden majestätischen Praktikus zugelassen.

»Sie entschuldigen, Sir« begann Mr. Gotobed mit formvoller Höflichkeit: »aber ich habe da zufällig vor einigen Tagen von meinem BüroVorsteher gehört – der es seinerseits, und nicht minder zufällig, von einem Sportsfreund erfahren hat – daß bei Ihnen, in Humberston, während der Rennwoche, eine junge Schauspielerin öffentlich aufgetreten ist, auf den ProgrammZetteln (hier habe ich g'rade einen) als ›Juliet Araminta‹ bezeichnet; und die Sie, wie ich mir habe sagen lassen, auch zuvor schon, in Surrey und andernorts, dem Publikum vorgestellt hatten; aber es hieß dann, sie hätte jenes frühere Engagement gekündigt, und, zusammen mit ihrem Großvater, William Waife, Ihrer Bühne den Rücken gekehrt. Nun bin ich von einem ausgezeichneten Klienten, der sehr wohlhabend ist, und sich aus Gründen reiner Mildtätigkeit für die genannten William und Sophie Waife interessiert, beauftragt worden, den Aufenthalt der Beiden ausfindig zu machen. Wollen Sie deshalb die Freundlichkeit haben, das Kind meiner Obhut zu übergeben, und mich außerdem von der Anschrift des Großvaters, falls er nicht auch bei Ihnen sein sollte, in Kenntnis zu setzen; und, ohne erst weitere Instruktionen von meinem Klienten, der sich im Ausland befindet, abzuwarten, will ich es über mich nehmen und Ihnen versprechen, daß Sie für jegliches Opfer, das der Verlust Ihrer jugendlichen Aktrice mit sich führen könnte, aufs großzügigste entschädigt werden sollen.«

»Sir«, rief Rugge, ebenso erbärmlich wie unklug, »ich habe 100 £ für dieses HöllenKind gezahlt – ein Engagement auf drei Jahre – und ich bin beraubt worden! Erstatten Sie mir meine 100 £ wieder; und ich will Ihnen mitteilen wo sie ist, und ihr schnöder Großvater nicht minder.«

Als der bedächtige Anwalt vernahm, wie sich da ein so übler Leumund verschwenderisch über die – der uneigennützigen Nächstenliebe seines Klienten empfohlenen – Gegenstände ergoß, zog er seine pecuniären Fühlhörner prompt ein.

»Mr. Rugge«, sagte er, »ich entnehme Ihren Worten, daß Sie dieses Kind Sophie, *alias* Juliet Araminta, mir nicht zu getreuen Händen zu übergeben imstande sind – Sie verlangen lediglich 100 £ für die bloße Angabe, wo sie sich befindet. Haben Sie irgend einen juristischen Anspruch auf sie?«

»Und wie, Sir!; sie ist mein Eigentum.«

»Dann ist es aber auch mehr als klar, daß, obschon Sie vielleicht wissen mögen *wo* sie ist, Sie dennoch nicht von sich aus an sie heran können; sie ergo mir auch nicht zu getreuen Händen übergeben könnten. – Ist sie vielleicht-ä – im Himmel?«

»Zum Henker mit ihr!, nein Sir! – : in Amerika!; beziehungsweise auf dem Seeweg' dorthin.«

»Sind Sie sich dessen ganz sicher?«

»Ich komme recte vom Büro der DampferLinie; und habe ihre Namen in den Listen dort mit eignen Augen gesehen – ›William und Sophie Waife; vergangnen Donnerstag in Liverpool eingeschifft‹.«

»Und sie waren ein Engagement mit Ihnen eingegangen? – hatten Ihr Geld entgegengenommen? – haben das erstere gebrochen; sind mit dem zweiten flüchtig geworden?. Schlechter Schlag Menschen, allerdings.«

»›Schlecht!?‹ : das kann man wohl sagen – ein Verein von Schwindlern, so Kind wie Kegel! – Und dazu diese Undankbarkeit!«, fuhr Rugge fort,: »Ich bin diesem Kind' mehr als ein Vater gewesen –« (hier begann er förmlich zu wimmern): »einst hatt'ich selbst ein Kind meiner eignen Lenden – (starb beim Zahnen, in Krämpfen). Und ich hatte mir geschmeichelt, jenes Kind möchte, vikariierend, für es eintreten können: was hab' ich nicht vom Großen Theater zu York geträumt!; aber . . .«, hier versiegte seine Stimme in der KleinGefaltetheit eines wundersam-schmutzigen, dazu auch noch roten, Taschentuches.

Mr. Gotobed, der nunmehr indes Alles erfahren hatte, was zu erfahren er wünschte, und der nicht direkt ein weichherziger Mann war (Anwälte ersten Ranges sind das selten), zog, an dieser Stelle angelangt, seine TaschenUhr heraus, und sagte . . .

:»Sir-ä; man hat Ihnen, wie ich merke, äußerst übel mitgespielt. Dennoch muß ich Ihnen einen Guten Tag wünschen – ich bin in die City bestellt. Zu Ihren 100 £ kann ich Ihnen leider nicht verhelfen; aber wenn Sie vielleicht diese Kleinigkeit« (eine 5-£-Note) »annehmen wollten, für die Zeit, die Sie geopfert haben . . .« – (energisch klingelnd) – »ä-Portier? –: zeigt diesem Herrn, wo es hinaus-geht.«

Am gleichen Abend noch diktierte Mr. Gotobed einen ausführlichen Brief an Guy Darrell, in dem zu lesen stand,: wie er, nach erheblicher Mühwaltung und ausgedehnten Recherchen, so glücklich gewesen sei, zu ermitteln, daß es sich bei dem WanderSchauspieler plus dem Kleinen Mädchen, die Mr. Darrell so menschenfreundlich seinen Nachforschungen empfohlen habe, um äußerst zweifelhafte

Gestalten handele; die sich denn auch nach den Vereinigten Staaten davon-gemacht hätten; wie das, zum Glück für Alt-England!, dessen zweifelhafte Gestalten zu tun tendierten.

Dieser Brief erreichte Guy Darrell, als er schon weit weit fort war, inmitten des heruntergekommenen Pomps einer alten italiänischen Stadt; und Lionels Geschichte von jenem kleinen Mädchen, seinen düsteren Gedanken nicht mehr sehr gegenwärtig war. Natürlicherweise nahm er an, daß der Junge durch ein hübsches Gesichtchen, und sein eigenes gutes aber unerfahrenes Herze hintergangen worden sei: und folglich, und folglich – ja, wie eben die Hälfte aller Bemühungen von Leuten, welche die mit Arbeit verbundene Ausführung ihrer humanen Absichten Andern anvertrauen, folglich endet! Die Schalen irdischer Gerechtigkeit werden nämlich in ihrem schwankenden-schwebenden Gleichgewicht mit nichten durch dicke ZentnerStücke erhalten; sondern vermittelst infinitesimaler Körnlein, die genau zurechtzulegen, oder anders zu verteilen, es der behutsamsten Vorsicht bedarf – der bedächtigsten Geduld – der feinsten zartesten Hand. Wenige unserer Irrtümer, ob von der Nation begangen, ob vom Individuum, entspringen ja einer direkten Absicht, ungerecht zu sein – die meisten von ihnen resultieren aus Trägheit; oder der Unfähigkeit, sich mit den Mühsalen des Gerechtseins herumzuschlagen. Es mag durchaus sein, daß bei einer Rückschau unseres Gewissens, wir uns durch aktive BegehungsSünden nicht übermäßig beschwert empfinden – groß sind sie, und augenfällig auch; und wir haben sie eingestanden, betrauert bedauert, sie auch möglicherweise gesühnt. UnterlassungsSünden dagegen, so verschleiert inmitten unsrer turbulenten stündlichen Emotionen, – überblendet, vermengt-verworren, unwahrgenommen während der konventionellen Routine unseres Daseins – Ohweh! könnten *diese* plötzlich aus ihrer Schattenhaftigkeit auftauchen, sich zusammenscharen in gedrängter Masse zu anklagender Formation – ohweh, ohweh! würde nicht der Beste von uns auffahren in Bestürzung?, nicht der Stolzeste sich willig demütigen vor dem Thron der Barmherzigkeit!

## 19. Kapitel

*Dessenungeachtet kehrt die Freude bei Mr. Rugge wieder ein; und über Mrs. Crane wird Hoffnung verhängt. Eine sehr gut-aussehende Hoffnung nebenbei – 6 Fuß 1 – stark wie Achill, und nicht minder schnellfüßig.*

Aber wir haben Mr. Rugge einfach vor Mrs. Crane's Tür stehen lassen;: bitte, herein. Und er platzt förmlich in ihr Wohnzimmer, und wischt sich die Stirn –

: »Madam', sie sind weg! nach Amerika! –.–«

»So hab' ich gehört, ja. Sie haben den durchaus berechtigten Anspruch auf Zurückerstattung Ihres Geldes . . .«

»›Berechtigten Anspruch‹ natürlich – aber . . .«

»Dort ist es; händigen Sie mir den Kontrakt über die Dienstverpflichtung des Kindes aus.«

Rugge schaute auf ein Röllchen Banknoten, und wollte kaum seinen Augen trauen. Seine Hand schoß nach vo . . . und die Scheine wichen zurück, wie der Dolch in ›Macbeth‹ – »Erst den Kontrakt«, sagte Mrs. Crane. Rugge zog seine schmierige Brieftasche heraus, und entnahm ihr den wertlosen Vertrag:–

»Künftighin also«, sagte Mrs. Crane, »habt Ihr keinerlei Recht mehr, Euch zu beklagen; und ob das Mädchen Euch jemals wieder in den Weg kommt oder nicht: Euer Anspruch auf sie hat aufgehört.«

»Die Götter sei'n gepriesen! ja, Madam', so ist es; ich hab' auch vollkommen genug von ihr gehabt. Aber Sie sind, jeder Zoll, eine Lady; erlauben Sie mir noch, hinzuzufügen, daß ich Sie auf meine FreikartenListe setze; auf Lebenszeit.« –

Als Rugge gegangen war, beschied Arabella Crane, Bridget zu sich.

»Mein', Miss!«, rief Bridget, naiv-impulsiv: »das soll aber Einer glauben, daß Sie sich die ganze Nacht rumgetrieben haben!: ich hab' Sie seit Jahren nich mehr so gut-aussehen sehen!«

»Achja«, sagte Arabella Crane; »ich will Dir auch verraten, wieso: ich hab' etwas getan, von dem ich viele Jahre hindurch gemeint habe, ich würd' es nie wieder tun – eine Gute Tat. Dies Kind-da – diese Sophie – kannst Du Dich erinnern, wie unbarmherzig ich sie traktiert habe?«

»Oh, Miss; nu fang'n Sie nich noch an, sich *des*wegen Schuld zu geb'm: Sie haben ihr zu essen gegeben, und anzuziehen; als ihr leiblicher Vater, der Lump, sich ihrer einfach entledigt, und sie Ihnen aufgehalst hat – von allen Leuten *ausgerechnet-Ihnen!*. Wie hätten *Sie's* wohl herzen und küssen sollen, sein Kind – der-ihr Kind!?«

Mrs. Crane hing düster den Kopf. »Was vergangen ist, ist vergangen. Es ist jedenfalls mein Kismet gewesen, dies Kind zu retten; und mir ist, als wäre ein Fluch von meiner Seele genommen. – Hör mich jetzt an. Ich werde London – vermutlich sogar England – wohl noch heut Abend verlassen. Du wirst Dich um dies Haushier kümmern; es muß jeden Augenblick intakt sein, für den Fall daß ich zurückkomme. Der Agent, der die Mieten einkassiert, wird Dir, je nach Bedarf, Geld geben: knapps Dir nichts ab, Bridget. Ich hab schließlich gespart, und gespart, und gespart, viele-traurige Jahre lang – es war ja sonst nichts, was mich interessiert hätte – und ich bin wohlhabender, als ich scheine.«

»Aber wo gehen Sie denn hin, Miss?«, fragte Bridget; die sich jetzt langsam aus der HalbBetäubung erholte, in die sie die Ankündigung ihrer Gebieterin versetzt hatte.

»Ich weiß es nicht – ist mir auch gleich.«

»Oh himmlische Gestirne! ist es mit diesem schrecklichen Jasper Losely?! – achja, achja! – Sie sind ja verrückt, Miss; Sie sind behext!«

»Durchaus möglich, daß ich verrückt bin – vielleicht auch behext; aber ich addiere halt das Leben dieses Mannes zu meinem-hinzu; als eine Art Buße, für all das Übel, das in meinem je vorgekommen ist; und vor 1 oder 2 Tagen noch, hätt'ich womöglich, voller Wut und Scham, gerufen: ›Ich kann nicht dafür; ich bin mir selbst zum Graus, daß ich danach frage, was aus ihm wird!?‹. Heute, ohne Wut und ohne Scham, sage ich schlicht: ›Der Mann, den ich einmal derart geliebt habe, soll, falls ich's irgend hindern kann, nicht am Galgen sterben!; und, helf der Himmel,: ich *werd's* verhindern!‹.«

Das grimme Weib verschränkte die Arme über der Brust, und wie sie so den Kopf zu seiner vollen Höhe emporrichtete, da lag über ihrem Antlitz und ganzen Wesen eine strenge, finst're Größe, die wohl niemand ohne eine gemischte Empfindung von Mitgefühl und Ehrerbietung hätte ansehen können.

»Geh nun, Bridget; was zu sagen war, ist gesagt. Er will bald hier sein; er wird kommen – er muß kommen – er hat keine andere Wahl; und dann – und dann . . .« Sie schloß ihre Augen, senkte das Haupt, und schauderte.

Arabella Crane hatte, wie gewöhnlich, Recht mit ihrer Voraussage. Vor Mittag noch kam Jasper an – kam an, nicht mit seinem sonstigen, prahlerisch wiegenden Gang, sondern mit jenem schiefen sinistren Dreinschauen – dem Dreinschauen des Mannes, der von der Welt ›geschnitten‹ wird – das seinen frühern, angestammten Platz auf seinem Gesicht, triumphierend wieder eingenommen hatte. Madame Caumartin war verhaftet worden; Poole mit Onkel Sam zusammen aufs Land gegangen; vor der Tür seines eignen Logis hatte Jasper einen Polizeibeamten erblickt. Da schlich er sich fort aus den vornehmen Verkehrsstraßen – schlich in die entlegnen Winkel von Podden Place – schlich in Arabella Crane's adrettes Wohnzimmer; und sagte mürrisch: »Alles schief gegangen. Hier bin ich.«

* *
*

Drei Tage später, in einer stillen Straße in einem stillen Belgischen Städtchen – von der Sorte, wo ein Gauner, der es unternommen hätte, von seiner Profession leben zu wollen, sehr bald zum Skelett geworden wäre – in einer geräumigen, luftigen Wohnung, deren Fenster auf eine prächtige Straße (allerdings das Gegenteil von ›belebt‹) hinausgingen, saß Jasper Losely; sicher, unschädlich, und zutiefst unglücklich. In einem andern Hause, dessen Fenster – denen von Jasper's Wohnzimmer genau gegenübergelegen – von einem etwas höheren Stockwerk aus einen so guten Einblick in dasselbe gewährten, daß es ihn einer Überwachung unterstellte, ähnlich derjenigen, wie sie Mr. Bentham in seinem Panoptikon, dem neuen ReformGefängnis, vorgesehen hat, saß Arabella Crane. Was immer ihre wahren Gefühle gegenüber Jasper Losely sein mochten, (und welcher Art diese Gefühle waren, das maßgeblich zu definieren kann keine männliche Feder sich herausnehmen; denn hat wohl je der Mann gelebt, der eine Frau gründlich – aber schon wirklich umfassend-gründlich – verstanden hätte?); oder wie weit auch immer, in früheren Jahren, Gelübde ewiger Liebe gegenseitig ausgetauscht worden sein mochten – von dem Tage an, da Jasper, nach seiner Rückkehr zu den heimischen Gestaden, sich in Podden Place eingefunden hatte, war ihr Umgang nicht allein auf die Grenzen nüchternster Freundschaft reduziert gewesen; sondern nachdem Jasper auf so rohe Weise die Hand abgelehnt hatte, die ihn jetzt fütterte, war Arabella Crane vermutlich die Einsicht gekommen, daß ihre einzige Chance, wenigstens die geistige Gewalt über sein gesetzloses Wesen zu behalten, den absoluten Verzicht auf jede Hoffnung oder jegliches Projekt notwendig machte, das sie aufs Neue seiner Verachtung ausgesetzt hätte. Also waren, sowohl um Schein und Sein in Einklang zu bringen, als auch den äußeren Anstand zu wahren, getrennte Haushalte eine wesentliche Voraussetzung zur Aufrechterhaltung jener Autorität, womit die förmliche strenge Art und Weise ihres Verkehrs miteinander sie bekleidet hatte. Die zusätzliche Ausgabe strengte ihre pecuniären Hilfsquellen freilich an; aber sie sparte an ihrer eigenen Bequemlichkeit, um Jasper ja keinen Grund zu liefern, sich über etwelche Einschränkungen der seinigen zu beklagen. Da saß sie also an ihrem Fenster, selbst ungesehen, und betrachtete ihn in seiner Einsamkeit-gegenüber; für sich selber ein steriles OpferLeben akzeptierend; aber gleichzeitig die eifersüchtige Schildwacht über das seinige. Sie sann nach, während sie so dasaß, und ihr Auge auf ihm rastloste – sann nach, was für Beschäftigungen sie erfinden könnte, mit den bestechendsten geldlichen Vorteilen, die sie heimlich zahlen würde, für diese starken Hände da-drüben, die notfalls einen Ochsen hätten fällen können; aber wenn es darum ging, sein Geld auf ehrliche Weise zu verdienen, völlig entnervt waren – und für diesen rastlosen Geist, der nach Betätigung hungerte, mit der Verdauung eines Straußes was Würfelspiel und Bauchlust, Rabbatz und Schwindel betraf; aber zimpferlich wie ein erschöpfter Magen-Schwächling, sobald es sich um ein unschuldiges Vergnügen, 1 ehrsamen Handgriff handelte. Aber wenn eine Frau, solchen Formats, beständig auf Mittel sinnt, einen abscheulichen Mann vor GefängnisSchiff oder Strick zu bewahren, Wer darf sich da schon erkühnen zu sagen, daß Der keinerlei Chance habe? Der hat durchaus eine Chance!, bloß eben – Was wird er damit machen?

# V. BUCH

## 1. Kapitel

*Neid kann zur Wissenschaft werden, sobald er den Gebrauch des Mikroskopes lernt.*

Wenn die Blätter fallen und die Blumen welken, dann sind die vornehmen Leute auf ihren Landsitzen anzutreffen. Sehen Sie? —: das-dort ist Montfort Court! Eine Lokalität von königlicher Großartigkeit; das heißt, soweit Ausdehnung der Baulichkeiten und Umfang der Liegenden Gründe den Stolz eines Besitzers befriedigen, oder den Besucher mit dem Respekt erfüllen können, der dem Reichtum und der Macht gebührt. Ein Künstler freilich hätte nichts daraus machen können. Das Kostspielige überall — das Malerische nirgendwo. Das Schloß war unter der Regierung Georgs I. erbaut, da man zuerst mit jenem Horror vor dem Schönen anfing, als etwas, das gleichsam schlechten Geschmack bekunde; eine Einstellung, die, unsrer angeborenen Liebe zum Fortschritt entsprechend, denn auch unter den Regierungen der nachfolgenden George fortschreitend weiter-entwickelt worden ist. Eine enorme Fassade — aus stumpfbraunen Ziegeln — zwei Flügel und ein Mittelbau, mit doppelter Freitreppe von der WagenAuffahrt bis hinauf zum Portal der großen Halle. Bäumen war nicht erlaubt worden, allzunah am Hause zu wachsen; vor der Front nur eine pompöse Ebene, mit steinernen Balustraden. Aber wohin das Auge sich auch immer richtete, nichts war zu erblicken als Park — Meilen auf Meilen von Park; nicht ein Kornfeld in Sicht — nicht ein HausGiebel — nicht ein Kirchtürmlein — nur immer diese *lata silentia* — stille Rasen-Gebreite; und, etwas sehr dünn-vereinzelt und entfernt, die bekannten Gehölze von riesigen Bäumen. Die ganze Aussicht so gedehnt und einförmig, daß es Einen nie in Versuchung brachte, einen

Spaziergang zu unternehmen. Keinerlei poetisches Dickicht in nächster Nähe, in das man sich hätte verlieren können, ungewiß wo man wohl wieder herauskommen werde; kein geschlängeltes Flüßchen, dessen Lauf man hätte folgen können. Das Rotwild selbst, fett und schwer, schien gelangweilt von WeideGründen, zu deren Durchquerung es eine Woche benötigt hätte. Leute von mäßigen Glücksumständen und frugal im Wünschen, waren nie neidisch auf Montfort Court; sie bewunderten es, sicher – waren auch stolz, erwähnen zu können, daß sie es gesehen hätten – aber niemals sagte Einer,

: ›daß mir ein Heim wie dies entgegenlachte!‹

Nicht so die sehr – *sehr!* Vornehmen – *die* begehrten mehr, als daß sie bewunderten.: diese EichBäume, so mächtig und dennoch gänzlich ungeschwächt! – dieser Park, von mindestens 18 Meilen Umfang! – dieser solide Palast; der, ohne Schwierig- und Unbequemlichkeit, einen König und sein komplettes Gefolge, bewirten und unterbringen konnte! – kurzum, all diese Belege für ein wahrhaft fürstliches Territorium plus einem gewichtigsten PachtRegister, vermochten selbst englische Herzöge zu respektvollem Neid; und erregten in ausländischen Westentaschen-Potentaten eine höchst befriedigende Eifersucht.

Aber lassen Wir die Front Front sein; – öffnen Wir das FlachTor in dieser steinernen Balustrade – verfügen Wir Uns südlich, nach der GartenSeite des Schlosses. Lady Montfort's BlumenGarten. Ja; nicht ganz so geistlos! – Blumen, (sogar HerbstBlumen), beleben jeglichen RasenFleck. Immerhin auch wieder in so großem Maßstab und mit so wenig Abwechslung; so gar nichts von Geheimnis an diesen breiten Kiesgängen; nicht ein geschlängeltes Weglein irgendwo. Oh, daß ein normales SommerHäuschen auftauchte eine Laube, ganz Geißblatt und Efeu! Aber die Dahlien sind doch herrlich! Sehr wahr; nur sind Dahlien, bestenfalls, so uninteressante prosaische Dinger: welcher Poet hat wohl je eine Dahlie angedichtet? Sicherlich hätte Lady Montfort doch ein klein wenig mehr Geschmack hier aufwenden – ein bißlein Phantasie zeigen können! Lady Montfort?!: das Gesicht von Mylord hätt'ich sehen mögen, wenn Lady Montfort sich irgend dergleichen Freiheit herausgenommen hätte. Aber da ist ja Lady Montfort, wie sie grad jenen breiten breiten breiten Kiesgang langsam dahin geht – auf jeder Seite diese herrlichen Dahlien, in ihren Beeten umgeben von Rasen. Da geht sie hin, voll sichtbar aus all diesen 60 unbarmherzigen Fenstern der Gartenfront, und jegliches Fenster gleicht genau dem anderen. Da geht sie, sehnsüchtig nach dem fernen Ende schauend – (und s'ist ein weiter Weg bis da-hin) – wo sich glücklicherweise ein Pförtchen befindet, das einen ausdauernden Fuß-Wanderer außer Sichtweite der 60 Fenster, in schattige Gänge führt, und weiter zu den Ufern dieser unermeßlichen Wasserfläche, zwei Meilen vom Schloss' entfernt. Mylord ist noch nicht von seinen Mooren und Heiden in Schottland zurück – Mylady ist allein. Kein Besuch im Schloß – etwa wie wenn man sagte, ›Niemand Bekanntes in einer ganzen Stadt‹. Aber die Dienerschaft ist vollzählig. Obwohl sie allein diniert, könnte sie doch, wenn es ihr so beliebte, sich dabei von nahezu ebensoviel Domestiken beschauen lassen, als ihr jetzt Fenster aus den glasig-gespenstischen Augen auf ihrem einsamen Spaziergang hinterherstarren.

Just als Lady Montfort das Pförtchen gewonnen hat, wird sie von einem Besucher eingeholt, der raschen Schritts von der geschwungenen KiesAuffahrt am vorderen Eingang, wo er vom Pferde abstieg, herankommt – von wo er ihrer ansichtig geworden ist – Jeder, der dort abstieg wäre ihrer ansichtig geworden, er mochte wollen oder nicht: Gärten dieser GüteKlasse sind absichtlich so angelegt, daß feine Leute, die sich darin ergehen, auch gesehen werden können.

»Ah, Lady Montfort«, spricht der Besucher und stottert erbarmenswürdig, »ich bin ja so froh, Sie zu Hause anzutreffen.«

»Zuhaus, George –«, sagt die Lady, und streckt ihm die Hand entgegen; »wo anders sollte ich mit einiger Wahrscheinlichkeit wohl anzutreffen sein? Aber wie blaß Ihr ausseht! Was ist denn vorgefallen?«

Sie nahm auf einer Bank, unter einem Zedernbaum, unmittelbar außerhalb des Pförtchens, Platz; und George Morley, unser alter Freund, der Oxforder, setzte sich ihr zur Seite; vertraulich, aber doch mit einer gewissen Ehrerbietigkeit. Lady Montfort war ein paar Jahre älter als er – seine Cousine – und sie hatten sich seit ihren KinderTagen gekannt.

»Was vorgefallen ist –«, wiederholte er; »an sich nichts Neues. Ich komme eben von einem Besuch bei unserm guten Bischof zurück.«

»Er zögert doch nicht etwa, Euch zu ordinieren?«

»Das nicht – aber ich werde ihn von mir aus niemals darum ersuchen.«

»Mein lieber Cousin, seid Ihr da nicht über-gewissenhaft? Ihr würdet doch eine Zierde der Kirche sein; mehr als hinreichend in allem anderen, um die unfreiwillige Unterlassung 1 Pflicht zu rechtfertigen, die jeder Curat für Euch verrichten könnte.«

Morley schüttelte trüb' den Kopf. » ›1 unterlassene Pflicht‹ ! « , sagte er. »Aber ist es nicht genau *die* Pflicht, die den Priester vom Laien unterscheidet?, und wie weit reicht nicht gerade diese Pflicht? Wo immer eine Stimme erforderlich wird, die Schrift zu verkünden – nicht nur von der Kanzel; sondern zu Seiten des häuslichen Herdes; an Krankenbetten –: *da* hat der Pastor zu sein! – Nein – ich kann, ich soll, ich darf nicht! Untauglich als Arbeiter: wie kann ich seines Lohnes würdig sein!?«. Er brauchte lange, um diese Worte heraus zu bringen; seine Aufgeregtheit verstärkte sein Gebrechen noch. – Lady Montfort hörte ihn mit ausgesuchter Hochachtung, die sich in ihrem Mitgefühl kundtat, an; und machte dann selbst eine lange Pause, bevor sie antwortete. –

George Morley war der jüngere Sohn eines LandEdelmannes, mit einem hübschen Gut, das jedoch, wie üblich, auf den ältesten Sohn überzugehen hatte. George's Vater war einer der Busen-Freunde seines großen Verwandten, des Marquis von Montfort, gewesen, (des Vorgängers und AhnHerrn des gegenwärtigen Lords); und der Marquis hatte, seines gerechten Erachtens, insofern sattsam für George vorgesorgt, als er ihm, sobald er das entsprechende Alter erreicht haben würde, die Pfarrei Humberston, die einträglichste Pfründe, die er zu vergeben hatte, zuzusichern unternahm. Die betreffende Pfarrstelle hatte, während der letzten 15 Jahre, vikariierend, ein nunmehr sehr-alter Geistlicher innegehabt; unter der, durchaus-ehrlichen, Übereinkunft, daß er – falls George je die Weihen nehmen sollte – zum gegebenen Zeitpunkt zu dessen Gunsten darauf zu verzichten habe. Der Junge Mann, – solchermaßen, von frühester Kindheit an, praktisch für die Kirche bestimmt – widmete der Aussicht auf diesen Beruf all seine Studien, all seine Gedanken. Nicht vor seinem sechzehnten Jahre machte sein SprechFehler sich ernsthaft bemerkbar; und dann unternahmen SprachLehrer es, ihn zu kurieren – ohne Erfolg. Aber George's Geist fuhr fort, sich gänzlich in der Richtung zu bewegen, in die man ihn gewissermaßen so systematisch hinein-beeinflußt hatte. Als er die Universität Oxford bezog, verlor er sich gänzlich in deren akademischen Schatten: umringwallt von seinen Büchern, vergaß er seiner Behinderung beim Sprechen schier. Scheu, wortkarg und einsiedlerisch, befaßte er sich viel zu wenig mit Anderen, als daß sie ihm so recht deutlich zum Bewußtsein gekommen wäre. Er trug Preise davon – Auszeichnungen bei SchlußExamina. Als er von der Universität dann abging – ein grundgelehrter Theolog' – ein enthusiastischer Hochkirchler; erfüllt mit dem verantwortungsvollsten Gefühl für den erhab'nen Beruf des SeelenHirten – da war es geschehen, daß der Archimandrit seines College's, nach so manchem Kompliment, auch das geäußert hatte, :»Wie schade, daß Sie nicht in die KirchenLaufbahn eintreten können!«

»›Nicht können‹? – aber ich *trete* doch in die Kirchenlaufbahn ein.«

»Sie?! ist das möglich? Oder, ist Ihnen vielleicht schon eine Pfarre sicher ...?«

»Ja – Humberston.«

»Oh, eine großartige Pfründe; aber auch eine sehr starke Bevölkerung. Sicher; es ist ganz dem Ermessen des Bischofs anheim gegeben, und steht in seiner Macht, Sie zu ordinieren; und für all die betreffenden Pflichten könnten Sie sich schließlich einen Curaten halten. Dennoch ...«; der Professor ordinarius brach ab, und nahm eine Prise.

Dieses ›Dennoch‹ besagte, ebenso deutlich als Worte es gekonnt hätten: ›Das mag eine feine Sache für Sie sein; aber ist es auch recht und billig der Kirche gegenüber?‹

So wenigstens verstand George Morley die stillschweigende Bedeutung dieses ›dennoch‹; und sein Gewissen begann ihm beträchtlich zu schlagen. Er war ein Mann von durch und durch edlem Herzen; und sein Gewissen neigte dazu, umso empfindlicher zu reagieren, sobald weltliche Interessen sich versucherisch mit-einmischten. Mit dieser Pfarrstelle war er reich; ohne sie sehr arm. Aber eine Berufung aufzugeben, eine Idee, mit der er sich längst identifiziert hatte, mit aller Energie einer kraftvollen und eifrigen Natur, das hätte bedeutet, den ganzen Grundplan und Traum seines Daseins aufzugeben! Er blieb eine zeitlang unentschlossen; am Ende schrieb er dann an den derzeitigen Lord Montfort; machte ihn mit seinen Skrupeln und Zweifeln bekannt; und entband schließlich, seinerseits, den Marquis von jener Zusicherung, die Se. Lordschaft Vorfahr gegeben hatte. Nun war der derzeitige Marquis nicht der Mann, fähig derlei feine Bedenklichkeiten zu begreifen. Aber, vielleicht zum Glück für George und für die Kirche, wurden die auch nur einigermaßen wichtigen Angelegenheiten des Großen

Hauses Montfort nicht vom Marquis-selbst gehandhabt. Die Einflußnahmen auf's Parlament; die Vergebung der KirchenPfründen; auch die praktischen Direktiven an die untergeordneteren Verwalter auf den, mit dem Titel verknüpften, ebenso weitläufigen wie komplizierten Besitzungen, unterstanden zu jener Zeit der Leitung von Mr. Carr Vipont, einflußreiches Mitglied des Parlaments, und übrigens der Gatte jener Lady Selina, deren Herablassung seinerzeit Frank Vance, dem Maler, so auf die Nerven gefallen war. Mr. Carr Vipont verwaltete diese seine Vizekönigschaft entsprechend den Regeln und Traditionen, durch die das Haus Montfort groß und gedeihlich geworden war. Denn nicht bloß etwa jeglicher Staat, sondern auch jedes großherrschaftliche Haus hat seine erblichen politischen Maximen; das Haus Montfort nicht minder, als das Haus Habsburg. Nun war es eine der GrundsatzRegeln des Hauses Montfort, daß alle als solche anerkannten Mitglieder der Familie, einander zu helfen hätten; wie auch, daß das Haupt des Hauses niemals dulden dürfe, wenn es sich irgend vermeiden ließe, daß einer seiner Seitenzweige verfiele und in Armut versänke. Weiterhin hielt das Haus Montfort es für Pflicht, jede Art von etwa auftretendem Talent, das entweder seinen Einfluß direkt erhöhen, oder doch die Annalen der Familien zieren könnte, zu pflegen, zu fördern, und möglichst nutzbringend zu machen. Im Besitz von Rang, im Besitz von Reichtum, war man bestrebt, sich nun auch des Geistes zu versichern, und, durch alle Verzweigungen von Verwandtheit und Vetternschaft hindurch, jede Variante von Ruf und Einfluß, die den alten Stamm noch-fester im Lande zu verwurzeln angetan war, in eine große-solide Union zusammenzustricken. Ganz im Sinne dieser traditionellen HausDiplomatie, wünschte Mr. Carr Vipont nicht nur, daß ein Vipont Morley jetzt nicht etwa einer feinen Sache verlustig ginge; sondern gleichermaßen, daß eine sehr feine Sache nicht etwa einen Vipont Morley von hohem akademischen Ruf einbüßte – einen Vipont Morley, der durchaus einmal Bischof werden konnte! Weswegen er denn auch ein bewundernswürdiges Antwortschreiben entwarf, welches der Marquis unterzeichnete – (daß der Marquis sich der Mühe unterzöge, es abzuschreiben, kam überhaupt nicht in Frage) – in dem er Lord Montfort die größte Bewunderung für eine Uneigennützigkeit und Zartheit des Empfindens ausdrücken ließ, die jedoch nur einmal mehr bewiese, wie unvergleichlich geeignet George Vipont Morley für die Betreuung von Seelen sei; und das weiterhin den Vorschlag enthielt, ihm Zimmer in Montfort Court zur Verfügung zu stellen (der Herr Marquis sei im Moment sowieso nicht dort), so daß George die ganze Angelegenheit mit dem derzeitigen Pfarrer von Humberston, (einer Stadt, nicht allzuviele Meilen von Montfort Court entfernt), durchsprechen könne; einem Manne der, nebenbei bemerkt, obwohl nicht im geringsten sprachbehindert, dennoch niemals persönlich predigte oder die Gebete abläse, (Begründung: angegriffene Bronchien); nichtsdestoweniger aber ein geschätzter und tüchtiger Geistlicher wäre. Das war der Grund, weshalb George Morley vor ein paar Monaten, unmittelbar nach seiner Zusammenkunft mit Mrs. Crane, sich nach Montfort Court verfügte. Anschließend hatte er dann eine Einladung angenommen, 8 oder 14 Tage bei Hochwürden Mr. Allsop, dem Primarius von Humberston, zu verbringen – einem Geistlichen von der alten Schule; ein passabler Gelehrter, ein vollendeter Gentleman, ein Mann von der unbescholtensten Ehrenhaftigkeit, gutmütig und wohltätig; der allerdings seine PastoralPflichten beträchtlich leichter nahm, als gute Geistliche der Neueren Schule – ob nun hoch oder niedrig – zu tun geneigt sind. Mr. Allsop, der damals in seinem 80. Jahre stand, und ein Hagestolz mit recht ansehnlichem eigenen Vermögen war, erklärte sich ohne weiteres bereit, seinen Teil der Verpflichtung, infolgederen er die Pfründe erhalten hatte, zu erfüllen; und war tief-gerührt ob des sittlichen Ernstes, mit dem George ihm versicherte, daß er keinesfalls die Absicht hege, den ehrwürdigen Amtierenden von einem Platz zu verdrängen, den er so lang' und ehrenvoll innegehabt – und daß er geduldig harren werde, bis die Stelle nach dem gewöhnlichen Lauf der Natur erledigt sei. Mr. Allsop faßte eine warme Zuneigung zu dem Jungen Gelehrten. Auch traf es sich, daß er eine Großnichte hatte, die just bei ihm auf Besuch war, und die, zwar weniger offen aber nicht minder warm, diese Zuneigung teilte; und was George Morley betraf, verliebte er sich, schüchtern und furchtsam, bis über beide Ohren in sie. Ja aber nun? *mit* dieser Pfründe würde er reich genug sein, zu heiraten – ohne sie?: Nein. Ohne sie besaß er nichts als seine GraduiertenZulage an der Universität, (die durch eine Ehe verwirkt wurde); und außerdem seinen kargen Erbanteil als eines kleinen Landedelmannes jüngerer Sohn. Die Junge Dame selbst war umfassend mitgiftlos; denn Allsop hatte über sein Vermögen längst so disponiert, daß auf seine GroßNichte kein Anteil entfiel. Ein weiterer Grund für's Gewissen, diese unselige Sprech-

Behinderung hinunterzuschlucken! Zweifellos mäßigten sich im Verlauf des Besuches selbst Morley's Skrupel; aber nur, um nach seinem Wiedereintreffen daheim mit größerem Nachdruck denn je zurückzukehren – mit größerem Nachdruck; weil er genau spürte, daß ab jetzt nicht nur geistliche Ambitionen, sondern auch eine sehr reale menschliche Liebe den Casuisten zugunsten des eignen Interesses machten. Noch einmal war er, ungefähr eine Woche vor dem Datum dieses Kapitels, zu Besuch im Pfarrhause von Humberston gewesen – die Nichte war nicht da. Mit Ernst hatte er sich dazu gezwungen, den Zustand der Herde, die er (gesetzt, er stelle sich der Herausforderung) zu lenken haben würde, ein klein wenig genauer zu untersuchen; und gleichermaßen die Pflichten, wie sie dem Hauptpastor einer volkreichen Industrie- und Handelsstadt oblagen. Er erschrak nicht wenig. Humberston war, wie die meisten unter dem politischen Einfluß eines Großen Hauses stehenden Städte, von Parteiungen zerrissen. Eine Partei, der es grundsätzlich gelang, 1 von den 2 Abgeordneten der Stadt ins Parlament zu schicken, war absolut für das Haus Montfort; die andere Partei, die ebenfalls ihren Kandidaten durchzusetzen pflegte, war geschlossen dagegen. Von der einen Hälfte der Stadt also, ward alles, was von Montfort Court kam, unweigerlich und von vornherein, aufs böswilligste und mit der verzerrendsten Optik betrachtet. Und obgleich Mr. Allsop in den höheren Kreisen populär war, und wiederum auch bei Solchen von den allerärmsten Schichten, die er durch seine Wohltaten unterstützte – sein Einfluß als Pfarrer allgemein war ein toter Buchstabe. Sein Curat, der für ihn predigte – ein junger Mensch, brav genug; aber langweilig bis zum Exceß – war auch nicht der Mann, eine volle Kirche zu machen. Die Geschäftsleute suchten sowieso nach einem Vorwand, entweder ganz weg zu bleiben, oder sich wenigstens ein anderes Gotteshaus zu wählen; und sie brachten es fertig, in eine Stelle der Sermone – über denen sie, während der Curat sie heruntermümmelte, habituell zu schlafen pflegten – etwas hineinzuhören, das sie für ›Pusey'-itisch‹ erklären konnten. Jedenfalls verödete seine Kirche nach und nach; und ausgerechnet um die Zeit mußte auch noch ein überaus wortgewandter Geistlicher von den Dissentern in Humberston erscheinen, den zu hören selbst erklärte Hochkirchler gingen. George Morley mußte, leider!, einsehen, daß hier in Humberston, wenn die Kirche ihren Stand behaupten wollte, ein ebenso kraftvoller wie volkstümlicher Prediger das dringendste Erfordernis wäre. Nun war sein Entschluß gefaßt. Auf Carr Vipont's Anregung hin, hatte der Bischof der betreffenden Diöcese, der sich zur Zeit in seinem Palais befand, ihn aufgefordert, sich bei ihm vorzustellen; und, während er einerseits das Gewicht seiner Bedenken zugab, ihm dennoch gesagt: »Mein ist die Hauptverantwortlichkeit. Aber wenn Ihr, Ihr-selbst, mich darum angeht, Euch zu ordinieren: dann werde ich das ohne Zögern tun. Denn ob auch die Kirche der Prediger bedarf; so bedarf sie nicht minder der profunden Gelehrten, und der tugendhaften Seelenhirten.« Von dieser Unterredung kam George Morley soeben frisch her, um Lady Montfort zu eröffnen, wie sein Entschluß unerschüttert geblieben sei. Und sie, wie ich schon sagte, ließ längere Zeit verstreichen bevor sie antwortete.

: »George«, begann sie endlich, mit einer Stimme so eindringlich und süß, daß ihr bloßer Klang schon Balsam für einen wunden Geist bedeutete– »es ist nicht meines Amtes, mit Euch zu disputieren – ich neige schlicht das Haupt vor der Erhabenheit Eurer Motive; und ich will auch gar nicht sagen, daß Ihr nicht im Recht wäret. Eines aber fühle ich: daß, wenn Ihr dergestalt, aus Bedenken die so reinlich und heilig sind, Eure tiefsten Neigungen und Interessen zum Opfer bringt, Ihr nie des billigen Mitleids bedürfen – nie die Reue kennen werdet. Ob arm oder reich; ob ledig oder verehelicht: eine Seele, die sich so bemüht, den Himmel widerzuspiegeln, wird in letzter Instanz immer heiter und gesegnet sein.« In diesem Sinne fuhr sie einige Zeit lang fort, ihm zuzusprechen; indes er sich, immer mehr, unaussprechlich gestillt und getröstet empfand. Dann, unmerklich, ließ sie Hoffnungen einfließen, sogar von weltlicher-zeitlicher Art – da war die Literatur, die ihm offen stand – wenn schon nicht die Stimme des Predigers, so doch die Feder des Gelehrten. In der Literatur war durchaus eine Laufbahn für ihn denkbar, die zu Ruhm und Glück führte. Auch gab es Stellen im Öffentlichen Dienst, bei denen SprachBehindertheit kein unübersteigliches Hemmnis war. Sie wußte um sein verstohlenes scheues LiebesVerhältnis; und spielte just genug darauf an, um die Standhaftigkeit zu ermutigen, die Verzweiflung einzudämmen. Als sie innehielt, hatten jedenfalls seine Bewunderung und dankbare Anerkennung der seltenen Vorzüge seiner Base, die SpringFluth seiner Gefühle umgekehrt, von sich-selbst auf sie-hin; und er rief, mit einer Inbrunst, die sein Stottern nahezu völlig beseitigte

: »Ach, was für eine RatGeberin Sie sind! – welche Linderung! – Wenn Lord Montfort doch nur weniger Geld hätte, oder aber ehrgeiziger wäre, –: was für einen Schatz!, sei es zur Tröstung, sei es zum Aufrichten, er an einem Gemüt wie dem Ihrigen hätte!«

Die Worte waren kaum heraus, da hätte man, und mit einem Schlage, verstehen können, wieso Lady Montfort hochmütig und zurückhaltend genannt werden konnte. Ihre Lippe schien das bisherige holde Lächeln unvermittelt wieder zurückzunehmen – ihr dunkles Auge, eben noch so rein, sanft, freund-gleich, ward kalt und distanziert – die Töne ihrer Stimme waren nicht mehr dieselben, als sie jetzt antwortete –

: »Lord Montfort schätzt mich, wie die Dinge liegen, weit über mein Verdienst –: weit.«, fügte sie noch, mit einer ganz anderen, ernstlich trauernden, Intonation hinzu.

»Oh, entschuldigen Sie; ich hab' Ihr Mißfallen erregt – es war bestimmt nicht meine Absicht. Verhüt' der Himmel, daß ich mir herausnehmen sollte, weder Lord Montfort zu nahe zu treten, – noch – noch . . .«; er brach ab, indem er die Lücke durch ein zu rechter Zeit sich einstellendes Stottern tarnte. »Nur«, fuhr er nach einer Pause fort, »nur vergeben Sie mir dies eine Mal. Halten Sie mir zugut, daß ich einmal ein kleiner Junge war, und Sie schon eine junge Dame, und daß ich mich mit Ihnen schneeballen, und ›Caroline‹ zu Ihnen sagen durfte.«

Lady Montfort unterdrückte einen Seufzer, und begabte den jungen Gelehrten dann wieder mit ihrem huldvollen Lächeln; aber nicht etwa einem Lächeln, das ihn berechtigt hätte, sie erneut ›Caroline‹ zu nennen. Vielmehr blieb sie für den Rest ihrer Unterredung, die übrigens auch nicht lange mehr andauerte, ein wenig, aber doch spürbar reservierter als gewöhnlich; und Morley fühlte sich auch unzufrieden mit sich selber, daß er ihr so unüberlegt Anstoß gegeben hatte, und griff zu einer Entschuldigung, um sich davon machen zu können. »Apropos –«, sagte er; »ich habe da noch einen Brief von Mr. Carr Vipont, der von mir die Skizze zu einer gotischen Brücke, über das Wasser drüben, geliefert haben möchte. Da will ich, mit Ihrer Erlaubnis, einmal hinuntergehen, und mir die beabsichtigte Stelle anschauen. Nur, bitte, sagen Sie noch, daß Sie mir verziehen haben.«

»Euch verzeihen, Cousin George, oh ja. Nur ein Wort noch – es ist richtig, daß Ihr noch ein Kind wart, als ich mir einbildete schon eine fertige Frau zu sein, und Ihr habt ein Recht, mit mir über All und Jedes zu reden –: mit Ausnahme desjenigen, was sich auf mich und Lord Montfort bezieht. Es sei denn«, fügte sie mit einem bezaubernden halben Lachen hinzu, »es sei denn, Ihr sähet gerechten Grund, mich zu schelten. Also Auf Wiedersehen, Cousin; und vergebt, umgekehrt, Eurerseits auch mir, wenn ich verdrossen gewesen sein sollte: die Caroline, die Ihr beschneeballtet, war schon immer ein eigenwilliges verkehrtes Geschöpf des Augenblicks; schnell beleidigt, stets bereit zu Mißverständnissen – und dann zur Reue.« –

Zurück auf den breiten, breiten Kiesweg verfügte sich, noch langsameren Schrittes denn zuvor, Lady Montfort. Wiederum starrten die 60 grus'ligen Fenster sie aus allen ihren Augen an – ab von dem Kiesweg; durch einen SeitenEingang, hinein in die pompöse Einsamkeit des stattlichen Hauses – lange Zimmer hindurch, wo Spiegel ihre Gestalt sich zureichten, und kolossale Stühle, hochnäsig in MaßDamast gekleidet oder in auffallenden Goldbrokat, steif auf trostlosen ParkettFluren antichambrierten – bis hin in ihr eig'nes privates Zimmer – hier war es weder weitläufig noch splendid: schlichte zitzene MöbelBezüge, stille Bücherregale. Dazu hätte sie wahrlich nicht die Marquise von Montfort zu werden brauchen, um ein Zimmer zu bewohnen, das so gefällig und gleichzeitig so geschmackvoll war. Und, andrerseits: die Räumlichkeiten, die sie nur als Marquise von Montfort besitzen konnte, was waren die wert für ihr Glück? Ich weiß es nicht. (›Nichts!‹ werden feine Damen vielleicht prompt antworten; aber eben dieselben feinen Damen werden ihre Töchter nach Kräften dazu erziehen, daß sie antworten: ›ALLES!‹.) In ihrem eig'nen Zimmer angelangt, sank Lady Montfort jedenfalls auf ihren Stuhl; müde – müde gab sie der Uhr einen Blick – müde den Büchern in den Regalen – auch der Harfe, dicht am Fenster. Dann lehnte sie ihr Gesicht in die Hand; und dies Gesicht war so trüb, und so scheu und trüb, daß männiglich sich wied'rum gewundert haben würde, wieso wohl Jemand Lady Montfort ›stolz‹ schelten könne! –

– : » ›Ein Schatz!‹ – Ich – : Ich! – wertlose, wankelmütige, leichtgläubige Thörin, die ich bin! – : Ich – Ich –« –

– Der KammerDiener vom Dienst trat ein, mit den Briefen der NachmittagsPost; (das Große Haus brachte auch das fertig, sich mit 2 Postzustellungen pro Tag abzuplagen). –: –. :?– : ein Königliches Ersuchen, nach Windsor . . .

»Ich werde bei Hofe noch-einsamer sein, als hier –«, murmelte Lady Montfort.

## 2. Kapitel

*Wahr, traun, sagt das Sprüchwort: ›Viel Korn liegt ungesehen unterm Stroh!‹*

Währenddessen folgte George Morley dem langen schattigen Spazierweg – sehr hübscher Weg, das; viel preisgekrönte RosenSorten und rare Exotica – kunstvoll geschlängelt dito – ein Weg, so gut unterhalten, daß es 34 Männer zu seiner Unterhaltung bedurfte – ein nobler Weg, ein ermüdender Weg – bis er ihn endlich zu der großen Wasserfläche brachte, die schätzungsweise viermal im Jahre von den Großen Herrschaften aus dem Großen Hause besucht ward. Und solchermaßen praktisch außerhalb der unmittelbaren Begönnerung durch die Mode gelegen, sah die große Wasserfläche tatsächlich natürlich aus – umgänglich, erfrischend – man fing an zu atmen – die Weste aufzuknöpfen – das Halstuch zu lockern – Chaucer zu zitieren, (wenn er Einem noch einfiel), oder Cowper, oder Shakespeare, oder Thomson's ›Jahreszeiten‹; kurz irgendwelche Bruchstücke von Versen, wie sie Einem grad in den Kopf kamen – indes Einem die Schuhe aufs lustigste von Farn befußangelt wurden – die Bäume sich forsthafter vor und um Einen herumstellten – Bäume die hier, wo sie außer Sicht waren, getrost in Ruhe altern durften, bis sie keine 5 Schilling das Stück mehr wert waren, moosüberwachsen, hohlstämmig, kropfig und gekappt – unschätzbare Bäume! Ha!: der dicke Hase! wie er losflitzt! Schau, das Hochwild, wie es zum WasserRand zieht. Was für Wälder von Binsen – ganze Eilande von WasserLilien! (Und hier eine Gotische Brücke zu schlagen; und über die Brücke dann eine breite kiesige Fahrbahn zu legen! Oh Schande Schande Schande!).

So würde der Gelehrte sich ausgedrückt haben, denn er besaß ein echtes Gefühl für Naturschönheit; wenn ihm der Gedanke an diese Brücke im Moment nicht total entfallen gewesen wäre. Allein so dahinwandernd, gelangte er schließlich an das schattenreichste, abgelegenste Uferstück des ganzen weiten Gewässers, auf jeder Seite eingeschlossen von Unterholz, umstanden von stillen BaumPatriarchen.

Plötzlich hielt er seine Schritte an – eine Idee durchfuhr ihn – eine jener kuriosen, schrulligen, grotesken Ideen, wie sie uns, wenn wir allein sind, öfters überkommen; sogar in unsern ruhigsten, oder auch in unsern geängstetsten Stimmungen. : War sein

Gebrechen denn wirklich unheilbar? Sprachlehrer hatten ihm beteuert, ›Keinesfalls!‹; aber gebessert hatten sie ihn mit nichten. Dabei hatte doch der größte Redner, den die Welt je gekannt hat, ursprünglich auch einen AusspracheDefekt gehabt! Auch er, Demosthenes, hatte doch zunächst bestimmt den Sprachlehrern, den besten von Athen, – wo die Sprachlehrer ja wohl ihre Kunst ad unguem studiert haben mußten! – Honorar auf Honorar gezahlt, und sie hatten vor seinem Gebrechen kapituliert. Aber hatte Demosthenes verzweifelt? Nichts da: sich selbst zu kurieren hatte er beschlossen! – Und zwar wie? Hatte nicht eine seiner Methoden darin bestanden, sich den Mund mit Kieselsteinen zu füllen, und mannhaft gegen das brausende Meer anzuüben? Die Wirkung von Kieselsteinen hatte George Morley eigentlich noch nie probiert – ob ihnen tatsächlich etwelche Kräfte innewohnten? Warum nicht versuchen? Ein Meer war zwar nicht da, das ist wahr; aber das Meer damals hatte ja wohl nur den Nutzen haben sollen, das Geräusch einer stürmischen demokratischen Versammlung darzustellen. Eine friedliche Gemeinde zu veranschaulichen, sollte diese stille Wasserfläche hier doch vollauf genügen müssen. Kiesel waren auch grad in reicher Auswahl zuhanden, an dieser kleinen sandigen Bucht, nahe der ein junger Hecht lag, und sich den grünen Rücken sonnte. Halb im Scherz, halb doch im Ernst, las der Gelehrte sich eine Handvoll Kiesel zusammen; spülte sie von Sand und Modder rein; schob sie sich, vorsichtig, zwischen den Zähnen durch; warf dann noch einen Blick in die Runde, sich zu vergewissern, daß bestimmt Niemand um den Weg sei; –: und begann eine Stegreif-Rede! Und derart gewann das Interesse an dem klassischen Experiment allmählich bei ihm die Oberhand, daß er von sich aus eine halbe Stunde und mehr die Lüfte gepeinigt, und die Elstern (von denen Drei, aus einem benachbarten Dickicht, ihm buchstäblich wie gebannt zuhörten) erstaunt haben würde; wenn er nicht, von plötzlicher Scham ob der lachhaften Impotenz seiner Anstrengungen gepackt – von Verzweiflung, daß eine so verrucht-banale Schranke zwischen seinem Geist und dessen oralem Ausdruck stehen dürfen sollte! – die Kiesel ausgespien weggeworfen hätte – dann sank er zu Boden, und fing schlechthin an zu weinen – zu weinen, wie ein getäuscht-betrogenes Kind.

Imgrunde lag der Fall so, daß Morley wirklich das Temperament des geborenen Redners besaß; und nicht minder die erforderliche oratorische Begabung hinsichtlich Wärme und Leidenschaft, mitreißendem Gedankenstrom, logischer Anordnung; ihm wohnte durchaus der Genius des großen Predigers inne. Und er fühlte – er wußte das auch; und in jener Verzweifeltheit wie sie eben nur der Genius erfährt, wenn irgend ein tragisch-läppischer Gegen-Anlaß seine Energien aufzehrt, und seine Kräfte lähmt – machte er zu seiner Vertrauten die EINSAMKEIT – er weinte, laut und freisamlich. –

– : »Ich an Ihrer Stelle würde nicht verzagen, Sir; ich mache mich anheischig, Sie zu kurieren.«, sagte eine Stimme dicht-hinter ihm.

George fuhr, beschämt verwirrt, auf! –:? –; da stand, ihm zur Seite, ein Mann; ältlich, aber noch frisch und rüstig; in einer leichten KordJacke, einer tüchtigen blauen Schürze; Binsen in den Händen, die er, ebenso flott wie gewandt, miteinander verflocht; währenddem er den Kopf, grüßend, gegen den betretenen Theologen neigte: –

: »Ich hab' zufällig, im Schatten des WeidenDickichts da-drüben gestanden, Sir; Pardon: aber ich konnte tatsächlich nicht umhin, Ihnen zuzuhören.«

Der Oxforder rieb sich erst die Augen, und bestarrte dann den Mann; mit dem undeutlichen Gefühl, daß er ihn schon einmal, früher, gesehen hätte – aber Wann? und Wo?

»Ihr mich kurieren?«, stotterte er heraus,: »wovon? – : von der aussichtslosen Narretei meiner Versuche, öffentlich reden zu wollen? – Großen Dank auch; aber ich bin kuriert.«

»Aber nicht doch, Sir; Sie sehen einen Mann vor sich, der aus Ihnen einen ganz beträchtlichen Redner machen könnte. – Ihre Stimme ist, von Natur her, fein. Ich wiederhole: einen Defekt, der nicht direkt organisch bedingt ist, sondern bloß psychisch und der Behandlung fähig – den könnte ich beheben.«

»Das könntet Ihr? – Wer und Was seid Ihr denn?!«

: »Ein Korbflechter, Sir. Und der auf Ihre Kundschaft hofft.« –

– :»Sagt –: das ist doch nicht das erste Mal, daß Wir Einander begegnen?«

»Richtig. – Sie haben mir einmal, sehr gütig, erlaubt, mich eines RuhePlätzchens, auf Ihres Vaters Grundstück, zu bedienen.« –

In eben dem Augenblick lugte Sir Isaak durch das Brombeer-Geranke; seine ursprüngliche Weißheit ihm zurückgegeben, und seiner falschen OhrHörner entledigt, schritt er gravitätisch in Richtung Gewässer; – beschnupperte, en passant, den Gelehrten; worauf er, ein wenig, mit dem Schweife wedelte – und wühlte sich dann in das SchilfRohr; auf der Suche nach einer gewissen Wasser-

Ratte, die er, es mochte nun eine Woche her sein, alldort aufgestört hatte, und unentwegt wiederzufinden erwartete . . .

Der Anblick des Hundes zerstreute auf der Stelle die Gedächtnis-Umwölkung bei dem Gelehrten; aber, zugleich mit dem Wiedererkennen, stellten sich lebhafte Neubegier ein, und ein stechender Gewissensbiß.

»Und-ä – Euer kleines Mädchen?«, fragte er, indes sein Blick beschämt den Boden suchte.

»Wohler als bei unsrer Begegnung letzthin. Die Vorsehung ist so gut zu uns.«

Armer Waife! ihm kam nicht entfernt der Verdacht, daß er dem Menschen, dem er sich hier so kindlich eröffnete, auch den Jammer wegen Sophie's Entführung zuzuschreiben hätte. So konnte er für die errötende Wange und das verleg'ne Benehmen des Gelehrten keinerlei Grund mutmaßen.

»Ja, Sir; wir haben uns gerade hier in der Nähe häuslich niedergelassen. Ich hab' ein hübsches kleines Hüttchen drüben, am äußersten DorfRand, unweit der ParkUmzäunung. – Ich hab' Sie sofort wiedererkannt; und wie ich Ihnen eben-jetzt so zuhörte, kam mir auch die Erinnerung, daß Sie, als wir uns damals trafen, erwähnt hatten: Ihr Beruf wäre eigentlich, hätten Sie nicht diese Schwierigkeiten beim Aussprechen, die kirchliche Laufbahn; und da sagte ich mir so: ›Gar nicht so dumm diese Kiesel, wenn seine Aussprache schwerfällig wäre, was aber nicht der Fall ist.‹; ich habe nämlich nicht den geringsten Zweifel, Sir, daß der eigentliche Fehler des Demosthenes, (den Sie ja wohl vermutlich nachahmen wollten), darin bestanden hat, daß er durch die Nase redete.«

»Wie!«, fragte der Gelehrte: »durch die Nase? Das hab' ich nie gewußt! – und ich-ä . . .?«

»Sie versuchen, ohne Ihre Lunge zu sprechen; soll heißen: ohne daß Luft darin ist. Sie rauchen nicht, nehm' ich an?«

»Nein – selbstverständlich nicht.«

»Dann müssen Sie's lernen – sprechen zwischen jedem langsamen Zug aus der Pfeife. Das Einzige, was Sie brauchen, ist Zeit – Zeit, um die Nerven zu beruhigen; Zeit zum Denken; Zeit zum Atmen. Im Moment wo Sie merken, daß das Stammeln beginnt – : anhalten!; tief die Lunge füllen, sooo; und dann wieder neu versuchen. Nur ein wirklich kluger Mann kann schreiben lernen – das heißt komponieren; aber jedem Narren läßt sich das Sprechen beibringen – nur Mut!«

»Wenn Ihr mir's wirklich beibringen könntet«, rief der studierte Mann; und vergaß, in dem allumfassenden Interesse der Hoffnung die plötzlich in ihm aufschoß, dabei aller Selbstvorwürfe, daß er Waife an Mrs. Crane verraten habe –: »wenn Ihr mir's beibringen könntet – wenn ich es nur be-be-be-be-...«

: »Sachte – sachte – Luftholen & Zeitlassen; tun Sie einen Zug aus meiner Pfeife hier – so ist's richtig. Jawohl; Sie können es besiegen, dies Anstoßen mit der Zunge.«

»Dann werd' ich Euch der beste Freund sein, den ein Mann je besessen hat. Hier meine Hand darauf.«

»Ich nehme sie an; bitte jedoch um Erlaubnis, die Vertrags-Partner ein bißchen ändern zu dürfen. Ich bedarf keines Freundes; (ich verdiene auch keinen). Seien Sie statt dessen meinem kleinen Mädchen ein Freund; und wenn ich mich dann jemals um Hülfe an Sie wenden sollte, in irgendetwas, das deren Wohlergehen betrifft, oder ihr Glück ...«

»Dann helfe ich; von ganzem Herzen und von ganzer Seele!: jeglicher Dienst, ihr oder Euch gegenüber, wäre ja gering, im Vergleich mit dem mir geleisteten! Erlöst diese erbärmliche Zunge von ihrem Gestammel; und Kopf und Hand werden mit nichten stammeln, wenn immer Ihr sagt: ›Haltet Euer Versprechen.‹ – Ach ich bin ja so froh, daß Euer kleines Mädchen noch bei Euch ist!«

Waife blickte überrascht –: »›noch bei mir ist‹? – wieso nicht?«

Der Gelehrte biß sich auf die Zunge. Jetzt war wirklich nicht der Zeitpunkt für Geständnisse; es hätte Waife's ganzes Vertrauen in ihn zerstören können. – (Er nahm sich's für später vor.) – : »Wann kann ich mit der UnterrichtStunde beginnen?«

»Wenn's Ihnen paßlich ist, gleich. Aber, haben Sie etwa ein Buch einstecken?«

»Das hab' ich grundsätzlich.«

»Hoffentlich nicht direkt Griechisch, Sir?«

»Nein; ein Band von Barrow's ›KanzelReden‹; – Lord Chatham hat diese Sermone seinem großen Sohn empfohlen, zum Studium der Beredsamkeit.«

»Gut. Wollen Sie mir den Band ma'leihen, Sir? – Und nun zur Sache; hören Sie mich genau-an – nicht mehr als 1 Satz auf 1-Mal! – und holen Sie genau-dann Luft, wenn ich es tue ...« –:

–?– (: die 3 Elstern spitzten neuerlich ihre Ohren; und, indes sie lauschten, wunderten sie sich ungemein.) –

## 3. Kapitel

*Könnten wir wissen, durch was für seltsame Zirkumstantien das Genie eines Menschen so vorbereitet und zugerichtet ward, bis praktischer Erfolg eintrat, wir würden unveränderlich entdecken, daß die ihm förderlichsten Einzelposten in seiner Erziehung, nie auf den Rechnungen erschienen sind, für die sein Vater bezahlt hat.*

Schon am Ende dieser allerersten Lektion erkannte George Morley, daß sämtliche Sprachlehrer, deren Kunstfertigkeit man ihn bisher anvertraut hatte, Bönhasen und Pfuscher gewesen waren, im Vergleich mit diesem Korbmacher.

Waife verwirrte ihn nicht mit wissenschaftlichen Theorien. Alles was der große Komödiant von ihm verlangte, waren Beobachtung und Nachahmung. Beobachtung, Nachahmung, da! die Fundamente jedweder Kunst! die uranfänglichen Elemente aller Genialität! Selbstredend nicht, um dabei stehen zu bleiben; wohl aber, um unveränderlich von ihnen auszugehen. Was fehlt dann noch, um einen Geist zur Meisterschaft zu fördern? – zwei Schritte noch –: nachdenken; erzeugen. Beobachtung, Nachahmung, Nachdenken, Erzeugen. In dieser Reihenfolge durchlaufen, machen sie einen Geist umfassend gerüstet; fähig, es mit jeder Arbeitslast aufzunehmen, jeglichen Erfolg zu erringen.

Am Ende dieser seiner ersten Stunde hier, hatte George Morley das Gefühl, daß seine Heilung möglich wäre. Man verabredete sich für den nächsten Tag und den gleichen Ort; er kam heimlich unbemerkt dorthin; und so weiter, Tag für Tag. Am Ende einer Woche fühlte er, daß die Heilung nahezu gewiß wäre; am Ende des Monats war die Heilung schon eine Selbstverständlichkeit: er würde leben, ein Prediger des Wortes! Wahr ist's, daß er sich privat unaufhörlich übte. Nicht ein Augenblick seiner wachenden Stunden, daß der eine Gedanke, das eine Ziel, seinem Geiste nicht gegenwärtig gewesen wäre; wahr auch, daß bei all seiner Ausdauer, all seinem Abmühen, das Hindernis immer noch ernstlich genug blieb, und sich gänzlich vielleicht niemals würde überwinden lassen. Nervöse Hast – überschnelles Reagieren – Hingerissensein durch Gefühle – brachten es noch oft genug zurück, (und konnten es, in unbewachten Momenten, theoretisch immer wiederbringen):

das Geschnappe nach Odem – die luftleeren Lungen – das krampfige Abmühen um den Ausdruck. Aber solch einzelner Rückfall – und bei jedem Probestück wurden ihrer weniger – würde letztlich kaum noch eine Beeinträchtigung darstellen. »Nichts da!«, sprach Waife: »›Beeinträchtigung‹? –: werden Sie nur erst ein geübter Redner; und Sie werden aus einer Ungleichheit dieser Art, eine Zier mehr zu machen wissen!«

Also gerechtermaßen optimistisch was die Erfüllung seines erkornen LebensZieles anbelangt, war das Dankbarkeitsgefühl des jungen Gelehrten, Waife gegenüber, unaussprechlich. Und als er den Mann zuletzt noch täglich in seinem eig'nen Häuschen sehen durfte – Sophie mit Wangen, auf denen wieder Gesundheit blühte; mit Lippen, die lächelten; heiter, mit ihren leichten-zieren Handarbeiten, neben ihres Großvaters LehnenStuhl; FeenMärchen lauschend, die, womöglich, unauffällig Goldne Wahrheiten einprägten – wenn er Waife so erblickte, dann vermischte sich bei dem jungen Akademiker mit der Dankbarkeit noch ein ganz eigentümlich zärtlicher Respekt. Er wußte nichts über des alten Landfahrenden Vergangenheit – mochte sein Verstand immer eingeräumt wissen wollen, daß in einer Lebensstellung, die mit den angebornen und erworbenen Talenten dieses einzigartigen Korbmachers derart collidierte, doch bestimmt etwas Mysteriöses, wenn nicht gar Verdächtiges liege. Aber darob errötete er jetzt doch, daß er je imstande gewesen sein konnte, die Excentrizitäten des gloriosesten Humors, einem brüchigen oder irregehenden Geist zuzuschreiben – daß er je einem Versuch Vorschub hatte leisten mögen, ein so gleichzeitig unschuldiges und genialisches hohes Alter, von einer Kindhaftigkeit zu trennen, die derlei Pflege empfing und erteilte! Und dessen bin ich mir sicher, daß, wenn auch die ganze Welt aufgestanden wäre, um mit verächtlich-gespitztem Finger auf den einäugigen Krüppel zu zeigen, George Morley, der gebor'ne Gentleman – der feingebildete Gelehrte – der fleckenlose Kirchenmann – ihm seinen Arm, zur Stütze, geliehen hätte; und, ohne zu erröten, an seiner Seite einhergeschritten wäre.

## 4. Kapitel

*Um den Charakter eines Menschen richtig zu beurteilen, bedarf es zuweilen nur einer sehr geringen Erfahrenheit; vorausgesetzt, das Herz des Urteilenden sei weit genug.*

Numa Pompilius kann die Lehrstunden, die er von Egeria empfing, nicht geheimer gehalten haben, als George Morley mit denen tat, die er von dem Korbmacher entgegennahm. Und sein Wunsch nach Geheimhaltung war ja nicht mehr als natürlich – das wäre so eine Geschichte für Humberston gewesen: daß sein demnächstiger Primarius von einem alten Korbmacher erst lernen mußte, wie man Predigten hält! Aber er hatte ein nobleres und zwingenderes Motiv zur Verschwiegenheit – seine Ehre stand dabei zu Pfande. Waife selbst hatte auf dem Versprechen bestanden, daß er ihren gegenseitigen Umgang als strengstens privat und vertraulich betrachte und behandle.

»Es geschieht um meinetwillen, daß ich das verlange«, sagte Waife freimütig, »obwohl ich vorgeben könnte, es sei um Ihretwillen.« Der Oxforder versprach's, und fühlte sich daran gebunden. Es traf sich glücklich, daß Lady Montfort den Tag unmittelbar darauf, nachdem George das erstemal mit dem Korbmacher zusammenkam, abgereist war, und Nachricht hinterlassen hatte, daß sie unter ein paar Wochen nicht in das große Haus zurückkehren werde – so hatte George gänzlich freie Hand, von der allgemeinen Einladung ihres LordGatten Gebrauch zu machen,: wenn er in der Nähe sei, in Montfort Court Wohnung zu nehmen; was die Anstandsbegriffe der Welt ihm nicht gestattet haben würden, solange Lady Montfort sich dort allein, ohne Gemahl oder weibliche Gäste, aufhielt. Demgemäß schlug er in einem Winkelchen des weitläufigen Palastes seine Behausung auf; und konnte nun, mühelos und so oft er wollte, unbeobachtet die Parkeinsamkeiten durchqueren, bis hin zum Seeufer; oder auch von dort aus, durchs ungebahnte Dickicht, nach Waife's Häuschen schlendern, das unmittelbar an der ParkEinfriedigung lag, einsam und abgesondert, und außer Sicht des benachbarten Dorfes. So ganz allein für sich in dem Großen Haus, kam George ohnehin mit Niemandem in Berührung, dem gegenüber er, in einem unbewachten Moment, auch nur eine Andeutung über seine neue Bekanntschaft hätte fallen lassen können; ausgenommen allenfalls den Geistlichen des kleinen Kirchspiels, einen würdigen Mann, der von einer kärglichen Besoldung in großer Zurückgezogenheit lebte. Denn der Marquis war der LaienBesitzer der Pfründe; und die Stelle daher nur ein sehr armselig dotiertes Vicariat, *unter* der Würde eines Vipont, oder auch nur eines Vipont'schen Hauslehrers – und als solche sicher, einem würdigen Manne zuzufallen, der in der Folge dann wohl oder übel in großer Zurückgezogenheit zu leben hatte. Auch George sah an sich zu wenig von dem betreffenden Geistlichen, um weder Geheimnisse durchsickern zu lassen, noch um groß Informationen zu sammeln. Immerhin erfuhr er gelegentlich, durch Zufall, von Jenem, daß Waife, ein paar Monate zuvor, im Dorfe erschienen sei, und dem GutsAmtmann den Vorschlag gemacht habe, Hütte und Weiden-Anpflanzung, eben die er jetzt innehatte, in Pacht zu übernehmen – daß er sich eingeführt habe, als Bekannten eines alten Korbmachers, der vor so manchem Jahre dort gehaust; und daß er von jenem längst-dahingeschied'nen Handwerker die edle Kunst des Korbflechtens erlernt habe. Da er einen höheren Mietzins anbot, als der GutsAmtmann anderweitig zu erzielen hoffen konnte; und da dem Herrn GutsAmtmann überdem daran gelegen war, sich bei Mr. Carr Vipont dadurch zu insinuieren, daß er das Rittergut auch insofern verbessere, als er ein außer Gebrauch gekommenes altinteressantes Gewerbe wied'rum ins Leben gerufen habe, wurde der Handel abgeschlossen; vorausgesetzt, daß der Bewerber, als ein OrtsFremder, dem Amtmann die entsprechenden-zufriedenstellenden Empfehlungen noch beibringen könne. Woraufhin Waife abgefahren war; mit der Erklärung, er werde, binnen Kurzem, mit den gewünschten Zeugnissen wiederkommen. (In der Tat rechnete der arme Mann ja, Wir wissen es, damit, daß Mr. Hartopp ein gutes Wort für ihn einlegen würde.) Er war jedoch ein paar Monate lang nicht wieder-erschienen. Das Häuschen – zwischendurch einmal als vorübergehendes Obdach für einen Wildhüter gebraucht; da dessen eigenes ausgebessert wurde – blieb glücklicherweise unvermietet. Und Waife, als er endlich, in Begleitung eines kleinen Mädchens, wiederkehrte, hatte sich bei dem GutsAmtmann auf einen respektablen HäuserMakler und MietsEintreiber in London-Bloomsbury berufen können; der es denn auch schriftlich gegeben hatte, daß eine, zur Zeit im Ausland befindliche Dame, ihn (als den Agenten eines Komplexes von MietGrundstücken, von dem der HauptAnteil ihres Einkommens bezogen werde) zu der Erklärung ermächtigt habe: daß Waife nicht nur ein sehr intelligenter Mann sei, der Alles was er unternehme auch zu einem glücklichen Ende führe; sondern daß man auch erforderlichen Falls die Garantie übernehme, die pünktliche Bezahlung derjenigen Pacht zu garantieren, für die Jener sich verpflichte. Woraufhin denn der Vertrag abgeschlossen – der Korbmacher installiert wurde. Da in der unmittelbaren Umgebung kein Bedarf an FlechtWerk war; Waife's Leistungen jedoch so-niedlich, ja einige davon elegant und phantasievoll waren, hatte er nicht die geringste Schwierigkeit, mit einem Großhändler abzuschließen – (nicht in Humberston; wohl aber in einer noch-entfernteren, noch-prosperierenderen Stadt, 30 Kilometer entfernt) – und zwar über so viel, wie er überhaupt nur schaffen könnte. Jegliche Woche nahm der FrachtFuhrmann seine fertigen Erzeugnisse mit, und brachte die Bezahlung dafür zurück; die Einnahmen genügten reichlich für Waife's und Sophie's täglich Brot, ja es blieb noch ein Überschuß, den man für Pacht und Miete beiseit' legen konnte. Ansonsten war des KorbMachers Häuschen am entferntesten Ende des langgezog'nen weitläufigen, einzig von einer ackerbautreibenden Bevölkerung bewohnten Dorfes gelegen; sodaß seine Lebensweise weder sonderlich bekannt war, noch groß erörtert oder ausgeforscht wurde. Man hielt ihn für einen harmlosen, arbeitsamen Alten – niemals in der DorfSchenke; wohl aber regelmäßig sonntags, mitsamt der rein- und zierlich gekleideten kleinen Enkelin, in seinem stillen Winkel in der Kirche zu sehen – ein höflicher, wohlanständiger Mann übrigens; der vor dem Amtmann seinen Hut berührte, und vor dem Vikar ihn abzog.

Eine vorherrschende Idee hatte sich gebildet: daß der KorbMacher den größten Teil seines Daseins im fernen Ausland verbracht habe; und die begünstigt wurde, einesteils durch eine Mäßigkeit der Lebensführung, die nicht unbedingt zu unserm Volkscharakter gehört; andrerseits durch ein gewisses Etwas in seiner äußeren Erscheinung, das, ohne direkt auffallend über seinem niedrigen Gewerbe zu stehen, dennoch nicht hundertprozentig im Einklang damit schien – eben ›ausländisch‹, mit einem Wort – hauptsächlich aber infolge des Umstandes, daß er seit seiner Ankunft bereits zwei Briefe mit fremdem PostWertzeichen empfangen hatte. Diese vorgefaßte Idee war dem alten Mann insofern günstig, als sie nunmehr die weitere Schlußfolgerung zuließ: wie er, höchstwahrscheinlich, sämtliche Freunde, die er vor Zeiten in England zurückgelassen, überlebt habe; und nun, bei seiner endlichen Wiederkehr, hinreichend müd' von all den Kreuz- und QuerZügen, zufrieden damit sei, in irgendeinem Winkel seines Vaterlandes, wo sich ein stilles Heimwesen für ihn fände, sich niederzulassen, und durch leichte Arbeit, auf anständige Weise seinen Unterhalt zu verdienen.

Obwohl George verständlicherweise auch neugierig war zu erfahren, was denn nun damals das Ergebnis seiner Mitteilung an Mrs. Crane gewesen sei – ob sie zu Waife's Entdeckung geführt, oder ihm etwelche Unannehmlichkeiten verursacht habe – war er bislang doch davor zurückgeschreckt, ein Thema anzuschneiden, welches ihm selbst das mißliche Geständnis einer zudringlich-unberufenen Einmischung auferlegt hätte; und bei dem auch die indirekteste Anspielung als ein undelikater Versuch erscheinen konnte, die Nase in penible FamilienAngelegenheiten stecken zu wollen. Aber eines Tages erhielt er einen Brief von seinem Vater, der ihn erheblich beunruhigte; und ihn eben doch dazu bewog, die Sache in Angriff zu nehmen, und offen mit seinem Präzeptor darüber zu reden.

In besagtem Brief erwähnte Mr. Morley der Ältere, unter ander'n Abschnitzeln lokaler Neuigkeiten, zufällig auch die: wie er neulich Mr. Hartopp begegnet wäre, der ausgesprochen niedergeschlagen gewirkt habe; indem sein notorisch-gutes Herz immer noch nicht den Schlag verwunden hätte, dermaßen abscheulich ›angeführt worden‹ zu sein, von einem Betrüger, für den er doch eine so-große Zuneigung gefaßt, und zu dessen Entlarvung George selbst, durch Fügung der Vorsehung, soviel beigetragen habe – (hier bezog sich der Vater auf das, was George ihm von seinem ersten Zusammentreffen mit Waife, und dann von seinem Besuch bei Mrs. Crane berichtet hatte) – einem Betrüger, der, wie aus Mr. Hartopp's Äußerungen doch wohl hervorgehe, eben nicht nur, wie George vielleicht geargwöhnt, etwas wirr im Kopfe wäre, sondern de facto ein ganz schlechter Mensch. »Und zwar« fügte Morley sen. hinzu, »schon gleich *so* schlecht, daß Mr. Hartopp nur heilfroh ist, das Kind seinen gesetzlichen Beschützern wieder übergeben zu haben, denen der Mann es entführt zu haben scheint; und ich vermute fast – aus dem, was Hartopp fallen ließ; obwohl er begreiflicherweise nicht gerne zugibt, daß er in so gröblichem Ausmaß angeführt worden ist – daß er seinen städtischen Mitbürgern tatsächlich einen notorischen Zuchthäusler (früheren Einbrecher vielleicht?) vorgestellt, und sich vertraulich mit ihm unterhalten hat. Was für ein Glück da aber für diesen armen, einfältigen, trefflichen Jos Hartopp – den anzuführen schlechterdings so unmenschlich ist, wie wenn Einer einen gebor'nen Schwachsinnigen übervorteilen wollte – daß die Dame, bei der Du gewesen bist, gerade noch zur rechten Zeit eingetroffen ist, um die seiner gläubigen Wohltätigkeit gelegten Schlingen bloßzulegen. Ohne das hätte Jos den Kerl womöglich noch in sein eigenes Haus aufgenommen – (ähnlich gesehen hätt's ihm!) – und wäre zur Stunde längst beraubt – womöglich ermordet – der Himmel weiß, was alles!«

Ungläubig und entrüstet, und begierig nach der Bevollmächtigung, den guten Namen seines Freundes in Schutz zu nehmen, langte George nach seinem Hut, und durchmaß raschen Schritts den Pfad, der zum Häuschen des KorbMachers führte. Als er das SeeUfer erreichte, wurde er dort Waife's gewahr; der halb unter halb in einem fantastisch verknorzten DornBusch auf einem MoosBänkchen saß, einem RehBöckchen zusah, wie es trinken kommen wollte, und eine leise volle Melodie hinüber-pfiff – die Weise eines alten englischen GrenzerLiedes. Das Tier hob sein Geweih vom Wasser empor; und richtete die großen hellen Augen dem gegenüberliegenden Ufer zu, von wo die Töne her-kamen – sehnsüchtig lauschend. Als George's Fuß den wilden Thymian, den vom DornBusch beschatteten, zertrat – »Pscht«, sagte Waife; »achten Sie 'mal darauf, wie das kunstloseste musikalische Getön auf die sogenannte unvernünftige Schöpfung wirken kann.« Aufs neue hub er an zu flöten – klarer, lauter, wilder war die Weise diesmal – wie von einem lebhaften Jagdlied . . .: das Böckchen wandte sich rasch in die Runde – unbehaglich, unruhig; er schüttelte die Enden; und sprang hinein ins FarnDickicht. Abermals änderte Waife die Tonart seines primitiven Musizierens – ein schwermütig-röhrender Klang; frappant ähnlich dem Geröhr' eines melancholischen Hirsches, aber moduliert ins weit Sanftere-Süßere . . .: der Bock hielt inn' auf seiner Flucht; – ; und, berückt von dem schön-äffenden Getön, kehrte er, langsam und stattlich, wieder zum WasserRand' zurück.

»Ich hab mir immer gedacht, die Geschichte von Orpheus wie er die Tiere bezaubert, sei gar keine Fabel – was meinen Sie, Sir?«, sagte Waife. »Alle Kaninchen der Nachbarschaft kennen mich bereits; und wenn ich bloß eine Fiedel besäße, würd' ich mich anheischig machen, Freundschaft mit dieser reservierten und ungeselligen WasserRatte zu schließen, der Sir Isaak gegenwärtig so-vergebens seine Bekanntschaft aufzunötigen unternimmt. Der Mensch begeht einen fundamentalen Fehler dadurch, daß er sich nicht um intimere und freundschaftlichere Beziehungen zu den anderen Zweigen der großen ErdenFamilien bemüht. Dabei sind Wenige unter ihnen, die nicht amüsanter wären als Wir – auch wieder begreiflich; denn sie haben unsere Sorgen nicht. Und überdies noch solche Verschiedenheit der Charaktere, wo man es am wenigsten erwarten würde!«

GEORGE MORLEY: – »Sehr wahr: COWPER hat sich ganz ausgeprägte CharakterVerschiedenheiten bei seinen LieblingsHasen notiert.«

WAIFE: – »›Hasen‹! – Ich bin überzeugt, daß es nicht 2 StubenFliegen an einer Fensterscheibe, nicht 2 Elritzen in diesem Wasser-hier gibt, die uns nicht die int'ressantesten Kontraste hinsichtlich Temperament und geistigen Anlagen zu liefern vermöchten. Natürlich: wenn StubenFliegen oder Elritzen nur Münzen ausprägen, oder Fabriken anlegen – kurzum in Kauf oder Ver-Kauf irgendetwas Attraktives erfinden würden, was unsern Angelsächsischen Unternehmungsgeist, unsre Betriebsamkeit in Aktion setzte – wir würden sehr-bald diplomatische Beziehungen zu ihnen aufnehmen; und unsere Depeschen und Gazetten uns auf's Haar über das Wesen und die Hobbies ihrer Führenden Persönlichkeiten unterrichten. Aber wo dem Menschen, im Umgang mit irgendeiner Klasse seiner MitGeschöpfe, keine pekuniären oder sonstigen-direkten Interessen auf dem Spiele stehen, da ist seine Kenntnis von ihnen geradezu unglaublich verworren und oberflächlich. Noch die besten unserer NaturKündiger sind bloße Verallgemeinerer, die meinen, Wunder-was getan zu haben, wenn sie eine neue Species nur ein-reihen. Ich frage: Was würden wir von der Menschheit wissen, wenn wir lediglich die naturforscherliche Definition des ›Menschen‹ besäßen? –: wir kennen ›Den Menschen‹ doch nur insofern, als wir die ›Systematik‹ vor den Kopf schlagen, und jeden einzelnen Menschen als eine Klasse für sich selbst studieren. *Es ist der Unterschied zwischen BUFFON und SHAKESPEARE !* – Ach, Sir, daß wir niemals einen Shakespeare für StubenFliegen und Elritzen haben sollen?«

GEORGE MORLEY: – »Bei allem Respekt vor Elritzen und StubenFliegen; aber wenn wir einen zweiten Shakespeare fänden, würde er sich doch wohl, ebenso wie sein Vormann, besser damit beschäftigen, sich seine Individuen aus den verschiednen Klassen der Menschen zu erkiesen.«

WAIFE: — »So denken Sie; weil Sie selber Mensch sind — eine StubenFliege möchte da and'rer Ansicht sein. Aber das müssen Sie mir wenigstens erlauben: daran zu zweifeln, ob es für einen solchen SeelenForscher im Hinblick auf sein eigenes Lebensglück wirklich die ›bessere Beschäftigung‹ darstellte; obwohl ich gern einräume, daß sie das wäre, im Hinblick auf *Ihr* intellektuelles Vergnügen, auf *Ihre* gesellschaftlichen Interessengebiete. — Armer Shakespeare! Was muß der Mann nicht gelitten haben!«

GEORGE MORLEY: — »Ihr meint, er müsse zerfoltert worden sein durch die Leidenschaften, die er beschreibt? — wie zerschlagen durch die Zusammenstöße mit den Herzen, die er seziert? Das muß beim Genius nicht unbedingt so sein. Der Richter auf seinem Stuhl etwa, wenn er die ZeugenAussagen zusammenfaßt, die Geschwor'nen apostrophiert, braucht doch keineswegs die Versuchungen des Gefangnen auf der Anklagebank geteilt haben, oder mit der Art Taten vertraut zu sein. Und dennoch: wie vollendet kann nicht seine Analyse ausfallen!«

»Nein!«, rief Waife rauh. »Nein. Sie widerlegen Ihr Argument durch das von Ihnen gewählte Beispiel: der Richter weiß nichts von dem Gefangenen! Hier sind die Tatbestände — dort das Gesetzbuch. Aufgrund der einen verallgemeinert er — aufgrund des andern richtet er — ob gerecht oder ungerecht. Aber von dem Individuum auf dem ArmesünderBänkchen — von der Welt, der schrecklichen Welt in diesem einen individuellen Herzen — ich wiederhole es —: weiß er nichts! Wüßte er's, möchten eventuell Gesetz und Tatbestand verschwinden — alle menschenerdachte Justiz gelähmt werden können. — Halt! hier! : setzen wir doch diesen verdächtig dreinschauenden Ausländer, mit der schwärzlichen Visage, auf die Anklagebank; lassen wir hier die Verhandlung eröffnen — dort die Zeugen aussagen —: Oh des abscheulichen Bösewichts! — ein Mörder! — ein unmännlicher Mord! — ein schutzloses Weib, erstickt von schurkischer Hand?! :›Hängt ihn auf — hängt ihn auf!‹ — ›Sacht —‹ wispert doch der POET; und lüftet uns den Schleier vom Herzen des Mörders: ›schaut: es ist Othello, der Mohr! —‹. Welches Geschwornengericht unterfängt sich jetzt noch gegen diesen Verbrecher auf ›schuldig‹ zu erkennen? — welcher Richter sich, das schwarze Barett aufzusetzen? — Wer schreit jetzt noch ›Hängt ihn — hängt ihn‹?«

Mit solch lebensechter Gewalt machte der Komödiant diesem leidenschaftlichen Ausbruch Luft, daß es den Zuhörer mit einer Ehrfurcht durchschauderte, ähnlich der, welche der überführte Mohr gegen Ende des grandiosen Dramas um sich selbst her zu erzeugen weiß. Sogar Sir Isaak stutzte; er stellte seine hoffnungslose Verfolgung jener WasserRatte ein, gab ein leises Gebell von sich, kam zu seinem Herrn her, und schaute ihm mit feierlicher Neubegierde ins Gesicht:?

WAIFE (wieder in den normalen Umgangston zurückfallend): – »Wie kommt es wohl, daß wir mehr mit über uns Stehenden sympathisieren, als mit Denen unter uns?; warum eher mit den Sorgen eines Königs, als den Kümmernissen eines Bettlers?; warum sympathisiert Sir Isaak mehr mit mir, als (und sollte die WasserRatte ihn noch so sehr vexieren) ich jemals mit ihm sympathisieren kann? – Was immer auch der zureichende Grund sein möge, erkennen wenigstens Sie, Mr. Morley, hier eine Begründung, wieso ein armes Wesen gleich mir besser zu tun glaubt, wenn es den Umgang mit Tieren kultiviert, als sich statt dessen dem Studium des Menschen zu widmen – : was Menschen angeht, stehen sie Alle viel zu hoch, um mit mir zu sympathisieren; ich aber habe zwei Freunde gekannt, die mich niemals, weder gekränkt noch betrogen haben. Sir Isaak-hier ist der Eine; Wamba war der Andere. Wamba, Sir, der Inngeborene eines weit-entleg'nen Distrikts des Globen – (einem Manne 2 Freunde zu liefern, ist das zivilisierte Europa nicht groß genug) – Wamba, Sir, war von Natur aus weniger begabt, weniger durch Erziehung feingebildet als Sir Isaak; aber er war ein genauso sicherer und verläßlicher Gefährte: ›Wamba‹, Sir, war ein Opossum!«

GEORGE MORLEY: – »Ach, lieber Mr. Waife; – ich fürchte immer, die Menschen müssen sich sehr-übel gegen Euch benommen haben. –«

WAIFE: – »Das Recht sich zu beklagen, ist nicht meines. Ich hab' mich sehr-übel gegen mich selber benommen. Wenn ein Mann schon sein eigener Feind ist, wär' es ja wohl sehr unvernünftig von ihm zu erwarten, daß nun ausgerechnet andere Menschen seine Wohltäter sein sollten.«

GEORGE MORLEY (mit Bewegung): – »Hört – : ich bin Euch ein Geständnis schuldig. Ich fürchte immer, ich habe Euch ein Unrecht zugefügt – wo ich imgrunde nur dienstfertig sein wollte, und etwas Gutes vorhatte . . .«. Und der junge Akademiker haspelte schnell die näheren Umstände seines Besuches bei Mrs. Crane herunter. Zu Ende seiner Herzählung, setzte er noch hinzu —: ». . . und wie ich Euch dann hier wieder getroffen habe, und erfahren, daß Eure Sophie bei Euch sei — da hab' ich mich unaussprechlich erleichtert gefühlt. Demnach wär'es also geklärt worden, (dacht'ich mir), daß Euer Enkelkind, unbehelligt, Eurer Obhut überlassen worden wäre; sei es, Ihr hättet den Nachweis geführt, daß Ihr mit nichten die Person wäret, hinter Der die Beteiligten her seien; oder aber, daß FamilienDifferenzen dergestalt entwirrt und bereinigt worden wären, daß mein Eingreifen Euch nimmermehr geschadet habe. — Heut nun allerdings, hab' ich von meinem Vater einen Brief bekommen, der mich über die Maßen beunruhigt. Es scheint, daß die anderweitig-beteiligten Personen Gatesboro' besucht, und Euch, bei Mr. Hartopp, angeschwärzt haben. — Versteht mich recht: ich maße mir kein Verlangen nach einer Vertraulichkeit an, die Ihr mir vielleicht nicht einräumen möchtet. Aber wenn Ihr mich mit der Vollmacht betrauen würdet, Euren guten Ruf vor Anwürfen zu schützen, die ich (auch ohne alle Versicherungen Eurerseits!) für falsch und ungerecht erkläre —: ich würde nicht ruhen, bis diese-meine Aufgabe siegreich vollbracht wäre.«

WAIFE (in ruhigem, aber beträchtlich herabgestimmtem Ton): — »Ich danke Ihnen von ganzem Herzen. Aber zu machen ist da nichts. — Ich bin froh, daß der Gegenstand nicht eher zwischen uns zur Sprache gelangt ist, Mr. Morley, bis der kleine Dienst, den ich Ihnen leisten konnte, praktisch getan und vorbei war. Es würde ja ein Jammer gewesen sein, wenn Sie sich genötigt gesehen hätten, jeglichen Umgang mit einem Mann von beflecktem Ruf abzubrechen, noch bevor Sie gelernt hatten, die Fähigkeiten recht zu handhaben, die Sie später einmal in den Stand setzen werden, schlimmeren Sündern als ich je einer gewesen bin, ins Gewissen zu reden. Kein Wort, Sir. Sie fühlen ja wohl, daß ich, zumindest *nunmehr*, ein harmloser alter Mann bin, der sich seinen bescheid'nen Lebensunterhalt erwirbt. Sie wiederholen mir hier bitte nicht, was Sie zum Nachteil meines früheren Lebens gehört haben, oder eventuell noch hören werden, gelt? Und Sie werden mich und mein Enkelkind auch nicht aus unsrer unscheinbaren Zuflucht wieder fortschicken, um neuerlich einer Welt die Stirn zu bieten, mit der es aufzunehmen wir einfach nicht die Kraft haben? Und in diesem Glauben bleibt mir nur noch übrig, Ihnen ›Lebewohl‹ zu sagen, Sir.«

»Da verdiente ich ja, die Sprache ga-ga-ga-*ganz* zu verlieren«, rief der OxfordMann, luftschnappend und aufs grausamste stotternd, indem er Waife fest beim Arme packte, »wenn ich zugäbe, d-d-d-d . . .«

»: einundzwanzig : zweiundzwanzig : lassen Sie sich Zeit, Sir«, sagte der Komödiant sachte. Und mit milder Geduld setzte er sich wieder auf sein Bänkchen.

Der Oxforder warf sich endlich an die Seite des Ausgestoßenen; legte, mit der noblen Zartheit einer so ritterlichen Christennatur, wie der Himmel sie nur je einem Priester verliehen hat, die gefalteten Hände über Waife's eine Schulter, blickte ihm voll und von nahem ins Gesicht, und sprach dann, langsam und wohlerwogen – (und nicht 1 Stottern!) –

: »Ihr könnt Euch nicht entfernt vorstellen, was Ihr für mich getan habt: Ihr habt mir ein Heim und eine Laufbahn gesichert – die Frau, die ich sonst verzweifelt hätte aufgeben müssen – die Göttliche Berufung, auf die ich all meine irdischen Hoffnungen gesetzt hatte, und der zu entsagen ich unmittelbar im Begriff stand – meint nicht etwa, das seien Verbindlichkeiten, die sich so leicht abschütteln lassen. Falls es Umstände geben sollte, die mir verbieten, Andere hinsichtlich ihrer ungerechten Irrtümer in Bezug auf Euch eines Besseren zu belehren; dann stellt Euch aber bitte nicht vor, daß Deren falsche Ansichten, *meine* Dankbarkeit – meinen persönlichen Respekt Euch gegenüber – irgend beeinflussen könnten!«

»Nicht-doch, Sir! das sollen – das müssen sie. Und wenn vielleicht auch nicht Ihre (übertriebene) Dankbarkeit für eine Dienstleistung, die Sie wohl, am korrektesten, nicht nach ihren Auswirkungen auf sich selbst, sondern mehr nach der geringen Mühe, die sie mir gemacht hat, bemäßen – wenn also vielleicht auch Ihre Dankbarkeit nicht darunter leiden müssen sollte – Ihr Respekt aber doch, ja.«

»Und ich entgegne Euch: Nein! Glaubt Ihr denn, ich vermöchte nicht das Wesen eines Menschen zu beurteilen, auch ohne daß ich von ihm verlangen müßte, mir sämtliche Geheimnisse – all die Verirrungen, wenn Ihr so wollt – seines ganzen-vergang'nen Lebens anzuvertrauen? Wird nicht der Beruf, zu dem ich mich nunmehr bestimmt glauben darf, mir Kraft und Vollmacht geben, All-Diejenigen loszusprechen, Die wahrhaft bereuen, und ungeheuchelt glauben? – Oh, Mr. Waife! falls Ihr, in jungen Tagen, gesündigt haben solltet: habt ihr nicht längst schon bereut?; und wie oft, aus so manchem liebem-gutem Spruch, der Euch unabsichtlich über die Lippen kam, hab' ich nicht Grund gehabt zu ersehen, daß Ihr, ungeheuchelt, glaubt! Wär' ich jetzt bereits mit kirchlicher Autorität bekleidet: könnt' ich Euch nicht, als Priester, absolvieren? Oder meint Ihr etwa, daß ich, in der Zwischenzeit, es wagen würde, über Euch als Mensch abzuurteilen? – Ich, ein Rekrut des Lebens! – bisher durch sorgliche Eltern, und begünstigende GlücksUmstände, vor Versuchungen bewahrt – *Ich* sollte mir anmaßen, zu richten – und lieblos zu richten! – über den grauhaarigen Veteranen; ermüdet vom Marsch, verwundet im Gefecht?!«

»Sie sind ein edelherziges, humanes Wesen«, sagte Waife, beträchtlich ergriffen. »Und – denken Sie später daran – ein so weiter Mantel christlicher Nächstenliebe wird einmal Ihr Ehrenkleid heißen. – Aber hören Sie, Sir. – : Mister Hartopp ist nicht minder ein Mann, unendlich-menschenfreundlich; wohltätig; gütig; und, all seiner Simplizität zum Trotz, notfalls scharfsinnig genug: dieser Mr. Hartopp, als er vernommen, was gegen mich vorgebracht wurde, erachtete mich für unfähig, mein Enkelkind bei mir zu behalten, und hat das ihm anvertraute teure Pfand ausgeliefert – Almosen würde er, hätt' ich ihn darum angegangen, mir zweifellos gegeben haben; seine Hand nicht mehr. Nehmen deshalb auch Sie Ihre Hand von meiner Schulter, Sir; auf daß die Berührung Sie nicht beschmutze.«

George nahm seine Hände von der Schulter des Landfahrers; aber das geschah nur, um die Hand, die sie abwehren und dem Druck der seinen dann entkommen wollte, fest zu ergreifen. »Ihr seid unschuldig; unschuldig seid Ihr!: vergebt mir, daß ich Euch von ›bereuen‹ sprach, wie wenn Ihr notorisch schuldig gewesen wäret! Ich fühl' es, daß Ihr unschuldig seid – fühl' es, vermittelst meines eignen Herzens. Ihr wendet Euch ab? Ich biete Euch trotz: Ihr vermögt es nicht zu behaupten, daß Ihr dessen schuldig wäret, was man Euch zur Last gelegt, was Euern guten Namen verdunkelt, was Mr. Hartopp zu Euerm Nachteil geglaubt hat. Schaut mir ins Gesicht, und sprecht dazu: ›Ich bin nicht unschuldig; bin nicht verleumdet worden.‹ –:? –«.

Waife blieb stimmlos – regungslos.

Der junge Mann, in dessen Natur, noch unerprüft, all die großen HerzensEigenschaften lagen, ohne die es noch niemals einen großen Redner, einen großen Prediger gegeben hat – Eigenschaften, welche das Resultat langer Auseinandersetzungen intuitiv vorwegnehmen, und durch plötzlichen gefühlsmäßigen Impuls zum selben Ergebnis gelangen, wie ein Andrer durch logisches Klügeln – er also ließ hier Waife's Hand los; erhob sich in den Stand; trat dem alten Manne, der mit abgewandtem Gesicht, niedergeschlagnen Augen, schweratmender Brust da-saß, gegenüber; und begann mit Erhabenheit –

: »Vergeßt, daß ich vielleicht bald der christliche Geistliche sein werde, der sein Ohr von Amtspflicht wegen zu den Lippen von Scham und Schuld niederzubücken hat – dessen Hand, wenn sie himmelwärts weist, keine sterbliche Berührung beschmutzen kann – dessen erhabenster Platz an der Seite des Sünders ist. Betrachtet mich lediglich als Mensch und Gentleman. Seht, ich strecke Euch jetzt diese Hand entgegen –: wenn, als Mensch und Gentleman Ihr das Bewußte getan habt, das – wenn in allen Herzen gelesen alle Geheimnisse ausgefaltet; wenn menschliches Urteilen durch Göttliche Allwissenheit revidiert würde – Euch verböte, diese Hand zu ergreifen –,–: *dann* stoßt sie zurück! – dann geht – wir scheiden. Wenn jedoch *keine* solche Tat auf Euerm Gewissen lasten sollte – (obschon Ihr Euch, wie immer auch, in die Bezichtigung ergebt) – DANN; im Namen der Wahrheit; als Mensch und Gentleman dem Menschen und Gentleman gegenüber;: gebiete ich Euch, diese rechte Hand zu fassen; und *ver*biete Euch, im Namen eben jener Ehre, die kein Zweideuteln verträgt, mir zu ungehorsamen. – :?!«.

Der Vagabund erhob sich, wie der Tote auf den Spruch seines Nekromanten – ergriff, gleichsam unwiderstehlich, die ihm hingebotene Hand: – : Und der Gelehrte, überglücklich, sank ihm an die Brust; und umfaßte ihn, wie ein Sohn. –

»Ihr wißt es«, sagte George, zitternden Ton's, »daß die Hand, die Ihr genommen habt, Euch nie betrügen wird – auch nie verlassen. Aber ist sie – (ist sie gewiß und wahrhaftig!) – auch gänzlich machtlos, Euch aufzurichten, und Euch Eurer gesellschaftlichen Stellung wiederzugeben?«

»Doch; ja;: machtlos innerhalb Ihrer Kreise«, erwiderte Waife; mit einer Stimme, die fast noch stärker zitterte. »Alle Könige dieser Erde wären nicht mächtig genug, einen Namen wieder zu Ehren zu bringen, der einmal so in den Kot getreten worden ist. Nehmen Sie denn zur Kenntnis: daß es mir nicht nur unmöglich ist, mich zu rechtfertigen; sondern daß es mir auch gleichermaßen unmöglich fiele, irgendeinem menschlichen Wesen ein einziges-einfaches Motiv anzuvertrauen, zur Verteidigung für den Fall daß ich unschuldig, zur Milderung, wenn ich schuldig wäre. Und indem ich dies ausspreche; und Ihnen versichere, daß es weit-barmherziger wäre, mich schlechthin zu verdammen, als mich zu verhören – (denn ›Tortur‹ heißt ja befragen!) – kann ich also Euer Mitgefühl nicht von mir weisen; aber mir Respekt anzubieten, wäre Verhöhnung!«

»Wie? : Was?!: keine Achtung der Seelenstärke, die sich durch Verdrehungen nicht zermalmen läßt? Wäre derlei Stärke denn überhaupt möglich, hättet Ihr nicht das ruhige Bewußtsein, daß der Ewige Richter sich durch kein falsches Zeugnis irreleiten läßt? – Euch achten?: *und-wie!* – weil ich Euch glücklich gesehen habe, den Menschen zum Trotz; und deshalb weiß, daß die verfinsternde Wolke um Euch nichts mit des Himmels Mißfallen zu schaffen hat!«

»Oh« rief Waife, und die Tränen rollten ihm dabei die Wangen hernieder, »und es ist noch keine Stunde, daß ich über menschliche Freundschaft gespaßt – lästerlichem Spleen über meine MitMenschen Luft gemacht habe! Und nun – nun – Ah! Sir, die Vorsehung ist so gütig gegen mich! – Und« sagte er; und wischte die Tränen fort, während gleichzeitig das alte schalkische Lächeln wieder um seine Mundwinkel zu spielen begann, – »und gütig gegen mich, gerade auf dem Gebiet, wo Unfreundlichkeit mich am empfindlichsten getroffen hatte. Es ist wahr, Sie haben die Frau auf meine Spur gebracht, die mir mein Enkelkind wegnahm – die mich in der Achtung des guten Mr. Hartopp zugrunde richtete. Aber and'rerseits, sehen Sie: ich habe meine holde Sophie wieder; wir sind genau in dem Heim, das ich vor allen andern am meisten ersehnt habe; und jene Frau – (ja, ich kann Ihnen doch wohl, zumindest soweit, meine Geheimnisse anvertrauen, daß Sie sich keine Vorwürfe mehr darüber zu machen brauchen, sie nach Gatesboro' dirigiert zu haben) – eben diese Frau weiß um mein Obdach hier – hat mir eben die Empfehlung verschafft, die nötig war, um es zu erlangen – hat meine Enkelin aus dem verhaßtesten Frondienst befreit, gegen den ich juristisch nichts hätte unternehmen können – und, sollte man uns neuerlich mit Verfolgungen nachsetzen, sie wird wachen, und warnen, und uns helfen. Und wenn Sie mich weiter fragen, wie diese Veränderung in ihr bewirkt worden sei – wieso wir, (als wir schon alle Hoffnung auf grüne Wiesen und Felder aufgegeben, und zu dem Schluß gekommen waren, daß wir nur im Gewimmel einer großen Stadt Denen, die uns verfolgten, zu entgehen vermöchten), dennoch entdeckt wurden, obschon ich mir einbildete, ein Adept im Verkleiden zu sein, und das Kind und der Hund sich niemals außerhalb der vier DachstubenWände, wo ich sie verborgen hielt, sehen ließen; – sollten Sie, wie ich sagte, noch erklärt haben wollen, wieso diese-selbe Frau sich plötzlich aus einer gefühllosen Feindin in einen rettenden Schutzgeist verwandelt hat, dann kann ich Ihnen nur antworten: durch keinen Trick, keinen Kunstgriff, keine Überredungskunst meinerseits. Die Vorsehung sänftigte ihr Herz und ließ es gütig sein; genau in dem Moment, wo keinerlei Eingreifen einer andren irdischen Instanz, uns hätte entreißen können, dem – dem . . .«

»Sprecht nicht weiter – mir schwant's! das Dokument, das besagte Frau mir vorwies, war eine gesetzliche Vollmacht, derzufolge Eure arme kleine Sophie der Obhut eines Vaters ausgeantwortet werden sollte – : mir schwant's!: von diesem Vater möchtet Ihr, einerseits, nicht übel mir gegenüber reden; und fühlt Euch dennoch gedrungen, Eure Enkelin vor ihm abzuschirmen: kein Wort weiter. – Und dieses stille Heim da-drüben – Eure bescheid'ne Betätigung –: sie befriedigen Euch wirklich?«

»Oh, wenn ein solches Leben nur dauern könnte! – Sophie fühlt sich so wohl, so heiter, so glücklich! Haben Sie nicht selber gehört, wie sie neulich sang?; (Sie hat, vorher, noch nie gesungen. Aber Wir waren noch nicht 1 Woche hier, und Gesang brach aus ihr, ungeheißen-ungelehrt, wie aus einem Vögelchen!). – Aber wenn natürlich irgendein hämischer Bericht über mich, von Gatesboro' oder sonstwo-her, hierhin gelangte; dann würden wir weggeschickt werden, und das Vöglein in meinem WeißDorn verstummen –: Sophie würd' nicht mehr singen.«

»Fürchtet nicht, daß Verleumdung Euch von hier vertreiben werde. Lady Montfort, wie Ihr wißt, ist meine Kusine; aber das wißt Ihr nicht – (ganz Wenige tun's) – wie durch und durch großmütig und gutherzig sie ist. Ich will mit ihr von Euch sprechen – oh, schaut nicht beunruhigt drein. Sie wird meinem Wort vertrauen, wenn ich sage ›Das ist ein braver Mann‹; und falls sie nach mehr fragen sollte, wird es genügen, ihr zu sagen, ›Wer einmal bessere Tage gesehen hat, fühlt wenig Neigung, mit Fremden von der Vergangenheit zu sprechen‹.«

»Ich danke Euch; ernstlich, aufrichtig«, sagte Waife, dessen Gesicht sich wieder aufhellte. ›Ein Gefallen noch – falls Sie in dem Ihnen gezeigten juristischen Dokument, den Namen gesehen, oder gar im Gedächtnis behalten haben sollten, von-ä – von dem Betreffenden, der darin ermächtigt wurde, auf Sophie, als sein Kind, Anspruch zu erheben: wollen Sie ihn bitte, Lady Montfort gegenüber, nicht erwähnen. Ich bin mir nicht sicher, ob sie den Namen je gehört hat; aber möglich wäre es – und – und –«. Er hielt einen Augenblick inne, und schien über etwas nachzudenken; dann fuhr er, ohne seinen Satz vollendet zu haben, fort: »Sie sind so gut zu mir, Mr. Morley, daß ich Ihnen Vertrauen entgegenbringen möchte, so weit es sein kann. – Sehen Sie: ich bin ja schon ein alter Mann; und mein HauptAnliegen wäre, einen Freund für Sophie ausfindig gemacht zu haben, wenn ich einmal dahingegangen bin – einen Freund ihres eignen Geschlechtes, Sir. Oh, Sie können sich gar nicht vorstellen, wie ich mich danach sehne – mich danach ängstige, dies Kind unter den frommen, schützenden Augen einer Frau noch zu erblicken. Vielleicht, wenn Lady Montfort meine hübsche Sophie einmal sähe, könnte es ja sein, daß sie Gefallen an ihr fände: also wenn sie *das* täte – wenn *das* einträte! – Und Sophie«, fügte Waife, mit Stolz, hinzu, »verdient es, daß man sie schätze. Die ist nicht wie ich – für mich wär' schließlich jeder Schuppen gut: aber für *sie!* – Können Sie sich vorstellen, daß ich diese Hoffnung damals faßte? – daß diese Hoffnung dazu beigetragen hat, mich hierher zurückzuführen – als ich, Monate sind's her in Humberston war, ganz damit beschäftigt, Sophie wieder frei zu machen; und dabei sah – obschon-ä« merkte Waife, und ein schlaues Muskelspiel fand um seinen Mund statt, hier an »ich gerade in dem Augenblick kein Recht hatte überhaupt etwas zu sehen – Lady Montfort's humane Besorgnis um einen alten blinden Betrüger gewahrte, der seinen Hund – einen kohlschwarzen Hund, Sir, der sein Haar gefärbt hatte – vor den Rädern ihres Wagens zu retten versuchte. Und die Hoffnung verstärkte sich noch; da ich, den ersten Sonntag, als ich drüben in der Dorfkirche am Gottesdienst teilnahm, dieses schöne – wundersam schöne – Gesicht wiedersah; ganz auf der andern Seite; schön wie MondenSchimmer, aber auch so schwermutsvoll. Und es ist ja merkwürdig genug, Sir, daß ich – von Natur aus ein geräuschvoller lustiger Mann; itzt ein scheuer versteckter Wanderer – mich von einem Gesicht in *dem* Verhältnis mehr angezogen mehr angelockt fühle, als ich Spuren von Trauer darauf lesen kann. Ich fühle mich dann weniger niedergedrückt durch meine eigene Nichtigkeit – fühle mich irgendwie ermutigt, mich zu nahen, und zu sprechen, ›Soweit auseinander stehen wir uns nicht; auch Du hast gelitten‹ –: wie mag das kommen?«

George Morley: – »›Der Narr spricht in seinem Herzen: Es ist kein Gott‹; aber das hat der Narr in seinem Herzen nicht gesagt,: daß es keine Sorge gäbe – ein sinnschwerer und überaus tiefsinniger Spruch; Hindeutung auf die nicht wegzuleugnende Verkettelung, welche die Menschen an den Vater bindet. Und wo diese Kette sich spannt, da werden seine Kinder enger zueinander hin gezogen. – Aber zurück zu Eurem Wunsch – ich werde daran denken. Und sobald meine Base wieder zurück ist, soll sie Eure Sophie sehen.«

## 5. Kapitel

*Mr. Waife, von Natur aus unglücklich, entwickelt seine Meinung, daß, proportional im gleichen Takt wie das Glück ihm Gutes zuträgt, die Natur dies ins Schlimme verwand'le. / Er läßt auch zu, daß Mr. George Morley als sein Schuldner von ihm scheide; worauf Sophie Angst kriegt, daß er, als FolgeErscheinung, verdrießlich werden werde.*

Wenige Wochen nach der zuletzt wiedergegebenen Unterhaltung nahm George Morley Abschied von Montfort Court; nunmehr ohne jeglichen Skrupel bereit, vor den freundlichen Bischof bezwecks Ordination hinzutreten. Von Waife nahm er noch mehr mit, als nur die Kur eines untauglichmachenden Gebrechens; er empfing von ihm auch diejenigen Winke, die bei einem Mann, der, was so selten ist, das Temperament des Redners mit dem des Gelehrten vereint, die Meisterschaft in der Kunst befördern, durch welche die flüchtige menschliche Stimme zur bleibenden, unvergänglichen Macht wird. Der dankbare Lehrer erschöpfte rückhaltlos all seine Kenntnisse und Fertigkeiten für den Schüler, dessen Genius er freigesetzt – dessen Herz wiederum ihn überwältigt hatte. Bevor George abreiste, erhob sich für ihn die nicht geringe Verlegenheit, wie er Waife noch irgendeine andere Vergütung anbieten könnte, als diejenige, die nach Waife's Einschätzung bereits sämtliche empfangenen Gefälligkeiten überzahlt hatte – nämlich Freundschaft, die nicht zweifelt noch fragt; und die versprochene Protektion. Es braucht kaum gesagt zu werden, daß George den Mann, dem er Glück und Vorwärtskommen verdankte, über jenes bloß moralische Entgelt hinaus, auch noch zu etwas Substantiellerem berechtigt meinte. Aber schon bei der allerersten zarten Anspielung fand er, daß Waife von Geld kein Wort hören wollte; obschon der ExKomödiant keinerlei übertrieben Quijotische Ansichten bezüglich dieses praktischen Gegenstandes affektierte. »Um Ihnen die Wahrheit zu gestehen, Sir: ich hab' da so ein bißchen eine Art von Aberglauben dagegen, mehr Geld in meinen Händen zu wissen, als ich für den Moment zu verwenden weiß. Es hat mir eigentlich immer Pech gebracht; und was noch das Härteste dabei ist: das Pech bleibt; aber das Geld fliegt davon. Zum Beispiel diese fantastische Summe, die ich in Gatesboro' gemacht hab' – Sie hätten mich sehen sollen, wie ich dagesessen und gezählt hab'! Mein Herz hätte nicht stolzer und höher schlagen können, und wär'ich jener Große Mann, ›Mister Elwes, der Geizhals‹ gewesen. Und was für ein Pech hat es mir nicht eingetragen; und wie hat sich's nicht in alle Winde verzettelt! Nichts was ich, als Gegenwert, hätte vorzeigen können, als eine seid'ne Strickleiter & eine gebrauchte DrehLeier, (und *die* hab' ich, anschließend, zum halben Preis wieder weiter verkauft). – Oder als ich damals meinen Unfall hatte, der mich dieses Auge kostete: die Leute von der Eisenbahn haben sich *so*-anständig benommen; haben mir 120 £ gegeben – stellen S'sich das mal vor! Und es währte keine 3 Tage, da war das Geld alle und dahin!«

»Wie das?«, fragte George; halb amüsiert, halb schmerzhaft-betroffen –: »gestohlen etwa?«

»Nichts da«, versetzte Waife, mit einem Anflug von Düsternis; »wohl aber zurückerstattet. Ein guterlieberalterarmer Mann, der sehrsehr schlecht von mir dachte – (und ich wunder' mich gar nicht darüber) – war von großem Wohlstand, zu noch-größerer Armuth heruntergekommen. Während ich fest-lag, las mir meine Zimmer-Vermieterin manchmal aus der Zeitung vor; und in eben dieser Nummer stand ein Bericht über sein Pech und seine HülfsBedürftigkeit. Aber ich war ihm, wie gesagt, noch für den Betrag einer alten Schuld verantwortlich; und das, zusammen mit der Doktor-Rechnung, hat eben meine 120 £ gerade so weg-gelutscht. Ich hoff' zumindest-jedenfalls das eine: daß er nicht ganz so schlecht mehr von mir denkt. Und das Geld hat ihm bestimmt mehr Glück gebracht, weit eher als mir. – Ergo Sir: wenn Sie sich jetzt anschickten, mir Geld zu geben, würde ich mich, automatisch, auf irgendeine Calamität gefaßt machen: Gold & Ich? wir haben keine natürliche Affinität zueinander. Irgendeines schönen Tages jedoch – später 'mal, wenn Sie in Ihre Pfarre eingesetzt sein werden, und ein berühmter Kanzelredner geworden sind, und viel entbehrlichen Überfluß haben, und immer noch die Vorstellung hegen, Sie würden sich behaglicher im Gemüt fühlen, wenn Sie für den Korb-Macher etwas Fürstliches getan hätten – all dies vorausgesetzt, werd' ich Sie vielleicht bitten, mir zu einer Summe, die ich nach und nach zu sparen versuche, den dann noch fehlenden Rest dazu zu geben – eine enorme Summe – beinah so viel, als ich damals von meiner EisenbahnEntschädigung weggezahlt habe – ich bin sie der Lady schuldig, die sie vorgeschossen hat, um Sophie von einem Engagement offiziell zu entbinden; zu dessen Bruch ich – und garantiert ohne etwelche Gewissensbisse – das Kind veranlaßt habe.«

»Aber ja! Wie hoch ist der Betrag? Erlaubt mir wenigstens, diese Schuld zurückzuzahlen.«

»M-m; noch nicht. Die Lady *kann* warten – und sie wird mit Vergnügen warten, weil sie es verdient zu warten – es wäre lieblos ihr gegenüber, sie jetzt sofort auszuzahlen. Aber, in der Zwischenzeit, wenn Sie mir vielleicht ein paar gute Bücher für Sophie schicken könnten?; – belehrend; aber möglichst nicht allzu trocken. Und ein französisches Diktionär – dann könnte ich sie, wenn die Tage kürzer werden und der Winter kommt, Französisch lehren. Sie sehen, ich bin keineswegs über das Bezahltwerden erhaben, Sir. Aber, Mr. Morley, es gibt vor allem *eine* große Gunst, die Sie mir erweisen könnten . . .«

»Was wäre das? Sagt doch.«

»Sich ganz sehr aufzupassen, daß Sie mir nicht einen großen UnDienst erweisen! – Sie stehen jetzt im Begriff, zu Ihren Freunden und Verwandten zurückzukehren: sprechen Sie mit ihnen niemals von mir. Beschreiben Sie nie meine Person, und mein wunderliches Treiben. Nennen Sie weder die Lady; noch – noch-ä – den Mann, der Sophie da beansprucht hat. Ihre Freunde würden mir, mag sein, Schaden nicht zufügen; Andere durchaus. Geschichten wollen 'rumkommen. Und der Hase, der einen Hund welcher gerne bellt zum Freunde hat, besitzt sein Lager nicht mehr lange.

Versprechen Sie mir, um was ich bat. Versprechen Sie 's mir, als ›Mann und Gentleman‹.«

»Ja, selbstredend. – Das heißt, ich hätte *einen* Verwandten, mit dem ich – Eure Erlaubnis vorausgesetzt – gar zu gern einmal über Euch sprechen möchte; ja, mit dem ich wünschte, Euch bekannt zu wissen. Er ist in solchem Grade praktischer Weltmann, daß er womöglich doch einen Weg anzugeben wüßte, Euern guten Namen auf eine Art zu rehabilitieren, daß Ihr sie selbst gutheißen würdet. Dieser mein Onkel, Oberst Morley, . . .:?«

: »Auf keinen Fall!« rief Waife, beinah wütend; und legte soviel Zeichen von Ärger und Unruhe an den Tag, daß es längere Zeit erforderte, bis George ihn durch die feierlichsten Beteuerungen – wie sein Geheimnis unverbrüchlich gewahrt, seinen Einschärfungen getreulichst gehorsamt werden sollte – wieder einigermaßen zu beschwichtigen vermochte. Keine Konsultationen von Männern von Welt, über etwelche Arten & Weisen, ihn in die Welt der Männer zurückzuholen, vor der er sich geflüchtet hatte! Nichts von Obersten, ihn mit AppellAugen zu mustern, und gnädige Winke fallen zu lassen, à la wie man einen Fleck zu überkreiden habe! – Aber nach und nach legten Waife's Befürchtungen sich; sein Zutrauen stellte sich langsam wieder her; und, eines schönen Morgens, nahm George dann endgültig Abschied von seinem excentrischen Wohltäter.

Waife und Sophie standen; und schauten ihm, vom Garten-Pförtchen, hinterher: der Krüppel, leicht-gelehnt auf den Arm des MädchenKindes. Das blickte, halb Ängst- halb Zärtlichkeit, in das nachdenkliche AltmannsGesicht; und klammerte sich, je mehr sie blickte, umdesto fester.

:»Wirst Du jetz' nicht verdrießlich werden, armer Opa? – wird er Dir nicht sehr-fehlen?«

»Ein bißchen schon; zunächst«, gestand Waife, sich aufraffend. »Bildung ist eine großartige Sache. Ein gebildeter Mensch – vorausgesetzt, er fügt uns kein Leid zu; – (was nicht-immer der Fall ist!) – kann unserer Existenz ja nicht einfach entnommen werden, ohne eine Lücke zu hinterlassen. – Sophie: wir müssen jetzt ernstlich ans Werk gehen, und uns bilden!«

»Das wollen Wir, lieber Opa«, entschied Sophie mit Bestimmtheit; und, nur wenige Minütlein danach, –: »– wenn ich dann sehr sehr schlau werden könnte, würdest Du Dich auch nicht mehr so sehr nach diesem Herrn da sehnen, gelt-Opa!?«

## 6. Kapitel

*Ein Kapitel, das zu einem unzeitigen Ende gelangt.*

Als Montfort Court durch die Anwesenheit seiner Lady erneut verherrlicht wurde, war der Winter schon weit vorgeschritten. Ein höflicher Brief von Mr. Carr Vipont war ihr, just bevor sie Windsor verließ, zugegangen, der die Anregung enthielt: wie sehr es den Vipont'schen Interessen zum Vorteil gereichen würde, wenn sie sich entschließen könnte, für ein oder zwei Monate ihren Landsitz in Irland zu besuchen, der allzulange vernachlässigt worden sei, und wo Mylord, wenn er von seinen HochlandsMooren zurückkehre, sich dann mit ihr treffen werde. Ergo verfügte sich Lady Montfort nach Irland. Mylord traf sich dort zwar nicht mit ihr; vielmehr hielt es Mr. Carr Vipont nunmehr im Vipont'schen Interesse für erwünscht, daß das Ehepaar sich in Montfort Court selbst wieder vereinige; wohin auch die gesamte Familie Vipont eingeladen sei, um Zeuge ihres Glückes zu sein, (beziehungsweise ihren *ennui* etwas abzuschwächen).

Aber, bevor wir uns auf einen weiteren Schauplatz in dieser Geschichte verfügen, wird es nicht mehr als einen gerechten Tribut an Hochachtung vor dem großen Hause Vipont darstellen, wenn wir inne halten, um seine vergangene Kunde und seine gegenwärtige Größe ausgiebiger vor dem ehrfürchtigen Leser zu entfalten.: Das Haus Vipont . . . – aber was fällt mir denn ein!? Das Haus Vipont erfordert ein Kapitel für sich alleine!

## 7. Kapitel

### *DAS HAUS VIPONT. / ›Majora Canamus‹.*

Das Haus Vipont! – Wenn man zurückschaut, Zeitalter hindurch, bekommt man den Eindruck, wie wenn das Haus Vipont nur eine--einzige, sich immerfort neu verkörpernde Geisteshaltung wäre, die in ihrer fortschreitenden Entwicklung eine zusammenhängende Einheit von Denk- und Handlungsweisen bildet; so daß sie, durch all die Wechsel ihrer äußeren Gestalt hindurch, eigentlich nur von ein- und demselben Gespenst bewegt und dirigiert worden sei – *›Le roi est mort?: vive le roi!‹* – ein Vipont gestorben?: es lebe der Vipont!

Trotz seines hochtönenden Normannischen Namens, war das Haus Vipont, und zwar diverse Generationen nach Der Eroberung noch, nichts weniger als ein ›Haus‹ gewesen. Der erste Vipont, der aus dem Dunkel der Zeiten emportaucht, war ein rauher Söldner, gascognischer Herkunft, unter der Regierung des zweiten Heinrich – einer jener tausend FechtMänner, die sich mit dem wack'ren Earl von Pembroke zu Milford Haven einschifften; zu jener kuriosen Expedition, die mit der Eroberung Irlands endete. Dem betreffenden Tapferling gelang es, sich große Lehen an liegenden Gründen auf jenem fruchtbaren Eiland zu sichern – etwelche Mac's, oder einige O's gingen unter; und das Haus Vipont stieg empor.

Während der Regierung Richard's des Ersten, gelang es dem Hause Vipont – obwohl nach England zurückberufen; (die irischen Erwerbungen blieben unter der Obhut eines angemessen-wild--feurigen Jüngeren Sohnes, der als fiktiver Pächter fungierte) – dem Kreuzzug, glaubhaft-entschuldigt, fernzubleiben; und wurde dafür, durch Heirat mit einer reichen GoldschmiedsTochter, instand gesetzt, Denjenigen, die sich der erwähnten, herrlich-aufregenden aber ziemlich kostspieligen, Pilgerfahrt widmeten, die nötigen Gelder vorzuschießen. Unter der Regierung Johanns Ohneland dann, konnte das Haus Vipont sämtliche, ihm also verpfändeten Ländereien für verfallen erklären; und wurde dadurch Besitzer eines nicht unfeinen GrundEigentums, sowohl in England selbst, als auch der Lehen auf dessen SchwesterInsel.

Das Haus Vipont nahm an der ebenso beschwerlichen wie lästigen Politik jener Jahrzehnte keinen Anteil. In besonnener Unberühmtheit lag es der Ründung seines Wohlstands ob, und empfand nur geringes Interesse an der *Magna Charta*. Während der Regierungen der Plantagenet-Edwards, die sämtlich große Beförderer kaufmännischen Wagemuts waren, vermied das Haus Vipont Creci, Bannockburn, und ähnliche uneinträgliche Zänkereien; schloß dafür fleißig Heiraten mit Londoner Handelsherren, und holte vielfach so manches Gute von den Genuesern heraus. Unter der Regierung des vierten Heinrich, erntete das Haus Vipont dann die Belohnung seiner in der Vergangenheit geübten Zurückhaltung und Bescheidenheit: nunmehr, zum erstenmal, erscheinen die Viponts als Ritter mit dem Schwertgehenk – sie haben Wappen-Schilde – sie sind Lancaster'isch bis auf die Knochen – sie empfinden unglaublich gerechten Unwillen gegen Ketzer – sie verbrennen Lollharden – sie bekleiden Stellen am Hofhalt der Königin Joan, (die zwar eine Hexe geheißen wird; aber eine Hexe, die anstatt des Besenstiels ein Szepter schwingt, ist eine unvergleichliche Freundin). Und, zum Beweis seiner zunehmenden Bedeutung, heiratet das Haus Vipont endlich auch eine Tochter des derzeit mächtigen Hauses Darrell. Unter der Regierung Heinrichs V., während der Invasion in Frankreich, wußte das Haus Vipont – in berechtigter Furcht vor der Ruhr, die mehr tapfere Burschen wegraffte, als das Feld von Agincourt – es so einzurichten, daß es nur Minderjährige zählte. Die Kriege der Rosen allerdings, stellten das Haus Vipont vor betrübliche Verlegenheiten; aber auch diese gefährliche Feuerprobe ward schließlich, mit einzigartigem Takt und Erfolg, durchgestanden: die Art und Weise, wie es jeweils die Seiten wechselte – jeder dieser Wechsel sicher; und die meisten davon noch lukrativ – ist über alles Lob erhaben.

Alles in allem genommen, zog es die York'isten vor; es war schließlich nicht gut möglich, aktiv Lancaster'isch zu sein, bei einem Heinrich VI. von Lancaster, der andauernd im Gefängnis saß! Und folglich fand sich, beim Tode Edwards des Vierten, das Haus Vipont als ›Baron Vipont von Vipont‹, mit 20 Rittergütern. Richard III. rechnete deshalb sehr auf das Haus Vipont, da er von London auszog, um jenem Richmond das Treffen bei Bosworth zu liefern – er hatte diese Rechnung ohne seinen Wirt gemacht. Das Haus Vipont wurde sofort wieder intensiv Lancaster'isch; und war der Ersten Eines, die sich um die Sänfte drängten, in welcher Heinrich VII. in die Hauptstadt einzog. In seiner Regierungszeit heiratete es eine enge Verwandte der Empson's – das tat das große Haus Vipont! – und da Edelleute alter Herkunft ebenso rar wie arm geworden waren, honorierte Heinrich solche Tat damit, daß er das Haus Vipont zum Earl erhob – zum ›Earl von Montfort‹. Unter der Regierung des nächsten, des VIII. Heinrich, war das Haus Vipont (anstatt, wie einstens, Lollharden zu schmoren), voll und ganz für Reformation und Säkularisation – wobei die Ländereien von 2 Prioreien und 1 Abtei anfielen. Vollgestopft von solch- und ähnlicher Beute, tat das Haus Vipont, der Anaconda gleich, wenn sie sich zum Verdauen anschickt, einen langen Schlaf. Oder nein: es schlief mit nichten! Obschon es sich mäus'chenstill verhielt, solang die Blutige Mary, die Königin, regierte – (höchstens daß es, bei Hofe, Nachrichten lancierte, wie das Haus Vipont, imgrunde, ganz-merkwürdig zum Papsttum tendiere) – und auch während der Regierungen von Elisabeth und James, machte es nicht viel her, das Haus Vipont; war vielmehr, in aller Stille, damit beschäftigt, tief einzuatmen, und seine Konstitution zu verbessern. ›Schlafen‹?: das wär' auch so-was!: höllwach war es! Denn damals war der Augenblick, daß es, systematisch und in großem Stil, seine HeiratsPolitik begann: damals pfropfte es, unverdrossen-geschäftig, seine ÖlZweige auf die Stämme jener zukunftsträchtigen Neuen Häuser, die mit den Tudors emporgeschossen waren; damals – aufgeschlossen für den Geist des Heute; vorausschauend die Bedürfnisse des Morgen – wob es, über die ganze Länge und Breite des Landes, das eng-verschlungene Netzwerk nützlicher Vetternschaften! Damals fing es auch an, schaubare Paläste zu bauen und Parks einzuzäunen – es reiste auch ein wenig – das tat das Haus Vipont! es besuchte Italien – es schaffte sich Geschmack an; ein überaus elegantes Haus ward das Haus Vipont! Und in James' Regierung geschah es zum ersten Mal, daß das Haus Vipont den HosenbandOrden erhielt. Dann brach der Bürgerkrieg aus – England war innerlich zerrissen. Peer und Ritter ergriffen Partei, für die ein- oder andere Seite. Das Haus Vipont war wieder in Verlegenheit. Sicher, zu Anfang war es ganz für König Karl. Aber als König Karl auf den Einfall kam, zu kämpfen, da schüttelte das Haus Vipont sein weises Haupt, und ging herum wie Lord Falkland, der auch immer ›Frieden! Frieden!‹ seufzte. Schließlich entsann es sich seiner vernachlässigten irischen Besitzungen – worauf seine Pflicht es dorthin rief. Es ging nach Irland, verständig betrübt; und heiratete dort eine Verwandte von Lord Fauconberg – von allen Verbindungen, welche die Familie des Lord Protectors eingegangen ist, bekanntlich die, Fortuna's Capri-cen am wenigsten ausgesetzte – folglich war es sicher, als Cromwell seinen irischen Besuch machte; und nicht minder sicher, als Karl II. seinem England wiedergegeben wurde. Unter der Regierung des lustigen Monarchen, war das Haus Vipont ein Höfling; ehelichte eine ›Schönheit‹; bekam erneut das Hosenband; und ward, das erstemal in seiner Geschichte, Mode. Und ›Mode‹ begann eine Macht zu werden. Unter der Regierung James' II. verstand es das Haus Vipont wiederum, nur aus Minderjährigen zu bestehen, die genau im rechten Augenblick mündig wurden, um William & Mary den LehnsEid zu schwören. Für den Fall etwaiger unvorherzusehender Ereignisse, unterhielt das Haus Vipont freundliche Beziehungen zu den exiliierten Stuarts; schrieb aber keinerlei Briefe, und geriet deshalb auch in keinerlei Patsche. Aber erst in dem Augenblick, da die Regierung, unter Sir Robert Walpole, jenes konstitutionelle, parlamentarische System einführte und etablierte, welches das Kennzeichen der modernen Freiheit ist, geschah es, daß die, während all der aufeinanderfolgenden Jahrhunderte durch das Haus Vipont sorglich angesammelte Stärke, und nun gleich eklatant, sichtbar wurde. Zu diesem Zeitpunkt war sein Grundbesitz schlechthin umfassend, sein Reichtum enorm geworden; sein parlamentarischer Einfluß als ›eins der Großen Häuser‹ war so gut wie ein Teil der Britischen Verfassung. In diesem Stadium erachtete es das Haus Vipont für zweckmäßig, sich in zwei große Linien zu zerspalten – der Zweig der Peers; und der der Nicht-Peers; mit andern Worten der Oberhaus-, und der Unterhaus-Mitglieder. Das Unterhaus hatte inzwischen so viel Wichtigkeit bekommen, daß es für das Haus Vipont einfach erforderlich wurde, daselbst durch ein möglichst bedeutendes Mitglied vertreten zu sein: das war der Grund, wieso die Linie Carr Vipont hoch kam. Besagte Spaltung – dank eines EheKontraktes, wodurch ein ›Jüngerer Sohn‹ mit der Erbin der Carr's beglückt werden konnte –nahm freilich eine anständige Scheibe vom Landbesitz der älteren Earls weg; – *(uno averso, non deficit alter)*; – und das Earltum trauerte erst was weniges; ersetzte den Verlust aber unlängst wieder durch zwei reiche Heiraten auf eigener Ebene; und hatte seitdem längst Grunds genug gefunden, darüber zu jubilieren, daß sein Einfluß in der Oberen Kammer, derart gestärkt wurde durch solche Unterstützung aus der Unteren. Denn, dank seinem parlamentarischen Einfluß, plus der Hülfe des bedeutenden Unterhaus-Mitglieds, wurde das Haus Vipont, während der endlosen Regierung des dritten Georg, zum Marquis befördert. Von dieser Zeit an bis auf den heutigen Tag hatte das Haus Vipont so fortgemacht, ständig gedeihend, ständig progressiv. Es war für die Aristokratie das, was die Zeitung TIMES für die Presse ist: die gleiche quicke Sympathie mit den Gefühlen der Öffentlichkeit – die gleiche Einheitlichkeit von Sprechweise und Absicht – die gleiche Anpassungsfähigkeit – und etwas von dem gleichen erhabnen Ton der Überlegenheit gegenüber kleinlichen ParteiInteressen. Man könnte allenfalls einräumen, daß das Haus Vipont weniger brilliant wäre als das Nachrichtenblatt, die *Times;* aber Beredsamkeit und Witz, für den Fortbestand einer Zeitung unerläßlich, waren für den des Hauses Vipont nicht erforderlich – wären sie es gewesen, hätte man sie auch gehabt.

Das Haupt des Hauses Vipont ließ sich selten dazu herab, ein Amt zu bekleiden. Mit einem Pachtertrag von, oberflächlich geschätzt, 170000 £ im Jahr, ist es unter der Würde eines Mannes, von der Öffentlichkeit armselige 5- oder 6000 an Gehalt anzunehmen, und sich dafür all dem würdelosen Angepöbel durch volkstümliche Versammlungen, und eine ›freche Presse‹ auszusetzen. Aber es war natürlich eine Selbstverständlichkeit, daß das Haus Vipont in jeglichem Kabinett, das einem konstitutionellen Monarchen zu bilden angeraten schien, vertreten sein mußte. Seit den Zeiten Walpole's hatte immer ein Vipont im Dienste seines Vaterlandes gestanden; jene seltenen Fälle ausgenommen wo das Land notorisch schändlich mißregiert wurde. Um diese Pflicht zu erfüllen, opferten die Jüngeren Söhne des Hauses, oder auch das älteste Mitglied von der SeitenLinie des Großen Unterhäuslers, Muße und Behagen. Die Marquis Montfort selbst, begnügten sich im Allgemeinen mit EhrenÄmtern im Kgl. Haushalt, wie etwa Oberhofmeister, Oberzeremonienmeister, Oberhofstallmeister, etcetera – nicht eben drückende Würden; und selbst diese anzunehmen, ließen sie sich nur bei jenen besonderen Gelegenheiten herab, wo Gefahr dem Stern von Braunschweig drohte, und das Bewußtsein seiner erhabenen Stellung es dem Hause Vipont verbot, sein Land in Finsternis und Irrgang zu lassen.

Große Häuser wie das der Vipont, unterstützen das Werk der Zivilisation durch die Gesetze ihres bloßen Daseins. Sie haben, das kann gar nicht anders sein, eine muntere und wohlhabende Pächterschaft; denen sie-ihrerseits, und sei es nur um der populären Rolle willen, die den politischen Einfluß verdoppelt, großzügige und freundliche Gutsherren sind. Unter ihrem Regime werden Sumpfland und Sandschellen fruchtbar – landwirtschaftliche Versuche werden in großem Maßstab vorgenommen – bei Rindern wie Schafen wird die Rasse verbessert – das VolksVermögen nimmt zu; und trägt, obschon unter der Pflugschar hervorgesprungen, indirekt zirkulierend dazu bei, auch den Webstuhl zu beleben und das Schiffchen schneller fliegen zu machen. Hätte es nie ein Woburn, Holkham, Montfort Court gegeben, England würde um so manche Million ärmer sein. Nicht minder gereichen uns're Großen Häuser zu Verfeinerung des nationalen Geschmackes; sie haben ihre ShowPlätze: ihre GemäldeGalerien, ihre schönen LandschaftsGärten. Das bescheidenste Wohnzimmer noch schuldet eine Eleganz, eine Bequemlichkeit – das kleinste Gärtchen eine Blume, eine Eßbarkeit – den Importen, welche der Luxus fernen Zonen entborgte, oder den Erfindsamkeiten, die er daheim anregte: ursprünglich nur zu Nutz und Frommen der Großen Häuser! Im Besitz eines erklecklichen Anteils an Meriten dieser Art, die es mit andern Großen Häusern gemein hatte, erfreute sich das Haus Vipont jedoch auch anderer guter Eigenschaften, die ihm ganz-allein gehörten. Gerade weil es das egozentrischste aller Häuser war, – randvoll vom Bewußtsein seiner Ichichheit, und geleitet einzig von den Instinkten der SelbstErhaltung, – war es auch ein recht höfliches, gutartiges Haus – freundlich gutmütig gastlich; ein Haus, (und ich meine jetzt nur das Haupt desselben; natürlich nicht alle seine untergeordneteren Mitglieder, inklusive selbst jener erlauchten Lady Selina), dessen Angehörige sich, voller Grazie, gegen Einen verbeugen, und die Hand schütteln konnten. Selbst falls der Betreffende über keine eigene Stimme verfügte, konnte er doch einen Vetter besitzen, der eine hatte. Und Wer einmal in die Familie zugelassen war, der wurde auch vom Hause adoptiert: man brauchte nur eine der entferntesten Verwandten zu ehelichen, und schon sandte das Haus Einem ein HochzeitsPräsent; und lud Einen, anläßlich der allgemeinen Wahlen, ein, sich nun aber auch derb um seinen Verwandten zu scharen – den Großen Marquis. Weshalb, (höchstens und allenfalls noch von der StaatsKirche übertroffen), das Haus Vipont diejenige Britische Institution war, deren Wurzeln sich am weitesten verzweigten.

Nun waren die Vipont's, lange Generationen hindurch, eine energische Rasse gewesen – bei allen ihren Defekten hatten sie doch stets Geriebenheit und Tatkraft an den Tag gelegt. Der verstorbene Marquis, (Großvater des augenblicklichen), war vielleicht der Fähigste von ihnen Allen gewesen, das heißt Derjenige, der am meisten für das Haus Vipont getan hatte. Von grandioser und prachtvoller Lebensführung – von majestätischer Haltung – von fürstlichen Manieren – mit einem erstaunlichen Talent zur Handhabung aller Sorten Geschäfte, ob privater oder öffentlicher Natur – dazu durch und durch Enthusiast für das Haus Vipont, und dabei unterstützt von einer Marquise, in jeglicher Hinsicht seiner würdig – hätte man ihn die GipfelBlüthe des ehrwürdigen Stammes nennen können. Der derzeitige Lord jedoch, ein bloßes Kind noch, da er den Titel erbte, bildete einen schwermütigen Kontrast nicht nur zu diesem Großvater, sondern dem allgemeinen Charakter seiner Vorfahren gegenüber. Vor dieser Zeit hatte jegliches Oberhaupt des Hauses irgendetwas dafür getan – selbst der Oberflächlichste-Leichtsinnigste sein Scherflein beigetragen: der Eine hatte die Gemälde gesammelt, der Andere die Statuen, ein Dritter die Münzen und Medaillen; ein Vierter hatte die weithinberühmte Vipont'sche Bibliothek aufgehäuft; während noch Andere wenigstens reiche Erbinnen geheiratet, oder durch herzogliche Linien den Glanz der endlosen Vetternschaft erhöht hatten. Der gegenwärtige Marquis war buchstäblich *nil.* Vom Mark der Viponts war nichts in ihm. Er sah gut aus, er war gut-angezogen; und wäre das Dasein nichts als die Pantomime eines ›Lebenden Bildes‹, er hätte das Musterbild eines Marquis abgegeben. So jedoch war er wie die Uhren, die wir den kleinen Kindern schenken: mit einem niedlichen vergoldeten Zifferblatt, aber kein Werk inwendig: Er ›ging‹ einfach nicht – es gab keine Möglichkeit, ihn aufzuziehen. Er konnte sein Eigentum nicht verwalten; er war nicht imstande, seine Briefe zu beantworten – sogar ganz-durchlesen konnte er nur die wenigsten davon. Politik interessierte ihn nicht; schweigen wir von Literatur; aber auch Leibesübungen im Freien nicht: er jagte und schoß, es ist wahr; aber rein mechanisch – vermutlich wunderte er sich, wieso er da so schoß. Er wohnte Wettrennen bei, weil das Haus Vipont selbstverständlich ein Gestüt unterhielt; er setzte auch auf seine eig'nen Pferde, aber wenn sie verloren, sah man ihm keinerlei Verdruß an. Bewunderer, (kein Marquis von Montfort war denkbar ganz ohne Welche), sagten sofort wieder: ›Was für ein herrliches Naturell! welch gute Lebensart!‹ – es war nichts als die nackte-angebor'ne Teilnahmslosigkeit. Niemand hätte ihn einen ›Schlechten Menschen‹ schelten können – er war weder ein Lüderlicher, noch ein Leuteschinder; weder ein Geizkragen noch ein Verschwender – er hätte sich niemals, in keiner Beziehung, die Mühe genommen, ein Schlechter Mensch zu sein: Diejenigen, die seinen Charakter aus einer gewissen Distanz beurteilten, würden ihn womöglich das Musterbild eines Mannes genannt haben. Die augenfälligeren Verpflichtungen seiner gesellschaftlichen Stellung – Subscriptionen; milde Gaben; Unterstützungen großer Institute; kleine Aufmunterungen der Schönen Künste – waren Tugendlichkeiten, denen Andere vorbildlich in seinem Namen nachkamen. Aber imgrunde waren das Phlegma oder die Nullität seines Wesens letztlich doch nicht so allumfassend, wie ich sie vielleicht habe erscheinen lassen: 1 wunden Punkt hatte er doch, (der im allgemeinen bei Frauen häufiger vorkommt, als bei Männern) – eine *pique*, eine Überempfindlichkeit für Kränkungen. Seine *amour propre* vergab nie & nichts! – man verletze einmal sie; und er war imstande, eine KurzschlußHandlung, ein TollMannsStück, etwas ausgesprochen Tückisches zu begehen! – man verletze einmal sie; und DA!, das Wunder,: die Uhr ging!; und er hatte eine eingewurzelte *pique* gegen seine Frau Marquise. Anscheinend hatte er diese *pique* vom ersten Augenblick an gefaßt. Er zeigte sie, passiv, durch erhabne Vernachlässigung!; er zeigte sie, aktiv, insofern, als er sie von jeglicher der EinflußSphären fernhielt, die gleichsam-organisch der Frau anheimfallen, wenn der Gatte vor den geschäftlichen Einzelheiten zurückscheut. Offenbar hegte er die Befürchtung, daß Irgendjemand einmal sagen könnte: ›Lady Montfort hat aber viel Einfluß über Mylord!‹. Demgemäß war nicht nur die Verwaltung der RiesenDomänen auf Carr Vipont übergegangen; sondern selbst die der Gärten, des Haushalts, aller domestiken Affären. Carr Vipont oder seine Lady Selina waren es, die zu Lady Montfort sagten: »Gebt einen Ball.« – : »Ihr solltet Den-und-Jenen einmal zum Dinner einladen.« – : »Montfort war sehr verletzt, als er sah, wie die alte Rasenfläche an der Twickenham Villa plötzlich von diesen neuen *bosquets* durchbrochen worden ist. Sicher, sie ist Euch als Leibgedinge ausgesetzt; aber eben deswegen ist Montfort besonders empfindlich.«; undsoweiter, undsoweiter. Tatsächlich, sie lebten dem Wesen nach so getrennt, Mylord und Mylady, wie wenn sie gesetzlich geschieden, und Carr Vipont und Lady Selina ihre Vertrauensleute oder bevollmächtigten Vermittler bei jeglicher höflichen Verhandlung zwischen ihnen gewesen wären. Auf der andern Seite allerdings, ist es nicht mehr als gerecht, festzuhalten, daß auf allen Gebieten, wo Lady Montforts WirkungsSphäre sich nicht mit ihres Gatten Plänen, Gewohnheiten, Zu- oder Abneigungen überschnitt, vor allem nicht mit seinen eifersüchtigen Befürchtungen, man könne auch nur entfernt annehmen, sie habe irgend Einfluß über etwas erlangt, was einzig ihm-selbst, als *Roi fainéant* der Viponts, zustand – sie so frei war wie die Luft. Keinerlei Versuch zu maskuliner Beaufsichtigung, oder auch nur ehemännlicher Beratung. Zu ihrer Disposition stand Reichtum, ohne kleinliche Beschränkung – jedweder Luxus, den Verweichlichung zu verlangen vermocht hätte – jeglicher Tand, nach dem es einen Eitlen gelüsten konnte. Hätte ihr Nadelgeld, das an sich schon dem Einkommen einer normalen Peeress gleichkam, nicht hingereicht, ihre Bedürfnisse zu befriedigen – wäre sie überdrüssig geworden, die FamilienDiamanten zu tragen, und hätte dafür neue Juwelen von Golkonda begehrt – 1 einzig Wörtlein zu Carr Vipont oder Lady Selina, wäre sofort mit einer *carte blanche* auf die Bank von England beantwortet worden. Aber Lady Montfort hatte auch das Unglück noch, in ihrem Geschmack so gar nicht extravagant zu sein. Und das AllerSonderbarste war: in der Gesellschaft ward Lord Montforts Ehe eine LiebesHeirat genannt; er hatte sich ein mitgiftloses Mädchen genommen, die Tochter eines seiner ärmsten und obskursten Vettern; im ausgesprochnen Gegensatz zur unveränderlich-üblichen Politik des Hauses Vipont, das für arme Kusinen Alles in seinen Kräften Stehende tat, mit der einen Ausnahme, sie an den Chef der Familie zu verheiraten. Aber Lady Montforts Benehmen unter so schwierigen-peinlichen Umständen war ebenso bewundernswert wie selten. Wenige Affronts vermögen uns zu demütigen, es sei denn, wir ärgerten uns darüber – und ärgerten uns vergebens. Lady Montfort besaß jedoch jene erlesene Würde, die auch der Unterwürfigkeit noch die Anmuth froher Einwilligung verleiht. Daß in der glänzenden Großen Welt sich Schmeichler um eine junge Frau scharten, gleichzeitig von so eminenter Schönheit, und von ihrem Ehemann so gänzlich der eigenen Lenkung überlassen, war wohl unvermeidlich. Aber schon beim ersten schmeichlerisch-anspielenden Kompliment, oder pathetischen Condoliren, bezeigte sich Lady Montfort, in ihrem eignen Haushalt so demütig, hochfahrend genug, um einen Lovelace abzuschrecken. So wurde sehr früh er- und bekannt, daß sie über Versuchungen erhaben sei; und auch die Kecksten gingen ihr vorbei, ohne sich dergleichen herauszunehmen. Sie war umfassend unpopulär; wurde ›stolz und frostig‹ geheißen; sie trug nicht dazu bei, den Einfluß des ›Hauses‹ zu erweitern; sie bestätigte durch nichts dessen ›Stil‹ – jenen Stil, den gesellschaftliches Behagen einfach fordert; und den weder Rang, noch Reichtum, noch Tugend für sich allein, zu verleihen vermögen. Und dieses Manko von ihrer Seite, stellte in den Augen des Hauses Vipont ein großes Vergehen dar.: »Sie tut absolut nichts für Uns!« pflegte Lady Selina zu sagen; aber im innersten Herzen war Lady Selina über die Maßen froh darüber, daß in praxi nunmehr ihr, nahezu ohne Rivalin, die weibliche Repräsentation der Vipont'schen Honnneurs, zufiel. Und Lady Selina war die Verkörperung von beidem, Stil & Mode.

Lady Montfort's gesellschaftliche Eigentümlichkeit, bestand in dem Eifer, mit dem sie den Umgang mit Persönlichkeiten suchte, die sich eines Rufes als überlegene Geister erfreuten; gleichviel ob Staatsmänner, Juristen, Autoren, Philosophen, Künstler. Intellektueller Gedankenaustausch schien ihre angebor'ne Atem-Sphäre zu sein, aus welcher sie irgendwie habituell verbannt war; zu der sie sich jedoch aus einem instinktiefen Sehnen, und wie in erneuter LebensLust immer wieder zurück wandte. Doch wiederum warf man ihr, selbst-hier – und scheinbar nicht ohne Recht – vor, daß sie kapriziös und launisch in ihren Geschmäckern sei. Jegliche dieser gescheiten Persönlichkeiten schienen, über ein Kleines, ihre Erwartungen von ihnen, samt & sonders, enttäuscht zu haben; sie suchte die Bekanntschaft eines Jeden mit herzlichem Ernst; sie löste sich von der Bekanntschaft in müdem Verdruß; im Ganzen niemals weniger allein, als wenn sie allein war.

Und so wundersam lieblich! Nichts ist ja so rar, als Schönheit vom hohen Typ; es ist wahr, beide sind sie selten, Genius und Schönheit; Genius, der die Schönheit des Geistes – Schönheit, die der Genius des Körpers ist. Aber, von diesen Beiden, ist Schönheit das Seltenere! Jeder von Uns könnte schließlich an den Fingern etliche 40 oder 50 Persönlichkeiten von unbestrittenem und erlauchtem Genie herzählen, Diejenigen umfassend, die sich durch die Tat, in Literatur oder Kunst, berühmt gemacht haben. Aber kann Einer von uns sich erinnern, mehr als 4 oder 5 Exemplaren idealer Schönheit vom ersten Range begegnet zu sein? Und wer immer

Lady Montfort erblickt hätte, würde sie anstandslos unter diese 4 oder 5 seiner Erinnerungen eingereiht haben. Von ihrem Antlitz ging, blendend und verwirrend, jener Glanz aus, wie ihn vielleicht der Lateinische Dichter gemeint hat, wenn er sprach vom

»Nitor
Splendentis Pario marmore purius ...
Et voltus, nimium lubricus adspici.«;

und die ein Englischer Poet, (unser alter Suckling), mit der weniger sinnlichen, aber vergeistigteren Imagination des nordlichen Genius, in Zeilen umschrieben hat, die der Vergessenheit entrissen zu sehen, der englische Leser sich vielleicht freuen wird: –

»Ihr Antlitz
war, was die Milchstraß' ist dem Himmel:
Versammlung sanfter namenloser Lichter.«

Die Augen so glänzend hell; die exquisite FarbenHarmonie zwischen dem dunklen (nicht *allzu* dunklen) Haar und dem Elfenbein der Haut; so süße Strahlung der Lippen, wenn sie sich zum Lächeln auftaten. Und es hieß, daß in ihren Mädchentagen, bevor aus Caroline Lyndsay die Marquise von Montfort wurde, dies Lächeln das Erfreulichste war, was man sich vorzustellen vermag. Sie würden es nicht glauben, so absurd wirkte es jetzt, : aber diese stolze Lady war einmal ein wildes fantastisches Mädchending gewesen, mit dem lustigsten Lachen und der raschesten Thräne, das die Lüfte um sich herum mit aprilenem Sonnenschein erfüllte. Sicher, kein Wesen hat jemals das Leben gelebt, für das die Natur es bestimmte, oder hat einigermaßen fair play für Herz und Seele gehabt, wenn es fertigbekam, unbedingt, blindlings auf Biegen oder Brechen – den unrechten Partner zu heiraten!

## 8. Kapitel

*Das Inwendige des Großen Hauses. / Die Britische Verfassung am häuslichen Herd, bei einem FamilienTreffen.*

Groß war das Familientreffen diesen Weihnachten auf Montfort Court: dort-hin strömte die Vetternschaft des Hauses, aller Grade und der verschiedensten Rangstufen. Angefangen von Herzögen, denen nichts mehr zu wünschen übrig war, was Könige oder sonst Cousins erfüllen könnten; bis hinunter zu Advokaten ohne Praxis, und strebsam-hochfahrenden Kornetts von genau so edlem Blut wie die erwähnten Herzöge – die Hohe Familie versammelte heut ihre buntscheckigsten Sprößlinge. Solche GeschlechtsTage waren häufig; sie gehörten zur erblichen Politik des Hauses Vipont. Bei dieser Gelegenheit allerdings war die Musterung des Clans bedeutungsvoller als gewöhnlich: es war eine ›Krisis‹ in der Geschichte der Inneren Verfassung des Britischen Empire eingetreten. Eine neue Regierung war plötzlich, binnen der letzten sechs Wochen, gebildet worden, die zweifellos irgendeinen grass-entsetzlichen Schlag gegen unsre althergebrachten Institutionen zu bedeuten hatte; denn das Haus Vipont war weder bei ihrer Bildung um Rat gefragt worden, noch war es im geringsten in dem Ministerium vertreten, und sei es auch nur durch das Schatzkanzleramt! Weshalb Carr Vipont nunmehr die ebenso patriotische wie erbitterte gesamte Sippschaft aufgeboten hatte.

Es ist rund eine Stunde nach Beendigung des Dinners. Die Herren haben sich bereits den Damen zugesellt, und zwar in den PrunkGemächern; einer Zimmerflucht, die der letzte Marquis, in seinen alten Tagen, neu hat umordnen und einrichten lassen – während der langen Krankheit, die ihn schließlich auch zu seinen Vätern versammelte. Während seiner früheren Jahre war dieser fürstliche Marquis, Montfort Court abtrünnig geworden; und hatte es mit einem Landsitz vertauscht, der London näher lag, und sich deshalb weit leichter mit jener glänzenden Gesellschaft füllen ließ, deren Zier und Zentrum er lange gewesen war; in einer Epoche, wo es noch keine Eisenbahn gab zur Überwindung von Raum und Zeit, und eine Reise in eine nördliche Grafschaft, vier Tage, mit Post-Pferden, die Einladung selbst eines Marquis von Montfort unint'ressant machte, für mondän-schlaffe Schönheiten, wie für gichtische Minister. Aber als er sich dann dem Ende seiner weltlichen Laufbahn näherte, begann dem erlauchten Sünder ob solcher anhaltenden Vernachlässigung desjenigen Wohnsitzes, der ja doch mit seinen angeerbten Titeln irgendwie identisch war, das Gewissen zu schlagen. Und da anderweitige Betätigungen schal zu werden anfingen, zog Se. Lordschaft – begleitet und aufgeheitert von einem Hausgeistlichen, der einen feinen Geschmack für Dekoration und Innenarchitektur besaß – resolut um nach Montfort Court; machte alldort, umgeben von Baumeistern, und Vergoldern, und Polsterern, seine Verirrungen wieder gut; und, getröstet durch Betrachtung des Palastes, den er für seinen Nachfolger hergerichtet hatte, fügte er den Gewölben abschließend noch – einen Sarg bei.

Eben diese Zimmerflucht nun, dehnt sich vor Ihrem Auge: Sie befinden sich in dem Großen GesellschaftsRaum, nachgebildet dem von Versailles.

Das dort?: ist das lebensgroße Porträt des verstorbenen Marquis, in seinen StaatsGewändern; das Pendant?: die verstorb'ne Marquise, seine Gattin. Jener MalachitTisch dort, ist ein Geschenk des russischen Zaren Alexander; die Sèvres-Vase darauf, ist seinerzeit für Marie Antoinette angefertigt worden – beachten Sie ihr emailliertes Porträt im Mittelfeld. Durch die geöffnete Flügeltür am fernen Ende, verliert sich Ihr Blick in eine wahre Allee weiterer pompöser Räumlichkeiten – das MusikZimmer; die StatuenHalle; die Orangerie; auch and're Zimmer noch gehören an sich zu dieser Suite – ein BallSaal wie für Babylon; eine Bibliothek, die Alexandria zur Zierde gereicht hätte – aber sie sind weder beleuchtet, noch werden sie, bei dem heutigen Anlaß, benötigt; ist es doch lediglich eine FamilienParty, 60 Gäste und nicht mehr.

In dem Großen GesellschaftsRaum hat es die Älteren und Gesetzteren bereits an drei WhistTische entführt. Das Piano, im MusikZimmer, ist der Anziehungspunkt einer jüngeren Gruppe: Lady Selina Vipont's älteste Tochter, Honoria, (eine junge Dame, noch nicht offiziell in die Gesellschaft eingeführt; aber unmittelbar davor, nächste Saison ›herausgebracht‹ zu werden), ist bei einer wundersam verwickelten deutschen Piece, –

›verschlungen, künstlich, lang‹,

›mit Variationen‹ – und ihre Technik ist vollendet; sie windet sich hindurch. Keinerlei Mühe ist bei ihrer Erziehung gespart worden;

sorgfältigst gebildet, ist sie dazu auferzogen, die gleichgestimmte Gattin eines wohlhabenden Staatsmannes abzugeben. – Lady Montfort sitzt neben einer ältlichen Herzogin, die gutartig ist, obschon eine gewaltige Plaudertasche; in ihrer Nähe zwei Herren, ausgesprochen mittleren Alters, die sich mit ihr unterhalten hatten, bis dann eben die Herzogin sich eingedrängt, und die Dialoge in einen Monolog verwandelt hat.

Der ältere der beiden genannten Herren ist Mr. Carr Vipont; kahl, mit parlamentarisch gestutztem Backenbart, tut er sich etwas auf eine Ähnlichkeit mit Canning zugut, (aber natürlich mit beträchtlich würdevollerem Benehmen) – wirkt wie ein GroßGrund-Besitzer. Carr Vipont hat rund 40 000 £ pro-Jahr; hat öfters für ihn selbst bestimmte Posten ausgeschlagen, (obwohl er immer gleichzeitig Sorge trug, daß andere Vipont's sie dann bekamen); ist eine anerkannte Autorität für Bildung von Ausschüssen, und Verfahrensfragen des Unterhauses; spricht sehr selten, und nie sehr lange, läßt sich dabei nie auf Für und Wider ein, trägt lediglich seine Meinung vor, gilt aber viel; denn so wie er stimmt, stimmen 15 weitere Mitglieder des Hauses Vipont, ganz abgesehen von etwaigen bewundernden Satelliten. Er kann deshalb durch Teilung des Hauses namentliche Abstimmung herbeiführen, und hat das Schicksal von Kabinetten entschieden. Ein angenehmer Mann, ein bißchen wichtigtuerisch, aber das Gegenteil von hochmütig – durch Salbung überwältigend. Der andere Gentleman, dem er gerade zuhört, ist unser alter Bekannter, Oberst Alban Vipont Morley – Darrell's Freund – George's Onkel – ein Mann von solcher Wichtigkeit, daß sie tatsächlich hinter der seines Verwandten Carr nicht zurücksteht: eine Autorität in KlubRäumen; ein Orakel der GesellschaftsSäle; ein Mann vom Ersten Range in der *beau monde*. Alban Morley, ein Jüngerer Bruder, war jung in die Garde eingetreten; hatte, immer noch jung, mit OberstenRang seinen Abschied aus der Garde genommen; nachdem ihm von einer alten Tante ein Legat zugefallen war, das, zusammen mit den Zinsen aus der Summe für die er sein OffiziersPatent verkauft hatte, ihm ein jährliches NettoEinkommen von 1000 £ abwarf. Dies bescheidene Einkommen reichte für alle seine Bedürfnisse hin, obwohl er der feine Gentleman war und blieb. Er hatte es abgelehnt, ins Parlament einzutreten – gleichermaßen abgelehnt einen hohen Posten in einem VerwaltungsRessort. Selbst unverheiratet, bezeigte er seinen Respekt vor der Ehe, durch das Interesse, das er an den Heiraten andrer Leute nahm, – ähnlich wie etwa Graf Warwick, zu weise, sich selbst zum König aufzuwerfen, seine Passion für Königswürden dadurch befriedigte, daß er der ›KönigsMacher‹ wurde. Der Oberst war ein Mann von vollendeter Bildung, mit beachtlichen wissenschaftlichen Kenntnissen, der die meisten modernen Sprachen beherrschte. Was Malerei betrifft, ein Kunstfreund; in der Musik ein Kenner und Genießer; zu gegebener Zeit witzig, und dann war sein Witz ebenso von hohen Graden, wie er haushälterisch in Anwendung desselben – zu klug, um sich als Witzbold abstempeln zu lassen. Dabei durchaus männlich; ein verweg'ner Reiter, der manch einen Fuchsschwanz gewonnen; ein renommierter Pirscher auf Rotwild; und einer der wenigen englischen Gentlemen, die noch die edle Kunst des Fechtens kultivieren – zweimal die Woche, das Rapier in der Hand, in Angelo's Sälen zu sehen, wo er jedem Besucher zu Diensten stand. Dünn, obschon wohlgebaut, –?: ›hübsch‹ nicht, meine teure Junge Dame, weit entfernt davon; aber von einem so ›rassigen‹ Wesen, daß, wären Sie seiner in jenen Tagen ansichtig geworden, da das OpernHaus noch Foyer und Wandelhalle (die ›StutzerAllee‹) hatte – hätten Sie ihn an dem ein- oder andern solcher Zentren der Gesellschaft erblickt, umgeben von gepflegten Dandies und aufgedonnerten Play-Boys – sie Alle, Dandies wie Playboys, würden Ihnen zweitrangig und vulgär geschienen haben; und Sie hätten, den Blick fasziniert auf dieser stillen Gestalt – so schlicht von Benehmen, schlicht von Kleidung, schlicht von Antlitz – bestimmt gesagt: ›Wie unendlich distinguirt ist es doch, so schlicht zu sein!‹. Da er die Große Welt, vom innersten Kern bis zur äußersten Schale, kannte, und auf solche Kenntnis seine Autorität und Stellung in ihr gründete, war Oberst Morley nicht berechnend – nicht verschlagen – nicht argwöhnisch; sein Scharfsinn war umso quicker, eben weil er immer schnurgeradeaus ging; intim mit den Größten, aber nur gesucht, nie selbst-suchend; weder ein Schmeichler, noch ein Parasit, – aber wenn sein Rat verlangt wurde, (selbst wenn solcher Rat einen Tadel notwendig machte), ward er mit militärischem Freimut gegeben. Enfin, ein Mann von solch gesellschaftlichem Ansehen, daß es ihn zur Zier und Stütze des Hauses Vipont machte; und dabei mit ungeahnten Tiefen an Geist und Gefühl, die unterhalb seiner WeltGewandtheit und -Kenntnis, in tieferen Schichten lagen, sodaß sie kaum ein Anderer gewahrte; Darrell jedoch vollkommen rechtfertigten, wenn er einen Jungen wie Lionel Haugthon des Obersten freundlicher Obhut und ermahnender Beratung empfahl. Selbstredend hatte der Oberst, wie andere Menschen auch, seine Schwächen; falls es Schwäche genannt werden *kann*, daß er glaubte: Das Haus Vipont sei nicht nur das korinthische Kapitäl, sondern auch die umzinnte Zitadelle – nicht nur das *dulce decus*, sondern auch das *praesidium columenque rerum* – der Britischen Monarchie. Nicht daß er mit seiner Verwandtschaft zu dem Hause irgend geprahlt hätte; er reizte Niemandes persönliche Grille durch langatmige Auslassungen über dessen mannichfaltige Tugenden; vielmehr erlaubte er sich nicht selten seine harmlosen Scherzchen gegen einzelne Mitglieder, oder sogar gegen dessen allgemeine Prätensionen; aber derlei scheinbare Bekundungen von Objektivität oder Mäßigung, waren imgrunde nur kluge Tricks, um einen etwaigen Neid zur Ruhe zu sprechen. Und diese seine Ergebenheit dem Hause gegenüber, war weder gemacht noch aufgesetzt: sie kam aus der Tiefe. Er liebte das Haus Vipont um Englands willen: er liebte England um des Hauses Vipont willen. Wäre es – infolge irgendeiner fundamental-ungeheuerlichen Verkehrung sämtlicher ordentlicher Naturgesetze – möglich geworden, die Sache Englands von der Sache des Hauses Vipont abzusondern, der Oberst würde gerufen haben – : ›Rettet wenigstens die Arche der Verfassung! , und schaart Euch um das Alte Haus!‹

Der Oberst hatte nichts von Guy Darrell's Schwäche in Hinsicht auf Familienstolz; er scheerte sich nicht einen Deut um bloße Stammbäume – viel zu liberal und aufgeklärt für derlei veraltete Vorurteile. Nein! er kannte die Welt zu gut, um sich nicht vollkommen klar darüber zu sein, daß Alte Familie und ein langer Stammbaum einem Mann gar nichts nützen, wenn er nicht außerdem noch etwas Geld oder irgendwelche Meriten besitzt. Aber von Nutzen war es einem Manne – auch ohne einen Pfennig; auch ohne das geringste Verdienst – ein Vetter des Hauses Vipont zu sein. Es war nützlich, wesentlicher Bestandteil einer feststehenden britischen Einrichtung zu sein; war nützlich, ein legitimes und unveräußerliches Recht zu besitzen, sich an der Verwaltung und Beschirmung eines Empire's zu beteiligen, über dem (um uns der neuen Metapher auch zu bedienen) ›die Sonne niemals untergeht‹. Durchaus möglich, daß man für sich selbst nichts bedurfte – der Oberst, und der Marquis gleichermaßen, bedurften nichts für sich selbst – aber der Mensch ist schließlich nicht da, um selbstsüchtig und ein Egoist zu sein! Der Mensch hat Vettern – und seine Vettern können sehr wohl etwas bedürfen. Demosthenes hat, in Worten die jede wahrhaft männlich empfindende Brust entflammen, den Alten Griechen angeprangert, der seine POLIS oder seinen Staat nicht liebe; ob er schon nichts von ihr erhalte als unfruchtbare Ehre, wogegen sein Beitrag für sie – in einer großen Anzahl unangenehmster Steuern bestehe. Und was seine POLIS dem Griechen, das war das Haus Vipont für Alban Vipont Morley; es war die schönste, rührendste Zuneigung, die man sich vorstellen kann! Wenn je das Haus in Schwierigkeiten war – wenn immer es von einer KRISIS bedroht wurde – der Oberst stand ihm zur Seite, und scheute weder Mühe, noch vernachlässigte er das geringste Mittel, um die Arche der Konstitution wieder in ruhiges Fahrwasser zu manöv'rieren. Diese Pflicht erfüllt, zog er sich wieder ins Privatleben zurück, und verschmähte jedwede anderweitige Belohnung, außer dem leis-beifälligen Geflüster seines eignen applaudierenden Gewissens.

»Ja«, sagte also Alban Morley eben, und seine Stimme, obschon grundsätzlich leis' und gedämpft im Tonfall, war infolge der perfekten Aussprache ungemein deutlich – »ja, das ist ganz richtig: mein Neffe hat sich jetzt ordinieren lassen – sein SprachFehler, zwar noch nicht gänzlich behoben, hat immerhin aufgehört ein Hindernis zu sein, selbst für echte rhetorische Leistungen; ein gewisses gelegentliches Stammeln kann sogar ganz effektvoll werden – es erhöht das Int'resse; und wenn dann das genau-richtige Wort erfolgt, hat es noch zusätzlich den Scharm des Überraschenden. Ich zweifle nicht mehr daran, daß George ein ganz ausgezeichneter Kirchenmann werden wird.«

Mr. CARR VIPONT: »Wir brauchen aber auch einen – das Haus benötigte einen ganz ausgezeichneten Kirchenmann; wir haben im Moment Keinen – nicht einen Bischof – ja nicht einmal einen Dekan; Alles bloße DorfPfarrer, und nicht-Einer darunter, den zu fördern es sich lohnte. Äußerst merkwürdig; wo wir doch mehr als 40 Pfarrstellen zu vergeben haben! Aber die Viponts haben selten ein gutes Verhältnis zum KirchenDienst – jaja, George muß gefördert werden. Je mehr ich so darüber nachdenke, desto dringender benötigten wir einen Bischof: ein Bischof würde, in der gegenwärtigen KRISE, arg nützlich sein!«. (Sich stolz nach den Zimmern umsehend, und mit gemäßigter Stimme) –: »Aber eine zahlreiche Versammlung, Morley! Eine Demonstration, die einigen Schrecken in Downing Street hervorbringen wird – eh?! Das Alte Haus steht fest — nie war eine Familie so vereint-vereinigt: Alle sind da, möcht'ich meinen — das heißt, Alles, was der Erwähnung wert ist — Alle, außer Sir James, den Montfort nicht leiden zu können sich kapriziert; und außer George —: und George trifft morgen ein!«

Oberst Morley: — »Ihr habt den Hervorragendsten von all unsern Verwandten vergessen — ihn, den Einzigen, der, ließe seine Stimme sich wieder vernehmen, nun wirklich Schrecken in Downing Street hervorbringen könnte!«

Carr Vipont: — »Wen meint Ihr? —: Ach, jetzt weiß ich! —: Guy Darrell. Seine Gattin war eine Vipont — und er ist nicht hier. Aber Der hat doch schon seit endlosen Zeiten aufgehört, Verbindung mit Irgendeinem von Uns zu halten — der einzige Verwandte, der jemals dem Hause Vipont abtrünnig geworden — zumal während einer Krise wie der augenblicklichen. — Eigentümlicher Mensch! Hinsichtlich seiner Nutzbarkeit für uns, könnte er genausogut tot sein! — Aber er hat ein schönes Vermögen; — : was wird er damit machen?«.

Die Herzogin: — »Meine liebe Lady Montfort, Ihr habt Euch mit dem Falzbein verletzt. —«

Lady Montfort: — »Nein, bestimmt nicht. — Aber, Pst!: Wir stören sonst Mr. Carr Vipont.«

Die Herzogin senkt, aus Ehrerbietung vor Carr Vipont, ihre Stimme; und schwätzelt weiter — in WisperTönen.

Carr Vipont (das Thema wieder aufnehmend): — »Ein sehr schönes Vermögen — : Was wird er damit machen?«

Oberst Morley: — »Ich weiß es nicht; aber ich habe vor ein paar Monaten einen Brief von ihm erhalten.«

Carr Vipont: — »Wirklich? — und habt mir nie etwas gesagt?«

Oberst Morley: — »War ohne jegliche Bedeutung für Euch, mein lieber Carr. Sein Schreiben diente nur der Einführung eines allerliebsten jungen Bürschchens bei mir — eines Verwandten von ihm selbst (kein Vipont) — Lionel Haughton; Sohn des armen Charlie Haughton, an den Ihr Euch vielleicht noch erinnert?«

Carr Vipont: — »Oh ja: hübscher Taugenichts — der vor die Hunde ging. Da nimmt Darrell sich also Charlie's Sohn an — wie!: als seinen Erben etwa?«

Oberst Morley: — »In seinem Brief an mich hat er diese Frage bereits vorweggenommen, und verneint.«

Carr Vipont: — »Hat Darrell eigentlich nähere Verwandte?«

Oberst Morley: — »Meines Wissens keinen.«

CARR VIPONT: – »Vielleicht sucht er sich dann doch Jemanden aus der Familie seiner Frau als Erben aus – einen Vipont; es sollte mich nicht wundern.«

OBERST MORLEY (trocken): – »Mich ja. – Aber warum sollte Darrell nicht wieder heiraten? Ich hab' es eigentlich immer gedacht – denke es übrigens noch.«

CARR VIPONT (unwillkürlich zu seiner Tochter Honoria hinüberblickend): – »Tja; eine mit Bedacht gewählte Gattin könnte ihn durchaus der Gesellschaft, und Uns, zurückgeben. Es ist tatsächlich ein Jammer, daß ein so mächtiger Intellekt brach liegen – eine derart beredsame Stimme verstummt sein sollte ... Ihr habt natürlich Recht: in dieser KRISE, mit Guy Darrell wieder im Unterhause, hätten Wir alles, was wir brauchten – einen Redner, einen WortKämpfer! Äußerst merkwürdig; aber Wir haben im Moment keinerlei Sprecher – WIR, die Viponts!«

OBERST MORLEY: – »Ihr-selbst doch!«

CARR VIPONT: – »Ihr seid zu gütig. Ich kann gelegentlich wohl einmal reden; aber regelmäßig? nein. Zuviel Plackerei – nicht mehr jung genug, jetzt noch damit anzufangen. Mhm; Ihr glaubt also, Darrell würde noch'mal heiraten? Sah erstaunlich gut aus, der Bursche, als wir uns das letzte Mal trafen: noch gar nicht alt; möchte sagen bestens-erhalten. Ich wollte, ich hätte daran gedacht, ihn mit hierher einzuladen – ä-Montfort!« (Lord Montfort kam just mit ein oder zwei Herren vorbei, auf dem Wege zu einem BillardZimmer, zu dem eine SeitenTür von der eigentlichen Haupt-Zimmerflucht abführte.) – »Ä-Montfort! : stellt Euch vor, Wir haben ganz vergessen Guy Darrell einzuladen! Ob es schon zu spät dazu ist, bevor unsre Gesellschaft wieder auseinandergeht?«

LORD MONTFORT (unwirsch): – »Wünsch' nicht, daß Guy Darrell in mein Haus eingeladen werde.«

Carr Vipont war buchstäblich betäubt durch eine derart aufsässige Erwiderung: Lord Montfort und Anstand nehmen, wenn Carr Vipont etwas vorschlug!? Er konnte seinen Sinnen nicht trauen.

»›Nicht wünschen‹, mein lieber Montfort! Ihr scherzt, ja? Ein ungeheuer gescheiter Kerl, der Guy Darrell; und in Anbetracht dieser KRISE ...«

»Hasse gescheite Kerls – mag keine Langweiler!«, versetzte Lord Montfort; indem er sich dem schmeichelnden Händedruck Carr Vipont's entwand, und davon stakte.

»Spart Euch jedwedes Bedauern, lieber Carr«, sagte Oberst Morley: »Darrell ist nicht in England – ich glaube eher, er wird in Verona sein.« Und damit gesellte sich der Oberst, gemächlichen Ganges, zu der Gruppe, die sich um das Piano versammelt hatte. Über ein kleines gelang es Lady Montfort, jener Herzogin zu entwischen; sie mischte sich, höflich, unter den lebhafteren Teil ihrer Gäste; und befand sich plötzlich in der Nähe des Obersten Morley.

: »Wollt Ihr mir meine Revanche im Schachspiel geben?«, fragte sie, mit einer ihrer raren Lächelungen: ? –. Der Obrist war selbstredend entzückt. Während sie sich setzten, und ihre Figuren aufbauten, bemerkte Lady Montfort gleichgiltig-obenhin –

: »Ich hörte Euch vorhin, zufällig, sagen, daß Ihr letzthin einen Brief von Mr. Darrell empfangen hättet – : wie schreibt er? wie wenn er wohlauf wäre? – heiter? Ihr entsinnt Euch vielleicht, daß ich, als Kind, viel mit seiner Tochter, oft in seinem Haus gewesen bin. Er war immer sehr gut und nett zu mir ...« (Lady Montfort's Stimme taumelte etwas an dieser Stelle.)

»In Bezug auf sich selbst schreibt er nichts, ob Gesundheit ob Stimmung. Aber sein junger Verwandter schilderte ihn mir als völlig wohlauf – wunderbar jung aussehend für seine Jahre. Aber ›heiter‹? – nein! Darrell und ich sind ja praktisch zusammen in die Welt eingetreten; waren Freunde; soweit ein derart beschäftigter und eminenter Mann wie er, befreundet sein kann mit einem Menschen wie mir, einer indolenten Natur, und außerhalb von Mayfair unbekannt. Ich kenne sein Wesen; und von seinem Familien-Kummer wissen Wir ja Beide einiges: glücklich kann er nicht sein! Unmöglich! – allein – kinderlos – völlig abgesondert. Armer Darrell, jetzt reist er 'rum; ausgerechnet Verona! – der ödeste Ort – immer noch in Trauer um Romeo und Julia! – (Sie sind am Zuge.) – In dem erwähnten Brief sprach Darrell davon, wie er weiter wolle: nach Griechenland; Asien – vorstoßen in die Tiefen von Afrika – die wildesten Entwürfe! Der liebegute ›Contino Guy‹, wie wir ihn in Eton immer nannten – was hätte Der für eine Karriere machen können! Reden Wir besser nicht von ihm, es macht mich immer ganz niedergeschlagen; und, wie Goethe, vermeide ich unangenehme Themen aus Prinzip.«

Lady Montfort: – »Ja – woll'n Wir nicht mehr von ihm reden. Ja – ich schlage hier den DamenBauern ein. (Nein, Wir wollen nicht von ihm reden! – keinesfalls!).«

Das Spiel hatte seinen Fortgang; der Oberst stand bald so, daß er seiner Gegnerin hätte ›Matt in 3 Zügen‹ ansagen können. Den gemeinsam gefaßten Entschluß vergessend, sagte er, da sie eine längere Pause machte, und verzweifelt auf eine hoffnungslose letzte Verteidigung zu sinnen schien –

: »Bitte, schöne Base: wie kommt Montfort eigentlich dazu, derart gegen meinen alten Freund Darrell eingenommen zu sein?«

»›Eingenommen‹? Ist er das? Ich weiß es nicht. Tz, wieder besiegt, Oberst Morley!«. Sie erhob sich; und stand, indes er die Schachfiguren wieder in ihr Kästchen einräumte, gedankenvoll leicht über den Tisch gelehnt.

: »Dieser junge Verwandte da – wird er nicht ein Trost für Mr. Darrell sein?«

»Er wäre Trost und Stolz zugleich für einen Vater; aber für einen so entfernten Verwandten wie Darrell? – ›Trost‹! – : wieso und wie? Darrell wird ihm eine Versorgung verschaffen, das ist Alles. Ein feiner junger Mensch, wird ein Gentleman – ist auf meinen Rat hin nach Paris gegangen – benötigt Politur und Lebenserfahrungen. Wenn er zurück sein wird, muß er sich in der Gesellschaft umtun; ich hab' seinen Namen schon bei White vorgeschlagen –: dürfte ich ihn etwa auch bei Ihnen einführen?«

Lady Montfort zögerte; und sagte dann, nach einer Pause, beinahe rauh, –: »Nein.«

Sie verließ den Oberst, – (der nur unmerklich die Achseln zuckte), – und verfügte sich, schnellen Schritts, ins BillardZimmer hinüber; wo bereits einige Damen sich befanden, und den Spielern zusahen. Lord Montfort kreidete eben sein Queue. Lady Montfort ging geradeswegs auf ihn zu; ihre Farbe war erhöht, ihre Lippe zitterte; sie legte ihm, mit ehefraulicher Kühnheit, die Hand auf die Schulter – es wirkte, wie wenn sie ganz impulsiv, rein aus Zuneigung, zu ihm hierhergekommen wäre, um ihn zu sehen. Sie nannte ihn beim Vornamen; und erkundigte sich, mit überstürzter schwankender Zärtlichkeit im Stimmton, ›ob er auch rechten Erfolg habe?‹. Lord Montfort's Gesicht, bis dahin bloß apathisch, nahm nunmehr den Ausdruck äußersten Widerwillens an. »Wohl gekommen, um mir beizubringen wie man Carambolage stoßen muß, was!«, sagte er brummig; wandte sich von ihr fort, betrachtete die Bälle; und tat dann einen Fehlstoß.

»Mir ziemlich im Weg, Lady Montfort«, sagte er dann; zog sich in einen Winkel zurück, und sprach kein Wort mehr.

Lady Montfort's Antlitz errötete noch intensiver. Unschlüssig verzog sie einen Augenblick; kehrte dann in den großen Salon zurück; und war für den Rest des Abends außergewöhnlich angeregt, graziös, bezaubernd. Als sie sich, zusammen mit ihren anderen Damen-Gästen für die Nacht zurückzog, sah sie noch einmal in die Runde, erblickte Oberst Morley, und hielt ihm ihre Hand entgegen. »Euer Neffe kommt morgen hierher«, sagte sie; »mein alter SpielGefährte; unmöglich alte Freunde gänzlich zu vergessen – Gute Nacht!«

## 9. Kapitel

*›Les extrêmes se touchent.‹*

Am nächsten Tage waren die Herren sämtlich außer Hause, weithin verstreut – eine große JagdVeranstaltung; und Diejenigen, die keine Schützen waren, nahmen indes das RennGestüt in Augenschein, oder die MusterFarm. Die Damen hatten ihre Promenade auch hinter sich; Einige befanden sich in ihren eig'nen Zimmern; Andere in den EmpfangsRäumen, mit weiblichen Arbeiten, oder Lektüre beschäftigt; oder auch dem Klaviere lauschend – Honoria Carr Vipont trug wieder Einiges vor. Lady Montfort war nicht-anwesend; aber Lady Selina war so gütig, den Platz der Wirtin auszufüllen. Lady Selina stickte, mit großer Fertigkeit und viel Geschmack, ein Paar Pantoffeln für ihren ältesten Sohn; der soeben bei der Universität Oxford immatrikuliert worden war, nachdem er Eton College mit dem Ruf verlassen hatte, der bestGekleidete, und nicht der übelste CricketSpieler dieser, mit Recht so renommierten ErziehungsAnstalt zu sein. Nun ist es ein Irrtum, anzunehmen, daß feine Damen zuweilen nicht auch sehr zärtliche Mütter und liebevolle Gattinnen sein könnten. Lady Selina war, außerhalb des engsten FamilienKreises, trivial gemütlos kaltherzig, anmaßendsten Temperaments, niemals freundlich es sei denn aus diplomatischen Beweggründen, und überhaupt uhrwerkhaft-gekünstelt. Aber im eigenen Heim, Mann und Kindern gegenüber, war Lady Selina eine sehr ordentliche Art von Frau. Carr Vipont zutiefst ergeben, überschätzte sie sein Talent; hielt ihn für den ersten Mann in ganz England; war für seine Ehre besorgt; voller Eifer für seine Int'ressen; beschwichtigend in Kümmernissen, zartpfleglich bei Unpäßlichkeiten. Ihren Mädchen gegenüber verständig und wachsam – zu ihren Jungen nachsichtig und liebkosend. Der Erziehung der Ersteren widmete sie die genaueste Aufmerksamkeit, das heißt entsprechend ihren vornehmen Ideen von MädchenBildung – und es waren auch wirklich ›höchste Töchter‹ geworden, mit viel Wissensstoff, und harmonisch-ausgeglichenen Gemütern. Den Letzteren gegenüber war sie weniger autoritativ; weil die Jungen nicht ihrer unmittelbaren Aufsicht unterstellt waren, erlaubte ihr VerantwortlichkeitsGefühl, im Verkehr mit ihnen mehr Zärtlichkeit und weniger Würde an den Tag zu legen, als bei den jungen Damen; die sich ja sowohl aus ihrem praktischen Beispiel als aus ihren theoretischen Unterweisungen, jenes patrizische Dekor anzueignen hatten, das dem geschmeidigen Produkt aus unterdrückten Impulsen und eingedämmten Gefühlen dann so gut steht. Jungen durften getrost Lärm in der Welt machen, Mädchen sollten das nie. Lady Selina also arbeitete an den Pantoffeln für ihren abwesenden Sohn, und ihr Herz war in dem Moment entsprechend voll von ihm. Sie schilderte seinen Charakter, und verbreitete sich über alle Aussichten des Vielversprechenden, zwei oder drei aufmerksamen Zuhörerinnen gegenüber, die, da selber der Vipont-Sippe angehörig, echtes Interesse für die wahrscheinlichen Schicksale des Erben der Carr Vipont's hatten.

»Kurzum«, sagte Lady Selina, noch einmal resümierend, »sobald Reginald mündig ist, bringen wir ihn ins Parlament. Carr hat es stets beklagt, daß er nicht ganzganz früh an den Staatsdienst gewöhnt worden ist; Reginald muß das werden. Nichts ist für öffentliche Persönlichkeiten so erforderlich, als ein frühes Training – das macht sie praktisch; und benimmt ihnen die Sensibilität gegenüber dem, was diese gräßlichen ZeitungsMenschen daherschwatzen dürfen. Das war ja auch Pitt's großer Vorteil. Reginald besitzt Ehrgeiz; und er muß auch Beschäftigung bekommen, damit er vor Schaden bewahrt bleibe – das ist eine bängliche Angelegenheit für eine Mutter, wenn sie einen gut-aussehenden Sohn hat – tz, die Gefahr, daß er von den Frauen verdorben wird –:?, oh ja, meine Liebe, es *ist* ein kleiner Fuß, sehr klein – seines Vaters Fuß.«

»Falls Lord Montfort keine Familie haben sollte«, flocht hier eine ziemlich entfernte und untergeordnete Vipont, flüsternd und etwas zögernd ein: »geht dann nicht der Titel-ä . . .?«

»Nein, meine Liebe«, unterbrach Lady Selina; »nein; der Titel geht nicht auf uns über. Es ist ein betrüblicher Gedanke; aber das Marquisat würde, in diesem Fall', erlöschen: es gäbe dann keinen männlichen-erbberechtigten Nachkommen Gilbert's, jenes ersten Marquis, mehr. Carr sagte einmal, es bestünde sogar die Möglichkeit, daß der Earl-Titel zum Gegenstand einer Diskussion werden könnte. Die Baronie ist natürlich gesichert; die hängt an den Irischen Besitzungen, und auch an den meisten Englischen; und fiele (wißt Ihr das nicht?) an Sir James Vipont – so ziemlich den Letzten, der sie verdient hätte; die stillste stupideste Kreatur; nicht entfernt erzogen und gebildet für so eine Position – ein bloßer Bauer und Landedelmann, auf einem kleinen Gut in Devonshire.«

»Er ist nicht mit hier?«

»Nein. Lord Montfort kann ihn nicht leiden. Ganz natürlich: Niemand liebt seinen Erben, es sei denn das eigene Kind; (und manche Leute lieben sogar ihre ältesten Söhne nicht! shocking, aber es ist so). Montfort ist das beste, das lenksamste Wesen, das je war; ausgenommen, wo er eine Abneigung faßt. Und so zwei oder drei Leute kann er eben gar nicht ausstehen.«

»Richtig; wie hat er damals die arme Mrs. Lyndsay verabscheut!«, sagte lächelnd eine der Zuhörerinnen.

»Mrs. Lyndsay, ja – die Mutter unsrer lieben Lady Montfort. Ich müßte lügen, wenn ich sagte, ich hätte sie bemitleidet; obschon es mich um Lady Montfort's willen schmerzte. Aber wie Mrs. Lyndsay je Montfort für Caroline zu kapern gewußt hat – ich kann es nicht begreifen! Wie konnte sie die Stirn haben, an so etwas nur zu denken! Er, damals ein bloßer Jüngling noch! Und alles vor der Familie geheim gehalten – sogar vor seiner Großmutter – der lichtscheueste Handel! Ich wunder' mich nicht im geringsten, daß er das später nie verziehen hat.«

Erste Zuhörerin: – »Caroline hat schließlich Schönheit genug, um . . .«

Lady Selina (einfallend): – »Schönheit gewiß – *das* kann Niemand bestreiten. Aber doch nicht entfernt für so eine Stellung geeignet; gar nicht für dergleichen erzogen. Armer Montfort! er hätte eine fundamental andere Art Frau heiraten sollen – so Eine wie seine GroßMutter, die letzte Lady Montfort. Caroline leistet absolut nichts für Das Haus – gar-nichts – hat nicht einmal ein Kind – ganz unglückliche Angelegenheit.«

Zweite Zuhörerin: – »Mrs. Lyndsay war, meines Wissens,

doch ausgesprochen arm, wie? Und Caroline hatte folglich keinerlei Gelegenheit, jene Neigungen und Gewohnheiten bei sich auszubilden, die einfach erforderlich sind für-ä – für . . .«

Lady Selina (der Zuhörerin einhelfend): – »– für so eine gesellschaftliche Stellung, und ein derartiges Vermögen: Ihr habt vollkommen Recht, meine Liebe. Leute, die in einer bestimmten Richtung erzogen worden sind, können sich einer anderen einfach nicht mehr anpassen; und, es mag sonderbar sein, aber ich hab' es mehrfach schon beobachtet: Leute, die in ärmlichen Umständen aufgewachsen sind, können sich weit schlechter darein finden, sehr reich zu sein; als, umgekehrt, Leute die im Reichtum aufgewachsen sind, mit großer Armut fertig werden. Wie Carr es, in seiner epigrammatischen Art ausdrückt: ›Es ist leichter, herunterzusteigen, als emporzuklimmen‹. Ja; Mrs. Lyndsay war eine Tochter von Seymour Vipont, wißt Ihr, der so viele Jahre in der Verwaltung tätig war, mit einem angemessenen Einkommen aus seiner Besoldung, und außerdem nichts. Sie heiratete einen von den schottischen Lyndsay's – gute Familie, selbstverständlich – aber auch mit sehr mäßigem Besitztum. Sie ward, noch jung, Witwe, mit einem einzigen Kind, eben Caroline. Kam, mit einem kleinen Wittum, in die Stadt. Die verstorbene Lady Montfort war sehr gut zu ihr – das waren Wir-Alle – haben sie aufgenommen – hübsche Frau – gute Manieren – aber weltlich gesinnt – oh, so sehr! – und ich schätze weltliche Leute gar nicht. Nun gut; aber auf einmal geschah etwas fürchterliches: der gesetzliche Erbe macht ihr das Wittum streitig; behauptet, daß Lyndsay keinerlei Recht gehabt habe, den schottischen Grundbesitz mit RentenVerschreibungen zu belasten – überaus komplizierte Angelegenheit. Aber zum Glück für sie hatte die Tochter von Vipont Crooke, ihre Kusine und beste Freundin, Darrell geheiratet – den berühmten Darrell – der damals noch advocierte – äußerst nützlich, Kusinen zu haben, die mit gescheiten Leuten verheiratet sind. Der int'ressierte sich für ihren Fall, und nahm sich seiner an. Ich glaube, er gehörte an sich nicht vor die Gerichte, wo Darrell praktizierte; aber er trug sämtliches Beweismaterial zusammen; nahm Einsicht in den ganzen Schriftwechsel; ließ es sich ein gutes Stück von seinem eig'nen Geld kosten, um die Sache anhängig zu machen – und, tatsächlich, er gewann den Prozeß für sie; obwohl er nicht direkt ihr Anwalt sein konnte. Die Leute sagten allgemein, sie wäre so-dankbar gewesen, daß sie nach dem Tode seiner Gattin Alles daran gesetzt hätte, um

Mrs. Darrell die Zweite zu werden. Aber Darrell ging zu jener Zeit gänzlich in der Politik auf – der letzte Mann, der ans Verlieben gedacht hätte – und schaute nur gelangweilt drein, wenn Frauen in ihn verschossen wurden, was damals nicht Wenige taten. Großartige Erscheinung, meine Liebe, fascinierende Persönlichkeit, und so ein-zwei Jahre rasend in Mode. Aber wie dem auch sei: Mrs. Lyndsay ging, ganz plötzlich, fort nach Paris; und dort hat Montfort Caroline zu Gesicht bekommen, und sich fangen lassen. Mrs. Lyndsay hatte, da gibt's gar keinen Zweifel, darauf speculirt, immer bei ihrer Tochter leben, und, freiesten Zutritts, hin und herpendeln zu können, zwischen Montfort Haus in der Stadt, und Montfort Court auf dem Lande. Aber Montfort ist tiefer als die meisten Leute ihn einschätzen. Nein; er hat ihr nie verziehen. Sie ist niemals hierher eingeladen worden – nahm sich's zu Herzen; ging nach Rom, und starb.«

In diesem Augenblick öffnete sich die Tür, und George Morley, nunmehr Ehrwürden George Morley, trat herein; eben eingetroffen, um sich auch zur Verwandtschaft zu gesellen.

Einige kannten ihn; Andere nicht. Lady Selina, die es als Ehren-Pflicht betrachtete, jeglichen Verwandten zu kennen, erhob sich graziös, legte die Pantoffeln beiseite, und reichte ihm zwei Finger. Sie war ganz erstaunt, ihn auch nicht annähernd mehr so schüchtern zu finden, wie er sonst doch gewöhnlich gewesen war – wundervoll zu seinem Vorteil verändert: unbefangen, munter, angeregt. Der Mann war eben jetzt an seinem richtigen Platz; und konnte seine Hoffnungen auf dem Gebiet verfolgen, zu dem er Lust und Liebe hatte; wenige Männer, die am rechten Platz stehen, sind schüchtern. Er fragte nach Lady Montfort:? Die war in ihrem eignen kleinen Wohnzimmer, beim BriefeSchreiben – Briefe, die Carr Vipont ihr zu schreiben dringend angelegen hatte – Korrespondenzen, nützlich dem Hause Vipont. Über ein kleines jedoch kehrte ein Bedienter zurück, um auszurichten, daß Lady Montfort sich sehr glücklich schätzen würde, Mr. Morley zu empfangen. George folgte also dem Diener, bis in jenes anspruchslose Wohnzimmerchen, mit seinen einfachen ZitzVorhängen, und ruhigen Bücher-Regalen – ein Zimmerchen, das für eine Cottage nicht zu fein gewesen wäre.

## 10. Kapitel

*In jeglichem Leben – sei sein Tempo rasch, sei es langsam – gibt es kritische RastPlätze. / Wenn die Reise dann wieder aufgenommen wird, hat die umliegende Landschaft sich verändert.*

Und wie-gut sie zu diesem einfachen Zimmerchen paßte – sie selbst so einfach gekleidet – ihre wundersame Schönheit so exquisit außer Licht gestellt. Sie wirkte hier derart ›zuhause‹, wie wenn Alles an Zuhause, was das Haus en bloc vermochte, hier bei ihr konzentriert wäre.

Sie hatte besagte inhaltsschwere Briefe beendet und gesiegelt; und war mit einem rechten Gefühl der Erleichterung aufgestanden von jenem Tisch am andern Ende des Zimmers, auf dem diese Briefe, sämtlich ceremoniell und conventionell, geschrieben worden waren – aufgestanden, und an das, obwohl mitten im Winter, offene Fenster getreten; und das Rotkehlchen mit dem sie Freundschaft geschlossen hatte, kam kecklich fast bis in Reichweite gehüpft, und schaute sie, das Köpfchen curios schräg gelegt, aus glänzenden Äuglein an. Am Fenster standen ein einzelner Stuhl, und ein kleines LesePult, auf dem das Buch noch offen lag. Der kurze Tag war nicht mehr weit von seinem Ende; aber am Himmel herrschte noch reichlich Helle, und in der Außenluft eine heit're wenn auch frostige Stille.

Obschon sie den Verwandten, den sie soeben zu sich beschieden, erwartete, steht doch zu befürchten, daß sie seiner halb vergessen hatte. Sie stand am Fenster, tief in Träumereien, da er eintrat; so tief, daß sie zusammenfuhr, als seine Stimme an ihr Ohr schlug, und er plötzlich vor ihr war. Sie faßte sich jedoch schnell wieder; und sagte, mit noch größerer als ihrer gewohnten Freundlichkeit in Stimmklang und Benehmen, zu dem Gelehrten –: »Das freut mich sehr, Euch zu sehen, und gratulieren zu können.«

»Und wie es mich erst freut, Ihre Glückwünsche entgegennehmen zu können«, antwortete Jener, mit wohlklingender langsamer Stimme, ohne ein einzigmal zu stottern.

»Aber George, wie ist das zugegangen?«, fragte Lady Montfort. »Bringt diesen Stuhl dort; setzt Euch hierher; und erzählt mir Alles ausführlich darüber. Geschrieben hattet Ihr mir bereits, daß

Ihr geheilt wäret; zumindest hinreichend, um Eure noblen Bedenken entfallen zu machen – aber vom ›Wie‹ habt Ihr kein Wort verraten. Euer Onkel sagte mir: durch geduldigen Willen, und standhaftes Üben –?«.

»Unter guter Anleitung. – Aber ich möchte Ihnen jetzt ein Geheimnis vertrauen, wenn Sie mir versprechen wollten, es zu bewahren.«

»Oh, da könnt Ihr Euch auf mich verlassen: ich habe nicht eine Freundin!«

Der Geistliche lächelte; und begann sogleich von den Lektionen zu berichten, die er bei dem KorbMacher empfangen hatte.

»Ich habe seine Erlaubnis« sagte er, abschließend, »den Dienst, den er mir erwies, den vertrauten Umgang der zwischen uns entstand, Ihnen anzuvertrauen – aber einzig Ihnen; Ihren Gästen kein Wort. Wenn man ihn nur einmal gesehen hat, begreift man, wieso ein excentrischer Mensch, der einst bessere Tage kannte, vor der impertinenten Neugier einer müßigen Kundschaft zurückscheut. Zufrieden mit seinem bescheidenen Auskommen, fragt er nach nichts als Freiheit und Ruhe.«

»Das kann sogar ich schon gut verstehen«, sagte Lady Montfort, halb seufzend halb lächelnd. »Aber meine Neugier soll ihn nicht behelligen; und wenn ich einmal dem Dorfe drüben einen Besuch abstatte, verspreche ich, seinem Häuschen vorbei zu gehen.«

»Aber nicht doch, teure Lady Montfort: das hieße ja, vonvornherein gerade die Gunst abschlagen, um die Sie zu bitten ich im Begriff bin; und die darin besteht, daß Sie ein Mal mit mir zu eben diesem Häuschen kämen. Es würde ihn so sehr freuen!«

»Ihn freuen? – wie das?«

»Weil der arme Mann eine kleine Enkelin hat; und sich sehnlichst wünscht, daß Sie sie kennen lernen, und vielleicht freundlich zu ihr sein möchten; und dann auch, weil ihm ganz merkwürdig viel daran gelegen scheint, an diesem, seinem jetzigen Aufenthaltsort, bleiben zu können. Das Häuschen gehört natürlich Lord Montfort, und ist durch dessen Amtmann an ihn vermietet worden; und falls Sie geruhen würden, sich für die Beiden etwas zu interessieren, wäre seine Pacht ja praktisch gesichert.«

Lady Montfort schaute zu Boden, und errötete. Vielleicht dachte sie daran, was für eine unsichere Bürgschaft ihre Protektion, was für unbedeutende Auswirkungen ein Interesse ihrerseits mit sich bringen würde; aber sie sprach es nicht aus. George fuhr indes fort;

und so beredt und so rührend beschrieb er sie Beide, den Großvater wie die Enkelin; so geschickt deutete er das über ihnen liegende Geheimnis an, daß Lady Montfort von seinem Bericht ausgesprochen bewegt wurde, und bereitwillig zusagte, ihn bei der ersten günstigen Gelegenheit durch den Park, und hin zum Korbmacher-Häuschen zu begleiten. Aber wenn man 60 Gäste in seinem Hause hat, muß man wirklich schon die Gelegenheit abwarten, ihnen einmal unbemerkt zu entkommen. Und diese Gelegenheit ergab sich denn tatsächlich auch viele Tage lang nicht – nicht ehe die Gesellschaft auseinander ging – abgesehen von 1 oder 2 zagen Witwen-Kusinen von Stande, die ›keinerlei Ungelegenheit‹ machten; und 1 oder 2 Hagestolzen-Kusins, welche Mylord zurückhielt, um das Gemetzel unter den Fasanen vollständig zu machen; und in den trübseligen Stunden zwischen SonnenUntergang und Dinner – zwischen Dinner und Schlafenszeit – Billard mit ihnen zu spielen.

Dann erst, eines heiteren-frostigen FrühNachmittages, spazierten George Morley und seine schöne Base, kecklich *en evidence*, an sämtlichen geisterhaft-spähenden FensterAugen vorbei, die breiten KiesWege entlang – erreichten glücklich das abgelegene Unterholz; die tiefe Einsamkeit der ParkWeiten – umwanderten die breite Wasserfläche – traten durch ein privates Gatter in der Umzäunung – wodurch sie plötzlich auf das Fleckchen Weidengrund gerieten, und an das bescheid'ne GartenFeldlein, dessen Hintergrund das Häuschen des KorbMachers abgab.

Noch indem sie diese Niederen Bezirke betraten, schlug es wie das Lachen eines Kindes an ihre feinen Ohren – das silbrige, musikhafte, ergötzliche Lachen eines Kindes; – lang war es her, seit die Große Dame ein Lachen wie das-hier vernommen hatte – das natürliche Gelächter eines glücklichen MädchenKindes. Sie hielt an; und sie lauschte; mit einem seltsamen Wohlgefallen . . .? – »Ja –«, wisperte George Morley;: »Stop – und Pst! – : da sind sie –,–«.

Dort saß Waife, auf dem Stumpf eines Baumes; Materialien zu seinem Handwerk lagen, unbeachtet, an der Seite. Sophie stand vor ihm – er hatte den Finger, wie zum Verweis, erhoben, und gab sich größte Mühe, die Stirn zu runzeln. Während die ungebet'nen Gäste so lauschten, hörten sie, daß er sich abmühte, ihr die Anfangsgründe französischer Conversation beizubringen; und sie lachte lustig über ihre eignen Schnitzer, und die gespielte Feierlichkeit des mißfällig tuenden Schulmeisters. Lady Montfort vermerkte, mit nicht unnatürlicher Überraschung, die Reinheit und Korrektheit von Aussprache und Akzent, wodurch dieser sonderbare KorbMacher unabsichtlicherweise seine perfekte Beherrschung einer Sprache dartat, in der auch der besterzogene Gentleman seiner Generation – ach, sogar der unsrigen – sich nur selten mit Akkuratesse und Eleganz auszudrücken wußte. Aber ihre Aufmerksamkeit ward augenblicks vom Lehrer weg, und auf das Gesicht seiner holden Schülerin gelenkt. Frauen haben eine schnelle Art, Schönheit bei ihren eignen GeschlechtsGenossinnen sogleich richtig zu taxieren – und Frauen, die selber schön sind, tun das nicht zuletzt. Unwiderstehlich fühlte Lady Montfort sich zu diesem unschuldigen Gesichtchen hingezogen, das so lebhaft in seiner Freude, und doch so sanft bei aller Fröhlichkeit war. Sir Isaak, der bis dahin *perdu* gelegen, und die Bewegungen einer Drossel in einem StechpalmenGebüsch überwacht hatte, fuhr, mit einem Gebell, jetzt auf:?! –. – Waife erhob sich – Sophie halb zur Flucht gewandt. Die Besucher traten herzu . . . –

*   *
*

Hier, langsam, zögernd, sei der Vorhang fallen gelassen. Frank Gebrauch von dem Vorrecht der Gattung Roman machend, werden Jahre dahingerollt sein, ehe der Vorhang erneut sich hebt. Ereignisse, die ein ganzes Leben beeinflussen können, datieren sich oft von stillst-heiteren Augenblicken, von Dingen her, die äußerlich ebenso trivial und nicht der Rede wert erscheinen, wie hier der Besuch der Großen Lady im Häuschen des KorbMachers. Welches dieser Leben wird jener Besuch eventuell späterhin beeinflussen – das der Frau?, des Kindes?, des Landfahrers?, Wessen? Wahrscheinlich würde wenig von dem, was jetzt dort vor sich geht, etwelche Hypothesen fördern, oder gar ein sichtbares Glied in der Kette der Geschicke sein. Ein paar flüchtig-tastende Fragen – ein paar behutsam-verhaltene Antworten – ein Blick oder so – die ein- oder andere schönstimmige Silbe, die Lady und Kind miteinander tauschen – ein Körbchen gekauft, oder ein Versprechen wiederzukommen – nichts was des Erzählens wert wäre. So bleibe es denn unerzählt. Nur noch einmal die Szene selbst betrachtet, indes der Vorhang, widerstrebend, sinkt. – Das ländliche Häuslein mit der offnen GartenTüre, offen auch seine Fenster mit den altmodisch kleinen-vielen Scheiben. Man kann im Innern, nett und reinlich, das schlichte Hausgerät erkennen, und die weißgetünchten Wände, beredt von gesunder Armut zeugend, und weit entfernt von sackgrob-betonter Dürftigkeit. Um die EingangsTür Schling-Gewächse, erst neuerlich gepflanzt; grüner WeihnachtsIlex hebt seine roten Beeren von den Fensterscheiben ab; drüben der Bienenstock; und außerhalb der Schwelle steht der geflochtne Käfig, mit dem Star, der darin sitzt. Fern im Hintergrund, (alles übrige des benachbarten Weilers ist gänzlich außer Sicht), strebt das Spitztürmchen der Kirche in den klaren blauen Winterhimmel. Über Allem liegt eine Stimmung von Ruhe – von Sicherheit. Und ganz dicht anwesend neben Einem dieses Sinnbild des HEIMS – in unauslöschlicher, schützender, liebevoller Gegenwart – das, inmitten von soviel Einsamkeit, Einem zumurmelt: ›nicht einsam!‹; ein allgegenwärtiges Gefühl, das der Großen Lady in dem Palast, den sie eben verlassen hat, nicht gewährt ist. – Und diese Lady selbst?: Die ruht just auf dem rauhen knorrigen BaumStumpf aus, von dem der Landfahrer aufgestanden ist; sie hat Sophie näher zu sich herangezogen; sie hat die Hand des Kindes ergriffen; bald spricht – bald lauscht sie; und die Gütigkeit auf ihrem Antlitz sieht wie Glück aus. Vielleicht *ist* sie ja in dem Moment tatsächlich glücklich. – Und Waife?: der hat sein verwittertes, beweglich-ausdrucksvolles Gesicht zur Seite gekehrt, indes seine Hand ängstlich auf dem Arm des jungen Gelehrten zittert. Dieser Gelehrte flüstert: »Seid Ihr zufrieden mit mir?«; und Waife erwidert, mit einer Stimme, ebenso leis' aber weit gebrochener: »Gott lohn'es Ihnen! Oh, diese Freude! – : wenn meine holde Kleine endlich eine Freundin gefunden hätte! –«. Armer Vagabund, er hat nun ein stilles Asyl – einen festen bescheidnen Unterhalt – ja, mehr als das, er hat soeben ein Ziel erreicht, aufs innigste ersehnt. Sein vergangenes Leben – ohweh! Was hat er damit gemacht? Sein gegenwärtiges Leben – mag es noch so abgerissen fragmentarisch sein – ist zur Ruhe gekommen. Aber stets die immerwährende Frage – die spöttliche, schreckliche Frage – mit ihrer possenhaften Formulierung, und dem tragischen Sinn ihrer Rätsel –: ›WAS WIRD ER DAMIT MACHEN?‹ Machen mit was? Nun mit all dem, was ihm verbleibt – all dem, was er in der Hand hält – all dem, was dem Menschen als solchem, eingeklemmt zwischen Freiem Willen und VorausBestimmung, zu machen erlaubt ist. Fragt nicht den alten Landfahrer allein – fragt jeglichen der Vier, wie sie hier auf der Fliegenden Brücke, DER

Augenblick genannt, zusammengekommen sind. Die Zeit liegt vor Dir – was wirst *Du* damit machen? Frag Dich selbst! – befrag die Weisen! Aus dem Bemühen, diese Frage zu beantworten: was für TraumSchulen sind nicht daraus entstanden, die niemals gänzlich untergehen werden!: die Wissenschaft der Seher, ob auf des Chaldäers Pur-Tor, oder in den FelsenHöhlen von Delphi; nach der, heutzutage, die Handwerker in ihren Gassen und Gäßchen mit hornigen Händen, und keuchend, greifen und tasten. Die verblaßten Überreste dessen, was einst geheimes Wissen der größten Weisen war, sinkt herab in das Herz des gemeinen Mannes – Hieroglyphisches auf LumpenLappen, die der gläubige Vulgus auszulegen unternimmt. – ›Was wird er damit machen?‹. Fragt Merle und seinen Kristall! – Aber der Vorhang geht tiefer!: einen Moment noch: da sind sie: – Alter und Kindheit – Armut und Reichtum – die bleibende Stätte und das Vagabundentum – des Predigers heilige Lehre und erhab'ner Ehrgeiz, und die Bilderwelten aufdämmernder Vernunft – Hoffnungen des gereiften Intellekts, und Erinnerungen gescheiterter Existenz – häusliche Sorgen, und uneingestand'ne Reue – Elegie und Epik in leisen verschwiegnen menschlichen Seufzern, denen Dichtung bisher noch niemals Worte lieh – Alles noch, sekundenlang, verkörpert vor Euch – ein flücht'ger Blick zum Weiterraten – nicht mehr. Tiefer, immer tiefer, fällt der Vorhang! –: Alles fort!

# VI. BUCH

## 1. Kapitel

*›Hyde-Park im Monat Juni‹, mit Radierungen, die, vorausgesetzt, diese-unsre Historie entgehe den Schurken, den Koffermachern, von unschätzbarem Wert für noch ungeborne Altertumsforscher werden können. / Gestalten, die lange abwesend waren, kommen wieder zum Vorschein, und geben einige Kunde von sich.*

Fünf Jahre sind ins Land gegangen, seit diese Geschichte begann; und wieder einmal ist der Monat Juni gekommen – Juni, der unser London mit all seiner Herrlichkeit bekleidet; seine vornehm-matten BallSäle mit lebendigen Blumen füllt, und seine steinernen Trottoirs mit Schmetterlingen in MenschenGestalt. Es ist um die Stunde, die da heißt 6 Uhr nachmittags; und der Korso in Hyde-Park folglich gedrängt voll: die Fahrstraße, um die Serpentine entlang, kriechen die Equipagen, eine hinter der andern; kompakt geschart an den Geländern lümmeln müßige Zuschauer – faul von Haltung, aber mit höchst aktiven Augen, und Zungen, die am Wetzstein der Skandale geschärft sind; und die Scaliger der Club-Fenster lüften ihren Wortschatz nicht minder im Park. FußBummler aller Abstufungen in der Hierarchie des Londoner Müßiggängertums schlendern gemach: Dandies von fest begründetem Renommée – jugendliche Neulinge, die ihre erste Saison erleben. Drüben, in der Reit-Allee, scheinen etwas weniger unbelebte Gestalten zu aktiveren KörperÜbungen verdammt: junge Damen tun Buße in einem KurzGalopp, ältliche Stutzer leisten Schwerarbeit beim Trabe. Zuweilen, (an der gedankenvolleren Stirn, der noch-lebhafteren Gangart), erkennt man das ein- oder andere viel-beschäftigte Mitglied des Großbritannischen ReichsParlamentes, dem seine Ärzte angeraten haben, so viel Zeit wie möglich hoch zu Roß zu verbringen; und der folglich in der Zeitspanne zwischen beendeter AusschußTätigkeit und dem wichtigeren Teil der UnterhausDebatte, sich schnell ein Stündchen abgestohlen hat, (und dabei noch der EröffnungsAnsprache eines wohlbekannten Langweilers erfreulich entgeht). Unter dergleichen schwänzenden Gesetzgebern ist auch (leider muß es ausgesprochen sein) jener einstige ModellAbgeordnete, Sir Gregory Stollhead; die grimme Dame Dyspepsia hat sich seiner endlich doch bemächtigt, und so wird

›Erholung von den AmtsGeschäften‹ die angemessene Strafe für alle seine Sünden: einsam reitet er dahin; und muß, auf den Verkehr mit sich selbst reduziert, jede Sekunde einmal gähnen. Auf Stühlen, wohltuenderweise unter den Bäumen, auf der Nordseite der Promenade aufgestellt, sitzen und ruhen kleinere Grüppchen und Coterien. Dort kann man die Fräulein Prymme erblicken, Janet und Wilhelmina, die immer noch die Fräulein Prymme sind – Janet ist dick geworden, Wilhelmina dünn. Aber ob dünn ob dick, sie sind deshalb nicht weniger die Prymmes; und sie ermangeln mit nichten der entsprechenden männlichen Aufwartung. Es sind immer Mädchen, höchlich in Mode, mit denen plaudernd gesehen zu werden, junge Männer für eine Auszeichnung erachten; auch haben sie solide-hohe Grundsätze, und hohe Ansprüche nicht minder (unglücklicherweise für sie, sind sie MitErbinnen), und junge Männer unter EarlsRang brauchen nicht zu befürchten, von ihnen kunstreich in die Falle ›ehrlicher Absichten‹ gelockt zu werden. Wohl kokettieren sie majestätisch, aber flirten tun sie nie; wohl heischen sie hingebende Anbetung, aber sie betrachten nicht gleich jedes ihrer Opfer als geeignet für die Hörner des Altars; nie werden sie ihre Hand geben, wo sie nicht auch ihr Herz geben – und da sie immerfort Angst haben, man mache ihnen nur um ihres Geldes willen den Hof, werden sie ihr Herz niemals verschenken, es sei denn an Freier, die noch viel mehr Geld haben, als sie selber. Viele junge Männer also bleiben hier stehen, um den Fräulein Prymme eine Huldigung *en passant* darzubringen; Einige verweilen auch, um etwas Conversation zu machen – sie sind sicher, die jungen Männer; denn Alle sind sie jüngere Söhne. Ein Ende weiter sitzen Lady Frost und Mr. Crampe, der Witzbold, einträchtig Seit' an Seite, mit sarkastischen Schnäbeln nacheinander pickend; und lassen nur gelegentlich ab, um mit ihren Krallen den gemeinsamen Feind dh den vorbeikommenden Freund zu zwacken. Die Slowes, eine vielköpfige aber schweigsame Familie, sitzen für sich – gegrüßt häufig, angesprochen selten.

Aber man beachte diesen Mann dort, von gutem Äußeren (er mag um die 30 sein; vielleicht 1 oder 2 Jahre d'rüber) der, obschon die meisten der Flaneure zeigen, daß sie ihn kennen, dennoch hier auf dem Bummel nicht heimisch zu sein scheint. Er ist bei den diversen, eben geschilderten kleinen Cliquen vorbei-gegangen; hat den Fräulein Prymme seinen Serviteur gemacht; hat über ein eisiges Epigramm von Lady Frost, und ein lakonisch Hohnrümpfen von

Mr. Crampe quittiert; und 7 stumme Verbeugungen mit 7 stummen Slowes ausgetauscht. Er ist fürder gewandert, selbst doch auch recht stolz Herr Guck in die Luft, dabei aber ständig auf dem Ausguck nach Jemandem, der nicht in der Luft ist; bleibt endlich, unverkennbar enttäuscht ob seines erfolglosen Suchens, gänzlich stehen; nimmt den Hut ab, wischt sich die Stirn, stößt ein ärgerliches »Prr-br-Bw!« aus; zieht sich dann, als er, etwas im Hintergrunde, den stuhllosen Schatten eines hag'ren ausgemergelten staubigen Baumes gewahrt, dorthin zurück, und setzt sich hin, so unbekümmert darum, ob ein Sichhinsetzen-hier auch das rechte Tun am rechten Platz sei, als befänd' er sich in (sagen wir) der Geißblatt-Laube eines DorfWirtshauses. »Geschieht mir ganz recht«, spricht er zu sich selbst: »ein frühreifer Schlingel dringt bei mir ein; unterbricht meinen Arbeitstag, trifft eine Verabredung, mich, 10 Minuten vor 6, hier, auf eben diesen Promenaden abzuholen; ködert mich mit dem Versprechen eines Dinners bei Putney – Zimmer mit Aussicht auf den Fluß; geback'ne Flundern. Ich bin auch so leichtgläubig und laß mir alles gefallen; ich gehe von meinen Gewohnheiten ab – verlasse mein kühles Atelier; zieh meine bequeme ArbeitsBluse aus; umfessle meinen freigebornen Hals mit einer Krawatte, wie von Thugs erfunden; und die Hundstage sind vor der Tür, und ich schreite rasch aus übers glühende Pflaster, im schwarzen Gehrock (zweireihig!) und entsprechend randlosem Hut; ich vernichte 3 Schilling 6 für ein Paar GlacéHandschuh; : ich treffe ein, in diesen Jagdgründen des Spleens; : ich laufe Spießruten durch sämtliche Frost's, Slowes', und Prymme's – und mein Verräter läßt mich sitzen! Eine halbe Stunde nach Sechs – keine Spur von ihm! und das Dinner bei Putney? – die geback'nen Flundern?: Träume! Geduld; 5 Minuten noch zugegeben; wenn er dann nicht erscheint – Bruch für's Leben zwischen ihm und mir! –: Ah *voilà:* da kommt er angetanzt, der Saumselige! Aber wie all dies feine Volk nach dem Menschen hascht!: hat er Die *auch* zum Dinner bei Putney eingeladen, und liegt *Denen* auch an gebacknen Flundern?«

Der Blick des Selbstgesprächlers ruht dabei auf einem jungen Mann, erheblich jünger als er; der sich mit leichtem raschem Schritt durch die buntgedrängte Menge windet; aber jeden Moment genötigt ist, anzuhalten, um ein Wort des Willkommens, einen Händedruck auszutauschen. Anscheinend hat er schon eine ausgebreitete Bekanntschaft; anscheinend ist er beliebt, und steht auf gutem Fuß mit der Welt und sich selbst. Wie ungezwungen die Anmut seiner Haltung! welch frohe Gutgelauntheit in seinem Lächeln! –: Himmlische Mächte!: Lady Wilhelmina ist doch wirklich und wahrhaftig errötet, als sie seine Verbeugung erwidert! Unbemeltaut hat er Lady Frost passiert; die Slowes, zumindest alle weiblichen Slowes, legen deutliche Zeichen von Erregtheit an den Tag, als er mit dieser aalglatten Verbeugung an ihnen dahinschießt. Er schaut sich um, nach allen Seiten, mit dem flinken Blick eines Auges, in dem das Licht nur so tanzt und funkelt:? – er hat den Selbstgesprächler unter seinem magren Baum entdeckt – der Schritt beschleunigt sich noch mehr; die Lippen gehen auseinander, halb zum Lachen –

: »Nicht schimpfen, Vance. Ich komm' zu spät, ich weiß; aber ich hatte all dies Aufgehaltenwerden nicht mit einkalkuliert.«

»Meiner Treu, ›Aufgehaltenwerden‹! Für einen im Ausland Lebenden, frisch in London wieder-eingetroffen, scheint Ihr keinen Mangel an Freunden zu haben.«

»Bekannte von Paris her; und hier, als angenehme Überraschungen, an jeder StraßenEcke wieder-getroffen. – Aber kein Freund so willkommen und so teuer wie Frank Vance!«

»Weiß die Ehr' zu schätzen, O Lionello il Magnifico. Wahrlich, Ihr seid *bon prince!* Nun, die Häuser Valois und Medici waren stets den Künstlern hold. – Aber wohin gedenkt Ihr mich jetzt zu führen?: in diese Tretmühle zurück?! Gehorsamsten Dank; aber schlicht: Nein! Von allen PöbelSorten ist ein Haufe in feinen Kleidern der fadeste. Ich schmeichle mir wohl auch, dem vielköpfigen Ungeheuer, ob noch so wild und zum Angriff aufgerichtet, unerschrocken ins Gesicht sehen zu können; aber wenn dies vielköpfige Ungeheuer seine Hüte in Bond Street kauft, und vor jedem seiner zudringlichen Augen ein Monokel trägt, dann, ich gesteh' es gern, dann fang' ich an, mich zu fürchten. – Überdem geht es stark auf 7 Uhr: Putney ist nicht in Sicht; und Flundern nicht gebacken!«

»Mein Cab wartet ein Stück drüben; Wir müssen schon hin-gehen – Wir können uns ja auf dem Rasen halten, und dem Gedränge ausweichen. Aber, 'mal ganz ehrlich, Vance: ist es Euch wirklich-zuwider, so in einer größeren Menge zu erscheinen? – Ihr, mit Euerm Ruhm, mögt Ihr die Augen tatsächlich-nicht, die sich umdrehen, Euch noch-einmal zu sehen?; oder die Lippen, die respektvoll murmeln, ›Vance, der Große Maler!‹? – Hà; ich hab's ja immer gesagt, daß Ihr ein großer Maler werden würdet. Und in 5 kurzen Jahren habt Ihr Euch doch wirklich hoch emporgeschwungen.«

»Pù!«, antwortete Vance gleichgiltig. »Im Londoner Brauch und Treiben ist Nichts rein und unverfälscht; weder Schlagsahne, noch Cayenne-Pfeffer – am allerwenigsten der Ruhm; – vermischt mit den giftigsten Ingredienzien. ›Ruhm!‹ : habt Ihr die Kritik in der *Times* über meine Bilder auf der gegenwärtigen JahresAusstellung gelesen?: Ruhm, na hé! Anderes Thema. Nichts so gut wie Flundern. –: Hoh! ist das dort Euer Cab? Süperb! Ein Gefährt, das für den ›GriechenJüngling selt'ner Gaben voll‹, aus Mr. Enfield's *›Speaker‹* gut genug wäre – ein Pferd, das wie aus den Elgin Marbles herausbeschworen scheint –: ist es fromm?«

»Nicht übermäßig; aber verlaßt Euch auf mein Fahren. Ihr bewundert das Pferd mit Recht – Geschenk von Darrell; ausgesucht von Oberst Morley.«

Nachdem die jungen Leute sich im Fahrzeug zurecht gesetzt hatten, ließ Lionel seinen Groom abtreten; und das Pferd, kaum angetippt, schlug sogleich einen flotten Trab an.

»Frank«, sagte Lionel, und schüttelte dabei sein dunkles Gelock mit mutwilligem Ernst, »Eure zynischen Begriffsbestimmungen sind eines so mannhaften Bartes unwürdig. Ihr und den Ruhm verachten! das ist doch die blanke Ziererei!

›pulverem Olympicum
collegisse juvat; metaque fervidis
evitata rotis . . .‹.«

»Paßt lieber auf!« rief Vance; »Wir werfen um!«. Denn Lionel, der aufgeregt geworden war, hatte das Pferd unwillkürlich mit der Peitsche zu hänseln begonnen; das seinerseits einen Seitensprung machte, der das Cab um Zollbreite an einen SprengWagen brachte.

»Ach: Ruhm! Ruhm!«, rief Lionel, achtlos der Unterbrechung: »was würde ich nicht geben, hätt' ich ihn und hielt ich ihn; und sei's nur für 1 Stunde!«

»Haltet einen Aal, er ist weniger schlüpfrig; einen Scorpion, der sticht weniger! Aber –«, fügte Vance hinzu, als er die erhöhte Gesichtsfarbe seines Begleiters gewahrte; – »Aber –«, fügte er, nun ernstlich und mit aufrichtiger Zerknirschung hinzu: »ich hatte nicht daran gedacht, daß Ihr ja Soldat seid, und die Laufbahn der Waffen eingeschlagen habt! Da müßt Ihr überhaupt nicht darauf achten, was ein Murrkopf von Maler über das Thema von sich gibt. Die Begierde nach Ruhm mag bei Zivilisten Torheit sein, bei Soldaten ist sie Weisheit. Zwillingsbruder des martialischen Gefühls für Ehre, ermuntert der Gedanke an den Ruhm auf dem Marsch, und wärmt im Biwak; er läßt das Gepfeife der Kugeln, den Donner der Geschütze wie Musik erscheinen; läßt Hoffnung aufsprießen inmitten der Gefahr; verknüpft Rivalen wie mit brüderlichen Banden; tröstet den Überlebenden, wenn der Bruder fiel; nimmt dem Krieg den abstoßenden Aspekt einer Metzelei; und macht aus dem Morden selbst Lehren ziehen, wie sie die Schutzwehren der Menschheit verstärken, und das Leben ganzer Nationen fortwähren lassen. Sehr richtig! – : lechzt Ihr nach Ruhm; Ihr seid Soldat!«

Das war einmal einer der Ausbrüche tiefen Gefühls seitens Vance; die, eben weil sie so selten bei ihm waren, immer die überraschendste dramatische Wirkung hatten. Lionel lauschte ihm mit einem förmlichen WonneSchauer. Antworten konnte er nicht; er war allzu bewegt. Als das Cabriolet jetzt über den Park hinaus war, und rasch und sicher auf der Straße dahinrollte, nahm der Künstler erneut das Wort. »Ich vermute, daß Ihr während der 5 im Ausland verbrachten Jahre, wo Ihr Eure Bildung-allgemein vervollständigtet, nur wenig oder gar keine SpezialStudien für den Beruf machen konntet, den Ihr letzthin ergriffen habt?«

»Oh, da täuscht Ihr Euch aber sehr, mein lieber Vance! Wenn ein Mann einmal sein Herz an eine Sache gesetzt hat, studiert er sie andauernd. Die Bücher, die mir die liebsten waren, und über denen ich am meisten gebrütet habe, waren von der Art, daß, wenn sie vielleicht auch nicht direkt Lektionen beisteuerten, so doch immer Winke enthielten, die späterhin den Ausgangspunkt für Lektionen bilden konnten. Und was den gesellschaftlichen Umgang anbetrifft, war ich nie so vergnügt, als wenn ich mich an einen alten Veteran und Praktikus annesteln – ihn ausfragen, und ins Kreuz-Verhör nehmen konnte: man schnappt im lebendigen Gespräch ja weit-mehr Ideen auf, als aus Büchern; zumindest geht es mir so. Überdem ist mein Begriff von einem Soldaten, der es eines Tages zu etwas bringen will, mit nichten der eines bloßen hochmechanisierten WaffenSpezialisten. Bedenkt doch, wie umfassend beschlagen die meisten, wirklich-großen Feldherrn gewesen sind. Welche Beobachter der Menschen! – was für Diplomaten! – welch tiefe Denker! – welche Männer der Tat; eben weil ihnen das Überlegen vor der Tat zur zweiten Natur geworden war! Welch ein Ideen-Heer hat der Entscheidung voranzugehen, die einen Ausfall riskiert, oder den Rückzug beschließt!«

»Sachte, sachte!«, rief Vance: »Wir landen doch gleich in dem Omnibus-da! Gebt mir die Peitsche – kommt; gebt – etwas mehr nach links – so. – Tja; ich bin froh, so viel Enthusiasmus für Euern Beruf zu gewahren – heißt die Schlacht schon halb gewonnen. Hazlitt hat mal einen kapitalen Ausspruch getan: ›Der Lehrling, der den Oberbürgermeister in seiner vergoldeten Karosse, nicht für den Größten Mann auf der Welt ansieht, der endet am Galgen!‹«

»Pfui!«, sagte Lionel, nach der Peitsche langend.

Vance (sie ihm vorenthaltend): – »Nichts da. – Als Ersatz will ich abbitten: nehm' ich den Oberbürgermeister zurück; Vergleichen bringt Ärger. Bin ganz Eurer Ansicht; 's geht nichts über Leder. Ich meine, nichts kommt einem wahrhaft großen Soldaten gleich – Hannibal, undsoweiter. Haltet diese Überzeugung fest und in Ehren; in der Zwischenzeit respektiert Menschenleben – : da kommt der nächste Omnibus!«

Auch diese Gefahr vorüber, hielt es der Künstler für angeraten, die Unterhaltung in etwas weniger aufregende Kanäle umzuleiten.

»Mr. Darrell ist natürlich mit Eurer Berufswahl einverstanden?«

»Einverstanden? –: er bestärkt, ermutigt mich. Hat mir so einen prächtigen Brief geschrieben; was dieser Mann für eine umfassende Intelligenz besitzt!«

»Muß er ja wohl, wo er dieselbe Ansicht hat wie Ihr. Wo ist er im Moment?«

»Keine Ahnung; es sind jetzt schon diverse Monate, daß ich nichts mehr von ihm gehört habe. Damals war er auf Malta; auf seiner Rückkehr von KleinAsien.«

»Achso! Ihr habt ihn niemals mehr gesehen, seitdem er Euch, auf seinem alten Landsitz da, Lebewohl sagte?«

»Nein, nie. Er ist auch, meines Wissens, nicht in England gewesen.«

»Und in Paris, wo Ihr Euch hauptsächlich aufgehalten zu haben scheint, auch nicht?«

»In Paris auch nicht. – Ach, Vance, wenn ich ihm doch bloß irgendwie zum Trost gereichen könnte. Jetzt, wo ich älter bin, glaube ich Vieles an ihm zu verstehen, was mich als Jungen, da wir voneinander schieden, frappiert hat: Darrell gehört zu den Männern, die ein Heim brauchen. Zwischen den Polen der Großen Welt und der Einsamkeit, bedarf er jener in der Mitte liegenden ausfüllenden Zwischenstation, wie sie einzig und allein das häusliche Leben bieten kann: eine Gattin, in der das schöne Wort von der ›Gehülfin‹ zur Wahrheit wird – Kinder, mit deren Zukünften er sein eignes Mühen, die Erinnerung an seine Vorfahren, sinnvoll verknüpfen kann. Ist ihm diese Zwischenstation herausgenommen, zerstört, bleiben nur noch die Große Welt und die Einsamkeit, die einander finster bestirnrunzeln.«

»Mein lieber Lionel, Ihr müßt tatsächlich mit sehr gescheiten Leuten zusammengelebt haben; Ihr sprecht weit über Eure Jahre.«

»Findet Ihr? Aber das ist richtig: ich habe, wenn vielleicht auch nicht immer mit extrem gescheiten Leuten, so doch mit weit-älteren Leuten viel zusammen gelebt. Das ist ein Geheimnis, das ich von Oberst Morley gelernt habe, dem ich Euch unbedingt vorstellen muß – unter den unauffälligsten Manieren, der subtilste Intellekt. Und Der hat eben einmal zu mir gesagt: ›Wenn Euch daran liegt, Euer ganzes Leben hindurch, immer *à jour* Eures Jahrhunderts zu sein – grundsätzlich stets in der Vollkraft männlichen Verstandes – sowohl ohne Unreife, als ohne Abnahme – dann gewöhnt Euch an, in der Jugend mit Personen zu verkehren, die älter; im Alter mit solchen, die jünger sind als Ihr.‹«

»Gar kein uneb'ner Ausspruch. Und ich gratuliere zu dem unverkennbaren Erfolg der Maxime. – Mhm: da hat Darrell also keinerlei Heim – weder Weib noch Kind?«

»Er ist seit langem schon Witwer; den einzigen Sohn hat er, im Kindesalter noch, verloren; und seine Tochter – habt Ihr nie davon gehört?«

»Nein – was-denn?«

»So unglücklich verheiratet! – halb entführt, halb durchgegangen – und auch seit vielen Jahren tot, ohne Nachkommenschaft.«

»Armer Mann! Demnach waren es diese Heimsuchungen, die ihm das Leben verbittert, und ihn dergestalt zum Eremiten, beziehungsweise zum WeltenWanderer gemacht haben?«.

»An dem Punkt«, sagte Lionel,« bin ich irgendwie im Unklaren; denn ich hab' in Erfahrung gebracht, daß er – auch nach dem Tod seines Sohnes noch; und nach der unglücklichen Verehelichung seiner Tochter, samt der anschließenden Entfremdung von ihr – immer noch im Parlamente saß, und zwar in vollster-aktivster Tätigkeit. Aber, soviel steht fest, : lange-durchgehalten hat er es nicht. Mag es eine Anstrengung gewesen sein, der er sich, trotz aller seiner Energie, nicht gewachsen fühlte; mag sein, daß ihm eine zusätzliche-neue Enttäuschung, neue Kümmernisse, widerfuhren, von denen die Welt nichts ahnt. Aber ich meine immer, er werde sich wieder-verheiraten. Die Idee schien, als wir uns damals voneinander verabschiedeten, bei ihm zu prädominieren; er deutete sie, ziemlich derb und unverblümt, an. Oberst Morley ist überzeugt, daß er noch-einmal heiraten werde; und sei es auch nur, um einen Erben zu erzielen.«

VANCE: – »Und wenn das einträte, mein armer Lionel, enthöbe es Euch der Gloriole des . . .«

LIONEL (ihn rasch unterbrechend): »Pscht! Sprecht nicht, mein lieber Vance, sprecht *Ihr* nicht – Ihr! – eine von diesen vulgären, niedrigen Sachen aus, bei denen mir, selbst wenn ich sie von Leuten, für die ich keine Achtung habe, hören muß, die Ohren klingen und das Blut in die Wangen steigt. Wenn ich daran denke, was Darrell bereits für mich getan hat – mich, der ich keinerlei Ansprüche an ihn habe – dann scheint es mir immer, als müßte ich den Menschen hassen, der zu verstehen gibt: ›Fürchte, daß Dein Wohltäter ja nie ein Lächeln an einem eignen Herd, nie ein Kind seines eignen Blutes finden möge – denn Du wirst, direkt proportional der Verödung seines Lebens, bei seinem Tode umso reicher sein!‹.«

VANCE: – »Ihr seid ein wackrer junger Bursche, und ich bitt' Euch um Entschuldigung. (Gebt auf den Meilenstein dort Acht! – danke schön.) – Hm; immerhin hab' ich den Verdacht, daß mindestens zwei Drittel all dieser verbindlichen Hände, die Euch auf dem Weg zu mir so aufgehalten haben, sich weniger Lionel Haughton – einem SubalternOffizier in der Garde – entgegengestreckt haben, als vielmehr Mr. Darrell's mutmaßlichem Erben.«

LIONEL: – »Der Gedanke nagt zuweilen auch an mir; aber er tut mir insofern gut, als er mein Bestreben ständig rege erhält, selbstständig aus mir Jemanden zu machen, den um seiner selbst willen zu kennen, auch der Eingebildetste nicht verschmähen sollte. Oh, würd' ich doch irgendwo aktiv eingesetzt! – oh, was gäb ich für einen richtigen-scharfen Feldzug! – oh, einmal eine faire Bewährungsprobe: inwieweit ein Mann, mit eignen starken Händen, Fortuna an seine Brust zwingen kann! Ihr habt das geleistet, Vance: Ihr hattet nur Euer Genie und Euern MalerPinsel. Genie habe ich nun zwar nicht; aber ich habe Entschlossenheit; und Entschlossenheit führt am Ende vielleicht ebenso sicher zum Ziel, als Genie – haben Genie und Entschlossenheit doch drei wichtige Elemente gemeinsam: geduldige Ausdauer; Hoffnung; Konzentration.«

Vance, mehr und mehr überrascht, faßte Lionel ohne zu sprechen scharf ins Auge. Fünf Jahre dieses kritischen Alters, zwischen 17 und 22, in der großen Hauptstadt Europas zugebracht – von ihren gefährlicheren Lastern teils durch ein stolzes Gefühl für persönliche Würde ferngehalten; teils infolge einer Gemütsart, die, indem sie Liebe als das Ideal aller zärtlichen und sublimen Erregungen betrachtete, vor gröblichen Liederlichkeiten zurückscheute, da derlei sich ihr zur Liebe zu verhalten schien, wie der Yahoo des höhnenden Satirikers zum Menschen – weitgehend in Anspruch genommen durch jenen brütenden Ehrgeiz, der den Jüngling aus der leichtfertigen Gegenwart in die ernsthaftere Zukunft hinüberzieht; und ihn den Umgang aufsuchen macht, nicht der zeitgenössischen Müßiggänger, wohl aber der höchsten reifsten Geister, die die Freie Republik der Guten Gesellschaft ihm nur immer in Reichweite bringt – fünf also verbrachte Jahre, hatten einen Halbwüchsigen, der noble Träume hegte, zu einem jungen Mann entwickelt, der nobler Handlungen fähig war – der sich die frischeste Jugendlichkeit bewahrt hatte, was Enthusiasmus, Sinn für hohes Empfinden, Wagemut, Energie, und eine göttliche Gläubigkeit an die eignen unerschöpften Hülfsquellen angeht; vom reifen Alter jedoch die bündige Festigkeit und Solidität der Ideen zu erborgen gewußt hatte – eine Mittelstufe zwischen Theorie und Praxis – die Kraft, auch Andre mit dem Gefühl einer Überlegenheit zu beeindrucken, die sich durch zum Teil unbewußte Ausbildung selbst entwickelt hat.

»So!«, sagte Vance nach einer längeren Pause; »nun ja, ob ich Entschlossenheit oder Genie besitze, weiß ich nicht genau; aber so viel ist richtig, daß, wenn ich meinen Weg gemacht und mir einen gewissen kleineren Ruf erworben habe, geduldiger Ausdauer, Hoffnung und Konzentration auf ein bestimmtes Ziel, das eigentliche Verdienst dabei zukommt; kluge Bedächtigkeit übrigens nicht minder die Ihr aufzuführen vergessen habt, und zumindest als Wagenlenker nicht gerade an den Tag legt. Ich hoffe doch, daß Ihr nicht etwa verschwenderisch seid, mein lieber Junge? Keine Schulden, gelt? – warum lächert Euch?«

»Weil die Frage Euch so ähnlich sieht, Frank – sparsam wie eh und jeh!«.

»Ja, meint Ihr denn, ich hätte ruhigen Gemütes malen können, mit dem ständigen unterBewußtsein, daß draußen vor der Türe ein Gläubiger stehe, den ich nicht bezahlen kann? Kunst bedarf der gelassnen Heitre; und wenn ein Künstler seine Laufbahn mit so wenigen Hemden auf dem Rücken antritt wie ich sie hatte, dann muß er ganz einfach Ökonomie unter die Gesetze seiner Perspektive mit-aufnehmen.«

Lionel lachte neuerlich; und gab einige KurzKommentare über Sparsamkeit von sich, die, wenn auch unleugbar smart, so doch etwas schnippisch-seicht waren; und die nicht nur bewirkten, daß die günstige Meinung, die Vance eben erst von seiner intellektuellen Reife gefaßt hatte, sich bedeutend abschwächte; sondern die den wohlmeinenden Künstler ernstlich beunruhigten. Vance kannte die Welt – kannte diese ganz speziellen Versuchungen, denen ein junger Mann in Lionel's Position ausgesetzt war – wußte, daß diese Verachtung der Sparsamkeit jener Schule von Peripatetikern eigen ist, die ihre allerletzten Lektionen für MeisterSchüler vorbehält, mit denen sie in den heiligen Wandelgängen von Queen's Bench zusammenkommt.

Indes war dies kein günstiger Moment für lehrhafte Warnungen.

»Da wären Wir!« rief Lionel –: »Putney Bridge.«

Sie erreichten die kleine Schenke am FlußUfer; und mieteten, während ihr Dinner fertig wurde, ein Boot. Vance nahm die Ruder.

VANCE: – »So hübsch ist es hier nicht ganz, wie an jenen stillgrünen Ufern, an denen Wir damals, bei Mondenschein, vor 5 Jahren dahinglitten.«

LIONEL: – »Oh nein. Und diese unschuldige bezaubernde Kleine, die Ihr porträtiertet – Ihr habt seitdem nie wieder von ihr gehört?«

VANCE: – »Nie. Wie sollt' ich! Habt Ihr?«

LIONEL: – »Lediglich was Darrell mir weitergab: sein Anwalt hatte ermittelt, daß sie und ihr Großvater nach Amerika gegangen wären. Auch deutete Darrell noch leise an, wie nach allem, was er von ihnen in Erfahrung gebracht, sie das Interesse, das ich an ihnen empfände, schwerlich verdienten. Aber Wir haben uns nicht in ihnen getäuscht – gelt, Vance?«

VANCE: – »Schwerlich; das kleine Mädchen – wie hieß sie gleich noch?: Sukey? Sally? – Sophie? – richtig, Sophie! – hatte, von ihrem hübschen Gesichtchen ganz abgesehen, etwas außerordentlich Einnehmendes an sich; und, diesem grus'ligen bedruckten Kattun-Kleid zum Tort, werd' ich es niemals vergessen.«

LIONEL: – »Ihr Gesicht! Ich ebensowenig. Ich seh es immer noch vor mir!«

VANCE: – »Ihr bedruckter Kattun! Ich seh ihn immer noch vor mir! – Aber ich darf nicht undankbar sein. Würdet Ihr glauben, daß dieses kleine Porträt, das mich 3 £ kostete, mein – ich will nicht direkt sagen Glück gemacht – wohl aber mich in Mode gebracht hat?«

LIONEL: – »Wie das? Hattet Ihr das Herz, es zu verkaufen?«

VANCE: – »Nicht doch; behalten hab' ich's, als Modell für ›jugendliche weibliche Köpfe‹ – *con variazioni*, wie es in der Musik heißt. Eben durch diese meine ›weiblichen Köpfe‹ war es, daß ich so in Mode gekommen bin: noch heute enthält jeglicher Auftrag, den ich kriege, die Bedingung – ›Aber daß auch bestimmt einer Eurer süßen weiblichen Köpfe mit d'rauf ist, Mr. Vance, ja?‹. Meine ›weiblichen Köpfe‹ sind für meine Leinwände allmählich so unerläßlich geworden, wie das Weiße Pferd beim Wouvermans. Tja, und dieses Kind, das mich 3 £ kostete, ist das Original von ihnen Allen. Begonnen hatte sie bekanntlich als ›Titania‹; und ist nach und nach, abwechselnd, eine ›Psyche‹ gewesen; eine ›Beatrice Cenci‹; eine ›Minna‹; ein ›Porträt der Tochter eines Edelmannes‹; Burns's ›Mary im Himmel‹; ›Die junge Ährenleserin‹; und die ›Nymphe Sabrina‹ in MILTON's *›Comus‹*. Ich hab' dieses Kind durch die gesamte Geschichte geschleift, ob heilige ob profane. Ich hab' sie gemalt in allen erdenkbaren Kostümen, (ihr eignes bedrucktes KattunFähnchen ausgenommen). Meine ›weiblichen Köpfe‹ sind mein Ruhm und Stolz – *das* gibt sogar der Kritiker der TIMES zu: *›Hierin* ist Mr. Vance unnachahmlich! ein Typus schier kindhafter Grazie, der ihm ganz eigentümlich angehört‹, undsoweiter undsoweiter: ich muß Euch den Artikel 'mal leihen.«

LIONEL: – »Und sollen wir denn da niemals die originale, liebe-liebliche Sophie wiedersehen? Ihr werdet lachen, Vance; aber mein Herz ist gegenüber sämtlichen jungen Damen kugelfest geblieben: wenn ich einmal heiraten soll, muß meine Frau Sophie's Augen haben! – Tz, in Amerika!«.

VANCE: – »Und dermalen, wie wir hoffen wollen, längst glücklich verheiratet mit einem Yankee! Yankees heiraten ohne weiteres auch Teener, und fragen nicht nach Mitgift. An einen Yankee verheiratet! ohne allen Zweifel! – einen Yankee, der priemt, pausenlos schnitzelt, und einen ›store‹ hat!«

LIONEL: – »Ungeheuer! haltet bloß den Mund! – Apropos Heirat: warum seid Ihr eigentlich noch so glatt ledig?«

VANCE: – »Eben weil ich keinen Wunsch verspüre, mich zusammenlegen zu lassen! – ein Ehemann gleicht darin einer Serviette: je adretter die Hausfrau ihn zusammenlegt, umso sorgfältiger deponiert sie ihn dann weit hinten im WäscheSchragen. Auch kann ein einmal-zusammengelegter Mann nie wissen, wie oft ihm das noch widerfahren werde: denn nicht nur seine Frau bricht ihn ja zu halber Größe um; sondern jegliches Kind vierteilt ihn weiter, aufs nächst-kleinere Format; bis das, was einst eine weite hübscheglatte Fläche war, groß genug für Alles, was man verständigerweise verlangen kann, zu einem jammervollen Quadrätlein zusammengeschwunden ist, das nicht für 1 Teller mehr ausreicht – nichts als Falten und Kniffe – kleiner und kleiner, mit jedem Zusammenlegen – mit jeglichem weiteren Zusammenlegen neue Falten. Dann, mein Freund, kommt erst noch die Wäsche-Rechnung!; und außer allen Quetschungen, die man beim Mangeln erfährt, müßt ihr auch noch den stündlichen Verbrauch und Verschleiß beim ›Rein in die‹ und ›Raus aus der‹ Kommode bedenken! Kurzum, Shakespeare nimmt das HagestolzenDasein entscheidend in Schutz; ja, schildert das ›Zusammenlegen‹ deutlich genug, in jener berühmten Zeile – die zweifellos als Allegorie der Ehe gemeint ist –:

›Legt zusammen, legt zusammen!
Kessel brodle, knistert Flammen!‹

Überdies kann kein alleinstehender Mann schlankweg ›arm‹ gescholten werden. Welchen zusammengelegten Mann dagegen, kann man mit völliger Gewißheit ›reich‹ nennen? Der alleinstehende Mann kann in einer Dachkammer hausen, mit einem Hering als Dinner: Niemand weiß es, Niemand scheert sich drum. Laßt ihn heiraten; und schon hat er damit die Welt eingeladen, sich anzusehen, wo er haust und wie er speist. Das erste-Allernotwendigste was eine Gattin verlangt, ist der ruinöseste, der nie endgültig-definierte Überfluß!; ist Wohlsituiertheit nach den Begriffen, die ihre Nachbarn von ›wohlsituiert‹ haben. Diese Wohlsituiertheit setzt sogleich (zunächst noch flitterwöchig) ein, mit dem Honig-Mond; ist dessen Schatten; und verlängert sich in dem Maße, wie der betreffende Mond abnimmt. Wenn dann der Honig ganz-fort ist, beginnt Euer Bräutlein zu sprechen: ›Wenn Wir allein sind, können wir unsern Tee ja allenfalls ungesüßt trinken, Herzchen; aber für den Fall, daß die Wohlsituiertheit mit ins Spiel käme: da hätt' ich hier die Rechnung über ein silbernes ZuckerZängelchen . . . :!‹. Deshalb ist der Unterzeichnete so alleinstehend.«

»Wieder bloß Sparsamkeit, Vance.«

»Nee, Klugheit – Manneswürde«, versetzte Vance, ernsthaft. Versank in Träumerei, (die anscheinend düsteren Anstrich hatte); und ruderte, heftig-flott, nach dem Ufer zurück . . . – ! –

## 2. Kapitel

*Mr. Vance setzt auseinander, wieso er dazu gelangt ist, Farben zu reiben, und jeden Pfennig zu sparen. / Eine plötzliche Benachrichtigung.*

Das Mahl war vorüber – man hatte ihnen den Tisch an einem Fenster gedeckt, das die Aussicht auf den Fluß gewährte. Der Mond stand am Himmel; die jungen Männer verlangten keine andere Beleuchtung; die Unterhaltung zwischen ihnen – oft abschweifend, oft unterbrochen – war allmählich ernsthafter geworden, wie es bei zwei ehemaligen JugendGefährten der Fall zu sein pflegt; wo sich vor ihnen noch weite Aussichten in die Zukunft, tief in Schatten hinein, erstrecken, und sie in vertrauliche Gespräche geraten, über das was sie wünschen – was sie fürchten; visionäre Landkarten projizierend ins grenzenlose Obscure hinaus.

»Es liegt ja eine derartige Kraft im Glauben«, sagte Lionel, »selbst wenn dieser Glaube sich bloß auf menschliche, irdische Dinge richtet, daß ein Mann eigentlich nur der festen Überzeugung zu leben braucht: er sei dazu geboren, eines Tages etwas zu leisten, was im Moment noch ganz unmöglich erscheint; und es steht 50 gegen 1, er werde es leisten, bevor er stirbt. Bestimmt hattet Ihr doch schon, als Kind in der Schule, ein Gefühl der Überzeugung, daß in Eurem Schicksal etwas wäre, wodurch es sich von dem der andern Jungen unterscheide – die der Lehrer möglicherweise ebenso gescheit genannt hat – habt jenen Glauben an Euch selbst empfunden, der Euch die Gewißheit gab, Ihr würdet eines Tages das sein, was Ihr seid. –:?«

»Ja, ich glaub' schon; aber verwaschene Ambitionen und Einbildungen müssen zusätzlich von irgendeiner derb-praktischen Notwendigkeit zusammengehalten werden – es kann eine ganz alltägliche, ja, eine ganz ordinäre sein – oder sie zerflattern und verdunsten. Theoretisch sollte man ja meinen, daß reiche Leute, aus der vornehmen Welt, mehr zustande bringen müßten, als armes Volk aus den einfachen Kreisen. Man gibt sich mehr Mühe bei ihrer Erziehung; sie haben weit mehr freie Zeit, den Zug ihres Genius' zu kultivieren; und dennoch sind es die armen Leute, oft halbe Autodidakten, und mit eingefall'nen Bäuchen, die Dreiviertel aller bedeutenden Arbeit in der Welt verrichten. ›Armut‹ ist das schärfste Stimulans; und Armut war es, die mich sagen machte, nicht ›ich *möchte* das und das tun‹, sondern ›ich *muß!*‹.«

»Ihr habt in Eurer Kindheit richtige Armut kennen gelernt, Frank?«

»Richtige Armut; übertüncht mit vorgespiegelter Wohlhabenheit. Mein Vater war Noble Armut, und meine Mutter Arme Nobligkeit. Der vorgetäuschte Wohlstand verschwand in dem Augenblick, wo mein Vater starb; und die nackte Armut kam in all ihrer Häßlichkeit zum Vorschein. Ich wurde von meiner noblen Schule heruntergenommen, (wo ich noch lange danach, aufs nobelste, die Rechnungen abgezahlt habe); und ich hatte sofort meine Mutter auf die ein- oder andere Weise zu unterstützen – und auf die ein- oder andre Weise ist mir das auch gelungen – ich fürchte, nicht auf die nobelste Art! Aber bevor ich auch sie verlor, was nach wenigen Jahren der Fall war, genoß sie ein paar Bequemlichkeiten, die nicht bloß Schein und Angeberei waren; und die liebe Seele ist dann auch so gut gewesen, und hat zugestanden, daß echte Vornehmheit und Nobeltun sich nicht gut miteinander vertragen. Oh! hütet, hütet Euch vor Schulden, *Lionello mio;* und belegt niemals jenes ökonomische Denken, das lediglich die Schutzwehr vor nun wirklich erniedrigender Herabwürdigung ist, mit dem Namen der ›Knickrigkeit‹!«

»Jetzt endlich versteh' ich Euch, Vance; gebt mir die Hand – ich weiß, warum Ihr sparsam seid.«

»Gewohnheit geworden«, erwiderte Vance; wie immer jedes Lob das ihm ward, einschränkend. »Aber ich entsinn' mich eben so genau der Zeit, wo ein Zweipfennigstück eine respektable Summe darstellte, daß ich es, bis auf den heutigen Tag, lieber zurücklege als ausgebe. Alle unsre Ideen – genau wie OrangenBäumchen – breiten sich schließlich im Verhältnis zur Größe des Kübels aus, der die Wurzeln eingesperrt hält. – Tja, und dann hatt' ich auch noch eine Schwester.« Vance hielt einen Augenblick inne, wie in plötzlichem Schmerz; fuhr dann aber mit scheinbarer Nachlässigkeit fort, wobei er sich allerdings aufs Fensterbrett lehnte, und das Gesicht von seinem Freunde fortwandte. »Eine Schwester also, älter als ich, hübsch und sanftmütig. Ich war so stolz auf sie! Närrisches Mädchen! meine Liebe genügte ihr nicht. Närrisches Mädchen! sie konnte nicht abwarten, und sehen, was ich in meinem Leben eventuell für sie würde tun können. Sie heiratete – oh! auch wieder so nobel! – einen jungen Mann, aus bester Familie, der schon um sie geworben hatte, ehe mein Vater starb. Er hatte die Unverfrorenheit, ihr selbst dann noch treu zu bleiben, als sie keinen Heller mehr besaß; und er seinerseits hing auch von entfernten Verwandten ab, und den Erträgen seiner liegenden Gründe am Parnass – der Elende war nämlich Dichter! Haben sich also geheiratet. Haben ihre Flitterwochen nobel verbracht, dafür steh' ich. Seine Verwandtschaft schnitt ihn. Vom Parnass liefen keine Renten ein. Man ging ins Ausland. (Diese herzzerreißenden Briefe von ihr!). Sie waren von allem entblößt. Wie ich gearbeitet! wie ich gewütet habe! Aber wie konnte ich, ein bloßes Kind das ich war, sie unterhalten, und ihren Mann noch dazu? Na egal. Sie sind jetzt tot, Beide; – Alle tot, um Derentwillen ich zuerst Farben rieb und Pfennige sparte. Und Frank Vance ist ein knick'riger, egoistischer Hagestolz. Bringt dieses trübe Thema aber nie wieder zur Sprache, bitte; oder ich borge glatt eine Krone von Euch, und kenn Euch dann nicht mehr auf der Straße. – ä-Ober! – Rechnung, bitte. Ich geh mal eben rum zu den Stallungen, und laß' das Pferd anspannen, ja?« –

Als die Freunde wieder in London einfuhren, sagte Vance: »Setzt mich bitte irgendwo in Piccadilly ab; ich möchte zu Fuß heimgehen. Ihr, nehm' ich an, wohnt natürlich bei Eurer Mutter, in Gloucester Place?«

»Nein«, sagte Lionel, etwas verlegen; »Oberst Morley, der für mich sorgt, wie wenn er mein Vormund wäre, hat mir eine Wohnung in Mayfair, in der Chesterfield Street, gemietet. Ich fürchte, meine Zeiteinteilung würde meiner lieben Mutter schlecht passen.

Zwei Tage erst in der Stadt; und, dank Morley, ist mein Tisch schon zugedeckt mit Einladungen.«

»Und dennoch habt Ihr mir einen Tag geschenkt, großmütiger Freund!«

»Euch den zweiten Tag – meiner Mutter den ersten. Aber heut zur Nacht hab'ich noch 3 Bälle vor mir. Kommt doch nachhause mit mir; und raucht Eure Zigarre, während ich mich umkleide.«

»Das nicht; aber anzünden will ich mir wenigstens die Zigarre in Eurer Vorhalle –: Verschwender!« –

Lionel fuhr jetzt bei seiner Wohnung vor. Sein Groom, der zugleich Kammerdienerstelle bei ihm versah, wartete bereits an der Tür –: »Ein Billet für Sie, Sir, von Oberst Morley – eben erst gekommen.« – Lionel öffnete es hastig; und las: –

> ›Mein lieber Haughton, – Mr. Darrell ist ganz plötzlich in London eingetroffen. Haltet Euch doch den ganzen morgigen Tag frei, wo er Euch zweifellos zu sehen wünschen wird. Ich bin eben auf dem Sprunge zu ihm. – In Eile der Eurige,
>
> A. V. M.‹

# 3. Kapitel

## *Wieder einmal Guy Darrell.*

Guy Darrell war allein. Ein hohes Zimmer im ersten Stock eines geräumigen Hauses. Seines eigenen Hauses in Carlton Gardens, das er während seiner kurzen aber brillianten parlamentarischen Laufbahn innegehabt hatte; seitdem, verächtlich, der Obhut eines HäuserAgenten überlassen, der es jahr- oder saisonweise vermietete, hatte es diverse Bewohner kennen gelernt, deren Wohlhabenheit und gesellschaftliche Stellung seiner Größe und Lage entsprach. Dinner und Konzerte, AbendGesellschaften und Bälle, hatten hier Freunde und Bekannte versammelt, und manch einen graziösen Wirt, manch eine lächelnde Frau des Hauses abgehetzt bis zur Erschöpfung. Die Mietzeit eines dieser vorübergehenden Bewohner war letzthin abgelaufen; und bevor noch der Agent den nächsten aufgetrieben hatte, war der so lange abwesende Eigentümer, wie aus den Wolken gefallen, in seinen schweigenden Hallen erschienen, ohne anderen Train an Personal als seinen alten Diener Mills, und die Einhüterin des Hauses. Dort also, wie in einem Karawanserai, schlug der Reisende, stattlich und verlassen, seinen Rastplatz auf. Nichts so trostlos, als eines dieser großen Londoner Häuser, das man ganz für sich allein hat. In langen Reihen, an die Wände gerückt, standen die leeren Fauteuils. Gespenstisch, von vergoldeter Decke herab, hingen lichtlose Kandelaber. Das Mobiliar, pompös, aber abgenützt durch Gebrauch und verschossen in der Länge der Zeit, wirkte wie lauter Mementos entschwundener Gelage. Wenn man in sein eigenes Haus, auf dem Lande, zurückkehrt – gleichviel wie lang' die Abwesenheit gedauert – gleichviel wie heruntergebracht durch Vernachlässigung die freundlichen Räume auch sein mögen – wenn es die Zwischenzeit über nur leergestanden hat, (nicht an neue Geschlechter vermietet; die, durch ihre eignen, immerwechselnden Dynastien, den rechtmäßigen Eigentümer verdrängt, und die Erinnerungen an ihn halb verwischt haben), können die Wände Einen immer noch, vergebend, begrüßen, der Charakter des Heims immer noch vorhanden sein. Man nimmt dann die AssoziationsFäden, die nur hängen gelassen, nicht abgerissen worden sind, wieder auf. Anders dagegen beim StadtHaus, zumal in uns'rem schnellebigen London, wo nur wenig Häuser noch sich vom Vater auf den Sohn vererben – wo die BesitzUrkunden selten mehr darstellen, als den RechtsTitel, sie eine Reihe von Jahren hindurch vermieten zu dürfen, nach deren Ablauf das Eigentum dann doch in andre Hände übergeht. Ein Haus in London, das Euer Vater niemals betreten hat; in dem kein Armstuhl, kein altmodisch NähTischlein Euch das freundliche Lächeln einer Mutter zurückruft – ein Haus, das Ihr verlassen habt, wie man eine Herberge verläßt; an Leute vermietet, deren Namen Ihr kaum wißt, und die so wenig Respekt für Eure FamilienChronika haben, wie Ihr für die ihrige; – Wer dann, nach einem langen Intervall von vielen Jahren, in ein solches Haus zurückkehrt, der steht dann eben da, wie nunmehr Darrell stand – verloren und ein Fremdling unter seinem eignen Dach. Was scheerte er sich um Diejenigen, die sich zuletzt um diese Kamine, mit ihren jetzt kalten StahlRosten versammelt – deren Gestalten zuletzt auf diesen steifen Couches geruht – deren Füße den Glanz von diesen kostbaren Teppichen abgelaufen hatten? Geschichten innerhalb dieser Wände, die im Leben von so Manchem Epoche gemacht hatten, wären wohl zu erzählen gewesen: Liebende hatten hier die ersten flüsternden Gelübde ausgetauscht; HochzeitsBankette waren zelebriert worden; auf den Armen junger-stolzer Mütter hatten Babies gekräht; Politiker waren hier zu Ministerposten erhoben, Minister hier zu ›parteilosen unabhängigen Mitgliedern‹ reduziert; und auch Leichname waren durch diese Flügeltüren zu erbarmungslosen Grüften getragen worden. Was fragte der Eigentümer nach diesen Geschlechtern und ihren Chroniken? sie standen nicht an den Wänden geschrieben. Weggewischt wie von einer Schiefertafel waren ihre Abrechnungen mit der Zeit; gerade, daß hier und da, der ein- oder andere zufällige KritzelKratzer von seinen eigenen noch, verschwommen und vergangen, übrig geblieben war. Gegen den Kaminsims gelehnt, ließ Darrell seinen richtungslosen sehnsüchtigen Blick durchs Zimmer in die Runde schweifen, als suche er Assoziationen heraufzubeschwören, die angetan sein möchten, die gegenwärtige Stunde mit jenem vergangenen Leben zu verknüpfen, das ihm anderwärts unter den Händen weg-geschlüpft war; und sein Profil, das der Spiegel hinter ihm, fahl und kummervoll, reflektierte, war wie das jenes Gespenstes seiner selbst, welches sein Gedenken jetzt, schweigend, heraufrief.

Der Mann ist, seit wir ihn zuletzt erblickten, äußerlich wenig verändert; wie sehr er sich, seit er das letzte Mal auf diesen ungastlichen Parketten stand, auch innerlich gewandelt haben mag: die Gestalt bewahrte noch immer dasselbe Gleichmaß und dieselbe Kraft – dieselbe unaussprechliche Würde in Miene und Haltung – dieselbe gedankenvolle Neigung des stolzen Nackens; in ihrer Art, sich elastisch aufzurichten, so verschieden von der Gebeugtheit durch Schwäche oder Alter. Dicht wie immer, die reiche Masse des dunkelbraunen Haares; obschon, wenn die Hand in der Ungeduld irgendeines peinlichen Gedankens die losen Locken aus der Stirne strich, man nunmehr, hie und da, die Silberfäden hätte durchblitzen sehen können – aber so rasch erblickt, so rasch auch wieder verschwunden. Nein; was immer auch das TaufRegister an Gegenteiligem auszusagen haben mag, dieser Mann ist nicht alt – noch nicht einmal ältlich; das Licht in der Tiefe dieses klaren grauen Auges mag ruhig wirken, aber es ist eine lebhafte Ruhe; noch ist kein Strahl, aus Hirn oder Herz entsandt, unstät geworden. Dennoch liegt, Alles in Allem genommen, über Miene und Haltung weniger an gefaßter Gelassenheit als ehemals – weniger von jener Resignation, die zu sagen schien: ›Mit allem Wesentlichen im Leben bin ich fertig‹. Gewiß war auch jetzt Verdüsterung genug vorhanden; aber sie war weniger geschlossen, war rastloser geworden. Augenscheinlich gestattete sich diese Menschenbrust erneut menschliche Ziele, menschliche Hoffnungen; beziehungsweise zwang sich dazu, welche zu hegen. Zurückkehrend zu den Wesentlichkeiten des Lebens, war deren Bewegung an den Schatten zu erkennen, die, wenn sie uns in größerer Entfernung umringen, ihr Störendes im gleichen Maße zu verlieren scheinen, wie ihre Länge sich vermehrt. Er fuhr aus seiner sinnenden Haltung mit einer unversehenen ärgerlichen Geste auf, wie wenn er Gedanken abschüttle, die ihm mißfielen; und begann, indem er mit einer für ihn charakteristischen Geberde die Arme fest über der Brust verschränkte, unhörbar murmelnd im Zimmer auf und ab zu schreiten. Die Tür öffnete sich; er wandte sich rasch und mit einem unverkennbaren Gefühl der Erleichterung, denn sein Gesicht erhellte sich – : »Alban; mein lieber Alban!«

: »Darrell – alter Freund! – alter SchulKamerad – lieber, lieber Guy Darrell!«. Die zwei Engländer standen, Hand in Hand mit festem Griff, in echt englischer Begrüßung da – mit Augen, feucht vor Erinnerungen, die sie zurück in ihre Knabenzeit versetzten.

Alban Morley war der Erste, der seine Fassung wiedergewann; und, als die Freunde sich gesetzt hatten, musterte er ausgiebig Darrell's Antlitz; und sprach dann: »So wenig Veränderung! – wundervoll! Worin besteht Euer Geheimnis?«.

»Stillegung der LebensFunktionen – Winterschlaf. Aber Ihr schlagt mich um eine ganze Länge: Ihr habt Leben verausgabt; und scheint dennoch genau so reich daran, wie damals, als wir uns trennten.«

»Nicht doch; ich beginne bereits die Gegenwart zu verleumden und die Vergangenheit zu preisen – mit Gläsern zu lesen; nach Vorurteilen zu entscheiden; vor Veränderungen zurückzuscheuen; leeres Geplapper sinnvoll zu finden – den Wert der Gesundheit zu erkennen, an der Furcht sie einzubüßen – schon fühle ich Interesse an Rheumatismen, eine heilige Angst vor Bronchitis – verspüre Lust, Anekdoten zu erzählen, und FlanellUnterwäsche zu tragen. Euch will ich, in strengstem Vertrauen, die Wahrheit entdecken –: ICH BIN NICHT MEHR 25! – Ihr lacht? – tcha, das ist eben ZivilisationsGewäsche; erfrischt es Euch nicht etwas, nach all dem KauderWelsch, das Ihr in KleinAsien von Euch gegeben haben müßt?«

Und Darrell hätte, ohne zu lügen, mit ›Ja‹ antworten dürfen. Welcher Mensch, nach langen Jahren der Einsamkeit, fände sich nicht erfrischt durch Geplausche, und es sei noch so trivial, das ihm die frohen Zeiten der Welt zurückruft, deren er sich aus seinen jungen Tagen erinnert? – zumal wenn sie ihm via der Lippen eines JugendFreundes zurückgerufen werden! Aber Darrell sagte nichts; nur daß er sich, mit entspannterem Ausdruck, in seinem Stuhl zurechtsetzte; und seine, sich entrunzelnde Stirn, mit einem Nicken der Zustimmung, ja Aufmunterung neigte.

Oberst Morley fuhr fort. »Aber wann seid Ihr eingetroffen? Woher? Wie lang' bleibt Ihr hier? Was sind Eure Pläne?«

DARRELL: – »Cäsar könnte nicht lakonischer sein. Wann angekommen? – diesen Abend. Woher? – von Ouzelford. Wie lang' ich bleiben werde? – noch ungewiß. Was meine Pläne sind? – laßt sie uns erörtern.«

OBERST MORLEY: – »Von ganzem Herzen. Ihr habt demnach Pläne? – ein gutes Zeichen. Tiere im Winterschlaf entwerfen keine.«

DARRELL (die Lichter auf dem Tisch seitlicher rückend, so daß sein Gesicht in den Schatten kommt, und beim Weiterreden zu Boden schauend) – »Diese ganzen letzten fünf Jahre, hab' ich mich schwer angestrengt, mein Interesse an der Menschheit zu erneuern, mich wieder mit dem gewöhnlichen normalen Leben und dessen heilsamen Bestrebungen in Verbindung zu setzen. Zwischen Fawley und London, war es mein Wunsch ein magnetisches Medium zu bilden – ich habe mir ein ziemlich großes ausgesucht – beinah' den übrigen Rest der ganzen bekannten Welt. Ich habe beide Amerika besucht – beide Indien. Ganz Asien hab' ich durchstöbert; und bin so tief in Afrika eingedrungen, wie nur je ein Reisender auf der Suche nach Timbuktu. Aber ich habe mich auch, in langen Zwischenräumen – zumindest schienen sie mir lang – in den frohen Hauptstädten Europas aufgehalten (ausgenommen Paris); habe mich dort unter die Fröhlichsten gemischt – Paläste gemietet, sie mit Gästen angefüllt – bankettiert, und Musik gehört. ›Guy Darrell‹, hab' ich mir gesagt, ›schüttle den Rost der Jahre von Dir. Du hattest keine Jugend, als Du jung warst: sei jetzt jung! Vielleicht daß ein Feiertag Dich wieder zu gesunder nützlicher Arbeit befähigt, wie ein Feiertag den müden Schuljungen wieder munter macht.‹«

Oberst Morley: – »Ich verstehe; das Experiment hat angeschlagen.«

Darrell: – »Ich weiß es nicht – noch nicht – aber möglich ist es; jedenfalls bin ich hier, und gedenke zu bleiben. Auch wollte ich nicht einen-einzigen Tag in ein Hotel gehen, auf daß mein Entschluß ja nicht wankend werde. So hab' ich mich also in diese Burg der Sorge geworfen, ohne einen Mann Garnison zu besitzen. Aber ich hoffe sie zu halten: helft mir, sie bemannen. – Mit einem Wort, und ohne Gleichnis gesprochen: ich bin hier, mit der Absicht, wieder ins Londoner Leben einzutreten.«

Oberst Morley: – »Wie mich das freut: herzlichen Glückwunsch! Und wie werden die Viponts-Alle frohlocken! Es steht nämlich schon wieder eine ›Krisis‹ vor der Tür. Ihr habt selbstredend die Zeitungen regelmäßig verfolgt – der Zustand des Landes interessiert Euch ja. Ihr sagtet, Ihr käm't von Ouzelford?, der Stadt, deren Abgeordneter Ihr einst wart? Ich nehme an, Ihr werdet wieder ins Parlament eintreten; Ihr braucht nur 1 Wort zu sagen.«

Darrell: – »Ins Parlament? Nein. Ich erhielt, während ich noch im Ausland war, ein so ernstliches Ansuchen von meiner alten

Wählerschaft, doch den Grundstein zu ihrer neuen StadtHalle, an der sie sehr int'ressiert waren, zu legen; und meine Verbindlichkeiten ihnen gegenüber sind ja seinerzeit so groß gewesen, daß ich platterdings nicht absagen konnte. Sobald ich beschlossen hatte, nach England zurückzukehren, schrieb ich ihnen und setzte den Tag fest; wobei ich allerdings die Bedingung machte, daß man mich mit der Heimsuchung eines Öffentlichen Festmahles verschonen müsse; und landete auch gerade noch zu rechter Zeit, meine Verabredung einzuhalten – traf heute Morgen, in aller Frühe, in Ouzelford ein; ließ die Zeremonie über mich ergehen; hielt eine kurze Rede; fuhr dann sofort weiter nach London, – wobei ich nicht den geringsten Abstecher nach Fawley wagte, (das ja nicht allzuweit von Ouzelford liegt), auf daß ich, einmal dort, dann womöglich nicht mehr die Kraft hätte, es wieder zu verlassen – und so bin ich eben hier.« Darrell pausierte; und wiederholte dann, in kurzem nachdrücklichem Tonfall: »Parlament? Nein. Arbeiten?: Nein. – Mitmensch, ich mach' Euch hiermit ein Geständnis –: Was ich möchte, ist, mir ein paar Tage Jugend zurück zu haschen – ein winterliches Abbild der Jugend, sicher – aber besser, als gar-keins. Wollen Wir Uns amüsieren, alter Freund, ja?! Damals, als ich schwerarbeitete – schwer-schwer-schwer – da war't Ihr es, Der zu sagen pflegte: ›Kommt; heraus; amüsiert Euch.‹ – Ihr glücklicher Sommervogel, der Ihr wart! Nun bin ich es, der zu Euch sagt: ›Führt sie mir vor, diese prangende-prahlende Stadt, die Ihr so gut kennt. Weiht mich ein in die Wonnen gepflegter Vergnügungen, geselliger Gemeinsamkeit –

›dulce mihi furere est amico.‹

Ihr habt Amüsements die Fülle –: laßt mich daran teil haben.«

»Traun«, sprach der Obrist, und schlug dazu die Beine über'nander, »Spät kommt Ihr, doch Ihr kommt! Nun ist es so, daß Amüsements am Ende aufhören, zu amüsieren: ich habe sie alle geschmeckt, und beginne müde zu werden. *Ich* habe meine Ferien weg, ihre Freuden ausgeschöpft; und Ihr, der Ihr von Büchern und vom Pulte, frisch herunter auf den SpielPlatz kommt, Ihr ruft: ›Fußball! Und BockSpringen!‹. Ach & Weh, mein armer Freund; warum seid Ihr nicht eher gekommen?«

Darrell: – »Ein Wort, Eine Frage! – Ihr habt Genüsslichen Müssiggang in ein philosophisches System gebracht; keinem Menschen vor-Euch ist das mit ähnlich-glücklicher Grazie gelungen;

und, indem Ihr dem Vergnügen nachging't, habt Ihr Euch nicht im Geringsten mit Gewissen oder Schamgefühl überworfen. Stets und immerdar ein Gentleman, ob Ehre ob Vornehmheit. Ja-und?: seid Ihr zufrieden mit Eurer LebensWahl?: seid Ihr glücklich?«

Oberst Morley: – »›Glücklich‹ – Wer wäre das? ›Zufrieden‹? – vielleicht.«

Darrell: – »Gibt es Irgend-Jemanden, den Ihr beneidetet? – dessen LebensWahl, von der Eurigen abweichend, Ihr vorziehen würdet?«

Oberst Morley: – »Oh ja; garantiert.«

Darrell: – »Wen!?«.

Oberst Morley: – »Euch.«

– ? –: *»Ich! – «* sagte Darrell, mit Augen, die vor ungekünsteltem Erstaunen groß-wurden –: »Ich! mich beneiden? Meine Lebensweise vorziehen!?«

Oberst Morley (grämlich): – »Aber bedenkenlos. Ihr habt befriedigten Ehrgeiz gehabt – eine große Karriere. ›Euch beneiden‹?: ja, Wer würde das nicht!? Eure persönlichen Lebensziele sind in Erfüllung gegangen: Ihr trachtetet nach Auszeichnung – Ihr habt sie gewonnen; nach Vermögen – Euer Reichtum ist unermeßlich; die WiederErhebung Eures Namens, Eurer Abstammung, aus Demütigung und Dunkelheit – sind nicht Name und Abstammung von Neuem eingeschrieben ins *Libro d'oro?* Welcher König würde Euch nicht als seinen Ratgeber Willkommen heißen? welcher Senat nicht seine Reihen öffnen, Euch als eines der führenden Mitglieder aufzunehmen? welches Haus, und sei es das hochfahrendste im ganzen Land, würde Euch nicht gern als Verbündeten akzeptieren? Und zu all dem steht Ihr vor mir, kraftvoll und ungebeugt, junges Blut noch in Euern Adern –: undankbarer Mann! Wer würde wohl nicht sein Los mit Guy Darrell's tauschen? Ruhm, Vermögen, Gesundheit; und, ohne jede Schmeichelei, eine Erscheinung und Haltung die auffallen würden, und ständet Ihr in Euerm dunklen Anzug-dort zur Seite eines Monarchen im KrönungsGewande!«

Darrell: – »Ihr habt meine Fragen gegen mich zurück-gerichtet; aber mit so freundlicher Absicht, daß ich Euch den Glauben an meine Eitelkeit wohl verzeihen muß. Geht noch ein Stück weiter – oder vielmehr geht zurück; Ihr habt behauptet, Alles im Leben probiert zu haben, was es versüßen oder Zerstreuung gewähren kann – dem ist nicht so, einsamer Herr Hagestolz: Ihr habt's nicht versucht mit der Ehe! Ist *das* nicht vielleicht Euer Fehler gewesen?«

Oberst Morley: — »Beantwortet Euch das selbst: *Ihr habt* es versucht.« Die Worte waren kaum aus seinem Munde, als er diese Erwiderung auch schon bedauerte. Denn Darrell zuckte hoch, wie von einem Stich ins Herze; und seine Stirn, eben noch heiter, die Lippe, eben noch zum Scherz aufgelegt, wurden, die eine trüb' umdüstert, die andere fest zusammengepreßt. »Entschuldigt —«, stammelte der Freund heraus.

Darrell: — »Oh ja; ich hab' schließlich selber davon angefangen. Was für dummes Zeug Wir so dahergeschwätzt haben! — Erzählt mir lieber was es Neues gibt — nicht etwa politisch — irgendwas anderes. Allererst aber Euern Bericht über den jungen Haughton. Herzlichen Dank für all die Güte, die Ihr ihm bewiesen habt. Ihr schriebt mir schon, daß er sich sehr zu seinem Vorteil verändert habe — sehr liebenswürdig geworden sei; Ihr fügtet hinzu, daß er in Paris direkt Mode gewesen — und in London, des wär't Ihr Euch gewiß, äußerst beliebt sein werde. Ausgezeichnet; vorausgesetzt, es geschieht um seiner selbst willen. Seid Ihr Euch ganz sicher, dergleichen geschehe nicht eher um der Aussichten willen, die endgültig zu zerstreuen ich hierhergekommen bin?«

Oberst Morley: — »Größtenteils um seiner selbst willen, dessen bin ich sicher; ein bißchen vielleicht, weil — was immer er an Gegenteiligem denkt, und ich öffentlich verbreite — die Leute keinen anderweitigen Erben Eures Vermögens sehen . . .«

»Verstehe«, fiel Darrell ihm rasch ins Wort. »Aber er hegt dergleichen Erwartungen nicht? er wird nicht enttäuscht sein?«.

Oberst Morley: — »Wirklich und wahrhaftig: ich glaube, daß — ganz abgesehen einmal von seiner Zuneigung für Euch; und einem ZartGefühl, das davor zurückscheuen würde, sich zum Pflanzboden seiner Hoffnungen auf künftige Reichtümer, ausgerechnet das Grab seines Wohltäters auszusuchen — Lionel Haughton es sämtlichen Goldbarren Kaliforniens, wenn von andrer Hand ausgegraben und durch eines Andern Testament ihm übermacht, beträchtlich vorziehen würde, sich sein eigenes Glück selber zu gestalten.«

Darrell: — »Ich bin herzlich froh, das zu hören, und vertraue Euch gern.«

Oberst Morley: — »Ich entnehme Allem, was Ihr sagt, fast, daß Ihr hier seid, mit der Absicht-ä — Euch-ä . . .«

»— wieder zu verheiraten«, ergänzte Darrell fest. »Ganz recht. Das bin ich.«

Oberst Morley: – »Ich hab' immer das sichere Gefühl gehabt, Ihr würdet noch einmal heiraten. Ist die Dame auch mit hier?«

Darrell: – »Welche Dame?«

Oberst Morley: – »Die Dame Eurer Wahl.«

Darrell: – »Tsch! – ich habe Keine gewählt. Ich komme hierher um zu wählen; und eben darin möchte ich mir Rats erholen bei Eurer Erfahrung. – Ich möchte gern wieder heiraten! Ich – in meinem Alter! Lachhaft! Aber es ist so. – Ihr kennt sämtliche Mütter mit heiratsfähigen Töchtern, welche London – *arida nutrix* – für bräutliche Altäre aufzieht –: wo unter ihnen Allen, soll ich, Guy Darrell, der Mann, den Ihr so beneidenswert findet, die sichere zuverlässige Gefährtin-Gehülfin auftreiben, deren Liebe er mit einem großzügigen Leibgedinge belohnen, deren Kind er den Namen vermachen könnte, für den es im Augenblick keinen Träger gibt, und einen Reichtum, den auszugeben er nicht das Herz hat?«

Oberst Morley – der, wir wissen es, ein habitueller Heirats-Stifter ist, und seinen Beruf liebt – nimmt eine gleichzeitig heitere und tiefsinnige Miene an; reibt sich, sachte, die Stirn; und beginnt dann, in seinen zuvorkommendsten, besterzogenen Tönen zu sagen –: »Ein bloßes MädchenKind würdet Ihr ja wohl nicht heiraten wollen? – eine Jemandin von angemessenem Alter, ja? – Ich wüßte da diverse, ganz ausgezeichnete junge Frauen, auf der anderen Seite von 30 – Wilhelmina Prymme, zum Beispiel; oder auch Janet ...«

Darrell: – »Alte Jungfern? Nein – entschieden-Nein!«

Oberst Morley (etwas argwöhnisch): – »Aber Ihr werdet doch wohl nicht den Frieden Eurer Späten Jahre, mit einem Mädchen von 18 auf's Spiel setzen wollen?; – das heißt, ich wüßte sehr wohl ein bestens-erzogenes, überall-beschlagenes Mädchen von eben-18, die ...«

Darrell: – »Ein come-back ins Leben, an der Seite von Achtzehn? – bin ich verrückt!? –«

Oberst Morley: – »Also weder Späte noch Junge Mädchen; das engt die Wahl ein. Würdet Ihr eine Witwe vorziehen ... Hà; da fällt mir Eine-ein! ein wahrer LotterieGewinn, wenn Ihr *Die* bekommen könntet: die Witwe von ...«

Darrell: – »Ephesus, gelt? – P'hh!! – sprecht mir nicht von Witwen. Eine Wittib, deren Neigungen im Grabe verscharrt liegen!«

Morley: – »Nicht unbedingt notwendig. Und in diesem speziellen Falle ...«

Darrell (unterbrechend, mit Wärme): — »In jeglichem Fall, das sage ich Euch, soll meinetwegen keine Witwe ihre Trauerkleider ablegen! Hat sie ihren ersten Mann geliebt?: wankelmütig das Weib, das zweimal lieben kann! Hat sie ihn nicht geliebt?: warum hat sie ihn dann geheiratet? sich vielleicht für eine hohe Rente verkauft? soll sie sich noch-einmal, an mich, verkaufen, für ein schönes Leibgedinge? Verhüt' es der Himmel! Nein, sprecht mir nicht von Witwen: kein Leckerbissen so fade als ein wieder-aufgewärmtes Herz.«

Oberst Morley: — »Weder Mädchen, ob alt ob jung, noch Witwen. Womöglich verlangt Ihr einen Engel? London ist kein Ort für Engel.«

Darrell: — »Ich gebe zu, daß die Wahl lauter Verworrenheiten beinhaltet — wie kann das aber anders sein, wenn man selber noch verworren ist? Und dennoch, Alban, mein' ich es ernst; und vermesse mich gar nicht, solche Ansprüche zu stellen, wie sich aus meinen Worten schließen ließ. Ich verlange ja weder Vermögen; noch Rang und Stand, außer anständiger Herkunft; noch Jugend, noch Schönheit, noch überhohe Bildung, noch mondänes Auftreten — eines allerdings verlange ich, und nur dieses eine.«

Oberst Morley: — »Und das wäre? viel Nennenswertes zum verlangen habt Ihr nicht mehr übrig gelassen.«

Darrell: — »Nichts?: Alles hab' ich übrig gelassen! Ich verlange Eine, die ich lieben kann; inniger lieben als die ganze Welt — nicht die *mariage de convenance*, und nicht die *mariage de raison*, sondern die *mariage d'amour!* Jedwede andere Heirat, unter noch so feierlichen LiebesSchwüren, bei noch so intim-engem Umgang, ist in meinen Augen Theater und Lüge — ist übertünchte Sünde. Ach, wenn ich nur immer konsequent so gedacht hätte! Aber weg mit Bedauern und Reue jetzt! Einzig die Zukunft liege vor mir! Alban Morley! ich würde Allem, was ich auf dieser Welt besitze (ausgenommen das alte Haus zu Fawley) schriftlich entsagen, jawohl; und mir, nach erfolgter Unterschrift, als Zugabe noch diese rechte Hand abhauen, könnt'ich mich nur ein-einziges Mal so recht verlieben; lieben und wieder-geliebt werden, wie die ersten besten Zwei, von des Himmels einfältigsten MenschenWesen einander lieben können, wenn das Leben noch frisch ist! Wunderlich wunderlich — schaut Euch um in der Welt draußen; nehmen Wir einen Mann von Unsern Jahren an, und er soll der am meisten gefeierte, meist-umschmeichelte, meist bewunderte sein. Verleihen wir ihm alle Attribute von Macht, Reichtum, Hoheit, Genius, Ruhm. Laßt die gesamte jüngere Generation sich vor ihm neigen, in Hoffnung oder Ehrerbietung; ein Wort von ihm kann ihr Glück machen; ein Lächeln von ihm die MorgenDämmerung eines Ruhmes sein. Schön; und nun laßt diesen selben Mann zur Jugend sagen: ›Platz da unter Euch – Alles, was mir Eure Huldigungen einbrachte, möchte ich zu den Füßen der Schönheit niederlegen. Ich trage mich ein in die Liste der Liebenden.‹ – und schlagartig ist seine Macht verschwunden; der armseligste Tölpel von 24 kann ihn beiseite buffen; eben noch Gegenstand der Verehrung, ist er nun auf einmal das Stichblatt aller Lächerlichkeit. Im Moment, wo er das Recht in Anspruch nimmt, das Herz einer Frau zu gewinnen, darf ein Bube – den er in jeder anderen Hinsicht per Lakai traktieren könnte – ihm zurufen: ›Hau ab, Graubart! *dies* Reich wenigstens ist mein!‹.«

Oberst Morley: – »Das ist, selbst wenn Euer Bart grau wäre, die blanke rednerische Übertreibung. Ältere Männer als Ihr, und die selbst im Äußeren nur die Hälfte Eurer Ansprüche machen konnten, haben Jünglingen wie Adonis schon Herzen weggenommen. Einzig gut wählen müßt Ihr; das ist die Schwierigkeit – wenn's nicht so schwierig wäre, Wer würde noch Junggeselle sein?«

Darrell: – »Leitet meine Wahl. Lotst mich in den Hafen.«

Oberst Morley: – »Angenommen! – Aber Ihr müßt erneut ein angemessenes Haus machen; müßt Euch den Weg in die Große Welt wieder eröffnen, und in jene geheiligten Winkel eindringen, wo wartende Jungfern an dem fatalen Gespinste weben. Überlaßt Alles mir. Schickt Mills (ich sehe, Ihr habt ihn noch immer) morgen wegen Eurer ganzen *ménage* zu mir. Ihr werdet natürlich Dinners geben?«

Darrell: – »Oh, selbstredend – muß ich selber dabei mitdinieren?«

Morley lachte in sich hinein, und nahm seinen Hut.

»So bald?« rief Darrell. »Wenn ich Euch jetzt schon ermüde, wie soll's mir da erst mit neuen Freunden ergehen?«

»›so bald‹?: es ist Elf durch. Und wer hier müde zu sein hat, müßt Ihr sein.«

»So viel Glück hab' ich nicht; wenn ich müde wäre, könnte ich zu schlafen hoffen. Ich begleite Euch zurück, ja? Laßt mich nicht allein in diesem Raum hier – allein zwischen den Kiefern eines Fisches; verschluckt von einer Kreatur, deren Blut dabei kalt ist.«

* *
*

»Ihr habt noch etwas übrig gelassen, was Ihr mir mitteilen wolltet«, sagte Alban, als sie sich im Freien befanden; »ich erseh' es aus Euerm Benehmen – um was handelt sich's?«

»Ich weiß selbst nicht recht. Aber Ihr habt mir auch noch nichts richtig-Neues erzählt; diese ganzen Straßenzüge sind mir irgendwie entfremdet worden – Wer wohnt zum Beispiel in den Häusern da-drüben? die Mieter sind einmal meine Freunde gewesen.«

»In dem Haus da? – oh, neue Leute; hab' die Namen vergessen – aber reich; in 1–2 Jahren, wenn sie Glück haben, können sie zu den Obern Zehntausend gehören, und dann ihrerseits *meinen* Namen vergessen. – In dem andern Hause immer noch Carr Vipont.«

»Vipont; diese lieben Vipont's! wie geht's Denen-Allen?: kriechen sie brav? stechen sie tüchtig? Baden sie sich in der Sonne? oder sind sie just in dem immer etwas ängstlichen Prozeß einer neuen Häutung begriffen?«

»Pscht, mein bester Freund: keine Satire auf Eure eigene Verwandtschaft; nichts ist so unverständig. Ich bin schließlich ebenfalls ein Vipont, und ganz für den FamilienWahlspruch – ›Vipont zu Vipont; dann komme was mag!‹.«

»Tadel angekommen. Aber ich bin letztlich kein Vipont. Ich habe, soweit ist es wahr, in ihr Haus eingeheiratet; und sie haben, Jahrhunderte früher, eingeheiratet in meines; aber nicht 1 Tropfe ihres FuchsschwänzerBlutes fließt in den Adern des letzten, kinderlosen Darrell. – Pardon. Ich gebe Euch alle Meriten der Vipont'schen Rasse gerne zu; keine Familie, die mein respektvolles Int'resse mehr in Anspruch nähme –: wie steht's bei ihnen mit Geburt, Tod, Eheschließungen:? –«.

Oberst Morley: – »Geburten betreffend: Carr hat grade die Geburt eines Enkels begrüßt; der Erstgebor'ne seines ältesten Sohnes, (der im vergangenen Jahr eine Tochter des Herzogs von Halifax geheiratet hat) – vielversprechender junger Mann, Mitglied des MarineMinisteriums. Carr hat einen weiteren Sohn bei den ***Husaren, hat sich grad' eine Rangstufe höher gekauft; die andern Jungen sind noch auf der Schule. Außerdem hat er noch drei Töchter; nette Mädchen, und erstaunlich gut erzogen – tatsächlich; jetzt wo ich daran denke – die Älteste, die Honoria, könnte für Euch passen: hoch-gebildet – wohl belesen, hat Int'resse für Politik – eine große Bewundrerin von Intelligenz – auch von ausgesprochen ernster Gemütsart. – ? « .

Darrell: – »Eine Kannegießerin von ernster Gemütsart? – wie'n Pfenniglicht im Londoner Nebel! Schnell weiter, zu weniger grus'ligen Gegenständen! Wessen BegräbnisVeranstaltungen mögen das da drüben sein?«

Oberst Morley: – »Lord Niton ist gestorben; der Vater von Lady Montfort.«

Darrell: – »Lady Montfort? Deren Vater war doch ein Lyndsay, und starb – oh, vor der SündFlut. Zumindest über mich und meine Welt ist ein Diluvium dahingegangen, seit ich das Gesicht seiner Witwe zuletzt gesehen hab'.«

Oberst Morley: – »Ich spreche von der Gattin des augenblicklichen Lord Montfort – des Earl's. Ihr von der des armen Marquis – des letzten Marquis – das Marquisat ist ja erloschen. Mein, wo immer Eure Wanderschaft Euch auch hingeführt hat, vom Tod des letzten Marquis von Montfort müßt Ihr doch bestimmt vernommen haben?«

»Ja, ich hab' davon gehört«, antwortete Darrell, mit etwas rauher und undeutlicher Stimme. »Ist also tot, der junge Mann! – Was hat ihn umgebracht?«

Oberst Morley: – »Ein heftiger Anfall von Diphterie – ganz plötzlich. Er hielt sich damals grade bei Carr's auf; und ich habe immer den Verdacht, daß Carr ihn zum Sprechen verführt hat! eine Sache, an die er so gar nicht gewöhnt war – hat sein ganzes System durcheinander gebracht. Aber wollen Wir schmerzliche Themen möglichst ruhen lassen.«

Darrell: – »War Sie zu der Zeit bei ihm?«

Oberst Morley: – »Lady Montfort? – Nein; sie waren äußerst selten beisammen.«

Darrell: – »Sie ist noch nicht wieder verheiratet?«

Oberst Morley: – »Nein; aber noch jugendlich, und so schön, daß sie bestimmt viele Anträge bekommen wird. Ich weiß schon Welche, die nur darauf warten, daß sie ihre Werbung anbringen können. Montfort ist erst 18 Monate tot – starb'unmittelbar vor der Hochzeit des jungen Carr. Seine Witwe lebt, in völliger Zurückgezogenheit, auf ihrem Witwensitz bei Twickenham. Selbst mich hat sie, seit ihrem Verlust, ein einziges Mal vorgelassen.«

Darrell: – »Wann ist das gewesen?«

Morley: – »Ungefähr-ä – vor 6 oder 7 Monaten; sie erkundigte sich mit großem Interesse nach Euch.«

Darrell: – »Nach mir!?«

Oberst Morley: – »Ja sicher. Kann ich mich nicht noch gut entsinnen, wie beständig sie und ihre Mutter bei Euch im Hause zu Besuch waren? Ist es da so verwunderlich, daß sie nach Euch fragen sollte? Ihr müßtet sie eigentlich besser kennen – der liebevollste, dankbarste Charakter.«

Darrell: – »Was Ihr nicht sagt. Aber zu der Zeit, auf die Ihr eben Bezug nahmt, war ich allzu beschäftigt, um mir sehr eingehende Kenntnis vom Charakter einer jungen Dame zu erwerben. Den ihrer Mutter hätt' ich besser kennen sollen; aber selbst in dem hab' ich mich geirrt.«

Oberst Morley: – »In Mrs. Lyndsay's Charakter konnte man sich auch leicht irren, – reizend, aber alles Verstellung. Wogegen Lady Montfort natürlich ist. Ehrlich gesagt, wenn Ihr nicht dieses Euer engherziges Vorurteil gegen Witwen hegtet: sie war genau die Person, die ich Euch vorzuschlagen im Begriff stand.«

Darrell: – »Eine Schönheit der Großen Welt! und jung genug, meine Tochter zu sein. Tz, das nennt sich nun menschliche Freundschaft. – Soso; da ist das Marquisat also erloschen; und Sir James Vipont hat die Güter und den EarlsTitel – ich entsinne mich seiner, vom Unterhaus her – respektabler Mann – große Autorität für Viehzucht – dabei schüchtern, und sagte immer: ›*Haben* Sie diesen Artikel in der Zeitung-heute gelesen?‹.«

Oberst Morley: – »Ganz recht. Es hat übrigens eine gewisse Befürchtung zuerst bestanden, wegen Anfechtung der Nachfolge; aber Sir James hat seinen Anspruch sehr nachdrücklich klar gemacht. Unter Uns gesagt: diese Veränderung hat sich als eine rechte Kalamität für die Viponts erwiesen. Der selige Lord war zwar nichts weniger als weise, aber bei Öffentlichen Anlässen repräsentierte er äußerlich aufs Schaubarste – *très Grand Seigneur* – und den Einfluß der Familie dirigierte Carr, mit bewundernswürdigem Takt. Der augenblickliche Lord dagegen, hat die Gewohnheiten eines bloßen Gutsbesitzers; und sein Weib teilt seinen Geschmack. Er hat die gesamte Verwaltung, nicht bloß der Güter sondern auch des FamilienEinflusses, Carr aus der Hand genommen; und wird eine traurige Unordnung anrichten, denn er ist weiter nichts als ein unpraktischer, veralteter Politikaster. Die Familie geschlossen zusammenhalten, wird Der nie – unmöglich – es ist zum Weinen. Ich weiß wohl noch, wie Unser letzter großer Aufmarsch, nächsten Weihnachten werden's fünf Jahre, Schrecken und Entsetzen in Lord ***'s Kabinett verbreitete: die bloßen Berichte darüber, in den

Zeitungen, gaben allen Leuten zu reden und zu denken! Das Ergebnis war, daß man, zwei Wochen danach, Carr die entsprechenden Anträge machte; er willigte ein, die Minister zu unterstützen – und das Land war gerettet! Heute, Dank diesem stupiden neuen Earl, haben Wir, binnen armen 18 Monaten, Terrain verloren, das zu gewinnen uns, schlecht gerechnet, anderthalb Jahrhunderte gekostet hat: Unsre Stimmen sind geteilt; unser Einfluß vertändelt und verzettelt; Montfort House steht geschlossen; und Carr, (der Mann ist ganz abgemagert), versichert, daß in der bevorstehenden ›KRISE‹ nicht nur ein Kabinett ohne 1-einzigen Vipont darin gebildet werden, sondern sogar Dauer haben werde – auf jeden Fall Dauer genug, um nicht wieder gut zu machendes Unheil anzurichten –: ohne 1-einzigen Vipont im Ministerium!«

Also fuhr Oberst Morley fort, in schwermütigen Tönen zu klagen – Darrell, schweigend, ihm zur Seite – bis der Oberst vor seiner eig'nen Wohnungstür angekommen war. Dort, während er den Drücker ans Schloß setzte, kehrte Alban's Geist von den Gefahren, die das Haus Vipont und den Stern von Braunschweig bedrohten, zurück zu den geringfügigeren Ansprüchen privater Freundschaft. Aber selbst diesen letzteren war jetzt von jenen größeren Interessen beigemischt, für die jeder wahre Patriot aus dem Hause Vipont, gleichsam mit seiner MutterMilch die gebührende Sorglichkeit einsog.

»Euer Erscheinen hier in der Stadt, mein lieber Darrell, kommt überaus opportun! Die gesamte Familie wird sich's angelegen sein lassen, Euch nach Kräften herauszustellen bei dieser kommenden KRISIS – ich sage ›kommenden‹, weil ich überzeugt bin, sie muß kommen. Euer Name ist immer noch in frischer Erinnerung – Eure Position umso stärker, eben weil Ihr Euch aus allen Parteihändeln der letzten 16-17 Jahre herausgehalten habt: Euer Haus sollte Kern und Ansatzpunkt neuer Kombinationen werden. Vergeßt ja nicht, mir Mills herzuschicken; morgen schon engagiere ich für Euch KüchenChef und Butler – ich weiß grade Leute, die für Euch passen. Auch Eure HeiratsAbsichten kommen in dem Moment wie bestellt; sie werden das Interesse der Familie steigern. ä-Ich darf doch bekannt machen, daß Ihr zu heiraten gedenkt?«

»Aber gewiß – mein'thalben laßt's in Charing Cross ausschreien.«

»1 ClubRaum leistet dasselbe. – Ich bitte tausendmal um Entschuldigung; aber wenn die Leute vom Heiraten sprechen, fällt unweigerlich auch das Wort Geld. Ich möchte Euer Vermögen auf keinen Fall übertreiben – ich weiß wohl, daß es sehr bedeutend ist, und gänzlich zu Eurer freien Verfügung – ja?«

»Jeder Schilling.«

»Ihr müßt, seitdem Ihr Euch ins Privatleben zurückgezogen habt, eine ganze Menge gespart haben?«

»Darauf könnt Ihr Euch verlassen. Dick Fairthorn zieht die PachtErträge ein, und sieht nach meinen diversen Investitionen; und ich kann mich auf ihn als eine unbestrittene Autorität berufen, wenn ich sage, daß zusammen mit den Erträgen aus Ländereien, die ich kaufte, da mein armer Junge noch lebte, und den Zinsen aus meinen, weit einträglicher angelegten Kapitalien, Ihr es voll verantworten könnt, allen Damen, die sich für die Verbreitung derartiger Kenntnisse interessieren, zuzuflüstern, : ›35 000 jährlich, und ein alter Narr!‹.«

»Vom ›alten Narren‹ werde ich zuverlässig nichts sagen, denn ich bin schließlich derselbe Jahrgang wie Ihr. Und wenn *ich* 35 000 £ im Jahre hätte, würd' ich wohl auch heiraten.«

»Ihr auch?: alter Narr!«, sagte Darrell, noch im Abwenden.

# 4. Kapitel

*Enthüllt Streiflichter aus Guy Darrell's Vergangenheit, seiner vielbeneideten Blütezeit. / Man grabe nur tief genug, und unter aller Erde rinnt Wasser, unter allem Leben rinnt Kummer.*

Allein in den Straßen, schlug Darrell's Munterkeit, die, solange er mit seinem alten Schulfreund beisammen gewesen war, das Gepräge seiner Haltung und Worte gekennzeichnet hatte, derart plötzlich und umfassend in grüblerische düstere Abwesenheit um, wie wenn er nur eine Rolle gespielt, die mit dem Abgang von der Bühne aufgehört hätte. Da er noch Abneigung fühlte, schon wieder in die Verlassenheit seines Hauses zurückzukehren, schritt er zunächst wie mechanisch, in rastlosem Verlangen nach Bewegung, fürder, ohne sich zu bekümmern, wohin. Aber als er sich, solchermaßen vom Zufall gelenkt, etwa in der Mitte jener langen-geraden Straße fand, die heute das verbindet, was einst die getrennten Dörfer Tyburn und Holborn waren, da suggerierte ein Irgendwas in der flüchtigen, lose zusammenhängenden Kette seiner Träumereien, den irrenden Füßen ein bestimmteres Ziel: er brauchte bloß dieser Straße rechter Hand hier zu folgen, um in einer Viertelstunde des bescheidenen Wohnhauses ansichtig zu werden, in dem er sich, nach seiner frühen Eheschließung, damals zuerst niedergelassen hatte, zu den dürren Mühen einer Advokatur. Da wollte er doch – jetzt wo er, reich und berühmt, den Brennpunkt englischer Tatkraft, dem er so lang' abtrünnig gewesen, wieder besuchte – gehen, und sich die obscure Behausung betrachten, in der seine Energien sich zuerst auf das Streben nach Wohlstand und Ansehen konzentriert hatten. Wer unter meinen Lesern, der je die glitzernde Steile sich emporgemüht hat, –

(: › Oh, Wer spricht's aus, wie steil das Klimmen dort,
wo Fama's stolzer Tempel fernhin scheint!?‹ Beattie.),

– hat sich wohl nicht ähnlich zu dem bescheidnen Dach am Fuße des klippigen Anstiegs hingezogen gefühlt, unter dem goldene Träume ihm die überanstrengten Sehnen erfrischten? Jetzt, da ein festes Ziel ihnen gesetzt war, seine Schritte etwas beschleunigend, griff der, der Zahl der Jahre nach alternde Mann, (obschon, sich selbst zum Unglück, allzuzäh noch die Mentalität der Jugend festhaltend; sei es in ihrem grandiosen Mißvergnügen, sei es in ihrer allzu sensiblen Empfindlichkeit für Schmerzen) geräuschlos weiter aus, unter den GasLaternen dahin, unter den Sternen; den Gas-Laternen, sauber-steif gereiht, in gemessenen Abständen; den Sternen, die dem unbewaffneten Auge symmetrielos unmethodisch im Raume verteilt scheinen – Menschliche Ordnung, ebenso nahe wie endlich, ist so klar, so unmißverständlich; des Großen Machers Ordnung, fern und un-endlich, übersteigt so sehr den Menschlichen Begriff dessen, was Ordnung überhaupt ist!

Darrell hielt, zögernd, inne. Er hatte jetzt eine Stelle erreicht, wo Neubauten und Verschönerungen die alte Orientierung erschwerten. Die prächtige breite Straße ging dort, wo sie sich einst unvermittelt in ein Labyrinth von Höfen und Gängen aufgelöst hatte, nunmehr weiter durch. Aber der Weg war nicht schwer zu finden. Er wandte sich ein wenig zur Linken; wobei er, mit bewunderndem Interesse, in dem heitern weißen pseudogriechischen Gebäude mit seinem französischen goldbronzierten GitterTor, das umgestaltete Museum erkannte, in dessen stillen BücherSälen er zuweilen eine kurze geisterhafte Erholungspause von seinen juristischen Bänden sich hatte abstehlen können. Weiter noch voran, durch das unbelebte Bloomsbury; zwar nicht ganz soweit als bis zu den allerletzten Ausläufern des Atlas, den Ödnissen von Podden Place; aber die Einsamkeit ward doch stets tiefer, wie er so dahinschritt. –: da ist sie, eine stille Straße, wahrlich! nicht eine Seele auf ihren düsteren Bürgersteigen, nicht einmal die Seele eines Schutzmanns. Nichts Regsames, außer einer verstohlnen liederlichen nichtsnutzigen Katze, die sich elegant durch das KellerGitter drüben verzieht. Diese Straße herunter war er (könnte man sich vorstellen) lebhafteren rascheren Schritts gekommen, an dem Tage, da er – genau gemäß dem seltsamen Glück, wie es seine gesamte weltliche Karriere der Ehrungen unveränderlich begleitet hatte – ganz unerwartet berufen worden war, für einen abwesenden älteren--höheren Kollegen einzuspringen; und wie fast schon bei seinen ersten Resümees, die Gerichtshöfe von Westminster einen Meister in ihm erkannt hatten; – war sie herunter gekommen (könnte man sich vorstellen) mit lebhafterem Schritt; hatte gepocht an eben der Haustür, vor der er jetzt wieder innehält; war in das Zimmer getreten, wo die junge Frau saß – und beim Anblick des zänkischen, übellaunigen Gesichtes, beim Klang der unmitfühlenden schlaffen Stimme, war er davongeflohen in sein schrankähnliches

HinterZimmerchen; und hatte ›Mut – Mut‹ gemurmelt, um das traute Heim ertragen zu können, in das er getreten war, lechzend nach einer Stimme, die zu einem Freudenschrei aufgefordert, und ihn erwidernd beantwortet hätte.

Wie ›zugeschlossen‹, wie stumm und blind, wirkte das kleine kümmerliche Haus, mit seiner kleinen kümmerlichen Türe, den kleinen kümmerlichen glanzlosen Fenstern. Und dennoch war ein RUHM hier geboren worden! Wer mögen jetzt die Bewohner sein? Ob auch sie, in Schlaf versunken, etwelche ›Goldnen Träume‹ haben? Oder ist drinnen irgendein ringendes Hirn am Werke, dem der arrivierte reiche Mann ein ›Mut!‹ zuflüstern könnte; oder pocht dort ein beladnes Herz, dem ein getreues Weib ›Sei froh!‹ zumurmeln sollte? Wer weiß. London ist ein wundersam Gedicht; aber jegliche Seite davon ist in einer andern Sprache geschrieben, und für keine davon ward noch das Wörterbuch zusammengestellt.

Die Straße wieder zurück, dahin unter den GasLaternen, dahin unter den Sternen, wandelte Guy Darrell, immer langsamer, immer gedankenvoller. Bewog ihn der Vergleich zwischen dem was er gewesen und was er jetzt war; zwischen dem kümmerlichen, eben wieder besuchten Haus, und dem stattlichen GroßHeim in das er nun wieder zurückkehren würde, zu Gedankengängen eines natürlichen begreiflichen Stolzes? Es schien schwerlich so; in diesen festgepreßten Lippen, diesem schwermütigen Krummgehen, lag kein Stolz.

Jetzt trat er heraus auf einen ruhigen Platz – (immer noch Bloomsbury) – und unmittelbar vor ihm, ragte ein großes respektables, schon-herrschaftliches Wohngebäude; beinah ebensogroß wie das in dem, allerdings vornehmeren, Viertel, wohin er seine einsame Rückkehr so säumend verzögerte. Da war auch einmal, eine zeitlang, der Wohnplatz gewesen, der sich *Sein Heim* genannt hatte – dorthin, als das Gold wie eine Springflut hereingerollt kam, Auszeichnung erworben war, Stellung gesichert – dorthin, zwar noch nicht im Parlament, aber der Erste im GerichtsSaal – immerhin bereits von Wählerschaften bestürmt, bereits von Ministern umworben – dorthin, und er war noch leidlich-jung (O glücklichster aller Juristen!) – dorthin hatte er seine Laren versetzt. Die angemessene Wohnung für einen Fürsten der Robe. Und Ihr würdet, jetzt wo er da-wohnt, den erfolgreichen Mann also beneiden? Ja, in dem Moment, wo er die Haustür *hinter* sich zumacht; aber ihn beneiden, wenn er über die Schwelle hinein-tritt? –

nein!; dann beneidet lieber noch den obdachlosen Savoyarden-Jungen dort, der sich unter den Portikus geschmuggelt hat, den zerlumpten Arm, fest eingeschlafen, um den Käfig mit seinen dummen Murmeltierchen geschlungen! Dort drinnen, in dem großen, sterilen EmpfangsZimmer, sitzt eine

›Aspasia, blaß und elegant‹.

Schon recht; aber das Gesicht des Weibes ist jetzt mit nichten händelsüchtig. Schaut nochmals hin –: ängstlich, furchtsam, verhohlen, schlau. Oh!, diese feine Lady, eine gebor'ne Vipont-Crooke, begnügt sich nicht damit, die Gattin des großen-reichen Mr. Darrell zu sein? Was verlangt sie?: daß *er* der Mann der fein-mondänen Mrs. Darrell sein solle? ›Stolz auf ihn?‹ : nicht ein Jota!; solch ein Stolz wäre unchristlich. Umgekehrt: wäre er so stolz auf sie, wie ein christlicher Ehemann zu sein hätte auf eine so elegante Frau, würde er dann immer noch in Bloomsbury hocken bleiben?! *Ihn* beneiden? den wirklichen großen Gentleman, so treu seinem Blut, und über und über versengt, wundgerieben von der geistigen Ordinär- und Vulgärheit einer aufdringlichen, speichelleckerischen Kopie sämtlicher Ladies Selina's. Ihn beneiden?, Gott, warum nicht: alle Frauen haben ihre Schwächen; und weise Gatten müssen dulden und sich gedulden. Wenn das Alles wäre? weshalb ist dann aber ihre Miene gar so heimlich verstohlen? weshalb die seine so wild wachsam streng? Tz, was kann wohl eine nach Bloomsbury verbannte schöne Lady besser in die ersehnte Mode bringen, als die betonte Anbetung eines Lords und Herrn, (nicht ihres eignen), der zu St. James den Ton angibt! Durch keinerlei Leidenschaften versucht; kalt wie Eis was Neigungen anbelangt; wenn wirklich einmal zu einem GefühlsErguß aufgetaut, doch heimlich den Gatten, den sie wählte, warb, gewann, vorziehend vor müßigen, selbst äußerlich weniger attraktiven Laffen; – all dies ist sie; und sucht, kokettiert, dennoch nach dem *éclat* der Unehre?! Ihm durchgehen? oh, nicht doch, dazu ist sie zu schlau; aber bestaunt werden, und im Gespräch sein als die Schöne Frau Darrell, der der Lovelace von London so zärtlich ergeben war, das ja! Tritt nur ein, hochfahrender Sohn des Dare-all, des Alleswagenden: wagst Du zu fragen, Wer da eben, kurz zuvor, Dein Haus verlassen hat? Wagst Du zu fragen, von Wem das Billet stammt und was es enthält, das diese schlaue Hand da just versteckt? Wagst Du's? – falls ja, was dann?: kannst Du Deine Frau einschließen? kannst Du den Lovelace erstechen? Genausogut kannst Du die Luft einsperren; kannst Alle erstechen, deren leichtfertige Worte zu St. James, eine Matrone zu Bloomsbury in Mode zu bringen vermöchten! Geh, Anwalt, geh: studier' Du Deine ProzeßAkten, und sei Pergament.

Todesqualen – wirkliche Todesqualen – drangen wieder durch Guy Darrell's Brust, während sein Blick auf jenem großen, höchst respektablen Hause ruhte, und er seines pausenlos-stündlichen Feldzuges damals, gegen Entehrung, gedachte! Nun, er hat triumphiert. Der Tod kämpft für ihn: haarscharf am Rande des allerletzten Skandals, ist eine, auf irgendeinem Vipont'schen Ball geholte Erkältung in Fieber umgeschlagen; und so haben die Schwarzen Pferde die Große Dame Von Bloomsbury von dieser Tür hinweg geführt, noch ehe sie so recht – Mode ward! Glücklich in seinem Kummer *der* Witwer, der, mit vertrauender Hand, das harmlose SchreibPultchen seiner verlorenen Gattin durchsuchen kann, und sicher sein, daß kein zu Lebzeiten vor ihm verborgener Gedanke anklagend aus den aufbewahrten Blättern sich erheben werde. Aber dieser blasse-stolze Leidtragende hier, dessen Aug' ein parfümiertes *billet doux* nach dem andern überfliegt, weil er sich notgedrungen, auch aus Gerechtigkeitsgefühl der Toten gegenüber, davon zu überzeugen hat, daß die Mutter seiner Kinder lediglich im Herzen erst verdorben war – daß die Schwarzen Rosse genau zur rechten Zeit an der Tür vorgefahren kamen – und Der dann, armselig getröstet durch solch gewonnene kümmerliche Überzeugung, die letzten dünnen Wische der Flamme übergibt, auf denen seine Ehre (bei ihm felsensicher aufgehoben) hin und her geflattert ist, in der Obhut einer eitlen treulosen Närrin: beneidet Ihr diesen ›Trauernden Hinterbliebenen‹? Wohl kaum! nicht einmal jetzt, in seiner Erlösung. Denn die Erinnerung ist nicht mit in den samtnen Sarg eingenagelt; und für bedeutende zuverlässige Naturen ist das Andenken an Verlorene, das durch zärtliche Trauer geheiligt werden kann, ja verständlicherweise weit weniger bitter, als wenn es grundsätzlich mit Verachtung und Scham gekoppelt werden muß.

Aber das Weib ist tot. Tot seit langen Jahren auch der Lothario. Die Welt hat ihrer vergessen; und selbst aus dem vorliegenden Bericht verschwinden sie, sobald man diese Seite hier wird umgeschlagen haben; keinen Einfluß mehr üben, keine Tragweite mehr besitzen sollen sie, auf etwelche künftigen Ereignisse, die da den Rest von Guy Darrell's Leben bezeichnen mögen. Aber wie er dort so steht, und in den leeren Raum starrt, –: die zwei Gestalten sind so deutlich vor seinen Augen, wie wenn sie noch am Leben wären. Langsam nur, langsam, kann er sie in den Boden starren; das falsche Lächeln ihrer schwächlichen Lineamente schwindet dahin; Schreck und Leid bezeichnen die Mienen – sie schrumpfen; sie versinken; sie lösen sich auf ...

## 5. Kapitel

*Charybdis speit ein Wrack aus. / ›Souviens-toi de ta Gabrielle‹*

Hastig wandte Guy Darrell sich fort von dem stattlichen Haus auf dem großen Platz; und, mehr und mehr in waches Träumen versinkend, kam er von seinem direkten Weg heimwärts, hell und breit wie der war, ab. Nicht eher erwachte er, als da er gleichsam fühlte, wie die Luft um ihn her düst'rer geworden war; und wie er, noch zerstreut, in die Runde blickte, gewahrte er, daß er sich in ein trübes Labyrinth von Gäßchen und Durchlässen verlaufen hatte. Unter einer der wenigen StraßenLaternen hier, blieb er deshalb stehen; suchte sich in seinen Erinnerungen an das London, dem er so lange fern gewesen war, zu orientieren; und war, für ein paar Augenblicke, ganz im Zweifel über die Richtung, die er jetzt einzuschlagen hätte. Eben kam, einen rechtwinklig auf ihn zulaufenden Gang herunter, mürrisch und behutsam, eine hohe, mächtige, unheilverkündend zerlumpte Gestalt, die, da sie Darrell's Gesicht unter der Laterne gewahr wurde, abrupt an der Mündung der engen Passage, aus der sie aufgetaucht war, anhielt – eine finstere Form, die eine finstere Öffnung füllte. Erkennt der Lumpenkerl von Rumtreiber, beim unzulänglichen Schein der Lampe, etwa einen Feind?; oder ist er bloß ein gemeiner Wegelagerer, der noch überlegt, ob er eine Beute anspringen solle? Feindselig sein Blick – seine Gebärde – ein plötzliches Niederducken der athletischen Figur, wie zum Ansprung – aber immer noch ist er unentschlossen. Was hält ihn im Zaum? Je nun, was hält den Tiger im Zaum, der seinem Instinkt nach Blut, und ohne Furcht, nachgeben, und sich sofort auf den Neger – den Hindu – stürzen würde – der jedoch innehält und zaudert, beim Anblick des weißen Mannes

– des gebieterischen Sohnes Europas? Darrell's Auge war gerichtet nach dem finstern GassenMaule – nach der finsteren Gestalt – aber gleichgiltig, und ohne etwas zu erkennen, weder furchtsam noch herausfordernd – gleichgültig, wie bei einem harmlosen Gegenstand, bei hellem Tag und auf belebter Straße. Aber solang dieses Auge auf ihm haftete, machte der LumpenDämon Halt; und, in der Tat, sei's nun Feindseligkeit, sei's Verwogenheit, das plötzliche Ansichtigwerden Darrell's schien bei ihm eine derartige Überraschung hervorgebracht zu haben, daß er nicht sogleich seine Gedanken zu sammeln und zu entscheiden vermochte, wie er dem ruhigen nichtsahnenden Mann dort, der, durchaus in Sprungweite von ihm, seiner überwältigenden körperlichen Stärke, eine zur Gewohnheit gewordene Miene gebieterischer Würde entgegenhielt, nahe kommen sollte. Sein erster Impuls war der einer Gewalttat; sein zweiter Impuls hielt den ersten im Zaum. Aber eben macht Darrell rasch Kehrt, und schreitet gerade aus – die Gestalt verläßt die GassenMündung; und folgt, mit langem und lautlosem Schritt. Jetzt hat sie Darrell beinah erreicht. Mit welcher Absicht wohl? Einer grimmigen vielleicht – denn das Gesicht des Mannes ist unheilvoll, und sein Zustand unverkennbar desperat – als, gänzlich unerwartet, aus einem garstig aussehenden Hinterhof (es kann auch eine Sackgasse sein), genau zwischen Darrell und seinem Verfolger, ein hagerer aber baumlanger, ›zugeknöpfter‹ Schutzmann mit einem WieselGesicht auftaucht. Der Schutzmann mustert zuerst, instinktiv, den Großen Zerlumpten:? – richtet dann sein Auge auf den einzelnen schutzlosen Herrn da-vorne:? – und geht sogleich ruhig weiter, wobei er sich zwischen den Beiden hält. Der Lumpenkerl verschluckt einen ungeduldigen Fluch. Heiße nun sein Vorsatz Gewalt, heiße er lediglich Anbetteln, heiße er möglicherweise auch Unterredung etwelcher Art, solang dieser Schutzmann sich hier befindet, ist es platterdings unmöglich, ihn auszuführen. Sicher, theoretisch könnte er mit seinen kraftvollen Händen diesen hagren überlangen Beamten packen, und ihn in zwei Stücke knicken wie eine WeidenRute. Aber dieser Beamte ist eben die Verkörperung von Recht und Gesetz, und könnte, langbeinig-würdevoll, durch eine ganze Legion von Lumpenkerlen hindurchschreiten, ähnlich wie ein Frettchen durch eine ganze Scheune voller Ratten dahingleiten dürfte. Der Buschklepper spürt es förmlich, wie man bereits Verdacht gegen ihn hege. Unbekannt wie er der Londoner Polizei bis jetzt noch ist, hat er keinerlei Verlangen, ihre Beobachtung auf sich zu lenken. Er überquert die Straße; er bleibt etwas zurück; er folgt von ferne – noch kann der Schutzmann ja vielleicht abbiegen, bevor die sichereren Straßen der Hauptstadt erreicht sind. Aber nein; die verfluchte Verkörperung von Recht und Gesetz hat auch in ihrem hagren Rücken Augen, und läßt nicht ab, dem arglosen Darrell, mit langen gemess'nen Schritten auf den Fersen zu bleiben. Die ganz menschenleeren GassenSchluchten hat man bereits passiert – nun noch dieser eine schlechtbeleuchtete Gang, mit seiner langen-öden Mauer auf der einen Seite. An der langen-öden Mauer gleitet der Bandit dahin; auf der andern Seite wandelt fortwährend Gesetz & Recht. Und jetzt – schade für den armen Banditen! – strahlen die großen VerkehrsAdern auf, wo es nicht mehr duster und verödet ist – Leicester Square; Haymarket; Pall Mall; Carlton Gardens – Darrell steht vor seiner Haustür. Scharf wendet sich der Schutzmann um:? –: dort, an der Ecke, neben dem gelehrten KlubHaus, steht und wartet auch der LumpenDämon. Auf diesen LumpenDämon zu geht jetzt flink der Schutzmann. Aber der LumpenDämon zeigt sich noch flinker – entflohen ist er, wie ein strafbarer Gedanke!

Zurück – zurück – zurück in jenen Irrgarten von Gängen und Hinterhöfen – zurück zu der Einmündung jenes schwarzen Gäßchens. Dort hält er neuerlich inne. Schaut ihn Euch an. Gerade diesen selben Abend erst, ist er, nach einer Abwesenheit von mehr als 4 Jahren, wieder in London eingetroffen. Vom Gestade des Meeres her eingetroffen, und zwar zu Fuß; seht Ihr, seine Schuhe sind ganz zerlöchert und durchgelaufen. Noch hat er kein Obdach für die Nacht gefunden. Man hat ihn, wegen einer zwar schmutzigen aber sicheren Bleibe, nach diesem Viertel hier gewiesen, wo es von Abenteurern, einheimischen und ausländischen, wimmelt. Sie muß irgendwo in der Nähe dieses Hinterhofes hier sein, an dessen Eingang er steht. Er schaut sich um: ? – der Polizist ist gefoppt, die Luft wieder rein. Er stiehlt sich hervor; und bleibt unter der gleichen GasLaterne stehen, unter der vorhin Guy Darrell auch gehalten hat – unter'm selben Gaslicht, unterm selben Sternenschein. Aus irgendeinem Winkel in seinen Lumpen, zieht er eine große fleckige geschwollene Brieftasche hervor – letzter Rest aus geputzteren Tagen – das Leder, feines Maroquin, ist einmal sorgfältig genarbt gewesen; gefederter PatentVerschluß (sogenanntes ›FeenSchlößchen‹); das angemessene Behältnis für Banknoten, LiebesBriefchen, Eintragungen von EhrenSchulden, oder vergnügliche Verabredungen. Aber wie abgewetzt, angeschmutzt, schmierig schuftigschurkig das teure Spielwerk jetzt aussieht! Mit was für buntscheckigem unlieblichem Inhalt vollgefüllt – altbackene Leihscheine von ausländischen *monts de piété*, Pfänder die niemals Jemand mehr einlösen wird; Gekritzel von Diebeshänden, in GaunerHieroglyphen; garstige Gerätlein sind an Stelle des malachit'nen Federmesserchens, des goldnen Zahnstochers, des mit Steinen besetzten Bleistifthalters getreten, die einst so fein und säuberlich in ihren SatinTäschchen staken. Garstige Geräte, wahrlich – eine Feile, ein Bohrer, falsche Würfel. Vermengt mit solch abscheulichem Inhalt neueren Datums, entehrte Belege eines einstigen fröhlicheren SommerDaseins – Locken aus DamenHaar; LiebesBriefe, mechanisch gehortet, nicht aus etwelchen amourösen Sentiments, eher wohl aufgrund einer vagen Vorstellung, daß sie einmal nützlich werden könnten, falls SIE, die die Locken spendeten, oder die Brieflein schrieben, zu Vermögen gelangen, und dann die Mahnmale ihrer Schande zurückkaufen möchten. Beim Wühlen in so gemischten Schätzen und Urkunden, fielen dem Banditen auch ein paar alte Briefe in die Hand : typisch kalligraphische SchreiberSchrift, mit schmutzigem Bindfaden umbunden; oben-darauf, in einer anderen und neueren Schrift, ein Zettel, auf dem eine Adresse stand – ›Samuel Adolphus Poole, Hochwohlgeboren; Alhambra Villa, Regent's Park‹. »Morgen – heut Nix my Dolly – morgen«, murmelte der Zerlumpte; »aber die Nacht jetzt; – die Pest auf Alles, wo ist denn bloß die Anschrift von diesem andern Ganoven? ... Ach, hier.« Er entnahm dem Päckchen mit DiebsGekritzel, ein *ganz-besonders* diebisch dreinschauendes Hieroglyphicum. Und jetzt, da er es in die Höhe hält, um es beim Gaslaternenschein zu entziffern, jetzt mustert ihn genau. Erkennt Ihr ihn nicht? Ist das möglich? Wie? das der schicke Schwindler? Der elegante Schuft?: Jasper Losely?! Kann das sein? Zuvor einmal, in den Gefilden von Fawley, haben wir ihn auch schon mit Löchern in den Ellenbogen gesehen, abgeschabt, schäbig, zerrissen. Aber damals handelte sich's um das vorübergehende Heruntergekommensein eines geckigen Verschwenders – um fleckige, übelzusammenpassende Kleidung, aber immerhin aus gutem Stoff, die Schuhe hatten wohl auch Löcher, aber es waren immerhin perlmutterfarbene HalbStiefelchen. Aber nunmehr ist es die Heruntergekommenheit nicht mehr eines geckigen Verschwenders: diese Lumpen da sind nicht aus gutem Stoff; die

SchuhRuinen keine Halbstiefelchen. Der Mann dort ist gesunken, tief unter das Niveau jener verfeinerteren Schuftigkeit, wo der Ganove noch den Stutzer mimt. Und das Antlitz, als wir es das letzte Mal erblickten, war, ob es schon von seiner ursprünglichen Schönheit manches eingebüßt hatte, immer noch unstreitig hübsch gewesen. Teils ob so viel Kraft, und Gesundheit, und animalischen Energien: *damals* lag's über der Erscheinung noch wie ein letztes zögerndes Licht; *jetzt*, bei fortgeschrittener Verkommenheit, war dies Licht geschwunden. Selbst in dieser herkulischen Konstitution hatten Ausschweifungen aller Art, am Ende doch ihre gewaltsamen Verheerungen zwangsläufig angerichtet; Verheerungen, die in dem ramponierten Gesicht deutlich sichtbar waren. Das einst funkelnde Auge war matt und blutunterlaufen. Die Farben der Wange – einst klar und frisch, denen feurige Getränke lediglich das Blut zugesandt hatten, zu noch wärmerer Glut – waren jetzt von bleierner Fahlheit, unterbrochen nur durch Streifen eines zornigen Rot – Flammenzungen ähnlich, die sich durch einen RauchVorhang arbeiten wollen. Das Profil, einst delikat und fest-umrissen wie das von Apoll-selbst, wirkte jetzt bereits verwischt ob seiner verschwommenen Kontouren; nur ein paar Jährchen noch, und es würde plump-gedunsen sein, wie das eines Silens – die Nüstern, gequollen von beginnenden Carbunkeln, verrieten das Genage des FangZahns, den der Alkohol in die Leber einschlägt. Schlimme Leidenschaften hatten den Umriß der einstmals schönen Lippen, geschwungen wie Cupido's Bogen, zerbrochen. Der lauernde schuftige Ausdruck, so von der Seite her, der früher nur gelegentlich in Erscheinung trat, war jetzt habituell geworden und erhöht; – es war das Schielen des Bisons, kurz eh' er zustößt! Dennoch bleibt wahr, daß selbst jetzt noch über diesem Angesicht der Schatten einer Spur von jener wahrlich verschwenderischen Gunst verweilte, womit die Natur ihn beliehen hatte. Noch immer würde ein bildender Künstler es dahingehend ausgedrückt haben: ›Wie hübsch muß diese Vogelscheuche einmal gewesen sein!‹. Und auch das ist wahr, daß über Wesen und Haltung des Mannes noch etwas lagerte, das mit seinem Dreck und Speck kontrastierte; und zu verkünden schien, wie er so gar nicht dazu geboren sei, um in Lumpen herumzulaufen, und gegen Mitternacht inmitten von DiebesHöhlen zu lungern. Nein; ich bin mir sogar nichts weniger als sicher, daß man – wäre einem mitgeteilt worden: dieser gesetzlose Wilde dort, habe, sei's durch Geburt, sei's durch Erziehung, ein gewisses Anrecht auf den Rang eines Gentleman – man sich jetzt, in diesem Moment, wesentlich ungläubiger verhalten hätte, als seinerzeit, da man den losen Verschwender in seinen FawleyTagen sah; denn damals schien er sich derb-*unter*, nunmehr fein-unheimlich *über* der gesellschaftlichen Stufe zu befinden, auf der er rangierte. All dies im Verein machte seine Erscheinung noch sinistrer, den Eindruck, daß der Mensch gefährlich sei, noch nachhaltiger. Nicht selten bleibt einer kraftvollen Gestalt die bloße Muskelstärke, auch wenn die Konstitution längst unterminiert ist, und Jasper Losely's Figur war immer noch die eines furchtbaren Athleten; ja, ihre Stärke war jetzt, wo Schultern und Gliedmaßen an Massigkeit zugenommen hatten, eher noch augenfälliger, als zur Zeit, da eine geschmeidige Symmetrie von erlesenem Ebenmaß sie halb maskiert hatte – weniger rührig, das schon; weniger biegsam, weniger der Ausdauer fähig; dafür aber von zermalmenderer Wucht, sei's im Anlauf oder Zuschlagen. Es war eine Gestalt, in der brutale Gewalt derart zu prädominieren schien, daß sie unter Wilden eine Krone getragen haben würde – eine Gestalt, wie sie auf allen GesellschaftsStufen, wo Kraft allein die Gesetze diktiert, sogleich Ansehen und Autorität sichert. Also, unterm Gaslicht unterm Sternenschein, stand die schreckliche Creatur – ein starker Mann, vertiert. – : ›SOUVIENS-TOI DE TA GABRIELLE!‹: da stehen sie ja, die ominösen Worte, auf der Seide des Liebespfandes der Teufelin; immer noch unverwischt, ob schon das Gold der Fäden völlig matt und zerschlissen ist! Aber Jasper hat nunmehr die Adresse auf dem Papier, das er ins Lampenlicht hielt, überprüft, sich vergewissert, daß er in der richtigen Gegend ist; den Zettel wieder in der dickaufgeschwollenen Brieftasche verstaut; und schreitet jetzt verdrossen fürder, grad auf den Hofraum zu, von wo der Polizist, der seinen Raubzug durchkreuzt hatte, aufgetaucht war.

»Es ist eine himmelhündische Schande« sprach Losely zwischen den zusammengebissnen Zähnen, »daß ich gezwungen sein soll, mich in diesen verruchten Löchern hier nach einem Quartier umzusehen; während dieser Mensch, der sich doch tatsächlich verpflichtet fühlen müßte, für meinen Unterhalt aufzukommen, sich im Luxus wälzt, und in einem Palast gütlich tut. Aber Der soll mir blechen! Sophie muß aufgespürt werden. Ich will sie in Lumpen kleiden, wie die hier sind. So soll sie vor seiner Haustür sitzen. Ich werd' den schäb'gen Knicker schamrot machen. Aber wie dem

Mädchen auf die Fährte gelangen? Hab' ich sonst keine andre Handhabe gegen ihn? Ob ich Dolly Poole zu ihm hinschicken kann? Wie zerfahren mein Gehirn ist! – Mangel an Nahrung – Mangel an Schlaf. Ob das der Ort ist?: Puh! . . .«

Unter solchem Gemurmel hatte er den TorBogen des Hinterhofes erreicht, und wurde nun von dessen Dusternis eingeschlungen. Nur wenige lange Schritte; und er kam auf einen quadratischen offenen Raum heraus, nur vom nächtigen Himmel beleuchtet. Ein Haus, größer als die übrigen, die zur allerelendesten Sorte gehörten, stand etwas zurück, und nahm fast eine ganze Seite dieses Binnenhofes ein – auch alt, schmutzig, verfallen. Vor der Tür dieses Hauses stand ein anderer Mann, der soeben den Schlüssel in das Schloß steckte. Als Losely sich näherte, drehte sich der Mann flink um, halb Furcht halb Dräuen – ein kleiner, sehr schmächtiger, gnomenhaft wirkender Mann, mit ganz eigentümlich rastlosen Zügen, die den Eindruck machten, als wollten sie aus seinem Gesicht nach allen Seiten davonlaufen. Dünn wie er war, sah er aus wie nur Haut und keine Knochen – ein Kobold von einem Mann, von dem es einen gar nicht erstaunt hätte zu erfahren, er könne durch Schlüssellöcher kriechen. Er wirkte noch schattenhafter und unanfaßbarer durch seinen ganz leichten, dünnen, schwarzen Anzug; der aber nicht aus Tuch war, sondern aus einem Zeug ähnlich wie Alpakka. Und dieser Anzug war weder zerrissen, noch sah er, zumindest jetzt, bloß bei SternLicht, irgend abgetragen oder schäbig aus; trotzdem genügte ein flüchtiger Blick auf das Geschöpf, um sofort zu fühlen, daß es sich bei ihm um ein weiteres Kind aus der gleichen Familie der Nacht handele, wie bei dem Bösewicht, der turmhoch ihm zur Seite ragte. Beide Vogelfreie starrten einander an. – : »Cutts!«, sagte dann Losely, ganz mit der alten übermütigen GroßprahlerStimme, aber die Tonart war heiserer, rauher geworden – »Cutts, alter Junge; hier bin ich: los, man bewillkommne Mich!«.

»Was!: General Jas!?«, gab Cutts zurück, in einem Ton, der eines gewissen ehrerbietigen Respekts nicht ermangelte; und fuhr dann fort, eine ganze Serie von Fragen herauszusprudeln, in einer mysteriösen Sprache, die sich (abgekürzt) etwa wie folgt übersetzen ließen: »Wie lange seid Ihr schon in England? Wie ist es Euch ergangen? Ihr scheint verdammt-übel dran? Wollt Euch hier verstecken? Nichts sehr-Schlimmes, hoff' ich? was war's denn?«

Jasper antwortete in der gleichen Sprache, obschon mit weniger geübter Meisterschaft darin – und mit dieser typischen, ihm zur zweiten Natur gewordʼnen Leichtfertigkeit; die zuweilen, gleichviel wie Zeit und Umstände sein mochten, seiner Ausdrucksweise eine ganz seltsame Art von Witzigkeit, eine wunderliche nicht-ungefährliche Drolligkeit aufprägten, die selbst nach dem Teufel nichts fragt.

»3 Monate des ärgsten Pechs, das ein Mann je gehabt hat – ein Krach mit den *gens-d'armes* – (lange Geschichte) – 3 von unsern Kumpeln geschnappt – (wird wohl Galeere für sie heißen, nehmʼ ich an) – mich könnʼn diese FroschfresserPolypen ja nich erwischʼn – (hab natürlich 1-2 von ihnen frikassiern müssn) – bin ihnʼn durchgegangn – quer über Land – Küste erreicht – ʼn ehrlichen Schmuggler getroffen – auf der Höhe von Sussex, mit nochʼn paar andern SchnapsFässern, ans Land gesetzt – mich an Euch erinnert – (hatte die Adresse, die Ihr mir gabt, aufgehoben) – und bescheide mich, für eine Nacht oder so, mit diesem RattenLoch hier. -- : Los laßt Mich rein! – klopft IrgendWen raus – brecht die SpeiseKammer auf – ʼch brauch was zu essen – (bin total ausgehungert) – Ich hättʼ Euch längst zwischndurch aufgefressen, aber an Euern Knochen iss ja nischt-dran.«

Der kleine Mann sperrte die Türʼ auf – ein Gang, schwarz wie Erebus – ( : »Gebt mir die Hand, General.«) – so ward Jasper, ein paar Meter weit, durch pechige Schwärze geleitet; dann fand sein Guide einen GasHahn ... –ʼ!ʼ–: und mit einem Schlage erhellte sich die Lokalität. Auf der einen Seite eine dreckige-schmale Treppe; ihr gegenüber eine Art Vorhalle, allwo eine offene Tür einen langen AufenthaltsRaum erkennen ließ, der Fußboden sandbestreut, wie in Kneipen – diverse Tischʼ und Bänke; die Wände weißgetüncht, (aber natürlich mit der ein- oder andren sinnreichen, in Holzkohle oder mit den angeräucherten Enden von Tonpfeifen ausgeführten, Zeichnung ausgeziert). Ein heftiges Aroma, nach unfrischem TabaksRauch, nach Gin und Rum. Eine andre GasLeuchte, mitten von der Decke herabbaumelnd, flammte schlagartig auf, da Cutts den Hahn berührte.

»Wartet hier«, sagte der Führer. »Ich gehʼ und holʼ Euch was zu essen.«

»Und etwas Branntwein«, sagte Jasper.

»Versteht sich.« –

Der Bravo warf sich der Länge nach auf einen der Tische, schloß die Augen, und stöhnte. Seine gigantische Kraft war mit körperlicher Pein bekannt geworden. In den derben Nerven und Fibern hatten Schmerzen und Stiche – Drachenzähne, vor Jahren in Schwelgereien und lärmenden Lustbarkeiten gesäet, die damals nichts als unschuldige Freuden und leichte Triumphe mit sich zu bringen schienen – begonnen zu nagen und zu fressen. Als jedoch Cutts mit ein paar groben Speisen und der BranntweinFlasche wieder erschien, schüttelte Jasper das Schmerzgefühl von sich, wie ein verwundetes wildes Tier, das aber immer noch schlingen und verdauen kann; und nachdem er sich, rasch und heißhungrig, gütlich getan hatte, leerte er auf einen Zug die halbe Flasche; und fühlte sich wiederhergestellt und frisch.

»Habt Ihr vor, Euch zu den feschen Jungen zu gesellen, die hier ihren Klub halten, General?« fragte Cutts; »d's aber 'n schlechtes Geschäft, und wird von Jahr zu Jahr mieser. Oder habt Ihr nicht irgend ein Höheres Wild im Auge?«

»Ich habe Höheres Wild im Auge. Den einen Vogel hab' ich mir eben, heut Abend erst, erneut vornotiert – aber das kann längere Arbeit bedeuten; ist noch nicht sicher. In der Zwischenzeit hab ich hier, in der Brieftasche, eine Bank, wo ich abheben kann.«

»Wie das? – nachgemachte französische Geldscheine? – gefährlich.«

»Ph – was Bess'res – Briefe, die einen angeseh'nen, wohlhäbigen Mann des Diebstahls überführen.«

»Ach, Ihr rechnet auf Schweigegeld?«

»Genau das. Ich habe gute Freunde in London.«

»Unter ihnen vermutlich auch noch diese liebevolle ›Adoptiv-Mutti‹? die Euch so gern in Ordnung gehalten hätte?«

»Donnerschlag! das will ich nich hoffen! Ich bin wahrlich nich abergläubisch; aber *das* Weib fürchte ich, wie wenn sie 'ne Hexe wäre; und ich glaub' auch, sie ist eine. Ihr erinnert Euch doch an den Schwarzen Jean, den wir immer *Sans-culotte* nannten: für ein 5-Frankenstück hätte Der einen ganzen Friedhof gefüllt, und wenn's mit seinen eignen Bälgern gewesen wäre; aber allein, zur Nacht, über'n Friedhof gehen? nich für tausend Napoleond'ors! Und genau das, was Ein Friedhof für den Schwarzen Jean war, das ist für mich dieses Weib. Sicher; wenn sie in London ist, braucht' ich bloß zu ihrem Hause zu gehen und zu sagen: ›Kost, Obdach, Geld‹ – aber lieber möcht' ich den Henker um'n Strick angehen.«

»Wie erklärt Ihr das, General? Sie prügelt Euch nich – Eure Ehefrau ist sie auch nich. Gewiß hab ich so manchen derben Kerl, der nich mit der Wimper zuckte wenn's knallte, vor der Zunge eines ZankDrachen die weiße Fahne raushängen sehen – aber da mußt' er schon gewaltig mit ihr verheirat' sein ...«

»Cutts, dieser SpezialDrache keift nicht – sie predigt. Sie will 'n Bekloppten aus mir machen, Cutts – sie schwatzt von meinen jungen Tagen, Cutts – sie will mich herabwürdigen, zu Etwas, was sie einen ehrlichen Mann nennt, Cutts – so die tugendhafte Masche! Sie duckt mich, und schüchtert mich ein, und bringt mich vor Angst um meinen Verstand, Cutts. Denn ich bin des festen Glaubens, daß die Hexe entschlossen ist, mich zu haben, mit Leib und Seele, und mich eines Tages, mir zu Trotz und Tort, zu heiraten, Cutts. Und wenn Ihr je sehen solltet, daß ich im Begriff bin, von jenen grus'ligen Tatzen umspannt zu werden: gebt mir sofort Rattengift ein, Cutts, oder eins vor'n Kopf!«

Der kleine Mann stieß ein kleines Gelache, scharf und übernatürlich, aus, ob der wunderlichen Feigheit des doch mehr als nur vierschrötigen Wagehalses. Aber Jasper stimmte mit nichten ins Gelächter ein.

»Ruhig!«, sagte er, unbehaglich, »und besorgt mir 'n Bett, wenn Ihr könnt; ich hab' seit acht Tagen in keinem mehr geschlafen, und meine Nerven sind etwas wacklig.«

Der Kobold zündete ein LichtStümpchen an der GasFlamme an; und führte dann Losely die Treppe hinauf, in seine eigene Schlafkammer, die weniger komfortlos war, als man angenommen hätte. Er trat sein Bette dem Wanderer ab, der sich, mit Lumpen und allem, sofort darauf warf. Aber der Schlaf ließ sich von ihm genau so wenig kommandieren, wie er sich das von einem König läßt.

»Warum, zum Satan, mußtet Ihr auch von dieser Hexe anfangen!«, rief er grämlich zu Cutts hinüber, der sich indes auf dem Fußboden ein Lager zurechtbaute. »Ich schwör' ich glaube ich fühl schon, wie sie mir wie'n Alp auf'm Brustkasten hockt.«

Er warf sich mit einer Vehemenz auf die andere Seite, daß die Wände zitterten; zog die Bettdecke fest um sich, und wühlte den Kopf in ihre Falten. – So sonderbar es dem Novizen in der Menschenkenntnis auch erscheinen mag: für Jasper Losely stellte die Frau, die so lange schon nur dem einen-einzigen Zweck gelebt hatte – nämlich ihn vor dem Galgen zu bewahren – seinen Bösen

Genius dar, seinen Teufel, der ihn verfolgte. Er hatte ein abgrundtiefes Grauen vor ihr bekommen, von dem Moment an, wo er gewahren mußte, daß sie resolut darauf ausging, ihn ehrlich zu machen. Vor Jahren war er ausgerissen von ihr – geflohen – hatte seinen schlechten Wandel erneut angefangen – sich vor ihr verborgen – vergebens. Wo immer er hinging, da ging auch sie hin. Die Polizei mocht'er hinter's Licht führen können: sie nicht. Und oft hatte Hunger ihn genötigt, ihre Hilfe zu akzeptieren. Sobald sie ihm geworden war, versteckte er sich erneut vor ihr; wobei er, der gejagten Schleie gleich, sich tief- und tiefer in den Schlamm einwühlte. Er war allmählich dahin gekommen, ihr Bild mit allem Pech in Verbindung zu bringen, das ihn je befallen hatte: diverse Male schon war irgendein schuftiger Anschlag, durch den er fest gerechnet hatte, sein Glück zu machen, auf die mysteriöseste Weise vereitelt worden; und genau nach der betreffenden Vereitlung, da keine Wahl mehr übrig schien, als sich selbst oder Jemandanderm die Kehle abzuschneiden – prompt war doch jedesmal die grimme Arabella Crane aufgetaucht, in ihrem eisengrauen Kleid, und mit den eisengrauen RingelLöckchen – entsetzlich, zum Hassen wohltätig! – bot Nahrung, Obdach, Gold – und selbstredend etwelche dämonisch-ehrenwerte Arbeit an. Oft war er in direkter-unmittelbarer Gefahr gewesen, sei's durch die Wachsamkeit der Gesetze, oder verräterische Komplizen –: sie hatte erst gewarnt, und dann gerettet; genau wie sie ihn seinerzeit vor jener schlimmen Gabrielle Desmarets gerettet hatte, die – nach einem langen, mit erstaunlicher Geschicklichkeit geführten Prozeß, (der die romantischen Sympathien des ›Jungen Frankreich‹ nicht wenig in Kontribution setzte) – unfähig, das auf eine längere ZuchthausStrafe lautende Urteil zu ertragen, in eine and're heißere Welt zu entkommen gewußt hatte, vermittelst eines, an ihrer eignen distinguierten Person verborgenen subtilen Giftes; das sie vor vielen Jahren schon mit ihren allerhöchsten blutlosen Händen bereitet, und dessen Wirkung zweifellos an Andern bereits mehrfach-wissenschaftlich ausprobiert hatte. Dahingegangen ist sie am Ende, die Cobra Capella! (Und: *›Souviens-toi de ta Gabrielle!‹*, oh Jasper Losely!). Aber warum Arabella Crane derart ausdauernd wachen sollte, über ihn, den sie doch nicht mehr zu lieben vorgab – wieso sie sich die Gabe der Allgegenwart erworben haben könnte, und die Macht, ihn immerfort zu retten – da verließen Jasper Losely alle Mutmaßungen. Die ganze Angelegenheit erschien ihm verhext und übernatürlich. Es war die volle Wahrheit gewesen, als er sagte, sie habe ihn *geduckt und eingeschüchtert.* Oft hatte ihn danach verlangt, sie zu erwürgen; entfernt von ihr, war er oft zu diesem Akt der Dankbarkeit entschlossen gewesen. Aber im Augenblick sobald ihr herbes hagres Antlitz in Sicht kam – ihre finster bohrenden Augen – im Moment wo er ihre gemessne trockene Stimme vernahm, mit Sätzen wie etwa – : ›Wieder kommt Ihr in Eurer Not zu mir, und werdet es immer tun. Bin ich Euch nicht noch immer eine Mutter; aber mit der Treue einer Gattin, bis daß der Tod uns scheidet? Dort ist das Porträt dessen, was Ihr einmal war't – schaut's Euch nur an, Jasper. So, und jetzt stellt Euch vor'n Spiegel – seht was Ihr seid. Denkt an das Schicksal der Gabrielle Desmarets! Wäre ich nicht: was wäre, und längst schon, Euer eignes gewesen? Aber ich will Euch retten – ich hab's geschworen. Am Schluß werdet Ihr doch wie Wachs in meinen Händen sein.‹ – im Moment wo diese Stimme ihn so beanspruchte, und darauf bestand ihn zu erlösen, verspürte der Bandit ein kaltes Schaudern – sein Mut versickerte – er konnte seine ArmKraft genau so wenig gegen sie zusammennehmen, als ein Thug es vermocht hätte, den seinen gegen die gräßliche Göttin seines MörderAberglaubens zu erheben. Jasper konnte sich allmählich der Überzeugung nicht erwehren, daß das Leben dieser schrecklichen Beschützerin, auf die ein- oder andre Weise für sein eignes von Wesentlichkeit sei – daß, falls sie sterben würde, auch er dann, in einem irgendwie gespenstischen und außerweltlichen Sühnungsakt zugrunde zu gehen hätte. Aber seit den letzten paar Monaten hatte er ihr endlich entkommen können – indem er eben derart tief in Schlamm und Dreck hinabtauchte, daß selbst ihr Netz ihn nicht zu ummaschen wußte. Daher allerdings vielleicht die Bedrohlichkeit der Gefahren, denen er neuerlich so knapp entronnen war – daher das Extrem seiner gegenwärtigen Heruntergekommenheit. Aber der Mensch, wie verächtlich auch immer, wie groß seine Gefahren, seine Hülfsbedürftigkeit, ist frei geboren, und liebt die Freiheit. Und die Freiheit, auf seine Fasson zum Teufel fahren zu können, war für Jasper Losely der herrlichste Segen, im Vergleich zu dieser liebreichen erbarmungsvollen Bespitzelung, mit ihrem unnachgiebigen Auge, und der zügelnden Hand. Ach und Aberach! man betrachte derlei Verkehrtheit doch nicht als unnatürlich an solch halsstarrig-dickköpfigem SelbstZerstörer! Wie Viele giebt es, Die zwar nicht eine grimme starrgesichtige Arabella Crane, wohl aber die langmütige, himmlische, allwissende, gütige Vorsehung selbst zu warnen, zu unterstützen, zu retten sucht – und die gleichermaßen gemieden, verabscheut, geflohen wird, als sei sie ein Böser Geist! Wie Viele giebt es, Die nichts so sehr fürchten, als daß sie, wider ihren eignen Willen, gut gemacht werden könnten? – wie Viele? – Wer kann sie zählen?

## 6. Kapitel

*Der Mann der Öffentlichkeit bedarf nur eines einzigen Gönners – nämlich DES GLÜCKLICHEN AUGENBLICKS!*

›In seinem Haus, in Carlton Gardens, Guy Darrell, Esquire, die ganze Saison über.‹

Simpel die Anzeige in der pompösen Liste der Nachrichten Aus Der Gesellschaft, Spalte ›Eingetroffen‹ – der Name eines einfachen Bürgersmannes, eingebettet in den Bernstein, wo so viel Krönchen und Sterne glitzern! Aber so ist nun einmal England, bei all seiner Verehrung für Titulaturen, daß die Augen des Publikums den Rest jener Chronik erlauchter ›Aufenthalte‹ relativ gleichgiltig überflogen, um gleich wieder mit Int'resse, Neugier, Spekulationen, auf dem heraldisch unausgezeichneten Namen zu verweilen, der, nur einen Tag zuvor noch, gänzlich out-of-date gewesen war – verschollen gleich dem eines Komödianten, der nicht mehr auf den ProgrammZetteln figuriert. Fraglos war die hervorgerufene Sensation großenteils den ›vielsinnigen Andeutungen‹ zuzuschreiben, die Oberst Morley in der zeugungsträchtigen Atmosphäre der KlubRäume sattsam ausgesät hatte. ›In London, die Saison über!‹ – Er, der einst so berühmte, lang' so vergessene Redner, der sich für die Zeitspanne mehr als eines halben MenschenAlters außerhalb der Londoner Welt bewegt hatte! ›Warum grad jetzt? – wieso Für Die Saison?‹ – Sprach der Oberst: »Als Öffentliche Persönlichkeit ist der Mann immer noch auf dem Höhepunkt des Lebens – und schließlich steht ja eine Krise vor der Tür!«

Aber was den Andeutungen Alban Morley's Gewicht und Bedeutung verlieh, waren die ZeitungsBerichte vom Auftreten Guy Darrells vor seiner alten Wählerschaft; und von der Kurzen Rede, die er an sie gerichtet, und deren er, in seiner Unterredung mit Alban so leichthin Erwähnung getan hatte. Gewiß, die Rede *war* kurz gewesen; gewiß, sie war nur wenig auf die flüchtigeren Themen der TagesPolitik eingegangen – hatte eher, mit gleichzeitig Bescheiden- und Gefeiltheit, die Kämpfe und Siege früherer Tage berührt. Dennoch: in den wenigen Worten dort war die alte unvergeßliche Trompete aufgeschmettert – der Schall aus dem Horn des Paladins, der einst Fontarabias Echos weckte.

Es ist ja ganz erstaunlich, wie launisch, wie plötzlich die Schwankungen in der Bewertung einer Öffentlichen Persönlichkeit sind. Alles hängt davon ab, ob das Publikum den Mann braucht, beziehungsweise glaubt, daß es ihn brauche; und das wiederum ist eine Frage, über die das Publikum sich eine Woche vorher nicht im geringsten im Klaren ist; und daß es, einmal darüber ins Klare gekommen, auch nur eine Woche hindurch desselben Sinnes bleibt, steht mit nichten fest. Falls es einen Mann nicht braucht – wenn er etwa dem Geschmack der Zeit, und den Anforderungen des Augenblicks nicht genau entspricht – dann wird er, ungeachtet seiner Beredsamkeit, seiner Fähigkeiten, seiner Tugenden, beiseite geschoben oder niedergebrüllt. Wird er aber gebraucht – strahlt der Spiegel des Tages sein Bild zurück – dann erweist sich dieser Spiegel als ein mächtiger Vergrößerer – sämtliche Proportionen schwellen – sie werden gigantisch. In diesem Moment nun bedurfte das Publikum irgendeines Mannes; und sobald der Wink ausgegeben war :›Warum nicht Guy Darrell?‹, stürzte man sich auf Guy Darrell als *den* Mann, der Not tat! Es war gerade eine der Epochen in uns'rer parlamentarischen Geschichte, wo das Publikum alle Geduld mit sämtlichen Parteien verloren hat – wo anerkannte Führer es fertig gebracht haben, sich selbst zu schaden – wo ein Kabinett wankt, und das Publikum sich weder darum scheert, es zu halten noch zu stürzen; – eine Epoche nicht minder, wo das Land irgendwie in Gefahr schien; wo man bloße Verwaltungs-Männer den schwierigen Umständen für nicht gewachsen hielt; und wo jeglicher Name, der Assoziationen an Tatkraft, Rednergabe, Genie wachrief, weit über das pari seines Marktwertes in Zeiten bürokratischer Ruhe stieg. Ohne eigne Bemühung – lediglich durch die Kraft solcher UnterStrömungen – ward Guy Darrell hochgetragen, aus Vergessenheit, zu Ansehen und Bedeutung. Er konnte kein neues Kabinett bilden – das allerdings nicht; wohl aber entscheidend helfen, ein Kabinett zustande zu bringen; konnte in schroffem Gegensatz stehende Elemente versöhnen; strittige Fragen beilegen; in einer solchen Regierung einen hohen Posten einnehmen; ihre Beratungen beeinflussen; und ein der Rhetorik des Tages überdrüssiges Publikum, mit den oratorischen Künsten eines früheren Geschlechtes entzücken. Denn das Publikum ist grundsätzlich ein laudator temporis acti; und seien die Schriftsteller oder Redner, die es unmittelbar vor Augen hat, wie sie wollen, seien diese Schriftsteller oder Redner auch ebensoviele Homere und Ciceros, : es würde dennoch ein abschätziges Häuptlein schütteln, und von ›unsern entarteten Tagen‹ reden – ähnlich wie Homer selber geschwätzt hat, Generationen bevor Leonidas den Paß von Thermopylae hielt, oder Miltiades bei Marathon die Kriegsmacht Asiens zu Boden schlug. Und Guy Darrell gehörte ja solch einem früheren Geschlechte an. Die Väter jener jungen Abgeordneten, wie sie jetzt auf dem Weg zum Ruhm begriffen waren, hatten ihren Söhnen so manchen seiner markigen Sätze, seiner anschaulichen Metaphern, zitiert; und dann hinzugefügt – wie Fox hinzuzufügen pflegte, wenn er Burke zitierte – : ›Aber wenn Ihr den Mann erst gehört und gesehen hättet!‹.

Den Mann gehört und gesehen? Aber da war er ja wieder! – auferstanden wie aus einem Grabe – vor die Öffentlichkeit hingetreten, just da man eines solchen Mannes bedürftig war! Bedürftig wie? – bedürftig wo? Oh, irgendwie und irgendwo! Da ist er! greift zu und benützt ihn nach Kräften!

Das Haus in Carlton Gardens ist bereit, alle Einrichtungen sind getroffen. Dorthin strömen sämtliche Vipont's – und nicht sie allein; auch die Häupter aller Parteien – und nicht sie allein; auch alle Notabilitäten, die unsere große Metropole vermag. Guy Darrell hätte sehr wohl ob seiner eigenen Position betroffen sein können; aber er begriff deren Natur, und sie brachte seine Nerven nicht weiter in Unordnung. Er kannte das öffentliche Leben gut genug, um sich bewußt zu sein, wie sehr die VolksGunst das Produkt von Zufälligkeiten ist. Durch Zufall hatte er genau die Zeit abgepaßt; wäre er unter ähnlichen Umständen, aber eine Saison früher in die Stadt gekommen, da ein Mann wie Guy Darrell noch nicht benötigt wurde, er wäre vermutlich und auf die Dauer gänzlich unbeachtet geblieben. Ob nun mit oder ohne Absicht, sein Verhalten bestärkte und vergrößerte den Effekt, den sein Wiedererscheinen hervorgebracht hatte: gnädig, aber dennoch bescheiden-reserviert – er selbst sprach wenig; hörte aber hinreißend zu. So manche der Fragen, die Allewelt um ihn her bewegten, waren erst nach den Tagen seiner Wirksamkeit zu Bedeutung gelangt; auch hatte er, in seiner Zurückgezogenheit, ihre fortschreitende Entwicklung, nebst ihren wechselnden Auswirkungen auf Männer und Parteien, nicht genügend verfolgt. Aber ein Mann, der sich einmal so richtig-tief mit der Politik und ihren Praktiken eingelassen hat, könnte schließlich 20 Jahre lang in Trophonius' Höhle schlafen, und würde dennoch, beim Erwachen, recht wenig zuzulernen finden. Darrell gewann rasch das TagesNiveau; und bemächtigte sich aller der Hauptpunkte, worüber die Stimmen geteilt waren, mit der Promptheit eines hurtigen und umfassenden Intellekts – wobei sein Urteil vielleicht gerade umso klarer ausfiel, da ihm seine Erfrischung durch langes Ausruhn, und die Gemütsruhe leidenschaftsloser Begutachtung zuhülfe kamen. Wenn Parteigänger darüber haderten, was man denn damals hätte tun sollen, war Darrell still; wenn sie fragten, was nunmehr zu tun *sei*, erfolgte eine seiner geschliffenen Sentenzen, und ein Knoten war zerhauen. Indessen ist es wahr: dieser Mann, um den sich Erwartungen sammelten und Gerüchte summten, saß weder im Ober- noch im Unterhaus; aber das war eher eine weitere Frist für seine Energien, als daß es seiner Bedeutung Abbruch tat. Wichtige Wahlkreise, deren Abgeordnete kurz vorm Ausscheiden standen, schauten bereits nach ihm aus; für die Zwischenzeit machte Carr Vipont sich anheischig, ihm einen kleineren jeden Tag zu verschaffen – irgendein Vipont stand immer bereit, etwas anzunehmen; sogar die Chiltern Hundreds. Aber Darrell nahm nicht ohne Grund Anstand, nach einer Pause von 17 Jahren sogleich wieder in's Unterhaus einzutreten. Verlassen hatte er es damals mit einem jener seltenen Renommées, die kein weiser Mann vorschnell aufs Spiel setzen wird. Die Viponts seufzten. Nützlicher für sie würde er zweifellos im Unterhaus sein, als bei den Lords; aber auch bei den Lords war seine Brauchbarkeit immer noch groß genug; während der kommenden KRISE würden sie eines kampflustigen Debattier-Lords bedürfen, vielleicht sogar eines rechtskundigen Lords; – : ob er etwa die PairsWürde vorzöge? Darrell besann sich immer noch. Die Bescheidenheit des Mannes war langsam unerträglich – sein Stil als Redner möchte jener erlauchten Versammlung vielleicht nicht anstehen; und was das jus betraf – als rechtskundiger Lord würde er jetzt doch niemals mehr gelten – er würde nichts als ein ci-devant Advokat heißen, ein AmateurLord, der sich die RichterRolle anmaße.

Kurzum, ohne einen Wieder-Eintritt ins öffentliche Leben direkt abzulehnen – im Gegenteil, mit dem Anschein all sein Interesse dafür erneuert zu haben – wußte Darrell, mit bewundernswerter Geschicklichkeit, für den Augenblick allen Anträgen, mit denen man ihn bestürmte, auszuweichen; und, was mehr ist, sogar seine Bewunderer von der nicht nur Klugheit sondern dem Patriotismus solcher Zurückhaltung zu überzeugen. Denn soviel stand fest, daß er auf die beschriebene Weise einen sehr beträchtlichen Einfluß auszuüben verstand – sein Rat wurde mehr gesucht; seine Anregungen mehr beachtet; und sein Einfluß bei Versöhnung gewisser rivalisierender Interessen war vielleicht größer, als der Fall gewesen wäre, hätte er tatsächlich in einem der beiden Häuser des Parlamentes gesessen, und sich dafür aber ausschließlich in die Front nicht bloß einer Partei, sondern einer Richtung innerhalb einer Partei, einreihen müssen. Trotzdem konnte ein solcher SchwebeZustand nicht ewig dauern; bis zur nächsten Sitzungs-Periode mußte er sich, unter allen Umständen, entschieden haben. Einmal sah man ihn auch in der Arena seiner einstigen Triumphe; auf den Bänken, die, nach Anordnung des Sprechers, für besonders ausgezeichnete fremde Besucher reserviert sind. Dort – von den älteren Mitgliedern sogleich erkannt, von den Jüngeren eifrig betrachtet – saß Guy Darrell, und lauschte, eine lange nächtliche RedeSchlacht hindurch, auf Stimmen, die, aus längst vergessnen Gräbern, anfeuernde und glorreiche Erinnerungen wecken mußten; auf Stimmen von Solchen – jetzt Veteranen – an deren Seite auch er einst für etwelche Sache gestritten, die er damals, in der unerläßlichen guten Übertreibung jeder ehrlichen Begeisterung, für identisch mit dem Herzblut einer Nation gehalten hatte. Stimmen alter Gegner auch; über deren zuschanden gemachte Argumente er, triumphierend, hinweggeschritten war, inmitten von BeifallsStürmen, die den nächsten Tag dann durch ganz England widerhallten, von einer Küste zur andern. Da! horch! eben der Mann, mit dem er in jenen alten SchlachtenTagen am regelmäßigsten aneinander geraten war, er spricht jetzt! Sein Ton wirkt verwirrt – seine Beweisführung konfuse. Weiß er etwa, Wer drüben lauscht? Alte Abgeordnete scheinen dieser Ansicht – sie lächeln, flüstern miteinander, und lugen dann wohl bedeutsam dorthin, wo Darrell sitzt.

Sitzt, wie es sich für ihn gehört: ruhig, ehrerbietig, gespannt; scheinbar (vielleicht sogar wirklich) unbewußt der Sensation, die er hervorruft. Aber was für ein Auge für einen Redner! wie ähnlich dem Auge in einem Porträt!: es scheint jegliches andere Auge, das nach ihm sucht, zu fixieren – standhaft, fascinierend. Selbst die Mitglieder in größerer Entfernung, hinter dem Stuhl des Sprechers, spüren's wenn der Strahl dieses Auges zu ihnen her gewandert kommt. Wie hoch und gleichzeitig massiv, in all diesen Reihen menschlicher Köpfe, scheint die leicht vorgeneigte Stirn, mit den dunkel markierten Linien der starken AugenBrauen darunter! Aber was geht in diesem heimlichen Gemüt indessen vor? Ist es die Trauer beim Zurückblicken? ist es Eifer, den Streit zu erneuen? ist dies Int'resse am Disput der Stunde fingiert oder echt? Unmöglich zu entscheiden, für Einen, der dies Gesicht anschaut. Ja, dem Beschauer würde gedäucht haben, dies Auge läse ihn durch und durch, bis ins innerste Herz; und zwar längst ehe er, der Beschauer, auch nur eine erste Vermutung hinsichtlich der Gedanken hinter jener marmornen Stirne hätte anstellen können – hinsichtlich der Emotionen in jenem Herzen, über dem, nach Art antiker Senatoren, die Arme mit so konventioneller Ungezwungenheit gekreuzt lagen.

## 7. Kapitel

*Darrell und Lionel.*

Darrell hatte Lionel erst mit einer gewissen unverkennbaren Verwirrung empfangen, die aber bald liebreicher Wärme Platz machte. Er fühlte sich zu dem jungen Mann, dessen Glücksumstände er so sehr verbessert hatte, hingezogen; er spürte, daß mit diesen verbesserten Glücksumständen, sich das ganze Wesen des jungen Mannes verbessert hatte; – die gesicherte Stellung, der frühzeitige Umgang in den besten gesellschaftlichen Zirkeln, wo die Gleichheit des InModeseins alle RangUnterschiede ausgleicht, hatten bei Lionel viel von der launischen und morbiden Reizbarkeit seines einstigen knabenhaften Stolzes gemildert; aber der hohe Sinn, die edle Liebe zur Unabhängigkeit, die Verachtung gewinnsüchtiger Berechnung, waren so stark wie je; sie gehörten zum KernHolz seiner Natur. In Übereinstimmung mit Allen, die in der Jugend danach trachten, sich eines Tages von den ›ununterscheidbar Vielen‹ auszuzeichnen, hatte Lionel sich selbst einen gewissen idealen Standard zurechtgemacht, weit über dem gewöhnlichen Niveau dessen, was die Welt sich begnügt ›ehrlich‹ zu heißen, oder als ›klug‹ zu betrachten. Er hatte in seine Einschätzung des Lebens jenes heroische Element aufgenommen, das selbst unter dem allerpraktischsten Gesichtspunkt nicht unerwünscht sein sollte; denn ›Die Welt‹ hat sich derart das Herabsetzen angewöhnt – den Unglauben an hohe Motive und reine Gefühle – das sich selbst Abfotografieren, mitsamt all ihren häßlichsten Runzeln, all ihren Defekten, die abzubilden sie die Sonne einlädt; der wahren Blüte, die aufzuheitern, des wahren Ausdrucks, der zu versöhnen angetan sein könnte, absichtlich entkleidet – so daß wir die menschliche Natur niemals korrekt beurteilen werden, wenn wir nicht zumindest bei unserm Start im Leben, den Blick auf seine schönsten Schönheiten gerichtet, und fest an unserm Glauben halten, daß es imgrunde gut sei. Mit einem Wort: Er beginne heroisch, Der einst menschlich sein will. Aber obgleich Lionel sich dergestalt insgeheim einen gewissen HochTyp vorschrieb, dem, selbst wenn er in Wirklichkeit nie erreicht werden sollte, dennoch unverdrossen nachzustreben sei, verhielt er sich, seinen Zeitgenossen gegenüber gänzlich ohne Anmaßung oder Schulmeisterei. Davor bewahrten ihn nicht nur seine Gutmütigkeit, Lebenslust, die frank und freie Keckheit; sondern allein schon der bloße Zustrom von Ideen, der ihm die Zunge munter löste, seiner Sprache Farbigkeit lieh, und seine Unterhaltung, ob mit Jung oder Alt, ob mit Weisen oder Einfältigen, pikant und originell machte. Er war der ergötzlichste Gesellschafter; und wenn er von Solchen, die älter und weiser waren als er selbst, umfassende Belehrung empfangen hatte, dann badete er diese Belehrung dergestalt im frischen Quell seiner eig'nen lebhaften Intelligenz, wärmte sie so am eig'nen pochenden impulsiven Herzen, daß er es fertig brachte, eines alten Mannes Nachlese aus dessen Erfahrungen, wie eines jungen Mannes intuitives Erraten der Wahrheit wirken zu lassen. Fehler hatte er selbstverständlich – hauptsächlich die in seinem Alter gewöhnlichen; unter denen vielleicht die gefährlichsten waren – zum ersten, Sorglosigkeit in GeldAngelegenheiten; zum zweiten, eine Abneigung gegenüber Ratschlägen, bei denen die Bedächtigkeit allzusichtbar vorherrschte. Seine Liebhabereien waren imgrunde nicht extravagant; aber Geld schlüpfte ihm irgendwie durch die Hände, ohne daß er dafür etwas Sonderliches vorzuzeigen gehabt hätte; und wenn die ihm ausgesetzte, vierteljährliche Summe, bedeutend wie sie war – vielleicht nur allzu-bedeutend – fällig wurde, tauchten sogleich total vergessne Schulden auf, die sie mit Beschlag belegten. Schulden, die, da sie noch leidlich zu handhaben waren, nicht mit dem erforderlichen Horror betrachtet wurden. Ob nun bezahlt, ob auf die Seite geschoben, wie der Fall just sein mochte, sie wurden lediglich als lästig-langweilig angesehen; und Jugend ist solange in Gefahr, bis sie gelernt hat, Schulden als Furien zu betrachten. Was Guten Rat anlangt, nahm er ihn mit Vergnügen an, wenn er mit Eleganz und Kunst eingekleidet war – wenn er sich an den Ehrgeiz richtete – wenn er die höheren Tugenden akzentuierte. Aber Guter Rat, der nur praktisch und prosaisch war, ging zu einem Ohr herein, und zum andern wieder hinaus. Es war tatsächlich so, daß er, bei so manchem Talent, noch nicht den entsprechenden Ballast von gesundem Menschenverstand besaß; und wenn er je genug davon bekommen sollte, um seine Barke auf der beschwerlichen Reise durchs Leben zu stabilisieren, dann mußte die Notwendigkeit von so viel grobem Gewicht, ihm schon sehr nachdrücklich einleuchtend gemacht werden, und zwar weniger seiner Vernunft, als vielmehr seiner Einbildungskraft und seinem Herzen. Aber falls er ihn, auf die eine oder andere Art, nicht bekommen sollte, dann möchte ich sein Schifflein nicht versichern.

Ich weiß nicht, ob Lionel Haughton Genie hatte – er selbst maßte es sich nie an; aber er besaß etwas dem Genie ähnlicheres, als jene prototypische ENTSCHLOSSENHEIT, deren er sich dem Maler gegenüber gerühmt hatte. Er besaß JUGEND – wahre Jugend – Jugend des Geistes, Jugend des Herzens, Jugend der Seele. Biegsam und geschmeidig, wie er sich vor Einem dahin bewegte; mit einem Auge in welches Licht oder Tau gleich schnell traten, aus den Tiefen einer Natur, die vor jeglichem hohen, jedem zärtlichen Gedanken erbebte, schien er noch mehr als jung – schien wie die Verkörperung der Jugend selbst.

Darrell ward sofort von ihm angezogen. Inmitten all der Einladungen die den wichtigen Mann bedrängten, wußte er es einzurichten, daß er Lionel täglich sah. Und, seltsam wie es sich anhören mag, Guy Darrell fühlte sich heimischer bei Lionel Haughton, als bei irgendeinem seiner eignen AltersGenossen – ja, als selbst Alban Morley gegenüber. Allerdings sprach er sich zu dem Letztgenannten offener und rückhaltloser über gewisse Episoden der Vergangenheit aus, oder auch über bestimmte zukünftige Projekte. Aber dennoch, selbst dann nahm er einen Ton von halb-spielerischer halb kummervoller Satire an, der an sich etwas wie Verkleidung sein konnte. Alban Morley, mit all seinen guten Eigenschaften, war ein Mann von Welt: und wie zu einem Mann von Welt, sprach Guy Darrell zu ihm. Aber es war eben nur ein recht kleiner Teil von dem Manne Guy Darrell, von dem Die Welt sagen konnte, ›er ist mein‹.

Lionel gegenüber ließ er, gleichsam unwillkürlich, die liebenswerteren, zarteren, poetischeren Seiten seines wechselnden, komplizierten, weitgehend unverstandenen Charakters sichtbar werden; nicht etwa absichtlich vertrauensvoll, wohl aber ohne Mühe sich groß zu verbergen. Wenn er seitens Lionels etwas vernahm, was Weltkinder ›sentimental‹ nennen würden, dann schien er, sacht, zu Lionels Jahrgang hinabzugleiten, und begann seinerseits ›sentimental‹ zu reden. Nehmt nur Alles in Allem: dieser geriebene Advokat, dieser beruf'ne Politiker, hatte immer noch einen beträchtlichen Schuß Jungenhaftigkeit in sich – hast Du jemals einen wahrhaft gescheiten Mann gekannt, lieber Leser, der das nicht gehabt hätte?

## 8. Kapitel

*Wie sagt ein sehr derbes Sprüchwort? (Sie entschuldigen seine Rustizität): ›Man kann aus einem SchweinsOhr keine seidne Börse machen‹. Dabei ist ein SchweineOhr ein weit komplizierteres Kunstwerk als eine seid'ne Börse. Und, wahrlich, groß müßte der Myriotechniker sein, der es, umgekehrt, verstünde, aus einer SeidenBörse ein SchweineOhr zu fabrizieren; beziehungsweise, all den Tüll und Taft eines Londoner Salons wieder umzuzaubern, in Geschöpfe von Fleisch und Blut.*

»Mamma?«, fragte Honoria Carr Vipont, »was für eine Art Mensch war eigentlich Mrs. Darrell?«

»Sie gehörte nicht zu unsern Zirkeln, Liebes«, antwortete Lady Selina. »Die Vipont Crooke's sind genau die Sorte Verwandtschaft, mit denen man – obschon man, selbstverständlich, höflich gegen alle Verwandten ist – mehr oder weniger intim wird, entsprechend dem Grade, wie sie mehr nach den Vipont's gehen, oder eben mehr nach den Crooke's. Arme Frau! sie starb just bevor Mr. Darrell ins Parlament eintrat, und in der Gesellschaft erschien. Aber ich muß schon sagen, daß sie keine angenehme Person war. Nicht nett.«, fügte Lady Selina, nach einer Pause, noch hinzu; indem sie eine ganze Welt von Bedeutung in diese eine konventionelle Silbe zu legen wußte.

»Ich nehme an, sie ist sehr gebildet gewesen? – sehr gescheit?«

»Ganz im Gegenteil, Liebes. Mr. Darrell war über die Maßen jung, als er heiratete – kaum volljährig. Sie war nicht die Art Frau, die für ihn gepaßt hätte.«

»Aber zumindest muß sie doch wohl ihm sehr zugetan – sehr stolz auf ihn gewesen sein?«

Lady Selina blickte von ihrer Arbeit seitwärts auf; und beobachtete ihrer Tochter Gesicht, das eine – bei einer Jungen Dame von so erhabner Erziehung, und einem so wohldisziplinierten Gemüt – nicht übliche Lebhaftigkeit besprach.

»Ich glaube nicht«, sagte Lady Selina, »daß sie sonderlich stolz auf ihn war. Sie würde auf seine Stellung stolz gewesen sein; präziser: auf diejenige, zu der sein Ruhm und Vermögen *sie* erhoben hätten, hätte sie's erleben und genießen können. Aber die ersten Jahre nach ihrer Heirat sind sie sehr arm gewesen; und ob seine Juristenlaufbahn ihn auch wirklich rasch und brilliant nach oben führte, mußte er lange Zeit völlig in seinem Berufe aufgehen, und wohnte in Bloomsbury. *Darauf* war Mrs. Darrell gar nicht stolz. Die Crooke's sind durchweg voller Finesse – versuchen sich Ansehen zu geben – heiraten in große Häuser ein, wenn's irgend geht – aber ihnen das Bürgerrecht bei Uns verleihen, können Wir nicht – sie bleiben immer Crooke's – nützliche Verbindungen dabei, sehr! Carr sagte immer, Wir hätten keine nützlicheren – aber eben drittklassig, Liebes. Alle weiblichen Crooke's sind schlimme Ehefrauen; weil sie niemals mit ihrem eig'nen Heimwesen zufrieden sind, vielmehr andauernd versuchen, sich in die Häuser vornehmer Leute einzunisten. Nicht sehr lang' bevor sie starb, nahm Mrs. Darrell ihre Freundin und Verwandte, eine Mrs. Lyndsay, zu sich ins Haus. Ich habe sie im Verdacht, daß das weder aus Zuneigung geschah, noch aus einer absonderlich großen Rücksicht auf Mrs. Lyndsay's Umstände (bei denen es sich, offen gesagt, um die blanke Dürftigkeit handelte; bis sie dann eben – dank Mr. Darrell – ihren Prozeß gewann), sondern schlicht, weil sie Mrs. Lyndsay als Vehikel betrachtete, um in Unsre Kreise zu gelangen. Mrs. Lyndsay war nämlich ein ausgesproch'ner Liebling von Uns Allen: reizende Manieren – auch absolut korrekt – Vipont durch und durch – perfekte EdelDame – aber raffiniert! Oh *derart* raffiniert! Sie schmeichelte der absurden Eitelkeit der armen Mrs. Darrell; gab aber sehr wohl acht, sich dabei selbst nicht zu schaden. Selbstverständlich hatte die Gattin eines Guy Darrell, und eine Vipont – wenn auch nur eine Vipont Crooke – einen Freipaß für die Außenbezirke der Guten Gesellschaft; Zutritt zu den großen Parties, undsoweiter. Aber damit hatte es auch sein Ende; selbst ich würde mich kompromittiert haben, hätt'ich in unsre Zirkel eine Frau aufgenommen, die dazu tendierte, sich selber zu kompromittieren. Hübsch, ja – aber in einem schlechten Stil – nicht die Vipont'sche Tournüre; und nicht nur dümmlich und verFlirtet; sondern sogar (Wir sind unter Uns; Du schweigst darüber, gelt Liebes?) – ausgesprochen vulgär.«

»Du machst mich ganz erstaunt und bestürzt! Wie solch ein Mann . . .« Honoria brach ab, und errötete bis an die Schläfen.

»Gescheite Männer«, sprach Lady Selina, »erkiesen sich, das ist irgendwie eine allgemeine Regel, die kuriosesten EheFrauen. Und je gescheiter ein Mann ist, umso leichter, möcht'ich meinen, kann ein Weib ihn anführen. Immerhin muß man Mr. Darrell die Gerechtigkeit widerfahren lassen: er ist nur 1 Mal angeführt worden. Nach Mrs. Darrell's Tod hat, wie ich argwöhne, Mrs. Lyndsay ihr Glück versucht; aber vergebens. Natürlich konnte sie nicht direkt im selben Hause mit einem Witwer bleiben, der damals noch relativ jung war; und lediglich einer Gattin, gegen die man sich zwangsweise reserviert verhalten mußte, quitt zu werden brauchte, um in unsre Zirkel, und mit offenen Armen, aufgenommen zu werden, um, *enfin,* sofort zur allerbesten *monde* zu gehören. Mr. Darrell trat als immens-reicher Mann ins Parlament ein – (eine Erbschaft von einem alten OstIndier; zusätzlich zu den Erträgen seines eigentlichen Berufes) – und erwarb sein jetziges Haus, ganz in unsrer Nähe. Mrs. Lyndsay sah sich genötigt, ein Landhaus bei Fulham zu beziehen. Aber da sie Profession davon machte, seiner Tochter, der armen Matilda Darrell, eine zweite Mutter zu sein, bewerkstelligte sie es, sehr viel in Carlton Gardens zu sein – ihre Tochter, die Caroline, war nahezu pausenlos dort, und profitierte gratis von Matilda's HausLehrern. Und was mich anlangt, ich habe gedacht, Mrs. Lyndsay würde Mr. Darrell kapern – aber Dein Papa sagte immer ›Nie!‹ – und er sollte Recht haben, (wie er immer hat). – Dennoch; : Mrs. Lyndsay würde, für einen Mann im Öffentlichen Leben, eine ausgezeichnete Gattin abgegeben haben – so beliebt war sie – kannte die Welt so gut – hat sich niemals Jemanden zum Feinde gemacht, bis sie an dem armen-teuren Montfort Einen bekam; (aber das war ja natürlich). – Apropos, ich muß an Caroline schreiben. Süßes Ding! aber auch wie abgeschmackt, sich derart abzuschließen, wie wenn sie sich um Montfort verzehrte! Tz, genau wieder wie ihre Mutter – herzlos; aber ganz Schicklichkeit.« –

An dieser Stelle traten Carr Vipont und Oberst Morley ins Zimmer. »Wir haben gerade Darrell getroffen«, sagte Carr; »er wird heut zum Dinner herkommen, um sich mit unserm Vetter Alban zu treffen. Ich habe gleich *seinen* Vetter, den jungen Haughton, eingeladen; und außerdem *** und ***, *Deine* Vettern, Selina, (wird 'ne kleine Vettern-Party) – da haben Wir aber Glück gehabt, daß Darrell noch nicht versagt war.«

»Ich habe zu versprechen mich erkühnt«, sagte der Oberst, indem er sich mit halblauter Stimme an Honoria wandte, »daß Darrell Sie Beethoven spielen hören werde –?«.

Honoria: – »Ist Mr. Darrell demnach ein solcher Musikfreund?«

Oberst Morley: — »Man würd'es nicht gedacht haben, wie? Aber er hat zum Beispiel einen Sekretär in Fawley, der Flöte spielt. Darrell hat überhaupt etwas äußerst Int'ressantes an sich. Ich wollte nur, Sie könnten einmal seine Ideen über Ehe und Häusliches Leben hören — mehr Frische des Herzens, als bei den jungen Männern, wie man sie heutzutage antrifft. Es mag ein Vorurteil sein; aber mir scheint es, wie wenn es den jungen Burschen der gegenwärtigen Rasse — mögen sie immer nüchterner und gesetzter sein, als Wir seinerzeit waren — betrüblich an Geist und Charakter mangele — kein warmes Blut in den Adern! Aber ich sollte wohl nicht so zu einer Demoiselle sprechen, die alle diese jungen Gesellen zu ihren Füßen sieht.«

»Oh, —«, sagte Lady Selina, die halben Ohrs zugehört hatte, mit einem kleinen Lachen, »Honoria denkt da weitgehend wie Ihr; sie findet die jungen Männer so fade — Einer genau wie der Andere — dieselben formelhaften Phrasen.«

»Dieselben stereotypen Ideen«, ergänzte Honoria mit einer Geste ruhiger Geringschätzung, indem sie davon ging.

»Das heiß' ich mir doch eine überlegene Einstellung«, flüsterte der Oberst Carr Vipont zu. »*Die* wird bestimmt mal keinen Narren heiraten!« —

Guy Darrell war sehr liebenswürdig bei der ›kleinen Familien-Dinner-Party‹. Carr war leutselig wie immer in seinem Benehmen — das echte-alte UnterhausBenehmen, das viel Ähnlichkeit mit dem einer VolksHochschule für Gentlemen hatte. Lady Selina, wie bereits früher einmal gesagt, war im eig'nen FamilienKreise durchaus natürlich und munter. Carr Junior, der ohne seine Gattin erschienen, und prätentiöser war als sein Vater — Kunststück, als Mitglied des MarineMinisteriums! — empfand eine gewisse ehrerbietige Scheu vor Darrell, und redete wenig, was ihm ausgezeichnet stand, und sehr zur allgemeinen guten Stimmung bei Tische beitrug. Die übrigen Teilnehmer an dem Symposion bestanden, außer Lady Selina, Honoria, und einer jüngeren Schwester, lediglich noch aus Darrell, Lionel, und Lady Selina's beiden Vettern; ältliche Peers — der Eine mit dem HosenbandOrden; der Andre war KabinettsMitglied — joviale Männer, die einstmals, in derselben OffiziersMesse, wilde Gesellen gewesen waren, und die einander, wenn sie sich, so wie jetzt, wieder einmal begegneten, immer noch anflaxten. Lionel, der sich an Vance's Beschreibung von Lady Selina erinnerte, und der seitdem auch in Gesellschaft von ihr grundsätzlich als von einem weiblichen Despoten hatte reden hören, der die Künste, wodurch Despoten floriren – mit Majestät zu imponieren, mit Liebkosungen zu täuschen – zur Vollkommenheit entwickelt habe – ein Aurangzeb im Petticoat – Lionel also wußte gar nicht mehr woran er war, und wie sich ein derartiges Porträt mit der gutlaunigen, mütterlichen Frau-hier vereinbaren lasse, die sich mit ihm von ihrem Hauswesen unterhielt, ihrem Gatten, ihren Kindern, alles mit unverstellter Zärtlichkeit und gebührendem Stolz; und Die, weit entfernt davon, so formidabel gescheit zu sein, wie es der grausamen Welt zu verbreiten beliebte, Lionel, in Bezug auf ihren Verstand, eher unter pari zu stehen schien: wenn man von ihrem Gespräch die Gutmütigkeit abzog, blieb als Rückstand so ziemlich das reine Gewäsche. Nach dem Dinner kamen, einzeln, noch diverse andere Angehörige der Familie Vipont herein – von Carr oder Lady Selina, in hastigen dreieckigen StegreifBilletlein aufgefordert, die Gelegenheit beim Schopf zu packen, und die Bekanntschaft mit ihrem prominenten Verwandten zu erneuern. Ein Zufall wollte es, daß sich unter den also Eingeladenen nur ganz wenige unverheiratete Junge Damen befanden; und infolge eines weiteren Zufalls, waren Alle-diese ausgesprochen unansehnlich. Honoria Vipont war jedenfalls, unbestritten, die *Belle* des Hauses. Auch konnte wohl Keiner umhin, wahrzunehmen, daß Darrell erheblich beeindruckt von ihr schien – sich mehr mit ihr unterhielt, als mit jeglicher anderen Lady; und als sie sich ans Piano verfügte, und jene große Beethovensche *pièce* spielte, wo die Musik in einen Knoten geschlungen scheint, den nur die kunstreichsten Finger aufzulösen vermögen, da verharrte Darrell, allein und für sich, auf seinem Sitz und lauschte, ohne Zweifel mit hingerissener Aufmerksamkeit. Aber just da das Stück beendet war, und Honoria sich umdrehte, um nach ihm zu schauen, war er fort und gegangen.

Lionel verweilte sich nachdem auch nicht mehr lange. Der fesche junge Mann begab sich, von da aus, zu einer jener MammutZusammenkünfte, die extra dazu einberufen scheinen, um eine praktische Parodie von Mr. Bentham's berühmter Maxime abzugeben – ›das kleinste Glück für die größte Menschenzahl‹.

Es war ein sehr großes Haus, und gehörte einer sehr großen Persönlichkeit. Oberst Morley hatte Lionel eine Einladung verschafft, und gesagt: »Geht; *Ihr* müßt dort gesehen werden.« Oberst Morley selbst war über das Stadium des Hineinwachsens in die

Gesellschaft längst hinaus – seiner anerkannten Größe konnte keinerlei Bemühen um den morgigen Tag eine Elle zusetzen. Als Einer inmitten einer Gruppe junger Leute in TürNähe, gewahrte Lionel auch Darrell, der noch vor ihm eingetroffen war, und einer sehr hübschen jungen Dame mit einer Aufmerksamkeit zuhörte, genau so ernstlich wie die, die soeben den überlegenen Geist der wohlerzog'nen Honoria erfreut hatte. Eine sehr hübsche junge Dame, Die hier, gewiß; aber ohne einen überlegenen Geist, und bisher auch nicht dafür bekannt, daß sie junge Herren je ›fad‹ gefunden hätte. Zweifellos würde sie das jetzt künftig tun. Ein paar Minuten später lauschte Darrell schon wieder – diesmal einer nächsten Jungen Dame, die allgemein als ›flott‹ galt; und wenn auch seine Aufmerksamkeiten ihr gegenüber nicht betont waren, die ihrigen ihm gegenüber waren's. Sie plapperte geläufig auf ihn ein; lachte, der hübsche ausgelassene Balg, über die eignen Einfälle; und schien ihn am Ende durch ihr munteres Wesen doch derart zu faszinieren, daß er an ihrer Seite Platz nahm; und das schalkische Lächeln um seine Lippen – Lippen die gelernt hatten, sonst so ernst gepreßt zu sein – zeigte, daß er durchaus noch auf kindliche Munterkeit eingehen konnte; denn gewißlich mußte dem vielerfahrnen Mann ja die flotte Junge Dame wie ein Kind und Schwindelköpfchen vorkommen. Lionel war direkt amüsiert: konnte das der strenge Klausner sein, von dem er damals, in den Schatten Fawley's Abschied nahm? Guy Darrell, in seinen Jahren, mit seinem Renommée für Würde, der Gegenstand so vielen Nickens, und Winkens, und verkniffenen Lächelns – konnte *er* so tief hinuntersteigen, zu der frivolsten aller Rollen, der einer männlichen Kokette? Oder war es ihm Ernst – und seine Eitelkeit ließ sich düpieren? Aber als Lionel noch einmal hinschaute, sah er auf seines Verwandten Antlitz plötzlich jenen trüben mutlosen Ausdruck zurückkehren, der in den Einsamkeiten Fawley's sein eignes junges Mitleid erregt hatte. Doch im Nu raffte der Mann sich bereits auf – der trübe Ausdruck war verschwunden. Hatte das fröhliche Lachen des Mädchens ihn wieder verscheucht? Aber Lionel's Aufmerksamkeit ward nunmehr von Darrells Person weg, und auf die gemurmelten Bemerkungen rund um ihn hingelenkt, die Darrell zum Thema hatten.

: »Ja, er soll entschlossen sein, wieder zu heiraten! Ich hab' es von Alban Morley – enormes Vermögen – und sieht derart jung aus, jedes Mädel könnte sich in solche Augen und so eine Stirn verlieben; und dazu das Leibgedinge, was er aussetzen könnte! / Seht Euch mal dies Mädchen an, die Flora Vyvyan, wie Die sich Mühe gibt, ihn zum Trottel zu machen. Kann doch so eine Art von Mann überhaupt nicht würdigen; und von seinem Geld würd' sie sich nicht fangen lassen – braucht ja keins. / Ich frag mich bloß, ob sie gar keine Angst vor ihm hat? Er zieht sie doch garantiert nur auf. / Männer finden sie hübsch – ich eigentlich nicht. / Es heißt, er werde wieder ins Parlament zurückkehren, und einen Posten im Kabinett bekommen. / Nein; lebende Kinder hat er keine – ganz natürlich, daß er wieder heiraten möchte. / Ein Neffe? – da irrt Ihr Euch aber vollkommen! Der junge Haughton ist kein Neffe – ein ganz entfernter Verwandter nur – hat nie darauf rechnen können, mal der Erbe zu sein. / In Paris wurde das aber allgemein verbreitet: die Herzogin war der Ansicht; und Lady Jane nicht minder. Na, dann werden sie jetzt ja nicht mehr ganz so zuvorkommend gegen den jungen Haughton sein. / Pscht . . .«

Lionel verzichtete darauf, noch mehr zu hören; glitt vielmehr vorbei, und drang tiefer in die Menge ein. Und da, im Weitergehen, mit diesen letzten Worten noch im Ohr, überfiel ihn plötzlich das Bewußtsein, daß seine gesellschaftliche Stellung eine Veränderung erlitten hatte. Schwer zu definieren; und einem unbeteiligten Zuschauer würd' es geschienen haben, daß die Leute ihn genauso kordial begrüßten, wie sonst auch. Die Schattierungen der Achtungsbezeigungen in einer gebildeten Gesellschaft sind so ausnehmend delikat, daß es scheint, man könne nur durch eine Art von Hellseherei erfahren, ob man, von einem Tag auf den andern, gestiegen oder gesunken ist. Ein Mann hat, sagen wir, eine hohe Stellung, Gönnerschaft, Macht und Einfluß verloren – vielleicht um sie nie wieder zu gewinnen. Die Leute drehen ihm deswegen nicht den Rücken zu; ihr Lächeln bleibt genauso freundlich, ihre Hände genauso schmeichelhaft ausgestreckt. Aber jener Mann müßte schon stumpf wie ein Rhinoceros sein, wenn er nicht fühlte – was Jedermann, der ihn vertraulich anspricht, fühlt – nämlich daß er auf der Leiter herabgestiegen ist. So auch mit allem andern. Man verliere sogar sein Vermögen: deswegen sehen Einen die Freunde, in irgendeinem Londoner Salon, nicht gleich am nächsten Tag schon so an, wie wenn man sie um 5 £ anborgen wollte – darauf kann man noch ein Jahr oder so warten. Aber falls sie eben gehört haben sollten, daß man ruiniert sei; dann – und mögen sie sich noch so höflich verbeugen, und noch so verbindlich dazu lächeln –

wird man unweigerlich *fühlen* daß sie es gehört haben. Lionel war in seinem ganzen letzten Pariser Jahr mehr als nur fashionabel, er war ganz groß in Mode gewesen – umworben (förmlich nachgerannt), gehätschelt, zitiert, nachgeahmt. Heute Abend nun war ihm zumute, wie etwa einem Autor sein mag, der läng're Zeit der Letzte Schrei war, und es nun auf einmal, ohne jegliches Verschulden seinerseits, nicht mehr ist. Die Strahlen, deren Abglanz ihn vergoldet hatte, waren zu dem LichtGestirn, dem sie entlehnt waren, zurückgekehrt. Und Diejenigen, die sich immer noch am freundlichsten zu Lionel Haughton jetzt verhielten, waren Dieselben die immer noch den größten Respekt vor den 35 000 £ pro Jahr empfanden – an Guy Darrell!

Lionel war wütend auf sich selbst, daß er sich so giftete. Aber in seinem verwundeten Stolz war keinerlei geldsüchtiges Bedauern – lediglich die Art von Übelkeit, wie sie die Jugend wohl überkommt, wenn ihr die Hohlheit des WeltLebens zum ersten Mal so recht klar gemacht wird. Von den Gesichtern rund um ihn her, fiel der ZauberTrug ab, wodurch die *amour propre* in großen Assembléen, wo man der *amour propre* so geschmeichelt, gefangen genommen wird. ›Ein herrliches, intelligentes Auditorium!‹, denkt der beklatschte Schauspieler; ›Entzückende Party!‹, murmelt die angebetete Schöne. ZauberTrug, oh ZauberTrug! Man lasse das Auditorium gähnen, während der Schauspieler sich den Mund verrenkt; lasse die Party die Schöne vernachlässigen, um eine Andre zu adoriren – und mit einem Schlage wird aus dem ›Herrlichen Auditorium‹ ein ›Ignorantes Pack!‹; die ›Entzückende Party‹ zur ›Herzlosen Welt!‹.

## 9. Kapitel

*Entronnen einem Londoner Salon, kann das Fleisch wieder prikkeln, das Blut freier kreisen. / Guy Darrell erläutert Lionel Haughton, wieso er es für eine Pflicht erachtet – ein alter Narr zu sein.*

Lionel Haughton schlängelte sich durch die entzauberten Räume; und tat, da er sich endlich auf den freundlosen Straßen fand, einen langen Atemzug der Erleichterung.

Wie er so langsam und gedankenvoll dahinschritt, spürte er plötzlich eine Hand auf seiner Schulter, wandte sich um, und sah Darrell.

»Gebt mir Euern Arm, mein lieber Lionel; ich bin total ermüdet. – Was für eine liebliche Nacht! Welch hübsche Verachtung in den Augen dieser Sterne dort, daß Wir sie um flackernder Lampen willen vernachlässigt haben.«

Lionel: – »Ist es Verachtung? – ist es Mitleid? Ist es bloß klare-helle Gleichgiltigkeit?«

Darrell: – »Wie wir selbst es interpretieren: wenn Verachtung in unsern Herzen vorwiegt, werden wir sie auf der Jupiter-Scheibe sehen. Der Mensch, selbstsüchtig wie er nun ist, verlangt vom ganzen Weltall Sympathie. Frohgestimmt?: sagt er zur Sonne, ›LebensSpender, freu Dich mit mir!‹ Sorgenvoll?: spricht er zum Monde, ›GedankenFreundin, Du teilst meinen Kummer.‹. Hoffnung auf Ruhm?: ein Stern ist seine Verheißung! Trauer um einen Toten?: ein Stern ist das Land der WiederVereinigung! Man sage zur Erde: ›Ich bin fertig mit Dir!‹; zur Zeit: ›Du hast nichts mir zu spenden!‹; und schon schreit das ganze Universum laut: ›Sehr richtig, die Erde ist ein Stäubchen; wogegen Dein Erbe die Unendlichkeit. Und die Zeit schwindet dahin, indes Du seufzest. : die Unzufriedenheit des Sterblichen, ist der Instinkt, der seine Unsterblichkeit beweist!‹. Dergestalt gedeutet, ist die Natur unsre Gefährtin, unsre Trösterin. Gutartig wie eine SpielGenossin, paßt sie sich unsern wechselnden Launen an. Ernst wie eine Lehrerin, respondiert sie auf die gesetzteren Erkundigungen des Verstandes. Mystisch und geheiligt wie eine Priesterin hält sie, durch dunkle Orakel, jenes spirituelle Sehnen in uns lebendig, in dem – vom Wilden bis zum Weisen – in alle Träumungen eingewebt, in jedwedes Credo – das Gefühl des Verbundenseins mit der Gottheit schauert. Niemals deshalb, solang er mit der Natur Kontakt hält, ist der Mensch weder gänzlich allein; noch ist sie die bloße NebenherGehende von uniformer Gestalt: immer neu, immer verschieden--artig, kann sie übergehen von Heitre zu Gestrengheit – aus Fantasie in Wissenschaft – schnell wie der Gedanke überspringt, vom Tanz eines Blattes, von den Tinten eines Regenbogens: zur Theorie der Bewegung, zum Problem des Lichtes an sich. Aber man gehe der Natur verlustig – vergesse, oder verabschiede sie – mache dafür Brüderschaft, hundertweise, mit Leuten, die sie nicht kennen – dann werde ich zwar nicht, mit dem Dichter, deklamieren: ›Dies, nun, ist Einsamkeit‹. Aber in solchem Kollektiv dann: welch abgestand'ne Monotonie; welch ermüdendes Einerlei!«

In dieser Art fuhr Darrell fort, Sentenz mit Sentenz zu verweben; wobei die ZwischenZusammenhänge der Bedeutungen oft so subtil ausfielen, daß es, zu Papier gebracht, einer gewissen Anstrengung bedarf, sie wahrzunehmen. Aber es war seine eigentümliche Gabe, das, was niedergeschrieben schwierig und dunkel geschienen hätte, dadurch klar zu machen, daß er es aussprach. Blick, Gehaben, jeglicher delikate Akzent einer Stimme, ebenso wundersam deutlich, wie unvergleichlich melodisch, Alles kam derart dem Sinn der bloßen Worte zu Hülfe, daß es schwerlich übertrieben ist, zu sagen: er hätte in einer unbekannten Sprache reden können, und der Zuhörer würde ihn verstanden haben. Aber ob nun verstanden oder nicht, es war ein solcher Genuß dies süße Getön mit anzuhören, daß Jeder, dessen Sinn für Musik lebendig war, gemurmelt haben würde: ›Sprecht weiter so in alle Ewigkeit‹. Und in dieser Gabe lag eines der HauptGeheimnisse für den Einfluß des Mannes über Alle, die in näheren Umgang mit ihm kamen; so daß, wenn Darrell je einen Menschen, der nicht direkt von vornherein durch Gegnerschaft und Abneigung gegen seinen Zauber gewappnet war, seiner vertraulichen Intimität gewürdigt, und diese Intimität dann wieder zurückgenommen hätte, in dem auf solche Art beraubten Dasein, eine nie wieder auszufüllende Lücke entstanden wäre.

Vor seiner Haustür inne haltend – da Lionel, hingerissen von so viel StimmMusik, des Schmerzes seiner früh'ren Träume ganz vergessen hatte, so bezaubernd war'n sie unterbrochen worden – hielt Darrell die ihm dargebotne Hand zurück, und sagte, »Nein; noch nicht – Ich hab' Euch etwas mitzuteilen: kommt hinein; laßt mich es jetzt tun.«

Lionel neigte sein Haupt; und folgte dann, unter überraschten Mutmaßungen, seinem Verwandten die breiten-hohen Treppen hinauf, in den gleichen komfortlos stattlichen Raum hinein, der bereits beschrieben worden ist. Als der Diener die Tür geschlossen hatte, ließ Darrell sich in einen Sessel nieder; richtete sein Auge mit schier elternhafter Gütigkeit auf Lionel, forderte seinen jungen Vetter mit der Hand auf, an seiner Seite Platz zu nehmen; und hob also an –

: »Bevor ich noch so alt war, wie Ihr, Lionel, war ich schon verheiratet – war ich Vater. Jetzt bin ich einsam und kinderlos. Mein Leben ist durch eine feierliche SelbstVerpflichtung gemodelt worden, die so Wenige begreifen könnten, daß ich eigentlich außer Euch kaum einen lebenden Menschen kenne, dem ich sie offen gestehen möchte. Stolz auf die eigne Familie ist eine weitverbreitete Schwäche – oft mutwillig bei Armen; oft unverschämt bei Reichen; aber nur sehr selten wohl wird es geschehen, daß, aus diesem Stolz heraus, ein Mensch sich eine positive, bindende Verpflichtung konstruiert, die, unter jeglicher Selbstaufopferung, praktisch seine ganze Lebenswahl beeinflußt. Als Kind, eh' noch meine kritische Urteilskraft zu unterscheiden vermocht hätte, wie viel an eitlem Aberglauben in unsrer Verehrung für die Toten lauern mag, da war mein ganzes Herze schon von einem leidenschaftlichen Gedankenspiel mit Beschlag belegt, dessen Verwirklichung meine gesamte wache Existenz geweiht wurde. Mein Vater! – die Lippe zittert, das Auge wird mir feucht, selbst jetzt noch, wenn ich sein gedenke – Mein Vater! – ich liebte ihn so inniglich! – die Liebe des Kindesalters, wie fürchterlich stark ist die! Alles an ihm war so hochgesinnt, und doch so sensibel – Ritterlichkeit, ohne deren WaffenRasseln. Ich war sein beständiger Gefährte: er sprach mit mir rückhaltlos, wie ein Dichter mit seiner Muse. Ich weinte über seine Sorgen – ich wütete über seine Demütigungen. Er sprach von den Ahnen, wie er sie sich vorstellte: für ihn waren sie Wesen, vergleichbar den Laren der Alten – nicht tot und in ihren Gräbern; sondern Imagines, stets gegenwärtig am häuslichen Herd. Zweifellos übertrieb er ihre Würdigkeit – und ihre einstige Bedeutung nicht minder. Obscur imgrunde, in den Annalen des Reiches, ihre Fata und ihre Macht, ihr Abstieg und Niedergang. Aber nicht so dachte er; in seinen Augen waren sie wie die LichtBahn des Mondes, über'n Ozean der Geschichte her – Lichter ob Wellen, einst von ihnen beglänzt – ansonsten nur das AllMeer in der

Finsternis! Wie Er, so dachte Ich; wie mein Vater sprach, so glaubte sein Kind. – Aber was war, in den Augen der Welt, dieser Erb-Eigentümliche eines so herausgestrichenen Namens? – : ein Fadenscheiniger, Geringgeachteter, verbauerter Pedant! – ohne jedweden Status auch nur in dem LandKreis, in dem der letztverbliebne-'runtergekommene Wohnsitz seiner Linie modderte. Was Ahnen-Reihe anbelangt, hoch über den meisten Edelleuten; Besitz betreffend, unterhalb der meisten FreiBauern. Er besaß Gelehrsamkeit, besaß Genie; aber die Studien, worauf Beides verwendet ward, dienten lediglich dazu, seine kümmerlichen Mittel noch mehr zu schmälern; und das EndErgebnis war eher Lächerlichkeit denn Ehrungen. Kein Tag verging, daß ich, auf seinen gesänftigten Zügen, nicht die Schmarre einer frischen Kränkung, das Nagen eines neuen Kummers, sah. Und so geschah es, daß Ich, ein Knabe noch, (der aber in-sich-selbst eine Kraft verspürte, wie sie nur die innigste Zuneigung geben kann), eines Tages vor ihn trat – und Er saß, und kümmerte – da kniet'.ich vor ihn nieder; und sagte: ›Vater; nur Mut, eine kleine Weile noch. Bald werd' ich ein Mann sein; und Ich schwöre hiermit, als ein Mann, daß ich den alten, schwindenden Stamm, den Du so hegst, erneuern werde. Wieder--erbauen will ich das Haus Derer, die Du so liebst; und es ist, in meinen Augen, erhabener, als alle WappenSchilderei der Könige!‹. – Und meines Vaters Antlitz erstrahlte. Und seine Stimme segnete Mich. Und ich stand-auf, ein EhrGeiziger mit einem Ziel!.« – Darrell hielt inne; tat einen raschen-kurzen Seufzer; und fuhr dann, schleunicht, fort –

: »Ich hatte Glück auf der Universität. Damals war eine Zeit, wo die Führer der Parteien sich unter jungen Männern, die erste Proben abgelegt und die Erstlinge des Wetteifers und der Beharrlichkeit gewonnen hatten, nach Rekruten umschauten. Denn damals galt staatsmännische Tätigkeit noch für eine Kunst, die, gleich der des Krieges, früher Schulung und Disziplinierung bedarf. Ich hatte kaum das College verlassen, als mir von dem Haupte der Viponts, einem alten Lord Montfort, ein Platz im Parlament angeboten wurde. Ich war geblendet – aber nur für einen Augenblick; im nächsten lehnte ich ab. Das gefallene Haus Darrell bedurfte des Reichtums; und parlamentarischer Erfolg, auf den höheren Stufen, *erfordert* oftmals Reichtum – *gibt* ihn nie. Es traf sich, daß ich einen UniversitätsKameraden hatte, an einem jungen Mann, namens Vipont Crooke; (sein Großvater, einer der unzähligen Viponts, hatte sich genötigt gesehen, seinem ursprünglichen Namen noch ein ›Crooke‹ anzuhängen, als er die Erbschaft irgendeines reichen Onkels, eines der unzähligen Crooke, antrat). Mit diesem UniversitätsKameraden zusammen, machten wir erst dem alten Lord Montfort, in seiner Villa bei London, einen AnstandsBesuch; und gingen von da zu dem LandHaus der Vipont Crooke's. In diesem letzteren hielt ich mich zwei oder drei Wochen auf; und während ich noch dort war, bekam ich plötzlich ein Schreiben von dem älteren Fairthorn, dem Verwalter meines Vaters, in dem ich ersucht wurde, unverzüglich nach Fawley zu kommen, und auf irgendeine große Kalamität gefaßt zu sein. Da ich Abschied nahm von meinem Freund und seiner Familie, war etwas in dem Benehmen seiner Schwester, das mich erschreckte und mir peinlich war – eine offenkundige Konfusion; ein Ausbruch von Thränen – was weiß ich alles. Ich hatte mich niemals bemüht, ihre Neigung zu gewinnen. Ich hatte sehr wohl ein Ideal von der Frau, die ich einmal lieben könnte – es glich ihr nicht. Als ich in Fawley dann eintraf, stellt Euch den Schock vor, der mich erwartete: mein Vater war wie Einer, den es ins Herz getroffen hat! Unser HauptGläubiger hatte die Hypothek gekündigt – Fawley war drauf und dran, dem Geschlecht der Darrell auf immer verloren zu gehen. Ich sah, daß der Tag, da man meinen Vater aus dem alten Hause vertriebe, sein letzter auf Erden sein würde. Woher die Mittel, ihn zu retten? – wie die erbärmliche Summe, (einige wenige Tausende bloß), aufbringen – um die paar unfruchtbaren Morgen, die jedoch in den Augen meines Vaters all die Ländereien der Seymour oder Gower nicht hätten ersetzen können, den Klauen der Plünderer zu entziehen? Mein einziges Einkommen bestand in einer kleinen College-Rente; die zwar für meine Bedürfnisse hinreichte, aber weder verkauft noch beliehen werden konnte. Ich brachte die ganze Nacht in Beratungen mit Fairthorn zu – vergebens; es schien keine Hoffnung mehr. Am nächsten Morgen langte ein Brief von dem jungen Vipont Crooke an. Er war männlich und offen, obschon ein wenig plump: mit Wissen und Einverständnis seiner Eltern trug er mir die Hand seiner Schwester an, nebst einer Mitgift von 10000 £. Um seine Derbheit zu motivieren, gab er zu verstehen, daß ich, falls ich eine Vorliebe für seine Schwester empfände, ich mich möglicherweise, aus Gründen des FeinGefühls, für einen Antrag nicht wohlhabend genug dünken würde, und – nun es spielt keine Rolle, was er sonst noch sagte. Alles Übrige seht Ihr voraus.

Meines Vaters Leben konnte vor Verzweiflung bewahrt – das geliebte Heim ihm, bis zum letzten, sein Obdach bleiben. Durch solche Mitgift würde die armselige Schuld, die auf unserm Grund und Boden ruhte, mehr als gedeckt werden. Nicht 1 Stunde des Innehaltens gab es für mich; ich eilte zurück nach dem Hause, wohin das Schicksal mich geführt hatte. Aber«, sagte Darrell, mit Stolz, »denkt nicht, ich sei, selbst mit solchen Entschuldigungen, niedrig genug gewesen, die junge Lady zu täuschen. Ich sagte Ihr die Wahrheit: daß ich Ihr nicht die Liebe zusagen könnte, wie die RomanSchreiber und Poeten sie malen; aber daß ich auch keine Andere liebte; und daß, falls sie sich dazu verstünde meine Hand anzunehmen, ich stets aufs Gewissenhafteste auf ihr Glück bedacht sein, und ihr, dankbarlich, auch das meine anvertrauen werde. Ich sagte ihr weiterhin, und ebenso wahrheitsgemäß: daß, wenn sie mich heiratete, uns für die nächsten paar Jahre ein Leben voller Mühen und Entbehrungen bevorstünde; daß sogar die Zinsen aus ihrem Vermögen meinem Vater, solang er lebe, aufgeopfert werden müßten; (obgleich natürlich das Kapital, bis zum letzten Schilling, ihr und ihren Kindern überschrieben werden würde). Wie hab' ich sie gesegnet, als sie mich, trotz meiner Aufrichtigkeit, annahm! – wie ernstlich gebetet, daß ich ›sie lieben und hegen und ihr vergelten‹ könnte!« Darrell hielt, unverkennbar leidend, inne. »Und, dem Himmel sei Dank! ich habe mir, in dieser Beziehung, nichts vorzuwerfen. Und die Stärke dieser Erinnerung hat mich befähigt, mehr zu ertragen und zu erdulden, als meinem raschen Geist und meinem MannesHerzen ansonsten möglich gewesen wäre. Mein teurer Vater! sein Tod war glücklich – das Haus gerettet – durch welches Opfer seitens seines Sohnes hat er nie gewußt! Er freute sich der ersten Ehrungen, die meine Jugend errang. Er versöhnte sich endlich mit meiner Wahl eines Berufes, der – obschon all seinen feudalen Vorurteilen, die dem Vertreter des Hauses Darrell kein andres Handwerk als das Schwert gestatteten, zuwiderlaufend – immerhin jenen Wohlstand versprach, der seinen Namen vorm Untergang sichern würde. Er glaubte so felsenfest an meine Zukunft, wie wenn ich seinerzeit weniger ein Gelübde, als vielmehr eine Prophezeiung ausgesprochen hätte. Er hatte meinen Ehebund gesegnet, ohne dessen Kümmernisse auch nur entfernt zu ahnen. Er hatte mein Erstgebornes in seinen Armen gehalten – sicher, es war nur ein Mädchen; aber immerhin war es ein VerbindungsGlied nach vorn, zwischen Vor- und NachWelt. Und nahezu seine letzten

Worte waren diese: ›Du *wirst* das Geschlecht wieder zu Ansehn bringen – Du *wirst* den Namen neu beleben! und meines Sohnes Kinder werden am Grabe des Alterthümlers stehen, und ihm danken lernen für Alles, was seine müßigen Lehren Deine rüstigere Kraft gelehrt haben.‹ Und ich habe geantwortet: ›Ja, Vater; unsre Linie soll nicht aussterben im Lande; und wenn ich einmal reich und groß sein werde, und Lordschaften sich rings um die bescheidne Halle ausbreiten, die durch Euer Leben geadelt ist; dann will ich es Euern Enkeln weitergeben: ›Ehret Ihr und Eure KindesKinder, – so lang ein Darrell noch die Erde betritt – ehrt IHN, dem ich jeden hohen Gedanken schulde; der mich gekräftigt hat, dem nachzustreben, dessen Ihr, die Ihr nach mir kommt, Euch erfreuen dürfen sollt.‹

Und so starb der alte Mann, dem das Leben so wenig gelächelt hatte, mit einem Lächeln.«

Lionel hatte indes längst Darrell's Hand verstohlen in die seinige genommen, – das Herz schwoll ihm vor kindgleicher Zärtlichkeit, und Thränen rollten ihm über die Wangen herab.

Darrell küßte seinen jungen Vetter sanft auf die Stirn; machte sich dann von Lionel's Griff frei, um im Zimmer auf und ab schreiten zu können; und sprach im Schreiten –

: »Ich habe damals also ein Versprechen abgegeben; es ist nicht gehalten: kein Kind von mir ist am Leben geblieben, um in der Ehrfurcht gegen das Grab meines Vaters unterwiesen zu werden. Mein Leben in der Ehe war nicht glücklich; seine Schilderung bedarf keiner Worte. Zwei Kinder, die mir geboren wurden, sind Beide dahingegangen. – Zuerst mein Sohn. Ich hatte mein innerstes Leben auf ihn konzentriert – ein Junge voll Energie, der das Edelste versprach. Für ihn war es gedacht, daß ich jenes vereitelte Bauwerk zu errichten begann – *›sepulchri immemor‹*. Für ihn geschah es, daß ich, Morgen nach Morgen, sämtliches Land innerhalb Reichweite von Fawley aufkaufte – einige Grundstücke zwanzig Kilometer weit entfernt. Den dazwischenliegenden Raum hatte ich schon auszufüllen geplant – einen ephemeren Earl, dessen Waldungen und Kornfelder dort lagen, auszukaufen. Ich dachte gerade über einen VertragsEntwurf nach – strichelte schon auf der KreisKarte herum – als man mir die Nachricht brachte, der Junge, den ich eben erst in die Schule zurückgeschafft hatte, sei tot – ertrunken beim Baden, an einem stillen SommerAbend. – Nein, Lionel. Ich muß fortfahren. – *Diesen* Kummer hab' ich bekämpft – besiegt.

Dann wurde ich Witwer. Eine Tochter verblieb mir – jene ErstGeborne, die noch mein Vater auf seinem SterbeBette gesegnet hatte. All meine Liebe, all meine Hoffnungen übertrug ich auf sie. Ich hatte keine törichte Vorliebe für männliche Erben: ist ein Geschlecht weniger rein, das sich nur durch die weibliche Linie fortpflanzt? Nun wohl: der Tod meines Sohnes war gnädig, im Vergleich zu . . .« Wieder brach Darrell ab – fuhr wiederum hastig fort: »Genug! im Grabe sei Alles vergeben! – Noch stand ich damals im Mittag des MannesLebens, frei, neue Bande zu knüpfen – : der nächste Schlag!; von dem ich Euch nicht sprechen kann, er ist noch nicht gänzlich überwunden. Und dieser schwere Kummer hat das letzte bißchen Grün meines Daseins dermaßen versengt, daß – daß – kurzum, ich hatte kein Herz mehr für bräutliche Altäre – für die Welt der Gesellschaft. Jahre gingen dahin. Jegliches Jahr sagte ich mir: ›Nächstes Jahr wird die Wunde verheilt sein; ich hab' noch Zeit‹. Jetzt ist das Alter vor der Tür, das Grab nicht mehr weit; wenn überhaupt noch, dann muß ich jetzt das Versprechen erfüllen, das meines Vaters SterbeBette leicht gemacht hat. Und diese Pflicht begreift nicht alle meine Motive in sich. Wenn ich, für die mir verbleibenden Jahre, noch einmal gesundes Denken, männliches Handeln wiedergewinnen will; dann muß ich das Gefühl haben, daß eine mich verfolgende Erinnerung endgültig ausgetrieben, und für immer zur Ruhe gebracht ist. Und das wiederum kann nur geschehen – welch neue Sorgen ich dabei auch riskiere – wie groß die HasardeurThorheit solchen Wagnisses in meinem Alter auch immer sei – kann nur dadurch geschehen, daß – daß . . .« Noch einmal brach Darrell ab; richtete den Blick fest auf Lionel; und rief dann, indem er gleichzeitig die Arme breitete: »Vergebt mir, mein edler Lionel, daß ich mich nicht mit einem Erben wie Ihr seid, zu begnügen weiß! Und spöttelt wenigstens Ihr nicht über den alten Mann, der davon träumt, daß ein Weib ihn noch lieben, daß noch eigene Kinder das Haus seines Vaters ererben könnten!«

Lionel warf sich an die Brust, die sich ihm also aufgetan; und, gesetzt den Fall, Darrell hätte überlegt gehabt, wie er am besten und für immer das Herz des jungen Mannes von der Möglichkeit egoistischer Regungen kurieren könnte: nicht die raffinierteste Berechnung hätte dergestalt ihren Zweck erreicht, wie dies rührende Vertrauen, vor dem die Ungleichheit zwischen Jugend und Alter buchstäblich dahinschwand. Und nun, wo Beide gleich geworden,

Beide gleichermaßen sich erhöht fühlten, weiß ich, wahrlich, nicht zu sagen Wer in dem Moment der Ältere war, und Wer der Jüngere! Zwei edle Herzen, eins geworden in derselben GefühlsAufwallung, sind unabhängig von aller Zeit, außer der einen Gegenwart; auf gleichem Fuß Einer mit dem Andern, begegnen sie sich wie ZwillingsBrüder.

# Satiren Parodien

dtv